RETRATO DE UMA MULHER DESCONHECIDA

Vanora Bennett

RETRATO DE UMA MULHER DESCONHECIDA

Tradução de
Anna Olga de Barros Barreto

EDITORA RECORD
RIO DE JANEIRO • SÃO PAULO

2011

CIP-BRASIL. CATALOGAÇÃO-NA-FONTE
SINDICATO NACIONAL DOS EDITORES DE LIVROS, RJ

B417r Bennett, Vanora, 1962-
Retrato de uma mulher desconhecida / Vanora Bennett; tradução Ana Olga Lessa de Barros Barreto. – Rio de Janeiro: Record, 2011.

Tradução de: Portrait of an unknown woman
Inclui bibliografia
ISBN 978-85-01-08085-1

1. Grã-Bretanha – História – Tudors, 1485-1603 – Ficção.
2. Ficção histórica inglesa. I. Barreto, Ana Olga Lessa de Barros. II. Título.

10-3374 CDD: 823
CDU: 821.111-3

Título original em inglês:
Portrait of an unknown woman

Diagramação de miolo: editoriarte

Texto revisado segundo o novo Acordo Ortográfico da Língua Portuguesa.

Direitos exclusivos de publicação em língua portuguesa para o Brasil adquiridos pela
EDITORA RECORD LTDA.
Rua Argentina 171 – Rio de Janeiro, RJ – 20921-380 – Tel.: 2585-2000

Impresso no Brasil

ISBN 978-85-01-08085-1

Para Chris, com amor

Muitas pessoas, além do autor, envolvem-se na preparação de um livro. Sou imensamente grata a Susan Watt e aos que fazem parte de sua equipe na HarperCollins pelo maravilhoso trabalho editorial, pela orientação e até pela mesa cedida para finalizar o trabalho. E também sou grata à minha agente Tif Loehnis, tão especial, e a todos os seus colegas da Janklow & Nesbit. E não poderia ser menos grata à minha família. Meus filhos Luke e Joe foram extraordinariamente pacientes no período em que me afastei para finalizar os capítulos do livro. A babá, Kari, manteve o ritmo da família, enquanto meus pais deram todo tipo de apoio moral. Meu sogro, George, mostrou-se um excelente gerente de marketing. E não há palavras que possam expressar os agradecimentos a meu marido Chris por todas as brilhantes ideias que lhe ocorreram ao ler os muitos rascunhos e capítulos iniciais naqueles minutos preciosos roubados de sua vida extremamente atarefada de advogado. Acima de tudo, porém, quero expressar minha gratidão a Jack Leslau, cuja obra à qual se dedicou a vida inteira — o desenvolvimento de uma fascinante teoria sobre a verdadeira identidade de John Clement, fundamentada em suas pesquisas sobre os quadros de Holbein — foi o ponto de partida para a realização deste livro.

SUMÁRIO

Estudo para o primeiro retrato da família More, de Hans Holbein, o Jovem, pintado em Chelsea, entre 1527 e 1528, destruído pelo fogo no século XVIII.

Elizabeth Dauncey | Margaret Giggs | Sir John More | Anne Cresacre | Sir Thomas More

John More	Henry Pattinson	Cecily Heron	Margaret Roper	Alice More

PARTE I

Retrato da família de Sir Thomas More

1

A casa não só estava de cabeça para baixo, como também pelo avesso no dia em que o pintor chegaria. Era óbvio para qualquer um, por menos sagaz que fosse, que a causa da grande empolgação que tomava conta de todos era o quadro que o alemão pintaria de nós. Se alguém tivesse me perguntado, eu teria dito que a vaidade usa estranhos disfarces. Mas ninguém perguntou. Éramos uma família devota a Deus, e nunca nos esquecíamos de nossa modéstia virtuosa.

A justificativa para toda essa agitação era o primeiro dia da primavera — ou, pelo menos, o primeiro dia de janeiro com um leve indício de calor no ar —, uma oportunidade para limpar, sacudir, afofar e esfregar toda e qualquer superfície, visível e invisível, numa mansão que, além de ter apenas um ano — e ter custado um resgate de rei —, praticamente não precisava de mais nenhum adorno nem de maiores cuidados para se mostrar bela à luz do sol. Desde a madrugada, moças do vilarejo poliam cada pedacinho de madeira do amplo salão com cera de abelha até que a mesa sobre o estrado, os lambris nas paredes e os batentes da porta exibissem o mesmo brilho. No andar de cima, outras moças viravam e reviravam travesseiros de penas, sacudiam colchas e escovavam tapeçarias, deixavam entrar ar fresco e espalhavam lavanda e sachês perfumados nas cômodas. O feno das latrinas foi trocado. As lareiras foram meticulosamente limpas e receberam lenha aromática de macieiras. Ao voltarmos das Matinas, com o sol ainda baixo no céu, já se ouviam os tinidos e as pancadas vindos da cozinha, a ruidosa agonia mortal das aves, e sentia-se o cheiro das iguarias que ferviam vigorosamente. Nós, as filhas (todas, não necessariamente por coincidência, com nossas melhores roupas primaveris, enfeitadas de fitas e bordados), que tínhamos sido convocadas ao trabalho, tirávamos a poeira dos alaúdes e das violas que estavam na prateleira e arrumávamos as partituras. E, lá fora, onde dame Alice continuava a se ocupar da inspeção majestosa, ainda que ligeiramente inquieta, de suas tropas (lançava um olhar atento rio abaixo a fim de enxergar os barcos que poderiam estar se aproximando da escada que levava à nossa casa), via-se o que parecia ser um reforço inteiro de rapazes de Chelsea, podando entusiasticamente a amoreira que fora a primeira árvore de meu pai, então recente proprietário de terras, a florescer — *Morus*, amoreira em latim, e também o nome que meu pai se dava (ele era autodepreciativo o bastante para achar engraçado o fato do termo latino também significar "bobo"). Outros jovens moldavam os inocentes pés de alecrim, ou amarravam as árvores para direcionar seu crescimento no pomar, fazendo-as parecer prisioneiros esquálidos. As peras, maçãs, damascos e ameixas, frutas que seriam nossa alegria no verão futuro, eram então apenas brotos e botões, vulneráveis a uma geada tardia enquanto tomavam a forma que teriam.

O jardim continuava a atrair todos para fora, além do rio depois do portão. Não o nosso trecho de águas agitadas, que os moradores do lugar diziam dançar ao som de violinos afogados, e que notoriamente dificultava não só a navegação como a atracação. Não os barquinhos que os moradores do vilarejo usavam para pescar salmões, carpas e percas. Não a vista do tranquilo litoral distante, onde o bosque de Surrey, com seus patos selvagens e aves aquáticas, se estendia até as colinas de Clapham e Sydenham. Mas a faixa de rio, avistável daquele ponto do jardim que meu pai mais gostava, a área elevada que permitia a melhor visão possível de Londres — telhados, fumaça e torres de igrejas —, que fora o nosso lar até nos tornarmos ricos e poderosos, e que ele, quase tanto quanto eu, não aguentava passar um dia sem rever.

Primeiro surgiram Margaret e Will Roper, de braços dados, dignos, imponentes, casados, instruídos, modestos, belos e felizes, e me parecendo, nessa manhã singular, insuportavelmente presunçosos. Margaret, a filha mais velha da família More, e minha irmã adotiva, tinha 22 anos, assim como seu marido, e era um ano e pouco mais moça do que eu; mas os dois já estavam tão bem instalados em sua felicidade conjugal que tinham se esquecido do que era solidão. Em seguida, Cecily com seu novo marido, Giles Heron, e Elizabeth, de apenas 18 anos, com o seu William Dauncey, todos os quatro mais jovens que eu, e todos sorrindo afetadamente pelo secreto enlevo dos recém-casados, sem falar no deleite ainda mais óbvio daquelas que tiveram a sorte de realizar casamentos vantajosos com seus amores da infância e de ver o progresso nas carreiras dos maridos devido a viagens frequentes à corte e a apresentações aos ilustres e bons. Depois, o avô, o velho Sir John More, de peito estufado e solene numa capa debruada de pele (ele atingira uma idade em que correntes de ar primaveris o preocupavam). E, vestindo apenas a camisa de baixo, o caçula dos quatro filhos da família More, o jovem John, tremia de frio e, de tão entretido em espiar as águas do rio, desfolhava distraidamente uma roseira, picando as folhas em pedacinhos, até dame Alice se materializar ao seu lado, censurando-o pelo comportamento destrutivo e ordenando-lhe que se agasalhasse melhor contra as brisas vindas do rio. Em seguida, Anne Cresacre, outra protegida como eu, conseguia, de maneira irritante, se mostrar naturalmente bonita enquanto se posicionava, com seus 15 anos e um bordado, perto de John. A meu ver, não havia necessidade nenhuma de todas aquelas saias pregueadas cobrindo as longas pernas de Anne, daquele cantarolar com voz macia, nem daquele rostinho de sorriso delicado que ela exibia sempre que John estava por perto. Era óbvio. Com todo o dinheiro e as propriedades que os pais tinham lhe deixado, meu pai permitiria o casamento entre John e Anne assim que ela atingisse a maioridade. Do contrário, por que criar uma protegida rica? De todas as suas protegidas, meu pai só se esquecera de realizar arranjos matrimoniais para mim, mas eu era, na verdade, velha demais para me casar com seu único filho. Anne Cresacre nem precisava fazer tanto esforço. Principalmente porque era fácil perceber, pelo jeito devotado como John a olhava, que ele, embora não fosse muito inteligente, compreenderia que fora apaixonado por ela a vida toda.

O sol bateu no rosto de John quando ele voltou, já com roupas mais adequadas, e seus olhos piscaram dolorosamente contra a luz crua. De repente, o mau humor que tomara conta de mim durante um inverno inteiro de comemorações dedicadas aos outros — uma festa de casamento conjunta para Cecily, Elizabeth e seus maridos, seguida das festividades de Natal para toda a nossa recém-ampliada família — pareceu passar, e me veio uma súbita simpatia pelo menino quase da altura de um homem.

— Está com dor de cabeça de novo? — perguntei a ele num sussurro.

O rapaz acenou positivamente com a cabeça, procurando, como eu, não chamar a atenção de ninguém para a minha pergunta. A cabeça dele doía o tempo todo; os olhos não eram fortes o suficiente para aguentar o enorme tempo de estudo que nos era exigido, e, além disso, ele temia um desempenho que não agradasse a meu pai ou não impressionasse a bela Anne, o que só piorava suas condições. Segurei o braço magro de John e descemos o caminho até o lugar onde havíamos plantado verbena na primavera anterior. Ambos sabíamos que a planta ajudaria a melhorar as dores de cabeça, mas a moita que sobrevivera ainda estava dura do inverno.

— Tem algumas ervas secas na copa — sussurrei. — Farei uma guirlanda quando voltarmos para casa, para você usá-la por algum tempo ao se deitar depois do almoço.

O rapaz não disse nada, mas eu podia sentir sua gratidão pela maneira como apertou minha mão contra suas costelas ossudas.

Um momento de bondade o tranquilizara; era também o bastante para adoçar minha visão em relação a tudo. Quando dame Alice voltou de um pequeno passeio espontâneo pelo jardim, juntando-se ao grupo reunido como que por acaso e olhando atenta para a torre da catedral de St. Paul, emocionei-me ao ver que nossa madrasta — a segunda mulher de More, que se casara com ele pouco antes de minha vinda para essa casa e que cuidava amorosamente dos quatro filhos e das protegidas dele como se fossem dela — tinha, discretamente, se empenhado no penteado. Ela sempre ria daquilo, mas não achava graça nenhuma quando meu pai caçoava do tamanho de seu nariz. A grande beleza de dame Alice estava em sua testa, bela e larga, e, nesse momento, vi que o cabelo — cujos fios grisalhos eram escurecidos com o chá de sabugueiro que eu fazia para ela e que tanto a agradava — fora penteado para trás, a fim de mostrar a pele lisa e luminosa em seu esplendor.

As alfinetadas de meu pai podiam ser cruéis. Até mesmo Anne Cresacre, que tinha nervos de aço, chorou de frustração em seu aniversário de 15 anos ao receber o presente dele. Anne esperava que a caixa contivesse o colar de pérolas que ela desejava havia tempos. Mas dentro dela não havia nada senão uma fileira de ervilhas. "Não devemos esperar chegar ao Céu ao nosso bel-prazer ou em colchões de plumas", foi o único comentário dele, acompanhado daquele olhar irônico, curioso e longínquo como o de um pássaro, que nos fazia lembrar que ele usava sob as vestes uma camisa de cilício e não bebia nada a não ser água. Anne, pelo menos, teve presença de espírito suficiente para superar a decepção e lhe dizer, durante a refeição, encantadora como sempre: "Essa foi uma lição tão importante que não vou esquecê-la nunca." Palavras que a fizeram receber um daqueles sorrisos repentinos e radiantes que obrigavam a pessoa a se esquecer da própria fúria e se dispor de novo a fazer qualquer coisa por ele. Então, tudo correu bem dessa vez, e, seja como for, Anne Cresacre sabia cuidar de si. Mas acredito que ele deveria ser mais gentil com a própria esposa.

Dame Alice podia fazer o que quisesse com o cabelo nesse dia. More era o único que não estava ali. Ele estava longe, em algum outro lugar, como sempre acontecia desde que nos mudamos para Chelsea. Assuntos da corte; negócios do rei. Perdi a conta do que, quando ou onde. Mesmo ao reaparecer, com ar cansado e novas esporas douradas, com as quais ele realmente não sabia o que fazer, batendo-as inutilmente contra os flancos enlameados de um cavalo, todos nós saíamos correndo para vê-lo, mas ele simplesmente se fechava nos aposentos privados que mandara construir no jardim — seu novo edifício, sua cela de monge — e rezava, se açoitava e jejuava. Mal o reconhecíamos. Mas eu o ouvira prometer a dame Alice, da última vez que partira, que voltaria assim que o pintor chegasse. E, pela manhã, por acaso eu a vi arrumar alguns dos trajes mais imponentes de meu pai — a capa brilhante debruada de pele, o gibão, preso a mangas de veludo lustroso, pregueadas e compridas o suficiente para esconder a aspereza das mãos de que ele secretamente se envergonhava. Ele queria acreditar que desejava encomendar seu retrato para que pudesse mostrá-lo e, desse modo, retribuir aos amigos eruditos da Europa que sempre enviavam os deles. Mas o fato de se fazer pintar vestindo tais roupas falava mais. Mesmo nele, não era possível eliminar inteiramente a vaidade mundana.

E, assim, devorávamos o rio com os olhos. Eu quase sentia a espera e o ímpeto do desejo de cada um. Ansiosos por posar para Hans Holbein, o jovem que, vindo da Basileia, nos fora enviado por Erasmo — um exemplo vivo da contínua afeição do velho humanista por nós, mesmo muito depois de Erasmo já ter deixado de morar conosco e ter voltado para seus livros, além-mar — em memória dos bons e velhos tempos em que os amigos de meu pai eram pensadores, e não os bispos de rosto esquálido cuja companhia ele passou a preferir. Naquele tempo, as ideias ainda eram jogos, e a pior discussão imaginável fora a de Erasmo com More acerca do nome que este deveria dar ao livro que estava escrevendo sobre um lugar imaginário (que acabara sendo um livro tão lido quanto as obras de Erasmo). Estávamos ansiosos para nos mostrar como pessoas cultas, realizadas e educadas em uma escola familiar experimental que Erasmo sempre colocava nas alturas, com elogios quase embaraçosos e seu jeito encantador, por toda a Europa, como a Academia de Platão em sua versão moderna. E ansiosos para, pelo menos na tela, voltar a um tempo em que estávamos todos juntos.

Exceto eu. Embora meu olhar estivesse voltado para o rio tão ansiosamente quanto o dos outros, certamente não estava à espera de nenhum artista alemão que viesse de longe, se sacudindo todo, com uma pilha de caixas e malas salpicadas de manchas. Ele chegaria a seu tempo. Por que não? Afinal, ele tinha um mundo a ser conquistado, uma recomendação em seu bolso e a oportunidade de construir uma reputação ao pintar o retrato de nossos famosos rostos. Não, eu estava esperando outra pessoa. E mesmo que esse fosse um sentimento secreto, uma espécie de espera infantil — mesmo que não tivesse motivo para acreditar que meu sonho estivesse prestes a se realizar e que o rosto que eu tanto queria ver realmente pudesse surgir em minha frente —, a intensidade com que eu olhava cada barco que passava não diminuía. Eu estava à espera do meu antigo professor. Da minha esperança no futuro. Do homem que sempre amei.

John Clement foi morar conosco quando eu tinha 9 anos, não muito depois do falecimento de meus pais, quando fui mandada de Norfolk para Londres, onde passaria a viver e a ser educada como membro da família de Thomas More. John Clement lecionava latim e grego na escola que John Colet, amigo de meu pai, instituíra no adro da catedral de St. Paul, e que era motivo de grande paixão do pai, de Erasmo e de todos os outros amigos daquela época — entre eles, Linacre e Grocyn.

Naquele tempo, tudo era entusiasmo e novidade para todos os amigos eruditos de meu pai. Quando o novo rei foi coroado e as ruas de Londres se cobriram de flâmulas douradas para festejar — um sinal evidente de que não haveria mais a sovinice do velho rei Henrique —, eles acreditaram que, de certo modo, assistia-se ao começo de uma nova era de ouro, na qual todos saberiam grego, estudariam astronomia, limpariam a Igreja de sua sujeira medieval, sorririam o dia inteiro e todos viveriam felizes para sempre. Erasmo me contou um dia que a carta enviada por seu patrono, Lord Mountjoy, convocando-o à Inglaterra sem demora, com cinco libras para as despesas de viagem, era um texto quase alucinado de tanta euforia e esperança diante do reinado do novo rei Henrique. "Os céus riem; a terra se regozija; tudo mana leite e mel", escrevera ele.

É claro que todo aquele leite e mel em que eles nadavam na época teria talhado se eles ao menos soubessem da rapidez com que tudo fracassaria. Se soubessem que, em dez anos, o gracejo divertido acerca dos maus caminhos tomados pela velha Igreja se transformaria na feroz batalha religiosa de agora. Que um dos discípulos europeus de Erasmo, o padre Martinho, de Wittenberg, levaria o conceito de reforma religiosa a tal extremo que os camponeses por toda a Alemanha começariam a incendiar igrejas, a denunciar o papa e a declarar guerra tanto aos governantes espirituais como aos não religiosos. Que a reação de More seria a de abrir mão de sua vontade de eliminar a corrupção na Igreja e, em vez disso, passar a ocupar um cargo na corte, ficar rico e se transformar no mais feroz defensor da fé católica contra os novos reformadores radicais a quem passou a chamar de hereges — uma reviravolta tão dramática que não ousávamos nem discuti-la e nem sequer mencioná-la. Que Erasmo, o único a preservar a esperança de que entraríamos numa era mais civilizada de debate e tolerância, quando o novo rei ascendesse ao trono, sairia de nossa casa e voltaria para a Europa, onde passaria a velhice caçoando exaustivamente de seu maior amigo inglês por este ter se tornado um "perfeito cortesão" e se perguntando por que motivo os doces sonhos do amigo teriam se transformado nesta realidade malévola.

Mas mesmo naqueles dias passados, o grupo de felizes humanistas não se contentava em simplesmente se reunir o dia inteiro e rir da maravilha que representava o fato de estarem vivos naquela vida de leite e mel. Eles tinham de fazer algo que marcasse o início da idade de ouro. Primeiro, havia a escola de St. Paul. E depois, quando meu pai percebeu o número de crianças que reunira em sua casa — seus quatro filhos e os órfãos, como eu, Giles e Anne — ele conseguiu a permissão do deão Colet para contratar um professor da escola e instituir sua própria academia humanista.

Os aposentos de John Clement ficavam no topo da antiquada casa de pedra em que fomos criados, em Londres. A casa, devido ao grande número de tábuas rangedoras e pequenos corredores escuros e quartos secretos, poderia facilmente ser confundida com um navio, o que justificava que tivesse o simpático nome de Velha Barca. O quarto dele ficava no final do corredor, no lado oposto ao de nossos quartos, e era contíguo ao de Erasmo e ao de Andrew Ammonius. Se estivéssemos brincando no corredor, tínhamos de andar na ponta dos pés ao passar pela ala dos mais velhos, para não perturbá-los enquanto pensavam.

John Clement era alto e forte — um gigante gentil de nariz aquilino e feições aristocráticas num rosto comprido de semblante triste e sombrio, que facilmente poderia nos dar a impressão de mau humor, caso não ostentasse sempre um ar entediado, bondoso e até nobre. O cabelo era preto, e os olhos, de um azul-claro que parecia conter o céu. John tinha a idade de nosso pai só que mais alto, com ombros largos de guerreiro. Poderíamos imaginar a energia física que havia nele — depois do almoço, em vez de dormir, ele caminhava pelas pedras que pavimentavam Walbrook ou Bucklersbury Street em passadas largas e com grande impaciência e nos ensinava as letras latinas e gregas pregando-as num alvo que havia no jardim e fazendo com que atirássemos setas nelas. Éramos crianças da cidade, criadas no meio de uma elite mercantil de burgueses e magistrados cujos arcos e flechas, por exigência da lei, juntavam poeira pendurados num gancho, e nunca havíamos levantado uma espada sequer. Essa era, portanto, nossa única experiência com as aristocráticas artes marciais. Amávamos a atividade. Dame Alice mostrou-se espantada com a opção de John Clement, mas meu pai apenas riu. "Deixe-os experimentar de tudo, mulher", disse ele. "Por que não?"

Apesar do corpo longilíneo, atlético e musculoso, e dos reflexos rápidos, não havia nada em John Clement que indicasse algum desejo de luta. Havia nele uma autoridade natural que nos infundia respeito, mas era também muito paciente conosco, as crianças, e estava sempre pronto a ouvir as pessoas e a conhecer as histórias que contavam; era uma presença paternal e reconfortante. Não se parecia com os adultos que conhecíamos — os brilhantes oradores e pensadores que se sentavam à mesa de nosso pai — porque era tímido e não falava de si. Lia muito, estudava grego em seu quarto, mas era modesto ao partilhar suas ideias e pensamentos com os adultos, mostrando-se principalmente calado e respeitoso diante das grandes mentes que meu pai reunia à sua volta.

A situação era diferente quando John estava a sós conosco. Ele era tão competente nos jogos de palavras que dificilmente nos dávamos conta de que, ao mesmo tempo, estávamos aprendendo latim e grego, retórica e gramática. Para nós, era tudo um grande jogo: melodias e contrapontos verbais que deixavam nossas vozes à beira do riso, e uma única voz, a dele, que harmonizava as brincadeiras.

De todos os jogos, o que ele melhor jogava era o de história. As aulas formais de retórica — estudamos retórica e gramática por alguns anos antes de passarmos a artes mais elevadas, como música e astronomia — provinham dos jogos de história de que tínhamos participado, todos juntos. Assim como as aulas de tradução do latim e de iniciação ao grego. Ele usava fragmentos de casos corriqueiros e populares sobre guerras passadas e tramava-os em contos arrojados que possibilitavam às crianças menores do grupo se divertir tanto quanto Margaret e eu. Inseríamos os casos mais assombrosos ocorridos em nossas vidas na história representada e então traduzíamos a última parte da peça para o latim e, depois, de novo para o inglês. Um dia, quando eu ainda era muito jovem e gulosa, deixei meu pensamento voar até os morangos que amadureciam na horta, transportando meu desejo de comê-los a uma cena histórica. Assim, obriguei o malvado rei Ricardo III a fazer uma pausa antes de um ato de vilania e dizer ao bispo de Ely: "Milord, quando estive em Holborn, vi belos morangos em seu jardim. Peço-lhe que nos envie alguns." E todos riram. Meu pai entrou na sala de aula e nos ajudou a escrever o episódio, *exertationis gratia* — graças ao exercício. Ele então nos disse que um dia escreveria uma história adequada de Ricardo III e mandaria publicá-la. E acrescentou que a obra teria como base nossos jogos teatrais, além daqueles que John utilizara com os meninos da escola de St. Paul quando ali ensinara. E, no decorrer de nosso almoço daquele dia, serviram-nos um prato de morangos.

Mas nem tudo eram risos e morangos. Também havia algo de triste em John Clement: um desamparo, uma suavidade que eu não encontrava nos brilhantes e agitados More.

Numa quinta-feira chuvosa, John encontrou-me sozinha em meu quarto, chorando diante da pequena caixa com alguns pertences que eu trouxera de Norfolk. O anel de sinete de meu pai (eu estava me lembrando de que ele o usava no dedo mindinho — gordo como uma salsicha) e um livro de orações que pertencera a minha mãe, a quem nunca vi, pois ela morreu quando nasci, mas que, segundo meu pai me disse, era muito parecida comigo — morena, de nariz e pernas compridas, pele macia, um ar sério, mas sempre com uma promessa de travessura nos olhos. Eu não me lembrava com detalhes de meu pai verdadeiro (exceto o que me foi informado oficialmente: era um cavalheiro que deixara para mim um dote suficiente apenas para que, após sua morte, eu fosse adotada por algum londrino rico). Mas eu ainda sentia seu calor. Meu pai era uma espécie de urso que gostava de abraçar, de cara vermelha e uma cabeleira desgrenhada e escura. E, quando eu estava dentro desse abraço, meio sufocada, mas feliz, não havia dúvida de que ele sempre me protegeria. Nos braços dele, falando, gentil e amorosamente, sobre a pessoa que ambos perdêramos, era como se nosso desejo de tê-la de volta quase pudesse recriá-la. Ela estaria ajoelhada, rezando, com o livro na mão. (Essa era a única maneira que eu tinha de imaginá-la — era assim que ela aparecia na efígie que havia na capela — impossível saber qual seria minha sensação quando essa mulher perfeita me tocasse ou falasse comigo.)

Meu pai e eu estávamos unidos por esse amor. Nada me preparou para a manhã em que retornou da caça trazido no lombo de seu cavalo. Ele quebrara o pescoço ao dar um salto — uma morte estúpida. Ninguém me consolou. Não se é mais criança aos 9 anos. Vesti-me para o funeral, deixei cair um punhado de terra sobre o caixão e, então, comecei a viver alguns anos silenciosos pelos corredores: atenta, escutando às escondidas os planos que advogados e parentes faziam sobre meu destino; pescando informações no ar, guardando-as como um colecionador, estocando minhas poucas recordações e quaisquer objetos de meus pais que eu pudesse guardar, até ser mandada embora dali e passar a vigiar outros corredores por onde passavam outras pessoas. Minha mãe conhecera Thomas More havia muito tempo, em Londres, antes do casamento dela. Foi um capricho da parte dele — um gentil capricho — me aceitar. Mas More queria que eu o considerasse meu pai dali em diante. Foi o que ele me disse com uma expressão de doçura quando surgi na Velha Barca.

Evidentemente, naquela época, eu não conhecia o impacto da fama e das ideias daquele homem pela Europa. E também não tinha a menor noção de que, pela proximidade de nossa convivência, eu estaria inserida em círculos de grande importância intelectual, nos quais é possível encontrar um gênio em cada cômodo da casa, às vezes com um ou até dois gênios sobressalentes. Ou que nós, as meninas — eu teria algumas novas "irmãs" —, seríamos apresentadas como as únicas mulheres de espírito da Cristandade. Naquele primeiro dia, notei apenas o rosto gentil daquele a quem chamaria de "pai": bondoso, de traços cheios de vida e luminosidade. Simpatizei com ele imediatamente, tanto com o rosto e o sorriso, quanto com o corpo compacto e a sensação transmitida a todos de que a única coisa importante para ele era o bem-estar de cada um. Mesmo sem substituir inteiramente meu verdadeiro pai, a presença de Thomas More era confortadora e agradável o suficiente para que a criança de campo que eu ainda era se sentisse ávida para experimentar chamá-lo de "pai" ao olhar para ele, cheia de uma esperança de difícil compreensão.

A vida com os More me propiciou muitos tipos de alegria que eu nunca imaginara aos 9 anos; e, naquele momento, eu não poderia pensar numa vida diferente toda de participante dessa sociedade familiar de intelectos grandiosos. Mas a realidade da relação com meu pai jamais correspondeu a essas primeiras esperanças. Ele era bom, correto e distante. Não havia abraços, nem gestos de consolo, nem momentos especiais. Ele me mantinha a certa distância. E guardava os abraços e as brincadeiras para os próprios filhos: Margaret, Cecily, Elizabeth e John.

E ele poupava seu escárnio para a madrasta de seus filhos, Alice, uma viúva, oito anos mais velha do que ele, que se unira a More cerca de um ano antes de minha chegada a essa casa, levando consigo as propriedades que eram dela e um forte senso prático para lidar com a vida. Os hóspedes estrangeiros de meu pai tiveram mais dificuldade de se relacionar com a nova senhora More do que com a primeira mulher de modos delicados. Ao passar pelo corredor do andar de cima tarde da noite, quando Erasmo e Andrew Ammonius cochichavam em grego, certamente se ouviriam as palavras "bruxa" e "harpia de nariz adunco" no meio da conversa. Mas More não era a flor delicada que seus amigos estrangeiros eruditos eram. Ele tratava dame (nós, as crianças, a chamávamos assim, meio de brincadeira — o nome parecia lhe servir) de igual para igual. Respondia às caçoadas da mulher como um legítimo londrino. Gostava de sua comida simples, de seu jeito irreverente de falar e, após fracassar nas tentativas de lhe ensinar latim, obteve sucesso ao ensinar-lhe ao menos um pouco de música. A nova esposa de meu pai instigara nele uma certa robustez e um caráter mais realista, muito embora o casamento tivesse coincidido com (e talvez causado) o fim de algumas de suas amizades com os humanistas. Seja como for, essa relação agradou a mim e aos outros órfãos que a família adotou, uma vez que ninguém poderia ser mais bondosa nem dirigir um lar de forma mais acolhedora que dame Alice. Mas ninguém na família me tratava como alguém querido. E eu daria praticamente qualquer coisa para conviver com alguém que agisse como se eu fosse especial.

No decorrer de meus primeiros anos ali, eu quase nunca baixava a guarda, a não ser na relação com os livros que passei a ler (algo que nunca teria feito se tivesse permanecido em Norfolk). Sem me sentir genuinamente aceita por meu novo pai, tive dificuldade de travar amizade com minha nova madrasta e com meus novos irmãos. Um coração vazio era mais confiável que a escuridão. À noite eu acordava com os maxilares doídos por não conseguir chorar; acabei sendo colocada num quarto onde dormia sozinha porque rangia os dentes. Ficar sozinha era tão agradável como aterrador; aterrador porque não sabia o que fazer com a sensação intensa, sombria, lamurienta, dolorosa e sufocante que às vezes tomava conta de mim quando não havia ninguém diante de quem representar.

Até que o professor, com seu corpo alto e seu cabelo escuro emaranhado, apareceu, quando eu estava perdida demais em meus sentimentos para parar, e se postou diante de mim com os olhos cheios de lágrimas, exatamente como eu.

— Eu compreendo como você se sente, pequena Meg — disse ele, com voz suave, mostrando compreender tudo em tão poucas palavras que minha vergonha se transformou em espanto. — Perdi meu pai quando era menino. Sou órfão como você.

E me abraçou, e deixou que eu me aninhasse na escuridão do esquecimento de seu peito e seus braços como uma criança perdida, e chorasse toda a mágoa que havia em meu coração. Em seguida, entregou-me um lenço para que eu enxugasse os olhos e me levou para passear com ele.

— Venha — disse com voz despreocupada, me parecendo até um pouco matreiro e conspiratório, enquanto nos esgueirávamos pela porta da frente na hora em que os outros tiravam uma soneca após a refeição do meio do dia. — Esperemos que ninguém desperte — acrescentou ele.

Isso deve ter ocorrido quando eu tinha 13 ou 14 anos. Nós estávamos no início do ano, fazia frio, como era comum em Londres, e um chuvisco intermitente batia em nossos rostos. Mesmo assim, quando começamos a andar por Walbrook (já pavimentada àquela época, embora nossa casa, que ficava na esquina, mantivesse o nome de Velha Barca, como era chamada desde o tempo em que o caminho era de fato um riacho e os barcos subiam por ali vindos do Tâmisa), a rua fedia. O que era natural, uma vez que a vala do esgoto ficava a apenas alguns metros dali. E, como também era natural, nenhum de nós queria caminhar naquela fedentina.

— Diga-me... — começou a falar John Clement, com um vinco na testa.

Achei que ele me perguntaria sobre meu verdadeiro pai, mas eu também percebi que meu tutor, um adulto, não sabia como continuar a frase nem que palavra consoladora utilizar. Não me senti à vontade para encorajá-lo a falar; era assunto íntimo demais para uma conversa. Então talvez tenha sido eu que, tomando uma rara decisão pelo outro, fiz John Clement mudar de direção. Assim, afastando-nos dos odores de Walbrook Street e entrando na perfumada Bucklersbury Street, chegamos à sombra da igreja de St. Stephen — onde as pedras do calçamento eram mais novas e lisas, e os cheiros, mais agradáveis, e estávamos melhor abrigados da chuva.

Alguns dos farmacêuticos e herboristas instalados em Bucklersbury tinham lojas, com balanças na vitrine e ervas, temperos e conservas nas prateleiras e nos armários. Alguns faziam seu comércio na rua. Em nossa caminhada, fomos acompanhados por um mendigo louco, cujos olhos se reviravam e que gritava de forma cômica: "Chifre de unicórnio! Chifre de unicórnio!" John Clement riu e deu uma moeda para que ele se afastasse, mas isso apenas fez com que o homem, que disse se chamar Davy, nos seguisse mais de perto e mais ruidosamente do que nunca. O que John acabou comprando para mim não foi o chifre de unicórnio, nem o sangue de dragão, nem o melado que os comerciantes mais respeitáveis vendiam, nem mesmo o crocodilo pendurado na loja sob a placa na qual havia uma harpa. Mas sim uma garrafa com uma delicada pintura de flores na barraca que uma velha camponesa instalara junto a um muro afastado do trecho mais movimentado do comércio.

— Bom-dia, senhora — disse ele gentilmente à mulher. — Estou procurando extrato de amor-perfeito. — E então a velha cabeça branca e enrugada assentiu sabiamente, dirigindo-se a nós dois com um brilho nos olhos pálidos.

— Afasta as tristezas... anima o espírito — disse ela, com ar douto. — Adicione-o a um cálice de vinho. Duas vezes ao dia, de manhã e à noite, seis gotas.

Ele me apresentou a garrafa com um floreio de adulto.

— Para a tristeza — disse gentilmente. Acrescentou então seu mote favorito: — Nunca olhe para trás, o amanhã traz novas alegrias. — Mas não me olhou diretamente nos olhos. Era como se esse homem, meu professor, tivesse se tornado de repente um tanto tímido.

Guardei o amor-perfeito em sua bela garrafinha. (Não consegui tomá-lo, mas fez efeito assim mesmo.) Foi apenas o primeiro de meus presentes nas caminhadas por Bucklersbury Street, porque foram muitas as nossas idas e vindas. Aquele foi o início de nosso fascínio conjunto pelos segredos da rua. Não foram somente aqueles dois herboristas — Davy Maluco e os chifres de unicórnio, pés de porco e histórias incríveis, e a velha Nan com suas belas poções coloridas — que nós então conhecemos. Esses foram os meus prediletos, mas havia mais uma multidão de gente esquisita amontoada em Bucklersbury. Alquimistas, barbeiros, médicos, tira-dentes. Além de cientistas, impostores e adivinhos. Conforme se passaram as semanas e os meses, conhecemos todo e qualquer sábio e excêntrico daquele lugar.

Toda semana, sempre às quintas-feiras. Era o nosso segredo. Eu vestia minha capa depois do almoço e ficava à espera dele perto da porta. ("Você parece um cão fiel, aí à espera", disse Elizabeth, com um risinho forçado, ao me ver ali um dia. Mesmo com 8 anos, sua língua era afiada. "Você me faz ter vontade de lhe dar uns pontapés." E me lançou um sorriso hostil. Mas não me importei com suas palavras.)

E, toda quinta-feira, John me dava algo para a caixa de remédios que eu estava organizando. Quando eu tinha 15 anos, meu pai convidou John Clement a acompanhá-lo ao continente para trabalhar como seu secretário durante o verão — na primeira missão diplomática de meu pai, que os levaria de Calais a Bruxelas. John ficou encantado com o convite inesperado e considerou-o um gesto de confiança, uma vez que essa missão representava a entrada de More no círculo do rei. Dessa viagem, John trouxe-me um presente ainda mais importante como recordação de nossos passeios: uma balança para pesar as substâncias que eu continuaria a comprar sozinha e sobre as quais lhe contaria na época da colheita.

Mas John não voltou para nossa companhia no fim do verão. Meu pai voltou só. E não me deu explicação sobre o que acontecera a ele — como se nunca tivesse reparado na amizade entre nós dois —, mas disse apenas uma frase insípida, dirigida a todos que estavam presentes a essa primeira refeição à mesa da família. "É preciso que John amplie seus horizontes", disse. "Eu o ajudei a lecionar algumas aulas em Oxford. Não são muitos os que sabem grego por lá."

Os olhares lançados a mim por meu pai eram bondosos como sempre, e o estímulo que ele dava a meus estudos era caloroso. Mas eu sabia que ele se sentia mais à vontade para falar de filosofia e expressar publicamente sua benevolência do que para expor sentimentos íntimos, e descobri que eu não era ousada o suficiente para chamá-lo em particular e me arriscar a falar de questões pessoais. Eu não encontrava coragem para lhe pedir mais informações sobre John, o primeiro adulto com quem criara fortes laços de amizade — alguém cuja ternura aparente me fizera lembrar de meu passado no campo — e que desaparecera sem justificativa. Refugiei-me nos livros e retomei a vigilância. Mas, apesar de toda a tristeza pela segunda perda de um adulto de quem me tornara íntima, encontrei forças para encará-la filosoficamente e ver o que de bom tinha me restado. Minha amizade com John sofrera uma interrupção, mas meu fascínio pelas ervas e pela cura continuava presente. Para a menina sem jeito, estudiosa, mas ligeiramente tímida que eu era, sempre hesitante quanto ao momento certo de me expor ou de expressar ou não uma emoção, a habilidade de tratar os que estavam perto de mim dos pequenos males da vida cotidiana era, no mínimo, um alívio: não só meu modo de encontrar meu valor, minha pequena centelha de genialidade na grande fogueira de energia mental da família More, mas também, e talvez até mais importante que isso, meu jeito de expressar amor.

Embora John não tenha me escrito nos anos que se seguiram, eu me mantive atenta a qualquer menção ao nome dele nas conversas dos outros. Foi assim que descobri que sua primeira aula de grego fora a mais frequentada em toda a história da universidade. Foi assim também que descobri, aproximadamente um ano depois, que ele partira de novo — no tipo de viagem empreendida pelos homens do círculo erudito ligado à família More. Ele fora à Itália — Pádua e Siena — estudar medicina. John aprendera grego quando frequentara outra universidade do continente, muito tempo antes, antes mesmo de começar a lecionar; acho que tinha sido em algum lugar dos Países Baixos, embora ele nunca falasse a respeito. Talvez ele sentisse que, naquele momento, não havia nada que o atraísse a Londres. Nenhum parente. Nenhum amigo íntimo. Ele provavelmente achava que eu era apenas uma criança que precisava de simpatia, e me esquecera.

Tivemos muitos tutores depois disso, e enchemos nossas cabeças com tanta geometria, tanto grego, tanta astronomia, tanto latim, tantas orações e exercícios de música, que começamos a ser exibidos diante de toda a gente como exemplo do novo saber. Não havia nada de reservado em nossas vidas, apesar de, após nos mudarmos para Chelsea, termos nos instalado longe da corte. Estávamos sempre à mostra. Meu pai mandava publicar todos os textos que tivéssemos produzido: todas aquelas cartas diárias que tínhamos que lhe escrever durante nosso horário de estudos, incluindo os exercícios de composição de poesia e de argumentação, a tradução de todos os nossos pensamentos do latim para o grego e para o inglês, e vice-versa, mostravam que tudo era muito menos reservado do que pensávamos que fosse. Ele mandava os melhores trechos para Erasmo, queixando-se de que nossa letra era péssima, e esperava que Erasmo se mostrasse "assombrado" com nossa inteligência e estilo — o que, evidentemente, Erasmo gentilmente fazia. E até as cartas que nosso pai nos mandava — cartas em latim para a *schola*, nas quais ele falava sobre seu profundo e terno amor por todos nós, sobre a frequência com que nos tomava nos braços, como nos alimentava com bolo e peras, como nos vestia com roupas de seda e tudo o mais — também eram publicadas, revistas e melhoradas, mesmo muito depois de esses fatos terem ocorrido.

Sim, quando surgiu a ideia de encomendar o retrato de nossa família, já era um hábito de meu pai contar histórias interessantes sobre nosso brilhantismo durante a principal refeição do dia. Ele gostava de dizer às pessoas que não havia motivo para que os cérebros das mulheres, ainda que se constituíssem num solo espiritual mais pobre que os dos homens, não produzissem plantas maravilhosas, desde que fossem lavados e plantados adequadamente. E também se gabava de ser um pai tão magnânimo que jamais batera em seus filhos senão com penas de pavão. Na realidade, nossa educação se tornara tão conhecida que os Eliot e os Parr passaram a copiar os métodos de ensino de More. Se não tomassem cuidado, a pequena Katharine e o pequeno William Parr corriam o risco de se tornar tão inteligentes quanto nós. O pai, que chegara até a se interessar por minha modesta habilidade em medicina (claro que eu, já crescida, não me limitava mais ao simples manuseio de algumas ervas medicinais, mas também lia algo de Galeno e Hipócrates, que, a meu ver, estariam sendo estudados por John Clement na Itália), passou a pedir aos outros que também lessem mais obras médicas.

Entretanto, não me tornei a amiga preferida de nenhum dos tutores que tivemos depois de John Clement. Ninguém sequer se preocupou em me arranjar um marido durante todo o período de aliança entre famílias dos últimos meses, a que meu pai dedicara tanto de seu tempo e de seu esforço em benefício dos outros. A situação me deixou um tempo enorme para pensar com saudade em John Clement, por quem eu acreditava ter sido um dia amada, embora naquele momento isso fosse impossível, uma vez que as únicas notícias sobre ele que recebíamos eram menções ocasionais em cartas, da Basileia ou de Bruges, escritas pelos amigos eruditos que não frequentavam mais a nossa casa.

Até ontem. (Parecia inacreditável que tivesse se passado apenas um dia, e ali estava eu de coração acelerado à espera dele.)

Ontem, quando Elizabeth de repente se inclinou para a frente ao final do almoço. Era um dia comum; dame Alice não se preocupava tanto com as leituras da Bíblia quando meu pai estava ausente, e William, o marido recente de Elizabeth, com sua voz contida, saíra da mesa para escrever cartas. Ela, com seu nariz reto, lançou-me um olhar significativo e disse, em voz baixa, para que apenas eu a ouvisse:

— Vi John Clement em Londres.

Quase me engasguei com o leite quente temperado com vinho. Mas mantive o rosto tranquilo.

— Como assim? — perguntei. — Ele está na Itália, estudando para se tornar doutor em medicina. Não está?

— Não está mais — disse ela.

Elizabeth era daquelas mulheres que eu nunca seria: nada intelectual, mas delicada, bem-arrumada e de gestos sedutores; parecia um gato, safando-se de situações embaraçosas sem nenhuma dificuldade. Era a filha mais bonita e mais materialista dos More. Fisgara William Dauncey, com seu pomo de adão e sua grande fortuna, ao lançar-lhe olhares recatados em uma festa na corte; conseguira que meu pai arranjasse para seu marido uma sinecura no gabinete do ducado de Lancaster logo depois do casamento e já procurava uma colocação melhor para ele. Desde o momento em que nos conhecemos, quando crianças, percebi que não haveria intimidade entre nós. Não me agradava pensar que era apenas a inveja de sua pele leitosa e suas belas feições inexpressivas que me fazia vê-la como uma pessoa que sempre consegue o que quer, e que poderia ser violenta como um gato selvagem se não o conseguisse. Eu preferia acreditar que percebera em seu interior um espírito mau, que eu nunca poderia amar. E agora me ocorria que essa maldade talvez a impedisse de falar caso percebesse que eu estava ansiosa para ouvir o que ela diria.

Entretanto, não pude resistir à tentação. Como quem não quer nada, perguntei:

— Interessante! O que ele está fazendo agora?

— Por enquanto, é um servidor da família real. John voltou para Londres desde que se candidatou ao cargo no verão passado. — Ela fez uma pausa. Os detalhes sobre o posto que uma pessoa ocupava nunca lhe passavam despercebidos: — Ele disse que meu pai lhe arranjou o lugar.

Nós duas deixamos passar a omissão de More em relação a fato tão importante, e o silêncio que partilhamos nos aproximou. Era melhor que algumas coisas não fossem ditas. Desde que nos mudáramos para Chelsea, tínhamos testemunhado muitas omissões eloquentes em nossa família.

— Ele estava num jantar, ao qual fomos a mando do pai, no mês passado, logo depois do casamento. O pai pretendia conseguir que William e Giles tivessem assento na próxima sessão do Parlamento — tentei, sem muito sucesso, aplacar a pontada de inveja que essa menção displicente de Elizabeth a seus projetos de esposa provocou em mim. — Estávamos nos aposentos do duque, quando, antes mesmo de entrarmos na sala de jantar, meu pai teve de repente de sair para ler algo para o rei — ela tornou a fazer uma pausa, olhando para o anel de ouro —, e, então, John Clement apareceu. Quase morri de susto... — Nesse momento, Elizabeth parou e olhou pela janela. A luz do sol nos atingia. — Está mais quente do que o habitual nessa época do ano, não é mesmo? — continuou ela, embora, dentro da sala, ainda sem nenhuma decoração devido à falta de tempo para se encomendar cortinas e quadros (daí a ideia do retrato por Holbein), as correntes de ar quase nos dessem frio. — Ele parece mais velho — disse ela, com algo de melancólico em seu rosto. E torcendo a aliança no dedo, acrescentou: — Na realidade, eu o vi bastante depois disso.

Elizabeth chegara havia três dias. Meu pai mandara buscá-las, tanto ela como Cecily, na noite de domingo, mais cedo do que imaginavam, para ajudarem nos preparativos para a chegada do pintor. Mal a vi. Ela se manteve no quarto, ocupada com suas orações e com quaisquer conversas sussurradas que jovens recém-casadas possam ter umas com as outras e não me procurou. Por que demorou tanto a me dar essa informação sobre John? E por que me falar disso nesse momento? Tive a sensação de que Elizabeth, com seu jeito dissimulado, estava me sondando. Não saber a reação que ela esperava de mim deixou-me constrangida e teimosamente disposta a não me expor.

— Ele não vai se tornar mais um "perfeito cortesão", vai? — perguntei, de olhos firmemente postos em minhas mãos destituídas de aliança.

O apelido que Erasmo dera a nosso pai, quando o vira pela primeira vez a serviço do rei, tinha pegado. Ri um riso infantil, que soou falso a meus ouvidos. Elizabeth não deu sinal de ter percebido a falsidade, mas não estava com humor para risos. Com um ar mais gentil do que o habitual, ela, distraída, brincava com a colher, mexendo nos restos do prato de carne que (com mais voracidade do que o seu usual apetite de passarinho lhe permitia) tinha devorado. Apenas sorriu.

— Acho que não, apesar de ele saber dançar, você sabia? Mas ele disse que deseja começar a praticar a medicina logo. Está tentando ser admitido no Real Colégio de Médicos.*

— E ele constituiu família? — perguntei, prendendo a respiração.

Talvez eu tenha errado ao fazer uma pergunta direta. Lembrando-me de tornar a baixar modestamente o olhar para as mãos, vi que estas não estavam onde eu as deixara. Meus dedos mexiam no broche que eu usava. Para disfarçar meu embaraço, tirei a joia e a pus na mesa.

---

*A instituição inglesa The Royal College of Physicians, inaugurada em Londres, em 1518, por Henrique VIII, foi criada por instância de humanistas da época, como Erasmo, Linacre e outros, para congregar médicos e práticas médicas sob a chancela real. *(N. da T.)*

Ela balançou a cabeça e um sorrisinho lhe surgiu no rosto, o sorriso de um pescador que começa a brincar com o peixe que o anzol já fisgou. Elizabeth mordeu o lábio e me olhou com um olhar o mais recatado possível.

— Ele disse que gostaria muito de ver a nova casa e que viria nos visitar.

Esperei. Eu tinha ido longe demais. Não valia a pena perguntar quando a visita ocorreria. Concentrei-me no jardim ensolarado.

O silêncio a perturbou.

— Na realidade, ele estava perguntando por você — continuou Elizabeth, disposta a não abrir a guarda. Sob os cílios sedutores que lhe roçavam as faces, pude perceber olhos ansiosos e atentos. — Isso foi quando ele disse que viria nos ver.

— Ah — respondi, sentindo um sobressalto no coração e, de repente, também disposta a acreditar que conseguiria me esquivar das perguntas dela. Dei de ombros, quase achando graça no jogo. — Duvido que ainda tenhamos alguma coisa a dizer um ao outro, agora que terminamos nossos estudos... embora — e, nesse momento, dei um sorriso evasivo —, é claro, gostaria muito de ouvi-lo falar das viagens que fez.

— Ah, não — Elizabeth retrucou. — Ele estava particularmente interessado em você. Eu contei como suas curas eram quase milagrosas e disse que você era praticamente médica. E disse também que você tinha lido Galeno para curar a febre de meu pai. Ele gostou do que ouviu.

De fato, curei meu pai uma vez, havia alguns anos. E realmente consultei Galeno. O livro, *De differentiis febrium*, tratava das diferenças entre as febres. Foi quando meu pai voltou de uma de suas viagens diplomáticas à França, sentindo-se exausto, com calores, suores e acessos repentinos. Nenhum dos médicos chamados à nossa casa pôde fazer nada por ele. Todos gostaram quando declarei que ele padecia do que Galeno chamara de febre terçã. Mas, na verdade, eu não poderia concordar com Galeno — o que eles chamavam de medicina heroica, com muitas recomendações para que o médico fizesse purgações e sangrias no paciente e comunicasse o diagnóstico com muito alarde —, pois parecia-me apenas fanfarronice. O que fiz foi simplesmente dar a meu pai um simples gole de uma infusão feita com a casca de salgueiro que eu tinha comprado em Bucklersbury. Um dos herboristas me disse que esse chá esfriaria o sangue do doente. E esfriou — ele estava de pé e alerta de novo em apenas um dia. Mas eu não podia dizer a nenhum dos médicos que o tratamento tinha sido fácil; teriam me achado ingênua. Era mais simples deixá-los acreditar na febre de três dias de Galeno.

— Ele me disse que foi você quem o fez se interessar pela medicina. E o motivo era seu costume de conversar com os herboristas ao caminhar por Bucklersbury — Elizabeth continuou, e eu estava consciente de seu olhar fixo em mim —, e que ele gostaria muito de vê-la novamente. E então ele acrescentou: "Seria numa quinta-feira, é claro." Mas, como vi que ele estava rindo, essa observação talvez não tivesse nenhum significado especial.

Outro silêncio.

Empurrei delicadamente meu prato.

— Isso mesmo, é sempre bom rever John. Sinto saudade dos velhos tempos, em Londres, quando muitas pessoas iam a nossa casa com a maior facilidade. Você não sente? — respondi, por fim, procurando o broche que eu própria tirara e mostrando-me tão pouco interessada na ideia de uma visita de John que a curiosidade secreta de Elizabeth, sejam quais fossem seus motivos, acabou esmorecendo.

Mas, evidentemente, não pude pensar em mais nada depois dessa conversa. E, de manhã, acordei mais cedo que de costume e cheia de esperança — porque era quinta-feira.

Tudo ocorreu de maneira muito estranha, muito além de minha imaginação. Quando, afinal, vimos algo semelhante a um bote se aproximar lentamente da margem do rio, todos nos precipitamos para a portinhola de acesso ao desembarque, como um comitê de boas-vindas excessivamente entusiasmado, e corremos para o píer, contendo à beira d'água nossos gestos espontâneos.

Mas havia duas pessoas, e não uma, acomodadas sem nenhum conforto ao redor de uma pirâmide de malas e caixas empilhadas no fundo do bote. Eram homens que pareciam não se conhecer, e tampouco conversavam um com o outro. Ambos vestidos com roupas estrangeiras. E ambos começaram a juntar seus pertences como se fossem desembarcar.

Alice fitava-os, perplexa, visivelmente interessada em saber qual deles seria o nosso hóspede, e inspecionava a bagagem à procura de indícios de tintas, pincéis ou do que mais pudesse fazer parte da parafernália de um artista.

Um deles era um sujeito atarracado, aproximadamente da minha idade, cujo rosto quadrado estava coberto, da cabeça ao expressivo queixo de homem viril, por uma camada de cabelos encaracolados, curtos e claros. Os olhos ficavam numa face de carne rígida, as bochechas eram coradas, e o nariz, pequeno. Olhava ao redor com a esperança hesitante de um estrangeiro que anseia por uma recepção calorosa. O outro era um homem alto enrolado numa velha capa escura, que lhe cobria a cabeça e as orelhas. Apenas quando este se levantou, fazendo o barco balançar, e pulou, ajudado por pernas compridas e ágeis, foi que reconheci o nariz aquilino e a tristeza indefinível nos olhos que refletiam o céu. Não parecia nem um dia sequer mais velho.

— John? — perguntei, hesitante. Então ouvi uma explosão de sons atrás de mim.

— John! — gritou Elizabeth alegremente, esquecendo-se inteiramente do decoro esperado de uma mulher casada, largando o braço de William para se jogar nos braços do homem alto. Ele recuou meio passo, tomou fôlego, abraçou-a e abriu bem os braços como se quisesse arrebanhar mais crianças.

— Pequena Lizzie! — John chamou, exibindo um sorriso no rosto e olhando em volta, ansiosamente, à espera de que seus outros ex-discípulos participassem do abraço.

Em seguida, uma sensação percorreu todo o grupo. Um calafrio, como se todos ali esperassem se contentar apenas com um pequeno arremedo de felicidade, mas, de repente, recebessem um prato cheio de uma felicidade real. Eles rodearam os recém-chegados como aves de rapina esfomeadas. Quaisquer outras atividades planejadas no jardim desapareceram de suas cabeças. Subitamente, todos se viram aprisionados pelo passado. Logo depois da irmã, Margaret Roper e Cecily Heron correram para o recém-chegado. Ele parecia aliviado com o afetuoso abraço conjunto das três mulheres, tão aliviado que quase as rodopiou no ar, todas ao mesmo tempo, mas é possível que tenha se lembrado de que, nesse momento, as três eram jovens recém-casadas, e não mais garotinhas, ou tenha se preocupado com o perigo de girá-las e fazê-las despencar no rio de águas turbulentas. Então, um tanto bruscamente, ele as soltou.

— Esse é mesmo John Clement? — disse dame Alice, e, por um instante, acreditei ter visto lágrimas em seu rosto. O que era impossível, claro, já que ela estava sempre tão animada. Mas esse brilho úmido que eu teria imaginado fazia-me realmente lembrar dos momentos em que ela e John Clement se reuniam para conversar sobre a melhor maneira de lidar comigo, então muito nova. Alice nunca soube que eu, à espreita no corredor, os escutava; nem ele, provavelmente, embora eu já não tivesse mais tanta certeza disso. Lembro-me de que era um alívio saber que essa mulher franca e sensata se preocupava com meus pesadelos e, naquela época, buscava a calma; também me tranquilizava perceber que ela confiava em nosso professor e que ouvia com atenção as respostas lentas e pensadas que ele dava. Eram velhos amigos.

— Clement! — berrou o velho, Sir John, parecendo assombrado, que era o mais próximo da animação a que o velho autoritário chegava. E, hesitante, começou a arrastar os pés, andando para a frente.

John Clement inclinou-se profundamente em reverência diante de dame Alice (com seu jeito calmo, era homem de modos refinados). E se inclinou mais ainda diante do avô. Mas então a formalidade desapareceu, e os braços compridos, que ainda se sacudiam mais do que os de quaisquer outros, abraçaram as costas dos dois ao mesmo tempo. A meu ver, ele também estava prestes a tirá-los do chão e fazê-los rodopiar.

Ouviu-se um repentino murmúrio de boas-vindas. Vozes avaliando a própria força. Faces, mãos e braços se saudando. E todas aquelas frases insinceras que as pessoas dizem: "Você não mudou nada!" e "Está mais jovem do que nunca!"

Mas, tão repentinamente como começou, o ruído cessou. Ele estava olhando ao redor, como se não tivesse visto todos os que procurava. E, então, me viu, e observei seu rosto se iluminar.

— Meg, cheguei numa quinta-feira — começou a falar. E dessa vez os braços pendiam desajeitadamente, e ele não tentou me fazer rodopiar como uma menina. Sentindo em mim uma crescente felicidade que me atraía a ele, fui eu quem deu o passo à frente.

Mas dame Alice tinha se recuperado do choque e, a essa altura, já retomara o domínio da situação, ao menos o suficiente para dirigir palavras adequadas a seu hóspede inesperado.

— Então, muito bem, mestre John! — disse ela, gracejando e passando a minha frente para dar um beliscão afetuoso na bochecha do recém-chegado. — O que você está fazendo por aqui, paparicando todas as nossas filhas como se elas fossem as rainhas de Southwark? E, afinal, que tipo de comportamento é esse, surgindo das brumas depois de tanto tempo sem dar notícia alguma a nenhum de nós? Não que isso seja relevante, pois, na verdade, estamos muito contentes em vê-lo. Não, por favor, não nos conte nada aqui. Venha logo para casa e nos conte tudo quando estivermos ao redor da lareira. Não podemos ficar mexericando aqui, na beira do rio. Pelo amor de Deus, estamos em janeiro! Aliás, antes de tudo, que tipo de ânimo nos assaltou para sairmos de casa e ficarmos aqui parados nesse frio todo? — e ela fez uma careta cômica, virando os olhos e, ainda falando, afastou-o dali, puxando-o com firmeza pelo braço, assim como arrastou o avô e todos os outros, que a seguiram, tagarelando como gralhas. — Como se estivéssemos na primavera! — foi o que a ouvi dizer, bem lá na frente.

O resultado foi que fiquei sozinha no píer, sentindo a brisa do rio que de repente me pareceu trazer sinais de gelo. Sozinha, em termos, porque lá estavam: o barqueiro, que então tirava caixas e malas do fundo do barco, e o passageiro atarracado, que, quando o grupo desapareceu do quebra-mar, deu-me a impressão de estar tão desanimado quanto eu. O homem alourado me viu.

— Por favor, senhorita — disse, num inglês hesitante, procurando algo em bolsos e bolsas. — Devo me hospedar na casa de Sir Thomas More, em Chelsea. É aqui?

E então o homem de olhos caídos, tirando de algum lugar uma carta muitas vezes dobrada, na qual pude ver, apesar da distância, os queridos e confusos garranchos da escrita de Erasmo, lançou-me um olhar mudo e pedinte.

— Ah, céus! — exclamei, tocada pelo remorso. Nesse momento, meu olhar convergiu para um dos volumes empilhados no fundo do barco, um cavalete de madeira comprido, muito bem enrolado num tecido de lã: ferramentas de um pintor. O pobre homem tremia sob sua capa rústica. E todos tinham ido embora sem ele. — O senhor é Hans Holbein, não é?

Alguns minutos depois, esse encontro atrapalhado foi se esclarecendo.

— O senhor me desculpe. Peço-lhe desculpas — murmurei, muito confusa e constrangida, mas o homem a meu lado apenas gargalhou. Era um riso forte, vindo da barriga, de alguém que não parecia estar acostumado a se constranger. Ele apenas dava a impressão de ser um homem amigável e capaz, de mãos grandes e compactas, e dedos como espátulas. Um tipo de mão musculosa que o uso do almofariz para moer, triturar e misturar substâncias requer. Eu não sabia muito sobre pintura na ocasião, mas deduzi que ele desempenharia bem seu ofício.

Assim, pude voltar a apreciar o sol enquanto subia o caminho do píer à casa onde com certeza encontraria minha família, feliz e agitada, ao redor de John Clement, e onde, mais cedo ou mais tarde, nós dois teríamos oportunidade de tornar a nos falar. Hans Holbein seguia a meu lado, andando a trote, tentando encolher o corpo possante como costumam fazer os homens humildes, e o barqueiro magrelo trotava atrás, curvado ao peso das malas, e com voz esganiçada falava:

— Achei que seria bom juntar os dois, já que ambos queriam vir para cá. Desse modo, eles economizariam alguns *pennies*, foi o que eu pensei, dona.

Acompanhada de mestre Hans, que levava o cavalete ao ombro como se não carregasse peso algum, eu absorvia a paisagem que se desdobrava à nossa frente, vendo-a como se o fizesse pela primeira vez. E foi uma delícia atravessar a portinhola do píer (deixando de lado a casa da guarda, com sua escuridão e seus segredos, através de cujas janelas eu não ousava espiar), seguir caminhando pelos gramados e canteiros que, de repente, pareciam cheios não só de árvores murchas e moitas mirradas, mas também das frutinhas vermelhas, botões-de-ouro, lírios, cravos e de rosas-de-cem-folhas que brotariam futuramente, e depois subir os degraus que levavam à nobre fachada de tijolo vermelho que meu pai tinha escolhido para nós — um pórtico, dois vãos entre traves e dois conjuntos de janelas à inglesa de cada lado. Pés de jasmim e madressilva já começavam a subir pelo pórtico. Nós os plantáramos no ano passado, quando deixamos a antiga vida de Londres para trás e nos mudamos para a nova casa, cuja construção exibia o status ascendente de More. E um dia, não muito distante, veríamos cascatas de cores e sentiríamos o doce perfume das flores nascidas desses pés.

— Meu inglês não é bom, sinto muito — disse mestre Hans, falando devagar, e, portanto, era preciso se concentrar no que ele estava dizendo. Mas, como eu gostei de olhar para aquele rosto sensível e franco, e de ouvir aquela voz calorosa, estava tudo bem. — Mas essa é uma casa muito bela. Tranquila. Eu lhes dou os parabéns. Vocês devem se sentir felizes aqui.

Conversar com ele era como mergulhar num grande caldeirão de sopa quentinha. Um caldo grosso com legumes saborosos e aroma de carne suculenta. Não era a comida mais refinada, mas mais saudável e aconchegante que um elaborado prato de línguas de pavão adoçadas com mel. Assim que abri a porta, senti a alegria se espalhar em mim.

— É mesmo — respondi, com uma segurança que havia muito tempo eu não sentia. — É mesmo, somos felizes. — Me dê sua capa, deixe suas coisas e venha logo para a mesa, o senhor deve estar faminto e com frio — segui adiante, sentindo o cheiro da comida sendo posta na mesa atrás dos biombos de madeira e ouvindo o murmúrio das vozes. Ele parou. De repente, parecia envergonhado.

— Senhorita, com licença, tenho uma pergunta a fazer antes de nos sentarmos com seu outro convidado. Diga-me, qual é o nome dele?

Eu ri de uma forma que me pareceu ser tranquilizadora.

— Ah, ele é um velho amigo da família. E se chama John Clement — disse, pronunciando as palavras com clareza para que até um estrangeiro pudesse repeti-las e se sentisse feliz de poder dizer o nome que quisera saber. Comecei a conduzir o alemão para o salão, mas Holbein me deu a impressão de não querer se mexer. O homem refletia, me parecendo intrigado.

— John Clement — repetiu. — Lembro-me desse nome. Uma vez pintei um retrato de um John Clement. Um rapaz que teria a nossa idade agora. Foi a primeira encomenda que mestre Erasmo me fez. Seria ele filho daquele cavalheiro?

Tornei a rir.

— Ah, não — respondi, balançando com firmeza a cabeça. — Esse John Clement não tem um filho da nossa idade. Ele não é casado. Deve ser outra pessoa, ou talvez o senhor tenha se enganado no nome. Seja como for, entre, fique à vontade, mestre Hans. O senhor talvez não acredite, mas minha família está realmente ansiosa para conhecê-lo. E, pelo aroma, posso sentir que o almoço está na mesa.

— Pois bem — ele disse, e me olhou com atenção, e riu de novo. — Devo ter cometido um engano.

Afinal, deixando-me guiá-lo, seguimos em frente, e dame Alice mandou-o lavar as mãos e o colocou à mesa com uma profusão de explicações e desculpas bem-humoradas, recomendações, travessas de assados fumegantes e muitas mesuras e conversa em voz alta e clara para os estrangeiros, com palavras exaustivamente enunciadas, e o tipo de humor ligeiramente forçado que surge entre estranhos que se encontram pela primeira vez. Reparei quando ela rabiscou rapidamente um recado para meu pai, dizendo-lhe que o hóspede que aguardavam havia chegado — e que também chegara um outro hóspede inesperado como bônus —, e o peguei para encaminhá-lo a um rapaz que iria à cidade entregá-lo. Todos tinham chegado, entre eles, Nicholas Kratzer, o astrônomo, que ainda não conseguira conversar em alemão com seu compatriota. Quando, por fim, sentei-me para começar a comer, havia apenas uma cadeira vazia — do mesmo lado da mesa em que estava John Clement, mas na outra ponta. Eu mal podia vê-lo, quanto mais conversar com ele. Elizabeth e Margaret o ladeavam, e tudo o que pude ver foi Elizabeth falando pelos cotovelos, mais uma vez com as faces rosadas. Não o ouvi pronunciar uma palavra sequer durante toda a refeição — mas, apesar de haver muita tagarelice ao redor da mesa, não consegui em nenhum momento pegar o fio do assunto de que estavam falando. Minha única conversa *vis-à-vis* foi com mestre Holbein, sentado à minha frente. O alemão era um companheiro de mesa tranquilo, ocupado em engolir enormes quantidades de alimento em silêncio. Mas também o peguei fazendo algo além de enxugar rapidamente o molho dos pratos com enormes nacos de pão. Uma ou duas vezes, levantei os olhos e o vi, ensimesmado, mastigando seu pão como uma vaca a ruminar e lançando olhares demorados e atentos para John Clement. Qualquer pensamento estranho que Holbein tivesse tido quando cruzamos o limiar da porta ainda não caíra no esquecimento.

2

Após o almoço — depois de iniciada a preparação e a acomodação que precedia o cochilo do meio do dia, e depois que o silêncio abençoado desceu sobre a casa, o que habitualmente acontecia quando dame Alice caía no sono —, me esgueirei escada abaixo e recuperei minha capa e minhas botas.

Era o que eu sempre fizera aos 14 anos, nas quintas-feiras. Mas agora sentia minhas mãos tocarem nervosamente o capuz de arminho branco, procurando esconder sob ele alguns fios de cabelo escuro desalinhados. Meu coração batia mais rápido do que o habitual. Não era exatamente como nos velhos tempos. Eu não tinha a menor ideia do que poderia acontecer dali em diante. Nessa casa, John Clement não ocupava nenhum quarto de onde pudesse surgir, procurando nervosamente sua capa, tropeçando, dando encontrões no corrimão e sussurrando blasfêmias alegremente. Será que ele poderia sair de algum lugar dessa casa que lhe era estranha, desengonçado e risonho, para me raptar? E por onde andaríamos se ele o fizesse? E se John não se lembrasse mais de nada? Eu ficaria ali à espera, sozinha, me sentindo uma tola, até não haver mais nada a ser feito a não ser tirar o capuz e voltar lá para cima?

Tudo estava quieto, mas algo me fez olhar ao redor. Da porta da capela, que ficava na outra extremidade do salão, nas sombras sob a galeria, Elizabeth me espiava. Foram os olhos dela que senti em minhas costas.

— Au-au! — disse ela, com uma rosnadela e um brilho malévolo nos olhos. E logo se recolheu à escuridão que as velas minimizavam. Elizabeth, portanto, se lembrava. Ela sabia. E então eu pude ouvir a voz anasalada de William, seu marido, que rezava dentro do quarto, até a porta se fechar.

Apertei os lábios, decidida a não me abater. Mas de repente, ali na entrada, senti-me completamente só, metida em minha capa quente, cujo tecido me pinicava, de olhos atentos no corredor e na galeria acima, tentando ouvir os ruídos, que não surgiam. Pensei, então, que eu poderia dar uma volta pelo jardim, sozinha. Ninguém pensaria que eu tinha outras intenções (a não ser Elizabeth). Mas, só de pensar nisso, me senti à beira das lágrimas.

Depois, Elizabeth foi esquecida, porque a porta da frente se abriu. E uma barulhenta lufada de vento e a luz do sol entraram. E dois olhos habitualmente tristes, mas nesse momento cheios de riso, pousaram em mim gentilmente.

— Senhorita Meg, venha dar o passeio das quintas-feiras comigo — disse John Clement, com simplicidade, falando com aquela sua voz mágica. Ele ficara à espera no jardim. John Clement era bom em segredos. E ele então me estendeu o braço: — Faz tanto tempo!

Por algum tempo, caminhamos ao vento e em silêncio.

Eram tantas coisas que eu queria perguntar a ele. Tantas coisas que eu queria lhe contar...

Mas, agora que ele estava ali, não havia pressa.

— Às vezes — disse ele, com mais suavidade do que nunca, olhando em frente, sem dirigir o olhar para mim. (Uma névoa misteriosa nos enredava; fomos tomados por uma espécie de constrangimento delicioso; de certo modo, não conseguíamos nos olhar nos olhos, mas eu lhe lançava rápidos olhares de soslaio, registrando na memória cada traço e reaprendendo com alegria os contornos do rosto, do nariz, da garganta e do queixo, como se os acariciasse com os olhos. O cabelo escuro de John era exatamente igual ao que minha memória guardava, embora agora as têmporas estivessem ligeiramente polvilhadas de prata. Os olhos permaneceram iguais: azul-claros e penetrantes, sempre com aquele traço pungente de uma tristeza erudita.) — Às vezes é tão bom estar à vontade com uma pessoa com quem não é preciso falar. Sinto falta disso. Não conheço muitas pessoas assim, em lugar nenhum.

À vontade era exatamente o oposto de como eu me sentia nesse momento; mas o espanto diante desse agradável constrangimento que tomara conta de mim me impedia de rir da situação. Também era difícil acreditar que ele estivesse à vontade a meu lado. John evitava meu olhar tanto quanto eu o dele. Acalentar essa convicção secreta só me deixava ainda mais feliz.

Ele estava se esforçando para emparelhar suas passadas largas, atléticas, a meus passos curtos. Eu podia senti-lo refrear o ritmo das pernas. Estávamos tão próximos que não era difícil sentir os músculos de suas longas pernas roçarem minha saia. Meu corpo estava um pouco voltado para ele, andando contra o vento, o braço flutuando, leve e nervoso, sobre o dele, tentando não me dissolver no calor que nossa proximidade produzia. Mas, no pequeno espaço entre nossos corpos, eu não podia deixar de sentir o contorno do corpo dele e a vida que o animava, e de me regozijar em silêncio com a beleza de ambos.

— A seu lado, eu poderia andar assim para sempre — disse ele, quase num sussurro.

Como eu não sabia o que dizer, emiti um breve som como resposta. Porque não poderia confessar a John: "Estou há anos esperando a sua volta e, se eu morresse agora, morreria feliz só por tê-lo visto de novo." Mas isso não importava. Porque por pouco eu não o peguei me roubando os mesmos olhares que eu secretamente lhe lançava — memorizando meus traços antes de voltar a mergulhar na contemplação silenciosa da lembrança que ele guardava de mim — e, mais uma vez, uma pequena e suave explosão de felicidade.

Ele riu.

— Mas está tão frio — acrescentou.

Já estávamos bem perto do rio. Vimos um amontoado de fura-neves que tinham brotado debaixo do carvalho atrás de nós e um brilho tempestuoso nas águas. O vento implacável que se aproximava acabou levando a boina preta, de ar estrangeiro, de John.

— Vamos nos sentar em algum lugar abrigado do vento? Numa das casas da guarda, quem sabe? Nessa, que está logo ali?

Eu não entendia a onda de sentimento que me dominava. Eu sabia apenas que não havia nada no mundo que eu quisesse mais do que estar a sós com ele, em algum lugar quente e tranquilo. Um lugar em que eu, enfim, tivesse coragem suficiente de olhá-lo no rosto e onde pudéssemos conversar para sempre. Comecei a assentir com a cabeça e percebi que meu corpo escorregava, aproximando-se do braço dele. Então me dei conta do lugar para o qual ele apontava: a casa da guarda que se situava mais a oeste das duas que havia ali. O lugar ao qual nunca vou.

— Não — retruquei, num tom ríspido que chegou até a me surpreender. — Não podemos entrar ali — acrescentei, e, percebendo a surpresa dele, esforcei-me para manter uma voz calma. — Meu pai começou a guardar... coisas... naquela casa. Vamos embora. Não posso lhe falar sobre isso, ainda não.

Puxei-o pelo braço com urgência, com uma parte de minha mente consciente da proximidade do peito de John enquanto ele se rendeu à minha manobra e deixou que eu o afastasse dali. Estávamos a cerca de 300 metros da segunda casa da guarda.

— Mas essa outra não tem problemas, tem? — perguntou John, quase sem fôlego, ao se esforçar para se emparelhar comigo. Então, rodeando minha cintura com o braço andamos juntos em direção à casa. Eu sentia o braço de John me abraçando as costas. E os dedos em meu quadril, se mexendo. — O que ele guarda nessa?

Meu pai guardava ali seus animais de estimação: uma raposa, uma doninha, um furão, um macaco, todos presos a correntes; coelhos, numa coelheira de madeira; e, no telhado, um pombal com aves brancas voejando. Erasmo costumava observar as pombas de nosso pai comigo, nos jardins de Bucklersbury, havia muito tempo. "Elas têm suas gentilezas e suas inimizades, como todos nós", ele escreveu tempos depois. E Erasmo gostava de contar a vez em que víramos o macaco, livre da corrente por estar doente, espiando a doninha, que tentava soltar a alavanca do fundo da coelheira. O macaco tinha pulado, esgueirando-se numa prancha, e empurrado a madeira do fundo tornando a fechá-la, salvando os coelhos. Humanismo animal — exatamente o que Erasmo teria apreciado. Exatamente o tipo de comportamento que também divertiria meu pai, antes de sua vida se transformar no que era agora.

A casa da guarda a leste estava tranquila. Cheirava a palha, ração e madeira — os cheiros calmos do campo. Abrimos a porta com um empurrão e nos sentamos num banco, lado a lado, o braço dele ainda em minhas costas, e ouvimos o vento na água.

Com a mão que estava livre, John Clement abriu sua capa e me olhou de soslaio. O braço que estava atrás de mim forçou-me a ficar de frente para ele, um movimento no qual meu corpo, independente do cérebro, parecia estar alegremente envolvido. Havia um pequeno sorriso brincando nos lábios de John. Ele abaixou a cabeça, e o nariz dele esbarrou no meu. Os olhos, ainda tristes, mas os lábios tão próximos dos meus que agora ele não precisava senão sussurrar.

— Então, senhorita Meg Giggs já adulta, do que vamos falar? — E sorria um sorriso largo, e esse sorriso preencheu inteiramente meu campo de visão. — Ouvi dizer que, enquanto eu estava longe me preparando para ser médico, você também estava se tornando médica — os dedos estavam explorando o lado de meu corpo, e o braço me obrigava a ficar ainda mais próxima dele. — E eu quero saber tudo sobre isso. Mas primeiro, quero dizer — ele tornou a fazer uma pausa — que você está ainda mais bela — e, afinal, John me olhou nos olhos.

E então, não sei como, estávamos nos beijando, e eu estava tão embriagada de saudade que me vi agarrada a ele, ciente da capa e das fitas nas mangas de sua veste de feitio estrangeiro, do calor de meu sangue, e — ao mesmo tempo que me deixava levar pela mistura assombrosa de dureza, maciez, aspereza e gentileza, e das sensações em cada polegada de nossos corpos, que, juntos, se retesavam — muito emocionada de ter o poder de fazer seu coração bater tão forte no peito e as mãos tremerem tanto.

Com um suspiro, nos separamos e nos sentamos enxovalhados e corados, olhando um para o outro com olhos semicerrados e rindo de nossa própria confusão compartilhada.

— Ah, Meg — suspirou John. — Agora sei que, afinal, realmente cheguei em casa. Para mim, você sempre foi a minha casa.

Era exatamente o que eu queria ouvi-lo dizer desde que se ausentara por quase metade de minha vida. E começava a acreditar que nem ele nem nenhum outro homem me diria essa frase, e passaria meus dias vazios de solteirice enterrada na zona rural, vendo todas as outras engordarem de tanta felicidade e me tornando, a cada dia, mais isolada, excêntrica e amarga. Então quase tudo o que havia em mim desejava acreditar nas palavras maravilhosas que eu ouvia naquele momento. Mas tampouco pude deixar de ouvir outra voz. Era a de Elizabeth e era provocadora: "Ele voltou para Londres desde o verão passado." E mais: "Meu pai lhe arranjou trabalho."

Levantei os olhos para ele, hesitando em falar por não saber a melhor maneira de formular a difícil pergunta, sentindo pontadas de frustração antecipadamente por acreditar que a resposta só poderia ser simples e honesta, e, ao mesmo tempo, sentindo-me quase embriagada pelo enorme desejo de escorregar e me aninhar de novo em seus braços e me perder em outro beijo.

— Então me diga... — comecei a dizer, tateando ao entrar no que me parecia um novo tipo de território ainda desconhecido. Eu não conseguia me forçar a lhe dizer: "Você voltou a Londres há seis meses, um lugar que fica a apenas uma hora de barco daqui, e nunca mandou uma palavra sequer; você partiu para o estrangeiro há dez anos e nunca escreveu, nem uma vez. E você espera que eu acredite que você guardou afetuosamente a lembrança dos passeios com uma menina há tantos anos e que os prezava tanto que sempre pensou em mim como se eu fosse a sua casa?" Assim, comecei a falar como eu sabia, o mais delicadamente possível: — Como foi trabalhar como servidor do rei por todos esses meses?

Nesse momento, ele me olhou de forma diferente, um tanto precavido. Então, assentiu com a cabeça uma ou duas vezes, como se respondesse a si mesmo alguma misteriosa pergunta e me deu um beijo casto, um roçar de lábios.

— Bem, é de fato uma sinecura; um lugar que ocupo na corte enquanto me preparo adequadamente; uma gentileza de seu pai comigo em nome dos velhos tempos — disse John. — Mas eu sei o que você quer saber. Você acha que eu deveria ter agido de outra maneira em vez de apenas aparecer da noite para o dia depois de tanto tempo em silêncio. Você está me pedindo explicações.

Confirmei, aliviada por ele deduzir meu pensamento. John fez mais uma pausa. Estava refletindo. Fiquei atenta aos coelhos, movimentando-se pela palha.

— Ouça, Meg — disse ele, por fim. — Não posso lhe dar todas as explicações que possam satisfazê-la completamente. Ainda não. Mas você precisa confiar em mim. A primeira vez que pedi permissão a seu pai para me casar com você foi há quase dez anos, quando ele me levou para passar o verão no estrangeiro. — Prendi a respiração. Eu não esperava ouvir isso. Meu coração começou a bater tão rápido que precisei conscientemente decidir a olhar para os joelhos, pois assim ele não veria minha forte emoção (embora eu tivesse certeza de que o rosto de John também estava voltado para os próprios joelhos). — Mas seu pai negou meu pedido — continuou. — Ele disse que eu precisava me estabelecer na sociedade antes de pensar em me casar com você. Disse-me que, por estar tão interessado no estudo das plantas medicinais, eu deveria viajar e estudar para me tornar um médico de formação racional, formar-me como doutor em medicina no continente e trazer para a Inglaterra conhecimentos novos. Pois é, foi o que fiz. E voltei para a Inglaterra trazendo você no coração. Foi mesmo, juro. A primeira coisa que eu queria fazer ao chegar a Londres era vê-la. — John suspirou e disse: — Mas seu pai continuou a dizer não.

Não pude me impedir de levantar os olhos. Ele deve ter visto um rápido clarão em meus olhos.

— Por quê? — perguntei, e ouvi minha própria voz, que soou abafada por uma felicidade que nunca imaginara poder sentir, mas também dura e vingativa.

— Há algo que ele considera importante eu poder lhe dizer — John me respondeu. E de novo parou. De novo, olhou para baixo. Inspirou, como se tomasse uma decisão, e continuou. — Seu pai diz que devo me tornar membro do Colégio de Médicos — acrescentou, com voz ansiosa. — Não apenas como membro, mas como um dos escolhidos. Estou fazendo tudo o que posso. Tenho conversado com o doutor Butts, médico do rei. Não é fácil; estou fora de Londres há anos; tenho de provar, a alguém com quem nunca trabalhei, que sou um bom médico. Mas seu pai não vai ceder. Ele diz que tenho de poder lhe dizer que tive êxito em meu trabalho.

Era a atitude da família More: todos devem se curvar aos assuntos da mente. Em geral, eu partilhava dessa atitude. Sentia-me muito satisfeita por saber coisas que nenhuma mulher comum, tanto quanto nenhum homem comum, sabia. Mas agora, quando a perspectiva de uma vida doméstica cotidiana e feliz parecia tão obsessivamente próxima como impossível de ser alcançada, as exigências intelectuais severas de meu pai a John Clement de repente pareciam duras e antinaturais.

— Eu não deveria estar aqui agora, para ser honesto; prometi a seu pai que me manteria afastado. Mas quando encontrei Elizabeth — ele baixou os olhos e escavou a palha com a bota — e comecei a pensar em você, aqui, pouco adiante rio abaixo, e me dei conta de que seu pai estava na corte, distante de casa, e que a quinta-feira chegaria logo... Bem, você deve atribuir meu movimento ao impulso de um apaixonado: não pude resistir a levá-la a dar um passeio.

Eu não sabia o que dizer. As palavras dele e os meus sentimentos rodavam sem parar, e não conseguiam se misturar, o que me deixava sem fala. Tentei controlar meu acesso de fúria contra meu pai e me concentrar na felicidade de estar, finalmente, com o homem que amava. Ele me olhava com olhos perscrutadores.

— Diga que você acredita em mim — disse John.

— Diga que você me ama — eu me ouvi dizer. Com horror a mim mesma, considerei-me petulante. Como uma criança que não compreende uma história que lhe é contada, mas deseja um final feliz.

— Ah, eu a amo de verdade — sussurrou ele. — Sempre amei quem quer que você fosse: a pequena órfã que chorava o passado perdido, a criança de olhos vivos guardando tudo que os herboristas propunham lhe mostrar, a menina que não parava de fazer perguntas difíceis, a beldade que você se tornou — e ele acariciou meus cabelos pretos, agora expostos, uma vez que o capuz branco estava se misturando à palha do chão. — E eu sempre a amarei. Somos duas pessoas da mesma espécie. E embora eu tenha o dobro de sua idade, e não esteja exatamente com a vida assentada, ainda que já bem velho, se quiser ficar comigo, nada vai me impedir de tornar a pedir a seu pai que me conceda sua mão. E tantas vezes quantas forem necessárias. Até chegar a hora certa. Não duvide nunca do que estou lhe dizendo — e ele me tomou de novo em seus braços e, fazendo com que sua capa nos cobrisse, virou o rosto para mim.

— Pare — eu disse, sem fôlego, quase decidida a não prosseguir, mas pressionada por uma pergunta nova e mais urgente que irrompeu em minha cabeça. — Diga-me uma coisa. Por que você permite que meu pai lhe dê esse tipo de ordem? Você o conhece há anos. Sabe perfeitamente que ele ama uma boa discussão. Não seria possível, ao menos, dissuadi-lo?

Eu não podia suportar o que vi em seguida. O rosto de John se abateu, e a intuição de apaixonada que eu acabara de descobrir em mim percebeu que ele estava se transportando para algum lugar muito distante.

Um ar de derrota tomou conta do rosto de John.

— Devo fazer o que ele me pede — foi o que me disse, muito tranquilamente. — Não posso nem começar a relacionar tudo o que ele me proporcionou no decorrer de todos esses anos. Parece estranho falar assim, uma vez que somos ambos quase da mesma idade, mas ele tem sido como um pai sábio para mim a maior parte da minha vida. Não posso começar a desafiá-lo agora.

— John — falei, com uma nova determinação na voz, buscando em minha cabeça um atalho que o ajudasse a ver o que estávamos vivendo naqueles tempos. — Permita que eu lhe mostre a nova vida do meu pai.

E, dessa vez, foi minha mão que abriu a porta de repente, deixando entrar o sol e uma barulhenta lufada de vento, e o meu braço jovem e forte, que, guiando esse homem de olhos inquietos, tirou-o da escuridão em que estávamos.

3

— Ouça — sussurrei e, na ponta dos pés, cheguei ao peitoril da janela da casa da guarda e acenei para que John avançasse.

Eu o trouxera de novo à casa da guarda a oeste. Ele estava parado, à espera, assombrado, visivelmente interessado em saber por que eu quisera voltar a esse pequeno prédio de tijolos que, apenas uma hora antes, me apavorara tanto. Mas naquele momento passara a ser importante lhe mostrar a verdade. Peguei-lhe a mão e o puxei para a frente, a fim de que ele também pudesse espiar a escuridão lá dentro, e o nosso contato foi uma nova revelação do amor que minha pele sentiu de encontro à pele daqueles dedos compridos, delicados e finos. Pesarosamente, afastei aquela alegria íntima. Ali não era lugar para se pensar em amor.

Naquele silêncio de corpos à espera, o vento nos batendo no rosto e fazendo adejar nossas capas, começamos aos poucos a ouvir murmúrios do lado de dentro da janela. Perdidos, inúteis, desesperados; um canto em *cockney*:* "Senhor de infinita misericórdia levai meu corpo à morte... Senhor de infinita misericórdia levai meu corpo à morte... Senhor de infinita misericórdia levai meu corpo à morte..." O lamento repetia-se da manhã à noite durante a semana inteira em que meu pai esteve ausente. E, toda vez que eu passava furtivamente por ali em meus passeios, aquilo me congelava. Eu o ouvia ao sonhar. Tudo o que eu podia ver de John eram os ombros e a nuca, mas eu quase podia ver que sua pele se

* Dialeto característico do extremo leste de Londres. *(N. da T.)*

arrepiava. Lentamente, ele virou a cabeça em minha direção, e vi que o rosto estampava horror, e que a boca formava uma pergunta silenciosa:

— O que é isso?

— Olhe aí dentro — respondi só com os lábios —, mas com cuidado. Não deixe que ele o veja. Não o assuste ainda mais.

Ele continuou a espiar. Eu sabia o que ele veria quando os olhos se acostumassem com a penumbra: o tronco de madeira, em cujos buracos estavam metidos os braços e as pernas do pobre corpo mirrado de um desconhecido: um arco vivo de ossos descarnados e roupas rasgadas encimado por dois olhos vermelhos, semicerrados, sob os quais se viam lábios inchados que se mexiam numa prece perpétua.

John deu um passo atrás, afastando-se rapidamente da janela, e eu também recuei. Ele não parecia bem. Correu uns vinte passos, e, trotando, fui atrás, até ele parar, à minha espera.

— Um herege? — perguntou-me, num sussurro.

Confirmei.

— Chama-se Robert Ward. Era sapateiro na Fleet Street até a semana passada. Prenderam-no sob a acusação de que ele participava de uma reunião de conspiradores que estavam rezando no quarto de um curtidor de couros, no andar de cima. O homem tem seis filhos.

— Por que seu pai o trouxe para casa? — tive a impressão de sentir piedade em sua voz, o que me deu uma certa coragem. — Que mal há numa prisão?

— Uma meia dúzia de pessoas foi presa nos últimos meses. Meu pai não nos conta nada, nem sequer diz que os traz para cá. Mas ele contou ao jardineiro, que os alimenta, que sua intenção não é senão desviá-las do mal. Acontece que eu o ouvi — senti meu rosto se ruborizar, embora John tenha deixado o rubor passar sem perguntar como eu escutara uma conversa que obviamente não se destinava a mim ou quanto tempo levei para tirar os galhos de amoreira que tinham se prendido ao meu cabelo após bisbilhotar — dizer que ele as trouxera para casa para que pudesse interrogá-las e, assim, "lhes garantir total segurança".

— Muito bem — disse John, fazendo uma pausa e me olhando nos olhos, numa tentativa visível de acompanhar meus pensamentos, à procura de uma explicação que o satisfizesse. — Talvez seu pai tenha razão. Alguém está claramente espancando aquele homem. É provável que ele esteja mais a salvo aqui do que em outro lugar.

Havia algo de consolador para mim ao ouvi-lo dizer essas palavras sensatas. Gostei do olhar perscrutador que ele me dirigia, demonstrando real atenção a minha preocupação, tentando chegar ao fundo de meus pensamentos. Mas era fácil demais me agarrar à possibilidade que ele oferecia. Hesitei e então continuei a me aprofundar.

— Mas, e se...? — Eu não sabia como terminar a frase. Então, fiz outra tentativa: — O homem está aqui há dias. Se ele está com essa aparência agora, quando bateram nele?

John me olhou ainda mais de perto.

— Eu a estou escutando, Meg — disse ele, sério. — Você está me dizendo que talvez seu pai o esteja espancando?

— Não sei — confessei, desalentada. Os pensamentos mais sombrios em minha mente pareciam praticamente impossíveis agora que ele expressara minha suspeita naquela voz sensata, mas não completamente impossíveis. — Mas às vezes acho que isso é possível, sim. Tantas outras coisas que você ainda desconhece mudaram.

O sol brilhava em um dourado melancólico, mas o gramado em que pisávamos parecia ter se tornado duro como ferro, e o ar que John expirava começava a congelar e a esbranquiçar.

Havia mais a revelar. John balançava a cabeça, dando a impressão de estar perturbado demais para ouvir tudo de uma só vez, à medida que eu tornava a instigá-lo. Ele, por certo, sabia que meu pai confrontava os hereges, desde que padre Martinho declarara guerra à corrupção da Igreja havia dez anos e mergulhara a Europa numa convulsão. Mas ele poderia muito bem não saber até onde a guerra pessoal de meu pai contra o mal o levara: não saber que, assim como a vida privilegiada na corte de funcionário mais graduado do rei — não apenas como conselheiro e servidor real, com licença para entrar e sair a bel-prazer dos aposentos reais, mas como porta-voz da Câmara dos Comuns na última sessão do Parlamento, e, desde o ano passado, com os privilégios das funções de cavalheiro e de chanceler do ducado de Lancaster —, Sir Thomas More passava grande parte de seu dia tentando impedir qualquer fissura através da qual a heresia pudesse penetrar na Inglaterra.

O pai com quem convivíamos em casa não era o perseguidor. O homem que comia, ria e conversava conosco, apenas menos frequentemente que antes, era o mesmo espírito, inteligente e solar, com quem sempre convivemos. Fora apenas por acaso — ao me deparar com suas vítimas — que me dei conta de que ele aparentemente se transformara em outra pessoa. Um estranho atemorizador cujo rosto estava sempre voltado para as sombras.

Os prisioneiros que eu espionava na casa da guarda não eram senão a arraia-miúda capturada pela rede de vigilância de meu pai e apanhada nas sarjetas de Londres; as vítimas dos funcionários dele, que se esgueiravam por entre vendedores de couros, comerciantes de tecidos e peixeiros da cidade, perseguindo o mal que ali estava sob a forma de homenzinhos se confrontando com suas consciências em quartos dos fundos, antes de sair de lá como prisioneiros alquebrados, carregando pilhas de lenha às costas, símbolo do fogo eterno que teriam de enfrentar se não tivessem abjurado.

Eu não compreendia o que havia ali de alta política. Não conseguia ver como era possível todo o edifício espiritual e temporal da Igreja de Roma ser ameaçado por esses negociantes aterrorizados. Eu não podia deixar de sentir pena deles.

Entretanto, também sabia que esses homens humildes não eram os únicos investigados por meu pai. Havia outros, sob seu ponto de vista, que se aproximavam muito mais, na maneira de ver e nas crenças, de como éramos. Os homens que ele estava perseguindo naqueles dias, diziam as pessoas, eram os jovens estudiosos e brilhantes que estavam nas universidades, dos quais ele dizia estarem "preocupados com as novidades" e "propensos a novas fantasias" e serem passíveis de corromper as próprias fontes da fé, como o pequeno Cuthbert Bilney, preso depois de pregar um sermão sedicioso em

Londres, ou seis alunos de Cambridge aprisionados no depósito de peixes de sua faculdade por terem guardado lá livros heréticos. Talvez esses intelectuais representassem realmente um perigo. Mas me arrepiava ao pensar que o novo posicionamento de meu pai pudesse torná-lo um defensor tanto das piores como das melhores tradições da Igreja Católica, participando de um círculo de frades abobalhados e funcionários soturnos que discutiam sobre o número de anjos que poderia caber numa cabeça de alfinete, aqueles a quem Erasmo e ele tinham, um dia, ridicularizado tanto.

— Certamente desejo acreditar que ele age por bondade — continuei a falar, já sem fôlego, embora tivéssemos parado de andar. — Que ele esteja livrando esses homens da prisão uma vez que lá eles correm perigo. Que ele esteja tentando lhes dar tempo, que esteja lhes dando argumentos para que possam abjurar, e, assim, tendo-os persuadido, lhes salvado as almas. Mas e se for algo pior? E se for ele o responsável por lhes manchar o rosto de sangue, aqui nesse lugar onde ninguém pode vê-los? E se ele for um homem pior que um "perfeito cortesão" hoje em dia — e então eu respirei fundo — e estiver começando a ter prazer em torturar pessoas?

John balançou a cabeça.

— Impossível — disse ele, com firmeza. Parou novamente e me enlaçou com braços tranquilizadores. — Compreendo que essa ideia a preocupe, Meg, mas você precisa ver que ela é simplesmente fantasiosa — então, talvez percebendo que eu não me tranquilizara, nem desistira da possibilidade tão facilmente quanto ele acreditara, acrescentou: — Por exemplo, veja como ele conversa despreocupadamente com o jovem Roper. Algumas pessoas diriam que essa cena mostra que seu pai é afável demais para o trabalho que faz.

Estive a ponto de rir com o choque entre esse pensamento e outros menos preocupados que me ocorriam. Não suspeitava sobre como John Clement descobrira o breve flerte de Will Roper com o luteranismo alguns meses antes. Eu não imaginava que alguém fora de nossa família soubesse que Will, então recentemente habilitado a trabalhar como advogado, fora arrastado à presença do cardeal Wolsey por participar de uma reunião de oração com alguns comerciantes alemães em Londres.

E foi graças ao pai que o marido de Margaret foi mandado para casa sem punição maior que uma reprimenda, enquanto os outros que o acompanhavam foram presos e obrigados a participar da procissão da missa carregando achas de lenha sob a vaia do povo ao redor.

Oficialmente, eu não sabia de nada disso. Mas não houve como impedir Will de falar da nova ideia a que se aferrava, e de nos dizer, empolgado, que pagar para se rezar pela alma dos mortos era sinal de corrupção, uma vez que o purgatório nunca existira a não ser na cabeça de monges unhas de fome; que era bobagem acreditar na comunhão dos crentes, vivos e mortos, que ao longo dos tempos se constituíram no corpo da Igreja, pois a fé era um assunto particular entre Deus e o crente; e que acreditar na finalidade divina da Igreja de Roma era uma tolice. Esqueçam os padres, esqueçam os monges; recusem-se a respeitar seus padres; quebrem todos os elos com o passado.

Will não estava sendo senão sincero. Ele já discutira com meu pai por todo canto da casa e do jardim. E meu pai fora gentil ao lhe responder. Eu o vi andando, ao lado de Will, abraçado às costas do jovem, com uma expressão triste no rosto. "Uma vez que discutir com seu marido não nos levou a lugar nenhum", foi o que ele, afinal, dissera a Margaret, "eu simplesmente parei de argumentar." Talvez fossem as orações pela alma de Will, e a paciência do pai, que acabaram por persuadir meu cunhado a interromper seu flerte com o proibido e a redescobrir a sua fé apaixonada (e, como bônus, sua admiração apaixonada por More) em um Deus cuja forma lhe era mais familiar.

— Ora, aquilo não foi obra de um fanático, não é mesmo? — John disse, com delicadeza. — Ninguém poderia ter sido mais comedido. — E ele me estimulava a sorrir, a enxugar as lágrimas que vinham do meu coração. Mexi os lábios, respondendo-lhe. Era um alívio lembrar-me daquele momento de doçura. Quase cedi. Mas não me deixei levar inteiramente.

— Mas não faz sentido — disse, teimosamente. — O comportamento dele com relação a Will não combina com outras atitudes recentes. No Novo Edifício, onde não somos bem-vindos. E em Londres, e na corte. É isso que não consigo compreender.

John, sobressaindo-se a meu lado, exibia uma expressão ansiosa no rosto que provavelmente combinava com minha expressão ansiosa. Senti-me desleal por espionar aspectos da vida pública de meu pai sobre os quais ele nada nos contava, mas, desde que viéramos para Chelsea, eu me comportava como uma agente secreta em minha própria casa. E assim continuei a levá-lo pelo braço, puxando-o de um lado para o outro do jardim. A única maneira de mostrar a John o que me perturbava, o incômodo causado pela direção que as ideias de meu pai tomavam — deixando para trás o pensamento civilizado, a base de nossa família letrada, amorosa; substituindo confiança e obediência por medo — era lhe contando o que eu tinha visto.

Estávamos nos encaminhando para o Novo Edifício — o santuário onde meu pai se refugiava de sua vida na corte: a capela particular, a galeria, a biblioteca, seu recanto de contemplação e oração, o lugar em que escrevia seus panfletos. Viam-se ali paredes monacais e nuas, um único banco e uma escrivaninha simples. Ele rezava, depois sentava-se à mesa e despejava a virulência de suas cartas públicas. Eu não conseguia imaginar como meu pai podia pensar em algumas das palavras que propunha, nem sequer como podia escrevê-las, e, menos ainda, publicá-las:

> *Uma vez que Lutero declarou, por escrito, já possuir o direito apriorístico de caluniar e emporcalhar a coroa real com merda, será que não teremos o direito* a posteriori *de proclamar que a língua suja desse praticante do posteriorismo seja a mais adequada a lamber com o seu anterior o posterior de uma mula mijona até ele aprender com exatidão a inferir conclusões* a posteriori *de premissas* a priori*?*

Abri a porta, fiz John entrar (ele parecia mais alto do que nunca, e estava curvado no espaço restrito daquele interior austero) e a fechei, apontando, em silêncio, para o emaranhado marrom de um açoite que pendia de um gancho na parede. O açoite era mais uma nova manifestação da consciência de More: sua proteção contra a luxúria do corpo, que, havia muito tempo, o impedira de se tornar padre; a arma que ele usava contra si em sua batalha maior contra o instinto e a irracionalidade.

Que íntimos desejos lascivos e que corpos o fariam flagelar a própria pele até fazê-la sangrar? Doía-me pensar em sua pobre pele inocente, já esfolada e dilacerada pela camisa de cilício, ainda com mais pus e crostas devido aos lanhos que aquele feio chumaço de tiras de couro ensanguentadas causara. Quase tão doloroso quanto ver os prisioneiros torturados na outra extremidade do jardim era imaginá-lo se torturando sozinho ali dentro.

Meu pai guardava os panfletos e outros escritos na biblioteca, juntamente aos livros confiscados e proibidos que a licença especial dada pelo bispo Turnstall lhe permitia ler e refutar. Ali, em seu oratório, ele tinha à mão uma biblioteca completa que tratava de heresias e incluía até o Novo Testamento em inglês, de William Tyndale — um dos poucos exemplares que escaparam da grande fogueira acesa na catedral de St. Paul. Os outros foram atirados às chamas pelo cardeal Wolsey. A cena foi assistida por uns 30 mil londrinos, que aplaudiam o cardeal, e por meu pai, que soturnamente o aprovava.

Na escrivaninha, via-se o rascunho, feito na semana anterior, da carta que meu pai já vinha escrevendo a Erasmo desde muito tempo, suplicando-lhe que descesse do muro e denunciasse Lutero. Eu já a tinha lido, e a fúria do texto do pai me abatera. Na carta, ele dizia que considerava todos os hereges "absolutamente abomináveis, a tal ponto que, a menos que eles recuperem a razão, lhes dedicarei tanto ódio quanto alguém possa dedicar".

Repleto de ódio verdadeiro. Estremeci. A palavra me fez recuperar a imagem de Robert Ward, o pequeno sapateiro apavorado, encarcerado em nosso jardim, rezando para que a morte chegasse.

Eu sabia que meu pai desperdiçava tinta na tentativa de persuadir Erasmo. Nada do que eu lera nos escritos do velho humanista sugeria a chance de que viesse a apoiar publicamente meu pai na cruzada contra os reformadores religiosos. Erasmo estava inteiramente absorvido pela decepção, de um lado, com Lutero e Zuínglio, e do outro, com meu pai.

Decepcionado com qualquer intelectual que já fora um humanista mas se transformara em fanático.

Erasmo talvez tenha se acostumado a chamar os evangélicos mais bombásticos de "bajuladores da ralé", "homens sórdidos" e "de gente inteiramente desprovida de sinceridade". Mas não deixava de se impressionar com o estilo "grosseiro, irascível" dos textos virulentos de meu pai, que, dizia ele, "podiam dar a Lutero lições de veemência".

Eu me compadecia por Erasmo. Abandonado de ambos os lados pelos antigos discípulos, os quais substituíam os clássicos pelo mergulho numa religiosidade extrema e violenta. Estabelecido na Basileia, Erasmo procurava, desamparado, companheiros intelectuais que ainda pudessem apreciar os textos gregos e a geometria árabe, ou se deleitar com a moderação, a sátira, o saber, o riso, a pesquisa, a beleza, a verdade e tudo o mais que o sonho esquecido da geração anterior acalentava. O mesmo sonho para o qual meu pai nos educou na esperança de que fôssemos a imagem viva dele; o mesmo sonho que personificaríamos no retrato que mestre Hans começaria a pintar no dia seguinte. Uma imagem pública encantadora de uma realidade particular que corria o risco de extinção.

— Veja isso. — me ouvi sussurrar a John, enquanto tirava da prateleira um volume ofensivo atrás do outro e os abria nas páginas mais violentas. — E isso. E mais isso. — O sol de janeiro ainda era suficiente para que pudéssemos ler ali dentro. Mas ele apertou os olhos, mostrando-se relutante, e levou os livros para a mesa, perto da janela, onde leria melhor.

— John, não está vendo? — insisti, e meu sussurro ecoou como um silvo contra a parede nua. — Ele perdeu a razão. Poderíamos esperar a vida toda pela permissão do pai para que ficássemos juntos. Permissão que ele talvez não nos conceda nunca. Ele não pensa mais em nenhum de nós. Está obcecado demais com essas questões. Enlouqueceu de tanto ódio.

Era o que eu vinha pensando a respeito do pai, há tanto tempo sem ter ninguém com quem compartilhar minha dúvida, que era um alívio falar desse assunto, principalmente com o homem que eu amava.

Mas John não se incomodava, e me lançou o mesmo olhar bondoso, mas pouco convincente, que eu percebia quando pequena ao dar uma resposta errada numa de nossas aulas. Ele balançou a cabeça.

— É o trabalho dele — disse John simplesmente, deixando cair a folha com as bobagens chulas sobre o "posteriorismo" de Lutero. — É William Ross que está falando, não é Thomas More.

Mais um golpe simples e palpável em meus temores; outro sinal de que John sabia muito mais sobre o trabalho de More. Eu tive de admitir que meu pai tinha escrito uma resposta aos textos de Lutero contra o papa não por opção, mas para atender a um pedido do rei. E era verdade que ele tinha se sentido tão envergonhado da linguagem crassa, do fanatismo e do raciocínio medíocre do texto, escrito para servir ao rei e ao país, que o publicara sob pseudônimo. Ainda assim, aquelas palavras me deixaram roxa de vergonha: William Ross era um provocador e um fanático, e todo mundo sabia que William Ross era Thomas More. Contudo, se John Clement conseguia separar os dois nomes em sua cabeça, talvez fosse possível que meu pai não estivesse tão comprometido quanto eu imaginara.

— O perigo da heresia não é fruto da imaginação dele — disse John delicadamente, percebendo que havia encontrado o meu calcanhar de aquiles. — Sei bem que o homem que você me mostrou na casa da guarda tinha uma aparência miserável. Mas precisamos nos lembrar de que ele não é o que parece. Ele faz parte das trevas que talvez estejam envolvendo o cristianismo.

— Como é possível? Ele não passa de um pequeno sapateiro franzino da Fleet Street! — disse num ímpeto e novamente na defensiva.

— Mas um pequeno sapateiro franzino da Fleet Street pode ser a própria escuridão — respondeu John, com ar persuasivo. — Ou a maioria das pessoas pode pensar assim. Olhe, você é bastante jovem e teve a sorte de ser criada num período de paz e numa família sofisticada, na qual todos leem sobre povos de todas as épocas, povos que tiveram crenças muito diferentes e condições de vida muito diferentes e que, ainda assim, prosperaram. Sua cabeça está repleta de deuses gregos e legisladores romanos, de homens eruditos do Oriente e de estrelas que se movem ordenadamente pelos céus. Para você, há civilização por toda parte. Por isso, você não teme pela sua segurança. Você não vive com medo de que o caos irrompa e destrua nossa maneira de viver, um medo que assombra grande parte de nós. E não tem ideia de como os outros se sentem no mundo. As pessoas, em sua maioria, sentem um pavor mortal ao pensar no caos demoníaco que as cerca, à espera de engoli-las. E eu não estou falando apenas do pobre, do supersticioso e do iletrado, daqueles que não foram criados bebendo Sêneca, Boécio e álgebra desde a amamentação. Estou falando de todos os que foram criados à sombra da guerra. De todos os que foram criados antes desse raro período de paz e fora dessa família muito incomum a que você teve a sorte de pertencer. Estou falando de todos que têm mais idade e mais sorte do que você. Eu estou falando de seu pai e de mim.

— Mas você e meu pai são homens eruditos! Vocês sabem tudo o que sei e muito mais! — gritei, frustrada por achar que ele não estava acompanhando meu raciocínio.

— Ah! Mas não fomos educados para isso, e essa é a diferença — disse ele, com uma segurança que me tolheu. — Crescemos num mundo onde não havia nada senão o medo das trevas. Um mundo em que a morte nos espreitava em cada esquina. Em que Londres poderia, a qualquer momento, ser coagida por um exército que ameaçava enforcar todo homem e estuprar toda mulher, transpassar criancinhas com suas espadas e pôr fogo em qualquer igreja. Em que os livros eram raros e estavam trancados no interior dos mosteiros, e nossa única esperança de salvação estava depositada na Igreja, Una e Verdadeira, e nos padres que poderiam interceder a Deus por nós. Claro que os homens da minha idade e da idade de seu pai se apaixonaram pelo novo saber e pela nova liberdade de pensar assim que tivemos paz e tempo livre o suficiente para explorá-la. Mas não podemos nos esquecer do medo com que crescemos. Isto não desaparece. E não podemos nos sentir à vontade quando alguém desafia a Igreja. Não espere algo diferente de nós.

Ele fez uma pausa, esperando ver um brilho de aquiescência em meus olhos. Mas prossegui em minha argumentação, embora a segurança demonstrada por John começasse a me fazer perceber que eu compreendera o problema apenas em parte.

— Mas nosso pai, Erasmo e todos os outros de seu grupo falavam na importância de extinguir a corrupção na Igreja — disse eu, com voz queixosa. — E nenhum de vocês esperava ser tratado como criminoso por isso. E por que seria tão mais grave o fato de alguns sapateiros se reunirem para rezar no quarto de um curtidor de couros?

John suspirou, paciente.

— Veja bem, Meg, já não são só alguns sapateiros nem alguns devotos. E não se trata somente de um punhado de gracejos à mesa sobre padres corcundas que vendem indulgências. O caso vai muito além. O que está acontecendo agora é um ataque a Deus e a Sua Igreja. São exércitos de camponeses que saem alucinados por terras alemãs incendiando igrejas e assassinando fiéis. São monges salafrários que traem seus votos de celibato e se casam com freiras que juraram ser noivas de Cristo. É o velho caos, o horror que você não conheceu, ameaçando a todos. Mesmo que você compreenda, seria difícil ver o perigo daqui da Inglaterra, que está em paz, mas qualquer pessoa que viveu na Europa nos últimos anos, e que conheça os sinais, pode ver as trevas que voltam a ameaçar soturnamente toda a Cristandade. Pode acontecer aqui. Seu pai tem razão de estar assustado e tem razão de lutar contra o que vê. Não poderíamos esperar um general melhor na guerra contra a heresia, exatamente por ser ele o mesmo intelectual e cavalheiro que a educou. O mesmo homem, bom, hábil, generoso e sábio. E é por isso que nada me fará acreditar no que você teme: que ele possa ter prazer em causar dor. Você precisa afastar essa ideia. É inteiramente descabida.

John parecia mais confiante que eu. Sua lealdade a More fez com que eu me sentisse envergonhada. Baixei o olhar.

— Meg, é mais simples do que você pensa — disse ele. — Você e eu vamos encontrar a felicidade juntos. Nenhum de nós jamais ficará sozinho. Mas temos de fazer o que ele diz. Não podemos perturbar a atenção dele. Ele está combatendo numa guerra de muitas frentes. O perigo não se reduz aos sapateiros. Há perigos piores em outros lugares. A heresia está surgindo, ameaçadora, por toda parte, até na corte.

Ele mexeu os ombros, à procura da porta, claramente sem a menor vontade de continuar a invadir o refúgio particular do pai. E, mais uma vez me dando o braço enquanto saíamos para a luz pura, contou-me o segredo da "grande questão real".

Henrique VIII, apaixonado por uma dama da corte. Henrique VIII, apaixonado por uma dama de companhia numa corte tão cheia de caramanchões de rosas, e vinho das Canárias, e gente dançando até de manhã, e vislumbres de pernas, e de seios, e de camas de dossel com travesseiros de penas, que pareciam feitas para o amor. Henrique VIII, que, de tão apaixonado pela única dama de companhia que se nega a se reclinar em qualquer dos caramanchões floridos ou camas de penas, apropriados ao amor quando se está na corte, anseia por se ver livre de sua rainha e tornar a casar.

O rei se assemelha a uma bolha brilhante e pomposa, feita de ouro. Nunca aceita um não como resposta. Sente-se atormentado tanto pelo amor como pelo Levítico. "Se um homem tomar por mulher a mulher de seu irmão, faz uma coisa ilícita (...) ambos não terão filhos", reza o texto antigo. E o Levítico diz ao rei exatamente o que este quer ouvir, num momento em que seu desejo é estar longe da rainha, porque um dia, há muito tempo, e por alguns meses, a rainha foi, ainda infanta, a noiva de seu irmão, ainda menino, que se chamava Artur, e que morreu.

O primeiro casamento da rainha só passou a perturbar a consciência do rei porque este começou a pensar num segundo casamento para si. Até então, não havia perturbado a consciência de ninguém, porque, naquela época, o papa declarara formalmente que o primeiro casamento, entre crianças e não consumado, não fora considerado uma união sagrada por Deus. Mas, nesse momento, o rei está cheio de dúvidas. Enquanto faz a corte à moça perfumada de queixo pontudo, olhos feiticeiros e um sinal fascinante no pescoço, ele também se pergunta: será que Deus, ao lhe negar um filho, está lhe infligindo um castigo pelo casamento pecaminoso?

A rainha Catarina: devota, instruída, espanhola, com cerca de 40 anos, com amigos poderosos na corte e por toda a Europa, mas com uma única filha para comprovar os vinte anos no leito do rei. E preocupada.

E um grupinho de gente insignificante e ambiciosa ao redor de sua rival: a bonita, espirituosa e elegante Ana Bolena. São cortesãos de uma espécie em geral conhecida como "uma ameaça". Afastando as tapeçarias, num piscar de olhos que brilham de excitação, eles a atiram nos braços do rei.

— Passei o ano-novo com a corte, em Hampton Court, e os vi com meus próprios olhos — disse John, num tom sombrio. — Era um grupo de mascarados. Mas o rei não estava disfarçado. E não havia nenhum disfarce no que ele sentia pela dama de amarelo.

— Mas o que a dama de amarelo tem a ver conosco? — perguntei.

— Meg, não seja impaciente — John me respondeu. — Este é o problema. A dama de amarelo está fazendo com que a batalha de seu pai contra a heresia seja muito mais difícil. Ela, além de atrair toda a atenção do rei, flerta com a heresia. Num momento em que o rei está propenso a se interessar por qualquer coisa que prejudique a rainha, a Igreja de Roma e o papa, ela o está envenenando, da maneira mais insidiosa que se possa imaginar, ao lhe dar para ler os livros que esses homens novos escreveram.

"Se a influência dela crescer, quem poderá dizer até onde essas ideias hereges chegarão? E quem sabe poderemos acabar arrastados para o caos? A paz é uma ilusão, um acordo entre pessoas civilizadas, algo que seu pai se empenhou a vida toda para promover; mas é da natureza humana que a besta esteja sempre à espreita em algum lugar sob a superfície."

Nesse momento, as frases ecoavam em vão em minha cabeça. Fiz mais uma dobra em minha capa. Eu não compreendia.

— Você está falando de política — disse, mal-humorada. — E não da vida cotidiana. Não de nós, apaixonados, e nos casando.

— Mas, Meg, política é vida. Se perdermos a paz, perdemos tudo: amor, casamento, filhos, tudo. Você devia dar graças a Deus por ser jovem demais para se lembrar da vida como ela era no passado, no tempo das guerras — retrucou John, desoladamente. — Mas qualquer pessoa um pouco mais velha dirá o mesmo que eu. Perdi minha família nessa era de loucura — ele estremeceu — e sei que não há nada pior que isso.

Perdeu? Ele tinha idade suficiente para ter perdido a família nas guerras, mas nunca falava a respeito. Sabia que ele fora adotado pela família de um amigo, depois da morte de seu próprio pai. Uma vez lhe perguntei sobre sua infância. Ele apenas balançou a cabeça e deu uma piscadela. "Muito diferente de minha vida atual", foi tudo o que ele então me disse. "Gosto muito mais da vida que levo agora."

— O melhor a fazer, nas semanas e meses à nossa frente — nesse momento, a voz de John fluía —, é esperar que as fantasias do rei tomem outra direção e essa crise passe. E, por enquanto, procure não julgar seu pai com muita severidade. Algumas atitudes tomadas por ele podem parecer cruéis, mas cabe a More extirpar o mal que se espalha pelo solo inglês antes que essa doença comece a tomar conta do rei. Não temos outra coisa a fazer senão deixá-lo se concentrar no trabalho, e esperar que o momento nos seja favorável.

Segurando-me, ele me fez rodopiar como uma boneca, levantou-me o rosto e olhou-me nos olhos.

— Ah, Meg, não tenha medo! Tenha fé. Vai acontecer. Vou me casar com você. Eu só gostaria — acrescentou John, inclinando-se e beijando-me o topo da cabeça, com muita delicadeza — que isso pudesse acontecer hoje.

Fiquei bem quieta, de olhos baixos, guardando no íntimo esse momento de tranquilidade que desfrutávamos juntos, aquecida pela sinceridade na voz de John e pelas dobras de sua capa, agitadas pelo vento cada vez mais forte, observando a sombra das nuvens ansiosas — que corriam pelo céu quase escuro — atravessar o gramado a meus pés. Ainda mal conseguindo acreditar que ele estivesse ali, dizendo que sentia por mim o que eu sempre sentira por ele, ainda nadando num mar de prazer. E me sentindo em parte tranquilizada por John não achar que meu pai estivesse se tornando estranho, vingativo e sádico, embora ainda não inteiramente convicta da opinião dele. Ainda sentindo pontadas de constrangimento e de incerteza; mas inclinada, mais do que inclinada, é verdade, a fazer tudo o que John Clement dissesse, por ele ter dito que me amava e porque eu o amava.

— Você disse... — sussurrei, com meu rosto tão próximo ao peito de John que sentia seu cheiro quente de homem, e tentei me concentrar nas perguntas de cujas respostas eu precisava, mas que naquele momento me escapavam — ...que havia coisas que meu pai queria que você pudesse me dizer... seriam apenas sobre o Colégio de Médicos? Ou haveria algo mais?

John hesitou. Por um instante achei que vi seus olhos pestanejarem, como se ele tivesse algo a esconder. Mas então John sorriu e balançou a cabeça.

— Não. Não, não há nada mais — disse com firmeza. — Nada com que você tenha de se preocupar.

Nós nos abraçamos e olhamos para a casa, mais ao alto, sabendo que era hora de voltarmos. Eu sabia que não deveria sentir nada senão alegria, mas esse rápido encontro fora tão inesperado e tão incompleto que meu prazer naquele momento era também um sentimento agridoce, tingido de tristeza. Assim, ao retomarmos a caminhada, trilha acima, de braços dados, dei por mim dizendo:

— Sabe, John, tenho saudade da inocência de antes, do tempo em que não havia nada mais com que nos preocuparmos a não ser com a encenação de uma peça que nos fizesse rir depois do jantar... em que não havia nada de mais grave que uma doninha no jardim... em que meu pai não fazia nada de mais arriscado senão participar de processos no tribunal que tratavam de crimes comuns cometidos nas ruas... e em que tudo o que ele escrevia era apenas uma brincadeira intelectual, em vez de uma guerra de palavras...

— Minha menina querida, acho que você sente saudade da *Utopia* — gracejou John, e por um momento me pareceu que ele talvez estivesse rindo de mim. *Utopia* era o livro mais famoso de meu pai, escrito exatamente no verão em que John partiu. Nesse livro, o personagem que era a versão ficcional de meu professor, chamado ali de "meu menino, John Clement", desempenhava um papel menor. O livro descrevia um mundo perfeito, tão perfeito quanto o nosso próprio passado agradável.

Não achei graça nenhuma.

— Pois é, tenho saudade — disse, em tom desafiador. — Quem não teria?

Mas o vento se metera em sua capa, e repuxava sua barba, e ele, todo atrapalhado com suas vestes, procurava se arrumar.

— Vamos embora — disse John, como se não tivesse me ouvido, e continuando a andar na minha frente — antes que a ventania nos leve.

Mas ele me ouvira, pois acrescentou, um tanto rispidamente, falando sobre o ombro:

— A nostalgia é perigosa. Nunca olhe para trás.

Ou talvez aquele frio tenha sido fruto de minha imaginação, porque, ao chegarmos à porta de casa e pararmos para tomar fôlego, já abrigados do vento, vi que ele tornava a sorrir, com uma expressão tão radiante quanto eu desejava. Então John ajeitou carinhosamente os fios de cabelo que tinham escapado de meu capuz e tocou-me os lábios com um dedo.

Talvez tivéssemos nos demorado mais no limiar da porta de casa, arrebatados pelo vento e pelo amor. Mas, de repente, o som de um dueto de alaúdes começou a flutuar ao vento o fim de tarde: dedos invisíveis e hesitantes tangiam cordas muito lentamente, produzindo uma toada popular melancólica.

— Ouça! — disse ele, com o prazer de um melômano, empurrando a porta para abri-la um pouco mais e descobrir de onde vinha o som. Eu não precisava me apressar, pois sabia exatamente o que significava um dueto desafinado de alaúdes em nosso lar em Chelsea. Meu pai estava em casa.

4

Os recém-chegados enchiam o salão. Mas uma pessoa se destacava das demais — aquela grande cabeça morena e leonina, de queixo quadrado, nariz comprido e olhos penetrantes que perscrutavam os segredos da alma alheia. A cabeça de um homem, que, circundado por uma luz gloriosa, fixava todo par de olhos que o fitasse por onde ele passasse. Quando meu pai atirava a cabeça para trás e ria — o que fazia muito — ele sempre transportava todos os espectadores reunidos à sua volta a um estado inesperado de alegria pura e exultante. Ele não estava exatamente rindo no momento em que entrei sorrateiramente no aposento atrás de John Clement. Ele e dame Alice estavam sentados em duas cadeiras de espaldar alto, rodeados por um grupo de admiradores, que, de pé, os fitava com expressão indulgente e olhos brilhantes. O casal se esforçava para que seus alaúdes insubordinados os obedecessem (meu pai sempre foi desafinado, mas adorava tocar duetos com a mulher). Mas enquanto ele tentava obrigar os dedos a dedilhar as cordas, via-se um sorriso brincando em sua boca larga. Ele sabia de suas limitações. Estava sempre inclinado a ver nos duetos de alaúde, como em muitas outras situações, uma oportunidade para zombar da fragilidade humana.

A magia de More exercia uma forte influência não só em mim, como em todos os outros. Olhando os rostos familiares ao redor e a expressão impassível de mestre Hans, vi que ele trouxera os Rastell e os Heywood a nossa casa, além de John Harris, o corcunda que era seu secretário de confiança, Henry Pattinson, o bobo que o acompanhava, e que seguia atrás deles, gordo e desconjuntado, e, à sombra, John Wood, seu criado particular, provavelmente reclamando num canto, com adoração, do mau estado dos sapatos velhos e lamacentos do patrão, que se projetavam sob a veste, e planejando algum daqueles consertos de alfaiate a que meu pai tinha prazer de resistir. Ao vê-lo, minha cabeça esvaziou-se de todas as ideias de rebeldia. Com ele ali, a família estava completa. A sala escura se iluminou, e a luz não se devia apenas às velas. O calor que nos aquecia não vinha exclusivamente da lenha que se consumia na lareira. Como todos os outros, eu estava pronta a esquecer tudo o mais e somente me regozijar com a felicidade natural que surgia da alegria de vê-lo se divertir.

Ou melhor, até eu perceber um arrepio percorrer as costas do homem à minha frente. De onde eu estava, era impossível ver a expressão no rosto de John. Mas, com a súbita ansiedade de quem protege, percebi que meu pai, ao levantar os olhos dos trastes do instrumento, sob sua mão esquerda, avistou o rosto barbudo de seu hóspede inesperado.

Meu pai não perdeu o ritmo. Com a mão ainda se mexendo no braço do alaúde, sustentou o olhar de John por um instante, inclinou a cabeça num mero arremedo de reverência cortês e murmurou, em voz bem baixa:

— John.

O sorriso não tinha lhe saído dos lábios.

Em seguida, tornou a baixar os olhos, de volta às dificuldades da música.

Não foi nada além de um cumprimento. Mas senti John estremecer como se recebesse uma chicotada. Nesse momento, ele, pouco à vontade, mexia os pés e lançava olhadelas à porta, claramente aflito para sair dali.

Depois que a música culminou em aplausos, meu pai levantou-se ainda empunhando o alaúde. Achei que ele viria em nossa direção. Dei um passo para o lado e, olhando de soslaio para John, vislumbrei em seu rosto pálidos sinais de culpa.

Meu pai, entretanto, não se afastou do grupo de acólitos para se aproximar de John. Ele sabia aguardar o momento oportuno. Encaminhou-se para o encantado mestre Hans e se desculpou pela fraca audição musical, dizendo:

— Mas eu lhe asseguro que propiciaremos algo melhor em seguida.

Ali perto, John Rastell, meu tio, o tipógrafo, e seu genro, John Heywood, estavam visivelmente trêmulos por saberem qual seria a surpresa. E assim, dentro de poucos minutos, nos preparamos para assistir a uma peça improvisada e nos vimos transportados à atmosfera despreocupada de uma noite familiar dos bons tempos.

— Vamos apresentar a peça chamada *Os quatro Pês*! — proclamou o jovem John More, animado e presunçoso. A peça de John Heywood, escrita muito após a partida de John Clement de Chelsea, fora uma das favoritas da família por alguns anos, uma sátira sobre o comércio de falsas relíquias do qual participavam monges viajantes e trapaceiros. O jovem John estava mostrando uma taça de vinho das Canárias, com um riso que ia quase de um lado a outro do rosto infantil, que nos parecia então pequeno demais para seu corpo em crescimento. — Esta poderia ser a taça nupcial de Adão e Eva!... E isto aqui... — ele pegou uma caixa de quinquilharias, deleitando-se com a piada —, o dedão do pé da Santíssima Trindade! — Mas o mais velho dos Johns o fez calar. Era evidente que ambos já tinham combinado o que iríamos encenar, e tinham optado por não mencionar religião, pois teríamos apenas alguns momentos antes de todos se prepararem para a peça *As doze proezas alegres da viúva Edith*, escolhida por dame Alice, que, com sua habitual resignação bem-humorada, decidiu representar o papel de protagonista, uma velha impostora lasciva que corrompe os empregados da família.

— Se isso é um castigo pela minha rabugice — disse Alice, dando uma piscadela —, de hoje em diante eu deveria aprender a me calar. — E então, piscando ainda mais e dando uma palmadinha no ombro de meu pai, que exibia seu ar zombeteiro de marido dominado, acrescentou: — É só um chiste, maridinho.

E foi apenas o arrastar dos pés e a arrumação do cenário começar, e todos os outros Johns parecerem muito ocupados aqui e ali, que meu pai afinal se aproximou do meu John. Que ainda estava em pé, meio sem jeito, enquanto todos lhe davam encontrões ao passar por ele.

— John — chamou meu pai, abrindo os braços, deslumbrando o homem mais alto com seu sorriso. — Que surpresa vê-lo aqui! Bem-vindo a nossa nova e modesta casa! — e ele abraçou seu assombrado protegido, antes de recuar lentamente, dando-lhe uma palmadinha nas costas e me incluindo em seu sorriso. — John Clement — meu pai me falou, com um laivo de zombaria na voz ao pronunciar o nome do rapaz — sempre foi homem de surpresas. Desde a primeira vez que nos vimos. John, você se lembra de nosso primeiro encontro?

E uma corrente de algo que eu não saberia definir fluiu entre eles — uma sensação de haver ali ameaças mascaradas por sorrisos —, embora talvez fosse apenas a minha imaginação. John estava sorrindo, mas parecia inteiramente atento a toda palavra dita por meu pai. Tanto quanto eu. Eu sabia tão pouco sobre o passado de John que qualquer nova luz que More trouxesse para esclarecer quem meu enigmático pretendente fora antes de morar conosco valeria a pena.

— Foi na casa do arcebispo Morton, Meg, quando eu ainda era menino, teria talvez 12 anos. Você já ouviu tudo sobre o arcebispo Morton, sei disso: meu primeiro patrão e um dos homens mais notáveis a quem tive o privilégio de servir. Um homem cuja grande experiência de vida transformou-o não só num político como num sábio. Que sua alma descanse em Deus.

Eu me aproximava cada vez mais, sentindo-me atraída para o círculo mágico. A voz de meu pai — o mavioso instrumento de seu ofício de advogado — baixava de tom naquele momento, enquanto nos atraía para sua história.

Meu pai, então um pajem, de calça justa e gibão guarnecido de pele, virando, já tarde da noite, os lençóis e afofando os travesseiros para o arcebispo — que também fora lorde chanceler do velho rei — no aposento de Morton na torre ocidental, de tijolos vermelhos, no palácio de Lambeth. Meu pai era então um menino, que, cansado de um dia da rotina escolar e da rotina noturna do trabalho de servir à mesa no salão, já ansiava por se reunir aos outros pajens que roncavam em seus colchões de palha no dormitório. Mas ele também ficava atento às lições de cortesia e educação, e.

portanto, preocupava-se em não se apoiar nas paredes, nem tossir, nem cuspir, em fazer reverência quando se dirigiam a ele e a responder em voz baixa e animada. (O jovem More era tão naturalmente dotado de todas essas artes da fidalguia que logo começou a ser tratado como favorito por seu sagaz patrão, que costumava elogiá-lo publicamente à mesa, dizendo: "Esta criança, que está aqui nos servindo, será um grande homem; quem viver verá.") Assim, quando o arcebispo lhe disse que levasse a bandeja com o vinho, a carne e o pão que ele trouxera da cozinha para a sala de audiências, que ficava ao lado — um aposento forrado de carvalho lustroso, no qual se recebia o público e que nunca era usado àquela hora —, ele reprimiu o cansaço e obedeceu com a maior deferência possível.

E lá na sala de audiência havia dois rapazes — apenas ligeiramente mais velhos que o jovem More, ariscos, de pernas compridas, com suas espadas escoradas em baús, e que, em seus trajes amarrotados da viagem, estavam derrubados de cansaço nos bancos lustrosos. Havia algo de desconfiado no olhar que dirigiram a More quando este entrou com a bandeja. E algo de raivoso na maneira de se entreolharem.

Por mais que se esforçasse, o jovem More não poderia imaginar quem seriam esses hóspedes inesperados. Ele nunca os vira entre os pajens que serviam no salão. Além disso, os dois não tinham mais idade para ser pajem. Já usavam o cabelo cortado rente dos jovens adultos. E antigos pajens não apareciam de repente, no meio da noite, para fazer visitas de cortesia. Seja como for, seus modos eram arrogantes demais para terem sido aprendidos no ambiente educado da residência do arcebispo.

— Vinho — disse, com insolência, o rapaz mais velho, com cerca de 17 ou 18 anos. O jovem More inclinou-se e serviu o vinho.

— Vinho — disse o mais moço, de cabelos escuros e olhos penetrantes. Ele estava claramente aborrecido ao ver apenas uma taça, e apontava para os próprios pés como se mandasse o jovem More, como um cão, se ajoelhar.

Mas o jovem More não se intimidou com esses jovens intratáveis. Apenas sorriu educadamente.

— Dois que bebem, mas apenas um copo — disse, mantendo a compostura, como os livros ensinavam. — Um problema que posso solucionar rapidamente correndo à cozinha para pegar outra taça.

Nesse momento, houve uma interrupção — uma grande risada partiu da entrada iluminada por velas, onde Morton, de quem todos esqueceram, com seu comprido camisolão de linho, ainda os espiava.

— Bravo, meu jovem Thomas — disse ele, com veemência. — Sua atitude dá uma lição a todos aqui. Esse aí — e Morton apontou para o rapaz mais moço, que exibia agora um ar envergonhado por ser flagrado no feio gesto de implicar com uma criança — sem dúvida não se lembrou de fazer jus ao próprio nome.

E, constrangido, o jovem insubordinado de cabelos pretos baixou os olhos para os próprios pés.

— John, diga a esse menino o seu nome — disse Morton. — Deixe que ele aprecie a piada.

— Johannes — disse o rapaz. Ele hesitou, como alguém que talvez não soubesse falar latim. — Johannes Clemens.

Johnny, o Bondoso. Foi o que o arcebispo Morton falou, chamando a atenção do jovem More, e lhe dando, assim, permissão para rir. O pequeno More juntou-se à alegria maldosa do patrão diante da diferença entre o amável nome e o mau comportamento do jovem de cabelos pretos. O mais velho também ensaiou um risinho. E, por fim, o próprio John Clement — de certo modo surpreendendo More — dando palmadinhas nas costas do jovem pajem, deixou de lado o ar emburrado e, com mais disposição do que More teria esperado, reuniu-se aos que riam a sua própria custa.

— Gostei do jeito dele. Desde então, tornamo-nos grandes amigos — e meu pai encerrou a frase, inteiramente à vontade. Nesse momento, estava falando mais para mim do que para John, mas percebi que John relaxara aos poucos, à medida que a história chegava ao fim, o que me fez pensar que ele talvez temesse um final diferente, algo que pudesse, de algum modo, desaboná-lo. — Mas vejo que você continua impulsivo, John. Aparecer por aqui sem avisar! — meu pai, com ar afável, piscou um olho para mim, encorajando-me a rir um pouco do homem constrangido ali entre nós. — Ainda se reservando o direito de surpreender.

— Então, John, de onde você viera aquela noite? — perguntei ao mudo John, curiosa de saber algo de seu passado. — E para onde estava indo?

— Ah! — disse meu pai suavemente, respondendo por John. — Como esse episódio ocorreu pouco depois das guerras, havia confusão por toda parte. John e o irmão, cujo pai morrera, foram criados por amigos da família. Mas havia chegado a hora de John ir para a universidade. Assim, naquele momento, ele estava em Londres de passagem, a caminho de Louvain, no continente, onde em pouco tempo se tornaria um homem erudito; um erudito de bom coração — e meu pai riu de novo —, a quem todos em nossa família tanto amamos.

Em seguida, Elizabeth juntou-se ao nosso círculo, interrompendo a conversa.

— Você faria um dos criados, John? — perguntou ela, docemente, e, antes que o ruborizado John respondesse, enrolou-o delicadamente numa capa grosseira de criado e o afastou de nossa companhia, conduzindo-o para a folia. Ele olhou para trás, como se perguntasse algo a meu pai, e este, como se lhe respondesse, acenou com a cabeça, concedendo permissão para ele ficar e participar da peça.

A sós comigo, meu pai lançou um olhar bondoso de soslaio.

— Veja como são as coisas, Meg. Fiz uma promessa ao arcebispo há muito tempo de que ficaria de olho em John Clement. E ficarei. Talvez cumprir essa promessa seja sempre necessário. Ele é uma pessoa que sofreu muitas perdas na vida; e, às vezes, o sofrimento deixa marcas na alma de um homem. Com alguém como ele, temos de agir sem pressa e com cuidado e nos assegurarmos de que não haja nada oculto a ser investigado. Mas você é uma moça inteligente. Estou certo de que você compreende...

Meu pai manteve o olhar preso ao meu mais tempo que o necessário. Não compreendi muito bem o que ele quis dizer com aquelas palavras, mas a delicadeza que vi em seu rosto me fez lembrar, naquele momento, a delicadeza com que ele havia tratado Will Roper, acusado de heresia. Fosse como fosse, talvez meu pai estivesse me alertando.

— Esta tarde, tivemos uma boa conversa — disse eu, disfarçando meu ressentimento com um sorriso diplomático. Muito me admirava meu pai falar sobre gente que esconde o jogo, porque ele mesmo talvez viesse mantendo, durante anos, negociações secretas com John Clement sobre as condições necessárias para que ele pudesse se casar comigo, sem me dar nenhuma pista do que lhe ia na cabeça. — Fiquei satisfeita de vê-lo depois de tanto tempo. Satisfeita por ser informada de tudo que John contou — disse a meu pai.

E me senti bem de ver meu pai mais atento a mim, mais cuidadoso, e percebi uma indagação em seus olhos. Mantive seu olhar no meu. Foi ele quem, por fim, o desviou.

— Muito bem — meu pai falou, mas sem muita convicção. E se afastou, voltando a se misturar ao grupo e a dar atenção a seus hóspedes.

E assim o restante da peça, com todos os aplausos, todas as frases finais engraçadas e vigorosas, além da animação e do riso, se reduzira, para mim, a uma observação vigilante dos olhares. Os olhos de John Clement evitavam tanto os meus como os de Elizabeth e de meu pai. Os olhos de Elizabeth procuravam meu rosto e o de John Clement com uma expressão difícil de ser decifrada. Os olhos de meu pai, que de vez em quando pareciam descansar, pensativos, em John Clement. E, é claro, os olhos de mestre Hans, que nos lançavam, a todos, os mesmos olhares compridos, cuidadosos e atentos que eu o vira dirigir a John Clement no decorrer do almoço. Um olhar que delineava a linha das costas e a linha do coração ao mesmo tempo. Essa vigilância me fez ficar sem jeito quando o percebi olhando fixa e longamente para minhas mãos agitando-se em meu colo. Mas não tardei a perceber, aliviada, que esses olhares provavelmente não significavam nada senão um artista preocupado em nos retratar o melhor possível.

John Clement não se demorou. Eu o vi se levantar rapidamente e se dirigir a meu pai assim que a peça terminou — enquanto as fantasias ainda estavam sendo guardadas nos baús e os criados ocupavam-se em arrumar a mesa para o jantar — pronto para pedir licença e partir. Aproximei-me, ansiando por ouvir, mas sem querer interromper. Mas meu pai, com um gesto, me convidou a participar da conversa.

— John está me dizendo que precisa ir embora agora — disse meu pai, com doses equivalentes de afeto e extraordinária firmeza. — Foi uma alegria ver que ele encontrou tempo para nos permitir recebê-lo aqui logo após sua volta a Londres. E esperamos vê-lo de novo muito em breve, não é mesmo, Meg? — Então meu pai fez uma pausa, lançou a John outro olhar que não consegui compreender e acrescentou: — Assim que ele tiver tido tempo suficiente para tomar pé nesta nossa terra, depois de uma ausência tão longa. Assim que for admitido no Real Colégio de Médicos.

Levei John à entrada para ajudá-lo a vestir a capa. Na meia escuridão fora de casa e sem termos os olhos dos outros voltados para nós, ousei pela primeira vez fitá-lo nos olhos. E, pela primeira vez, ele me respondeu com um olhar direto e demorado. E vi em seu rosto: não só todo o amor e toda a doçura que eu poderia esperar como também uma sombra de alívio.

— Pois é, Meg — disse John, com uma voz tranquilizadora e a mão na maçaneta. — É como eu lhe disse. Temos apenas que esperar um pouco. O doutor Butts garante que serei apresentado como candidato nesta primavera. Parece muito tempo, mas não vai demorar indefinidamente. E tudo correrá bem para nós — então percebi que ele passava o outro braço à volta de minha cintura como despedida. — Vou lhe escrever — John murmurou, abrindo a porta e deixando entrar o vento da noite. — Voltarei logo. Prometo.

E logo ele não era senão uma silhueta negra na escuridão do jardim, balançando os braços e seguindo o caminho até o rio, deixando-me confusa, mas tão esperançosa de que, como a mais tola das jovens criadas, eu poderia viver feliz para sempre.

Elizabeth aproximou-se com passos furtivos e me olhou de soslaio assim que, discretamente, voltei à sala.

— Mestre Hans passou a noite toda lhe lançando olhares embasbacados — disse ela, com um daqueles risinhos cínicos. — Acho que você arranjou um admirador.

Poderia ter ficado sem jeito. Era uma alfinetada boa demais em causar desconforto, especialidade de Elizabeth. Mas, por sorte, mestre Hans não estava me lançando olhares extasiados naquele momento. Sentado à mesa, o pintor se deleitava com a atenção calorosa e exclusiva que meu pai lhe devotava, o que o fazia se sentir, como era comum com outros na mesma situação, confiante e expansivo. Hans apoiara, na mesa, uma cópia em miniatura do retrato de Erasmo, trazida por ele para o arcebispo Warham, e um estudo de um retrato encomendado das feições encovadas do velho arcebispo, que ele pretendia levar para Erasmo na Basileia — Holbein tivera a sorte de receber essa encomenda em suas primeiras duas semanas na Inglaterra (Warham, um dos bispos amigos de More, sempre fora uma boa alma e, ainda que não o fosse, era *de rigueur* retribuir o presente de um retrato de Erasmo em espécie). Nesse momento, ele falava entusiasmado, no seu inglês com sotaque, do quadro que faria de nossa família. Vi que Holbein era um bom negociante. Já se falava então de dois quadros diferentes — um retrato de meu pai, feito pelo pintor, a ser enviado aos outros humanistas de toda a Europa, além do retrato do grupo familiar, que ornamentaria nosso salão, já encomendado ao alemão anteriormente — e ele estava mostrando ao pai um quadro já terminado, *Noli me tangere*,* no qual se via um Cristo virtuoso procurando se afastar de uma voluptuosa Maria Madalena, que me pareceu ter emocionado meu pai, o que renderia ao pintor mais um bom negócio. Em silêncio, sentei-me perto dos dois para escutar.

— Foi um afresco que vi em Mântua — Holbein estava dizendo, e, de tão entusiasmado com a ideia, passou a mexer com os saleiros e as facas que estavam sobre a mesa para ilustrá-la. — A cena não me sai da

* Do latim, "não me toques". Cena que reproduz a frase "Não me toques, pois ainda não subi ao meu Pai", que teria sido dita por Cristo a Madalena (Evangelho de S. João, 20:17). *(N. da T.)*

cabeça... O duque e seu grande amor, a esposa, um olhando para o outro, lado a lado, quase no centro da tela... a família toda ao redor... alguém à esquerda inclinando-se para a frente, à espera de instruções... — ele, satisfeito, faz uma pausa, visivelmente à espera de elogios pela inteligência demonstrada. — E, bem no centro, olhando diretamente para o espectador — continuou, e então caiu na gargalhada, rindo da própria piada —, o anão do duque!

Era uma ideia ligeiramente chocante. Em silêncio, todos nós olhamos para meu pai, ansiosos por conhecer sua reação. Ele, também quieto, deixou passar um segundo. Em seguida, o rosto se abriu num riso incontido, um sinal de aprovação generosa que fazia com que todo mundo, por toda parte, o amasse.

— O bobo no centro da família! Que ideia maravilhosa! — disse ele, bufando.

Embora não tivéssemos percebido nenhuma tensão prévia em seu rosto, vimos naquele momento que a expressão de meu pai se livrara de todas as preocupações da corte, e também desatamos a rir de alívio, tomados de simpatia e de um amor suave e devotado.

— Vejamos como ficaria — disse o pai, ainda sorrindo maliciosamente e com o pensamento voltado para a ideia do mestre. — Henry! — meu pai chamou com um aceno o simplório gorducho que estava num canto. — Como o senhor pode ver, também temos o nosso rei dos bobos por aqui — disse More a mestre Hans. E então, num lampejo, vi em Henry Pattinson, o bobo ruivo de feições avantajadas de quem meu pai gostava tanto, uma paródia grotesca do resplandecente rei Henrique, e me perguntei se não seria por isso que o pai o mantinha por perto; e, caso fosse, o que haveria de ousado no comentário aparentemente capcioso de meu pai (e, ainda, se mestre Hans teria pensado nisso ao colocar Henry, o Bobo, no centro de nossa família).

Antes que nos déssemos conta, pusemo-nos a postos, dirigidos por um repentinamente autoritário mestre Hans, que nos levava aos lugares ditados por sua imaginação. Henry Pattinson de olhos bem abertos, inexpressivos e atarantados como sempre, fitava o artista. Meu pai e sua filha Margaret Roper, entreolhando-se, de soslaio (impressionou-me a rapidez com que mestre Hans percebeu a quem meu pai amava mais). Fiquei ao lado de Elizabeth, inclinando-me para poder sussurrar ao ouvido surdo do avô. Os demais ou se distribuíram ao nosso redor, ou ficaram nos observando e nos encorajando.

Então, no meio do burburinho, Elizabeth sussurrou:

— Onde está John Clement?

— Foi embora — respondi.

— Como? Sem nem sequer se despedir? — ela continuou, em voz mais alta, virando a cabeça tão bruscamente para me olhar que quebrou a harmonia da composição do grupo. Mestre Hans avisou-nos com os olhos que não deveríamos sair do alinhamento proposto.

— Ele teve de sair — murmurei, enquanto, paralisada naquela posição artificial, baixei os olhos para os velhos joelhos cobertos de veludo do avô.

— Fiquem quietas — mestre Hans nos chamou a atenção.

Ela lhe devolveu o olhar.

— Desculpe-me, mestre Hans — disse Elizabeth, com voz sumida. — Não estou me sentindo muito bem. Preciso ir para meu quarto.

E Elizabeth afastou-se do grupo e foi para o quarto, seguida, após um breve momento de indecisão, pelo marido e seu inquieto pomo de adão. Sua palidez era notável.

Poderíamos tê-los impedido de sair. Mas meu pai rapidamente preencheu o vazio. Ele estava fascinado demais com a imaginação do pintor, para impedir a ruptura do grupo. Os dois homens divertiam-se com a rapidez com que chegaram a uma mútua compreensão intelectual, riam juntos e trocavam olhares enquanto viam o quadro tomar forma.

— John — meu pai chamou com um sorriso (sabendo que havia Johns em suficiente número na sala para substituir muitos desertores) —, você poderia ocupar o lugar de Elizabeth?

E assim os atores não se dispersaram até Holbein, que num passe de mágica tirara um pedaço de giz e uma lousa da velha mala de couro, terminar um rápido esboço das posições que ocuparíamos no quadro, uma representação da perfeita família humanista que seria, ela própria, nova e tão divertida e ousada quanto qualquer outra apóstola do Novo Saber, muito distante dos velhos retratos rígidos dos piedosos patronos dos artistas, representados como santos, com que os ricos ainda gostavam de encher suas capelas. E a festa continuou noite adentro, quando, pouco depois que meu pai, após pedir licença para escrever cartas de trabalho, saiu da sala e se dirigiu ao Novo Edifício, a luz de repente pareceu se extinguir, e todos os hóspedes, percebendo o quanto estavam cansados, se retiraram para seus quartos.

Foi só tarde da noite, quando eu já estava deitada (e incapaz de dormir de tanta excitação, com o coração aos pulos ao lembrar de tudo o que acontecera aquele dia e de todos os planos imagináveis de um futuro com John), que ouvi, atrás da porta fechada do quarto ao lado, os ruídos de Elizabeth vomitando, um urinol sendo arrastado e William sussurrando com voz anasalada. Não consegui ouvir as palavras dele, mas achei que o tom entre tranquilizador e nervoso, seria o esperado de qualquer futuro pai. Comecei a compreender o motivo do repentino mal-estar dela.

5

— Elizabeth! — sussurrei. — Elizabeth! Você está bem?

Ainda estava escuro. Era pouco antes das 4 horas, antes do alvorecer, mas muito depois de ouvir os passos de meu pai, que, na ponta dos pés, passava pelo corredor a fim de começar seu turno matinal de trabalho e oração no Novo Edifício. Dentro de alguns minutos, a casa começaria a se movimentar.

Eu já estava acordada havia horas, mas continuara na cama, me aquecendo debaixo das cobertas que chegavam até o nariz enregelado, quando finalmente consegui me dar conta da felicidade e me deleitar calmamente com o silêncio frio e rangente no qual podia aninhar meu segredo. Mas os sons desagradáveis vindos do quarto de Elizabeth continuavam audíveis.

Assim, pus um xale sobre os ombros e saí sorrateiramente do quarto para o corredor. Bati na porta ao lado e perguntei se havia algo que eu pudesse fazer para ajudar. Eu era aquela que possuía uma caixa de remédios e algum conhecimento de medicina.

Ela não respondeu.

Eu tiritava. E podia ouvir os preparativos para se acender o fogo lá embaixo.

Por fim, ouvi passos abafados que pararam do outro lado da porta. Respirei aliviada.

Mas não foi a cabeça de Elizabeth que apareceu. Foi a de William, descabelado, abatido e com os olhos mais vermelhos do que nunca devido à falta de sono.

— Meg — disse ele, com prudência bem-educada, mas sem demonstrar qualquer gratidão. — Em que posso lhe servir?

— Achei... — comecei a falar. — Pareceu-me ouvir alguém passando mal. Achei que Elizabeth poderia precisar de ajuda.

Talvez fosse apenas a disposição especial das feições de William, mas não pude deixar de considerar sua expressão um tanto condescendente.

— Está tudo muito bem — William continuou, com certa paciência na voz. — Não há nada com que se preocupar. Pode voltar para a cama...

Quase pude ouvir as palavras "como uma boa menina" serem pronunciadas por seus lábios arrogantes.

— Ah, sim — respondi, desapontada, procurando alguma informação no rosto dele, mas sem encontrar nada que ele quisesse me dizer. — Então, se precisarem de alguma coisa... tenho uma caixa de remédios em meu quarto.

— Obrigado — disse ele, decisivo. — Se precisarmos de algo, já sabemos que podemos procurá-la. Não fique no corredor pegando frio.

E, com muito cuidado, fechou a porta diante de mim.

Elizabeth não desceu para o café da manhã. Do casal, somente William atravessou a escuridão até a cidade para assistir à missa das 7 horas — sua mulher não foi. O marido não deu explicações. Meu pai, usando uma sobrepeliz, estava atuando como acólito nessa manhã, acompanhando o padre nos degraus do altar, enquanto ritos litúrgicos como a queima de incenso, o *Kyrie* e o *Gloria in Excelsis* se desenrolavam. Isto me permitiu observar William enquanto assistíamos à missa na capela da família (cujos pilares gêmeos ainda estavam cobertos pelo andaime que em breve seria usado para que o emblema de meu pai fosse talhado na pedra). O cabelo de William estava liso e penteado para trás, e, não fosse por um tom mais rosado nos olhos, o rosto me parecia inexpressivo como de costume. Mesmo quando se ouviram os sinos tocando, e velas e tochas foram acesas no ambiente fortemente perfumado, e o padre ergueu o ostensório acima da cabeça — exibindo a hóstia que as pessoas do povo acreditavam ser não só um talismã que poderia curar doenças, como a cegueira, mas também um símbolo sagrado, constituindo-se no corpo e sangue do Cristo na Terra —, e embora os rostos de todos os outros se enchessem de uma adoração jubilosa, o de William, enquanto este se ajoelhava, expunha o sorriso afetado de sempre. Era um sujeito frio, pensei, sem me preocupar em esconder a antipatia que sentia por ele. Teoricamente, seria um bom partido. Seu pai era um alto funcionário do tesouro real. Mas a conversa de William parecia em geral tão limitada, e sua personalidade, tão presunçosa e arrogante, que eu poderia afirmar que jamais gostaria da companhia dele. Não era a primeira vez que eu me perguntava o que a bonita e espirituosa Elizabeth poderia ter visto nesse homem (além de agradar a meu pai pelo fato de ter se casado com o filho de um colega dele). Radiante com minha própria felicidade, fui surpreendida pela pena que senti de Elizabeth.

Ela estava sozinha quando entrei furtivamente em seu quarto após a missa. Arrumara-se um pouco mais e estava recostada numa cadeira junto ao fogo. Mas o rosto parecia exangue, e ela mal se deu conta de minha presença. O urinol malcheiroso ainda estava a seu lado, coberto com um pano manchado.

Era fácil ver que ela não me queria por perto. Mas estava fraca demais para resistir quando lhe tomei o pulso e a temperatura (a pele pegajosa, mas fria). E, aos poucos, a perícia com que minhas mãos agiam venceu sua relutância em falar. Elizabeth relaxou ao menos o suficiente para dizer:

— Deve ter sido alguma coisa que comi.

Assenti com a cabeça. Cabia a ela explicar sua doença.

— Deixe-me lhe trazer um chá de gengibre — sugeri. — Vai acalmá-la. E acha que consegue comer alguma coisa?

Elizabeth fez uma careta. Agarrou a barriga com a mão. E balançou a cabeça.

— Trarei minha caixa de remédios para cá e lhe prepararei um chá na frente da lareira — falei com ânimo. — E lhe farei companhia enquanto o toma.

A caixa de remédios tinha de tudo. Remédios para febre, alta ou baixa, calafrios e outros incômodos causados pelo frio, para dor de dente e coração aflito. Frascos cheios de lembranças de Bucklersbury. Facas e panelinhas, um almofariz e a balança de John Clement para pesar os pós de que eu precisasse. E uma única raiz de gengibre, que envelhecia dentro de um vidro: remédio caro, mas mais eficaz do que qualquer outro que eu conhecia para aliviar o enjoo, melhor até que folhas de olmo-branco ou camomila. Comecei a raspar lascas do gengibre, que deixava cair na panelinha, apreciando a calma desse ritual tranquilo e a firmeza da mão que lidava com o tempero exótico trazido de terras distantes, e percebi que tanto eu como minha irmã estávamos sendo embaladas não só por esses gestos como pela torrente de fagulhas e pela lenha que lentamente se fragmentava na lareira à nossa frente.

Aliviada por ela estar enjoada demais para mencionar John Clement e apreciando a cordialidade calma entre nós, passei a enumerar, com voz suave, algumas das propriedades medicinais do gengibre. Além de ter sido recomendado pelo próprio rei como remédio contra a peste, o gengibre faz o corpo humano suar, elimina o excesso de secreção quando aplicado como compressa no rosto ou no peito e, o mais importante, é o que há de melhor para curar a gripe.

Quando ajeitei a panela cheia d'água no gancho pendurado acima do fogo da lareira, Elizabeth começou a se mexer e, então, sentando-se mais ereta, passou a examinar meu cofre de tesouros.

— Quantos vidros você tem aqui! — disse ela, com voz fraca. — Como é possível saber o que há em todos eles? Você não os confunde, quero dizer... — ela tirou dois frascos ao acaso — não mistura este com aquele?

Neguei com a cabeça, por ter certeza de que eu dominava o assunto.

— Nunca. Seria muito perigoso — respondi. E então ela tirou um frasco que continha pilriteiro-negro e um outro, no qual havia óleo de poejo, e ri. — Principalmente os dois escolhidos por você — acrescentei, aproveitando a chance gentilmente oferecida de me exibir um pouco. — O frasco que está em sua mão esquerda serve para evitar abortos. Mas o outro provoca o sangramento nas mulheres. É o que as mulheres do vilarejo usam para se livrar de uma gravidez indesejada. Óleo de poejo. Um engano que você não gostaria de cometer.

Ela devolveu os vidros à caixa com uma leve expressão de horror no rosto. Mas também sorriu.

— Ui! E o que mais você tem aí... poções do amor? — perguntou, tentando parecer superficial.

Balancei a cabeça mais uma vez.

— Não, esse tipo de poção você só vai conseguir com a bruxa do vilarejo — foi o que respondi, também num tom bem superficial. E então a examinei mais de perto. Além dos sinais de mal-estar, havia algo estranho em seus olhos. Se não a conhecesse tão bem, eu diria que havia nela algo semelhante ao desespero de um animal encurralado. — Seja como for, você não precisa de poções do amor — acrescentei, no tom mais tranquilizador e terno que minha voz pôde expressar —, pois é uma mulher recém-casada com um marido jovem e brilhante.

O olhar de animal encurralado estava ali de novo, mais intenso do que nunca — um tremor de medo, ardente e tenebroso, por trás dos olhos.

— É... embora às vezes... — hesitante, sua voz começou a expressar um pensamento que até então não se concretizara em palavras. — Eu me pergunto... que tipo de marido William será. Que tipo de pai. Conhecemos tão pouco as pessoas com quem nos casamos, afinal...

Então ela parou de falar. Dominou-se. Tornou a prender o animal encurralado na jaula e me dirigiu o sorriso coquete e mundano que eu normalmente esperaria dela.

— Veja, Meg — disse ela. — A água está fervendo.

Ela tinha razão. E de repente o ambiente se insuflou não só de remorsos e segredos não revelados, mas do aroma forte e quente do gengibre.

A manhã toda, o ar recendeu a gengibre. Foi um dia dedicado aos remédios.

Quando desci a escada, com pés ligeiros, uma hora mais tarde, após cobrir Elizabeth, já adormecida, com uma colcha, encontrei Margaret

Roper sentada sozinha na sala de estar, olhando para fora pela janela. Na mesa a seu lado, havia uma viola e uma partitura. Mas não a ouvi tocar.

— Senti cheiro de chá de gengibre — disse Margaret, gentil como sempre. Sempre a considerei minha irmã predileta: a mais próxima de mim em idade e aquela com quem eu costumava dividir o quarto e a cama; a boa menina que sempre se mostrava sensível aos sentimentos dos outros e que então, apesar de toda aquela calma, conquistava a reputação (com o apoio entusiástico de More) de mulher mais erudita da Inglaterra. — Acredito que você estava cuidando de Elizabeth. Como ela está?

— Um tanto enjoada — respondi, sem me comprometer. Cabia a Elizabeth explicar seus males. — Mas, agora, ela está dormindo.

Os olhos de Margaret brilhavam.

— Meg, você faria um pouco de chá de gengibre para mim? — E ela então sorriu e fez uma pausa, escolhendo as palavras com cuidado antes de completar, com voz trêmula e confiante: — Pelo mesmo motivo!

O rosto moreno e ossudo estava tão radiante que não pude deixar de me abrir num sorriso.

— Margaret! Você vai ser mãe! — gritei e estendi os braços.

Ainda estávamos fazendo uma segunda panelinha de chá, murmurando, animadas, uma com a outra, quando a cabeça de Cecily surgiu na porta entreaberta, farejando.

— Que cheiro maravilhoso — disse ela em meio ao nosso silêncio repentino, e eu já estava reconhecendo o sorriso suave e compreensivo em seus olhos. — Senti muito enjoo esta manhã... sobrou algum chá para mim?

As três jovens mães pediram licença para não participar da refeição do meio-dia. Mas todos na casa sabiam que Margaret e Cecily tinham anunciado a gravidez. Meu pai, que passara um bom tempo sentado, inteiramente quieto, enquanto posava para o retrato que mestre Hans esboçava, foi o último a saber das notícias. Tão feliz como os demais, agradeceu a Deus por elas e pelos filhos vindouros — seus primeiros netos. Chegou até a quebrar a regra de abstinência de álcool e tomou um pouco de vinho acompanhando os genros Will e Giles, satisfeitos e ruborizados. O único que não estava ali para se juntar ao brinde foi William Dauncey. Ele ficara lá em cima, como um marido bem-comportado fazendo companhia à mulher enjoada.

À tarde, esperei que William descesse para tornar a visitar Elizabeth. Ela estava deitada mais próxima à cabeceira da cama, naquele momento, acordada e com o rosto já menos pálido. Mas triste.

— Passei o dia fazendo chá de gengibre — disse num tom animado. — Já soube da novidade? Tanto Margaret como Cecily estão grávidas. Estão tão enjoadas que não conseguiram tocar na comida.

Ela levantou os olhos, encarando-me.

— Então você já sabe — disse ela com voz indiferente. — Eu também.

— Então teremos três bebês em outubro nesta casa! — retruquei, tentando me mostrar surpresa.

— Isso — disse ela com a voz ainda mais abatida. Então pareceu-me tiritar. — Realmente não estou me sentindo bem — continuou a falar com voz desanimada. — Você faria um pouco mais de chá para mim?

Puxei a colcha até o seu queixo e a prendi ao redor de seu corpo para cobri-la bem.

— Assim você vai se esquentar. Não demoro mais que um minuto.

Ela ficou bem quieta enquanto eu ralava o gengibre e preparava minha infusão. Achei que teria cochilado. Então me surpreendi quando ouvi a voz cansada murmurar, ainda mais queixosa, às minhas costas:

— Foi por sua causa que John Clement veio ontem aqui?

Interrompi o que fazia, pensando na melhor maneira de lhe responder. Mas, quando por fim me virei, com a bebida quente já pronta para ser levada até a beira da cama e uma resposta apaziguadora já pronta nos lábios, ela já tinha caído no sono.

6

— Então teremos um fecundo retrato de família — opinou mestre Holbein, enquanto me conduzia à sala de estar transformada em seu ateliê. O lugar, atulhado de coisas, parecia agradável. Havia um cavalete (no qual estavam apoiados os primeiros esboços para o retrato solo de meu pai, feitos no dia anterior) e pilhas de panos e objetos para a cena a ser pintada. Sobre uma mesa, embaixo da janela, o pintor preparava suas tintas: havia ali tantos frascos, pós, óleos, almofarizes, pilões e panelinhas quanto na minha caixa de remédios. Senti-me imediatamente à vontade.

E ri.

— Pois é... tantos bebês! O senhor terá que nos pintar rapidamente, antes que a casa se transforme numa creche.

E então corei, quase sem tempo de surpreender a mente, e talvez o corpo, sonhando com minha própria barriga se arredondando, e imaginando o orgulho daquelas mãos elegantes e familiares do homem tocando a barriga prenhe e à espera, como proprietário, de que os pontapés e sobressaltos de uma vida surgissem. Toquei o rosto, na tentativa de afastar o quadro que minha imaginação construía, mas ainda sem que minha expressão tivesse recuperado o frescor da calma.

Holbein resmungou. Olhava para mim sem realmente me ver, reduzindo-me a linhas e manchas de cor em sua mente, sem atentar para minha face ruborizada, construindo meu retrato em sua imaginação de um modo perturbador. E então, com um gesto, indicou-me a cadeira.

— Ah! Posso ver o quadro de meu pai antes de me sentar para posar? — perguntei, cheia de curiosidade.

O rosto do pintor se anuviou. Ele balançou a cabeça e posicionou o corpo contra a tela, coberta com um pano, atrás de si, como se quisesse protegê-la de mim.

— Ainda não — disse. — Não está pronto.

Um tanto surpreso, olhou-me de maneira diferente, os olhos de repente concentrados em meu rosto. Em seguida, assentiu, e balançou a cabeça, tudo ao mesmo tempo.

— Está bem — disse, simplesmente. — Mais tarde. Este é apenas um primeiro estudo. Antes de mais nada, preciso aprimorá-lo. Espero que este quadro venha a ser importante para meu futuro. Sei que você compreende.

Eu compreendia. E não me incomodei com sua franqueza. Ele tivera apenas um dia para captar a fisionomia do pai, que já tinha voltado para a corte. Mestre Hans teria mais tempo para o resto da família, uma vez que nenhum de nós iria a lugar algum. Mas o que lhe traria encomendas seria um bom retrato de More.

Sentei-me, às vezes sentindo dores devido à posição, coceiras, e às vezes, vontade de cochilar, pela inatividade, mas sempre com alguma porção minúscula de ansiedade ao imaginar que os passos que se aproximavam da porta podiam ser não os de algum criado ou alguém da família que estivesse passando por ali, ocupado com alguma providência rotineira, mas os de John Clement, que teria voltado, bem antes do tempo previsto, para anunciar a todos da casa que eu era sua noiva. Mestre Hans falava. Obstinadamente; talvez para me acalmar e me manter quieta. Procurando chamar minha atenção de vez em quando — interrompendo meu devaneio no qual Margaret Roper corria alegremente para me abraçar e nos cumprimentar, a John e a mim, e Cecily ria da minha inesperada confusão de menina, e o jovem John More que se mostrava surpreso como sempre com tudo o que acontecia — mas em geral olhando fixamente para o papel ou alguma parte de mim, com o seu jeito diferente e impessoal de artesão. E eu ouvia, lá da minha nuvem rósea de felicidade, do topo alto e longínquo.

De início, Holbein falou sobre pais: lugares-comuns a respeito do papel de professor desempenhado por eles e do amor dedicado aos filhos. Depois, sem fazer alarde, falou da morte do próprio pai: de como sua mulher ficou aliviada quando soube que não precisavam mais tirar dinheiro do orçamento apertado para sustentar o velho; de como fora difícil recuperar o material de pintura de seu pai que estava no mosteiro dos antoninos, em Isenheim, os últimos patrões do velho mestre pintor.

— Tive que escrever ao burgomestre durante dois anos até conseguir resolver tudo — disse ele. — Elsbeth nunca desistiria.

Contou-me sobre o estudo com que se ocupara no dia anterior. Já marcara no esboço os contornos principais do rosto e do pescoço do meu pai com alfinetes minúsculos, dois a cada polegada. Em seguida, quando já não precisava mais de minha presença para a tarefa daquele dia, ocupava-se em preparar a tela na qual pintaria. E então pregava o esboço nela — um mapa do rosto de More, um fantasma da realidade que ele brevemente viu. Ele então soprava e espalhava o pó de carvão que atravessava os buraquinhos do papel. O que resultaria no contorno de um rosto perfeitamente desenhado na tela que seria a definitiva. Só nesse momento é que ele me mostrou o quadro.

E então Holbein ficou quieto, esqueceu-se de mim, e começou a se concentrar.

Ficar sentada em silêncio deixou-me um tempo enorme para refletir sobre a conversa inquietante que eu tivera no dia anterior com dame Alice, quando, enquanto procurava nos domínios de sua cozinha mais uma panelinha para fazer chá de gengibre, ela surgiu da copa com uma porção de miolos de frango para a refeição seguinte em suas mãos rudes e grandes, protegidos por uma espécie de caixão de massa acinzentada pronto para ir ao fogo. Atrás dela, o séquito habitual de jovens criados, carregando dois porcos mortos sem cabeça, sacas de açúcar, cestos de laranjas e vidros com cravo, canela e noz-moscada, e ela estava prestes a supervisionar o trabalho de reunir facas, tigelas e panelas para escaldar, ferver e ensopar os alimentos que nos propiciariam mais uma refeição festiva. Receber convidados, principalmente um grande apreciador de um prato suculento de carne, como era o caso de mestre Hans, lhe dava a oportunidade sempre almejada de exibir seus dotes culinários. Alice estava sempre dizendo que o pai não gostava muito de sua comida; ele só se servia de uma pequena porção de qualquer travessa que lhe estivesse próxima (embora todos soubéssemos de sua queda furtiva pela mistura de ovos e creme que ela preparava). Na expectativa de uma bela tarde pela frente, ela planejava preparar uma montanha de comida para mestre Hans. Mas quando me viu perto da grelha, hesitando entre uma ou outra das panelinhas de cobre penduradas ao redor do fogo, as quais foram areadas por ela antes da chegada de mestre Hans (não que ela esperasse vê-lo chegar à cozinha — era só uma desculpa para que uma boa parte de seus vastos recursos de energia prática fosse gasta), ela mandou os rapazes buscarem mais noz-moscada na despensa. Apesar de todas as suas deficiências no latim e do franco desprezo pela leitura, Alice tinha uma sensibilidade inata para o estado de espírito alheio, e deve ter percebido em meu rosto a minha ânsia por um momento de intimidade. Então, embora me olhasse com curiosidade ao me ver na cozinha, não fez nenhuma pergunta embaraçosa, apenas se dirigiu a mim com bondade:

— Leve a menor se quer preparar uma de suas poções. Uso a maior para o creme — e esperou.

Fiquei sem jeito por alguns segundos. É claro que eu não queria lhe contar que o chá de gengibre destinava-se a suas três enteadas More, pois equivaleria a lhe contar sem preparo a notícia de gravidez delas. Uma notícia que cabia às moças lhe dar. Mas algo no ar bem-humorado com que ela me olhava — o mesmo lampejo nos olhos pequenos que me encantara quando cheguei pela primeira vez à casa dos More em Bucklersbury Street, a mesma proposta franca de amizade — me fez pensar que eu talvez pudesse lhe falar, como fizera com John, sobre minhas preocupações a respeito de meu pai. Talvez ela também conseguisse fazer com que eu afastasse meus temores, pensei, esperançosa.

Naquele momento em que a felicidade me parecia possível, e provavelmente não muito distante, fazia sentido aprender a trilhar o caminho das pedras para tentar alcançá-la.

Eu queria ter coragem. Mas não me agradava perguntar abertamente por que meu pai mantinha um sujeito preso na casa da guarda. Aliás, eu não sabia se ela tinha conhecimento a respeito de algum prisioneiro lá dentro. Mesmo assim, ousei me aproximar do assunto o mais que pude.

— A senhora está cozinhando para o nosso hóspede? — perguntei, com um sorriso inocente. — Gosto de vê-lo devorando a comida que a senhora prepara. E é bom ver meu pai tão envolvido com a ideia do quadro — cautelosa, eu escolhia as palavras. — Há muito tempo ele não pensava em mais nada senão nos negócios do rei. Às vezes me preocupo... — tomei fôlego, e prossegui. — Por acaso a senhora achou que meu pai se tornou... mais sério desde que viemos para Chelsea?

— Mais sério? — disse ela, mas com voz despreocupada, como se eu tivesse lhe perguntado algo que a deixasse alegre. O convite a lhe fazer confidências, que acreditei perceber em seu olhar, não estava mais lá; havia um pensamento diferente na cabeça de Alice. Abriu-se um sorriso em seu rosto, e ela pôs as mãos nas cadeiras, e, no olhar com que ela examinou sua nova cozinha, ampla e eficiente, pude ver a satisfação de uma dona de casa. — Bem, se ele ficou mais sério, já era tempo. Não me importo de hospedarmos um bom, honesto e esquisito artífice aqui, como o mestre Hans, com sua aptidão e sensibilidade, mas já estava na hora de seu pai pôr todos aqueles aproveitadores porta afora e cuidar melhor da carreira dele. E essas providências ficaram mais fáceis quando nos mudamos da cidade, onde um Tom, um Dick ou um Henry podiam aparecer para visitar e acabar ficando meses a fio. E ficavam. Não, de fato não posso dizer que sinto saudade daquelas fanfarronices londrinas.

Suspirei. Não era a resposta que eu queria. Ela não estava falando do fascínio cada vez maior de meu pai pela caça aos hereges. Alice voltou, isso sim, às suas velhas manias: a irresponsabilidade de nossos antigos hóspedes, os humanistas estrangeiros. E falava desses assuntos com aquele jeito cômico de megera resmungona que costumava usar.

— Erasmo e todo o resto — Alice acrescentou, como se me explicasse; acenando com a cabeça como se eu e todos os outros devêssemos considerá-los uns chatos, e começando a rir maliciosamente ao se lembrar deles. — Todos aqueles ex-padres muito, muito inteligentes. Inteligentes demais, um perigo para o próprio bem-estar. Esgrimindo palavras, inchados de orgulho, deixando o diabo entrar pela porta dos fundos sem sequer notarem, é claro, e, além disso, preguiçosos, todos eles.

Alice pegou as duas nozes que o rapaz lhe estendia, acenou com a cabeça, agradecendo sem nem olhar para ele, e as pousou na mesa de madeira, recomeçando sua cena de indignação muito bem ensaiada.

— Agora, os que seu pai conheceu primeiro, quando era jovem, os ingleses, Linacre e o deão Colet, tinham a cabeça no lugar, isso era claro — disse ela, obviamente tomando meu silêncio por aprovação, entusiasmada com o assunto. — Só ouvi coisas boas deles. Fundaram escolas para os meninos pobres, curavam os doentes. John Clement também é um sujeito decente e bom.

Ela fez uma pausa. Embora meu olhar tenha de repente se fixado no chão, senti os olhos sagazes de Alice em meu rosto. Podia apenas rezar para não mostrar vestígios da onda de felicidade que me arrebatava o coração ao ouvir o nome dele — um sentimento feito de fragmentos de lembranças que não poderiam ser compartilhadas com uma madrasta, ainda que bondosa, de lábios, e de línguas, e da aspereza de seu queixo encostado à minha face e da força que havia nos braços compridos quando ele me abraçava, e dos cheiros másculos de couro e sândalo que permaneciam em sua pele. Mas se Alice percebeu que havia algum sinal de amor em meu rosto, ela não o demonstrou. Minha madrasta simplesmente tomou fôlego e continuou:

— Sempre sou a favor de pessoas que façam algum bem nesse mundo. Mas nunca tive tempo para esses outros. Os estrangeiros. Os que falam demais. Que estavam ali me explorando, sem nem ao menos notar a comida servida na frente deles. Sentados à minha mesa tagarelando sem parar em grego, sem me dirigir nem um "por favor", nem uma palavra de gratidão sequer. E mantendo meu marido acordado a noite toda numa tagarelice vazia, discutindo filosofia, traduzindo poesia, corrigindo a Igreja, sem jamais fazer algo de prático que ajudasse a melhorar a vida de alguém, fosse quem fosse.

Alice apertou comicamente os olhos numa careta de fúria, o que me fez começar a rir com ela. Eu sabia dessas histórias tanto quanto ela, mas as piadas no momento certo, especialidade de Alice, forçavam a pessoa a rir.

— Ah! Como eu sentia os dedos coçarem de vontade de esmurrar os ouvidos daquele Erasmo quando ele implicava com seu pai chamando-o de "perfeito cortesão" — disse ela, levantando as mãos como se estivesse prestes a esbofetear ouvidos então ausentes. — Seu pai era o advogado mais inteligente de Londres muito antes de todos esses homens serem nossos hóspedes. Ele considerava importante pensar em progredir na carreira, e não em ficar apenas parado ali, com um bando de boquirrotos ao seu redor, deixando-se levar por uma vaga de baboseiras. A última coisa que eu queria era que aquele holandês ressequido o confundisse.

"Ele era o pior, mas na realidade nenhum deles me agradava, para ser franca. Uma tagarelice interminável sobre reformar aqui e mexer ali, em mudar isso e aprimorar aquilo. Para o meu gosto, eles se levavam a sério demais. Não estavam satisfeitos com nada. Meu lema é: aceite a vida como ela é. Vá à missa. Dê esmolas aos pobres. Faça o seu trabalho. Progrida como Deus quiser. E aproveite o que Ele lhe enviar. Tenha filhos, ame sua família, cuide de seus anciões. Faça *soirées* de teatro, se for de seu agrado; toque o alaúde, se tiver vontade. Mas não se deixe entusiasmar tanto por ideias tolas a ponto de impedir que os outros vivam suas vidas."

Dei um passo à frente, levantando a mão, na esperança de que ela prestasse a devida atenção a uma versão mais franca de minha pergunta no momento em que sua enxurrada de palavras habitual chegara ao seu fim natural.

— E exatamente isso que estou querendo dizer. A senhora não acha que meu pai está mais dominado pelas ideias, agora mais do que nunca, do que estava quando Erasmo morava conosco? — tentei, falando rápido. — Com toda essa história de caça aos hereges? Ele está sempre longe, e mesmo quando está aqui conosco parece estar sempre confinado no Novo Edifício preparando alguma denúncia furiosa. Não me lembro de tê-lo visto tão zangado antes. Nunca achei que ele tivesse índole nervosa. As ideias que costumava trocar com Erasmo sempre o faziam rir. Isso não a preocupa?

Dessa vez, ela não me olhou diretamente nos olhos. Dame Alice nunca chegava a ponto de mentir, mas naquele momento me ocorreu que esse pequeno pecado de omissão talvez significasse uma certa preocupação. Contudo, se estava ansiosa, não parecia ter vontade de partilhar seus temores comigo, ou talvez nem sequer os admitisse para si. Eu deveria ter percebido essa situação desde o início. Era uma pessoa pragmática demais para começar a se lamuriar e a bater no peito por causa de algo impossível de ser resolvido por ela. Gostava demais de ver a vida sob um prisma otimista. Talvez tivesse até deixado vir à tona sua velha rixa com Erasmo para que a minha primeira pergunta fosse esquecida.

Portanto, não me surpreendi quando, em vez de me responder, Alice pegou o frango mais próximo e o pequeno cutelo que o segundo auxiliar pusera em suas mãos antes de escapar, mediu com gestos afetados a distância entre a ave e a lâmina, e começou a decepar perninhas e asas com movimentos ritmados.

— Muito melhor ser homem do rei e amigo dos bispos, é o que sempre digo, e fazer bem o seu trabalho — declarou, resoluta. E a lâmina continuava a talhar. — O arcebispo Warham: um homem sensato, temente a Deus. — O cutelo foi de novo erguido. — John Fisher, Cuthbert Tunstall. — Cortou, com um olhar aprovador para o talho preciso. — Também homens bons. — E, com cuidado, Alice colocou os pedaços na panela. — Até o cardeal Wolsey — acrescentou, à procura de um riso fácil que nos devolvesse à conversa jocosa que a deixava mais feliz —, este, Wolsey, talvez seja ganancioso, dissimulado e mundano demais para ser um bom sacerdote, mas ao menos aprecia a boa cozinha — encerrou, num tom triunfante. — Ele repetiu duas vezes o frango com molho de laranjas que fiz no dia da festa da purificação da Virgem. E, desde aquele dia, exalta o prato sempre que me vê.

Com um sorriso determinado, dame Alice encerrou a anedota sobre comida com um fecho jocoso e correu para a lareira a fim de incitar os jovens serventes da cozinha a pendurar a panela e dar início ao cozimento dos frangos. Ela talvez quisesse ser vista como uma pessoa franca, mas Alice podia ser tão cheia de meias verdades e evasiva quanto qualquer cortesão. Era evidente que não queria falar de quaisquer preocupações que pudesse ter em relação ao pai. Além disso, naquele momento, eu não teria a menor chance de tratar do caso do homem preso na casa da guarda porque nossa conversa decididamente terminara. Ela estava ocupada, dando ordens para que um rapaz fosse com urgência buscar mais lenha e mais água. Mas ainda me olhava nos olhos. E, em meio à sua torrente de palavras, o alívio que por um breve instante senti ao ouvir John Clement me dizer que o único motivo para meu pai manter alguém preso ali seria a proteção dessa pessoa sorrateiramente desapareceu.

Hans Holbein olhava para o rosto radiante e firme da garota inglesa, alta, magra, silenciosa, de olhos perscrutadores e movimentos angulosos, fazendo o melhor que podia para ficar quieta, embora alguma preocupação continuasse a manter sua testa franzida e de aspecto agitado. Assim, por razões que lhe eram desconhecidas, o pintor se viu pensando em Magdalena. Na maciez dela, os ombros e os seios maduros, os olhos doces como mel, um vago perfume de violetas e rosas. E a enganação. As leves marcas em forma de boca no pescoço da moça. O olhar tímido e confuso quando ele lhe perguntou a que se deviam; a explicação tola, sussurrada tão delicadamente que ele quase chegou a acreditar que poderiam ser picadas de mosquitos. Os lençóis de Magdalena já estavam amarfanhados, quentes e suados, quando ele, na noite anterior, a jogara na cama após um dia de trabalho árduo na tipografia, onde estivera acompanhado de Bonifacius, Myconius e Frobenius. Havia mais "picadas de mosquito" nos seios, na barriga e na bunda. E uma marca vermelha e quente que a palma da mão dele deixara na bochecha dela, e as mãos graciosas e delicadas se mexendo nervosamente para proteger o lugar em que fora atingida enquanto ele batia a porta e, ruidosamente, disparava escada abaixo, quase uivando pela dor que ele próprio sentia. A última lembrança que lhe ficara dela: os olhos magoados que o acompanhavam, fitando-lhe as costas, sem nada compreender.

Pois bem, Magdalena era quem era. Não havia como esperar mais dela. Ela precisava se sustentar, afinal de contas, e aqueles eram tempos difíceis. Ganhava-se muito pouco como modelo-vivo. E então, quando, alguns meses depois, o burgomestre Meyer acabou tomando-a sob sua proteção ("uma jovem viúva... de beleza angelical", era o que o velho bobo repetia sem parar), Hans não hesitou em pintar o rosto da moça nas pinturas para a capela da família de mestre Meyer, emprestando-o a uma Virgem da Misericórdia que serviria para proteger o velho e suas diversas esposas e filhos, mortos e vivos, da má sorte. Na intimidade do lar, mestre Meyer poderia acreditar nas bobagens que quisesse. Hans Holbein não tinha interesse em discutir com um patrono tão importante. Mas ele sabia que, depois daquela, nunca mais poderia olhar para uma pintura religiosa sem ceticismo. E, provavelmente, não pintaria mais quadros religiosos. Já vira o suficiente de mulheres de virtude duvidosa vestindo trajes azuis como se fossem Madonas. Tudo não passava de encenação teatral, de histórias infantis. O que ele queria naquele momento era retratar rostos e personalidades de pessoas reais, postas no mundo por Deus para encantar e seduzir umas às outras, sem fantasias, nem artifícios. Era chegar à verdade.

Mas, em casa, ele era um bicho do mato. Rosnava para a pobre da Elsbeth, até o rosto da mulher ficar tão vermelho e áspero quanto as mãos que saíam das mangas arregaçadas, continuamente vermelhas de tanto tingir couros. Detestava o fedor do couro que lhe chegava às narinas o tempo todo, fazendo com que até a comida tivesse gosto de pele de animais e de pobreza. Detestava a choradeira interminável do pequeno Philip; gritando para que o assustado criado de Elsbeth cuidasse melhor da criança. Chegava até a detestar a conversa abstrata e sinuosa de seus amigos humanistas, a quem costumava admirar. Naquele momento, havia um lado dele que os culpava pelo desalento em que vivia — por terem dado início à revolução desses tempos difíceis com o discurso pretensamente inteligente que condenava a corrupção do clero e proclamava o desejo de purificar a Igreja. Vejam aonde as pessoas chegaram por causa dessas ideias. E vejam o pavor em que os humanistas, e até os reformistas mais determinados, se encontravam diante do violento entusiasmo com que a turba reagia às ideias formuladas por eles com tanta elegância — até padre Lutero, bradando "ataquem, golpeiem, matem" de seu púlpito de Wittenberg, numa vã tentativa de impedir os sicários de destruir a civilização.

De repente, Hans Holbein se via com ódio da expressão inteligente e tola dos humanistas; de repente, até os nomes latinos escolhidos por eles para nomear uns aos outros pareciam pretensiosos. Seu irmão Prosy, por influência deles, se autodenominava Ambrosius; Hans não era tão importante e, no mau humor extremo daquele momento, se ressentia do nome latinizado com que insistiam em chamá-lo: Olpeius. Se tivessem sido tolos o suficiente para batizá-lo com um nome clássico, o único de que gostaria era o que costumavam dar a Albrecht Dürer — a única homenagem de verdade que um pintor gostaria de receber —, Apelles, o grande pintor da Antiguidade, artista da corte de Felipe da Macedônia e famoso retratista. Sendo assim, ele ficava ali sentado na taberna, na companhia deles, entornando um copo atrás do outro, num silêncio enfezado, odiando a zombaria desagradável do Myconius de cara branquela: "Pobre do apaixonado Olpeius — afogando suas mágoas na cerveja."

E não havia trabalho, ou melhor, quase não havia trabalho. Com a guinada de ódio e medo que a vida pública sofrera — num momento em que as revoltas dos camponeses nas áreas rurais davam lugar a turbas de iconoclastas vagueando pelas ruas das cidades, arrebentando vidraças, ateando fogo às imagens de devoção e destruindo estátuas —, os ricos não faziam encomendas de afrescos para suas casas por não terem interesse em exibir sua riqueza. E, evidentemente, não havia obra a ser feita nas igrejas, que eram desnudadas e simplesmente caiadas. Por toda parte, fechavam-se ateliês de pintores. Xilogravuristas e carpinteiros lutavam para conseguir os mesmos serviços subalternos. E era insana a luta para se obter os poucos trabalhos de xilogravura para ilustração de livros ou de tabuletas para tabernas, para os quais ainda havia encomendas.

O ambiente já fora muito estimulante. Antes do ano fatídico, havia três anos, em que todos os planetas se juntaram na constelação de Peixes e trouxeram o caos e a destruição. No tempo em que Magdalena frequentava o ateliê dele e, com o corpo nu envolvido em qualquer trapo de veludo ou seda que lhe fosse entregue, posava para o pintor. Quando o trabalho ainda era suficiente para justificar os gastos com a manutenção de um modelo-vivo. Quando ele, pessoalmente, tinha mais encomendas do que poderia dar conta de executar, desenhando tanto para a edição de Adam Petri do Novo Testamento de Lutero, em alemão, como para a de Thomas Wolff — e recebendo pagamento extra de Tommi Wolff, assim como uma dose extra de agradecimentos risonhos da parte do homenzinho louro e irrequieto, o maior sedutor da Basileia, com seus dentes pontudos, olhos cintilantes e um sinal escuro na face direita, por fazer de sua obra vitoriosa um sucesso ainda maior — uma bela quantia, o suficiente para comprar um vestido para Magdalena e dar a Elsbeth um dinheiro a mais para as despesas domésticas. Bem, afinal, foram bons quadros.

Ele leu o Novo Testamento, com atenção, pela primeira vez (o latim de Holbein não era muito fluente; e esse era um dos motivos pelo qual o círculo de humanistas que se reunia na oficina tipográfica do editor Johannes Froben caçoava dele). E estava pintando como nunca — pela primeira vez, ele estava apto a mostrar a verdade divina como a via claramente na Bíblia, sem precisar recorrer à interpretação de um padre ou de um pregador. E se sentira esclarecido. Purificado. Transfigurado pela verdade.

Hans Holbein manteve-se numa boa situação mais tempo do que a maioria das pessoas depois que as coisas pioraram, pois recebera a encomenda dos afrescos para a Rathaus.* Mas os burgueses se apavoraram com o esboço ousado feito para a última parede — judeus respeitáveis, ainda que hipócritas, esquivando-se diante da presença de Jesus, na parábola da mulher adúltera; e o Cristo advertindo os judeus: "Aquele que não tiver pecado atire a primeira pedra." Consequentemente, os burgueses respeitáveis, ainda que hipócritas, romperam o contrato. Preferiam olhar para uma parede nua a ser lembrados de que a sua integridade também poderia ser posta em dúvida. E o dinheiro parou de entrar.

A gota d'água foram as gravuras de *A dança da Morte*. Quarenta e uma delas, nas quais usou cada migalha de imaginação e paixão que possuía. Começou a executá-las após a morte de seu pai. Foi a única maneira que Holbein encontrou para mostrar a verdade da época como a via, por meio de um tema que escolhera sem interferência de patrono algum. Uma obra de dois anos na qual as habilidades de impressor dele e de Hans Luetzelberger se uniram, com sarcasmo implacável, contra as fraquezas e delitos dos padres corruptos, os poderosos e piedosos, e seus adeptos embasbacados. Tudo isso exposto como imposturas cheias de vaidade no momento de se defrontarem com a Morte. O papa, com orgulho arrogante, e rodeado de demônios, acenando uma bula papal e coroando o imperador. A Morte se aproximando do juiz e aceitando o suborno de um litigante rico enquanto um queixoso pobre assistia à cena desconsolado. A Morte se aproximando do monge, cuja vocação preconizaria outra atitude, mas tentava ansiosamente fugir, agarrado a seu cofre. Ninguém editaria os desenhos. O Conselho municipal se apavorou. Erasmo lhes dissera que não publicassem panfletos inflamados, e — tarde demais — eles começaram a lhe dar atenção. Então, no verão seguinte, Hans Luetzelberger morreu. Falido. Os credores pousaram nas mercadorias como aves de rapina. As chapas xilográficas de *A dança da Morte* acabaram sendo surrupiadas por um gráfico de Lyon e encerradas num depósito. E Hans Holbein não recebeu nem um tostão sequer.

---

* Câmara Municipal da Basileia. *(N. da T.)*

— Viaje — disse Erasmo, despreocupadamente. — Tire um ano de folga. Vá a lugares calmos onde não haja tanta confusão. Aprenda algo novo; procure novos patronos; tire esse sofrimento do coração.

Erasmo nunca parou de viajar. Na verdade, aqueles eram tempos em que precisava se locomover. Acabara de voltar à Basileia — um lugar ainda relativamente civilizado e onde se podia exercer o livre-arbítrio — depois de três anos em Louvain, que se tornara exageradamente Católica para o gosto de Erasmo, embora ele também não visse com bons olhos o rumo oposto que a Basileia estava tomando. Fosse como fosse, Erasmo não se incomodava com as viagens. Sempre as fizera. E, naquele momento, ele era famoso; havia não só muitas casas onde se hospedar, por toda parte, como pessoas lhe pedindo que endossasse as crenças religiosas ou políticas que adotavam, uma vez que ele estava morando sob o teto delas. Ele precisava ter cuidado.

Assim sendo, Hans Holbein interrompeu o fluxo de palavras do velho holandês enquanto ele pronunciava sua máxima predileta: "Viva cada dia como se fosse o último; estude como se você fosse viver para sempre", e perguntou, abruptamente:

— E como viajar? Para onde devo ir?

Hans Holbein não tinha medo de mudar. Ele e Prosy tinham conseguido se instalar na Basileia quando ainda jovens, após o pai deles pedir falência em Augsburgo e ser processado pelo unha de fome do tio Sigmund por causa de miseráveis 34 florins. Hans seguira em frente com ousadia, pegando um serviço atrás do outro — pintando afrescos e ornamentando capelas, ofícios que na realidade nunca executara, e para os quais, por certo, não havia estudado. Mas conseguiu se sair bem. Confiavam nele. E ele próprio não se acanhava de proclamar seus talentos. Nenhum cliente ficaria desapontado com o resultado de seus esforços. Arrumava a parca bagagem e estava pronto para tudo. Foi à Itália e à França ver as pinturas do sul, e voltou são e salvo. Precisava apenas de conselhos práticos.

— Procure Egídio em Antuérpia — Erasmo respondeu prontamente. — Ele pode apresentá-lo a Quentin Massys, que pintou nossos retratos, há muito tempo. Quentin é um homem talentoso; poderá ajudá-lo. Ou procure More em Londres. Ele pode apresentá-lo a muita gente. Há muitos ricos na Inglaterra.

Hans Holbein embolsou o dinheiro emprestado por Erasmo e partiu, despedindo-se de Elsbeth, dos filhos e do cheiro ruim do curtume, sem tristeza. Ela estava grávida de novo, mas ficaria bem em casa. Elsbeth tinha o negócio com que se sustentar, e, mais tarde, ele a compensaria com o dinheiro ganho nas viagens. Começava a se constranger por se apaixonar por uma mulher jovem e mais bonita. Não queria ter de se defrontar com a verdade incômoda de ter agido mal. Precisava se afastar da compreensão resignada que os olhos de Elsbeth deixavam transparecer. Viajou de carroça e a pé, devagar. Em Antuérpia, Pieter Gillis (Holbein se recusava a chamá-lo de Egídio) não fora de grande ajuda. Mas ele chegara até lá, tivera a sorte de receber um encargo do arcebispo Warham e compreendera logo que as coisas funcionariam bem em Londres. Era exatamente como Erasmo lhe dissera. Talvez o clima fosse frio, e as ruas, lamacentas, mas a cidade era calma, e todo mundo era rico. E ele não tinha pensado em Magdalena senão por um momento em todos aqueles meses.

Consequentemente, ficou irritado quando sentiu-se novamente invadido pela lembrança quase nauseante da amante ao olhar para essa garota inglesa que parecia tão diferente. Essa moça de nariz comprido, cujos olhos azul-escuros brilhavam de inteligência no rosto pálido, que se inclinava para a frente na cadeira, pronta a entabular uma conversa animada, e que estava visivelmente ansiosa por encontrar um meio de se comunicar com esse estrangeiro que compreendia muito pouco da língua inglesa e quase nada do latim.

— O senhor acha — disse Meg, falando pausada e cuidadosamente por causa de Holbein, afastando da testa os fiapos de cabelo preto que escapavam da touca sem prestar atenção ao que fazia, com seriedade (ela não confiava muito em sua aparência, embora ele pensasse que poderia chegar a ser bonita se fizesse um pouco mais de esforço) — que mandar pintar o próprio retrato seja fútil?

Praticamente a primeira observação que Nicholas Kratzer, o astrônomo então em Londres, lhe fez em alemão, num cochicho durante o almoço: "Todos aqui tentarão envolvê-lo em conversas filosóficas. Mas, pelo amor de Deus, não fale sobre nenhum assunto sério até que nós dois possamos conversar com calma e eu possa lhe explicar o que se passa aqui, porque nada é exatamente como nos parece ser. E uma conversa descontraída pode trazer problemas." A advertência o deixou preocupado. Mas Hans Holbein se sentiu tão desarmado diante da seriedade que havia no rosto e na voz de Meg Giggs quando ela fez aquela pergunta tão pouco feminina, que, em vez de se preocupar, ele simplesmente desatou a rir.

— Mas eu estou falando sério — disse ela, ressabiada, embora se visse um rubor em seu rosto, que, embora ela não percebesse, a deixava mais bonita. — Não foi uma pergunta à toa — ela falava rápido, estava cada vez mais corada e parecia a cada segundo mais inteligente. — Foi o que Tomás de Kempis escreveu, não foi? Dizendo que se deveria renunciar ao mundo e não se ter orgulho nem da própria beleza nem dos elogios recebidos? — E então recitou: — "...E então estarás livre de todas as fantasias inúteis, perturbações infrutíferas e cuidados supérfluos." É disso que estou falando. Se o senhor pensa assim, o senhor também acha que um retrato pintado seja uma demonstração de vaidade, quase uma blasfêmia?

Ela parou, quase sem fôlego, e olhou de um jeito provocador para ele. Hans Holbein nunca vira um olhar provocador numa mulher que lhe parecesse tão pouco sedutor, assim como nunca encontrara uma mulher que tivesse lido a *Imitação de Cristo*. Aquela moça estava desafiando o seu intelecto, não o seu corpo. Mas Erasmo lhe contara sobre a escola da família More. Isso devia acontecer a mulheres que tivessem aprendido latim e grego e a arte da retórica. Holbein, que já tinha parado de rir havia alguns instantes, baixou, naquele momento, o lápis de ponta de prata que segurava e assentiu com a cabeça num gesto mais respeitoso. Mas ainda se via um ligeiro sorriso nos lábios dele.

— Você me parece uma dama jovem e elegante — disse, apreciando o desafio, sentindo-se em casa de novo e pronto a se deixar levar por uma das conversas envolventes como as de seu grupo na tipografia de Froben, de que ele sentia tanta falta —, mas vejo que tem a mente de uma teóloga.

A moça sacudiu a cabeça, num gesto mais de impaciência do que de agradecimento.

— Mas, afinal, o que o senhor acha? — insistiu Meg.

Pego de surpresa, Hans Holbein parou um pouco para pensar. Lembrava-se das centenas de estudos de rostos e corpos que ele e Prosy executaram no ateliê de seu pai; não como uma atividade lucrativa, mas apenas como um exercício de técnica, num tempo em que captar a imagem de uma pessoa ainda não era considerado uma arte em si, mas apenas uma habilidade menor de um artífice. E se lembrava do encantador tio Hans, voltando de sua temporada em Veneza cheio de ensinamentos propiciados pelo novo saber humanista e de ideias novas sobre a arte de pintar rostos humanos com tamanho realismo que a verdade interior transparecia — via-se Deus em todo semblante humano. Tio Hans trouxera costumes do sul para sua terra natal e enriquecera fazendo retratos dos célebres e poderosos, desde o papa até Jakob Fugger, o comerciante mais rico de Augsburgo. Ele fora o grande herói do jovem Hans Holbein. Mas Hans Holbein filho também estava se lembrando dos novos pretextos para se condenar a pintura. Lembrando-se de que Prosy também parara de pintar alguns anos antes, porque — como ele gostava de dizer, com seu jeito dogmático, dando socos na mesa da taberna — não iria mais fornecer imagens "idólatras" de santos para ornamentar as igrejas. O que mais enfureceu Prosy foi ser preso após acusar publicamente o clero de superstição em massa, e de ser obrigado a lhes pedir desculpas. Prosy não foi o único a reagir com violência e atitudes autodestrutivas; por toda parte, artistas abandonavam seus pincéis em prol da purificação da Igreja. Pelo menos eram essas as explicações que esses artistas davam ao povo. Mas Hans não tinha tempo para se ocupar com essas ideias. Prosy não deveria irromper em agressão depois de tantas horas na taberna. Ele sem dúvida não deveria ter saído pela cidade acusando os padres aos berros, com aquela cara vermelha e aquela voz desagradável, acompanhado daqueles amigos vadios e desempregados. Prosy, que na realidade não tinha talento suficiente para receber encomendas, que sempre tivera problemas com dinheiro e sempre se queixara de ser empurrado para o trabalho pelo pai por ser o caçula e o mais inteligente, era exatamente o tipo de sujeito capaz de se deixar levar pelo argumento de que "arte significa idolatria". Na opinião de Hans, todos esses ex-artistas que estavam então condenando a arte em nome de uma pureza religiosa eram apenas uns pobres coitados que, por não receberem mais encomendas, precisavam encontrar justificativas para o fracasso.

— Acho — disse ele lentamente, procurando as palavras, e ficando mais sério à medida que captava o sentido da estranha pergunta da moça inglesa. — Acho que Erasmo tinha razão de mandar pintar, gravar e vender retratos dele. Fiquei muito honrado de fazer alguns desses retratos. Acredito que não temos o direito de renunciar ao mundo uma vez que Deus nos pôs nele e que nossa presença aqui faz parte de Seus desígnios sagrados. Podemos ver Deus num rosto humano. E se Deus se deleita com Sua criação e com a beleza e os talentos do povo que pôs na terra, por que não deveríamos nos deleitar?

Holbein ficou um pouco constrangido com sua eloquência inesperada. Mas também sentiu-se estranhamente satisfeito e gratificado quando ela assentiu com a cabeça, num gesto lento de aprovação ao que ele dissera. E então ele contou que conhecera Erasmo enquanto lhe pintava o retrato. Foram três em dez anos. "Se estou tão bem, talvez devesse arrumar uma esposa", disse Erasmo, em tom zombeteiro, quando viu o primeiro quadro, que lhe era lisonjeiro; mas continuou a encomendar retratos. Então ela deu um risinho e jogou a cabeça para trás, e Holbein gostou de ver o brilho em seus olhos. O que o fez pensar que ela talvez estivesse começando a entender que o envolvimento com formas e cores era a sua paixão, o seu ato de adoração, e que ele não notava o tempo passar e nem sequer sentia fome.

Mas ela apenas disse, com uma voz mais delicada:

— Eu gostaria de ver, um dia, outras obras suas.

Foi o suficiente para que ele corresse desajeitadamente para um canto da sala, onde estavam empilhados estudos e exemplares dos livros ilustrados por suas gravuras, para poder mostrar os desenhos e livros de que mais se orgulhava. Então, enquanto procurava alcançá-los, Holbein se surpreendeu ao ver que suas mãos tremiam ligeiramente.

Por acaso, as cópias dos três quadros de Magdalena estavam no topo da pilha. Não apenas a Madona que Jakob Meyer encomendara, mas também a do primeiro quadro, dos tempos mais antigos, quando ela tinha posado como Vênus, com o olhar doce, sorrindo gentilmente e fazendo um gesto sedutor que parecia querer ultrapassar a página; e até o retrato que serviu como vingança, pintado nas noites daqueles dias amargos em que ele trabalhava no quadro da Madona. Ela também aparecia sorrindo — mas com uma expressão na qual havia algo de pétreo — e, de novo, estendendo a mão, mas como se pedisse dinheiro dessa vez. Foi a primeira vez que Holbein viu esse trabalho sem mergulhar violentamente nas emoções do passado. Agora, ele se sentia apenas exposto e ansioso para ver qual seria a reação de Meg Giggs. Mas a moça, caso tivesse percebido os sentimentos que ele pusera na obra, controlou-se e não fez comentários. Foi no quadro da Virgem da Misericórdia que ela se concentrou.

— Como ela está bela nesta sua pintura — disse Meg com voz neutra.

Mas foi uma inovação ousada de Hans Holbein naquele desenho — o conceito humanista de que era o Menino Jesus, mais do que a Virgem, quem estava abençoando e protegendo a família, com o bracinho rechonchudo estendido — que lhe chamara a atenção.

— Gostei dessa composição — acrescentou, com segurança. E admirou os ricos tons de vermelho e cor-de-rosa nas fitas e nas pernas. E elogiou o fundo que o tio Hans ensinara o sobrinho a pintar, à moda italiana, resplandecente de vida terrena: um tom de azul-celeste luminoso, quebrado por ramos e folhas de carvalho ensolarados.

Apenas quando ela chegou à pintura seguinte — uma pequena cópia do mural em que se via Cristo em seu túmulo —, Holbein sentiu-se desconfortável por motivos mais graves. Enquanto ela olhava com um misto de fascínio e horror para a pintura de um cadáver putrefato num caixão claustrofóbico, com o rosto e o ferimento de espada em seu flanco tomando um tom azulado e os olhos sem vida abertos e espantados, Hans Holbein de repente se lembrou da advertência feita por Kratzer de que não deveria se deixar enredar em conversas filosóficas com essas pessoas, nem revelar suas crenças menos convencionais. Se algo representava a crença reformista de que a religião deveria se despir de tudo, a não ser da relação privada entre Cristo e o homem — deixando de lado todo o sistema que a Igreja interpusera entre eles por tanto tempo —, esse quadro, que tinha chocado até alguns humanistas livre-pensadores, era isso. Era claramente o quadro de um homem, não uma manifestação de Deus. Rapidamente, Holbein pôs a mão na capa da pasta de desenhos, prestes a fechá-la. Mas a mão da moça já estava lá, mantendo-a aberta. Imersa na contemplação, ela nem notou a mão do artista ao lado da sua. Mas ele notou, e ficou tão espantado pela própria ousadia no momento em que quase a tocara que imediatamente recolheu a mão como se algo o tivesse queimado.

Ela levantou os olhos para ele sem se dar conta da confusão dele.

— Mestre Hans, o senhor é um pintor maravilhoso — disse, calorosamente. — Eu não sabia que o senhor era um mestre consumado.

Se, naquele instante, Meg percebesse o rosto úmido e a respiração acelerada, ela provavelmente o interpretaria como uma reação ao seu elogio. Ele sorriu sem jeito e, notando que a mão dela mudara de lugar, estendeu a sua em direção à pasta. A preocupação quase o fazia suar, à medida que se lembrava do que havia ali dentro. O trabalho seguinte, de cima para baixo da pilha, era uma das gravuras de *A dança da Morte*. E, entre os trabalhos ali guardados, via-se a gravura da folha de rosto do Novo Testamento de Lutero (Eleutherius, o Homem Livre, como o padre Martinho era chamado no tempo em que ainda participava da confraria humanista). Seria definitivamente arriscado deixar que os More suspeitassem que ele tivera algo a ver com esse acontecimento.

Estendendo a mão por cima do braço da moça — e percebendo, mesmo no meio daquele ataque de pânico, como os dedos finos de Meg eram compridos, o que só o deixou ainda mais ansioso —, Holbein afinal conseguiu fechar a pasta.

— Ah! Mas posso ver o restante? — perguntou ela, levantando os olhos, com covinhas no rosto.

— Num outro momento — respondeu Holbein, com um sorriso ingênuo e forçado, fazendo gestos firmes na direção de seu pincel. — Mas, primeiro, temos de trabalhar.

Foi surpreendido com o chamado para a refeição do meio-dia. A manhã tinha corrido, e ele mal conseguira traçar e ligar algumas linhas de um esboço. Hans Holbein acompanhava Meg Giggs, ao saírem da sala e entrarem no salão, quando ele viu Nicholas Kratzer de pé, na sombra, observando-o, com um riso sardônico no rosto encovado.

Enquanto Meg partia escada acima, a passos largos, como um rapaz ("Preciso me arrumar!", disse ela, voltando-se com um sorriso rápido), Kratzer alcançou Holbein.

— Foste flechado — Kratzer o provocou.

Hans Holbein balançou a cabeça e olhou para os pés. Simpatizava com Kratzer, e achava que por certo ficariam amigos enquanto os dois estivessem morando nessa casa. Mas havia aspectos de sua vida que ele não gostaria de compartilhar. Havia algo de absurdo no fato de um artífice, que pintara fachadas de casas, inebriar-se por uma jovem mulher que dificilmente estaria a seu alcance. Holbein não queria parecer tolo. Não queria se sentir tolo.

— Não — disse ele, imperturbável, sem olhar Kratzer de frente. — Só estou fazendo meu trabalho.

Arrumei a caixa de remédios aquela noite.

Eu não sabia onde pusera o óleo de poejo.

Era o pretexto de que eu precisava para escrever minha primeira carta a John Clement pedindo-lhe que, em nome dos velhos tempos, fosse a Bucklersbury comprar a substância para minha pequena farmácia. Por certo ele mandaria uma resposta escrita com o presente. Passei alguns minutos me perguntando se deveria mencionar a atitude evasiva de dame

Alice quando tentei saber algo sobre meu pai, mas decidi não fazê-lo. Eu não queria que John Clement pensasse que eu duvidava de sua fidelidade a meu pai. E então, me perdi. Com as folhas da carta espalhadas sobre a mesa, e procurando desenhar as letras com elegância, fiz um longo relato que falava da arte de pintar retratos e de alguns, não todos, quadros já pintados por mestre Hans, do nervosismo do artista ao saber que iria retratar meu pai, das infusões de gengibre que tive de preparar naqueles dias, das três mulheres grávidas, de minha caminhada, sozinha, até o rio, depois de terminada a tarefa de posar para mestre Hans naquela manhã, para apreciar, ao lado do jovem John e de Anne Cresacre (com quem eu me acostumara a passear no passado quando eles passavam suas horas livres no jardim brincando inocentemente de esconde-esconde ou de subir em árvores), as ondas rápidas batendo nos pedregulhos, tentando não notar que os braços procuravam avidamente a cintura um do outro, momento em que eu, gentilmente, desviava o olhar. (O meu empenho em desviar o olhar com tanta gentileza e frequência me tornou ultimamente a acompanhante predileta de John e Anne.) Mesmo que eu não tenha escrito isso, mas tenha me felicitado, enquanto selava a carta, por ter consciência do que fizera, olhar para o outro lado não estava sendo difícil para mim. Estimulada pela respiração ofegante e pelas faces ruborizadas e olhos cintilantes com que John e Anne se entreolhavam, eu me sentia uma criança quase tão feliz quanto meus companheiros. Por mais que tentasse, eu não conseguia deixar de ver, em todo barco que vinha de Londres, em nossa direção, um punhado de John Clements, de pernas compridas e costas elegantes arqueadas contra o vento, tendo cada um deles olhos azul-celestes que se cravavam ardentemente nos meus enquanto o rio nos aproximava cada vez mais.

Mas mesmo naqueles momentos em que eu me perdia em lugares-comuns açucarados que todo amante vê como especiais, continuei a me perguntar onde o pequeno frasco de óleo de poejo fora parar. E, enquanto a casa mergulhava na quietude da noite, a dúvida toldava minha alegria. Aos poucos, todas as outras preocupações que zumbiam em minha cabeça como uma nuvem de mosquitos, mas das quais eu havia por um instante me esquecido, tornaram a zumbir mais alto e com mais insistência, e a visão que eu tinha dos olhos de John Clement me olhando com amor se transformava em recordações perturbadoras do homem no jardim, de meu pai escrevendo no Novo Edifício e da arte de mestre Holbein.

Fosse como fosse, eu não conseguia dormir. Meus pensamentos disparavam. Meu corpo estava cheio de energia acumulada. Eu precisava fazer algo, então desci a escada. Esperei até mestre Nicholas e mestre Hans entrarem no quarto daquele e fecharem a porta, e fiquei atenta até ouvi-los destampar a garrafa que mestre Hans trouxera. Assim que começaram a fazer tinir as taças e a rir, desci, pé ante pé, mais degraus e me dirigi ao ateliê. O cadáver do Cristo não saía de minha cabeça. Eu continuava querendo ver os desenhos que ele não quisera me mostrar.

Não foi preciso mais que uma espiada para que Holbein se mostrasse um homem simplório. Uma gravura do papa — cercado por demônios, acenando uma bula papal — saltou-me aos olhos. E logo abaixo desta, vi uma gravura feita para um frontispício do Novo Testamento em alemão. Eu não sabia alemão, mas qualquer um saberia o que *Das Neuw Testametrecht* queria dizer. E, como a data era 1523, devia ser a obra de Lutero. A descoberta foi tão surpreendente que demorei um pouco a notar que os desenhos de mestre Hans representando São Pedro e São Paulo, cada um de um lado do texto, eram extraordinariamente belos e de execução primorosa. Não pareciam nem um pouco com a obra de um demônio conforme Will Roper dissera durante seu namoro com os hereges. Mas isso não significava que meu pai — caso ele estivesse se transformando num perseguidor, como eu temia —, viesse a recuar se descobrisse o tipo de obra que o pintor vinha realizando antes de surgir em Chelsea. Uma parte de mim desejava que Hans Holbein e eu pudéssemos conversar livremente sobre o tipo de Deus em que ele acreditava. Eu nunca tivera uma conversa a sério com nenhum dos partidários do novo (Will Roper em sua fase luterana não contava — ele era apenas um rapaz doce e tolo num momento de rebeldia), e eu queria ouvir com meus próprios ouvidos como era o Deus conforme a crença dos hereges. Mas havia outra parte de mim que apreciava o fato de nem ele nem eu termos procurado conversar sobre o tema. Era assustador demais. Fechei a pasta de desenhos tão rápido quanto mestre Hans a fechara pouco antes naquele dia.

Depois de tudo o que os comerciantes alemães sofreram no Steelyard por terem introduzido ilegalmente livros heréticos em Londres, mestre Hans estava brincando com fogo. Literalmente. Eu não tinha dúvida de que ele trouxera suas obras apenas para mostrá-las a clientes em potencial, uma vez que esperava atrair novas encomendas. Mas isso provava que Holbein não previa o perigo que enfrentaria caso alguém visse esses desenhos. Se o nosso jovial e franco pintor fosse ter chance de sobreviver por aqui nesses tempos de desconfiança, ele precisaria se salvar de si mesmo.

Sem saber muito bem por que me empenhava em ajudá-lo — a não ser por gostar do seu jeito brusco —, empurrei a pasta para baixo de uma mesa e, em cima, empilhei os cadernos de desenhos, esperando, assim, dificultar a bisbilhotice de pessoas não autorizadas. Encontrei uma caveira e a coloquei no topo da pilha. Cobri a mesa com um dos trapos de mestre Hans para que nada ficasse visível. Em seguida, tentando ver onde eu pisava sem a minha vela, pois não queria me expor a nenhum espectador que pudesse aparecer e perguntar o que eu estava fazendo, desapareci escada acima.

Apenas quando cheguei à solidão de meu quarto, com o coração mais acelerado do que o habitual, foi que me dei conta de que deveria ter espiado o retrato de meu pai, feito por mestre Hans, para que pudesse descrevê-lo na carta a John. Mas agora era tarde demais. Sabendo o que eu sabia, não tive vontade de voltar ao andar de baixo.

— Achei estranho você não ter saído do quarto ontem à noite. Houve tanto barulho — disse mestre Hans. Os olhos dele, ligeiramente inchados depois da noitada com mestre Nicholas, se fixavam no retrato que ele fizera de mim. Parecia não ter notado que suas obras tinham sido guardadas debaixo da mesa.

— Barulho? — perguntei.

— Sua irmã levou um tombo na escada — disse ele, atento a mim. — Ela talvez tenha bebido demais. Não é nada bom, com um bebê a caminho.

— Não ouvi nada — retruquei, sentindo um certo mal-estar. Talvez eu estivesse muito entretida na carta que estava escrevendo, ou dormindo. — O senhor está falando de Elizabeth? — Ela não aparecera para o café da manhã.

Mestre Hans confirmou. E de repente me ocorreu um pensamento desagradável a respeito do paradeiro do óleo de poejo. Eu precisava recuperá-lo. O que eu não tinha contado a Elizabeth era que o óleo de poejo não só provocava o aborto, como era um veneno poderoso que poderia causar uma hemorragia interna e, consequentemente, além de matar a criança em gestação, matar a mãe.

O pintor deve ter percebido indícios de meu temor e tentou me tranquilizar.

— Ela machucou o tornozelo, mas eu a ajudei a chegar ao quarto. Elizabeth caiu no momento em que eu saía do quarto de Kratzer. Escorregou ao descer o degrau de cima. Mas acho que vai ficar boa.

— Pobre Elizabeth — disse eu, tentando aparentar calma e naturalidade. — Não ouvi nada. Devo ter adormecido logo. O senhor me dá licença, mestre Hans? Preciso visitá-la e ver seu estado.

Ela estava dormindo, de braços e pernas esparramados na cama. Sua respiração era tão calma e natural quanto a minha voz. Não me preocupei em acordá-la. Mas de fato dei uma busca embaixo da cama. O frasco estava escondido ali. Ela provavelmente o roubara. Suspirei, aliviada, quando vi que o vidro estava cheio. Devolvi o frasco a minha pequena farmácia, trancando-o lá dentro com cuidado, e desci, levando a chave comigo.

— Ela está muito bem, mestre Hans — eu o tranquilizei, enquanto retomava minha pose.

O pintor franziu a testa. Ele não estava disposto a encerrar o assunto.

— Andar pelos corredores no meio da noite e acabar caindo na escada é sinal de que ela está preocupada — disse ele num tom um tanto dogmático. — Sei que ela está casada e feliz com a futura maternidade. Mas esse acidente muitas vezes acontece a uma mulher que não gostou de saber que está grávida.

Para alguém que se mostrava tão cegamente displicente com os perigos que podia correr, achei, pensando nele com mais consideração, que Holbein era bastante sensível aos sentimentos dos outros.

— Às vezes, irmãs falarem com irmãs, irmãos conversarem com irmãos, é difícil — o pintor continuou. E então ele riu, sacudindo a barriga. — Ora, é impossível levar meu irmão a ser sensato! Mas talvez você possa falar com Elizabeth e saber se ela está bem.

— Realmente, vou ter uma conversa com ela, assim que acordar — disse eu, impressionada com a bondade do coração de Hans. — Mas ela está feliz, não se preocupe.

Eu só queria acreditar eu mesma em minhas palavras.

Mary, a cozinheira, voltara do mercado. Dois dos criados tiravam as compras dos embrulhos e das cestas, com pressa de levar os produtos para a cozinha. Eu a percebi através do vidro, quando mestre Hans e eu saímos do ateliê; nesse momento, vi que Elizabeth, que tinha saído para tomar um pouco daquele sol fraco, foi chamada por ela. Mary enfiou a mão na grande bolsa que deixara cair na cadeira a seu lado e de lá tirou duas cartas e um frasco. Os avantajados braços de Mary levaram os objetos até o rosto de Elizabeth. Vi Elizabeth pegá-los e examiná-los. Então a vi separar o frasco e observá-lo demoradamente. Depois, tornou a guardá-lo e, com visível serenidade, pegou apenas uma das cartas, e voltou para dentro a passos lentos. Embora estivesse protegendo os olhos contra o sol, ela me viu, enquanto fechava a porta que dava para fora com cuidado.

— Mary trouxe algo para você da cidade — disse ela, baixando os olhos.

E continuou sua caminhada lenta em direção às escadas.

Apenas quando ela estava de costas para mim, e eu já estava chegando lá fora e piscando à luz do dia para apanhar a carta que me cabia, passou-me pela cabeça que o último som produzido por Elizabeth poderia ter sido um soluço contido.

— Senhorita Meg, também tenho aqui uma carta de amor para a senhora — disse Mary com voz rouca assim que me viu. Mary se caracterizava pelo humor trocista; para ela todas as cartas eram de amor. — Que vem, sem dúvida, acompanhada de uma poção de amor — e deu uma risadinha.

Era um frasco de óleo de poejo. Esquecendo tudo o mais, estendi a mão para pegar a carta que acompanhava o frasco e, mal conseguindo me controlar até me distanciar alguns passos de Mary e então tomar a principal alameda do jardim, eu a abri. "Minha querida Meg", começava o bilhete, na letra pontiaguda de que eu me lembrava tão bem:

Mal posso transmitir a felicidade que sinto: primeiro, pela alegria de nosso encontro, com todas as promessas para o futuro, depois, pelo prazer de receber seu bilhete. Aqui vai o presente que você me pediu. Pela presteza de minha resposta, você verá que fui direto a Bucklersbury comprá-lo. A primeira pessoa que avistei por lá foi Davy Maluco — ainda vivo, embora com poucos e preciosos dentes, e muitas rugas a mais. Assim que teve conhecimento de que eu estava fazendo compras para você, ele mandou saudações e tentou me vender um pedaço de chifre de unicórnio que lhe proporcionaria a juventude eterna. Eu disse a Davy que você estava encantadora, com bela aparência, a imagem perfeita da juventude, e que o melhor a fazer era guardá-lo para si próprio. Davy fez questão de dizer que só tinha perdido os dentes por ter se metido numa briga feia. Achei melhor não perguntar como ele perdera o cabelo.

Ri alto e, com o sol me inundando a alma, virei a esquina da alameda enquanto virava a página, de modo que nenhum olho perscrutador pudesse enxergar nem os rubores nem os sorrisos provavelmente tolos em meu rosto.

Pouco tempo depois, entrei em casa, com a carta cuidadosamente guardada dentro do vestido. Ainda tonta com a escuridão no interior da casa, escondi a carta em meu quarto, trancando-a na caixa de remédios junto ao novo frasco de óleo de poejo. Ouvi vozes no quarto de Elizabeth: pelo menos uma das vozes, a dela, soava irascível, o que vinha se tornando habitual.

Eu preferi não interferir. Ainda me sentia envergonhada quando me lembrava da recusa pouco gentil de William ao ouvir minha tentativa de ajuda. Mas eu sabia que ele não estava lá, mas em Londres. Assim, ao espiar o corredor, vi que a porta do quarto de Elizabeth estava aberta. Então, reunindo coragem, meti a cabeça lá dentro. Para minha surpresa, vi que era o mestre Hans quem estava com ela. Eu o vi sentado numa cadeira ao lado da cama onde ela repousava, segurando um pequeno ramo de fura-neves, que, colhidas perto da porta da frente, começavam a murchar ao calor de suas distraídas mãos de urso. Ele provavelmente colhera algumas flores e saíra trotando atrás dela. Holbein inclinava-se para a frente e murmurava consolador. Os olhos de minha irmã estavam vermelhos, mas ela, já suficientemente composta, sorria para mim com dignidade.

— Ah, Meg! — saudou-me, animada. — Você pode pegar um vaso de flores pequeno para mim? Veja o que mestre Hans me trouxe. Não são lindas?

— Estou dizendo à senhora Elizabeth — disse ele, com um leve constrangimento no rosto de feições largas, enquanto enfrentava meu olhar — que ter um filho é o acontecimento mais maravilhoso a que se possa almejar. Um milagre do dia a dia. E que ela é uma pessoa de muita sorte por ter essa alegria pela frente.

Holbein corou ligeiramente. Surpresa com o entusiasmo vigoroso demonstrado por ele, perguntei:

— Eu não sabia que o senhor tinha família, mestre Hans! Tem?

Meio a contragosto, como se não quisesse conversar sobre o assunto comigo, ele assentiu com a cabeça.

— Na Basileia? — continuei a perguntar, e ele olhou para baixo e tornou a assentir com a cabeça.

— Diga-me mais uma vez, diga a Meg, o que o senhor sentiu quando viu o pequeno Philip pela primeira vez... — Elizabeth interrompeu nosso diálogo, e mesmo que ela não quisesse olhar para mim, vi que seu rosto readquirira um ligeiro tom rosado, e que ela olhava o pintor fixamente, atraindo-o para a conversa que eu havia interrompido. — Quando a parteira o estendeu para o senhor...

— A mulher disse que ele era tal e qual o pai... e eu não conseguia acreditar que aquele embrulhinho branco pudesse ser uma pessoa. Então, olhei-o nos olhos e ele me fitou, curioso, com os olhões azuis bem abertos. Enquanto o bebê observava tudo à volta, a boquinha soltava beijos e bolhas. E vi então que as mãozinhas tinham o mesmo formato das minhas patas de urso alemão — disse mestre Hans, rindo, e de novo entusiasmado com o assunto da conversa. Os olhos cintilavam com as lembranças: — Foi então que eu soube o que era o amor.

— Que lindo! — Elizabeth sussurrou. — E sua mulher? Ela sentiu o mesmo que o senhor?

E os dois se envolveram numa longa conversa sobre parto, preces, a mitigação da dor e o que acontece ao coração das mulheres depois que elas veem pela primeira vez o filho que passaram tantos meses carregando. Eles não precisavam de mim, e eu não podia acompanhá-los — não conhecia os sentimentos ali expressos. Mas fiquei satisfeita ao ver sinais de tranquilidade em Elizabeth. Talvez ela sentisse apenas medo, naqueles últimos dias, devido ao peso da gravidez ou à dor do parto, ou medo de deixar a infância para trás. Quaisquer que fossem as apreensões, mestre Hans devia tê-las adivinhado. Da parte dele, uma ida ao quarto dela era um comportamento inusitado; mas era evidente que ele estava lhe fazendo bem.

Calmamente, tirei as flores murchas da mão de mestre Hans. Arrumei-as num pequeno vaso ao lado da cama de Elizabeth. E tirei a carta que estava sobre a mesinha de cabeceira para dar lugar ao vaso. Ao fazê-lo, reconheci a letra pontiaguda que eu amava havia tanto tempo. A letra de John. Prendendo a respiração, dobrei a carta, mantendo-a em minha mão.

Sussurrando uma desculpa, saí do quarto. Eu não precisava ter me dado ao trabalho de me desculpar. A cabeça de mestre Hans me acompanhou por um instante, mas Elizabeth mal me viu sair, tão profundo era seu envolvimento no assunto prosaico e novo da conversa.

Não hesitei em abrir a carta. Eu sabia tão pouco sobre John Clement que não deixaria escapar a oportunidade de saber um pouco mais. Para mim não havia dúvida alguma, nenhum escrúpulo, apenas a clareza de minhas intenções. Mas esse era um bilhete curto e formal. Mais curto do que o que ele me escrevera. "Minha querida Elizabeth", dizia o texto:

> *Escrevo para cumprimentá-la. Soube que você e William estão à espera de um filho que chegará no outono. Você deve se lembrar que meu conselho predileto na sala de aula sempre foi: olhem para a frente, não para trás. Seu marido é um homem bom, com uma excelente carreira diante de si; desejo a vocês muitas felicidades em sua vida familiar.*

Após esta leitura, senti o peso em minha consciência. Em geral, eu não pensava duas vezes antes de inspecionar qualquer correspondência relacionada a mim; a vida é incerta demais para não nos cuidarmos o melhor que pudermos. Mas esse bilhete era apenas uma expressão inocente e formal de votos de felicidades, ou seja, um assunto particular que não me dizia respeito. Sentindo-me constrangida pelo contraste entre a frieza de meu coração intrometido e o afeto demonstrado por mestre Hans, um estranho entre nós, voltei furtivamente ao quarto, afofei os travesseiros de Elizabeth, arrumei a colcha, e dei um jeito de deixar cair a carta no chão, ao lado da cama. Ela acharia que a carta teria simplesmente caído; jamais lhe passaria pela cabeça que eu a tivesse lido. Então, afastei-me sem chamar a atenção, intimamente aliviada de tê-los deixado entretidos naquela conversa, que se transformara numa prosa de comadres sobre rompimento de bolsas d'água e fórceps, o que não me agradava nem um pouco — mas que muitas vezes a meticulosa Elizabeth parecia achar fascinante. Se eu fosse uma pessoa diferente — menos reservada, menos racional —, teria sentido uma pontada de ciúme, uma vez que Elizabeth estava de fato conseguindo monopolizar a atenção de meu novo amigo pintor. Mas eu nunca fora ciumenta.

Gostei de ver que as historinhas sanguinolentas dele a consolavam, mas eu não tinha vontade de permanecer ali e escutá-las.

Por isso, voltei ao jardim, onde procurei encontrar um pequeno trecho ensolarado, que ficasse longe da casa da guarda, e onde eu pudesse não pensar em nada a não ser no calor em minhas costas e nas flores que desabrochavam ao redor, e ficar por ali murmurando "Bem me quer, mal me quer" enquanto despetalava margaridas, como uma jovem leiteira perdida de amor, e lia e relia minha carta até sabê-la de cor.

Hans Holbein sentia uma pena quase insuportável daquele fiapo de feminilidade que se encolhia na cama com ódio da vida. Ele não compreendera bem todas as palavras ditas por ela em seu desabafo cheio de mágoa:

— Fui eu que encontrei John Clement e o trouxe para cá, e ele simplesmente me ignorou quando chegou aqui, só conversou com Meg e acabou indo embora sem nem uma palavra sequer. Todos fazem o mesmo: conversam sobre filosofia com a inteligente Meg Giggs e falam grego com a intelectual Margaret Roper. Ninguém aqui tem tempo a perder com uma mulher comum, alguém que não tem nada melhor a oferecer do que um rosto bonito. E agora ele me manda um bilhetinho pomposo que poderia ter sido escrito por um estranho. Como se mal me conhecesse. Como se eu não significasse nada para ele...

Mas Hans Holbein compreendera o sentido de suas palavras: o pintor sabia que ela sentia algo que se assemelhava à dor lancinante sofrida por ele por causa de Magdalena. E quando ela mordeu o lábio, e os olhos se encheram de lágrimas logo furtivamente enxutas, ele teve vontade de lhe dar um abraço consolador e lhe dizer que qualquer homem sensível deveria amá-la pelos belos olhos e pelo rosto em forma de coração. Mas Holbein não podia fazê-lo. Quem era ele para fazer esse tipo de declaração à filha de um cliente? Isso cabia ao marido dela. Mas não era difícil perceber que Elizabeth estava apaixonada pelo homem errado. E quem deveria consolar uma mulher casada que chorava porque um homem que não era o seu marido a tratava com indiferença (mas que não dispensava à irmã inteligente e letrada dela a mesma frieza). Nem mesmo Hans Holbein, que respeitava a verdade, poderia dizer. Ele próprio estava fascinado demais pelos movimentos canhestros, olhos ardentes e ideias estranhas de Meg Giggs para não compreender que outros homens também se pudessem deixar enfeitiçar por ela.

Pessoalmente, ele não via atrativos em John Clement. O homem mais velho com quem compartilhara o barco rio abaixo podia ter feições finas, bem cinzeladas e nobres, e um belo corpo atlético. Podia falar grego e conhecer bem medicina, mas os olhos claros e bondosos não tinham o brilho vigoroso da inteligência que se podia ver nos olhos de More, ou de Erasmo, ou, ainda, nos da jovem Meg. No mesmo instante, qualquer um perceberia que o intelecto de Clement não era do mesmo calibre que o das pessoas ao seu redor. Ele também dava a impressão de ter participado de batalhas encarniçadas no passado e de ter conhecido o fracasso. Hans Holbein, se estivesse inclinado a ser mais objetivo, admitiria sentir um respeito relutante por aquele homem, que também lhe parecia ter aprendido a aceitar as derrotas de bom grado e ter encontrado um tipo diferente de vitória ao se adaptar às novas circunstâncias. Mas espicaçado pela rivalidade masculina, Holbein antipatizava com ele. Não estava disposto a conceder a John Clement o benefício de nenhuma dúvida. O homem era um fracasso, fora a conclusão de Holbein; seria melhor para as duas mulheres se fossem da mesma opinião.

Mas dizer a Elizabeth o que ele achava sobre John Clement não a ajudaria. Sobre as mulheres, o que ele poderia dizer com toda certeza era que elas se apaixonavam por seus filhinhos com toda a devoção. O melhor a fazer por Elizabeth era lhe assegurar que haveria uma felicidade inimaginável à sua espera. E Holbein se comprometeu a caminhar pelo jardim com ela, toda tarde, daquele dia em diante. Ele lhe mostrou pequenos ovos de pássaros e belos seixos. Desenhou pequenos querubins recém-nascidos para a moça. E, sufocando a culpa por ter deixado Elsbeth sozinha na Basileia com dois filhos para sustentar e grávida do terceiro, falou das alegrias de se trazer vida ao mundo.

Era um alívio praticar essa pequena boa ação todo dia, porque Hans Holbein começava a se preocupar com seu trabalho. O quadro de Sir Thomas não estava saindo como tinha imaginado quando Erasmo lhe falara da primeira vez a respeito do homem sagaz e humilde que considerava o modelo perfeito de amizade humanista. Hans Holbein estava arrependido de ter se embriagado por duas noites seguidas em companhia de Nicholas Kratzer, que lhe contara histórias apavorantes, como a de que More, seu empregador, tinha entrado violentamente no Steelyard, o enclave londrino dos alemães, à frente de uma tropa de homens armados. Os comerciantes, famintos depois de um dia inteiro descarregando e guardando o que haviam importado de grãos, cera e linho, preparavam-se inocentemente para sua refeição no entreposto da associação, em Cousin Lane, perto do ancoradouro do rio com o guindaste de madeira, quando um Thomas More enraivecido, envolto em sombras e cercado de espadas pontiagudas, irrompeu no meio deles, à caça de hereges. "Estou aqui a mando do cardeal. Em parte, porque há denúncias de que alguém anda roubando moedas; mas também por termos informações seguras de que muitos aqui possuem livros de Martinho Lutero. Sabemos que vocês vêm importando esses livros. E isso causa um grande dano à fé cristã professada pelos súditos de Sua Majestade." More, então, deu voz de prisão a três dos comerciantes e ordenou que seus homens os arrastassem dali. Ao amanhecer, fizera uma lista dos demais culpados. Na manhã seguinte, More voltou e permaneceu vigilante, soturno, de lábios cerrados, enquanto seus capangas revistavam os cômodos e vasculhavam os compartimentos. Naquele dia, mais oito alemães foram levados à força até o cardeal Wolsey para que este os repreendesse.

Era desagradável saber disso. E era mais desagradável ainda saber que Kratzer, cuja esperteza e humor tinham lhe granjeado tanto a proteção de Sir Thomas como a do cardeal Wolsey, pudesse contar com o patrocínio de admiradores ingleses poderosos, além de admitir com franqueza apreciar a companhia de Sir Thomas e a sagacidade de sua inteligência quando conversavam, mas, ao mesmo tempo, intimamente se considerar o mais livre dentre todos os livres-pensadores. O astrônomo se vangloriava (na verdade, só em sussurros e em alemão, para não correr riscos; um patrono respeitado por toda a Cristandade era um patrono que valia a pena, embora Kratzer não fosse tão desconcertadamente agradável quanto More em matéria de defender o ambiente protetor da sua família) de ter escrito ao ídolo de Hans Holbein, Albrecht Dürer, cumprimentando-o pelo fato de Nuremberg ter se tornado "totalmente evangélica", e desejando que a graça de Deus o ajudasse a perseverar na crença reformista. E agora, todo esse conhecimento secreto — e o conhecimento manifesto dos que afirmavam que Sir Thomas desconfiava de que os negociantes alemães, movimentando-se sorrateiramente pelo Steelyard, fossem o principal canal para a heresia entrar clandestinamente na Inglaterra — estava emergindo em seu retrato. E o rosto que o olhava do cavalete, nesse momento, era o rosto do perseguidor: olhos cercados de vermelho, boca apertada e mãos ávidas.

Nem sequer a composição o satisfazia. Ele tivera a intenção de pôr um *memento mori* no canto do quadro. Mas o acessório a que habitualmente recorria — o crânio que muitas vezes usava a fim de alertar seus modelos e espectadores contra a vaidade mundana — de algum modo se perdera na bagunça ao redor. Alguém talvez o tivesse jogado fora em alguma arrumação, ou ele próprio o teria enterrado sob uma avalanche de livros e botas. Nunca fora bom em encontrar coisas. E não tinha ideia de onde alguém poderia ir para obter um crânio humano em Londres — a não ser que fosse ao Steelyard, lugar em que ele próprio, pelo menos, compreenderia o que lhe dissessem sem dificuldades. Mas também sabia que seria mais do que imprudente aproximar-se de lá.

Não conseguia se livrar da preocupação. Ela o assaltava toda manhã, enquanto Meg posava para ele. E o atormentava intimamente durante os passeios da tarde. Passava as noites pensando, obcecado, no quadro que não lhe parecia bom.

E Holbein, quando não estava preocupado com o quadro de More, matutava sobre os sentimentos de Meg em relação a Clement. A moça deixava transparecer que, no íntimo, estava radiante. E ele notou que ela passara a dar escapulidas de casa, toda manhã, para ver se a cozinheira que chegava no tílburi, vinda da cidade, lhe trouxera algum bilhete. Se Holbein a conhecesse melhor, poderia dizer se aqueles olhos cintilantes significavam que Meg estava apaixonada. Mas ele não enxergava o que se passava em seu coração; a moça era tão indecifrável quanto um reflexo do sol na água.

Ele não ousava lhe perguntar diretamente. Tinha medo de que qualquer intromissão acendesse faíscas de raiva nos olhos de Meg. Holbein achava que ela não reagiria bem a um interrogatório. Mas, à medida que o retrato da moça tomava forma, Hans Holbein se pegou procurando, cautelosamente, uma informação ou outra.

— Você sabe — disse ele, de costas para a moça, enquanto misturava tintas — que um retrato de John Clement, feito por mim, foi publicado há mais de dez anos na Basileia?

— O senhor mencionou algo assim, uma vez — respondeu Meg, pronta a encetar uma conversa. Decepcionado, Holbein percebeu o imediato interesse dela assim que o nome de Clement surgiu.

— Bem, afinal, não era realmente um retrato dele — continuou o pintor, um tanto constrangido. — Agora seu pai me explicou tudo. Mas, naquela ocasião, pensei que era. Desenhei, na verdade, o frontispício para uma edição de *Utopia* preparada na Basileia.

Agora ele atraíra a atenção dela.

Holbein passou o primeiro dia em Chelsea querendo saber se esse velho John Clement relacionava-se ao jovem John Clement cujo retrato ele desenhara, instruído por Erasmo, dez anos antes, por ocasião da publicação de *Utopia*. O livro de More tinha vendido tão bem que Johannes Froben quisera participar do processo; Erasmo tinha providenciado uma nova edição e obtivera a permissão de More para levá-la adiante. A história tumultuada fundamentava-se ironicamente no relato de um marujo, apreciador de histórias fantásticas, que descreve a Utopia — uma sociedade perfeita — para o próprio More, para seu amigo na vida real, Pieter Gillis, de Antuérpia, e para o personagem a quem o autor chamou de *puer meus*: John Clement.

— Assim, é claro, desenhei um menino. De cabelos compridos, cerca de 15 anos, no máximo. Deve estar por aqui, em algum lugar — disse Holbein, fazendo gestos desalentados em direção ao caos de tintas, quadros e objetos acumulados atrás dele, e surpreendendo-se com o brilho repentino de um sorriso no rosto de Meg Giggs. — E então cheguei aqui e vi o verdadeiro John Clement. E ele nem é assim tão moço. Poderia ser meu pai! Por isso, fiquei envergonhado. Percebi que não fizera um bom trabalho. E imaginei que seu pai me botaria no olho da rua por me considerar um péssimo pintor; ha, ha, ha!

Meg sorriu gentilmente ao ver e ouvir Holbein confessando seu mal-estar como profissional.

— Mas, mestre Hans — disse ela com voz suave —, era apenas um modo de falar. Meu pai quis dizer que John Clement era seu protegido, não um menino. Quando meu pai foi enviado em missão diplomática aos Países Baixos, e começou a escrever *Utopia*, John Clement trabalhou como seu secretário. Mas o senhor não devia saber disso. E teve razão em ilustrar as palavras *puer meus* com a figura de um menino. Ninguém o culparia por isso.

Era uma resposta delicada e bem-intencionada, e Holbein, no íntimo, agradecia afetuosamente a Meg por tê-la dado, mesmo que a pergunta implícita sobre suas considerações a respeito de John Clement não tivesse sido respondida.

— Pois é — disse ele, voltando a insistir —, foi o que seu pai me disse quando lhe perguntei. Ele foi muito generoso. Mas, ainda assim, me senti constrangido. Eu tinha tanta certeza de que Erasmo me pedira para desenhar um menino...

Mas Meg não reagiu como Hans Holbein esperava. A moça simplesmente acomodou-se bem na cadeira e, posando com absoluta tranquilidade, parecia sonhar com algo que lhe provocava um sorriso extasiado no rosto.

— Você está luminosa, Meg — disse Margaret Roper. — Devem ser os seus passeios. Você andou tomando sol. E parece radiante.

Margaret olhou para Cecily, deitada na cama, ao lado dela, como quem pede uma confirmação, mas obteve apenas um risinho fraco.

— Você tem me visto deitada nesta cama o dia todo desde a semana passada, e eu ainda estou abatida e meio esverdeada. Qualquer um estaria com uma aparência radiante se comparado a mim — disse Cecily, voltando-se para Margaret.

Debrucei-me sobre a cama. Eu estava dando a elas mais uma dose de chá de gengibre. Tornara-se um hábito. Nesse momento, Cecily me lançou um olhar de curiosidade. Ela não era tão esperta, nem tão gentil quanto Margaret, mas naquele instante, ao ouvir aquela ideia, ficou a refletir.

— Mas é verdade! — disse ela, maliciosamente. — Ela tem toda razão. Você não está mais com aquela cara fechada com que passou o inverno todo. E agora me vem à cabeça que você não me olhou com narinas frementes nem uma vez nesses dias... — e Cecily piscou.

Eu a fitei, perplexa.

— O que você quer dizer com narinas frementes? — perguntei um tanto impaciente, suspeitando de algum deboche.

As duas se entreolharam e começaram a dar risadinhas, duas cabeças escuras deitadas na cama como cachorrinhos se sacudindo.

— ...mas você fez de novo agora — disse Cecily. — Olhe só — e ela fez uma careta arrogante: os lábios franzidos e o nariz empinado, com a ponta esbranquiçada de tanto abrir as narinas. — Você faz sempre essa cara quando está zangada — Cecily continuou, mudando de expressão e voltando a rir. — Não sabia?

— Você sempre fazia isso quando tentávamos apresentá-la a alguém nas festas de casamento — confirmou Margaret. — Um belo pretendente atrás do outro, todos eles paralisados diante de sua aparência aterrorizante. Não se lembra?

Sacudi a cabeça, espantada. Embora reconhecesse a expressão de Cecily como a imitação da minha, não tinha a menor ideia de que, de fora, pudessem me ver como uma pessoa tão zangada e tão repulsiva. Eu só me lembrava das infindáveis festas de inverno em que me impingiam um jovem tolo atrás do outro — os desajeitados com quem ninguém em sã consciência gostaria de conversar — e de dar desculpas bem-educadas por não querer perder meu tempo com aqueles quebra-galhos, os mais malvestidos e os menos atraentes. Nunca me ocorrera que Margaret e Cecily tentassem me arranjar um marido dentre seus primos afins. Sofri por alguns instantes e lutei contra meu orgulho antes de conseguir reagir. Mas então me peguei sorrindo e demonstrando em meu rosto um pesaroso assentimento.

— E é mesmo essa cara que eu faço, tantas vezes? E eu afugentei mesmo todos aqueles maridos? — perguntei, juntando-me às risadas delas. — Ah, meu Deus!

— Estávamos desesperadas — disse Margaret, com um toque de alívio em seu riso.

— Prontas a desistir de você.

— Você se mostrava tão feroz...

— ...que Giles passou a chamá-la de Rainha de Gelo...

— ...até Will mandá-lo parar.

— ...Mas então você foi grosseira com Will quando ele quis apresentá-la ao primo, Thomas...

— ...e o resultado foi que ele parou de defendê-la.

Naquele momento, eu tinha me metido na cama ao lado delas, e estava quase morrendo de rir. Gemíamos e roncávamos de tanto riso.

Então Cecily rolou de bruços e tomou fôlego.

— Ai, preciso parar agora — disse ela, entre ataques de riso —, essas risadas estão me deixando enjoada de novo — respirou fundo e voltou a ficar séria, segurou a cabeça entre as mãos e me lançou um olhar indiscreto. — Cá para nós, Meg: o que mudou? — Cecily perguntou. — O que a deixou de bom humor? — e ela fez uma pausa antes de acrescentar, com jeito melodramático: — Talvez você esteja... apaixonada?

Foi um momento tão inocente, tão relaxado que quase baixei a guarda e deixei escapar um "estou", com voz séria. Pela primeira e talvez única vez na vida, imaginei que pudesse confiar em minhas quase irmãs. Mas elas ainda estavam tomadas pelas risadinhas, e a pergunta de Cecily fora inusitada demais para as duas. Antes que eu tivesse a chance de dizer algo, ambas tornaram a mergulhar nos travesseiros e estavam ninando uma a outra numa alegria desamparada e lamentosa. Eu não sabia se estava satisfeita ou não de ter me salvado da indiscrição que por pouco cometi.

— Como está indo o retrato de nosso pai? — perguntou Meg, na quarta vez em que posou. — Quando o senhor vai me mostrá-lo?

A manhã estava sombria. E havia uma luz mais amena do que a habitual. Com um brilho mais calmo nos olhos, ela contava a Hans Holbein uma longa e antiga história sobre a presença de espírito de Sir Thomas. E que era a seguinte: Thomas descobrira que um frade franciscano, em Coventry, era um impostor. Esse frade lhe dissera que era fácil chegar ao Céu caso se confiasse na Virgem Maria, e que, para isso, bastava que a pessoa rezasse o terço todo dia (e depositasse uma moeda na bolsa do franciscano toda vez que se recitasse o *psalterium beatae virginis*). "*Ridiculum*", dissera Sir Thomas simplesmente, mesmo depois que o frade lhe trouxera todos os livros que "provavam" que a intervenção de Maria operara milagres em diversas ocasiões. Por fim, com o respeito pelo argumento lógico que caracterizava um advogado, Thomas calou o frade com o comentário sensato de que era improvável o acesso ao Céu ser tão barato.

Hans Holbein dera uma boa gargalhada, mostrando sua aprovação.

— Esse é o tipo de comentário que um amigo de Erasmo faria — disse ele, com mais uma risadinha.

Era também o tipo de comentário que ele próprio, ou Kratzer, faria se algum deles tivesse a presença de espírito para pronunciar frases com a verve de More. Mas o pintor notou o olhar nostálgico da moça e uma sombra de tristeza em seu rosto quando ela assentiu, calmamente:

— É, sim. Ambos sabiam que o Sir Thomas de hoje, o defensor da Igreja a qualquer custo, iria se comportar de maneira inteiramente diferente.

Ele não sabia exatamente por quê, mas sabia instintivamente que algo na cumplicidade daquele momento o levaria a mostrar o quadro.

— Não costumo ser tímido quando se trata de meu trabalho. Mas este, especificamente, tem me causado problemas — disse o pintor, movimentando-se, como se dançasse, diante do quadro coberto. — Vejo frequentemente seu pai, converso com ele e sei que, além de ser um homem inteligente, bom e gentil, gosta muito de rir. Outro dia mesmo, eu estava rindo ao ouvir a sentença proferida por ele no tribunal quando sua dame Alice fora julgada por adotar um cachorro, o qual uma mendiga reivindicava. Sir Thomas decidiu que dame Alice deveria comprar o cachorro; e todo mundo ficou feliz, uma decisão da justiça que posso entender muito bem, ha, ha! Mas meu quadro ficou sério demais. E nada que eu faça poderá levar o riso ao rosto do homem que estou retratando.

Meg se levantou da cadeira e estava de pé ao lado dele, esperando que o pintor afastasse o pano da tela. Ele via a pele clara da nuca da moça. Com relutância, Holbein deu um passo para o lado. Mas não conseguiu fazer seu braço chegar mais perto e, talvez roçando nela, lhe revelar o quadro. Assim, deu um passo para trás.

— Veja você mesma — disse ele, quase de olhos fechados.

Ele fitou além da janela, sem ousar encará-la, fazendo um esforço vão para ouvir o que a respiração da moça dizia sobre a reação dela ao quadro. Mas não havia nada a depreender daquela respiração suave e ritmada que ele ouvia.

Por fim, o pintor se virou e a olhou de soslaio. A moça estava de pé, pensativa, diante do quadro, com o pano na mão, o corpo imóvel, mas assentindo com a cabeça lentamente. Holbein achou que Meg reconhecia o pai no rosto diante dela, com o gorro preto, a capa preta forrada de pele e o colar de ouro de dignitário contra o fundo simples de uma cortina verde; e achou também que ela parecia resignada ao ver que essa versão crua de Sir Thomas, de olhos fixos nas sombras, era um retrato fiel.

— O senhor tem o dom da verdade, mestre Hans — ela disse ao percebê-lo olhando para ela. E, nesse momento, a voz da moça soou definitivamente triste. — O pai faz um trabalho duro; isso o fez mudar. Isso transparece em seu rosto, não é mesmo?

Os olhares dos dois se cruzaram, e algo na expressão de Meg disse ao pintor que ela saberia de pelo menos alguns boatos cruéis que circulavam naquele momento sobre Sir Thomas. Esses rumores acusavam-no de açoitar hereges presos a árvores de seu jardim, ou de se encarregar pessoal e lascivamente de interrogatórios e sessões de torturas na Torre de Londres. Holbein afastou o olhar.

A moça tornou a se sentar. Pesadamente. Olhando para o chão. E de novo olhando para ele; em seguida, abrandando-se, tomada de uma súbita confiança, disse, quase num sussurro:

— As pessoas andam falando do meu pai, não é? Imagino que o senhor tenha ouvido algumas coisas.

Ele percebeu que ela o estava sondando, mas não lhe ocorria nenhuma resposta possível. Então ele abriu as mãos num gesto de desamparo. Não tinha ideia de como o homem encantador e espirituoso que posava para ele poderia ser o mesmo anti-herói nos boatos sobre o que acontecera no Steelyard. No contato pessoal, gostava de More; gostava do modo como sua mente soltava faíscas e seus olhos resplandeciam de ideias. Era um paradoxo.

— *Ach*, calúnias sempre surgem — Holbein gaguejou, e continuou: — Se você quer realmente saber a verdade sobre alguém, o único jeito honesto de fazê-lo é denunciar pessoalmente as calúnias que são atribuídas a essa pessoa. E se você confia nessa pessoa o suficiente para lhe perguntar a verdade, então tem de acreditar na resposta que ela der. A partir daí, pode esquecer as calúnias.

Meg não deu uma resposta direta. Ela olhou para as mãos por tanto tempo que Holbein achou que tinha se perdido em pensamentos completamente diferentes. Então, Meg falou, com ar sombrio:

— Bem, o senhor de fato pintou o rosto verdadeiro de meu pai, ele não o negaria. O senhor não deve mudar seu quadro — e, de repente, ela se iluminou. — Mas acabei de me lembrar de algo que o senhor poderia acrescentar, e que faria More rir.

Levantou-se de repente e, quase flutuando, impulsionada pela ideia que lhe ocorrera, escapuliu do cômodo.

— Não saia daqui! — sussurrou.

Espantado, condescendente, esperançoso, desconcertado e encantado ao ver o riso na fisionomia da moça, o pintor esperou.

Ela voltou trazendo duas peças pesadas de veludo vermelho e com o rosto todo risonho.

— O que é isso? — perguntou Holbein, cada vez mais assombrado.

— São mangas, claro — respondeu Meg, rispidamente. — Veja!

E ela as desenrolou, cobrindo as mangas da camisa de linho do trabalhador Hans Holbein com elas. Eram umas senhoras mangas — grandes e sensuais peças de veludo carmesim, com um tufo esplendoroso na parte superior do braço ricamente franzido na altura do cotovelo, e um punho comprido, mole e pendente. Havia uma fileira de botões na parte de cima, o que permitiria prendê-las a uma veste. Mas não havia ali veste alguma. Ele nunca vira nada parecido.

Holbein, desamparado, olhou para a cabeça de Meg que, abaixo da dele, movimentava-se de um lado para o outro abotoando as mangas nos galões de cada lado da camisa dele. Ele não queria começar a imaginá-la despindo-o, ou pior, mas havia algo de tão sugestivo na cabeça se balançando ali embaixo que ele sentia gotas de suor lhe cobrirem a testa. Ele virou a cabeça de repente a fim de mirar além da janela.

— Aí está! — Ela recuou. Aliviado, Holbein também se afastou. E olhou para si mesmo. Do pulso ao ombro, ele era um figurão. Um oitavo de seu corpo estava coberto por um tecido italiano dos mais preciosos. No mais, ele era o mesmo artesão rude que fora desde o nascimento, alguém vestido humildemente de lã e couro.

Ela riu ao ver a expressão no rosto dele.

— É uma brincadeira de família — disse alegremente, transportada a dias mais felizes. — O senhor sabe que o pai ainda trabalha para o bem comum dando assistência legal às guildas londrinas, em nome dos velhos tempos? Pois bem, quando o imperador Carlos V veio a Londres há alguns anos, antes da guerra com a França, escolheram More para fazer um discurso saudando a amizade entre os dois reis e recompensaram-no com uma doação de 10 libras, equivalente ao custo de uma roupa de veludo nova. Mas, é claro, a quantia não era suficiente para um traje completo; e não sei se o senhor notou, mas meu pai detesta a elegância excessiva. Então, ele encomendou apenas as mangas. No valor de 10 libras. E as aprecia muito. Usa-as por cima de algum traje comum e velho quando vai participar das sessões no tribunal. Seu criado particular as detesta; o pobre do velho John Wood acha que More, ao usá-las, está zombando de seu cargo público. Mas meu pai acha engraçado, e as considera uma proteção contra a vaidade. E eu também.

Havia um toque de ousadia na voz de Meg; a ousadia de alguém ciente das inúmeras contradições da pessoa que ama e desafia o interlocutor a zombar dela. Mas Holbein não queria zombar. Refletindo, ao olhar os braços cobertos de veludo vermelho, ele começou a gostar da ideia.

— Então... seriam apenas mangas de veludo vermelho aparecendo sob a capa? — o pintor perguntou. Ele já enxergava o resultado. Quase perfeito. Agora havia apenas mais um problema a resolver. — É... é... isso serviria. E também preciso encontrar o crânio... — ele continuou a falar, pensando alto. — Quero pôr um *memento mori* num canto do quadro. Mas não sei onde achá-lo. Culpa minha; culpa dessa minha enorme desordem. Nunca encontro o que quero.

Meio desanimado, Holbein começou a vasculhar em meio à bagunça de sua prateleira de cima. E ficou sem jeito ao vê-la tapar a boca com a mão e começar a rir.

— Mestre Hans, o senhor não percebeu? — Meg perguntou, e continuou: — Eu o guardei para o senhor dias atrás. Está embaixo da mesa, em cima da pilha de suas obras. Cobri tudo com um pano para evitar a bisbilhotice das pessoas. O senhor não devia deixar essas coisas por aí. Estou falando de suas obras, claro, não do crânio. O senhor pode se meter em apuros.

Holbein ficou estupefato. Sentiu o rosto se ruborizar e logo empalidecer. Ela vira as obras dele.

Então, em meio ao pavor que o paralisava, notou que ela lhe sorria com um sorriso quase conspirador. Pela primeira vez depois do que lhe pareceu uma eternidade, ele respirou. Meg continuava a falar:

— E, aliás, por falar nisso, se mestre Nicholas o levar a Londres, o senhor não deve ir ao Steelyard — a moça disse, pronunciando rapidamente as palavras e baixando a voz. E advertiu: — Meu pai não está nada satisfeito com o que está acontecendo lá; principalmente após quase ter perdido Will Roper para os hereges. Tenha muito cuidado.

Holbein assentiu com a cabeça e, encarando-a de novo, teve certeza de que ela sabia de todos os segredos que ele vinha descobrindo.

— Não cometa o erro de pensar que meu pai é o homem erudito e cavalheiresco que o senhor vê nesta casa — disse ela. — Flertar com as ideias luteranas pode levar as pessoas a se meterem em apuros. O senhor não deve se arriscar.

Holbein assentiu com a cabeça, ainda mais pasmo.

— E se o senhor duvida do que estou dizendo, é só dar uma olhada na casa da guarda, a mais afastada, em seu próximo passeio pelos jardins — Meg acrescentou. Em seguida, parou, como se tivesse ido longe demais, e mordeu o lábio. — Não estamos quase na hora do almoço? — perguntou, com uma voz inteiramente diferente. Hans Holbein fez que sim, agora humildemente pronto a obedecer a qualquer palavra dela e, quando Meg saiu da sala, seguiu-a. Nesse momento, ele percebeu que ainda estava usando as vistosas mangas vermelhas e fez uma penosa pausa de alguns minutos para poder abrir e desatar botões e cordões com seus dedos grossos, que, por diversas razões, estavam trêmulos.

Eu deveria ter ficado calada. Foi o que percebi quase imediatamente. Mas me deixei levar pelo tom do momento. Mestre Hans parecia muito inocente, então quis me assegurar de que ele soubesse das perigosas consequências de seu comportamento.

Na manhã seguinte, houve um tumulto nos aposentos dos criados quando se soube que o prisioneiro da casa da guarda fugira durante a noite. As dobradiças do tronco em que o homem estava preso foram arrebentadas. A corda que lhe atava os braços estava solta. A porta, aberta. Mary, a cozinheira, e Nan, nossa criada, eram as responsáveis pelas notícias — o que era estranho, tendo em vista que nenhum de nós teria admitido saber da presença do homem ali até aquela fuga. Como era possível a porta estar destrancada, era o que tagarelavam as mulheres: teria sido o jardineiro mandado embora?

Fui sozinha ver a cena do crime antes de começar minha última sessão de pose. Era um alívio não ver aqueles ombros magros ali dentro, agitando-se para cima e para baixo numa oração na qual pedia que a morte viesse; intimamente desejei que o homem tivesse juízo e não fosse diretamente para sua casa na Fleet Street, onde seria de novo preso, mas sim que sumisse por algum tempo. Escondi a corda num saco e fechei a porta. Enquanto fazia o caminho de volta, notei algo brilhante numa moita não muito longe da casinhola. Era uma espátula de pintor com um lado afiado. Também a meti no saco.

Era sexta-feira, e meu pai viera para casa. Ele estava sentado ao pé da lareira, fitando as profundezas do fogo, ainda usando sua capa e as botas sujas. Parecia cansado, mas tranquilo. A primeira coisa que fizera ao saltar do barco foi falar com o jardineiro, mas soubemos que ele apenas o repreendera. Eu me perguntava se algum dia ousaria seguir o conselho de mestre Hans quando este dizia que eu deveria enfrentar os rumores e perguntar francamente a meu pai quem era aquele homem, de que crime o acusavam e por quais razões ele tinha ficado preso em nossa casa. O pensamento fez meu coração bater disparado contra as costelas. Mas me faltou coragem. Foi Will Roper — o dócil Will, que era nesse momento o católico mais apaixonado do mundo e o escravo mais devotado de papai — o mais corajoso. Quando Roper expressou timidamente sua apreensão ao saber da fuga de um herege que estava sob a responsabilidade de meu pai, e todos nós assentimos com gestos de cabeça e murmúrios, meu pai apenas sorriu como se a perda do prisioneiro fosse um assunto sem importância.

— Como eu poderia me opor a alguém que, tendo passado tanto tempo em posição tão desconfortável, aproveitasse a oportunidade de se movimentar à vontade? — disse ele, despreocupadamente. Desapontado, Will respondeu com um sorriso constrangido. E todos nos dispersamos para enfrentar os trabalhos do dia.

A primeira coisa que fiz foi devolver a espátula a mestre Hans.

Eu não disse nada. Ele corou até a raiz dos cabelos avermelhados e, meio sem jeito, a pôs de lado.

— O senhor se lembra de nossa conversa de ontem? — perguntei, como se quisesse alertá-lo.

Holbein assentiu com a cabeça e fitou as pernas troncudas. Percebi que ele estava realmente impressionado com o próprio descuido.

— A respeito do *memento mori* — continuei a falar, menos friamente, achando que já o assustara o suficiente. — Tive outra ideia. Pensei em algo um pouco mais sofisticado que um crânio. — E, com um floreio digno de um vendedor de chifres de unicórnio fazendo negócios em Bucklersbury, tirei a corda do saco, e disse: — Em latim, corda é *funis*, e a palavra latina para fúnebre é *funus*. O senhor poderia usar a corda como *memento mori* em seu quadro. As pessoas ficariam impressionadas com seu domínio do latim.

O rosto de Holbein era, mais uma vez, o retrato do espanto. A boca se abrindo e fechando como a de um peixe. O peito arfando. Eu o via naquele momento como uma pessoa suarenta e franca; alguém que, propenso demais a se transformar numa poça de suor quando em choque, não conseguiria se comportar com diplomacia ou fingir. Então, Holbein pegou a corda e ficou olhando dela para mim, diversas vezes. Quando, afinal, percebeu que podia confiar em mim, o que demorou um pouco, começou a sacudir a cabeça num sinal de reconhecimento e a rir com os olhos. E o riso começou a sair de dentro dele.

— *Funus* — disse, com uma risadinha —, *funis*. Pode ser que funcione.

***

Já tinham se passado duas semanas. Embora o retrato de meu pai sozinho estivesse quase terminado, o retrato do grupo familiar, uma obra mais complexa, ainda permanecia nos primeiros estágios. Mestre Hans acatara todas as minhas sugestões ao retrato de meu pai. Ele pintara a corda, pendendo de um lado de uma cortina verde, atrás do queixo sombreado e do rosto severo de meu pai. Cobrindo os braços de More, viam-se as mangas vermelhas. E, de um modo ou de outro, todas as diversas anedotas encaixavam-se e eu me sentia tão orgulhosa ao olhar para o quadro quanto o próprio pintor parecia.

Eu estava lendo sentada perto da janela quando ouvi Elizabeth e ele voltarem do passeio pelo jardim, depois do almoço. A barriga dela já tinha aumentado de tamanho, mas ela também parecia mais calma e carinhosa, com o jeito paciente que costuma caracterizar as mulheres grávidas — até mesmo comigo. E estava emocionadamente grata a mestre Hans (como eu também estava) pelo tratamento bondoso que ele lhe dedicava.

— Se eu tiver um menino — eu a ouvi dizer naquele momento, raspando as botas ao tirar a capa dos ombros —, pretendo lhe dar o seu nome, mestre Hans.

Sorri para mim mesma. Então ela não deixara para trás seu costume de fazer elogios vazios. De fato, eu não podia imaginar o arrogante William Dauncey dizendo palavras doces a um filho com nome estrangeiro, adequado a trabalhadores, como Hans, e dei uma risadinha silenciosa ante dessa ideia absurda quando ouvi o que ela ainda tinha a dizer.

— Johannes — disse Elizabeth, com a voz esganiçada inesperadamente alegre. — Bem, esse seria o nome em latim, mas é claro que o meu filho é inglês, não é mesmo? Então vou chamá-lo John.

7

Nem bem eu tinha me acostumado ao ritmo alegre que se instaurara em Chelsea — posar para mestre Hans todas as manhãs: primeiro meu pai, depois eu, os filhos legítimos de More (Elizabeth, Margaret, Cecily e o jovem John e sua noiva, Anne Cresacre), então, o velho Sir John e, como deveria ser, dame Alice, um de cada vez —, tudo se interrompeu, tão de repente como tinha surgido.

Certa noite de quinta-feira, no início de fevereiro — uma noite úmida e escura de inverno, em que as águas revoltas do rio avançaram pelo jardim e o vento castigou as árvores —, meu pai voltou da corte, ensopado até os ossos, mas acalentando uma ideia que fazia seus olhos brilharem. Essa ideia ainda o animava mesmo depois que ele se livrou de todos os vestígios da viagem: havia mudado de roupa, se aquecido ao fogo da lareira e se reunido a nós para o jantar. E ela quase foi revelada enquanto ele observava dame Alice implicando com Nicholas Kratzer à mesa.

— Mestre Nicholas, o senhor já está há tempo demais por aqui para ainda falar esse inglês horroroso — dizia Alice, dando a piscadela habitual. Ela gostava de mestre Nicholas e de mestre Hans, do jeito franco dos dois, de seus corpos vigorosos e da boa vontade com que pegavam coisas nos armários altos para ela. Esses homens não tinham nada daqueles humanistas que paloravam em latim, amalucados, sovinas, a quem ela detestava com prazer, como dizia agora com frequência; eles eram homens de verdade. E Alice também apreciava o humor rude deles.

— *Ach*! Só tem uns vinte anos mais ou menos que inglês estou aprendendo — retrucou mestre Nicholas rindo, exagerando a estrangeirice e se divertindo com as provocações —, e como é possível alguém falar bem essa língua horrível em tão pouco tempo?

Essa troca de palavras fez mestre Hans, que até então tinha se aplicado silenciosamente a engolir a comida com o habitual apetite pantagruélico, de repente explodir em uma risada — ele sabia que o seu inglês poderia melhorar —, e o riso do pintor era tão contagiante que fez toda a mesa gargalhar com muita alegria. Meu pai sorriu com aprovação e, depois do jantar, afastou-se, acompanhado de Kratzer e Holbein, para conversarem a sós.

O dia seguinte era sexta-feira. Meu pai permanecia fechado no Novo Edifício, rezando e jejuando desde antes do amanhecer. Uma chuva pesada continuava a cair lá fora, e então coube a mestre Hans me contar o que fora decidido.

Quando entrei no ateliê de Holbein no final da manhã para chamá-lo para o almoço, não havia sinal de Cecily, que deveria estar posando para ele. De início, achei que o pintor a tivesse dispensado porque a luz não era suficiente para o trabalho. Havia velas acesas por toda parte no salão, mesmo ao meio-dia. Mas vi que ele estava guardando as tintas em suas malas de couro. Holbein enrolava cuidadosamente cada frasco num dos trapos e depois o colocava na mala. A espátula e os lápis de ponta de prata já tinham sido enrolados. O rosto de nariz pequeno parecia radiante, e podia-se dizer que a barba curta que cobria o queixo estava mais enrolada de tanto prazer. Nem mesmo o cheiro úmido de carpa fervida que emanava da cozinha, sendo a carpa um peixe de que ele não gostava, como me disse um dia, lhe tirava o sorriso do rosto.

— O que está acontecendo? — perguntei, espantada.

— Vamos para a corte! — Holbein respondeu, um tanto alto demais, um tanto feliz demais. Em seguida, envergonhado da excitação exagerada e tola, baixou os olhos e se acalmou. — Kratzer e eu. Seu pai nos arranjou um trabalho lá. Um trabalho na corte! — acrescentou, de novo transbordante de alegria.

— Mas... — gaguejei, surpresa com a pontada de decepção egoísta e infantil que senti. — E quanto a nos mostrar o retrato de meu pai? E a terminar o nosso?

— Depois — respondeu, olhando de repente em meus olhos com uma certa curiosidade, como se procurasse encontrar uma resposta a uma pergunta feita a si próprio. Um pouco mais gentilmente, acrescentou: — Nós voltaremos. Terminarei o quadro da família perto do fim do verão, e ficará lindo. O seu retrato — disse, fazendo uma pausa — ficará lindo — e hesitou mais uma vez, quase como se estivesse pensando em dizer algo mais.

Sorri e percebi que deveria ficar satisfeita por ele.

— Mestre Hans, sem o senhor por aqui, tudo ficará muito mais monótono — disse, despreocupadamente. — Qual será sua tarefa na corte?

Relacionava-se ao tratado de paz que meu pai e o cardeal Wolsey deveriam negociar com os embaixadores franceses. Meu pai estava tão seguro de que o resultado da conferência seria favorável ao partido dos ingleses — e tão confiante de que mestre Hans partilhava do mesmo senso de humor maroto que o caracterizava, e seria capaz de entremear seu trabalho com piadas contra os franceses —, que estava antecipadamente contratando os dois, Hans e mestre Nicholas, para esboçar a obra de arte que comemoraria o resultado dos esforços dele: um painel astronômico para o teto do pavilhão do palácio de Greenwich, no qual, em alguma data futura, a assinatura do tratado seria celebrada. (Um dia, à mesa do almoço, William Dauncey falara sobre esses preparativos. Seu discurso, meio zombeteiro, meio de admiração, sobre a prodigalidade do rei, parecia ecoar os sentimentos ambíguos de More quando este tentava equilibrar os livros contábeis da casa real.)

O próprio pavilhão ainda estava por ser construído para uma paz que ainda estava por ser acordada. Mas havia centenas de artífices de todo tipo — de artesãos do couro a ferreiros, fundidores de chumbo, douradores, entalhadores, carpinteiros, pintores — sendo contratados. Uma brilhante exibição de pinturas e decorações memoráveis consolidaria a vitória diplomática de meu pai. Assim, era do interesse dele garantir que os maiores talentos participassem dessa exibição o mais cedo possível; valeria a pena esperar pelo término dos retratos de sua própria família se esse reconhecimento público fosse comprovado primeiro. Eu tinha lido o bilhete que o pai escrevera a Erasmo depois da chegada de mestre Hans aqui, reconhecendo nele um artista maravilhoso, embora duvidando que Holbein pudesse enriquecer aqui — mas não me ocorreu que tentaria ajudá-lo a melhorar de situação tão cedo.

Seria bom se ele tivesse aplicado o mesmo empenho em alavancar a carreira médica de John, mas reprimi qualquer ressentimento que me ocorresse. Como mestre Hans, eu também tinha um objetivo nesse momento, agora que minha vida começava a tomar um rumo próprio. Meu pai podia não me revelar suas intenções quanto a meu casamento, mas eu sentia que John estava determinado a me tomar como esposa, e que procuraria atender às exigências de More e ser eleito para o Real Colégio de Médicos. "O doutor Butts tornou-se praticamente um amigo", John escrevera na carta que recebi essa manhã:

> *Você vai gostar dele. É um homem puro; alto, de barba grisalha, muito sério, apaixonado por seus estudos, um tanto desorganizado no restante, de pouca conversa, mas muito bom, sempre preocupado com seus protegidos e com as enrascadas em que se envolvem. E são tantas essas enrascadas que Butts tem muito com que se preocupar. Parece que o Colégio de Médicos é um criadouro de radicalismos religiosos. Ele não me conta tudo, mas ouvi dizer que quando esse homem desaparece por um dia, é porque foi visitar alguém que, a seu ver, poderia livrar algum de seus alunos da acusação de heresia. Ontem à noite ele me pareceu muito abatido. Butts se ausentara por dois dias por estar envolvido numa dessas missões misteriosas. Levei-o para almoçar na Cock Tavern na tentativa de animá-lo, não lhe fiz nenhuma pergunta embaraçosa e tive a impressão de que ele estava grato pelos dois motivos. Abraçou-me com força quando nos levantamos para sair da taverna. E me disse que eu poderia procurá-lo para que, examinando o que iríamos falar formalmente de-*

pois no Colégio de Médicos, ele pudesse me ajudar quando eu me apresentasse a seus colegas. Vê-se, portanto, que Butts é um homem bom. Um homem notável. E, sob muitos aspectos, parece ser o oposto de seu pai. Mas acho que a paixão e a compaixão que demonstra lhe conferem algo do magnetismo de Sir Thomas More, mesmo que suas preocupações e o modo de lidar com elas sejam tão diferentes. E creio também que ele gosta de mim de fato — talvez porque minha calma atraia esses homens geniais e excitáveis. Todos eles querem alguém que rebata suas ideias, alguém que os escute com inteligência. Por isso ele tem sido tão amigável. E de fato acho que tenho alguma chance de ser eleito com sua ajuda.

Para mim, a eleição de John era certa (embora eu cruzasse os dedos e cuspisse por cima do ombro esquerdo para afastar os maus espíritos sempre que me surpreendia pensando no caso). Muito em breve eu não me importaria mais nem que meu pai me tratasse tão afetuosamente quanto tratava os filhos verdadeiros, e nem que eu, no desamparo da margem da família, tropeçasse no escuro da alma de meu pai. Eu não me importaria mais, assim que o homem que eu amava viesse reivindicar o direito à minha mão. Meu pai não seria obstáculo para John. Agora, toda manhã eu acordava com esperança no coração; era só uma questão de tempo.

— E ele diz que provavelmente me convidarão a pintar um grande afresco com cena de batalha — mestre Hans continuava a tagarelar, de novo perdido em meio a seu triunfo —, e quem sabe o que mais poderá surgir desse grande projeto? E Kratzer e eu receberemos quatro xelins por dia. Quatro xelins por dia! Seis ou sete vezes mais do que jamais recebi. Quatro... xelins... por... dia. — Os olhos brilhavam de cobiça. Pela primeira vez, notei remendos muitas vezes costurados com pontos minúsculos em seus calções compridos e na camisa.

À refeição principal, e ignorando o tempo sombrio e a comida espartana servida na sexta-feira, mestre Nicholas mostrava-se ainda mais eufórico que mestre Hans. Estavam sentados um ao lado do outro, sorridentes, quase à extremidade da mesa, engolindo porções de carpa e sussurrando excitados em alemão, pondo à prova a paciência de dame Alice, que fazia de tudo para não demonstrar isso.

Já na noite de domingo — 7 de fevereiro, quinquagésimo aniversário de nosso pai, o qual imagináramos comemorar com a revelação de pelo menos um dos retratos, mas que, uma vez que ambos estavam inacabados e a maioria dos convidados já se retirava, foi celebrado apenas com uma oração matinal pelo sucesso nas negociações com os franceses — os dois tinham partido. Mestre Hans devia ter escondido suas pinturas debaixo da cama, ou no quarto de mestre Nicholas. O ateliê do pintor estava tão vazio (a não ser pelo crânio que ele esquecera sobre a mesa) quanto a casa. Meu pai estava longe, em Greenwich, trancafiado com os embaixadores franceses e o cardeal Wolsey, seu mestre avantajado, orgulhoso, esperto, ardiloso, insaciável e inteligente, que cobria o corpo imponente com as vestes carmim próprias de sua posição, usava uma estola de zibelina e, na cabeça, um chapéu escarlate, e costumava levar ao nariz uma bola perfumada de ervas encharcada de vinagre para afastar o contágio de males vindos pelo ar e o cheiro das infestações do populacho. Will Roper, na maior parte do tempo, acompanhava meu pai como seu secretário particular. Até mesmo William Dauncey estava em Greenwich. As recém-casadas visitaram suas famílias (todos os parentes dos maridos delas, em uníssono, foram tomados de um apaixonado interesse pelas duas, agora que estavam grávidas).

Tudo estava mais calmo, já que apenas dame Alice e os criados permaneciam na casa, embora não fosse desagradável ficar sozinha com meus pensamentos tranquilos e esperançosos num momento em que eu enxergava o futuro mais nitidamente. Não era preciso me preocupar com o que eu pudesse encontrar na casa da guarda mais a oeste. E também podia parar de pensar em espreitar o Novo Edifício. Sentia-me feliz em ler, bordar e dar passeios primaveris solitários quando a chuva dava trégua. Mas sentiria saudade de mestre Hans.

Então havia apenas duas mulheres na casa (e o jovem John e Anne Cresacre, que não contavam, estavam na sala de aula) quando, depois de uma primavera chuvosa e com a chegada de um verão ardente, soubemos do surgimento dos primeiros casos da febre do suor.

Minha primeira experiência com essa febre fora na última vez que a epidemia assolara Londres. Eu tinha 14 anos e John Clement ainda era meu preceptor quando a doença atingiu nossa casa em Bucklersbury. Foi um ataque fulminante. Andrew Ammonius sobrevivera por apenas 20 horas delirando em seu cômodo no porão escuro enquanto corríamos, de um lado para o outro, trazendo médicos, bebidas frias e cataplasmas. A doença costumava matar a maioria das pessoas no primeiro dia, às vezes, dentro de uma hora. Nesse curto período, as vítimas agonizavam devido ao calor, ao suor em profusão, à sede e ao delírio até caírem no sono e morrerem.

Os únicos no quarto do doente quando chegou sua hora éramos eu e John Clement, amigo de Ammonius. O fedor era algo inesquecível. Tudo o que ouvira sobre a febre do suor até aquele momento me fugiu da memória, embora, mais tarde, eu me lembrasse das palavras de John Clement, ao contar que a doença surgira pela primeira vez em 1485, no tumultuado começo do reinado do velho rei Henrique — um sinal de que ele reinaria com muito suor no rosto, como dizia o povo, e sempre em apuros. John Clement contara também que a segunda epidemia ocorrera em 1517, quando estávamos em Bucklersbury, e Martinho Lutero declarou guerra à Igreja. Os culpados, segundo o pai, eram os hereges, que teriam recomeçado a envenenar o corpo político com suas inovações.

Ammonius gritara por algum tempo: "Mentirosos, mentirosos, mentirosos!", mas não sabíamos a quem ele se dirigia. Estávamos exaustos do esforço para contê-lo, e o quarto, cheio de panos molhados, baldes e instrumentos médicos, estava escuro. Era um perigo estarmos ali com ele. Mas nada disso importava; o importante era que aquele corpo atormentado, que tiritava, ainda nos parecia cheio de vida. Até ele começar a desfalecer. "Estou cansado" — foi só o que disse, e de repente o corpo ficou tão pesado que nenhum de nós, um de cada lado, e com os braços dele pendurados em nossos ombros, pôde içá-lo. "Continue acordado", murmurei, e havia lágrimas em meu rosto. "Por favor."

John também estava chorando. "Você não pode dormir!", disse ele, no tom mais persuasivo possível. "Ouça!", mas dessa vez o italiano não teve condições de ouvi-lo. Os olhos estavam se fechando, e não havia nada que pudéssemos fazer para mantê-lo acordado. Ambos sabíamos que aqueles olhos não tornariam a se abrir.

Nunca me senti tão desamparada quanto naquele momento: eu respirava com dificuldade, pousando o corpo subitamente pesado na cama, cobrindo o moribundo com o lençol como se não houvesse a menor chance de ele ainda estar vivo; observando as lágrimas no rosto de meu professor; ouvindo os ritmos estranhos da respiração alucinada e exausta de nós dois e da outra boca que tinha parado de inspirar. John me dissera que aquele momento fora decisivo para ele se tornar médico; e eu também não tenho dúvida de que, desde então, meu interesse em tratar de doentes se fortaleceu. Mas naquele momento, eu não pensava em nada senão no cheiro da derrota: sinistro e definitivo. Meu pai chamava-o de cheiro da heresia.

Portanto, quando ouvi a notícia de que as pessoas estavam fugindo de Londres para se afastar da nova investida da epidemia — e acampando nos arredores —, corri para ajudar. Eu não via sentido em me manter abrigada em casa. Em Chelsea, lugar ainda não ameaçado pelo perigo, havia uma grande quantidade de famintos à procura de um teto. Fosse como fosse, eu me sentia invencível, como se flutuasse numa bolha de expectativa e felicidade. Não contei a John Clement em minhas cartas diárias que eu levaria comida aos recém-chegados, e que dame Alice e eu tínhamos combinado com o administrador da propriedade de meu pai em transformar o segundo celeiro depois do grande campo em um abrigo, e providenciar para que recebêssemos provisões com mais frequência. Estávamos no mês da eleição para o Colégio. Eu tinha pedido a John que não respondesse minhas cartas até ter certeza de sua entrada na instituição e, por isso, deixar de lado tudo o que pudesse preocupá-lo. Ele tinha mais o que pensar. Eu queria que seus esforços estivessem concentrados em causar boa impressão ao Colégio, e não em mim.

Quando meu pai voltou a Chelsea, imediatamente depois de firmado o tratado de paz — e antes que algum dos jovens, que tinham ficado no campo, ou, no caso de Will e Margaret Roper, na cidade, e, para minha inveja, em Bucklersbury —, dame Alice pediu que ele me impedisse de continuar com minhas visitas diárias aos refugiados.

— Meg, você precisa ter mais cuidado — disse meu pai, falando comigo suavemente, a primeira vez que me viu carregando minha cesta a caminho de Chelsea. Mas ele não pôs a mão em meu ombro para me fazer parar, um gesto simples de familiaridade e preocupação paternal pelo qual eu tanto ansiava, mas que, como era raro, me fazia sentir excluída, principalmente porque ele costumava abraçar os filhos que educara desde o nascimento, e nem se esforçou muito para me dissuadir de meu intento. Então prossegui. Talvez, embora as negociações com os franceses tivessem chegado a bom termo, a cabeça de nosso pai estivesse ocupada demais. O rei lhe pedira, pessoalmente, que intercedesse para que o assunto da anulação do casamento real fosse resolvido. More não respondeu de imediato que não intercederia, mas os que não eram da família disseram que o ardor pela caça aos hereges, que o dominava na época, redobrara. Um dos maltrapilhos abrigados no celeiro contou-me num sussurro que corria um boato sobre a busca, conduzida por meu pai, por Humphrey Monmouth, um dos protetores do herege William Tyndale; mas tudo o que encontrara, em todas as lareiras da casa, foram papéis irrecuperáveis que estavam sendo alegremente consumidos pelo fogo.

— Deus o ajude a impedir a ação dos hereges — murmurou o homem, lançando-me um olhar maroto. — Olhe só os problemas que essa gente está nos causando. Morte, doença, castigo de Deus. Que o Senhor faça com que More se apresse.

Era o que o homem achava que eu gostaria de ouvir, mas ele não me pareceu sincero, e então me perguntei a que Deus ele se referia. Prenderam-se lollardistas em Londres e irmãos cristãos em Colchester. Contudo, não havia mais prisioneiros na casa da guarda (de vez em quando eu ia até lá investigar, mas encontrava o chão vazio e limpo; talvez meu pai tivesse aprendido com a última experiência). E o que acontecia longe de Chelsea tornava a me parecer remoto — um mundo diferente, um jogo regulamentado por regras diferentes, que não se relacionava com nossa experiência cotidiana; um mundo tão remoto quanto o comportamento de meu pai. Se ele notou minha presença ali naqueles dias, foi apenas para ter comigo uma breve conversa educada, como se eu fosse uma desconhecida. Ele se mostrava tão preocupado com as cartas que chegavam às suas mãos, provavelmente contendo listas de prisioneiros e de mortos, que seus olhos ficavam vidrados de tanto cansaço. E, no entanto, eu me sentia estranhamente alegre pela presença dele ali. Vê-lo naquela casa, sentado à mesa, ou caminhando pelo jardim rumo a seu escritório particular bem cedo ou a qualquer hora da noite com seus simpáticos trajes puídos, em vez de se afastar para realizar trabalhos que me eram desconhecidos vestindo roupas engomadas, formais e adequadas à corte, era um estranho consolo. Se preferíssemos esse consolo, sua presença, seus olhos brilhantes ao conversar à mesa, o criado particular que costumava reclamar da barba por fazer, insistindo para que ele a fizesse semanalmente e vestisse algo mais respeitável, faziam nossa casa parecer mais completa, menos triste e vazia, mais como era antes de meu pai servir à corte. Eu estava tão esperançosa do sucesso de John que não dava importância à indiferença de meu pai. E quase podia abafar o mal-estar com as atitudes que meu pai poderia tomar para deter o curso da heresia.

Falava-se da febre do suor — e da peste, como se apenas um golpe não fosse o suficiente — por toda Londres. Ainda que preocupado, havia um quê claramente não cristão de esperança na voz de meu pai no dia em que leu para dame Alice e para mim, durante a refeição da manhã, uma carta em que o informavam que Ana Bolena fora acometida pela febre. (Achei o gesto dele estranhamente cativante, assim como a decepção em seus olhos, no dia seguinte, ao receber a notícia de que ela sobrevivera à doença.) E me emocionou ouvi-lo dizer que estava escrevendo para Margaret, Cecily, Elizabeth e seus maridos pedindo-lhes que voltassem para Chelsea; e que estava satisfeito com a carta em que mestre Hans contava estar abreviando sua turnê triunfal para atender a encomendas de retratos que se seguiram ao trabalho feito em Greenwich, para, então, voltar à segurança de nosso vilarejo e ao compromisso de terminar nosso retrato. Eu gostava de vê-lo interessado em reunir a família e os amigos a seu redor; e da ideia daquele afeto ardendo em seu peito, mesmo que as chamas parecessem diminuir quando ele, mais friamente, se dirigia a mim.

Todos nós queríamos a volta deles. Precisávamos de qualquer alegria que nos fosse proporcionada. Mesmo naqueles que seriam os primeiros dias de uma primavera quente e terrível, a plantação nos campos de Chelsea ao longo do caminho estava fenecendo. Os primeiros brotos murcharam. As plantas nascidas depois mirravam e ficavam deformadas numa terra que, de tão seca, rachava. O gado estava magro, mal dava leite, e seus mugidos pareciam gritos de dor. Até as folhas das macieiras estavam cobertas de um mofo acinzentado. Em abril, numa única semana, o preço do milho dobrou.

— Diz ele — silvou dame Alice — que a falta de milho e gado é um severo castigo de Deus pela disseminação da heresia.

E Alice revirou os olhos como se risse da ideia. Mas seu sarcasmo não me pareceu muito convincente, ou ela não repetiria o que ele dissera. Alice não tivera muito tempo para conversas profundas sobre os castigos de Deus, mas naquele momento todos cediam a superstições. Àquela altura, havia mais de cem pessoas a serem alimentadas no celeiro de nossa propriedade. Todo dia eu ia até lá para vigiar as caras rudes, desesperadas, metidas no pão e nas tigelas de caldo, e perguntar se havia algum caso de febre.

E foi nesse lugar que voltei a ver John Clement.

Eu admirava uma borboleta. Ela adejava delicadamente num sopro de brisa que perpassava o cheiro dos corpos reclamando suas porções ao redor do caldeirão. Duas crianças, com grandes nacos de pão e tigelas em suas mãos, refugiaram-se num canteiro de cerefólio e, sentadas no chão sarapintado de sol, também observavam a cena — um momento de paz naquele calor forte e oscilante.

Então uma delas me viu.

— Senhorita — a criança me chamou, com uma vozinha seca. — Ei, senhorita.

Era um menino que agitava o pedaço de pão freneticamente. Ele devia estar me procurando, e nesse momento, aflito, não sabia o que fazer. Não queria me perder e nem perder o almoço. As perninhas andavam em ziguezague, tentando se firmar enquanto ele engolia outra porção de caldo e se equilibrava, tudo ao mesmo tempo. Corri para me aproximar dele.

— Minha irmã não está bem — o menino disse, esvaziando a tigela e tornando a guardá-la no saco sem enxugá-la e ainda segurando o pedaço de pão. — Minha mãe perguntou se a senhorita pode ajudar minha irmã.

Nenhum caso de febre ocorrera ali. Havia apenas um temor difuso. Corremos pelo terreno irregular, tropeçando em torrões de terra, ainda não transformados no pó que acabaria entrando em nossos olhos. A mãe do menino estava entre os acampados nos fundos do celeiro, mas ela tirara a filha de lá aquela manhã e improvisara uma tenda tosca, com um cobertor, longe dos amigos e da família e perto do fedor quente e rumorejante do fosso. Quando afastei o cobertor, vi que a menina, uma lourinha andrajosa de olhos vermelhos, com cerca de 5 ou 6 anos de idade, respirava com dificuldade.

— Acordou assustada com um pesadelo — disse a mãe, magra e desdentada, debruçando-se sobre a filha. A mulher talvez tivesse a minha idade, mas de tão mirrada e encarquilhada poderia facilmente passar por minha mãe. — Ela gritava, desesperada, pedindo socorro. E disse que o pescoço doía. E estava tiritando. Então saímos do celeiro, a trouxemos para cá e a enrolamos bem para que o sol a aqueça. Mal consegue se mexer.

Com a mão na testa da menina, tomei sua temperatura. Os calafrios do início da doença estavam passando — naquele momento, ela ardia em febre. Deixei a mão ali por um instante. Senti as pulsações dela na minha palma.

— Mas não pode ser a febre dos suores porque ela está tiritando de frio em vez de sentir calor, não é mesmo? — disse a mãe, num tom de voz nasalado e lamuriento, mas esperançoso. — A senhorita tem aí algo que possa ajudá-la? — E pude ver os olhos pregados em minha cesta, onde eu levava trapos limpos e inocentes ervas medicinais, nada que pudesse curar alguém da febre dos suores. Nenhum remédio seria capaz disso.

Após retirar a mão da testa, mostrei-a à mãe. A palma estava molhada de um suor rançoso. Nesse momento, a menina transpirava muito e gemia. A mãe, depois de examinar a palma de minha mão bem de perto por alguns instantes, pareceu compreender o significado do suor que brilhava ali. Então, empurrou a mão com um grunhido, jogou-se ao lado da filha, cobriu-a num abraço desajeitado e ficou ali, ninando a menina junto ao peito agoniado de tanto amor, murmurando:

— Janey, Janey, não se preocupe, meu amor, Janey, você vai ficar boa, Janey... — ignorando minha presença.

Por um momento, fiquei em pânico. Não sabia o que fazer.

— Encha todas as tigelas que encontrar com água de beber e traga-as aqui — foi o que eu disse ao menino que, assustado e envergonhado, estava a meu lado sem dizer palavra, observando a mãe que, agachada no chão, embalava a irmã. Foi a providência que tomei para preencher aquele vazio. Uma forma que encontrei para adiar o reconhecimento de minha incapacidade de tratar a paciente. — Ela vai sentir muita sede daqui a pouco.

O menino, apavorado, afastou-se correndo, descalço e ligeiro. Os passos que então ouvi, alguns segundos depois, antes que ele tivesse tempo de encontrar água, eram mais pesados — soavam como pisadas de botas. A sombra que se projetou sobre mim, vinda de trás, era grande, mesmo ao sol incerto do fim da manhã. Quando olhei para o alto por cima do ombro, vi um vulto escondendo o sol. Não pude ver os olhos do homem. Mas eu reconheceria aquela silhueta em qualquer lugar — as pernas compridas, as costas ternamente curvas, inclinadas para mim, o nariz adunco, os cabelos pretos.

— Meg — disse John Clement, comedido.

Pus a mão sobre os olhos contra o sol e olhei de soslaio para o vulto sombreado. Uma parte de mim queria saber o resultado da eleição no Colégio de Médicos. Mas agora não era hora de fazer essa pergunta, e nada transparecia em seu rosto inexpressivo, voltado, nesse momento, para a mulher agachada junto à filha. Meu olhar só encontrou um ponto em que podia se concentrar, a cesta de remédios que ele carregava.

— Vim para ajudar — disse ele, no silêncio alvoroçado. John não estava falando comigo, mas com a mulher abaixada. Ela parou de murmurar aquele lamento, olhou espantada para ele e, então, se deu conta do que ele dissera. Com muito cuidado, pousou a cabeça da filha no cobertor, separou-se dela e se levantou. Ficou parada diante dele, aceitando em silêncio, tanto quanto eu, o que mais ele dissesse.

— Como você se chama? — John perguntou.

— Mary — a mulher gaguejou.

— Pois bem, Mary, vamos fazer o seguinte — disse ele, rispidamente. — Janey vai sentir muito calor por mais um dia. Mas se ela sobreviver, a temperatura terá diminuído amanhã de manhã. Então você tem que se manter forte até lá. Está bem?

Ela fez que sim.

— Seu filho está voltando com água para a irmã. Isso é importante. A menina vai sentir muita sede. E você tem que continuar lhe dando água. Isso também é importante. E ela vai ter dificuldade de respirar. Levante-a um pouco, deixando-a meio sentada; o que vai ajudá-la. Mas o mais importante é que ela não durma. Vai haver um momento em que terá muito sono, mas dormir poderá ser fatal para ela. Mantenha-a acordada. Entendeu?

Ela fez que sim de novo.

— Você tem marido?

A mulher sacudiu a cabeça.

— Ele morreu — disse, apenas mexendo os lábios. — Em Deptford, na semana passada.

— Que sua alma descanse em paz — disse John. Há dias a vila de Deptford vinha sendo assolada pela febre. Eu não sabia que estávamos recebendo fugitivos de lá em nosso celeiro. Fiz o sinal da cruz.

— Que sua alma descanse em paz — a mulher retrucou, sussurrando. O acesso de histeria acabara. E agora a boca estava fechada, calma e determinada, enquanto ela tornava a se sentar no chão, com a cabeça da criança no colo.

O menino de olhos espantados voltou com dois amigos e três baldes de couro cheios d'água.

— Muito bem, rapazes — disse John com firmeza. — Só voltem amanhã de manhã. E mantenham todos afastados. O trabalho de vocês será não deixar que se forme uma aglomeração ao nosso redor. É melhor que as pessoas permaneçam no celeiro. Entenderam?

Eles fizeram que sim. A mãe apertou a mão do filho. Ele devia ter cerca de 8 anos. Não se ouviram palavras. Mas John estava lhes dando esperanças. E estava me dando esperanças.

Eu deveria ter vontade de chorar. Mas não tive. Tudo estava enevoado e confuso demais para que houvesse lágrimas ali, naquele momento, naquela cena aos pés de uma criança moribunda, sob o sol brilhante da primavera, e com borboletas.

— Meg — disse ele, no mesmo tom ríspido. — Quanto tempo você pode ficar por aqui?

Fiz um sinal de cabeça, deleitando-me com seu corpo rijo e pernas tensas, estranhamente confortada pela presença dele. Ambos sabíamos que o que eu queria dizer era: "O tempo que for preciso." Ele também assentiu com a cabeça.

— E o que você trouxe aí? — John me perguntou, apontando para a cesta.

— Panos. Sabão. Nada de mais — eu também tinha trazido casca de salgueiro, o que era bom para curar febres, conforme diziam as curandeiras. Mas ele veria isso como superstição. Achei que não deveria lhe contar.

— Eu trouxe sanguessugas. Se a crise piorar, posso tratá-la com uma sangria — ele acrescentou.

Fiquei em silêncio um instante. Se o sangue estivesse infectado, qualquer médico diria que sangrá-la propiciaria a pureza do sangue e o equilíbrio dos humores. E John era o mais preparado dos médicos; não havia ninguém que soubesse mais do que ele. John tinha toda a autoridade intelectual que a escola de medicina de Siena lhe conferira. Entretanto, a sangria não me parecia o melhor tratamento, principalmente nesse ambiente sujo, com o fedor da fossa que ficava ali perto e a poeira que se entranhava em nossos rostos e cabelos — um miasma de doenças contagiosas. E tapei o nariz com a mão.

— Veremos o desenrolar dos fatos — disse ele, tranquilo, talvez registrando minha reserva. E me fitou por mais um instante, um olhar demorado tão parecido com os olhares que eu havia imaginado receber dele durante essa primavera solitária, que, agora, tocava fundo meu coração, e acrescentou: — Nós precisamos ter uma conversa quando tudo isso terminar.

De novo, assenti com a cabeça. Meu coração disparou. E meu rosto estava tão impassível quanto o dele. Mas o pulsar acelerado nas têmporas me lembrava de que havia meses eu não me sentia tão viva.

Esfreguei o corpo esquálido da criança na camisa ensopada. Eu estava suando sob o cobertor da tenda. Estávamos no meio da tarde. A mãe a ninava e cantarolava baixinho. Não prestava mais atenção em mim. Estava totalmente empenhada na melhora da filha. Mas eu via os olhinhos de Janey piscarem, apavorados. E ouvia a respiração estertorosa e um gorgolejar no peito como se ela estivesse se afogando. E, de vez em quando, eu a ouvia murmurar "não... não... não!", como se uma onda de pavor a dominasse. Não conseguia mais beber água. O fedor era horrível e parecia piorar. Um cheiro de carne podre, de sangue enegrecido.

Ouvi passos. Afastando o cobertor da tenda, espiei para fora.

— Vire-a de cabeça para baixo e abra as costas da camisa. Vamos sangrá-la agora mesmo — disse ele.

Não questionei a decisão.

— Mary — ouvi a voz de John dizer. — Vire Janey de barriga para baixo, abrace-a e mantenha-a em seu colo. Vamos sangrá-la.

A mulher fez o que ele disse. Ela não parou de cantarolar e embalar a filha nem por um instante. A criança se agarrava à mãe com o último fiapo de força que lhe restava.

Abri o dorso da camisa e esfreguei as pequenas costas ossudas. Logo apareceram novas gotas de suor. Era inútil.

— Chegue um pouco para lá — disse John, entrando embaixo do cobertor com sua maleta. Entregou-me a caixa das sanguessugas para que eu a segurasse, e então as colocou, uma a uma, nos copinhos de vidro. E começou a colocar os copinhos, enfileirados, nas costas da criança.

Como algumas sanguessugas se recusaram a grudar na pele da menina, John, paciente, bateu levemente nelas com a faca para estimulá-las a sugar. E, quando não havia mais sanguessugas, passou a fazer pequenas incisões em diferentes pontos da pele da menina. Não havia mais espaço para nos mexermos ou respirarmos. Achei que eu desmaiaria se o calor aumentasse. Por fim, a cabeça da criança, encostada no peito da mãe, pendeu para a frente. A mulher começou a chorar, dizendo:

— Ela desmaiou, ela desmaiou... o que está acontecendo? — Mas John a fez calar.

— Está tudo bem — disse John calmamente, e passou a tirar as lesmas cheias de sangue e a limpar as feridas com os trapos limpos que eu levara. — Não se preocupe. Continue a cantarolar para ela. Sua filha está escutando.

Limpamos a criança o melhor que pudemos e a viramos de novo. A mãe a amparou no colo, de encontro a seu peito, ninando-a e cobrindo a nudez das costas com um cobertor. A criança respirava melhor — uma respiração ainda ruidosa, mas mais calma —, embora ainda encharcada de suor e assustadoramente pálida.

— Meg — John me chamou lá de fora. — Venha cá. Descanse um pouco. Estique as pernas. Poupe suas forças.

Saí da tenda, me esgueirando, ensopada e suja de terra e de sangue. Quase me surpreendi ao ver a paisagem já tão conhecida do celeiro, do caldeirão e das pessoas se acumulando à entrada. Passara muitas horas sem pensar em nada disso.

— Vamos fazer outra sangria ao cair da tarde — disse John calmamente. E me pareceu esperançoso.

— Meus trapos acabaram — respondi. Não me ocorreu nenhum outro detalhe importante.

John tomou-me pelo braço. Ele tinha coragem por nós dois. Senti um pouco da força prática que o caracterizava ressurgir em mim.

— Não se preocupe. Mandei uma mulher ao riacho para lavar os panos usados. Vão secar rápido com esse sol.

Fui andando pela alameda meio estonteada. Eu já tinha começado a voltar, sentindo o ar fresco da tarde animar meus pensamentos, quando tornei a ouvir lamentos — o som desesperado e animalesco que anunciava a morte de Janey.

Voltei correndo. As duas continuavam na mesma posição — a criança aninhada nos braços da mãe. Mas agora era a mãe que gritava "não... não... não!", como se o ar tivesse sido sugado de seus pulmões, e balançava o corpinho imóvel como se quisesse lhe incutir vida. E vi John sentado ao lado da mãe, abraçando-a como a mulher abraçava a criança morta. Fiz menção de me aproximar deles; mas era a ele que ela abraçava e a quem obedecera, não a mim. John balançou a cabeça em minha direção.

— Procure o menino — disse ele, só mexendo os lábios.

Assenti com a cabeça. Encaminhei-me para a aglomeração à entrada do celeiro, exausta e me dando conta de que eu nem sequer sabia o nome do garoto.

Não era preciso. Ele estava à espera, de olhos vazios, de pé, sozinho. Os outros meninos estavam com medo de se aproximar dele. Hesitante, o garoto veio em minha direção. Eu podia prever o que ele sentiria.

— Sua mãe precisa de você — disse eu, o mais delicadamente que pude. — Sinto muito.

Fomos juntos para casa às últimas luzes da tarde. Vi que, atrás de nós, homens cavavam a terra num canto do cemitério da igreja. Eu sofria as dores do cansaço e da decepção, embora nada diminuísse tanto o assombro confuso de estar viva, apesar da proximidade da morte, como minha admiração pelos esforços valorosos de John para salvar a vida da pequena desconhecida. Estava cansada demais para me preocupar em esclarecer o motivo da volta de John. Eu estava simplesmente contente por ele estar ali — era algo instintivo, como o aconchego mudo que um animal sente quando seu macho, ou sua fêmea, esgueira-se a seu lado na mata numa hora difícil.

— Não havia mais nada que pudéssemos fazer — disse eu, numa tentativa de consolo.

John balançou a cabeça.

— Por mais que eu tenha aprendido desde a morte de Ammonius, ainda não foi suficiente — disse ele. — O que sabemos nunca é suficiente. Metade daquelas pessoas pode estar morta em dias.

O tom da voz era tão amargo que me virei para fitá-lo. Estava zangado consigo por não ter salvado a vida daquela criança. Eu nunca o vira zangado. Mas ele estava imerso em seus pensamentos, e nem notou.

— E a outra metade vai atribuir tudo isso à maldição dos Tudor. A mão de Deus castigando os usurpadores. Como sempre — disse ele, talvez para si, mais adiante em nossa caminhada. A voz aparentava um desdém amargo. — O mesmo velho lixo supersticioso. Se ao menos as pessoas pudessem se lembrar de como a situação era pior no passado...

— Nosso pai também está chamando a febre de Ato de Deus — respondi, ligeiramente ofegante enquanto trotava a seu lado, procurando acertar meu passo com as passadas furiosas dele. — Mas ele afirma que é um castigo divino pelo surgimento da heresia.

— Duvido que aquela pobre menina possa ser culpada de um ou de outro — John retrucou abruptamente, e recaiu naquele silêncio zangado. Sentindo-se derrotado.

Precisei de muitos passos mais antes de recuperar meu fôlego e poder falar de novo.

— Você vem para casa comigo? — a frase pareceu surpreendente. Não houvera nenhum planejamento prévio. Caminhávamos, ambos, naquela direção. Parecia ter sido a decisão natural. Mas minha pergunta o devolveu ao aqui e agora.

— Vou — John respondeu, e virou o rosto para mim com o sorriso de quem se surpreendeu com uma lembrança. — Seu pai me convidou. A corte está saindo de Greenwich. Londres está tão tomada pela doença que o rei está com medo. Seu pai crê que serei útil aqui, já que Chelsea está atulhada de pessoas desalojadas. Ele é da opinião de que a presença imediata de um membro do Colégio de Médicos ajudaria muito.

Nem bem a frase se extinguiu em seus lábios, ele voltou a exibir sua expressão fechada.

— Embora ser tratada por um de seus membros não tenha adiantado nada para aquela criança — disse ele, redobrando a velocidade de sua fala, como se precisasse se punir ainda mais.

Mas segurei-o pelo braço até ele parar, encarando-o até obrigá-lo a enfrentar meu olhar espantado.

— Você conseguiu? — falei, gritando, sentindo o mundo girar. — Você foi admitido? E ele disse que você pode ficar conosco?

Seu ar zangado desapareceu. De repente, ele sorriu com uma doçura quase insuportável, e o céu surgiu em seus olhos, e ele me olhou de frente.

— Sim, consegui. Cheguei aqui hoje de manhã tão orgulhoso — disse John, com uma voz mais suave. — Eu não podia esperar para lhe dizer que sou um grande médico, realmente digno de você. — Então ele fez uma careta e deu de ombros, mas a raiva tinha passado; nesse momento, o que seu rosto expressava era apenas melancolia. — Bem, parece que no final das contas não sou um médico tão bom. Mas, sim, é verdade, passei no teste que seu pai me propôs.

E ele pôs os braços trêmulos em meus ombros, e quase vi amor em seu rosto.

— Então, Meg, se ainda me quiser, sou seu.

Eu havia imaginado tantas maneiras de reagir a essa notícia. Mas, nesse dia, nesse momento em que a doença nos atingira, não havia lugar para excessos de alegria. Assenti com a cabeça, ainda suja e consciente dos estigmas da morte em nós dois, mas consolada pela seriedade dele.

— Sim — disse, calmamente. — Eu quero. Vamos para casa.

* * *

— Ah! Um recém-chegado — disse meu pai com voz tranquila, quando John atravessou a soleira da porta atrás de mim como se não houvesse nada de singular no aparecimento desse homem praticamente estranho à casa. Ele também não demonstrou reparar em nossas roupas molhadas de suor e empoeiradas. — Mais uma vez, bem-vindo a nossa casa, John.

Eu o fitei, querendo saber qual seria o processo mental complexo que haveria por trás dessa acolhida tranquila, querendo saber se ele imaginava que eu sabia do trato entre ele e John, me perguntando se ele acharia necessário mencioná-lo a mim, e, caso achasse, quando isso ocorreria, mas ele estava ocupado demais em abraçar o visitante para me olhar de frente. E também fitei dame Alice, que, mais ao fundo, agitava-se de um lado para o outro, supervisionando duas criadas que carregavam uma pilha de roupas de cama escada acima, sem nos dedicar muita atenção.

— Vocês vão precisar de mais coisas para arrumar o quarto da ala leste — foi o que Alice disse às moças, com muita naturalidade. — E levem um vaso d'água lá para cima.

Ela também não tinha tempo a perder olhando para mim, mas, como Alice não se caracterizava pelo ar impenetrável de diplomata que meu pai sabia exibir, aquele seu olhar tranquilo e satisfeito me fez deduzir que a chegada de John não tinha sido tão surpreendente para ela quanto para mim.

— O jantar estará pronto em cerca de uma hora — Alice informou, e continuou — ou você já está com fome, John? Posso pedir que lhe tragam algum prato frio se você estiver faminto da viagem, quer?

John balançou a cabeça, incapaz de pensar em comida depois de tudo pelo qual havíamos passado aquela tarde.

— Vamos ter outros hóspedes? — perguntei, querendo saber por que as criadas estavam providenciando tanta roupa de cama e água. Alice deu um sorriso largo e gesticulou, afastando as criadas.

— Mestre Hans mandou um recado dizendo que virá daqui a um dia, e Will acabou de chegar de Londres com Margaret — ela acrescentou, satisfeita.

— Estivemos no celeiro — John disse a meu pai, sem prestar atentar à minha conversa doméstica. — Encontrei-me com Meg lá. E, infelizmente, as notícias não são boas.

Dame Alice parou de falar. Notei que percebeu o mau estado de minha aparência pela primeira vez. Meu pai e ela se aproximaram.

— Morreu uma criança esta tarde — disse John. — De repente.

— Uma refugiada de Deptford — acrescentei. — Uma menina com cerca de 5 anos.

Mesmo nesse momento, nossas palavras não causaram grande surpresa. Mas logo vi o pavor traçar linhas severas nos rostos atentos de meus pais. Houve um longo silêncio, enquanto eles refletiam sobre o que representava para nós saber que a doença que assolava Londres tinha chegado a essa tranquila região campestre. Então ambos falaram ao mesmo tempo, com aquela simplicidade que nos fazia esquecer todas as tramas que haviam feito com nossos corações e amá-los de fato.

— Que sua alma descanse em paz — disse More. — Foi a febre? — Mas ele já sabia a resposta.

— Foi enterrada imediatamente? — Dame Alice perguntou, uma pergunta prática de quem se preocupa com a disseminação da doença. — Há outros doentes?

Durante o jantar apressado, no qual todos participamos com a intimidade de amigos, um pai gentil e concentrado fez preces pela libertação e completamos com améns.

— Não há salvação senão a propiciada pela vontade de Deus — disse ele.

John e Will não tinham nada de bom a nos contar sobre a situação da cidade: as ruas meio desertas, as lojas e tabernas apinhadas de gente, o mercado dos farmacêuticos herboristas repleto de gente desesperada.

E meu pai rezou por Elizabeth e William, por Cecily e Giles, todos ainda longe em suas casas novas.

— Como anseio para que todos estejam bem; como eu gostaria que todos estivessem aqui conosco, a salvo — disse meu pai. — Mas não adianta mais pedir que venham para cá. O que temos a fazer é recomendá-los a Deus e rezar para que todos sejam poupados. Estamos desamparados diante de Deus. Fiquem aqui o tempo que quiserem e precisarem — acrescentou, com uma voz mais informal e um gesto que incluía John, sentado resolutamente a meu lado, em frente a Margaret, e dividia sua atenção tranquila entre cada palavra de meu pai, me servir e olhar-me. Olhares calmos, compridos, bebendo-me como se ele fosse um homem sedento esvaziando uma caneca cheia d'água. E eu lhe devolvia o mesmo olhar e, quando lhe passava pratos disso ou daquilo, do que me parecia ser a torta de cotovias de dame Alice, pelo que pude ver num dos pratos, de longe, nossas mãos roçavam uma na outra.

— John — o pai continuou a falar. — Estou contente de vê-lo aqui. Você será muito necessário. E também estou contente de que você tenha Meg para ajudá-lo.

John atraiu meu olhar de novo, e ficamos nos olhando um segundo mais do que o necessário. E então, ruborizando-me modestamente diante da nudez de sua expressão, abaixei o rosto.

Passeamos pelo jardim depois do jantar. Estava quente e sem vento. A noite estava estonteantemente estrelada, o ar, carregado do perfume envolvente das primeiras rosas vermelhas, e podíamos ouvir o rio correr adiante. Era um cenário embriagador, de uma beleza impossível. Mas sabíamos que, se nos virássemos, veríamos as fogueiras distantes do vilarejo atrás de nós. E, agora invisível, o pequeno túmulo da menina; e a mãe chorosa; e o pavor do irmão; e a hostilidade dos outros no celeiro, com a nuvem da epidemia pairando sobre eles.

Nada disso impedia o fogo que ardia em mim; a lenta dissipação das lembranças íntimas horrivelmente dolorosas que se misturavam, numa grande confusão, às possibilidades de prazer, à medida que eu sentia, com toda a intensidade do meu ser, o braço forte rodeando-me a cintura.

— Não deveríamos estar aqui fora até tão tarde — eu disse, tentando parecer firme.

Ele suspirou. Eu não via o rosto de John, logo acima do meu, e tão próximo — só via o ângulo do queixo resoluto, só sentia o aperto dos dedos em minha cintura e sabia instintivamente que ele estava tão perto quanto eu de encostar minha boca na dele e de se perder num beijo sob as estrelas vertiginosas.

— Você tem razão — disse ele. — Precisamos voltar lá amanhã bem cedo. Temos que dormir um pouco.

John deu um passo atrás. Estremeci. Mas foi só por uma fração de segundo que senti a tristeza do corpo dele se afastando do meu, antes que ele me tomasse de novo em seus braços, irresistível, com o riso mais silencioso envolvido naquele abraço como eu jamais podia imaginar ouvir.

— Isso, daqui a um minuto, talvez — ele sussurrou, e só pude perceber que um canto de sua boca se crispava num meio sorriso. — Ainda não posso ir embora — e John inclinou a cabeça mais um pouco na minha direção e cobriu meus lábios com os dele enquanto minhas mãos se esgueiravam pelos cabelos dele e traziam sua cabeça ainda mais para perto.

Os coveiros estavam de novo ocupados, trabalhando na beira do cemitério. Eram quatro; dois estavam na cova de 2 metros de profundidade, e pilhas de terra recém-tirada se formavam de cada lado do buraco. Os homens suavam devido ao ritmo de trabalho, embora o dia ainda estivesse fresco, e usassem lenços amarrados na cabeça que os protegiam do sol matinal. O buraco que cavavam já estava maior nesse momento.

John parou ao lado deles com uma pergunta muda no rosto.

O chefe dos homens balançou a cabeça.

— Só por precaução — disse, e se persignou.

Apressamos nossos passos.

O celeiro estava vazio. Os meninos estavam arrastando achas de lenha para a outra extremidade do campo de cinco acres, para onde o fogão e o caldeirão foram levados. Os famintos estavam sentados ali, à sombra da sebe. Mesmo do celeiro onde estávamos ouvíamos a agitação deles, zangados como abelhas agitadas.

Do lado de fora do celeiro, perto do fosso malcheiroso e do zumbido constante dos insetos, os únicos que ainda restavam eram a mãe vinda de Deptford e seu filho. Ele, sozinho, trouxera água do riacho mais abaixo. O sol resplandecia na água dos dois baldes de couro. Ele estava pálido como sempre, em pé, pendendo para um lado, inutilmente, e os braços finos trêmulos à luz. Parecia que ele tinha passado a noite toda na mesma posição. Mas ela estava de olhos vermelhos e cabelos desgrenhados, uma expressão de horror no rosto, agachada no chão sob a tenda feita de cobertor, ora se enrolando em trapos de cobertores, ora se livrando deles, meio louca de dor e medo. Ela nos viu, e os olhos se iluminaram quando, cambaleando, aproximou-se de nós.

— Ajudem meu filho, por favor — a mulher implorou. — Esses canalhas dos infernos não deixam que ele se aproxime. Eles foram e tiraram a tigela das mãos dele. Como ele vai comer?

— Acalme-se — disse John, que a fez se deitar, a cobriu com o cobertor maior, e em seguida usou um dos meus trapos para limpá-la. Não eram só a dor e o pavor que a tiravam o juízo. O suor começava a encharcar seu corpo. — Vamos cuidar disso.

Eu me afastei de John, do menino e da mãe. Andei até o caldeirão, que borbulhava com uma mistura gordurosa de legumes e carcaça de pombo. E percebi que meus pés, pesados, esmagavam urtigas, bardanas, cerefólios e botões-de-ouro. E percebi também a desaprovação dos olhares hostis. Roger, o moleiro, deu um passo à frente, saindo de trás do caldeirão, assim que me aproximei da aglomeração de gente.

— Roger, me dê uma tigela de sopa — falei calmamente.

— Mande-os embora, senhorita — retrucou o homem, mostrando os dois únicos dentes pretos que lhe restavam. — Eles trouxeram a morte para cá. Queremos que fiquem longe daqui.

— A sopa — repeti. — Agora.

Ele sacudiu a cabeça. As mãos carnudas pareciam estrangular algo ao brincar com a corda atada a cintura.

— Ela já está doente. Não está em condições de ser transportada de lá.

Ele se persignou. Mas tornou a sacudir a cabeça.

Aproximei-me um pouco mais e peguei a tigela que eu já tinha visto no chão perto dele.

— Não questione a vontade de Deus — eu disse, zangada. Ele me pareceu abalado.

Eu mesma enchi a tigela com a sopa do caldeirão. Ele não me impediu de fazê-lo.

— Quando eu for embora, levo o menino — acrescentei, e virei as costas para ele. Eu não achava que a mãe pudesse sobreviver.

O menino jamais tomou aquela sopa. A mãe já estava morrendo quando voltei ao lugar da tenda em que estavam. Pus a tigela no chão. John rasgava a camisa da mulher. Eu quase disse "Não a sangre", mas me contive. O que eram meus conhecimentos básicos em ervas medicinais, afinal, comparados aos anos de estudo e de confiança dos pacientes dele? Ela não se queixou. Não gritou. Não se esquivou da lâmina que lhe tirava o sangue negro. Mas desmaiou, como era de se esperar. E não voltou a si. Mary, de Deptford, morreu na meia hora que se seguiu à nossa chegada. O menino continuou ali em pé, sem se mexer, olhando estupefato para os cobertores manchados de marrom enquanto John e eu nos levantamos impregnados pelo fedor do fim inevitável. O menino batia na minha cintura.

Deixei John tomando as providências para que a mulher fosse enterrada. Não demoraria muito, uma vez que os homens já tinham cavado a tumba antes que ela adoecesse. Eles ficariam satisfeitos de jogá-la lá dentro e cobri-la. Iriam se sentir mais seguros agora que ela já tinha partido.

Também não conversei com John sobre o que ocorreria conosco dali em diante. Apenas, levando o menino pela mão, tomei o caminho de volta. Eu não sabia o que fazer com ele. Não podia levá-lo para a casa de meu pai. Não podia deixá-lo à solta. Sem saber aonde ir, me vi parada à beira do rio acompanhada do menino obediente, e então abri a porta da casa da guarda a oeste. As correntes tinham sumido, mas ainda havia restos de um cobertor no chão.

— Você pode se deitar em cima desse pano velho — disse, percebendo minha voz, mais áspera do que gentil. O menino continuou parado e perplexo. — Aqui você vai estar a salvo — acrescentei, vasculhando a bolsa que eu carregava. Não havia muito ali dentro: os trapos limpos que eu tinha levado para as funções daquele dia, uma garrafa com a infusão de casca de salgueiro que eu sempre levava e um pedaço de pão. — Vou lhe arranjar um pouco d'água — continuei a falar. — Aqui tem um pouco de pão. E eu vou lhe dar um remédio.

Suando por causa do calor, peguei o balde do jardineiro. O olhar do menino me encarando era perturbador.

— Sente-se — disse a ele. — Beba isto. — E entreguei-lhe a garrafa.

A princípio, ele não quis pegá-la, mas eu coloquei suas mãos na garrafa e a guiei até sua boca. E ele bebeu tudo.

— Agora deite-se — continuei. — Cubra-se com esse cobertor, e fique o mais quieto que puder. Volto aqui esta noite.

Vi que o menino ainda olhava espantado quando fechei a porta. Do lado de fora, ajeitei a corrente de tal modo que a porta parecesse trancada. E me afastei com grandes passadas. Assim, sem vontade de me repreender por não saber curar os doentes, mas cheia de um vigor inflamado, que atribuí à piedade, tomei o rumo de casa.

Não consegui comer. Mas, de todo modo, cheguei a tempo da refeição do meio-dia. Estava na hora. E eu sentia um certo alívio de seguir o protocolo de uma sociedade civilizada — um antídoto ao vazio aberto sob meus pés durante aquele dia. Foi Margaret quem me viu primeiro.

— Onde está John? — perguntou. Sacudi a cabeça sem nada dizer. Ela compreendeu, pelo meu silêncio, que algo de errado acontecera; e passou o braço por minhas costas. — Meg — Margaret falou com delicadeza —, você está fazendo tanto bem, mas está com aparência de exausta. Cuide-se, por favor.

Assenti com a cabeça.

— Mestre Hans está aqui — acrescentou Margaret, tentando me alegrar. — Ele parece muito próspero: cheio de roupas novas. E engordou um pouco.

Assenti mais uma vez. Eu não tinha a menor condição de pensar na ascensão social de mestre Hans naquele momento. Em minha cabeça, havia coisas muito mais importantes com que me preocupar. Eu precisava me lavar e trocar de roupa. Precisava também preparar mais uma boa quantidade de chá de casca de salgueiro. Precisava providenciar mais panos limpos. Precisava saber se John percebera outros sinais da doença (ou de rebelião) no grupo abrigado no celeiro.

Mas quando vi o pintor, cheio daquela animação alourada, e ele bradou, risonho, "Senhorita Meg!", eu, mesmo sem querer, me senti completamente encantada. Holbein, que acabara de se sentar, já espetara um bom bife e o depositara em seu prato. Quando me viu, esqueceu-se da comida, e de pé, quase dançando, as pernas amplas se movimentando para cima e para baixo, contou, entusiasmado, histórias sobre Norfolk, onde pintara retratos de toda a pequena nobreza local (o que, conforme eu sabia, significava que ele fizera amizade com gente relacionada à família Bolena quando frequentou a corte, mas eu não queria fazer perguntas sobre esse assunto; era problema dele).

— O senhor sabia que nasci em Norfolk, mestre Hans? — disse, subitamente distraída de minhas preocupações, e me surpreendendo por estar lhe fazendo essa confidência. Há anos não pensava em minha terra natal. — Perto de Burnham. Conheço bem a região.

— Burnham! — o pintor exclamou, encantado. — Mas fui a Burnham! Se eu soubesse, teria feito um esboço de sua casa! Norfolk é linda, e agora já conheço todas as pessoas importantes de lá, e pintei os retratos de todos!

O inglês de Holbein estava bem melhor. Ele aprendera frases novas.

— Há um vento maligno que não faz bem a ninguém — disse ele, orgulhosamente enrolando a língua ao pronunciar a frase e fitando o grupo com olhos satisfeitos. — Não é bom nos reunirmos em tempos de epidemia. Mas é um grande prazer revê-los, e uma boa oportunidade de voltar ao trabalho que vim fazer aqui. Eu tinha até me esquecido, ha, ha! É como se eu estivesse de volta a casa.

E o olhar do pintor acabou descansando em mim, o que me fez lembrar aquele dia em que Elizabeth, para me provocar, disse que ele passara a primeira noite em nossa casa me lançando olhares embasbacados.

Envergonhada, desviei o olhar. Mas não tão rápido que eu não percebesse a expressão fortemente decepcionada que surgiu no rosto de mestre Hans, assim que John entrou tranquilamente na sala e aproximou-se de mim.

Ignorando mestre Hans — ou, para dizer a verdade, em parte satisfeita por poder demonstrar meu amor francamente —, olhei nos olhos de John em busca de notícias.

Ele também parecia cansado, mas calmo.

— Nada de mais — disse. — Mais tarde voltarei para ver como estão as coisas. Mas, por enquanto, está tudo calmo.

John tomou-me as mãos. Não desviei meu olhar, mas percebi mestre Hans saindo furtivamente da sala.

No mesmo dia recebemos mais notícias ruins. Mas não procediam do acampamento ao redor do celeiro. No meio da tarde, enquanto eu preparava mais um pouco de chá de casca de salgueiro em meu quarto, Margaret começou a sentir um frio despropositado. Ao chegar ao quarto dela, tendo corrido para me antecipar à criada que me chamara, vi que Margaret suava.

Mandei que Will descesse para não atrapalhar.

Mandei buscar água e toalhas.

Fiquei ali parada, a sós diante de Margaret, vendo-a se contorcer debaixo do cobertor, e rezei um pouco.

Chamei um jovem criado para pedir que ele fosse ao vilarejo procurar John. Meia hora para ir; meia hora para voltar. John provavelmente estaria conosco antes que o estado de Margaret piorasse.

Então pensei em Mary de Deptford e sua filha, nos desmaios e na sangria feita à faca antes da agonia da morte. E pensei no grande conhecimento médico de John e no que ele me dissera sobre sua admiração por Galeno, o médico grego famoso por dissecar porcos vivos diante de um público de admiradores e por provar que o homem era capaz de compreender a dor, curá-la e salvar toda a civilização do medo dos deuses, que a havia paralisado por séculos, ao transformar a medicina numa arte racional e natural. E pensei no respeito que John devotava às dramáticas curas galênicas em que os doentes eram sangrados mediante cortes ou aplicação de ventosas, o que faria as impurezas saírem dos corpos junto com o sangue.

Era puro instinto, mas de repente percebi que não queria que Margaret sofresse um corte de faca e fosse sangrada. Antes que a cabeça do rapaz surgisse à porta, me perguntei se eu de fato queria chamar John. Lembrei-me de como eu tratara uma febre misteriosa que meu pai tivera uma vez sem recorrer aos extravagantes remédios de Galeno — eu apenas lhe dera minha infusão de casca de salgueiro. Lembrei-me de como meu pai tinha caído num sono tranquilo, do qual acordou descansado e sem febre. Lembrei-me também de, nessa manhã, ter dado ao menino de Deptford, que estava escondido na casa da guarda a oeste, uma dose da mesma poção de casca de salgueiro.

Afinal, mandei o criado sair sem lhe pedir que fosse chamar John. Em seguida, desci a escada correndo e fui procurar mestre Hans, que estava desembrulhando seu cavalete no cômodo que voltaria a lhe servir de ateliê. Ele era a única pessoa a quem eu podia pedir ajuda e em cujo silêncio podia confiar. Mestre Hans falava demais, mas possuía raciocínio rápido. Ele me obedeceria sem hesitação. Pareceu surpreso por me ver ali — como se estivesse disposto a conversar.

— Não faça perguntas — sibilei em tom ameaçador. — Não temos tempo. Vá depressa à casa da guarda a oeste e me conte o que vir por lá. E não diga nada a ninguém. Rápido.

Voltei ao quarto de Margaret antes que meu pai subisse as escadas correndo. Ele estava mais pálido do que nunca, com a fala embargada pelas lágrimas: um desconhecido, uma vítima, um parente desnorteado da condenada, alguém que eu nunca vira antes. Ele se lançou ao chão, caindo de joelhos ao lado da cama, e abraçou a cabeça ensopada de Margaret. Ela estava longe de nós; delirante, murmurando pensamentos e orações incompletos e terríveis.

Afastei-o delicadamente. Meus braços ansiavam por me sentar ao lado dele e por consolá-lo; mas não havia tempo. Sentei-me na cama, à cabeceira, com um balde d'água no qual mergulhava os panos com que limpava o suor dela, e deixava cair os trapos usados que se empilhavam atrás de mim.

De joelhos, meu pai soluçava e rezava. Em seguida, levantou-se. E me olhou fixamente. E a olhou fixamente. Ela estava cada vez mais quente. Ele andava em círculos pelo quarto. Vi as lágrimas lhe escorrendo rosto abaixo. Nunca o vira nesse estado. Era inerente à sua personalidade rir, falar do riso e mostrar um rosto sorridente ao mundo. Mas nesse momento ele se mostrava tão histérico como uma mulher tomada pela dor; quase mais delirante em seu medo do que ela diante da doença que a dominava.

— Ah, Margaret! — uivava ele. — Não parta. Ah, Deus! Poupe-a. Se ela morrer, nunca mais vou me meter em assuntos mundanos. Ah, Deus! Poupe-a.

— Pai — disse, e então olhei ao redor, assombrada. E falei, com o máximo de segurança que pude reunir: — Pai, não se preocupe tanto. É a vontade de Deus. Vamos tentar salvá-la — e me senti aliviada com o olhar demorado e compreensivo que ele me lançou antes de voltar a soluçar.

Ouvimos uma batida à porta. Era mestre Hans. Ele ficou do lado de fora e parecia apavorado com os gritos de dor que vinham de dentro. Pude ver que ele tinha reconhecido a voz de meu pai.

— Não percebi... — gaguejou — Desculpem-me...

— Não é ele. É Margaret. Mas isso não importa — retruquei, bruscamente. — O que o senhor viu?

Holbein parecia estar ainda mais apavorado, como se tivesse ficado maluco.

— Bem... nada — gaguejou. — Um cobertor. Um frasco. Um balde d'água.

O que significava que o menino fora embora. O que significava que ele não contraíra a doença. O que talvez significasse que a casca de salgueiro fosse um remédio eficaz.

O que significava que, para salvar Margaret, eu poderia confiar mais em meu remédio do que nos conhecimentos de John.

— Mestre Hans — respondi —, obrigada — e me inclinei impulsivamente e beijei a face do pintor, antes de deixá-lo com ar espantado no corredor e correr para meu quarto onde o chá de casca de salgueiro, agora já frio, me esperava.

Margaret tomou-o até o fim. Metade do líquido escorreu pelo queixo, mas a outra metade lhe entrou na boca mole. Fiz uma oração silenciosa e voltei a esfregar e a enxugar.

Então chegamos a um ponto em que apenas as orações do pai eram ouvidas. E noutro em que apenas a respiração ansiosa dele era ouvida. Então, até isso pareceu ter se interrompido.

— Meg — disse meu pai, com uma voz tão normal que chegava a chocar. — Ela morreu?

— Não — respondi, eu mesma perplexa com o tom de normalidade em minha voz. — Ela dormiu. Mas acho que é um sono normal.

A cama ainda estava ensopada de suor. O quarto ainda recendia a morte. E ela ainda estava ruborizada. Mas respirava com a tranquilidade e a inocência de um bebê.

Papai olhou para Margaret com um olhar natural pela primeira vez em horas, e percebi que o pavor sumira de seu rosto. Então olhou para mim, e vi, naqueles olhos brilhantes, um reflexo do amor que ele sentia por sua primogênita. Por um segundo achei que ele iria me abraçar. Mas apenas sussurrou:

— Ela está viva — e se aproximou da janela, persignando-se, e tornou a me fitar, à distância. — É um milagre. Não, você é milagrosa. Você a salvou.

Como havia algo tão inesperado quanto o amor no olhar calmo que ele dirigiu a mim, e como estávamos tão cansados de tudo o que ocorrera, do que havíamos feito e sentido naquele quarto escuro, ao redor do corpo prostrado de Margaret, durante aquelas horas estranhas e aterrorizantes, senti meu olhar brilhando suave e amorosamente em resposta.

Em seguida, me recuperei e voltei à realidade. Percebi que o olhar amoroso de meu pai expressava mais choque do que amor. Dentro de pouco tempo, ele olharia para o outro lado e esqueceria de tudo. E, naquele momento, havia algo importante que eu tinha o direito de saber. Então afastei meu olhar e me voltei para a cômoda, procurando a campainha. Toquei-a para chamar um criado. E só então, sentindo-me decepcionada e envergonhada (mas sabendo, no íntimo, que eu fizera o necessário), mandei que o rapaz fosse chamar John. Quase uma hora depois, quando John chegou apressado com sua bolsa a tiracolo, seguido pelo menino apavorado e ofegante, eu estava recolhendo os trapos e o balde. E quando Margaret acordou na manhã seguinte, bem cedo, vimos que ela estava melhor.

— Uma vida recuperada — disse meu pai ao começar nossa oração à mesa do jantar. Ainda ouvíamos o espanto em sua voz. — Uma vida recuperada, graças a Deus. Agradeçamos. — A voz dele ainda estava fraca, e os olhos injetados brilhavam com carinho à luz das velas.

Margaret ainda dormia. Mas ela despertaria, e tanto ela como a criança sobreviveriam (quisesse Deus). Os olhos de Will Roper estavam presos aos meus com tanta gratidão e espanto quanto os de meu pai. Ninguém disse exatamente que eu salvara Margaret (embora eu ainda estivesse encantada por ter ouvido meu pai, confuso, dizer essas palavras no quarto da doente), mas por ter sido a pessoa a lhe enxugar o suor da testa naquele momento, eu ganhara crédito por ajudá-la a atravessar a crise. E mestre Hans, que não tinha pedido nenhuma explicação, mas sabia que o favor que eu lhe pedira se relacionava à cura de Margaret, me fitava com admiração quase religiosa. Apenas John, ao meu lado, estava quieto; embora contente por encontrar Margaret viva, percebi que ele imaginava ter decepcionado a família por não ter chegado a tempo de curá-la. Senti-me culpada por não tê-lo chamado; mas também fiquei satisfeita por ter confiado em meu discernimento. Margaret talvez não resistisse a uma sangria. Debaixo da mesa, apertei a mão de John num gesto de apoio, e me senti aliviada ao receber a pressão dos dedos dele em resposta. Eu mostraria compaixão por qualquer pessoa aquela noite. É claro que era pura vaidade, mas eu estava tão bem-disposta quanto o canto do rouxinol do lado de fora da janela.

Ninguém sabia exatamente o que dizer naquele momento. Comemos em silêncio. Foi mestre Hans quem o quebrou. Com os olhos e a boca ainda pegajosos e luzidios de tanta carne de boi e de pombo — os outros não tinham o mesmo apetite, mas ele ingeria a comida com o entusiasmo de sempre —, ele pigarreou, sentiu o perfume das magnólias, e disse, um tanto sem jeito:

— Às vezes lembrar-se da família é maravilhoso. A não ser por alguns detalhes, o retrato que pintei de sua família está terminado. Quando acabarem de jantar, eu gostaria de convidá-los para vê-lo.

Quando conseguiu nos reunir no ateliê, mestre Hans passou alguns minutos se ocupando da iluminação. Era um cômodo pequeno, com pouco espaço para os seis adultos que procuravam se ajeitar perto da janela. As obras de Holbein estavam de novo misturadas sobre a mesa. Fechei a pasta de desenhos, tornando a pôr o crânio em cima dela. O pintor lançou-me um rápido sorriso de agradecimento e voltou a se ocupar das velas e a mexer com o cavalete.

O quadro estava apoiado contra a parede, com o dorso voltado para nós. Quando, afinal, ficou satisfeito com a posição do cavalete, Holbein transportou a tela, ainda coberta com o pano grosseiro, até ele. Então, com um leve floreio, tirou o pano que a cobria.

Foi uma revelação — um quadro diferente de qualquer outro que eu jamais vira. Não havia nada de religioso nele, a não ser por se ver dame Alice ajoelhada num lado da composição, mas havia um sopro divino naquele momento da vida cotidiana. Estávamos todos ali, em miniatura, no salão, com nossos rostos, nossas expressões, o jeito de posicionar nossas cabeças, tudo perfeitamente reproduzidos naquele cavalete: Margaret e Cecily em primeiro plano, perto de dame Alice, cujo cabelo, todo penteado para trás, deixava livre a testa nobre, e em cujos lábios havia um ligeiro sorriso; Elizabeth, de pé, de um lado do grupo, bonita, mas distante; e eu ao lado dela, um pouco inclinada para a frente e para o avô de olhos vítreos, a quem eu, zelosamente, apontava algo; e no centro da composição, ladeado pelo avô e pelo jovem John, e na frente de Anne, o próprio pai, com um ar solene, mas sem a severidade do torturador que tanto se destacara em seu retrato solo; e, bem no centro, nos fitando com um olhar sarcástico de sua barba ruiva, Henry Pattinson, o bobo.

Respirei fundo, e não fui a única. A ideia da composição fora motivo para uma brincadeira feita numa noite havia muito tempo. Mas naquele momento se constituía numa visão de vidas recuperadas — um convite à nostalgia. Era quase como se víssemos nossa família de novo reunida, cada personalidade com a beleza que tínhamos na memória, pintada com amor. Meu pai fixou os olhos na cabeça piedosa de Margaret. Mas eu me vi atraída pela visão da distraída Cecily, com seu perfil bem delineado e o rosto bondoso, e então, menos à vontade, dirigi meus olhos para Elizabeth. Como pareciam atentos os seus belos olhos, acima do nariz perfeitamente reto. Como estavam sérios os lindos lábios. Ela parecia infeliz, pensei, chocada com o que percebia; como se ela não pertencesse ao nosso círculo e estivesse se afastando para o canto. Pela primeira vez, me ocorreu que a filha legítima de Thomas More talvez se sentisse tão pouco à vontade na família quanto às vezes eu me sentia — embora, no caso dela, por motivos diferentes: Elizabeth se saía melhor nas respostas espirituosas que na retórica, e tinha mais habilidade para dançar a galharda que para aprender grego. E, o que não me era habitual, me vi com saudade tanto dela quanto de Cecily, de seus filhinhos e maridos. Tive vontade de conversar com Elizabeth de outra maneira, de tratá-la com mais franqueza, de admitir que eu às vezes sentia mais do que uma pontada de ciúmes de sua beleza, de tentar trazer à luz um pouco mais de afeto entre nós.

Quando olhei à volta, vi que todos no ateliê haviam entrado numa espécie de devaneio pela súbita reaparição da família reunida. Não quis interromper as ideias fantasiosas de cada um deles.

Eu não era pintora, claro, mas o quadro me parecia terminado. Nele se via um punhado de objetos no fundo da sala e, na frente, nossas cabeças formando um semicírculo. Mas acredito que os quadros só estejam realmente terminados quando os clientes mais importantes se sentem satisfeitos. Então procurei perceber a opinião do pai e de dame Alice sobre a obra.

Como duas faces da mesma moeda, ambos me deram a impressão de estar meio constrangidos e inseguros.

— O senhor deveria — disse Alice, quebrando o encanto e me causando um sobressalto — pôr alguns alaúdes na prateleira no fundo da sala. — Havia um tom de desafio em sua voz. Achei que os sentimentos que a pintura despertara em todos nós talvez a incomodassem. Ela tentava quebrar o clima de transcendência em que mergulháramos e nos trazer de volta à terra. Alice não gostava de se deixar levar pelas emoções. Como meu pai, talvez, ela temia a confusão a que elas levavam. — Faça jus aos dons musicais de Sir Thomas. — Sua risada foi desafinada.

Meu pai a fitou. Então aceitou a deixa dela e também caiu na risada, tentando com tanto afinco quanto ela tornar leve a mágica que estávamos sentindo.

— Se você vai pôr instrumentos no quadro — disse ele, jocoso —, por que não põe dame Alice sentada numa cadeira? Todo o tempo em que esteve posando para você, Alice se queixou de dor nos joelhos.

Todos nós acompanhamos o riso deles.

— Mudarei tudo se é isso que vocês querem — disse mestre Hans, efusivamente.

Achei que o pintor poderia acrescentar alguns alaúdes depois, ou colocar Alice numa cadeira, mas não me parecia que ninguém quisesse mesmo que ele mudasse nada. O quadro estava perfeito. Meu pai é que estava se sentindo vulnerável. Rapidamente nos calamos e voltamos a olhar para o quadro. Eu queria entender o olhar de mestre Hans. Entretanto, até ele estava envolvido em seu sonho triunfante. O olhar do pintor ia de um rosto perdido, pensativo e assombrado para outro, e mexia a cabeça pensativamente. Ele via que todos nós pensávamos no amor ou na vontade de criá-lo. E sabia que seu quadro produzira o efeito que ele desejara.

Quando meu pai pediu licença, como costumava fazer, e saiu rapidamente para o Novo Edifício um pouco depois, eu também me esgueirei atrás dele e, sem olhar para trás, deixei John na saleta com o resto da família. Subitamente, sentia-me cheia de coragem. Eu pensava: naquela noite meu pai não estaria ocupado demais para falar comigo a sós.

— Pai... — chamei-o com voz suave.

No lusco-fusco, envolto numa nuvem de cerefólio e surpreso de ter sido seguido, ele se virou.

— Meg? — disse ele, também apressado, mas aquiescente; esperando que eu o alcançasse.

Eram tantas as perguntas que gostaria de lhe fazer havia tempos, mas não ousara! Eu imaginara diversas conversas íntimas entre nós dois: interrogatórios sobre o homem na casa da guarda e a questão da heresia; discussões a respeito de política, do cardeal Wolsey ou do rei e suas amantes ou conversas francas sobre John. Mas afinal, nesse momento em que estávamos juntos entre mosquitos e estrelas, estávamos tratando — andando um pouco mais afastados um do outro do que seria necessário, distantes demais para que fosse possível darmo-nos os braços, mas cautelosamente nos aproximando da intimidade — de dons.

— Que sorte a nossa de estarmos vivos e Margaret continuar entre nós! — disse More, reverente, quase num sussurro, como se estivesse rezando. — Que sorte a nossa termos você com esse dom de cura.

— E de John ter esse dom — murmurei em resposta, feliz e constrangida pelo elogio implícito no comentário e esperando desviá-lo para o assunto que mais me interessava, mas ele pareceu não ouvir.

Alguns passos indecisos adiante, tentei de novo. Um tanto insegura, eu disse:

— Tantas pessoas em seu círculo têm dons extraordinários. O senhor não acha a pintura de mestre Hans assombrosa...

Mas ele apenas suspirou ao me ouvir, como se eu tivesse revelado o desgosto secreto em seu coração.

— Vou lhe ser franco, Meg; é claro que eu venero o mérito, como amo qualquer dom de Deus, mas considero alguns desses dons e talentos modernos bastante perturbadores — disse ele, confidencialmente — quando produzem obras que nos parecem invadir os sentidos, como um berro em nossos ouvidos. Como o quadro de Hans Holbein que vimos esta noite. Olhei a obra e me perguntei: "Ele está partilhando sua visão do mundo com seus amigos ou está impondo a eles esse modo de ver?"

Meu pai não estava olhando para mim, mas para o chão quente e seco que se abria diante dele. Mantive os olhos firmes. Não queria parecer espantada. Eu não esperava vê-lo tão ameaçado por um quadro encomendado por ele mesmo e que, a meu ver, se parecia tanto com um ato de veneração. Meu lado secreto, que desconfiava de meu pai e suspeitava que ele ocultasse uma tendência crescente para a crueldade, sentiu uma pontada de temor, uma espécie de mal-estar que visava proteger aquele grande alemão inocente, que, em nossa sala de estar, se mostrara tão radiosamente feliz por achar que seu quadro tinha nos tocado profundamente, como de fato acontecera. Mas o homem a meu lado falava com tanta confiança, como qualquer pai afetuoso falaria com um filho amado, que sufoquei minhas preocupações, simplesmente assenti com a cabeça e emiti um pequeno som a fim de encorajá-lo a continuar falando o que pensava.

E ele o fez.

— As ideias que me agradam são aquelas de que todos compartilham; o trabalho que se faz em conjunto — disse ele, quase só para si. — A catedral cujo primor é obra de centenas de artistas cujos nomes não precisamos saber; o coral cuja beleza está no fato de que nenhuma voz o domina; a riqueza produzida por uma guilda próspera em proveito de cada mestre e cada artífice.

E ele tornou a suspirar, um suspiro meio triste, como a chuva se desfazendo num jardim ensolarado.

— Mas pai, o senhor é conhecido por acolher gênios. Todo homem erudito que vive na Europa vem visitá-lo. E esses homens não vêm para se exibir. Vêm para lhe apresentar seus talentos. Vêm porque o senhor é um deles, e sua inteligência sabe apreciá-los. Vêm para estar perto de um homem com a sua capacidade — eu disse, com precaução.

— Não — disse ele, com um aceno modesto de mão, num gesto de quem nega qualquer vaidade. — Não tenho nada de genial. Sou apenas um advogado humilde, um administrador da coisa pública. E, cada vez mais, sinto-me também um homem do passado. Não posso deixar de ter saudade do tempo em que todas as pessoas trabalhavam juntas, de um tempo em que o mundo se reunia em torno de pessoas que faziam juntas a vontade de Deus, conforme a orientação Dele.

Nesse momento, ele se virou para mim, pela primeira vez, e pude ver seu rosto brilhando de sinceridade.

— Qual seria a melhor maneira de lhe explicar isso, Meg? Quando eu era pequeno, havia muitas guerras no mundo, e nós nos sentíamos, de uma maneira ou de outra, bem menos seguros no nosso dia a dia do que nestes tempos de paz e fartura — disse meu pai. — Mas não nos sentíamos. Quando eu ia a pé para a escola de St. Anthony de manhã, com uma vela na mão, Londres parecia um mapa da face de Deus. Viam-se mosteiros, conventos, guildas, igrejas; Londres era uma cidade em que todo mundo, todo homem, mulher e criança, conhecia o seu lugar e o seu papel. A vida era um ato de veneração e uma festa. Sabíamos o preço de um pão, o dote de uma negociante de sedas de Londres, o valor de uma missa para nossos mortos, a duração do trabalho de um aprendiz na guilda dos cordoeiros, as palavras da Bíblia Sagrada e o respeito que deveríamos ter para com nossos pais, nossos monarcas e os príncipes da Igreja; tudo isso fazia parte do tecido de que eram feitas as nossas vidas, do todo que Deus criara para nós. Mesmo que houvesse guerra, vivíamos em paz com Deus.

Estávamos então à porta do Novo Edifício, e ele estava mexendo no cinto à procura da chave. E eu ainda estava balançando a cabeça e murmurando palavras de estímulo honrada por ele me revelar o que pensava, fazendo todo o possível para prolongar esse raro momento, quando ouvi o que ele me disse:

— Mas agora o mundo parece tão repleto de vozes dissonantes, que gritam "me escutem!", "não, a mim!", "não, a mim!", que às vezes é como se reinasse a anarquia.

"Alguns são homens realmente maus, como os impostores que tantas vezes tentaram tomar o trono de nossos reis, ou os padres renegados que querem destruir a Santa Igreja. Lutero, Tyndale: homens das trevas. Mas há outros que não são nada maus. São apenas jovens, que, educados com todas as possibilidades de escolha do nosso tempo, mas sem a devida reverência pela ordem sagrada de Deus, acham que podem ignorá-la e chamar a atenção para si mesmos. Como o jovem Holbein. Mas de certo modo são essas pessoas, esses Holbeins que me deixam mais apreensivo. Porque se você se propõe a trabalhar a vida toda para recuperar a harmonia que se perdeu no mundo, reunir esses homens naquela corrente virtuosa de um elo com o outro e com Deus e banir as trevas, não lhe é difícil condenar um homem que cospe impropérios contra tudo; um Lutero, por exemplo. Mas o que se vai fazer com um Holbein?"

— Ah, pai — falei, desesperançada.

Eu compreendia, até certo ponto, que ele achava que a personalidade turbulenta de Holbein seguia a mesma estrada perigosa que levava a Martinho Lutero ou William Tyndale. Seus instintos e sua educação eram muito diferentes. Tomada de súbita ternura, lembrei-me de todos os gestos de respeito e obediência ao avô, demonstrados em público por meu pai, mesmo hoje. O autoritário da família, o juiz severo e o homem da velha ordem que privilegiava os castigos físicos, o jejum e a escola dura da vida, o que era sempre o primeiro a se sentar, quer na igreja, quer à mesa. Todas as suas opiniões e os seus desejos, expressos com veemência, continuavam a ser acatados, mesmo agora, quando ele era um senhor enrugado e doente. E até o balançar da bengala do avô, na velha mão constantemente irritada, atraía o olhar respeitoso do pai, como se este quisesse levar a meu avô algum necessário consolo. Eu sabia que a educação que meu pai recebera não fora amena como a nossa. Ele fora deixado aos cuidados de uma governanta até mesmo antes de sua mãe morrer. Para More, não havia recompensa por aprender bem suas lições, mas apenas o medo das surras se não as aprendesse, nunca com as penas de pavão que um dia ele balançasse alegremente para nós, mas com varas de verdade. Ter nos propiciado uma infância tão diferente da dele, recompensando-nos tão prodigamente quando demonstrávamos dons e talentos inesperados, sugeria que uma parcela dele rejeitara as restrições daquela velha ordem. Mas ele era alguém com mais respeito pelos modos antigos — pela permanência das coisas, entra geração, sai geração, por ser essa a vontade de Deus — do que eu percebera anteriormente. E essa parcela oculta de More provavelmente temia o destemor com que alguém como mestre Hans amava executar sua arte.

Entretanto, o vislumbre de compreensão que tive não foi suficiente para me fazer concordar com ele. Com as mãos apertando o tecido de minha saia, eu a amarrotava.

— Mas, pai, mestre Hans é um homem bom, de boa índole — disse, ensaiando um protesto um tanto desanimado —, e é claro que ele está usando seus dons conforme os desígnios de Deus. O senhor não pode ver nada de ímpio nisso.

Ele riu, mas com delicadeza, e comecei a me sentir mais tranquila.

— Ah, Meg, não estou dizendo que haja algo de ímpio nele, você sabe que ajo com moderação — More aquiesceu.

E, quando olhei de soslaio para meu pai e vi em seu rosto uma expressão que não era dura, e sim suave, quase suplicante, me senti inundada por uma onda de ternura. E sussurrei:

— Eu sei.

— Sei que Holbein é tanto um homem bom como um artista maravilhoso — continuou o pai a falar, afetuosamente. — Eu gosto dele. Quis dizer que ele me faz perceber que a vida mudou dos meus tempos de juventude para cá. Acho também que às vezes ele tem uma visão própria, excessivamente irresistível e egoísta. E que Holbein percebe a vida com uma liberdade que me deixa atordoado; um tipo de liberdade que, a meu ver, ameaça destruir os laços que nos unem e, consequentemente, nos levar à derrocada.

More abriu a porta e começou a acender as velas do cômodo. Atrás dele, eu via, brilhando à meia-luz, o quadro *Noli me tangere* de mestre Hans, que o pintor vendera a nosso pai quando esteve em nossa casa pela primeira vez, e no qual se vê um Cristo etéreo se afastando das curvas carnudas de Maria Magdalena.

— Essa obra não me preocupa — disse o pai me tranquilizando, ao ver o olhar que lancei ao quadro religioso, e ele próprio se virando para examiná-lo. — *Neste* quadro, por exemplo, é fácil vermos um pintor que reconhece seu talento como uma dádiva de Deus. Gosto do quadro por sua humildade, por ser uma obra na qual o homem exerce sua capacidade para dar graças a Deus. São quadros assim que me fazem reconhecer em mestre Hans um espírito bom...

A essa altura, senti-me confiante para tentar argumentar.

— Mas, pai — falei, sustentando o olhar dele —, o nosso retrato de família não será nunca uma pintura religiosa e, mesmo que o resultado não lhe agrade, o senhor não pode considerar mestre Hans o único responsável. Lembra-se? Foi o senhor mesmo quem o estimulou a pintar um retrato desse tipo. E o senhor passou mais de uma noite reunido com Holbein planejando a obra. E, depois de nos obrigar, todos nós, a ensaiar nossas posições na sala, o senhor caiu na risada com a possibilidade de colocar o bobo no centro da família. Foi uma ideia tanto sua quanto dele.

Houve um breve silêncio. Meu pai baixou os olhos. Em seguida, tornou a suspirar, levou a mão cansada à testa, afagando-a e afastando o que talvez fosse alguma dor sob aquela pele olivácea e sulcada, e então, encarando-me, reconheceu o desafio em meu olhar com um meneio de cabeça.

— Meg, você vai direto ao âmago das coisas — disse ele, num tom desolado. — E tem mais razão do que pensa ter. Sou mais culpado do que gostaria de admitir. De fato, em meu tempo, *estimulei* o livre pensar e a experiência, talvez até demais. A mudança por si só parecia tão excitante naqueles anos dourados, quando éramos jovens e tudo se mostrava tão novo e inocente. E agora, quando ouço esses gritos inocentes de "Eu! Eu!", sem mencionar a destruição perpetrada por esses que estão na verdade fazendo um trabalho demoníaco, muitas vezes me pergunto até que ponto não sou culpado aos olhos de Deus por ter zombado de todo aquele vaivém e mudanças. Até que ponto não foi minha própria curiosidade indolente a responsável por ter aberto a caixa de Pandora e deixado que tanto mal se espalhasse pelo mundo...

Os olhos de meu pai estão agora tão cheios de angústia que também sinto os meus se encherem de lágrimas de compaixão. Não consegui encontrar palavras que pudessem afastar as preocupações dele, mas encontrei uma dose de coragem que nunca sentira e que me permitia estender a mão e tocar-lhe os dedos — um gesto de consolo que, apesar de mudo, esperava que pudesse ser compreendido por ele.

A pele de meu pai estava seca e fresca. Ele não tirou a mão da minha, não afastou os olhos dos meus, e fiquei emocionada ao ver que uma parte da dor que eu percebera em seus olhos escuros tinha sumido.

— O mundo muda, só isso — eu me ouvi murmurar. — Não se deve a nenhuma ação de homem algum. O senhor não pode fazer retroceder o tempo... Não se culpe. Nada disso é culpa sua.

Ele continuou a me fitar, e, aos poucos, a névoa da dor desapareceu de seu rosto e vi algo do ar divertido e curioso com que ele costumava enfrentar o mundo.

— Vejo que você é filha de seu tempo, Meg — disse ele, numa voz mais natural. — E eu sei — More levantou a mão para me impedir de chamar a atenção para o óbvio — que foi a educação que lhe dei que a fez assim.

Percebo que você me considera apenas um velho de ideias antiquadas. E eu talvez seja isso, realmente. Talvez.

Eu o vi esboçar um sorriso hesitante. E, de repente, me senti radiante por ter uma nova certeza. Seria impossível esse homem cometer qualquer crueldade. John estava certo; eu havia chegado com muita rapidez ao que deveriam ser conclusões errôneas e passara meses a fio me atormentando inutilmente com o pavor de que as trevas tivessem dominado a alma de meu pai, simplesmente por não conhecer os motivos pelos quais ele trouxera um prisioneiro para a nossa casa da guarda. Mas agora que estávamos conversando com toda a intimidade, só nós dois, me parecia óbvio reconhecer que meu pai era simplesmente sensato demais para se transformar num fanático. Fiquei assombrada com o imenso alívio que essa revelação me causou.

Quanto tempo ficamos parados ali?, foi o que pensei, ali, de pé, à beira da mesma poça de luz produzida pelas velas, sob os olhares dos personagens da pintura devota e nos fitando mutuamente quase como amantes.

— Você reza comigo? — More perguntou, muito gentilmente, soltando o braço que minha mão tocava. — Vamos agradecer pela salvação de Margaret?

Senti um nó na garganta. Assenti com a cabeça e nos ajoelhamos tropegamente. Mantendo os olhos afastados do chicote pendurado atrás da porta, rezei, assim como meu pai, para que todos tivéssemos as mesmas crenças e vivêssemos em paz uns com os outros e com Deus. Enquanto a boca articulava as palavras em latim que os fiéis como nós têm pronunciado há pelo menos mil anos, deixei minha mente se deter nostalgicamente na Londres da infância de meu pai; uma cidade que ainda se assemelhava a uma oração de pedra e madeira voltada à misericórdia de Deus e na qual andar pelos caminhos que partiam da catedral de St. Paul, com seus nomes sagrados, *Ave Maria* e *Paternoster*, era um ato de devoção. Eu não podia deixar de acreditar que o retrato de família pintado por mestre Hans também era uma obra de Deus, uma forma diversa de oração, uma oração que pedia tempos mais ricos para nós. Mas eu me sentia honrada por ser convidada a partilhar da visão particular de meu pai sobre Deus — de sua busca pela inocência perdida da infância. Era como se eu tivesse mais uma prova de que Deus sorria para mim e fazia com que minha vida desse certo. Mesmo que esse encontro entre nós dois não fosse exatamente o abraço com que eu costumava sonhar, aquele foi o momento de maior intimidade que meu pai adotivo me permitiu.

— O que meu pai diria? — sussurrei, olhando entorpecida as pintas de sol enquanto John esticava meu braço e o percorria, lentamente, com um único dedo. Estremeci de prazer e semicerrei os olhos, acompanhando o contato do dedo em seu percurso do pulso à palma da mão.

— Ele sabe — John murmurou, em resposta, enquanto seu dedo chegava ao fim do trajeto e ele levava minha mão a seus lábios. Delicadamente, beijou o pedacinho de pele entre o polegar e o indicador, abrindo-o devagar com a língua e mordiscando-o. Então, parou e sorriu, radiante. — Claro. E você sabe que ele sabe, Meg.

O engraçado era que eu sabia. Tudo me pareceu tão simples quando acordamos no dia seguinte de manhã. Ao calor do meio-dia, quando nos encaminhávamos para casa, após sair do vilarejo, onde ninguém mais havia adoecido, no bosque sombreado para onde ele me levara e eu o acompanhara sem pestanejar, sonolentamente me deliciando com o zumbido dos insetos entontecidos e com o sol brilhando nas águas douradas do rio, tive a sensação de que tudo ficava cada vez mais simples. Assenti com a cabeça como se eu compreendesse. Achei que tinha compreendido.

John cobriu minha mão, ainda trêmula por ter sido beijada, com a dele, e a pôs em seu quadril. Senti que a outra mão deslizava, enlaçando-me a cintura e descia. Era como se estivéssemos dançando, como se nossos corpos adivinhassem os passos que daríamos a seguir. E então fui percebendo que nos dirigíamos um para o outro, e que, enquanto meu corpo se apoiava num tronco de árvore, o dele estava tão próximo do meu que eu podia ouvir as batidas muito rápidas de seu coração, tão rápidas quanto as minhas sob a capa amarfanhada. Estávamos tão próximos que cheguei a ver os olhos dele nos meus e um leve meio-sorriso brincar em seus lábios enquanto ele me dizia baixinho, com a respiração entrecortada:

— Ele poderia até me açoitar se me visse nesse momento... é verdade. Mas essa é a questão. Ele casou todas as outras. Mas guardou-a para mim. E ele sabe bem por que estou aqui agora. Para reclamar meu direito à sua mão.

As palavras de John representavam o que eu sentia — com o alívio de saber que eu não fora esquecida pela família enquanto meu pai se ocupava de um casamento atrás do outro; de saber que tudo obedecia a um propósito silencioso. O calor do sol em meus braços também relacionava-se com essa sensação. Mas, se eu me via transformada numa fonte gotejante de mel, era também por senti-lo encostado à minha pele, todo músculo e carne se avolumando em minha frente, beijando-me o pescoço.

Eu não tinha a menor ideia, pensei, horas depois, cobrindo minha nudez pegajosa com as roupas amassadas e me sentindo maravilhada. A menor ideia. Aninhei-me o mais fundo que pude naqueles braços pesados e sonolentos, cheia de lembranças que eram só sensações e nenhuma palavra, apenas felicidade. Notei que havia pelos pretos e eriçados em seu peito, uma linha descendo-lhe torso abaixo. A pele era clara, e vi pelos ainda mais escuros cobrindo-lhe os grandes ossos e os músculos descarnados dos braços e das pernas. Ele se mexeu ligeiramente e entreabriu os olhos para me olhar, levantou a mão para erguer meu queixo e sorriu enquanto pousava seus lábios nos meus. Então, passou a mão pelo meu corpo, acompanhando-a com os olhos, rodeou meu seio com ela e riu bem baixinho, com o mesmo deslumbramento que eu sentia.

— Bela — disse ele, sonolento. — Minha. — E me abraçou de novo.

Acordei e o vi apoiado num cotovelo, olhando para mim, e a felicidade que me inundava cresceu diante da ternura do sorriso dele.

— Então o nosso será um casamento de médicos — disse John.

Era como se ele não percebesse que ainda estava nu, e nem sentisse uma brisa leve lhe arrepiar o cabelo. Subitamente envergonhada, olhei para baixo e comecei a procurar minha roupa. Eu não me sentia apenas nua. Embora me desse conta de não ter sido honesta por não ter lhe revelado o tratamento que dera a Margaret, mencionar o chá de casca de salgueiro a alguém tão erudito quanto ele, que seria bem capaz de rir do meu remédio de curandeira, também me constrangia. Além disso, eu achava que, se estivesse no lugar dele, também me incomodaria em ver uma moça tão despreparada salvar uma vida que a ciência dele talvez não tivesse salvado. O que não era justo. A doença levava alguns e poupava outros; era a vontade de Deus, e não se relacionava necessariamente com o simples chá que eu fizera para Margaret. E ninguém poderia ser mais corajoso que John ao arriscar sua vida e saúde na assistência aos doentes dos casebres de Deptford. Ao vestir apressadamente minha roupa, atrapalhada com mangas, botões e cadarços, eu me perguntava o que deveria fazer, quando ouvi a voz de John, dizendo:

— Então, me diga, o que você deu a ela?

E não havia nada em sua voz senão interesse.

— Seu pai disse que você lhe deu uma infusão... — John continuou, e eu então levantei os olhos e vi a bondade nos olhos dele; era o olhar da sala de aula de que eu me lembrava, quando ele queria descobrir algo de mim. — Estou escutando — disse ele, e eu sabia o quanto isso era verdade. E também sabia que ele não ia rir de mim.

Respondi, mas um tanto sem jeito.

— Bem... enquanto eu esperava que você recebesse a notícia... eu dei a ela chá de casca de salgueiro. Algo que as mulheres de Bucklersbury me ensinaram há muito tempo. Dizem que esfria o sangue. O remédio já fizera efeito comigo, e eu estava desesperada. Achei que poderia ajudar... Mas acho que simplesmente tivemos sorte — disse, enquanto minha voz se extinguia.

Ele sorria, mas sem malícia. Estava genuinamente intrigado com o que ouvira, e achei que parecia interessado. Em John não havia quase nada de orgulho egoísta, pensei, numa mistura feliz de amor por sua simplicidade e de alívio por ele não dar a impressão de se sentir ameaçado por eu ter tentado um remédio que não tinha lhe ocorrido, e que, milagrosamente, tinha funcionado. Achei que essa modéstia talvez se devesse a ele ter crescido numa época subsequente a guerras; provavelmente, a influência desse passado na formação dele fora tão forte que nós, filhos dos tempos de paz, não poderíamos imaginá-la.

— Hum, casca de salgueiro... — John murmurou. — Então é isso, você tem mãos de curandeira e bons instintos. Talvez eu devesse falar com o doutor Butts sobre isso, agora que vou trabalhar com ele. Podíamos experimentar usar mais esse seu tratamento, tentar compreender como ele ajuda. Você se importa, Meg?

Sacudi a cabeça. Eu estava ruborizada, mas agora de prazer e não de vergonha diante da minha nudez. Eu ficaria tão orgulhosa de ver que meus remédios caseiros poderiam de algum modo ajudá-lo em sua carreira de médico. Ainda mais corajosa, eu lhe disse:

— Senti alívio por Margaret sobreviver à crise antes que você precisasse cortá-la. Tenho pavor de ver gente sendo sangrada.

E em vez de fazer cara feia ao ouvir minha pequena heresia médica, ele assentiu com a cabeça, pensativo.

— É mesmo — acrescentou. — Às vezes também me pergunto como essas coisas funcionam.

Nesse momento, John notou minha timidez. Acho que para me deixar à vontade, ele também estendeu a mão à procura da camisa e a sacudiu para poder enfiar os braços nas mangas. Mas sua expressão continuava contente e tranquila.

— John — chamei-o e, devido à coragem que o momento de intimidade fácil me propiciava, lhe fiz a pergunta que eu nunca ousara fazer. — Agora que vamos nos casar, não é hora de você me falar de sua família? Não sei nada sobre seu lugar de origem nem sobre seus parentes. Você surgiu como nosso tutor... e inteiramente pronto...

Não que isso realmente importasse. Tantas pessoas que conhecíamos eram homens vindos não se sabe de onde, surgindo das ruínas de guerras que dizimaram metade da aristocracia, arrasaram fortunas e espalharam o caos. O cardeal Wolsey era filho de um açougueiro; seu secretário, Thomas

Cromwell, era filho de um cervejeiro. O avô de meu pai fora padeiro. John sempre pertencera ao nosso círculo, e isso bastava; mas era preciso estarmos unidos diante de Deus, e evidentemente eu deveria saber alguma coisa sobre a procedência dos irmãos e irmãs, e dos parentes e empregados dele.

Ele lançou um olhar vago ao redor, a camisa batendo solta em seu peito firme. Eu sentia o cheiro dele em mim; suspirei fundo e saboreei nossa intimidade enquanto ele atava as fitas.

— Tenho a vida inteira para lhe contar minhas histórias, por isso não vou me precipitar contando-as agora — disse ele, e percebi que ele escolhia as palavras. — Perdi minha família quando jovem. Você sabe que meu pai morreu. Fui então criado por um bom padrasto, mas também o perdi cedo. Depois, fui morar com minha tia, na Borgonha, até ela morrer — continuou John, com olhar distante. — Foi aí que entrei para a universidade de Louvain. Em seguida, viajei. Fui a toda parte quando era jovem, procurando, mais uma vez — ele fez uma pausa —, encontrar alguém de minha família. Procurando pessoas que se lembrassem de mim depois das guerras. Você não sabe da missa a metade. Não fui só aos Países Baixos. Andei todo o reino em minha época. Estive na Irlanda. Na Escócia. Mas nada encontrei. O único parente que me restava era um irmão, e não nos demos nada bem. Havia desconfiança em seu rosto. Ele está em Londres, por estranho que pareça. Uma das coisas que eu queria fazer ao voltar era reatar nosso relacionamento. Mas a frieza nos dominou. Há fossos que nunca conseguimos ultrapassar.

Acreditei que eu começaria a compreender essa ideia. Ao observar a expressão no rosto dele naquele momento, eu via um pouco de Elizabeth, e percebia que, em parte, eu estava tranquilamente me empenhando em melhorar a situação entre nós da próxima vez que nos encontrássemos.

— Então foi assim — disse John, já de meias e estendendo a mão para pegar as calças. — Naquele momento Erasmo disse a mim e a seu pai que eu encontraria uma nova família entre os intelectuais — em seguida, John levantou-se, ajeitando a roupa. E me passou as saias com o capricho de uma camareira que estende a roupa a uma dama. — Foi uma espécie de recepção de boas-vindas. Foi assim que comecei uma nova vida. Agora que tenho você, tudo isso é irrelevante — e ele então deu por encerrada nossa conversa. Percebi, um tanto desconsolada, que eu descobrira pouca coisa nova. Talvez ele não deixasse nunca de ser um enigma para mim. — Agora, nós dois somos, um para o outro, uma família de verdade — disse John, afastando, com um beijo, as rugas de espanto em minha testa. — É o que me basta.

Ele me virou e, tomado de um súbito ar profissional, inclinou a cabeça na direção dos cadarços.

— Respire fundo e prenda a respiração — disse ele um tanto rispidamente, enfiando uma ponta da camisa visível debaixo do espartilho.

Eu não estava preparada para isso. Um pouco espantada com seus conhecimentos sobre vestuário feminino, eu disse, com certa acidez involuntária:

— Você poderia trabalhar como camareira, professor John.

Ele riu e puxou os cadarços como se eu fosse uma boneca. Não se envergonhava de seus conhecimentos, pensei, nem tampouco de saber os segredos de lidar com os colchetes de minha pudica gola de renda, que ele fechou em seguida. Era quase como se estivesse orgulhoso daquilo. Então pegou a touca e a enfiou em minha cabeça, arrumando-a com dedos hábeis para que todo o cabelo ficasse coberto. Achei que ele talvez estivesse me mostrando algo.

— Muito bem — disse, rindo, e por fim encontrando meu olhar curioso, que ainda estava pleno da frivolidade dele. — Então, Meg, em nome da verdade, é preciso que você saiba que nem sempre fui fiel à imagem que tinha de você.

Relutante, fiz que sim, sem querer tomar conhecimento do que ele me dizia, mas também sem querer parecer ingênua, e senti que um pouco de minha felicidade me escapava.

— A Itália — acrescentei, tentando não parecer decepcionada.

Aparentemente sem se dar conta de meu tom inseguro, John voltou à carga.

— Não, na realidade vivi uma vida de monge na Itália, eu estava falando da vida aqui na corte. A corte do rei Henrique é um ambiente lascivo. É o que se diz por toda a Europa: trata-se de um território de novos ricos; um bando de exibidos, pessoas que construíram a própria riqueza e se apossam de tudo o que podem. Quando voltei, verifiquei que o que diziam procedia. Toda diversão termina do mesmo jeito: bebida, muita conversa sem nexo e um comportamento alucinado. E não há nada mais alucinado do que mulheres casadas, respeitáveis, que flertam conosco tão recatadamente por trás de suas máscaras no início da noite, mas na madrugada, quando já beberam meio barril de vinho, elas já estão inteiramente prontas a ir para debaixo dos lençóis, ou para o caramanchão de rosas à luz do luar, e a se permitir quaisquer liberdades que a nossa fantasia alimentada pelo vinho nos estimular a experimentar. Assim, me deixei levar uma vez ou outra — e eu podia ver as lembranças íntimas que atravessavam o rosto dele. Então ele percebeu minha expressão de choque, tomou-me o queixo e o levantou, fazendo com que eu, relutante, o encarasse. — Ah, Meg, não fique tão desapontada comigo, porque foi um desses encontros amorosos que afinal me fez cair em mim. Alguém que me fez lembrar você. E, de repente, percebi que era hora de deixar tudo aquilo para trás e vir ao encontro da senhora Meg, já adulta, e tentar conquistar-lhe a mão.

Ele tornou a me beijar o nariz e me fitou bem no fundo dos olhos.

— Eu a ofendi — disse John, como se tivesse se espantado. — Eu devia ter segurado a língua. É sempre difícil ouvir verdades demais.

Afastei-me e peguei a capa, ainda perturbada e, contra minha vontade, aparentando essa perturbação. E, de repente, me sentindo irremediavelmente vulnerável ao lembrar que tinha me entregado a esse homem no bosque, ao pensar no dilaceramento da virgindade, nas marcas vermelhas de beijos nos seios e no pescoço, e nas roupas manchadas; além de subitamente temerosa de que ele pudesse, um dia, falar de mim a alguma outra mulher da mesma maneira: "Ela me fazia lembrar você."

— Isso é passado, Meg — disse ele, persuasivo, mantendo uma certa distância, não suficientemente imprudente a ponto de arriscar me tocar até a magoa passar, mas claramente capaz de ler o que se passava em minha mente. — Não olhe para trás. Nunca houve nada sério; você sabe que eu jamais tornarei a reparar em outra mulher. Agora eu encontrei você.

Pus a capa nos ombros. Ele ainda estava de pé, só de meias. As botas e a capa esquecidas no ninho de mato e folhas amassadas que tínhamos feito. Ele me fazia pensar numa cegonha gigante, ou num corvo, ali em pé, tão alto e moreno, e de repente ansioso. E tão de repente quanto, tive vontade de perdoá-lo.

— Não é hora de irmos embora? — perguntei, esboçando um sorriso para ele e gostando de ver seu alívio enquanto ele procurava as botas e saltava, comicamente, num pé só, e depois no outro para calçá-las. — E... — continuei, antes que ele tivesse tempo para se recompor, com vontade de poder esquecer que um dia me sentira vulnerável e sozinha para sempre — será que não é hora de você contar a meu pai que eu o aceitei e lhe pedir permissão para se casar comigo, esta noite?

— Esta noite — agora ele já vestira a capa e a estava arrumando nos ombros. Então, com o queixo duro e decidido, ele me deu um sorriso e estendeu a mão para começar a me guiar em nossa volta do bosque. — Esposa, você tem razão — acrescentou ele, com firmeza. — Confio em seus bons instintos. É isso, esta noite.

Nós nos separamos no portão. Ele tomou o rumo do Novo Edifício à procura de meu pai. Com os pés mal tocando o chão, fui sozinha até meu quarto.

Tirei a roupa toda. E me olhei no espelho. Vi que eu tinha arranhões nas costas e nas nádegas, gravetos nos cabelos, marcas vermelhas nos seios e percebi que sentia uma dorzinha aguda entre as pernas. Mas os lábios estavam cheios e vermelhos, os olhos brilhavam, e, quando me trouxeram água, quase não tive vontade de me meter na tina porque queria que o cheiro dele continuasse em mim. Depois de me esfregar bastante até a pele ficar rosada e os dentes começarem a bater devido à frieza da água, sequei cada centímetro de pele com cuidado, esfreguei bálsamo no corpo todo e me preparei para uma nova vida em que esperanças e medos secretos fossem inteiramente dispensáveis. E pus o vestido amarelo festivo que usara em janeiro, no dia do reaparecimento dele. Achei a gargantilha de pérolas que meu pai me dera quando cheguei à idade adulta, e que eu raramente encontrava oportunidade de usar. (Tomada de meu novo contentamento, de repente me lembrei do beicinho feito por Anne Cresacre ao ver o colar de ervilhas, em vez de pérolas, que nosso pai lhe dera, e me dei conta de ter tido mais sorte do que ela no meu presente.) Ruborizei os lábios machucados e as faces afogueadas. Longe da pose severa que costumava fazer diante do espelho, fiz uma pirueta e sorri para mim, deleitando-me com o toque da seda em meus dedos e o brilho do tecido enquanto eu girava. Eu queria estar com a melhor das aparências quando meu pai fizesse sua proclamação à mesa.

Como eu não queria ter de falar com ninguém antes que a notícia a meu respeito se tornasse pública, sentei-me na cama à espera da hora do jantar. O tempo se arrastava. Eu ouvia Margaret, que ainda estava na cama, no quarto mais adiante no corredor, cantando de felicidade; uma criada batendo algo num armário próximo; e ouvia, lá embaixo, dame Alice massacrar uma música no alaúde. Cheguei à janela e olhei para o jardim, e lá vi mestre Hans e mestre Nicholas dando uma volta; escondi-me para que não me vissem e, consequentemente, não me convidassem para acompanhá-los. Após recuar um pouco da janela, vi dois esquilos, que atravessaram brincando o gramado aos saltos até a árvore mais próxima. Tornei a me sentar. O sol ainda estava alto no céu. Ainda não ouvíamos o retinir de panelas, ruído que poderia indicar que a tarde tinha quase chegado ao fim.

Por fim, eu não aguentava mais aquela calma. Desci a escada na ponta dos pés e fui para o jardim, onde me aqueci ao sol e me embebedei da doçura oleosa das rosas e do canto dos pássaros. Tudo o que chegava a meus sentidos me fazia lembrar, com uma emoção secreta, dos movimentos suaves do corpo dele sobre o meu, no bosque, naquela manhã; até mesmo o estorninho curioso que me espiava do alto dentre as folhas de um ramo, cujo olho como uma conta negra me lembrava John.

Quando vi meu pai, caminhando devagar por uma trilha que levava ao Novo Edifício com uma carta na mão, quase dancei ao me aproximar dele. Passei por cima das margaridas e botões-de-ouro com tanta leveza que ele pareceu não ouvir meus passos no gramado. Pus, delicadamente, a mão em seu ombro e falei:

— Pai...? — Ele se sobressaltou. E se virou. Achei que seu rosto expressaria excitação e prazer por minha causa; achei que veria uma oração pelo nosso futuro se formar em seus lábios; mas não vi nada disso. Ele estava com a barba por fazer, o rosto fechado, e um ar apreensivo. — Pai, o senhor... — gaguejei e fiz uma pausa diante da tristeza selvagem em seus olhos sem nem sequer chegar às palavras: — falou com John?

Claro que ele não tinha falado, percebi, me censurando pela minha idiotice. John estava esperando por ele no Novo Edifício, e ele estava justamente chegando lá naquele momento.

Havia algo semelhante a piedade no rosto moreno de meu pai.

— Sei que você teve uma conversa séria com John — disse ele, sombriamente; a resposta não era a que eu desejava. Era como se ele não tivesse ouvido minha pergunta. — Mas temo não ter boas notícias — acenou com a carta. — Eduardo Guildford morreu.

Fiquei perplexa. De que ele estava falando? Eu nem ao menos sabia quem era Eduardo Guildford. Meu pai estava recebendo cartas diariamente que o informavam quem fora vitimado pela febre. Por que razão ele estava de repente tão preocupado com a morte desse estranho? Em que isso se relacionava comigo e com a pergunta tão importante que eu lhe fizera?

Mas eu podia, pelo menos, ver que, na opinião de meu pai, eu deveria compreender melhor as coisas. Quando ele viu meu olhar vazio, sacudiu a cabeça, zangado.

— Você nem sequer sabe quem ele é, não é mesmo? — foi a pergunta ríspida que me fez. Menos confiante em minha felicidade do que estivera minutos atrás, balancei a cabeça. A boca começou a formar uma palavra inocente: "Quem?", mas ele percebeu e tornou a balançar a cabeça, ainda mais zangado. — Agora não, Meg — retrucou, bruscamente. Eu nunca vira meu pai agir com grosseria. Mas agora, sem dizer mais nada, ele deu meia-volta e saiu pisando forte em direção ao Novo Edifício.

Assombrada, fiquei onde estava e o acompanhei com os olhos.

Quando meu pai chegou à porta, vi que uma pessoa saía de trás das sombras do Novo Edifício e trotava em sua direção. *John*. Meu coração tornou a se acelerar, principalmente porque John acompanhou meu pai pela porta do prédio e a fechou.

Fui andando até o rio, dominada por sentimentos de ansiedade que eu não saberia definir. Vi os barcos pesqueiros se aproximando. Quando mestre Hans chegou e se postou a meu lado, com o rosto redondo todo risonho, eu perguntei, sem nenhuma cerimônia:

— Quem é Eduardo Guildford? — O pintor tinha passado dois meses na corte à cata de qualquer um que se interessasse em lhe fazer uma encomenda. Tinha certeza de que ele saberia.

E não me desapontei. Holbein não perguntou por que eu queria saber, simplesmente gostou daquela oportunidade de exibir seus conhecimentos, e então respondeu:

— A senhorita quer dizer Sir Eduardo Guildford. Um dos homens mais influentes da corte. Ele comandou as comemorações em Greenwich. Um sujeito grande. De cabelos pretos — e o mestre se contorceu, todo satisfeito da própria importância. — Estive com ele muitas vezes.

— Obrigada — retruquei, e, virando-me para Holbein, acenei com a cabeça. Eu ainda não tinha entendido.

Deixei mestre Hans na beira do rio e voltei, passando pelo Novo Edifício. Espiei lá dentro. Ouvi vozes provenientes do interior sombrio, mas estavam falando tão baixo que era impossível saber o que diziam. Agitei-me, de um lado para o outro, por alguns minutos, mas não ouvi sons de cadeiras arrastadas nem de chaves manuseadas.

Voltei então para casa e fiquei parada ao lado da porta dos fundos, assistindo ao sol mergulhar no horizonte e às sombras se estenderem. Eu estava nervosa demais para continuar imóvel, e nervosa demais para entrar. Quando, afinal, vi duas figuras saírem do Novo

Edifício, e meu pai parar um pouco e mexer nervosamente na fechadura enquanto John se encaminhava em minha direção, corri para encontrá-lo.

Quando me aproximei, vi que ele não iria parar. Os olhos de John estavam vermelhos e inchados, e vi sulcos úmidos em seu rosto. Mas o motivo para aquele choro não era eu. John olhou-me com um ar inexpressivo e continuou a caminhar.

— John...? — comecei a falar, sentindo indícios de medo, e me virando para poder andar mais rápido e alcançá-lo.

— Agora não, Meg — John me respondeu, num tom tão brusco quanto o do pai ao falar comigo antes. E, após o que soou como um soluço, ele apressou o passo, aumentando a distância entre nós, e sumiu casa adentro.

Uma olhada no rosto de meu pai foi o bastante para que o clima da mesa se enregelasse. Tive a impressão de que todos ali eram ignorados, tanto quanto eu, em relação aos acontecimentos. Mestre Hans, dirigindo-se a mim, expressou seu espanto com um movimento de sobrancelhas, mas desistiu da careta quando o ignorei. John não estava na sala. Tudo me parecia irreal; um pesadelo que se intrometia na realização de meu sonho. Procurei não me mexer muito para evitar chamar atenção para o vestido amarelo e o colar com que eu me enfeitara. Mantive os olhos baixos e tentei não pensar na leve dor — um pecado que se fazia lembrar — entre as pernas. Comemos com uma rapidez fúnebre.

— Esta noite vamos à capela — anunciou meu pai, empurrando um prato com a comida intocada para o lado — participar de um funeral. Sir Eduardo Guildford, que morreu da febre do suor, será enterrado entre nós. Que sua alma descanse na paz do Senhor.

Trocaram-se olhares, e sinais furtivos foram transmitidos de um comensal a outro. Vi que Will Roper e Margaret (já de pé, mas com um xale apropriado a um leito de doente em volta dos ombros magros) se entreolharam, assombrados. Isso explicaria? Nem mesmo eles, que evidentemente sabiam quem era Eduardo Guildford, poderiam dizer por que ele seria enterrado na capela de nossa família. Essa medida era inusitada. Nosso pai não nos deu mais informações. Os dois estrangeiros abriram mão de qualquer sinal de educação fingida e se olharam mutuamente com uma curiosidade indisfarçada. Dame Alice manteve o nariz apontado para baixo e os olhos fixos na comida.

Pusemos nossas capas pretas por cima da roupa que vestíamos e fomos andando à luz das tochas até o vilarejo. Margaret foi também, apesar da fraqueza, apoiada no braço de William. Dame Alice seguiu ao lado de mestre Hans. Quase 50 metros adiante, nosso pai ia à frente, acompanhado de John, que escapuliu de casa para se juntar a nós quando começamos a caminhada, mas que, de tão embuçado em seu agasalho, estava quase irreconhecível. John passou direto por mim. Não falou com ninguém. Os ombros dele tremiam.

E assim me esgueirei até ficar o mais para trás possível, a fim de evitar a humilhação de ver aqueles ombros e, acompanhada de mestre Hans, fechar a retaguarda.

— Não estou entendendo nada — lamentou-se o pintor. — Que enterro é esse?

Sacudi a cabeça, indicando que eu também não estava entendendo nada, mas mantive os olhos atentos à minha frente. Naquele momento, eu estava me sentindo ora entorpecida, ora tomada de vergonha, ora enjoada como se tivesse engolido cacos de vidro que aos poucos me dilacerassem por dentro. Era difícil para mim não só controlar as emoções, mas também manter qualquer tipo de comunicação. Eu não queria de jeito nenhum que Holbein insistisse em conversar comigo.

— É por causa desse enterro que você está infeliz? — insistiu Holbein com a franqueza que lhe era habitual, ainda sussurrando, mas alto demais.

Sacudi a cabeça de novo. Contra a minha vontade, fiquei comovida com a preocupação dele. Mas a última coisa que eu queria era responder a um interrogatório em voz alta, com todo o resto da família à minha frente. Se eu falasse, choraria; e eu faria qualquer coisa para evitar a humilhação de chorar naquele momento.

— Ninguém sabe nada sobre esse funeral — foi o que eu disse por entre lábios semicerrados.

O acontecimento tornou-se ainda mais irreal quando chegamos à capela. Não foi só a presença do padre de nossa família, de vestes negras, não foi apenas o caixão de um estranho cercado de velas com que nos deparamos; não foi só a porta do jazigo que nosso pai construíra para a família, e que estava aberta para acolher uma pessoa que nenhum de nós conhecia numa atmosfera úmida e cheirando a incenso. Mas, assim que entramos, vimos que também havia outras pessoas ajoelhadas rezando. Todos homens. Todos altos. Todos vestindo capas pretas. E todos estrangeiros. Tinham vindo da cidade, evidentemente, uma vez que havia cavalos do lado de fora, com as patas inquietas batendo no chão e fazendo voar a poeira da estrada de Londres. Vimos pajens usando calças justas de cores vivas e punhos que saíam dos regalos que acompanhavam as capas — ou seja, rapazes de libré —, murmurando algo aos animais. Além de uma escolta armada, mais adiante, à sombra, em silêncio, mas incapaz de evitar ruídos metálicos ou de impedir que a luz rebrilhasse nos ornamentos de metal que os homens usavam.

Um por um, ao verem nosso pai e John, os estrangeiros levantaram-se e se aproximaram deles envoltos pela fumaça das velas perfumadas. E se agruparam, confusamente. As cabeças se curvaram e ouvimos murmúrios. Os braços cobertos de negro tocaram os ombros de John. A cabeça dele curvou-se ainda mais.

Foi apenas depois de ter ouvido os passos pesados da procissão, e depois de ter ouvido o padre começar a recitar o *De profundis* ("Das profundezas de nossa aflição clamo a ti, Senhor: escuta, Senhor, a minha voz") que senti outro puxão em meu braço.

— Olhe — silvou mestre Hans, com olhos tão espantados que pareciam querer saltar do rosto quadrado. Os braços não se mexiam, mas ele sustinha no ar o dedo indicador da mão direita. E estava apontando, com insistência satírica, na direção dos estrangeiros.

Um dos capuzes negros caíra para trás. Por um instante, antes que alguma mão tornasse a pô-lo no lugar, o rosto do homem por baixo do capuz — um homem de pé ao lado de John — se revelou. Uma cara chata, vermelha e oleosa, de olhos pequenos e espertos, e cabelo e barba ruivos como o pelo fedorento de uma raposa. Eu conhecia aquele rosto de um dia no inverno passado em que ele viera a Chelsea para, num passeio pelo jardim com nosso pai, seu "velho amigo", conversar sobre seu casamento, uma questão que o atormentava. Não esquecerei nunca a expressão fixa e amedrontada que vi no rosto de meu pai diante daquele braço corpulento que lhe pesava nos ombros e lhe dava tapinhas nas costas vez por outra. Agora, na capela, mestre Hans sussurrou:

— Você viu? — E até esse sussurro abafado revelava o choque do reconhecimento. — Aquele não é o rei?

Holbein era mais esperto do que eu imaginava. Mas, por mais deficiente que fosse minha compreensão dos acontecimentos, suspeitava que o pintor não poderia saber da presença do rei ali. Recorrendo a reservas de lealdade familiar que eu não pensava ter, reuni forças para lhe dirigir um sorriso tranquilizador e balançar a cabeça com a maior firmeza que consegui demonstrar.

— Mas — sussurrou Holbein de novo —, tenho certeza de que é o rei, eu o vi em Greenwich. Não há ninguém que se pareça com ele.

Não lhe dei atenção.

Fugi de mestre Hans assim que a cerimônia terminou. Estava me preparando para me afastar dele antes que o padre entoasse as últimas palavras em latim: "Se consideras as nossas iniquidades, Senhor, quem poderá suportá-lo?" E já estava seguindo rapidamente caminho afora, enquanto, no vestíbulo, o padre e seus acólitos recitavam o *Kyrie eleison* ao se despir das vestes; antes que a tropa de cavaleiros a caminho de Londres com suas tochas tivesse sumido.

John deve ter saído da capela sozinho, mergulhado em sua dor. Naquela escuridão, a única pessoa de preto a minha frente, carregando uma tocha, era meu pai. Os outros, hesitantes, murmurando entre si, saíram enfileirados da capela, atrás de nós.

Precipitei-me para alcançar meu pai, tropeçando, com a pressa, em pedregulhos e raízes, sentindo galhos e gravetos me açoitarem no escuro e percebendo as lágrimas contidas brotarem perigosamente de dentro de mim. Segurei-lhe novamente o braço; quase o agarrei.

— Meg, minha querida — disse ele, gentilmente; mas seria a gentileza mortífera de um homem que negou a um pretendente a mão de sua filha? Por pouco não ousei perguntar, mas não podia deixar de fazê-lo.

— O senhor precisa me dizer — falei, ofegante, tentando, sem conseguir, manter a firmeza na voz. — Preciso saber. Esperei toda a minha vida. Não compreendo... — E vi que meu pai fechou a cara para mim. — Ele me disse que falaria com o senhor. Mas então... tudo isso... — Para meu horror, percebi que eu mal engolia as lágrimas. Ele apressou o passo. — Preciso saber, pai: o senhor vai permitir que eu me case com John?

Estava acabado. Temi que meu pai me mandasse embora e prosseguisse escuridão adentro, deixando-me ali sem nenhuma resposta. Esse pensamento fez com que lágrimas humilhantes cobrissem meu rosto.

Mas não mandou. Meu pai estava assombrado com a pergunta. Tão assombrado que parou de repente e aproximou a tocha de meu rosto. Examinou-me por algum tempo e, delicadamente, tocou-me a face com a mão livre, enxugando-a, e olhou para as lágrimas nos próprios dedos como se duvidasse do que via. Então, pôs a mão na testa como se sentisse forte dor de cabeça.

Quando, afinal, falou, a resposta não ajudou a esclarecer nada.

— Ele a pediu em casamento agora, logo agora? — disse o pai, aparvalhado. Era como se ele estivesse falando tanto consigo quanto comigo. — Sem nem sequer ter lhe dito nada sobre Guildford! — E de repente ele me pareceu mais zangado do que eu jamais o vira. O rosto se fechou numa expressão fria e furiosa que eu podia imaginar ser a face que um herege veria na câmara de tortura. E ele, rispidamente, me tomou pela mão e me arrastou para o Novo Edifício sem dizer mais nada.

A porta estava aberta. E vi uma vela acesa lá dentro. John Clement, curvado, estava sentado na cadeira, com a capa amarfanhada lhe cobrindo o peito e a cabeça, tão longe do mundo à sua volta quanto um pássaro adormecido. Talvez tivesse ouvido nossos passos apressados, mas nem chegou a levantar os olhos quando meu pai me empurrou para dentro do cômodo. Só despertou ao ouvir a voz de More, soando com a limpidez fria de uma faca na garganta. Só quando meu pai começou a falar foi que percebi que ele estava zangado com John, não comigo.

— John — disse More rispidamente. — Meg me disse que você propôs casamento a ela. Mas eu retruquei que você só poderia fazer qualquer proposta depois de lhe contar toda a verdade; e você ainda não lhe disse nada. Você tem algumas confidências a compartilhar com Meg. Acima de tudo, você tem de contar sobre Guildford. Eu voltarei após ter decorrido o tempo necessário para você falar sobre isso.

Então, meu pai saiu. Tendo ouvido a tranca da porta se fechando, John Clement afinal levantou os olhos vermelhos e assombrados e me fitou, estupefato.

PARTE II

Dama com esquilo e estorninho

8

Às vezes a realidade nua e crua é menos persuasiva que as sombras. John Clement piscou, mas por algum tempo não conseguiu reconhecer o rosto atemorizado da jovem que estava de pé diante dele, de uma palidez mortal, olhos apavorados e músculos contraídos nos cantos da boca. Ele estava numa outra época; de novo criança, entretido em jogar cinco-marias com o irmão Eduardo — dois meninos acocorados nas ancas magras, ao relento.

Ouvindo os adultos que discutiam do outro lado da porta.

Vozes diferentes no decorrer dos anos. Seu pai: berros de raiva, seguidos de socos nas mesas, estrondo de móveis sendo virados ou de golpes de uma faca na toalha. Sua mãe: os tons frios da voz cortante, os gritos estridentes de raiva. E os tios. Tio Ricardo, com a cautela do mais fraco da ninhada, moreno e melancólico, sempre mordendo uma junta ou um lábio: e além desse constante dilaceramento da própria pele, um relato incansável, nos tons monótonos do Norte, de exigências ou fatos desagradáveis. Tio George, com a beleza decadente de um menino voluntarioso que deu errado: toda tentativa sua de ameaça, intimidação, suborno e logro, descoberta; toda traição sua, revelada; intacta, apenas a raiva. Mais uivos de fúria. E as avós: uma com a voz aguda e irritante; e a outra, com uma voz lamurienta, melosa e manipuladora, ao menos até ela se zangar e se tornar venenosa como uma cobra.

E a aparência calma nos olhos de Eduardo combinando com a expressão tão conhecida por ele que logo apareceria em seu rosto jovem e liso; o pavor resignado de crianças que não têm o menor controle sobre os adultos que comandam suas vidas. Desencaminham suas vidas.

Não valia a pena pensar nos nomes dos lugares sobre os quais eles ouviam os adultos discutirem do outro lado da porta. Eram sempre lugares diferentes, embora, no fundo, fossem sempre a mesma coisa. Sempre na retaguarda, ou no ataque; sempre se rendendo a alegações de traição de um ex-amigo, um aliado ou um membro da família mais ameaçador; e as crianças, sempre lutando para conseguir entender o último relato pungente de um erro cometido por aquele que acabara de sair intempestivamente do local, fazendo ameaças de vingança apocalípticas, e que, portanto, não estaria mais ali para defender seu bom nome; chegando a que conclusões pudessem chegar a partir dos relatos das últimas batalhas. Não em relação a quem estaria certo ou errado. Elas sabiam, com a perversidade e a certeza dos seres racionais, que todos os adultos estavam sempre errados. Não havia por que lhes atribuir culpa ou aceitar qualquer das suas justificativas tortuosas e furiosas. O que as crianças precisavam deduzir era mais simples: qual seria a próxima reviravolta em suas vidas em consequência da última e encarniçada batalha e em que novo corredor elas se veriam na semana seguinte.

Os dois viviam as mesmas vidas de incerteza e medo. Mas o grau de conhecimento era diferente. Ele era três anos mais jovem que o irmão; o que significava ser imaturo demais para inspirar confiança. Era a Eduardo que diziam as coisas (embora apenas as coisas erradas). "Você vai ser o chefe dessa família de degenerados um dia, vai lhe fazer muito bem", o pai resmungava, quando estava bêbado o suficiente para ser piegas — mas só se dirigindo a Eduardo. E o sujeito continuava a desabafar seus sentimentos com o garoto, que se encolhia e assentia com a cabeça. Eduardo não tinha a menor vontade de ser o chefe de sua família de degenerados. Ele não queria saber quem o pai estava perseguindo, ou quem ele queria matar ou a quem queria declarar guerra, ou por que o maior amigo de ontem tornara-se o inimigo encarniçado de hoje. Não queria de jeito nenhum se sentar à mesa com aquele louro aterrorizante, vendo-o triturar ossos de aves entre os dentões ou se embebedar de vinho. Era uma criança tranquila, um menino pequeno e magro para sua idade. Queria uma vida tranquila.

John Clement lembrava-se de sentir não só inveja como também alívio por não ouvir todas as histórias. Lembrava-se de seu desejo infantil de ser aquele que os braços paternais apertavam com ardor, o que ouvia as palavras sussurradas antes que o grandalhão caísse no sono. Não que ele realmente quisesse se deparar com certos segredos de seu pai: vagando pelo corredor, abrindo portas, aos 8 anos, sem rumo e confuso depois do enterro de Anne, assoviando baixinho, espiara numa antessala e, lá dentro, vira uma forma se contorcendo sob a janela do outro lado. Panos e movimentos. Ele tinha espiado por mais tempo e visto que aquela forma era o seu pai, deitado de bruços, se mexendo, ofegante. Então, tinha reparado que embaixo do homem havia um braço e uma perna de alguém. E a cabeça de uma morena de cabelos compridos virara para o outro lado. Saíra da antessala tranquilamente e seguira pelo corredor, ainda assoviando, em direção a seu próprio cômodo — mas não antes de perceber os olhos do pai voltados para ele. Em seu cômodo, foi até a janela e começou a brincar com a adaga de prata que acabara de ganhar, em cujo punho se via seu emblema entalhado. Tirando-a da bainha e recolhendo-a, vezes sem conta, deliciando-se com o ruído do metal contra o metal. Sem pensar. Assim, John se surpreendeu quando viu o pai entrando no quarto, descabelado, mexendo nas roupas como se não tivesse certeza de que as vestira corretamente. E, olhando ansiosamente para o menino sentado no peitoril da janela, lhe disse:

— Acho que você viu alguma coisa.

Todo mundo sabia que ele deitava-se com toda mulher em seu caminho; todo mundo se fingia de cego; mas ele estava sempre com pavor de ser visto pela esposa.

— Não — lembrava-se John de ouvir sua própria voz de menino dizer ao pai, e de ter voltado seus olhos inexpressivos e deliberadamente não cúmplices para aquele rosto bonito e ruborizado. Friamente, para que não houvesse mais o que se falar um ao outro. E encolhido de vergonha ao pensar na conversa que poderiam ter. — Não. Não sei o que o senhor está querendo dizer. — E lembrava-se do alívio que sentira quando o grandalhão assentiu com a cabeça, entendendo gradualmente o que o menino dissera, e fechou a porta.

Ele ainda não saberia dizer se era uma bênção ou uma maldição ser o filho mais novo; permanecer inocente por mais tempo em relação aos piores excessos que os adultos podiam se permitir. Mas John nunca tivera a intenção de deixar que a amargura se insinuasse em sua relação com Eduardo, o irmão que o acompanhara no decorrer de todo esse tempo. Nem quisera deixar que os dois, ao crescer, depois que os homens da geração de seu pai tivessem se destruído, gritado, trocado socos e empunhado armas um contra o outro, como os tolos ainda mais sanguinários faziam — como se toda a raiva que sentiram juntos por todos aqueles anos fosse uma herança nociva que não poderiam senão aceitar e à qual não poderiam deixar de se submeter. Nunca tivera a intenção de deixar que o silêncio diante do que lhe parecia uma curta viagem ao continente se transformasse numa vida de rancor silencioso, num abismo que não seria transposto nem quando, anos depois, ele admitisse que Eduardo poderia ter tido razão durante todo esse tempo, e que valia a pena fazer sacrifícios para se ter uma vida tranquila.

A ironia mais cruel era que Eduardo quisera enterrar o passado e recomeçar uma vida tranquila. John Clement lembrava-se, com ódio de si, de que ele próprio — que agora, quando adulto, tinha aprendido o suficiente para evitar o conflito a qualquer preço — correra atrás de justiça, de vingança, de retaliação. Fora ele quem tinha considerado Eduardo covarde por ter cedido — e, o que era imperdoável, dissera isso ao irmão. A briga tinha sido, toda ela, obra sua.

E agora Eduardo estava morto, e não seria possível desfazer-se do ódio. Não havia sequer uma última chance de fazer algo mais positivo com seu legado familiar, senão a armadilha mortífera dentro da qual ele crescera. E nem ao menos alguém a ser lembrado. Apenas a memória de uma sala no palácio Lambeth, depois que o arcebispo Morton tinha ido se deitar no aposento contíguo, e a dor nos olhos de Eduardo quando ele virara as costas para dormir; e sua última palavra, no tom arrogante que o caracterizava naqueles dias juvenis, ecoando entre as camas: "Covarde." Quando despertara no dia seguinte, Eduardo tinha partido. E agora ele estava ali, submerso na escuridão a seu redor, e estava só.

Ela o fitava, a jovem de cabelos escuros e touca branca, à luz das velas. E havia tanto medo no rosto da moça que ele sentiu um pequeno arrepio de piedade. O suficiente para procurar se concentrar no presente. Procurar se lembrar de que ele próprio já era um homem maduro, e de que, na longa vida que tivera desde que ele e o irmão começaram a brincar com cinco-marias em todo castelo que havia na Inglaterra, ela estivera em seus sonhos, e foram anos a fio.

— Meg — disse ele, lutando com as palavras, surpreso com a facilidade com que, pela primeira vez, pronunciava o nome dela, o que o ajudava a, cambaleante, poder voltar ao presente e admitir amar essa mulher. — Ele era meu irmão.

Ele a viu tomar fôlego. Viu que a testa da moça se franzia como se tivesse se espantado com o que ele dissera. Em seguida, Meg se acalmou. E John percebeu que ela começava a compreender. E que o medo desaparecera. E viu que ela voltara a ter confiança em si.

Rapidamente, Meg deu um passo à frente e, inclinando-se, aproximou-se de onde ele estava sentado. Por um segundo fugaz, ele viu o rosto da moça se transfigurar e adquirir uma ternura quase maternal. Então ela o tomou nos braços e o abraçou como quem abraça uma criança. Ele se deixou tranquilizar por aquele abraço consolador, tentando evitar que as ideias o levassem a se adiantar no tempo, temendo o que pudesse vir a seguir. No limiar da mente de John, havia uma lembrança recente de nádegas que cediam ao toque de suas mãos e a impetuosidade do olhar azul-escuro de Meg enquanto o corpo dele pesava sobre o dela no bosque. Mas era difícil para ele prolongar um momento em que todas as esperanças do presente pareciam ter afinal vencido seu passado de desespero. O ímpeto em seu coração foi instantaneamente abafado pelas trevas que o assustavam. Em parte ele sabia o que estava causando esse medo, embora não conseguisse controlar a grande onda de tristeza que o inundava. Agora, ele tinha de lhe contar tudo. Sir Thomas dera ordens para que o fizesse. Mas se ele lhe contasse tudo, ela saberia. E, se soubesse, talvez fosse embora. John estava quase sem fôlego.

— Sinto muito — murmurava ela, afagando-lhe a cabeça. — Sinto muito. Seu irmão. — John gostaria de ver a expressão de Meg, mas como não lhe via o rosto, mais acima, não ousou levantar os olhos. Ele ouviu o alívio secreto que ela tentava eliminar da voz solidária e percebeu que a moça, por achar que apreendera um mistério, podia afinal esperar ser feliz. E John não quis privá-la daquela sensação de confiança. — É o irmão de quem você estava falando, não é? Aquele com quem havia arestas que você não conseguia aparar... — acrescentou em voz baixa, erguendo a mão e pousando-a na cabeça dele. John assentiu. — Você fez tudo o que pôde... Não se recrimine... Sei que não foi sua culpa.

E então ela se lembrou e balançou a cabeça. Ele sentiu que ela se afastou um pouco.

— Mas — ela perguntou, novamente com uma expressão de dúvida — era isso que o pai queria que você me contasse?

Ele não conseguia falar. E ela interpretou seu silêncio como um sim.

— Bem, você não fez nada de errado — ela continuou, e então sentiu um prenúncio de indignação em sua voz a favor dele. — Por que ele estava tão nervoso?

Então ele se afastou. Retraiu-se. Dominou-se. E, de pé, mais alto que Meg, passou o braço pelos ombros dela e a trouxe delicadamente para si, de tal modo que os dois ficaram meio inclinados e meio sentados no tampo da mesa.

— Não sei como lhe dizer — sussurrou John.

Ela o olhou, com uma confiança intolerável.

— Agora não precisamos mais ter segredos um para o outro, não é mesmo? — disse ela num murmúrio, e com a sombra de um sorriso no rosto.

"Eu queria tanto não ter segredos para você", implorou John, em silêncio, "mas minha vida é tão longa se comparada à sua, e são tantas as camadas de segredos antigos a serem explicados! Não quero que você me ache fraco."

Pondo uma das mãos na dele, sobre a mesa, ela entrelaçou os dedos nos dele. Ainda o fitava. Aos poucos, o olhar dela tornava-se constrangedor. Ele desviou os olhos para um lado. Em seguida, olhou para a mão branca de Meg sob a sua, e respirou fundo.

— Seu pai tem razão. Tenho mais uma coisa a lhe dizer — disse John, num tom mais alto, que ultrapassava as batidas ensurdecedoras do coração. — Se eu for lhe falar com toda a honestidade. Mas não quero que haja nada diferente entre nós por causa disso — acrescentou John, deixando surgir as palavras, com a eloquência que o desespero dava a sua língua. — Sir Thomas quer que eu lhe fale de meu passado. Mas primeiro quero lhe dizer que nossa união se baseia na escolha feita para nossas vidas. O que nos importa é o nosso presente e o nosso futuro, juntos, e não o que deixamos para trás. Nós dois tivemos origens sombrias.

Meg assentiu com a cabeça. Constrangida, mas ainda confiante. E quase sorrindo.

— Você vai me falar das mulheres que amou? — perguntou, e acrescentou: — Não me importo.

Não. Ele balançou a cabeça.

— Olhe — começou a falar. — Você se lembra do jogo que a fiz jogar quando éramos crianças... aquele em que os príncipes estavam na Torre de Londres? O começo do livro de seu pai?

— Os príncipes que Ricardo III mandou matar — disse ela, relembrando o assunto familiar estudado na sala de aula, tentando fazê-lo sorrir com a mesma nostalgia que sentia ao se lembrar do jogo. — O colérico e impetuoso Ricardo. Beijando quando pensava em matar.

Não; não era assim. Ele não sabia como começar. Muito tempo se passara desde que tivera de se explicar. Não havia quase mais ninguém vivo que soubesse da história; e os que sabiam não precisavam mais ouvi-la. Talvez ele devesse começar de outro modo.

— Meu irmão se chamava Eduardo — disse ele com voz monótona.

— Sei — disse ela, com ar perplexo. — Eu sei disso, Sir Eduardo Guildford.

— Já se perguntou por que o sobrenome dele não era o mesmo que o meu? — John acrescentou. Confusamente ciente do caminho que começara a percorrer, acreditava que os próximos passos ocorreriam naturalmente, e que talvez pudesse salvar as aparências se explicasse tudo corretamente.

Ela deu de ombros. Não entendia por que ele estava lhe fazendo essa pergunta.

— Por quê? Sua mãe se casou duas vezes? — foi o que Meg perguntou, com um laivo de impaciência.

— Não — respondeu John, agora falando mais rápido, e olhando para baixo. — Esse não era o nome dele. Não era o sobrenome com o qual foi criado.

Ele reparou que o olhar de Meg estava mais atento.

— Então ele se chamava Eduardo Clement? — perguntou a moça, como se estivesse tentando chegar a uma conclusão.

— Não — John respondeu, fechou os olhos, e cuspiu as palavras. — Plantageneta. Ele era Eduardo Plantageneta.

Tudo silenciara, exceto as pulsações fortes nos ouvidos dele. O cômodo fechado estava quieto. John sentia a testa se cobrir de gotas de suor, mas Meg mal parecia respirar.

Quando ele afinal levantou os olhos para os dela à luz da vela, viu que Meg o estava fitando, embasbacada.

— O príncipe preso na Torre? — perguntou ela, em voz alta.

Aflito, ele assentiu.

— Então, quem era você? — perguntou ela, arfando; a voz tinha quase sumido.

— Ricardo — John respondeu. — Quando eu era menino, me chamavam de duque de York.

Achei que ele tinha enlouquecido — que a dor desconjuntara suas ideias. Ou, pensei, aquela seria uma história maluca, inventada intempestivamente para poupá-lo de me contar algo pior. Ou talvez eu achasse que tivesse ocorrido um pouco das duas coisas. Ou talvez eu simplesmente não soubesse o que pensar. Minha cabeça rodava.

Mas havia algo ali que me pareceu imediatamente claro: dizer aqueles nomes de algum modo o aliviara. Ele se levantou da ponta da mesa e se virou para mim. Parecia mais alto do que o habitual, como se tivesse se livrado de um fardo. E os olhos que me fitavam eram quase desafiadores — um olhar de quem diz "acredite se quiser" misturado ao de quem pede "acredite em mim".

— Mas eles desapareceram — gaguejei. Meu corpo estava completamente paralisado, como o de um coelho congelado na boca de um cão. Mas minha voz começava a voltar; e estava voltando aguda e acusadora. — Foram mortos há quarenta anos. Esse era o jogo. Eram as nossas aulas de retórica. Foi isso que você nos ensinou.

Através da janela, eu ouvia os animais noturnos no jardim escuro; de longe, chegava o uivo de uma raposa. A cabeça estava cheia de lembranças da sala de aula; da voz dele, fazendo-nos prestar atenção aos nossos livros, abrindo o mundo para nós. Se o jogo era mentira, então tudo mais na paisagem calma do saber onde eu encontrara significado também estaria cheio de traições e armadilhas. Se o jogo era mentira, então o homem de pé à minha frente, sem a ansiosa inclinação de corpo que fazia meu coração se derreter de ternura, e com os músculos retesados, era um estranho.

O novo John assentiu com a cabeça.

— Pois é, o jogo — disse, arrependido, mas sem pedir desculpas, como se o jogo não fosse nada além de um artifício necessário; uma tática de sobrevivência. Um detalhe, talvez um detalhe até divertido, numa história muito maior. Talvez fosse assim para ele. — Achei que você poderia fazer perguntas a respeito. Foi uma ideia que seu pai teve quando voltei à Inglaterra e ele me acolheu; era uma forma de me proteger. Ele fez um esboço da história e me pediu que a ensinasse aos meninos de St. Paul. Quando cheguei à casa de vocês, ensinei-a a todos. Seria um jeito de espalhar a história de que Eduardo e eu tínhamos morrido; uma forma segura sobre a qual eu tinha pensado e conversado muito cujos detalhes foram minuciosamente trabalhados, e que fora ensaiada de trás para diante, com a preocupação de preencher quaisquer deficiências. De tal modo que todos vocês, crianças inteligentes, e os meninos inteligentes de St. Paul a conhecessem desde a infância e a vissem como História. E assim as gerações se sucederiam, e a invenção se tornaria História. Mas a invenção foi mais longe e avançou mais rapidamente do que esperávamos. Seu pai é um homem inteligente, mas até mesmo ele não poderia nunca imaginar que vocês, as crianças, fizessem, de tudo isso, uma boa história.

Ele riu sem parar.

— More sempre se orgulhou das realizações dos filhos. Mas nunca tanto quanto do desembaraço com que vocês mataram dois pequenos príncipes.

Eu podia imaginar a cena. Podia imaginar o sorriso tranquilo no rosto de nosso pai quando um de seus jogos se tornava realidade. A satisfação secreta que ele teria enquanto estávamos repetindo, com toda confiança, e ornamentando, o que estavam nos ensinando como verdade. Mas eu não podia me juntar a John no riso; não podia apreciar a inteligência desta ideia. Não podia respirar. Pensar que eu poderia ter sido manipulada num desses jogos por quase toda a minha vida, pelas pessoas que eu mais amava, me causava uma sensação que crescia em meu peito, como uma bola de encher que inflasse e esmagasse cada órgão de meu corpo. Se isso era mentira, quantas outras mentiras eu não teria ingenuamente engolido? Minhas mãos agarravam com força o tampo da mesa. Abri a boca e aspirei uma grande quantidade de ar.

— Mas a sagacidade de seu pai não termina aí — acrescentou John Clement, quase orgulhoso. — Uma vez que tínhamos matado Ricardo de York no jogo, ele completou o serviço me transformando num outro personagem ao escrever a *Utopia*. Lembra-se? Foi no verão em que ele me levou ao estrangeiro. More me incluiu no relato: "meu menino, John Clement", parado, em pé na praça de Antuérpia, ouvindo, junto dele e Pieter Gillis, Raphael Hythlodaeus contar suas extravagâncias. Todos nós o lemos; sabemos que o livro está cheio de gracejos. Utopia: lugar nenhum; às margens do rio Sem-Água; governada pelo governador Sem-Povo. Mas a melhor piada foi a que ele fez comigo. Algum dia você imaginou por que ele me chamou de "meu menino" no livro? Era mais do que força de expressão. Era a salvação. Não enganaria a ninguém que realmente me visse: ninguém que olhe para meu cabelo grisalho poderia pensar que sou um menino, mesmo que eu o fosse há 13 anos, quando o livro foi publicado. Mas até eu voltar à Inglaterra, no ano passado, eu levava uma vida calma; mal conhecia alguém fora das universidades; não dava a muitas pessoas a chance de saber minha idade verdadeira. Ao passo que o livro foi um grande sucesso de vendas em toda a Europa. Milhares de pessoas o leram. E, no texto, há apenas uma alusão a "John Clement". Ninguém que leia o livro nota particularmente o meu nome. Mas, se um dia o ouvirem em algum lugar, mais tarde, o que o nome pode trazer à memória de alguém, é que sou muito mais moço do que realmente sou, e moço demais para poder ser Ricardo de York. Principalmente se a pessoa tiver lido uma das edições europeias, que trazem até um retrato meu como um garoto de 15 anos e cabelos compridos. *Utopia* foi um golpe de gênio. Salvou-me como um príncipe Sem-Reino.

Nesse momento me lembrei da pergunta de mestre Hans no ateliê. Devia ter sido o retrato pintado por ele. Do Clement menino. Arranquei-me das lembranças da conversa — do espanto inocente de mestre Hans, de minha certeza inocente —, até voltar ao John Clement que estava diante de mim, com aquele olhar suplicante que me convidava a admirar a mente sutil de meu pai.

— Se tudo isso é verdade... — comecei a falar, reunindo todo o autodomínio que possuía para desatar minhas mãos percebendo que estavam branco-azuladas e frias apesar do calor da noite —, se você era realmente o príncipe Ricardo... — e o vi assentir com a cabeça, ansiosamente. E senti meus braços, que me pareceram ter vida própria, lentamente enlaçarem meu peito desesperado e abraçarem os ombros; senti o queixo cair até encontrar o apoio dos braços cruzados e então me enrosquei sobre mim mesma como um bebê, me abraçando para tentar não perder o contato com a realidade, e respirando fundo. — Então o que realmente aconteceu?

Ele fez uma pausa, recuperando os pensamentos dispersos. Não conseguia se lembrar da sequência correta dos acontecimentos; só da ameaça e do medo. Tudo era ameaça e medo naquela época. Ninguém poderia imaginar que seu pai morreria tão de repente. Esse acontecimento provocou maquinações e ódio em todos eles. Era o tio Ricardo contra sua mãe e a tribo de parentes ardilosos dela. E o primeiro lance do jogo era manter Eduardo sob controle.

Tio Ricardo estava longe, nas terras do Norte, no dia 9 de abril, quando tudo mudou. O tio Ricardo, duque de Gloucester, governava o Norte de sua morada, em Middleham. Eduardo fora mandado de volta ao castelo de Ludlow depois do Natal com o irmão de olhos astutos de sua mãe, Anthony, conde de Rivers. A mãe sempre lutou com afinco para que sua família participasse da educação do herdeiro real, seu filho — instigando seus parentes, a despeito da nobreza relutante, e lhes assegurando posições de influência. Os outros filhos, entre os quais ele próprio, aos 10 anos, ainda viviam com a mãe, em Londres. Então tudo o que ele sabia do que viera a seguir lhe fora contado por sua mãe. De olhos arregalados, com as sobrancelhas se mexendo, resfolegante. Juntando as crianças em seu colo; em seguida, afastando-os teatralmente para poder exibir mais claramente sua ansiedade; arqueando e baixando as sobrancelhas, respirando rápido, como se estivesse perdida em seus próprios sentimentos enormemente importantes.

Dois dias depois da morte de seu pai, quando os preparativos para o funeral estavam apenas começando, em Londres, os arautos da cidade proclamaram Eduardo rei. Eduardo V. Foram tantos os funerais na infância daquelas crianças que ele tinha se acostumado a usar preto nas idas à igreja e a ouvir vozes cantando "*de profundis clamavi ad te, Domine, Domine*". A irmã mais velha, Mary, morrera um ano antes; Anne, a menina com quem ele tinha se casado aos 4 anos para que seu pai pudesse se apossar das propriedades do pai dela, morta um ano antes da morte de Mary. Mas sua mãe dizia que havia coisas piores que a morte. Ela lhe disse um dia, em tom mordaz, que ele era um jovem de sorte por ter sido poupado das terríveis lembranças que ela e as irmãs dele acalentavam do período que antecedera ao nascimento dele, quando o pai fora usurpado pelos exércitos de Neville, e o tio George ficara à espreita para saber se ele se casaria com a filha de Neville e seria proclamado rei. Quando o pai fugira para Flandres, e ela tivera que levar as filhas pequenas para o santuário em Westminster onde dera à luz a Eduardo. "Sozinha", acrescentou a mãe melodramaticamente, como se nenhuma das pessoas que lá estavam com ela contasse.

Como peças de um jogo de xadrez, os membros da família rival mudaram-se então para Londres. O antigo ódio entre a família de seu pai e a de sua mãe viera à tona: a raiva dos York abateu-se contra sua mãe, a mulher desconhecida de rosto em forma de coração e corpo esbelto que tinha estragado o plano estratégico deles — casar Eduardo com uma princesa francesa —, com o próprio casamento real e secreto. A mulher que pusera hordas de parentes no poder e afastara os verdadeiros líderes da Inglaterra.

Duas semanas depois da morte do pai deles, Rivers armou 2 mil homens e partiu de Ludlow com o novo rei.

— Graças a Deus, graças a Deus — disse a mãe do novo rei, debulhando-se em lágrimas quando recebeu a mensagem. — Ele ficará a salvo com a proteção de Anthony.

Mas não ficou. Uma semana depois, tio Ricardo e um amigo, Henry Stafford, duque de Buckingham, interceptaram Eduardo e sua comitiva e prenderam Rivers. Sua mãe chorou, deu passadas nervosas e torceu as mãos. Lembrava-se de tentar consolá-la. Meio apavorado, meio entediado, pôs uma das mãos pequenas na dela e, tímido como uma criança, disse:

— Não chore, mamãe; não chore.

E se lembrava dos belos olhos dela terem se erguido lenta, dramática e tragicamente para ele, brilhando acima de seu traje de luto e do maravilhoso abraço com que o enlaçou:

— O amor de mãe não tem limites — disse ela, como quem declama. — Não posso senão me preocupar.

O pequeno Ricardo reprimiu a ideia de que tio Ricardo só estava fazendo o que seu pai lhe pedira — tornar-se lorde protetor do reino enquanto Eduardo fosse criança — ou seja, tirar o novo rei das mãos da família Woodville. Dizer isso em voz alta não valeria a pena. Manteve-se calado.

Passaram-se mais quatro dias antes que o séquito real chegasse a Londres, escoltado pelos duques. Sua mãe não tinha esperado; o funeral acontecera em Windsor. Mas toda a cidade já estava preparada para receber o novo rei. O prefeito, os almotacéis e quinhentos cidadãos, em trajes de veludo, apresentaram-se para receber Eduardo, no dia 4 de maio. Houve um banquete em sua homenagem em Hornsby Park. Ele foi hóspede de tio Ricardo em Crosby's Place por alguns dias. Depois, levaram-no para os aposentos reais na Torre de Londres.

O menino Ricardo não viu nada disso. A mãe os tirara rapidamente dali e os levara para o santuário em Westminster — uma tática que já tinha dado certo antes — e, daquele lugar seguro, praguejou contra o destino.

— Se algum filho meu cair nas mãos daquele manipulador perverso será uma tragédia! — exclamou, chorando. O pequeno Ricardo percebeu que a irmã mais velha, Elizabeth, retesara-se enquanto escutava a mãe. Por pouco ele não riu. A implacável Elizabeth de rosto redondo era apaixonada pelo velho e triste tio Ricardo, com sua cara magra e comprida e modos sem graça de administrador, desde que ele se entendia por gente. A vida de sua irmã era dedicada a imaginar que a mulher do tio morreria e ele a tomaria como próxima esposa.

Mas alguns dias depois sua mãe o chamou, com uma carta na mão, uma expressão severa no rosto e uma esperança secreta no olhar.

— Meu querido — disse ela —, você deve se juntar a Eduardo nos aposentos reais. — Elizabeth deve ter percebido um ar de espanto no rosto dele. — Tive notícias de Eduardo e de Ricardo — disse a mãe, com uma expressão de quem queria dizer que aquela sugestão era uma ordem. — Eduardo está muito só. E, como diz Ricardo, vocês dois precisam de um tutor; é importante que estejam juntos.

Ele não podia lembrá-la do que ela andara falando, ainda recentemente, do tio Ricardo. Isso apenas a enfureceria. Então ele abafou suas dúvidas e medos e deixou-se enviar para a cidade. Tinha 10 anos.

Era verdade que Eduardo estava se sentindo solitário. O rosto se iluminou ao ver o irmão entrando no grande aposento, em que se ouviam ecos. Ele parecia estar um palmo mais alto do que no Natal, e muito mais magro. Mas ambos ainda eram crianças, não ocultavam o que sentiam. Com um sorriso imenso, tudo o que Eduardo disse foi:

— O jogo das cinco-marias?

E então jogaram, e esperaram, e jogaram, e esperaram, e não ouviram mais nada. Mais tarde, ele descobriu que todos os partidários importantes de Eduardo estavam sendo presos: Thomas Stanley; Thomas Rotherham, bispo de York; John Morton, bispo de Ely; Oliver King, pai do antigo secretário deles, que, tendo começado a trabalhar para Eduardo, abruptamente parara; e até mesmo Jane Shore.

Mas naquela ocasião, apenas lhe chamou a atenção o dia em que o silêncio foi total. Houve uma prova das roupas para a coroação, então deveria ser antes do dia 22 de junho. Quando o trabalho dos alfinetes e das tesouras terminou, perceberam que os guardas não os olhavam nos olhos. A mãe tinha lhes mandado um bilhete através do tutor, o italiano rechonchudo que ia à Torre toda manhã para rezar missa e dar aulas, que, furtivamente, lhes passou um pedaço de papel ao saírem da capela. Era uma nota escrita às pressas, que dizia: "Tem se espalhado um rumor por aqui — um rumor terrível, destruidor — sobre o nascimento de vocês. Não acreditem em nada do que ouvirem. São mentiras; é tudo mentira. Não confiem em ninguém."

Leram o bilhete juntos. Trocaram olhares significativos e fizeram caretas patuscas um para o outro. Bravatas de crianças. Eduardo pousou o bilhete delicadamente sobre a mesa, sem comentários, e abriu os livros. Mas, depois da aula de latim, foi ajudar o italiano que se esforçava, atabalhoado, para vestir a capa.

— Doutor Gigli — disse o rapaz com voz tranquila e com a dignidade que a nova estatura e o novo papel começavam a lhe exigir —, que boato é esse de que minha mãe fala no bilhete?

O normalmente tagarela e fofoqueiro Giovanni Gigli estremeceu como se estivesse apavorado e olhou ansiosamente para a porta. Mas ele contou. Ele não tinha chegado a arquidiácono de Londres por não atender aos caprichos dos príncipes. Sempre contara tudo. O bispo de Bath e Wells andava dizendo que o pai deles fizera um casamento anterior e secreto antes do casamento também secreto com a mãe deles. O bispo dizia que, diante dele, há vinte anos, o pai deles tinha feito um contrato legal de casamento com uma bela jovem viúva chamada Lady Eleanor Butler. Ele não se importara em receber a bênção da igreja depois de ir para a cama com ela; em vez de proclamas e de uma bula papal abençoando o casamento real, ela recebera uma cela austera num convento até morrer. O silêncio de Robert Stillington fora comprado, até aquele momento, com sua designação para uma diocese e um salário de 365 libras por ano. Mas agora o protetor real do bispo morrera, e sua consciência aparentemente o perturbava. Ninguém nas ruas ou na corte acreditaria na história, como disse o doutor Gigli, "exceto que seu pai..." e o inglês lhe faltou. O italiano, então, deu de ombros e sacudiu os dedos sugestivamente como se houvesse um corpo de mulher entre seus braços. Se ele estivesse conversando com alguma outra pessoa, pensou Ricardo, o professor rechonchudo teria dado um risinho disfarçado.

O doutor Gigli esquivou-se rapidamente antes que essa conversa perigosa continuasse, com um aceno de mão pesaroso e sem a habitual ansiedade tagarela. Mas os meninos não precisavam de mais explicações. Se a história fosse verdadeira, eles eram filhos de um casamento bígamo. Eram filhos ilegítimos.

— Não se preocupe — disse Ricardo, com mais coragem do que realmente sentia. — Lembre-se do bilhete de mamãe. É só um rumor.

Mas não houve mais jogo de cinco-marias. Eduardo rezou em silêncio durante a tarde toda e se confessou na manhã seguinte. Ricardo ficou deitado, inquieto.

Tio Ricardo assistiu com eles à missa do meio-dia, soturno. Nenhum dos meninos sabia o que dizer. A uma certa altura, o tio olhou atentamente para Ricardo e disse:

— Vejo que vocês já sabem. Não vamos falar mal dos mortos. Mas eu sinto muito. Rezem comigo. — Depois, ainda com ar triste, acrescentou: — O bispo vai contar sua história ao Parlamento. Haverá um interrogatório minucioso. Mas o processo será tumultuado. Eu os mandarei para fora de Londres até tudo se acalmar.

Eduardo, com seu jeito quieto, parecia estar quase aliviado. Mas o jovem Ricardo reparou nos olhos do tio. E o que ele viu foi que, apesar dos lábios beatamente franzidos e dos cantos da boca caídos, ele estava intimamente contente. O jovem Ricardo percebia que nunca haveria um interrogatório minucioso a respeito das alegações do bispo Stillington. Também passou pela cabeça de Ricardo a ideia de que sua irmã Elizabeth ficaria em parte satisfeita, uma vez que era apaixonada pelo tio e acreditava piamente que a esposa dele morreria (puxara ao pai, eu diria). Agora ela poderia sonhar em ser a rainha do rei Ricardo III.

O bispo de Ely, que nessa ocasião acabara de sair da prisão, juntou-se aos três no aposento deles; míope, de língua afiada e categórico (embora, no íntimo, quase sem poder suportar, como viu o jovem Ricardo, os acontecimentos de que participava). Apesar de não saber se chamava a mãe dos meninos de rainha, mãe ou apenas de Lady Elizabeth, ele havia falado com ela; e já tinham arquitetado um plano.

Levou um certo tempo para esse plano ser posto em prática. Os meninos continuavam na Torre de Londres quando, quatro dias depois do que deveria ter sido a coroação de Eduardo, o tio Ricardo foi coroado rei, tomando o nome de Ricardo III. Eles permaneceram lá durante todo aquele verão inclemente, no qual, Eduardo veio a saber depois, o tio Ricardo mandara cortar as cabeças de Hastings, Buckingham, Rivers, Grey e Vaughan. E lá permaneceram tempo suficiente para que o jovem Ricardo, prevenido pela tagarelice do Dr. Gigli, que lhes contara os mexericos das ruas londrinas, ficasse plenamente convencido de que a história do bispo não era senão um embuste cuja finalidade era ajudar o tio a se apossar do trono. E em outubro eles foram levados de lá.

E era o que Meg queria ouvir naquele momento — John Clement se deu conta —, o relato de todos esses anos que se seguiram: para onde eles foram?

Ele não poderia se deter na logística da história. Nas idas e vindas de mensageiros; na decisão posterior de sua mãe de mandar que suas irmãs ficassem sob os cuidados do tio Ricardo; nas notícias contraditórias de que ela estava em negociações com Henrique Tudor (o pretendente dos Lancaster que, da França, planejava uma invasão) para casá-lo com Elizabeth. Lembrava-se da história em flashes: como, por exemplo, da fúria silenciosa que sentira quando os cavalos ordinários que ele e Eduardo tiveram de montar, usando capas escuras e grossas, passaram por Crosby's Place — onde morava o tio Ricardo — em passo de marcha, numa cavalgada anônima por toda Londres. E de uma feroz e desagradável vontade de voltar, vingar-se do tio e obrigá-lo a devolver o trono.

Mas o mais velho, Eduardo, não queria se vingar. Ao contrário do jovem Ricardo, Eduardo acreditava que o tio estava dizendo a verdade. Eduardo tinha desistido.

O que atormentava John Clement naquele momento era se lembrar de ter insistido e brigado com Eduardo nos meses e anos que se seguiram para afirmar seus direitos; para aguardar o momento propício, mas começar a planejar a recuperação do trono; a mudar sua cabeça para buscar justiça e vingança. O jovem Ricardo sempre fora o que se zangava, sempre o que insistia; furioso por ser o irmão mais moço que não tinha o direito de vingar o mal que se fizera a Eduardo. "É contra a vontade de Deus", sibilava ele. Mas a resposta sussurrada por Eduardo, entre uma oração e outra, era sempre a mesma: "Ricardo, deixe disso. Não sabemos o que é certo na vida. Deixe que se faça a vontade de Deus".

John Clement pigarreou. Olhou para a cara fechada de Meg, iluminada pela única vela ainda acesa, e percebeu pelo canto dos pássaros que a madrugada logo chegaria. E então falou no tom monótono e contemplativo de quem descreve um passado difícil, uma fala sem vestígios de emoção.

— Um amigo da família nos acolheu. Tínhamos convivido com ele nossa vida toda. Tínhamos brincado com seus filhos quando éramos menores. Ele veio de York e nos levou para onde sua família morava: em Gipping, no condado de Suffolk. Os criados nos chamavam de Lorde Eduardo e Lorde Ricardo, e não nos faziam perguntas. Era estranhamente tranquilo. Ficamos na casa dele até muito depois do assassinato do nosso tio Ricardo, que ocorreu dois anos depois. Chamava-se Sir James Tyrrell.

O olhar dela o fuzilou.

— Sir James Tyrrell matou vocês dois — disse ela, em tom acusador. — Miles Forrest e John Dighton seguraram os travesseiros que os sufocaram, mas quem lhes pagou foi James Tyrrell.

— Não, não, isso é lenda. Tyrrell era um bom homem. Um dos melhores.

E ela retrucou:

— Se essa foi uma história inventada por vocês, por que recompensar um homem que os ajudara tanto lhe dando um papel tão infame?

E John mirou os próprios pés, e os arrastou no chão por um tempo enquanto pensava na resposta que daria.

— Olhe — disse, ansioso, depois de uma longa pausa, sem querer se lembrar das mãozonas de Tyrrell batendo-lhe nas costas e de sua voz vigorosa ensinando os garotos a esgrimir. — A história não foi escolha minha. Ela surgiu de uma necessidade. Quando seu pai começou a participar dela, quando houve necessidade, Sir James Tyrrell estava morto e enterrado. Não poderia magoá-lo. Mas essa história nunca me agradou.

Ainda que relutante, ela assentiu. Agora John podia ver que ela acreditava nele, por mais que ainda lhe parecesse hostil. E se sentiu revigorado.

— Quando Henrique Tudor ascendeu ao poder, casou-se com minha irmã Elizabeth. O que foi um modo de demonstrar publicamente que a guerra entre os partidários dos Lancaster e os dos York terminara. Mas primeiro ele teria que declará-la legítima de novo. O casamento só teria o valor simbólico adequado se uma legítima princesa da casa de York se casasse com o conquistador da casa de Lancaster. Mas veja o dilema de Henrique: assim que ele revogasse o *Titulus Regius*, o estatuto que permitira a Ricardo declarar os filhos de meu pai bastardos e, portanto, se apossar do trono, meu irmão Eduardo se tornaria o rei legítimo. E embora muitos boatos tivessem sido espalhados naquele momento dizendo que tínhamos sido assassinados, Eduardo estava vivo.

"Qualquer rei de minha família nos teria matado sem pestanejar se isso lhe conviesse. Os York nunca foram dados a escrúpulos. Mas Henrique era de uma espécie diferente. Calculista, voraz e mesquinho, como as pessoas sempre diziam, mas também cauteloso. Não era de todo mau. E tinha medo das mulheres: de sua mãe e da minha. Elas nos salvaram. Minha mãe mandou chamar o bispo de Ely de volta para que este conversasse com a mãe dele. Àquela altura, John Morton fora designado arcebispo de Canterbury e era ele quem praticamente governava o país; mas ainda se lembrava de ter sido partidário dos York no passado, e de ter sido partidário de meu pai. O resultado da negociação dele foi que Henrique poderia se casar com Elizabeth; mas que nós teríamos que estar a salvo e recomeçar uma vida nova. Uma vida adequada a homens de berço nobre. Então, ele nos fez mudar de nome e nos levou para sua casa.

"Não era assim tão arriscado. Tínhamos mudado bastante; éramos meninos pequenos quando partimos, no tempo da guerra, e, ao voltarmos, depois de metade dos rapazes de berço nobre ter sido assassinada, éramos jovens de barba. E era uma casa nova; Morton estava construindo seu palácio, em Lambeth; havia gente nova se reunindo. A família Guildford ficou feliz de receber Eduardo como um filho; como o arcebispo Morton não encontrou uma família que quisesse me adotar —, Tyrrel recusou-se a fazê-lo —, ele simplesmente me rebatizou. Morton riu da situação. Para ele, mesmo que alguém que desconhecesse nossa origem notasse nossa semelhança com os Plantageneta, nada nos acontecesria; afinal, eram tantos os bastardos na família real! Nossa família imediata sabia, mas ninguém falaria; todos estavam satisfeitos com o poder que tinham conseguido manter em consequência do casamento de Elizabeth. Sir James Tyrrell tornou-se condestável de Guisnes e se mudou para a França. Minha mãe não era propriamente uma mulher discreta, mas depois de um ou dois anos ela se desentendeu com Henrique e se encerrou na abadia, em Bermondsey. Por isso, imagino que todas aquelas freiras de famílias nobres em lugares como Bermondsey e Minories sabiam muito a nosso respeito. Mas ninguém no mundo queria se lembrar do passado. Após o término da guerra, as pessoas queriam tratar de coisas diferentes; elas queriam falar das alianças comerciais e diplomáticas e do Novo Saber. Era como se a Inglaterra tivesse se tornado outro país e os governantes não estivessem mais dedicados a se assassinar. Ninguém queria mais guerra. — Nesse momento, John, pensativo, fez uma pausa. — Então passamos a metade do ano com Morton, mostrando nossas novas caras ao mundo, e o restante em Gipping. Recomeçamos..."

Nesse momento, havia luz através da janela, e ele pôde ouvir passos no caminho.

— Conheci seu pai, a quem fui apresentado por John Morton, no palácio de Lambeth — disse ele, ouvindo-os se aproximar. — E partimos de Londres. Eduardo só queria se enterrar no campo, para caçar, rezar e se esconder. Mas eu queria ver o mundo. A verdade era que eu não desistira da ideia de, fosse lá de que maneira fosse, recuperarmos o trono, mesmo que Eduardo não o quisesse. Então eu lhes disse que minha vontade era ter conhecimento do Novo Saber e obter um futuro diferente, e assim, quando eu tinha uns 16 anos, mais ou menos, Morton deixou que eu partisse de Londres para a universidade em Louvain. Minha tia Margaret era duquesa da Borgonha, e nós sabíamos que eu estaria a salvo perto dela (e achei que minha tia me ajudaria a recuperar o trono, pois ela sempre odiara os Tudor). Passei uns dias no palácio de Lambeth antes de tomar o navio. Seu pai estava lá. Ele era apenas um pajem inteligente naquela época, mas Morton insistia em dizer que ele teria um destino grandioso. Morton era um homem astuto. "Quando eu já tiver partido", ele sempre dizia, "minha esperança é que você seja orientado pelo jovem More."

Do outro lado da porta, os passos pararam.

— E isso foi feito — disse John Clement, em voz suficientemente alta para ser ouvida por More que, naquele momento, abria a porta e entrava.

Sir Thomas estava barbado, de olheiras escuras, e vestia roupas amarfanhadas do dia anterior — estava com aquela aparência desalinhada a que muitas vezes ele mal prestava atenção quando não tinha que se apresentar em sua vida pública. Mas a expressão ameaçadora da noite anterior desaparecera. Nesse momento via-se nele a serenidade de um homem que passara horas imerso em oração. As primeiras palavras que dirigiu a John Clement retomavam a sequência das que pronunciara ao sair da capela. Mas sua voz parecia comedida e calma.

— Então, contou a ela? — perguntou More com firmeza. — Perdoe-me, fui muito ríspido ontem à noite, mas sei que você compreende o quanto tudo isso é importante para nós.

John Clement se deu conta de que tinha se empertigado e se afastara da mesa e de Meg sem nem sequer ter notado. E estava assentindo com a cabeça com seu habitual respeito quase reverente.

— Sobre Eduardo. Sim — disse ele.

Os olhos de John fitavam More. Mas, quando More se virou para a filha adotiva, John também viu que Meg assentia com a cabeça, movimentando-a como um autômato.

More deu uma passada larga aproximando-se de Meg, que, ainda empoleirada na mesa, as mãos agarradas ao tampo, encolhia-se como um pássaro que se ajeita num galho para ali dormir.

— Você está compreendendo, Meg? — disse More, num tom muito suave, e Meg inclinou-se para ele como se esperasse um abraço consolador. Mas More se postou ao lado dela, tomando o lugar de John Clement. — Você sabe exatamente a vida que está escolhendo ao se casar com ele?

Meg mexeu a cabeça, mas seus movimentos foram tão indefinidos que John Clement não saberia dizer se significavam sim ou não. Os olhos dela estavam arregalados e inteiramente inexpressivos.

John Clement via o amor de More por ela no modo como este afagava uma das mãos com a outra; mas ele também sabia que Meg, tão próxima do pai como estava, não percebera esses movimentos. John afastou o olhar, procurando não ver esse pequeno sinal da dificuldade que seu patrono tinha de expressar amor. Não lhe cabia criticar; More era um homem a quem venerava.

— O problema não seria apenas conviver com o segredo em seu passado; mas viver sempre uma versão frágil da verdade, viver sempre ameaçado pela possível descoberta da verdadeira história — Sir Thomas disse a Meg, com a voz mais suave e terna imaginável. — Embora tenha sido difícil, muitas vezes, conseguimos manter essa versão. E a situação tem se mantido estável há anos; paz e segurança; Eduardo, no campo; John, um remoto irmão mais moço.

"Mas agora já não a consideramos mais estável. Há um novo perigo por todos os lados. A peste se espalha pelo país, culpa-se a heresia, e as pessoas murmuram nas ruas que se trata da praga que Deus reservou à dinastia dos Tudor. Chamam-nos de usurpadores, reabrem velhas feridas. E o rei está tão desesperado para pôr fim a seu casamento com a rainha, com ou sem a permissão do papa, que vejo com temor a possibilidade de que ele seja facilmente corrompido pelos hereges que cercam Lady Ana. Se ele estiver... se ele de fato se voltar para a heresia — More fez uma pausa para enfatizar o que dizia, um truque de orador, e olhou no fundo dos olhos de Meg —, então todos os reis católicos da Cristandade estarão procurando o homem que possa destroná-lo. Os reis Tudor trouxeram uma paz e uma prosperidade que a Inglaterra jamais conheceu; foi meu dever, e um prazer para mim, ajudar, ainda que modestamente, a preservar seu reino. Mas eles governam pelo direito de conquista, não de sangue. Se a Inglaterra se dividir em partidos religiosos e se as pessoas souberem da existência de um legítimo príncipe Plantageneta, católicos de todos os cantos da Europa se juntarão para ajudá-lo a derrotar Henrique Tudor. Até ontem essas informações não lhes importariam diretamente; quem lhes interessaria seria Eduardo. Mas agora que o pobre Eduardo morreu... — e More se persignou —, que sua alma descanse na paz de Deus. O último príncipe Plantageneta vivo é John."

John deu um passo à frente, protestando com sons mal articulados que lhe saíram da garganta. Sir Thomas o afastou com um gesto dramático.

— Sim, John, sei disso; é a última coisa que você gostaria que acontecesse. Sua única meta é não ser obrigado a lidar com negócios de Estado e intrigas reais; sei disso. Mas os segredos acabam sendo contados. Por mais que tenhamos tido sorte nesses anos todos, há gente que ainda sabe desse segredo e, sendo assim, ele pode vir à tona. E, se isso ocorrer, você teria muito mais que reis católicos europeus com que se preocupar. Além disso, haveria o rei da Inglaterra. Henrique não é o homem tímido que o pai era. Sempre digo que, se minha cabeça lhe valesse um castelo, ela seria arrancada de meus ombros amanhã. Mas se ele o considerar uma ameaça ao trono dele, a sua rolaria esta noite.

John deu um passo para trás, abanando desamparado a cabeça diante da inegável verdade que Sir Thomas preferira. O homem de Estado mal viu; ele ainda estava olhando, perscrutando, a moça a seu lado; e ela continuava a olhar em outra direção. As mãos dela ainda agarravam o tampo da mesa, mas dois dedos tinham apertado tanto o pano amarelo de sua saia que acabaram formando uma espécie de prega engomada.

— Você me compreende, Meg? — disse Sir Thomas, a voz diminuindo de intensidade até se tornar quase um sussurro. — Esse foi meu desejo desde o início. Esse é o casamento que sempre quis para você. Foi por isso que eu trouxe John para nossa casa, há tantos anos. Eu não poderia ficar mais feliz do que fiquei quando vi a amizade entre vocês dois se aprofundar. Mas, naquela ocasião, ainda não era hora. Eu sabia que ele fora um jovem muito impetuoso, sempre pronto para brigar. E não tinha certeza de que ele, mesmo morando conosco, viesse a se acalmar e a se adaptar definitivamente à nova vida que eu planejara para ele. E eu não queria casá-la com um homem que pudesse voltar um dia a lutar pelo poder político, principalmente num tempo em que tantos problemas religiosos ameaçam cindir o cristianismo. Não era meu desejo expô-la a esse perigo. Seja como for, se ele fosse príncipe da Inglaterra, a superioridade da posição dele o impediria de ser seu marido; seu sangue seria nobre demais para cidadãos como nós. Ele era John Clement desde antes de seu nascimento; e fora preceptor de meus filhos por cerca de cinco anos. Mas eu ainda não me sentia inteiramente confiante a respeito dele. Por mais que aparentasse ser sóbrio, eu percebia, vez por outra, que ainda havia lampejos de algo mais. Algo perigoso. E antes que eu permitisse seu casamento com ele, precisava me assegurar de que ele desejava continuar a ser simplesmente John Clement, para sempre.

Sir Thomas fez uma pausa.

— E então chegamos à noite posterior à morte de Ammonius — continuou ele a falar. Muito tranquilamente. A voz muito neutra. Olhos baixos. Mas as palavras medidas ainda provocavam gotas de suor na testa de um atento John Clement, cujas entranhas queimavam de tanta vergonha. — Só John pode lhe contar o que aconteceu naquela noite, se ele se lembrar. Sei apenas que ele me foi trazido pelos guardas, que o arrastaram, depois de ter começado uma briga numa taberna em Cheapside. Eles o reconheceram como o preceptor de nossa casa; e, fosse como fosse, eu era o magistrado, eles naturalmente teriam que tê-lo trazido à minha presença. Ele estava completamente bêbado. Os guardas disseram que ele tinha atacado dois homens. Tinha derramado uma jarra de vinho tinto espanhol na cabeça deles, por isso as roupas que usavam pareciam encharcadas de sangue; em seguida, ele pegara as cabeças dos dois, batendo-as uma contra a outra. E tinha sacado uma faca. Foi preciso meia dúzia de homens para derrubá-lo no chão e desarmá-lo, e parecia que todos eles tinham sido mergulhados num barril de vinho.

"Quando lhe perguntei o motivo da cena, ele não disse nada. Apenas resmungou algo a respeito de ter sido insultado. 'Se tivesse a minha espada', disse, atropelando as palavras, 'teria furado aqueles filhos da mãe.' E foi exatamente isso que os guardas disseram tê-lo ouvido berrar na taberna."

More fez uma pausa para ver se Meg reagia.

— O que, obviamente, o preceptor da casa de um advogado londrino não teria se arriscado a dizer aos berros numa taberna — continuou More, calmamente, quando ela não reagiu. — Porque uma coisa é um homem sacar uma faca numa taberna, mas outra, bem diferente, é esse homem andar por aí se vangloriando de portar uma espada de homem nobre.

John Clement ainda balançava a cabeça, como se estivesse negando a história; mas a voz continuou seu relato impiedoso.

— Foi por isso que o levei comigo para o estrangeiro naquele verão — disse More. — E foi por isso que eu não o deixaria voltar para você até que o tempo o pusesse à prova. Ele não estava a salvo aqui. Eu temia que algum desses episódios de fúria voltasse a ocorrer, o que poderia destruí-lo. Ou destruí-la.

"Mas agora ele já passou na prova. E, com o doutorado e o cargo no Colégio de Médicos, além do desejo de se casar com você, que não arrefeceu durante esses anos todos, eu realmente acredito que ele tenha se tornado o homem que almejou ser. As pessoas são muito bondosas em falar de mim como escritor, advogado e homem de Estado, mas minha criação mais importante, e a que mais me enche de orgulho, é John Clement, o homem civilizado e erudito que aqui está. Esse é o resultado da tarefa a qual dediquei a maior parte de minha vida. É o que mais ansiei alcançar."

Meg ainda estava de olhos baixos observando a dobra de tecido entre seus dedos. Sem se mexer. Essa quietude era o único sinal de que ela estava ouvindo.

Se ela tivesse olhado para cima por um instante, teria visto algo a mais entre More e John Clement — o olhar inquiridor de More, e, da parte de Clement, um meneio de cabeça e um olhar implorando por resposta. More suspirou delicadamente, e continuou com seu jeito gentil, devolvendo o olhar na direção de Meg.

— Se você o escolher, terá de aceitar um homem acostumado a viver em meio a segredos. É possível que ele não queira partilhar tudo o que viveu no passado com você. Mas agora que você já sabe desse segredo, estou preparado para jurar que não há mais nada na vida dele que possa impedir o casamento de vocês.

Afinal, Meg levantou os olhos e olhou para o pai. John Clement, atento, não conseguia ler o que esse olhar dizia. Entretanto, sentiu-se secretamente tranquilizado, uma vez que aquele olhar parecia ter encorajado Sir Thomas.

— Você precisava saber dos perigos que corria — More continuou a falar, impávido diante do silêncio dela. — Mas você é adulta, e sabe de si. Não levantarei objeção se você, Meg, mesmo sabendo o que sabe agora, me disser que ainda quer se casar com John.

Ele parou de falar. Os olhos dele e da filha ainda estavam presos uns aos outros. John Clement aguardava, mal conseguindo respirar. Meg não disse nada, nem se mexeu.

— Então, Meg? — continuou More, gentil e implacável. — Você quer se casar com John Clement?

Silêncio. Um longo silêncio, longo o suficiente para que John Clement prestasse atenção ao canto dos pássaros e aos grãos de poeira que dançavam nos primeiros raios de sol pela janela. Então, o olhar penetrante e vazio virou-se para ele por mais um longo momento. Depois, tornou a se dirigir ao pai.

Então Meg ergueu as mãos, levando-as aos olhos, e cobriu o rosto. Achando que ela iria cair no choro, John Clement empertigou-se, preparando-se para aproximar-se e consolá-la.

Mas antes que ele se mexesse, ela tornou a baixar as mãos. E se levantou da mesa. Com um olhar esgazeado, fitou os dois, e gritou:

— Não sei! Não sei! Não sei quem ele é! — e fugiu, correndo e soluçando, para o verde esfuziante do jardim.

9

Hans Holbein, sentado sob uma amoreira, protegeu os olhos com a mão e, apertando-os, olhou para as costas de Kratzer, que acabara de sair. Em seguida, suspirou, pegou o lápis e voltou ao seu desenho.

Kratzer fora até lá falar com ele antes do café da manhã para uma conversa sobre o tratado de astronomia que o alemão tencionava escrever para o rei. Ele queria que Holbein o ilustrasse. Mas, a caminho do jardim, encontrara seu amigo, o pajem que simpatizava com as ideias luteranas. Assim, quando encontrou Holbein, pensativo à sombra da árvore, estava cheio de indignação.

— Pegaram alguns habitantes de Rickmansworth — disse o astrônomo com veemência, empinando o queixo. — Prenderam-nos. Serão enforcados.

Esses camponeses de Rickmansworth vinham das proximidades de um dos refúgios rurais do cardeal Wolsey. Na cabeça de Kratzer, o cardeal Wolsey, então lorde chanceler — com seu rosto rechonchudo, sua avidez pelo poder mundano e o perfume que sempre usava embaixo do nariz para impedir que o fedor das pessoas em volta lhe chegasse às narinas — era a encarnação de todos os erros da Igreja e do Estado. (Na cabeça de Holbein, também. O pintor se comprazia em rir do amigo e em lhe atribuir a mais feroz das raivas contra a corrupção predatória dos clérigos, ávidos pelo último pedaço de pão na boca de um camponês e pela última migalha de poder mundano, quando o esperado era que tivessem renunciado ao mundo material, mas, bem no fundo do coração, pensava do mesmo modo.) Os camponeses também partilhavam essa raiva — mas agiam contra a situação. Há algum tempo vinha-se falando deles por toda Londres. Eles tinham entrado na igreja do povoado, enrolado o crucifixo com trapos cobertos de breu e ateado fogo ao local.

Holbein não deu importância quando ouviu o que Kratzer tinha a dizer. Fosse qual fosse sua opinião sobre o cardeal, ele também não tinha tempo a perder com malucos suicidas como os camponeses de Rickmansworth. Era óbvio que eles teriam um preço a pagar pelo desnecessário ato de profanação cometido. Por que morrer quando havia uma vida a ser vivida? E começou a fazer sombreados em seu esboço. Ele mal ouvia a voz emocionada do amigo. Holbein passara um dia e meio vagando pela casa, incapaz de se concentrar em alguma coisa.

Ele terminara os últimos detalhes do retrato da família. No final das contas, Holbein não precisara fazer as revisões que Sir Thomas considerara necessárias quando vira o quadro duas noites antes. Na manhã seguinte, More se aproximara do pintor, que estava se escondendo no jardim para se proteger do calor enervante, e o fitou com olhar amigo, dizendo:

— Andei olhando de novo sua obra, mestre Hans... — Holbein assentiu com a cabeça, distraído. Por mais orgulhoso que estivesse de sua obra, e do efeito que ela causara em quase todos da família quando a viram com seus próprios olhos, não lhe passara despercebido que o quadro deixara Sir Thomas e dame Alice desconfortáveis. Mas More continuou, com voz mais gentil: — Meg tem louvado seu talento. Ela disse que o senhor tem o dom de revelar Deus num rosto humano e humilde. E então passei uma hora na frente do quadro esta manhã, e devo lhe dizer que concordo com a observação dela. O senhor fez de nossa família uma obra-prima a que daremos valor para sempre.

E Holbein de repente se sentiu reconfortado pelo calor da personalidade do homem mais velho; reconfortado e querido; até que percebeu que, se More aceitava o quadro no estado em que estava, não havia mais nada que o prendesse a Chelsea.

— Mas — gaguejou Holbein —, o senhor não quer que eu acrescente ao quadro os alaúdes e as violas que deveriam estar na prateleira de trás? Nem que eu dê uma cadeira a dame Alice? — ele viu naquele momento que More segurava uma volumosa bolsa numa das mãos, seu pagamento, em dinheiro já contado, mas queria adiar o recebimento e a admissão de que já era hora de partir. — Já fiz o esboço das mudanças que poderão ser feitas — disse ele, apressadamente, querendo ganhar tempo; procurando na pasta de esboços, encontrou o que queria e o mostrou a seu patrono. Mas More apenas sorriu e balançou a cabeça.

— O seu quadro é belo como está, mestre Hans — disse ele. — Seria deselegante de minha parte exigir alterações a essa altura. Mas, no entanto — e havia um traço de malícia em seu sorriso —, nunca é agradável se saber que uma parceria frutífera está chegando ao fim. Gostei muito de nossas conversas; e gostei de ver seu trabalho se desenvolver ainda mais do que o senhor teria percebido. Seria agradável pensar que o senhor voltará em breve para nos visitar e, quem sabe?, talvez, se não conseguirmos pensar em nada melhor com que o senhor possa se ocupar, então, pintar alguns alaúdes para nós. Assim sendo, o senhor poderia deixar o esboço comigo?

Foi mais do que uma gentileza. Foi uma conversa afável e afetuosa com um patrono generoso. Mas tinha sido a última. E significava que não havia mais nada a ser feito ali por Holbein a não ser emoldurar o quadro, arrumar suas coisas e partir; no máximo, dali a alguns dias. Mas ele simplesmente não tinha energia suficiente para fazê-lo. Talvez fosse o calor. Ou talvez fosse o rosto de Meg, iluminado de felicidade, mal se incomodando de esboçar um sorriso para ele ao passar, correndo apressada para prestar seu novo serviço de enfermeira com toda aquela vitalidade que ele gostaria de ter nesse momento. Holbein sentiu-se incomodado ao pensar que John Clement — aquele professor escolar dotado de um perfil irritantemente belo, com quem ele antipatizava cada dia mais, e de quem soturnamente suspeitava ser capaz de brincar com os sentimentos de todas as moças, e de ter estimulado a irmã de Meg, particularmente, a se apaixonar por ele — pudesse afinal estar prestes a tomá-la para si. Era o suficiente para testar a paciência de um santo.

— Então você está dizendo que deveríamos proclamar nossa simpatia pelos camponeses e sair de Londres, não é isso, Kratzer? — disse o pintor, num tom nada amável. — Tenho uma esposa me esperando em casa e um filho que nunca vi. A licença para eu me ausentar de Basileia está prestes a expirar. Você também não pode ficar aqui para sempre. E todas as histórias que a gente anda escutando em Londres hoje em dia são tão malucas como as que nos fizeram sair de nossa terra natal. Loucos sanguinários e fanáticos se atracando em nome de Deus. Nada a não ser feiura para onde quer que olhemos, e nós, sentados aqui nesta casa, fingindo acreditar num monte de coisas nas quais não acreditamos. Eu diria que o mais honesto seria simplesmente ir embora daqui.

Holbein riu diante do olhar aturdido e zangado surgido no rosto de Kratzer.

— Mas nós não vamos, não é mesmo? — prosseguiu, castigando o amigo por este não ter princípios porque como, bem sabia, estava desapontado consigo e se achando tolo por ter se apaixonado. — Gostamos de dizer que o motivo para não irmos embora é nossa admiração por Thomas More, por mais horrível que ele nos pareça quando queima nossas Bíblias. Mas bem no fundo nós dois sabemos da verdade. Simplesmente, nunca teremos a coragem de dizê-la. O verdadeiro motivo de estarmos aqui é o enorme impulso que ele está dando à nossa vida profissional. Nossas carreiras estão se desenvolvendo bem demais para que possamos sequer pensar em partir.

Kratzer tomou o caminho de volta, tropeçando, com ar magoado, depois de erguer os braços, inutilmente, e dizer:

— Não dá para se conversar quando você está assim. Você fala como cínico. Não sei o que lhe deu de uns tempos para cá.

Só então Holbein começou a se arrepender. Kratzer era um bom homem. Não merecia ser tratado daquela maneira tão áspera.

Estava desenhando o rosto dela mais uma vez. De cabeça. Inclinando-se para a frente a cada traço do lápis como se fizesse carinho (agora, o ateliê estava cheio de imagens dela). Fruindo o verde melancólico da sombra onde se sentava. Imaginando inutilmente o que fazer; sabendo que não havia nada a ser feito; adicionando um novo toque aos olhos dela.

Quando de repente ouviu passos apressados pelo gramado, e pequenos sobressaltos abafados que, quase se poderia afirmar, significavam lágrimas, e viu que era ela quem estava ali, em pessoa, ao lado dele. O rosto pálido sobre o corpo magro de moça; o nariz comprido; aqueles olhos. Arremessando-se naquela sombra verde, quase o derrubando na ânsia de se esconder. Em seguida, parou repentinamente ao ver que havia alguém naquele lugar que lhe parecera ser um recanto particular.

— Senhora Meg — disse Holbein, tão feliz de vê-la que levou um tempo até reparar no olhar espantado e curioso no rosto marcado de lágrimas da moça.

— Ah... — Ela começou a recuar, preparando-se para fugir, sem nenhuma vontade de falar. — Eu... — E se virou para ir embora.

Mas, agora que ele vira o estado de Meg, não iria deixá-la partir tão facilmente. Inclinou-se para a frente, deixando cair o caderno de desenho, e agarrou-a pelos braços.

— Vejo que está perturbada. O que aconteceu? Qual é o problema?

Faltava-lhe disposição para lutar. Ela desfalecia no abraço dele. Holbein teve a impressão de que ela cairia se ele a largasse. A moça o fitou com olhos de quem estava num pesadelo. Os dentes estavam cerrados como se ela quisesse evitar que batessem. Mas não era por estar horrorizada de vê-lo, percebeu Holbein com alívio.

— Diga-me — pediu ele, quase a sacudindo.

Meg fungou. Tentou se recompor. Não conseguiu, e deixou as lágrimas invencíveis correrem rosto abaixo.

— Ah... não é nada — fungou de novo, tentando dar uma espécie de sorriso que se encharcou de lágrimas. — Nada de importante — continuou, ofegante —, foi um choque... descobri um segredo... mas vou me recuperar logo.

"Elizabeth", Holbein pensou assim que ouviu a palavra *segredo*. "Ela se deu conta de que Elizabeth está apaixonada por John Clement." E talvez soubesse mais.

— Então você sabe — disse ele, suavizando a voz para se dirigir à moça, mas já imaginando como poderia se aproximar do médico traidor para lhe dar um soco nos dentes com toda a força que pudesse reunir. E gostou da ideia.

— Sei o quê? — sussurrou Meg como resposta, com uma torção no rosto, tão desconfiada de repente que Holbein começou a perceber vagamente ter cometido um erro. Mas não a tempo de impedi-lo de prosseguir, fosse como fosse. Suspeitava há tanto tempo que agora estava quase certo de que era verdade. Não podia resistir a uma investigação.

— Nada, nada — disse ele, impetuosamente. — Não quis dizer nada. Foi só o meu inglês ruim. Ha, ha! Mas, por um instante, achei que você iria me dizer algo sobre Elizabeth... não ia?

— Elizabeth? — repetiu a moça, num tom vago, sem demonstrar interesse, olhando à volta com olhos vazios. A suspeita dele não tinha sentido para ela, Holbein percebeu, com o rosto corado de vergonha por ter falado sem pensar e cometido um engano tão grosseiro. — Por que Elizabeth? — sussurrou Meg, como se perguntasse a si própria, sem esperar resposta. Estava só deixando o tempo passar, tentando lutar contra mais lágrimas.

— Sobre os camponeses, então? — Holbein indagou, sem muita esperança, mas viu pela frieza do olhar com que a moça lhe respondeu que ela não tinha a menor ideia do que ele estava falando. — Seu pai e os homens de Rickmansworth... — o pintor tentou explicar, mas a voz quase sumiu quando ele viu a frieza inesperada na expressão de Meg. Ela sabia que Holbein estava se referindo a algum crime religioso; não entendia o motivo, mas o fato era que seu antigo e vivo interesse pelos sinais de uma luta religiosa travada nos arredores de Londres parecia ter desaparecido.

— Mestre Hans, meu pai é um homem bom — disse ela, quase sem voz, mas firme, e de olhos quase fechados. — Não sei que boatos o senhor ouviu, mas meu pai não fez nada de errado. — Em seguida, ela foi de novo tomada por algo que a deixava perturbada. Engoliu a respiração de repente, como se estivesse dando um soluço, e fechou os olhos. — Vou melhorar — disse Meg, com voz fraca, levantando os olhos para fitá-lo e se afastando um pouco. — É verdade, mestre Hans. Me dê apenas alguns minutos.

Mas Holbein não estava ouvindo — ou, pelo menos, não prestava atenção ao que a moça dizia. Uma ideia muito mais brilhante lhe viera à cabeça; um laivo alucinado de esperança que o fazia achar que John

Clement também poderia ter rejeitado Meg. Era uma ideia tão embriagadora que ele, em vez de soltar a moça, puxou-a mais para perto de si.

Até ela se sentir esmagada contra o peito do pintor que naquele momento podia ouvir o coração disparado da moça, sentir-lhe os seios contra si, e o calor das costas frágeis sob seus braços. Até ele perceber o rosto de Meg erguendo-se lentamente para o dele, como uma bolha que sai de dentro d'água, e sentir a própria boca tocar a da moça. Até a língua começar a se introduzir entre os lábios dela e encontrar uma língua que respondeu à dele. Até...

Demorei muito a me afastar, mais do que eu gostaria de lembrar.

Mas em algum momento no meio daquela confusão de respiração e dentes e braços e batidas de coração em que tínhamos tão inesperadamente nos tornado, na qual as grandes e cálidas mãos de Holbein me massageavam de encontro a seu corpanzil, comecei a me separar.

Primeiro, com a cabeça; quando pus uma das mãos trêmulas naquela outra cabeça tão próxima da minha, e me assustei ao perceber que estava tocando em ondas de fios de cabelo ásperos e enrolados em vez de me ver afagando a cabeleira macia e escura que, achei, deveria estar ali. Mas foi quando ele recuou um pouco e pôs a mão em meu ombro e a outra sob o queixo, para assim poder perscrutar meus olhos — e vi aqueles dedos grandes em meu vestido, dos quais saíam pelos ruivos e nos quais se viam unhas partidas e enegrecidas de carvão, e compreendi que aquelas não eram as mãos que deveriam me tocar — que finalmente caí em mim. De repente, me dei conta de que as únicas mãos que eu queria sentir em meu corpo eram mãos finas, de dedos compridos e elegantes. Que eram as de John.

Fiquei ali parada por mais um instante, com aquelas mãos erradas ainda sobre meu corpo, até que eu, bem no íntimo, caísse em mim. Uma paz que nunca tive oportunidade de sentir antes inundava furtivamente meu coração. Nada do que eu ouvira aquela noite realmente importava, foi o que percebi de repente. A história de John era impressionante; seu futuro, imensamente arriscado. Mas nada pior que isso. Por mais que eu tivesse reagido emocionalmente quando descobri que uma das minhas mais caras lembranças de infância baseava-se numa mentira, não houve malícia na invenção dessa mentira. Ele não fizera nada que não tivesse sido ditado pela necessidade. Tinha decepcionado, é verdade, mas nunca agira de má-fé. Ele me amava. Agora, irracional, insanamente, mesmo enquanto eu estava ali nos braços de um homem a quem não amava, senti meu coração exultar, porque eu tinha finalmente compreendido o que sentia. Essa alegria vinha acompanhada de uma nostalgia extática da sensação do corpo de John no meu e de um mundo de profunda integridade que, por um momento, achei ter perdido. Agora eu sabia que recuperaria tudo isso.

O pobre Hans percebeu que eu tinha recuado. O riso desapareceu de seu rosto. Os lábios murcharam. Ele deixou cair a mão que estava pousada em meu ombro. Afinal, à sua maneira, era um cavalheiro.

— Não? — sussurrou, e logo respondeu à própria pergunta com um suspiro lúgubre e um aceno de cabeça. — Não. Compreendo. Desculpe-me — e deu mais uns passos para trás, até ficarmos parados fitando um ao outro, a uma distância equivalente à de um túmulo. Ele estava fortemente ruborizado.

— Sinto muito — disse eu, sinceramente. Era o homem mais bondoso e agradável que eu conhecia. Era alguém a quem eu não gostaria de magoar, muito embora aquele momento de proximidade estivesse agora me fazendo vê-lo com outros olhos. — Eu não queria... Não sei bem o que eu pretendia... Eu deveria ter... — balancei a cabeça. — Eu sei, eu não deveria.

Respirei fundo.

— O que eu quero dizer é que tenho algo a lhe contar — disse eu, tentando fazer com que minha expressão transmitisse tanto delicadeza como honestidade. Minha vontade era sair dessa situação constrangedora o mais rápido possível, mas eu sabia que o mais importante era, em primeiro lugar, esclarecer mestre Hans. — O meu segredo, mestre Hans. Vou me casar com John Clement.

Hans assentiu com a cabeça. Estava sombrio mas não surpreso. Provavelmente eu me surpreendera mais com o que dissera do que ele.

Continuava a balançar a cabeça em movimentos ritmados, e, com a língua batendo nos dentes, fazia muxoxos. Estava remoendo seus pensamentos. E então cruzou os braços no peito.

— Sim — disse ele por fim, simplesmente. — Entendo. Você o ama.

— Sim — retruquei. Sentindo a luz esverdeada do sol em meus cabelos; a luz do sol no coração. Vendo que ele olhava meio zombeteiro para meu rosto choroso, e achando que ele não se atreveria a me perguntar por que uma boa notícia me fazia chorar, informei rapidamente: — São lágrimas de felicidade — e enxuguei o rosto. — Foi um choque. Eu não esperava que isso acontecesse como aconteceu. — Então me calei, por achar que teria falado demais.

Mas ele simplesmente continuava a assentir com a cabeça.

— Também guardo um segredo — disse Holbein, sombriamente, depois de mais alguns muxoxos, e com os braços ainda firmemente cruzados. — Ando pensando em voltar à Basileia por um tempo.

Eu não tinha ideia do que poderia ser; e como sua carreira, tão decadente lá, estava tão florescente aqui, e era notório que metade da pequena nobreza da Inglaterra ansiava ser retratada por Holbein, achei estranha a decisão dele. Entretanto, assenti com a cabeça sem questioná-la e, arredondando os lábios, emiti um "oh" gentil e desapontado — ou seja, falei o mínimo. O nosso encontro inesperado prejudicara toda a minha espontaneidade diante dele; mas todas as perguntas permaneciam em minha mente. Talvez ele sentisse saudade da família. Ou talvez houvesse outro motivo pessoal e embaraçoso para a viagem anunciada, algo relacionado a mim; algo que eu faria tudo para não ouvir dele.

Será que Holbein estava com aquele ar desapontado por eu não ter reclamado de sua decisão, não tentar persuadi-lo a ficar? Eu não saberia dizer. E não devido a alguma mudança sutil na expressão de seu rosto, mas simplesmente por ele ter se virado e passado a remexer na grande bolsa de caçador onde guardava o material de pintura. De cabeça baixa, os braços balançando, os músculos das costas tensionando: cheio de energia. Ri sozinha, aliviada; ele já estava arquitetando alguma outra ideia; não era homem de deixar que a frustração pela tentativa malsucedida de um beijo lhe arruinasse a vida.

Resmungou de satisfação e puxou um papel de dentro da mala.

— Tenho algo aqui para lhe dar — anunciou, levantando a cabeça, e com um sorriso melancólico no rosto. — Venho trabalhando nele há algum tempo.

E me estendeu o papel.

Uma pintura que era uma pequena joia; cores vivas sobre papel. E eu, usando uma touca de pele branca e um vestido preto simples. Ao fundo, o céu azul de verão e algumas folhas ao sol. Eu, na pintura, olhava com ar muito sério para um lado do quadro, aparentemente absorta. Pousado num dos ramos de árvore, atrás, via-se um estorninho, olhando por cima de meu ombro como se estivesse prestes a pular para cima dele e tentando chamar-me a atenção. Demorei alguns segundos para ver que havia outro animal no quadro: um esquilo ruivo, que, sem perceber que uma corrente o prendia à minha mão, parecia muito contente sentado a meu colo e comendo uma noz.

De algum modo, ele dera ao estorninho o olhar intenso e perscrutador de John. Olhei atentamente o quadro, em transe; comovida.

— Ah, mestre Hans, que lindo — sussurrei.

— É um presente de despedida — disse, determinado. — Não há mais nada que me prenda aqui. Posso tomar o barco da tarde para Londres. Hora de partir a corrente.

E me senti corar ao perceber quem o esquilo representava. Fiquei espantada e envergonhada, achando que ele poderia ter pintado aquele quadro naqueles últimos dias, pensando em mim e se empenhando em me retratar cuidadosamente — mãos, colo e tom de pele — quando eu mal prestava atenção a sua existência.

— Lembre-se de mim — acrescentou.

Fiz que sim, prestes a chorar de novo e com um leve nó na garganta.

— Sentirei sua falta, mestre Hans — disse, me dando conta, agora, que era tarde demais, de que tinha falado a verdade; e tentando descobrir um modo de transmitir o afeto e o respeito que eu acabara sentindo por ele. — Se o senhor puder, me escreva da Basileia. Dê notícias de como tem passado...

Soou fraco. Ele assentiu com a cabeça, mas melancolicamente; eu podia ver que, no íntimo, ele sabia que não escreveria. Não era provável, pensei; eu nunca o vira pegar uma pena a menos que fosse indispensável.

Despedimo-nos com mesuras e guardando uma certa distância, procurando, meio constrangidos, evitar o contato.

— Mais uma vez, obrigada — acenos de cabeça da parte dele. — Nos vemos em casa mais tarde — o que provocou um olhar abatido que interpretei como: "Você que pensa."

Eu sabia como deveriam ser os nossos últimos segundos juntos. A dignidade era importante. Eu deveria atravessar o gramado calmamente, com o quadro na mão. Não seria preciso correr, porque eu estava segura do que tinha em mente. Poderia aproveitar o sol. Perceberia os olhos de Hans Holbein em minhas costas, atentos ao meu percurso até o Novo Edifício onde eu encontraria meu pai e meu futuro marido. Mas eu não deixaria essa consciência estragar o prazer da decisão que tomara.

Mas as coisas não se passaram exatamente assim. Foi Hans Holbein quem teve a última palavra; foi ele quem disse, com uma voz pequena e tensa:

— Bem, adeus — e começou a se afastar e atravessar o gramado em direção à casa, sem olhar para trás. Não olhe nunca para trás, John gostava de dizer. E fui eu, segurando o quadro dele de encontro ao peito, quem ficou ali parada, fitando os ombros fortes que se afastavam de minha vida e me deixavam com um sentimento de perda cujo significado me era difícil compreender integralmente.

PARTE III

Noli me tangere

10

Aquela confusa madrugada no jardim marcou o fim de minha juventude desconfiada e solitária, desde o momento em que entrei no Novo Edifício, erguendo a cabeça o máximo que podia, e me aproximei do homem alto e imóvel que estava ali em pé, de costas para mım, à sombra, olhando para o *Noli me tangere* de mestre Hans, e me dei conta de que não sabia como deveria chamá-lo.

— ...Ricardo? — sussurrei, hesitante.

O homem não se mexeu, mas achei ter visto alguma reação naquela imobilidade. Ele esperou até eu me aproximar mais antes de se virar para mim com uma expressão desolada. E os olhos compridos, que buscavam os meus, talvez tivessem encontrado algo tranquilizador em meu rosto. Ele fechou os olhos e me tomou nos braços.

— O meu nome não é esse — sussurrou-me ao ouvido. — Meu nome é John Clement. Desde muito antes de você nascer. Você sempre soube quem eu era. — E, por entre as dobras da capa que ainda embrulhava seu coração disparado, pensei vislumbrar o início de um sorriso que voltava aos lábios.

Quando ganhei coragem, murmurei:

— Eu aceito me casar com você.

Ele me respondeu com outro murmúrio:

— Graças a Deus. — E acrescentou: — Obrigado.

Mas não disse mais nada sobre o que tínhamos conversado na noite anterior. Tentei retomar o assunto:

— Você acredita que haja pessoas que queiram encontrá-lo? — perguntei, ainda timidamente. E continuei: — Pessoas que queiram fazê-lo rei? — John balançou a cabeça, mais para mostrar que não queria continuar a conversar sobre aquele assunto do que para responder à pergunta.

— Isso já está resolvido — disse, com tanta firmeza que me pareceu tentar se convencer, tanto quanto a mim, de que o que dissera era verdade. — Há muito tempo. Assunto morto e enterrado, como Eduardo. E que não fará nenhuma diferença em nossas vidas. Não precisamos pensar nessa história, seja lá o que seu pai possa dizer.

Assenti com a cabeça. Mesmo que ele próprio não acreditasse no que estava dizendo, qualquer outra versão seria fantasiosa demais para que a suportássemos.

— Esqueça tudo isso, Meg — acrescentou. E a voz foi se tornando mais forte e mais confiante. — Eu já esqueci. Passar os dias remoendo o passado levaria qualquer um à loucura, e eu não seria exceção. Quero uma vida comum, uma felicidade comum. Talvez eu tenha errado em não comentar sobre esse passado antes, mas minha intenção foi a de não lhe trazer preocupações. A vida de ninguém deveria ser envenenada por algo ocorrido no passado. Agora, nada disso me importa. Nunca olho para trás, nunca penso nessa história. E você também não deveria pensar.

E, em seguida, calou-se. E me beijou os lábios, como se quisesse me impedir de continuar falando. Mas agora que minha energia voltara, e eu percebera que meu único desejo na vida continuava a ser o de me casar com John, entendi que eu gostaria de saber muito mais do que sabia. Por exemplo, eu estava ansiosa por perguntar: "A pessoa que estava na capela era realmente o rei?", mas me contive antes que essas palavras particularmente infantis me saíssem da boca. Não queria parecer tão ingênua quanto mestre Hans. Eu sabia que John queria que eu parasse de fazer perguntas e voltasse ao presente, e que eu teria poucas chances de fazê-las no futuro. Então tentei só mais uma.

— Você não acha que... — comecei a perguntar, sentindo-me quase sufocada diante da estranheza da ideia que me ocorrera e corando de vergonha da ousadia de mencioná-la — se um dia, caso... você... nós... tivermos um filho... você possa olhá-lo no rosto e pensar que esse menino deveria ter sido rei da Inglaterra?

John apenas suspirou. Enquanto ele fazia uma pausa, tive a impressão de ver milhares de pensamentos ameaçadores atravessarem o rosto de um homem que poderia, ele próprio, caso o destino tivesse tomado outro rumo, ter sido rei, viver uma vida da qual eu não poderia compartilhar. Mas quando ele afinal respondeu, vi que em seu rosto não havia nenhuma sombra da tristeza que me parecera ter detectado; apenas um leve sorriso.

— Não — disse ele com firmeza. — Pensarei com alegria: "Este menino é filho meu e de Meg, e neto de Thomas More." — E me beijou nos lábios, como se quisesse que eu não falasse mais no assunto.

Calmamente, John também parecia ter posto de lado o pesar que ainda devia sentir por causa do irmão, embora ainda aparecesse com os olhos vermelhos por mais alguns dias. Mas, naquela manhã, retirou-se para seu quarto, dizendo que rezaria um pouco e dormiria, mas, assim que tomou o caminho de volta, me soprou um beijo.

— Temos o resto de nossas vidas pela frente; vamos respeitar as regras da boa conduta nas próximas semanas? — murmurou, e enquanto dizia essas palavras, pude ver um resquício do velho riso em seus olhos.

Fiquei mais alguns minutos ao sol, sentindo o calor agradável nos ombros afastar todos os medos noturnos. Quando entrei na casa sombreada, com os olhos ainda ofuscados, levei um tempo para distinguir as formas de meu pai, que, expectante, surgia à minha frente.

— Concedi meu sim — disse eu, me expressando da forma mais contida e legitimamente adequada que, a meu ver, ele esperaria ouvir dos que lhe eram próximos. Nada poderia ter me preparado para o que se seguiu: braços me apertando contra o peito num abraço inusitado; pelos de barba em meu rosto; lágrimas no dele.

— Estou tão feliz por você... por ele... — meu pai sussurrava — por todos nós.

Dei-lhe o abraço mais apertado que pude como resposta, quase mais surpresa por esse gesto completamente inesperado do que por ter ficado noiva de John. Não me lembrava de jamais ter recebido um abraço de meu pai.

O calor daquele abraço me deixou ligeiramente envergonhada. Como foi que pude sentir tanta desconfiança? De repente, tudo me parecia claro: meu pai era um homem bom, eu podia confiar nele e na confiança que John tinha nele. Era como se eu me curasse de uma doença de que eu nem sabia sofrer: um excesso de melancolia que me deixara com a mente perturbada, e me tornava uma pessoa "solitária, medrosa, invejosa, cobiçosa e carrancuda" como diziam os tratados médicos, ou presa de um ataque de histeria, uma manifestação do útero que deixa as mulheres enlouquecidas. O que mais teria me impedido de ver que o açoite e a camisa de cilício de meu pai não eram nada senão provas de uma devoção austera? Os textos violentos, injuriosos, cuja energia malévola tanto me assustara, não eram, exatamente como John dissera, nada além da expressão do ponto de vista oficial, e tinham sido escritos sob pseudônimo porque de fato não representavam o que nosso pai pensava. E o sapateiro que fora brutalmente surrado até morrer, provavelmente teria sido vítima de um carcereiro violento antes que meu pai o recolhesse e o levasse a contemplar os erros de sua conduta na paz e na solidão de nosso jardim. Minha mente afastou o tronco e as cordas que faziam parte das lembranças daquela pequena prisão na casa da guarda. Eu não podia explicá-las, assim como não podia esquecê-las. Mas sabia que não tinham sido atadas com a força que eu imaginara. Afinal, o homem fugira, não é mesmo?

E assim as dúvidas passaram a fazer parte de meu passado. Dali em diante, vivi num clima de tranquilidade; num estado iluminado em que me parecia impossível acreditar ter sido um dia a jovem solteirona que poderia ter beijado um pintor sob uma amoreira ao alvorecer. Sem saber exatamente o que tinha acontecido, sentia-me num lugar inabitado onde só existiria felicidade. Todos os que encontrávamos pareciam gostar de nós e ter prazer em nos ajudar. As lágrimas que sempre sentia prestes a sair, contidas atrás dos olhos vigilantes e secos, desapareceram.

— Sempre esperei que isso lhe ocorresse — disse dame Alice, ao fim do jantar, com o rosto transfigurado de felicidade, e me dando um amplo abraço.

Eu a vi piscar alegremente para meu pai por cima de meu ombro. (Este, com o braço apoiado nas costas de John, apequenado pelo tamanho de meu futuro esposo, também estava diferente; o rosto não mostrava nenhum sinal das fortes emoções da noite passada, e sim uma certa moderação, como se os esforços que fazia para parecer estar mais feliz que nunca não estivessem funcionando. Mas talvez fosse apenas a luz dos candeeiros.) Dame Alice não dava sinal de notar o ar confuso de John por trás do seu sorriso tranquilo, das suas roupas escuras, nem minhas olheiras. Ela saíra da mesa, tendo retornado ao lado prático da vida que lhe dava tanto prazer.

— Há muita coisa a se organizar — disse Alice afetuosamente. — Toalhas. Caçarolas. Talheres. Uma governanta. Criados. E tapeçarias. Temos que pensar em tapeçarias. Afinal, aquele lugar é praticamente um celeiro velho; completamente inabitável, como aliás eu sempre disse; vocês vão passar dias inteiros se preocupando com as correntes de ar.

— Que lugar? — perguntei tola de alegria.

Ela me fitou, depois perscrutou o rosto de meu pai, que agora olhava os próprios pés, com o sorrisinho de um mágico que acabou de executar um bom truque.

— Ah, marido — disse ela com indignação fingida. — Você me espanta. Será possível que ainda não disse nada a eles?

E se virou para mim, balançando a cabeça.

— A Velha Barca, claro — disse ela, como se a informação não fosse nenhuma novidade. — Seu pai achou que seria o lugar em que vocês gostariam de morar quando se casassem. É seu presente de casamento.

E quando John e eu nos viramos para o pai, com um misto de alegria e incredulidade, ele não teve nada a dizer, a única vez em sua vida. Em vez de falar, meu pai nos envolveu, os dois ao mesmo tempo, num dos seus novos e desajeitados abraços, que pareciam significar que todos nós entrávamos na fase da vida a que chamaríamos de "felizes para sempre".

Casamo-nos tranquilamente, numa manhã de setembro com a luz dourada do fim do verão nos abençoando, trocando alianças à entrada da igreja de Chelsea. Os Roper e os Heron estavam lá, assim como as jovens More e seus maridos, o jovem John More e Anne Cresacre (agora noivos) e o velho Sir John, usando uma bengala, mas mantendo-se tão vigorosamente ereto quanto possível, beijando-nos e nos desejando felicidades futuras com seu habitual olhar firme. Elizabeth não estava passando bem; mandou seu pedido de desculpas. Mal percebi. Tomamos o barco em direção à cidade onde aconteceria a refeição festiva, organizada por Mary e dame Alice, na casa que seria de John e minha. Eu observava atenta a margem agreste do Surrey se afastar a cada batida do remo, e me regozijei ao ver a água do rio se tornando mais enlameada à medida que nos aproximávamos do embarcadouro e o perfil recortado da cidade surgia, nos acolhendo, e tive vontade de rir quando tivemos que pisar cuidadosamente nas pedras do caminho que levava a nossa casa, onde passaríamos nossa primeira noite.

Eu estava um pouco estonteada com a intensidade do dia, do calor, dos cordões apertados, da fome e da jornada. John apertou-me o ombro e trocamos olhares antes de avistarmos a fachada de pedra de formato irregular na esquina de Bucklersbury e Walbrook Street, cheios de alegria ao vermos aquela fileira de janelas altas, os tijolos vermelho e ocre e as chaminés altas que se erguiam defronte da igreja e que mostravam as marcas das velhas marés em suas paredes. Lar de quase todas as nossas lembranças partilhadas.

Àquela altura já era de tarde, e para os londrinos que moravam ali a rua devia parecer calma. Mas nossos ouvidos, nessa ocasião já acostumados ao campo, ainda ouviam o rebuliço do rio de um lado e o de Cheapside do outro. Para os londrinos, as pessoas apressadas vestindo lãs grossas ou calças justas e librés de cores vivas provavelmente teriam parecido apenas gente do povo vinda de uma manhã trabalhosa no mercado, mas aos meus olhos pareciam uma multidão. E quando Davy Maluco, que, ao que parecia, ainda andava vendendo panaceias feitas de olho de salamandra para os crédulos, e possivelmente acreditava que elas funcionassem, surgiu de um beco ao lado da igreja de St. Stephen em Walbrook e gritou, bêbado e meio debochado:

— É a senhorita Meg que está de volta! Boas-vindas, senhorita! Muito bem, mestre Johnny! — e abanou seu boné para mim, antes que John desse um passo a frente com uma advertência sombria no rosto e meu pai lhe lançasse um comprido olhar severo, que foi o suficiente para mandar o velho impostor de volta ao seu buraco malcheiroso, ainda berrando de trás dos muros do beco: — Deus os abençoe! — era como se a cidade me recebesse de volta com uma piscadela marota e alegre. Meu pai e John ainda estavam dando risadinhas da audácia de Davy Maluco.

— Mestre Johnny, ora essa! — meu pai riu, balançando a cabeça quando nos reunimos no lavatório para lavarmos o lodo do rio das mãos, antes de entrarmos no salão para o banquete que dame Alice preparara para nós. E os gritos de Davy Maluco ainda ressoavam em meus ouvidos quando John começou a cortar fatias de pato e de porco, e a servir miúdos e lascas de pudim de maçã e marmelo, que pôs à minha frente, e os brindes se sucederam. A voz de taquara rachada me parecia mais real do que esse banquete de sonhos em que as pessoas à nossa volta nos desejavam, a mim e ao amor da minha vida, felicidades eternas.

Entretanto, tudo isso era real, conforme comecei a ver nos meses que se seguiram, assim como era real o que eu vivia quando, sempre que John semicerrava os olhos claros e ilegíveis e seu dedo me acariciava o braço ou as costas, causando-me arrepios de desejo e me fazendo virar o rosto para um beijo, podíamos trancar a porta do quarto, deixar nossos corpos se fundirem um no outro, e tínhamos certeza de que a única estranha que notaria o acontecido seria a criada, que daria sorrisos discretos na manhã seguinte. Eu ainda mal acreditava no que ocorrera. Mal acreditava na minha vida quando colhia maçãs doces no jardim, via as folhas se tingindo de dourado e enfeitava a sala de estar com uma cópia do retrato de meu pai que dame Alice nos dera, um mapa-múndi que os Roper mandaram fazer para nós, e, com alguma hesitação, meu retrato no jardim, pintado tão tranquilamente por mestre Hans antes de sua partida da Inglaterra (não havia motivo para eu me preocupar: "É lindo", foi tudo o que John disse em tom inocente quando o viu. "Mestre Hans é homem de muito talento"). A sala de estar também se tornara o lugar em que guardávamos nossos recipientes para remédios e os trezentos livros que John tinha acumulado anos afora. Montei um tear e fiz fitas; moí milho na cozinha, dedilhei o alaúde e bordei roupinhas de bebê. Fazíamos parte do mundo. Parecia bom demais para ser verdade.

O trabalho de John no Colégio, e com o doutor Butts, primeiro médico do rei, dava a nossos dias e noites um ritmo regular e perfeito. John passava seus dias fora de casa, com os doutores médicos eruditos, conversando, lendo, fazendo experiências, tratando das doenças dos homens mais importantes do país. Tornara-se tão dedicado ao doutor Butts — um velhinho distraído, que deixava cair comida na camisa, que mal reparava em alguém a menos que pudesse receitar ou impedir que tomasse algum remédio e que passava a noite sentado, lendo tratados de medicina à luz de vela — quanto o fora a meu pai. A meu ver, ele achava tranquilizadora a falta de sofisticação do doutor Butts. Como um dia John me disse, a única coisa que aprendera com seu passado fora a não se esforçar para viver do sorriso do rei — ou arriscava-se ser condenado pela cara fechada de Sua Majestade. E não havia perigo algum de que esse médico pudesse jamais atrair a amizade do rei, causando as mudanças enervantes que ocorreram nas vidas dos More quando nosso pai se deparou com o reconhecimento real. O doutor Butts jamais seria um cortesão.

Se comparado aos homens intelectuais que sempre se reuniram em torno de nosso pai, o doutor Butts me parecia um senhor excêntrico e confuso e alguém que gostava de se mostrar. Mas deixei de lado essa minha impressão porque havia muita coisa em medicina que eu desconhecia, e porque John, cujo conhecimento na área médica era tão completo depois de todos aqueles anos de estudos em universidades estrangeiras, me disse que admirava a cabeça do doutor Butts.

— Não tenho nada de grandioso intelectualmente, Meg — disse-me John, com modéstia. — Nunca terei uma ideia espantosamente original que possa render discussões durante anos. Mesmo assim, gosto imensamente de trabalhar com esses intelectos poderosos como seu pai e o doutor Butts. É como se nos aquecêssemos junto a uma fogueira que nunca poderíamos ter feito sozinhos.

Achei que John estava sendo modesto demais. E fiquei orgulhosa quando soube que ele e o doutor Butts estavam se correspondendo com Andreas Vesalius, estudante flamenco então em Pádua, e com Berengario da Carpi, autor de um tratado sobre anatomia humana que ambos acabaram de ler juntos, a fim de examinar as deficiências da medicina galênica.

— O que me fez pensar em lhes escrever foi o seu êxito ao tratar de Margaret sem recorrer à sangria, que se acreditava poderia eliminar os humores doentes — disse John generosamente. — O caso fascinou Butts. Se você fosse homem, provavelmente seria um médico muito melhor do que ele jamais poderá ser. Seu faro para a verdade é flagrante. O fato de você ser mulher é provavelmente uma grande perda para a ciência. Mas — John enterrou o rosto em meus cabelos —, acho que não me importo com isso. E você?

Ele saía de casa toda manhã, metido em sua capa escura, depois das Matinas. Após passar os olhos em alguns livros e de tomar o café da manhã, me beijava os lábios e, às vezes — se calculasse que a criada tinha se afastado da mesa do café e não houvesse ninguém olhando —, os beijos desciam até o pescoço ou os seios ou então se agachava para com sua boca percorrer, reverente, o pé, e mais acima, tornozelo, perna e início da coxa, me surpreendendo, rindo delicadamente diante de meus lábios entreabertos e faces coradas, e sussurrando num tom provocativo:

— Até à noite, minha querida, me espere.

E então escapulia e se embrenhava no frescor de um novo dia. Todas as nossas conversas aconteciam na calada da noite, à luz do fogo ou das velas, com a bagunça dos lençóis limpos à nossa volta e os corpos lânguidos satisfeitos de amor.

Ele era mais tranquilamente irreverente do que eu imaginara; parecia mais disposto a contar histórias com um toque de zombaria que me fizessem sorrir. Quando lhe pedi para contar como meu pai estava passando no ambiente da corte, John deu um risinho e me contou que More estava dando aulas de astronomia, pois tinha engabelado o ávido rei convencendo-o a aprender a matéria.

— Passa metade da noite no telhado, ensinando Henrique a encontrar Marte e Vênus. Se alguém lhe pergunta sobre as aulas, ele faz um ar modesto e insinua que a tarefa com que se ocupa é um bocado exaustiva. Mas dá para se ver que ele está bastante satisfeito, ainda que secretamente, por saber que o rei considera o serviço que Thomas More está lhe prestando de qualidade bem superior ao do que o cardeal Wolsey prestava. More está se acostumando a maquinar para obter privilégios como se tivesse nascido para isso. Meu diagnóstico: está com a doença da corte. Por mais independente que sejam, todos acabam pegando-a.

Não que conversássemos sobre assuntos além dos de nossa convivência tranquila. John voltara a enfrentar as perguntas que eu lhe fazia sobre o passado com olhos subitamente distantes, e com a frase "Nunca olhe para trás, senhora Clement" acompanhada de um sorriso e um dedo delicadamente pousado em meus lábios. E eu estava tão imersa no contentamento que me dominava naqueles meses que não insistia em continuar a investigação.

A atitude reticente de John não mudou nem mesmo na noite da Candelária, em que chegou a casa naquela escuridão gelada e me encontrou na sala, olhando o retrato severo do pai metido naquelas mangas vermelhas. Diante do quadro pintado por mestre Hans, eu estava torcendo um lenço na mão e com lágrimas nos olhos.

— O que aconteceu? — perguntou John, parado à entrada, antes mesmo que eu soubesse que ele estava ali, com um temor na voz que me apertou o coração. Em seguida, correu para me abraçar. — O que aconteceu, Meg? — E virou meu rosto para que eu o olhasse nos olhos.

— Acho que teremos um filho — respondi, fungando, surpresa com a tristeza que tomou conta de mim, como se fosse uma lembrança, e ao mesmo tempo ciente de meus seios intumescidos, da fadiga e de uma fome estranha e doentia que, apesar de ter me feito vomitar o dia todo ao sentir cheiro de comida, me deixava ainda mais ansiosa por comer e poder acalmar o estômago. John me deu um abraço ainda mais apertado, mas não tanto que me impedisse de ver seu rosto se iluminar, tão cheio de energia primaveril como a entrada da igreja de St. Stephen, luminosa de tantas velas, que podíamos ver pela janela.

— Estou tão feliz — foi o que ele começou a dizer, com alegria visível na voz.

— Mas não posso nem imaginar como ele será — choraminguei, interrompendo fosse lá o que ele fosse dizer, tomada por minhas fantasias deploráveis. — Não me lembro de minha própria família, não conheci a sua, e quando essa criança nascer — e me persignei para espantar a má sorte —, se tudo correr bem... não poderei sequer saber com quem ela se parece.

— Psiu — John murmurou. E apalpou, orgulhoso, a minha barriga. — Fique calma — acrescentou, e eu o via pensar: "shh".

E me preparou um chá de gengibre com a raiz que estava no fundo da caixa de remédios, raspando-a, derramando água quente nela e deixando-a em infusão numa caneca de estanho. Ainda fungando, tomei o chá, comovida com a atitude humilde dele, e meus olhos marejaram de novo. Ele tirou o lenço de mim e beijou-me o rosto onde estava marcado por lágrimas.

— Agora vamos parar com isso — disse ele, num tom muito carinhoso, o que me fez rir quase sem querer. — Chega de lágrimas. Vou lhe dizer com quem nosso bebê vai se parecer.

Abaixou-se no tapete turco e se sentou no chão apoiando-se delicadamente em meus joelhos. Levantou os olhos para mim, procurando me animar como se faz ao falar docemente com uma criança querida com um acesso de choro. E ergueu um dedo.

— Nosso filhinho será moreno... terá olhos azuis, como nós dois — disse John. — Terá o seu lindo nariz reto. — E o dedo erguido percorreu a ponte de meu nariz de cima abaixo. — E a sua pele macia e clara — e tocou-me a face. — E seus lábios rosados — e tocou-me a boca. — E terá pernas compridas... reflexos rápidos... e a capacidade instintiva de encontrar a felicidade junto a uma boa mulher — sussurrou e piscou um olho para mim, enquanto acrescentava: — Mas não fará tantas perguntas embaraçosas como a mãe. Vai ser belo, bom, sensato e feliz, e tudo isso graças apenas a você e a mim — e inclinou meu rosto para o dele. — Lembra-se? — sussurrou. E riu, e dessa vez eu ri também, tranquilizada, ansiosa por deixar esse medo da solidão passar e partilhar do humor dele. — É o amanhã que conta. O ontem já passou. Não se inquiete por causa dele.

E assim, não nos inquietamos. Não prossegui em minhas tentativas de investigação. E durante toda aquela primavera e aquele verão vivemos afastados da realidade e voltados apenas para nossa própria alegria. Não prestamos atenção ao dia em que a pobre rainha devota, ajoelhada diante do tribunal que julgava o pedido de divórcio, jurou, em seu sotaque espanhol, que chegara virgem ao leito real anos antes, nem às histórias que falavam da expressão de nojo no rosto do rei ao repudiá-la publicamente. Não reparamos no que acontecia quando as desculpas do enviado papal contribuíram para o processo gorar. Não nos impressionamos quando mulheres comerciantes, em bando, marcharam para a casa londrina à beira do rio onde Ana Bolena se hospedava, a fim de fazer algum mal à "puta francesa miserável", tendo passado próximo a nossa janela antes de se confrontar com os guardas. Mal tomamos conhecimento de alguns episódios de padres que tinham tirado as imagens de suas igrejas, esvaziando-as, para evitar que vândalos hereges o fizessem, ou de paroquianos que enfiavam pregos em estátuas que um dia reverenciaram para ver se sangravam, ou das paróquias de All Hollows Honey Lane, St. Benet Gracechurch, St. Leonard Milkchurch e St. Magnus, que entregaram seus padres para serem julgados na Star Chamber por serviços paroquiais cobrados indevidamente. Nós simplesmente dormíamos, acordávamos, ríamos, fazíamos amor e sentíamos a criança crescer e dar pontapés dentro de mim até achar que nossa felicidade perfeita duraria para sempre. Foi apenas depois de seu nascimento que tivemos a primeira desconfiança de que não seria bem assim.

A tarde de outono estava luminosa, com nuvenzinhas velozes e risonhas, de um cinza-claro, atravessando o céu. O fogo queimava na lareira de meu quarto. Eu ouvia pessoas conversando lá fora, na rua, mas as vozes me chegavam vagas e abafadas; faltava-me energia para poder me concentrar no que estavam dizendo. Eu estava sentada na cama, quase sem sentir as dores que percorriam todo o corpo, observando o rosto minúsculo, envolto em branco, que descansava na curva de meu braço e que, de certa forma, parecia se aproximar mais de mim sem que eu o visse se mover, até eu mesma perceber que ele estava milagrosamente muito bem aconchegado de encontro a meu peito e barriga. Tínhamos passado uma noite e um dia inteiros assim, o pequeno Tommy e eu, dormindo, enroscados um no outro, e de repente acordando e nos fitando na tranquilidade do assombro. Quando ele abriu os olhos, vi que eram enormes, azul-escuros e intensos. Ao ver os dedos em miniatura agarrando meu enorme polegar, ou a cabeça diminuta com sua penugem escura se apoiando em meu peito, senti meus olhos, tão azul-escuros e intensos quanto os dele, se arregalarem. Ele tinha os meus olhos, foi o que disse a parteira. Tinha o nariz de John, embora ela educadamente tivesse omitido isso — um nariz pequenino, perfeitamente aquilino; o nariz adunco de John em miniatura. O narizinho parecia lindo no seu rosto: incongruente, mas orgulhoso. Quase fiquei sem ar ao vê-lo. E tinha também a boca generosa do pai, a pele morena e as pernas compridas e magras.

— Ah! Este aqui vai ser um menino bonito! — acrescentou a parteira, piscando o olho para mim com a alegria mútua de um parto bem-sucedido.

Toda a casa ficou feliz. Naquela manhã, ouvi ecos de canções vindos da cozinha; e agora, apesar do ruído da água sendo aquecida para o banho que eu tomaria antes da chegada de meu marido, eu ouvia sussurros tão alegres que tive a impressão de que todos ao meu redor estavam de férias.

Era gente andando na ponta dos pés, e risadinhas que vinham da escada de fora.

— Psiu! — sussurrou uma voz familiar lá embaixo, tentando refrear o amor e se mostrar severa: — Não, Tommy!

E o canto aflito de um pássaro vindo da gaiola grande na sala de estar, e o gritinho de uma criança pequena:

— Piu, piu! Passarinho! Piu, piu!

Quando as duas criadas abriram a porta devagar, para ver se eu estava acordada, para que pudessem empurrar a banheira para o lugar habitual, perto da lareira, vi que a cabeça de Margaret Roper também espiava para dentro do quarto. A pequena Alice estava em seu colo, e o seu Tommy, no chão, junto às pernas dela, pequenino e barulhento, como se tivessem-no tirado de perto de algo muito divertido, e Margaret ria.

— Seus tentilhões estavam correndo um perigo mortal — disse ela alegremente, arrepiando o cabelo do filho, e então se aproximou da cama e se sentou a meu lado para examinar atentamente o bebê. Ele parecia um bonequinho se comparado a Alice, que parecera uma miniatura até ontem, mas cujos cachos negros emolduravam o que agora víamos como um rosto gigantesco.

O bebê fazia bolhas de baba e segurava o dedo que Margaret lhe apresentara.

— Veja, Tommy — disse ela calmamente para o menininho, que tinha se aproximado da cama, atrás da mãe, e que nesse momento olhava fascinado para o recém-chegado como se estivesse vendo um brinquedo se mexer. — É o seu novo priminho. Outro Tommy. Olhe, meu bem. Dê bom-dia. — E, quando o grande Tommy inclinou-se para segurar a mão do pequeno Tommy, ela sorriu para o filho, satisfeita, e então passou o braço livre por minhas costas, dando-me um abraço de lado e me beijou. — Você está com boa aparência — disse, gentilmente. — As faces rosadas. Dormiu bem? Como está se sentindo?

Fiz uma careta, meio de brincadeira.

— Dizem que foi um parto fácil — ri, meio sem graça, tentando deixar o clima leve, mas sabendo de minhas primeiras tentativas toscas de me arrumar, quando me trouxeram água e um copo e puseram lençóis limpos na cama, que eu estava com olheiras escuras que deveriam parecer assustadoras às crianças. Mas ninguém parecia se incomodar com isso. Para onde quer que eu olhasse, só encontrava olhos brilhantes e simpatia. — Então, quem sou eu para discutir?

Ela meneou a cabeça, compreensiva.

— Graças a Deus não foi pior — disse Margaret, e tive um sobressalto ao compreender o que aquele corpo magro e pequeno deveria ter sofrido nos dois dias de trabalho de parto, quando nasceu seu primeiro filho, e depois nos três dias, quando nasceu a segunda filha. Abracei-a com força, em retribuição.

— Obrigada — sussurrei, grata mas sem acreditar inteiramente naquela demonstração de amor incondicional.

Ela segurou o bebê enquanto eu me lavava. Quando John chegou, acompanhado de nosso pai, que viera da missa, eu estava limpa e cheirando a leite e rosas, e usava a nova camisola branca bordada que Margaret fizera para mim.

John sentou-se na cama com os braços à minha volta; Margaret puxou um banco para More se sentar ao nosso lado. Todas as cabeças se voltaram para o bebê, e as pessoas murmuraram palavras de admiração. Então me recostei no braço de meu marido, sentindo o corpo do bebê contra meu peito e me deleitando diante da simplicidade daquela vida: todos os que eram mais importantes para mim estavam reunidos ali, num único cômodo, no qual eu ficaria repousando mais algumas semanas com o pequeno Tommy, antes de ter de atravessar a rua, ir à igreja e voltar à vida normal.

Foi Margaret quem quebrou o encanto.

— Ouçam! — disse ela de repente, e foi até a janela com uma expressão de espanto no rosto. Todos nós levantamos os olhos, um tanto surpresos pelo seu tom de voz, bem mais alto do que seus sussurros habituais. Ela tentou abrir a janela.

— Não abra — disse John, rispidamente —, nada de correntes de ar.

Mas Margaret não lhe deu atenção.

— O que estão dizendo? — perguntou, com a mesma rispidez. — Ouviram? — E, dando as costas a nossas caras atarantadas, continuou a lutar com o ferrolho até que a ansiedade dela contaminou John, que, levantando-se, foi ajudá-la a abrir a janela. Só uma fresta foi aberta para evitar que a friagem entrasse.

E então, quando ele ouviu a algazarra que o ar frio trazia lá de fora, sua expressão mudou. Enquanto abraçava bem meu pequeno Tommy para aquecê-lo, vi o espanto tomar conta das feições morenas e regulares de John — um misto de espanto e consternação. E nosso pai deu um salto, dirigindo-se imediatamente à janela, o que não me deixou ver seu rosto, mas apenas a cabeça metida no gorro de veludo escuro. Ele ouvia com toda atenção. Vi seu corpo se retesar.

Talvez eu tenha sido a última pessoa ali a distinguir as palavras que nos chegavam da rua, embora eu as tivesse escutado desde o início e soubesse não estar ouvindo os pregões costumeiros do mercado de ervas medicinais.

— Sim, é a pura verdade! — era o que a voz de taquara rachada de Davy Maluco dizia. — A pústula escarlate estourou!

Algazarra; aplausos misturados a vaias. Achei ter escutado as estranhas palavras "Wolf-see"* que alguém, no meio de balbúrdia, gritara.

— Juro por Deus Todo-poderoso!

John se inclinou e berrou:

— Davy! Sossegue! Você está perturbando a ordem! E que bobagem é essa que está dizendo?

Mais barulho vindo da rua; passos que pareciam se aproximar de nossa janela. Eu podia imaginar o semicírculo de rostos meio envergo-

*Palavras que significam literalmente "lobo-vê", mas que, ao serem pronunciadas, podem se confundir com o nome do cardeal Wolsey. *(N. da T.)*

nhados olhando para cima. Mas Davy Maluco não se constrangeu. Eu o ouvi dizer aos berros que sentia nojo da estupidez dos que o rodeavam; era quase possível ver em seu olhar demente a glória que, naquele momento, uma testemunha respeitável representava para ele.

— Não é brincadeira, doutor John! — eu o ouvi berrar, e dessa vez as palavras eram bem claras. — Acabei de ouvir a notícia em St. Paul's Cross. Todo mundo lá em Cheapside está falando disso! Vá lá ouvir por sua conta se o senhor não acredita em mim! — E Davy fez uma pausa para avaliar o efeito causado.

— Então o que foi? — John berrou em resposta, impaciente. — Vamos lá, põe para fora, homem!

— O cardeal Wolsey foi preso — a voz, triunfante, retrucou, voltando-se para cima. E dessa vez ouviram-se mais aplausos que vaias atrás dele. Não havia em Londres homem menos popular que o ofegante e pançudo lorde chanceler — o filho de cervejeiro e único servidor mais próximo do rei do que meu pai. Nem mesmo o pai, apesar de sua magnanimidade, devotava muito respeito ao cardeal, o que víamos em seu arquear de sobrancelhas e em seu sorriso oblíquo. John vasculhou o bolso à procura de algo, jogou uma moeda na rua e fechou a janela sem dizer palavra.

Mesmo com a janela fechada, o quarto de repente nos pareceu frio. Todos nos voltamos para fitar o pai, que nos fitou de volta, com olhos inexpressivos.

Margaret quebrou o silêncio.

— É verdade, pai? — perguntou timidamente, pondo a pequena mão branca no braço dele.

Meu pai parecia estar mais tranquilo ao baixar os olhos para o rosto da filha, emoldurado pela touca modesta. Em seguida, ele assentiu com a cabeça.

— Parece que o rei está demonstrando seu desagrado para com seus servidores — disse ele com ar trocista, arqueando a sobrancelha, à moda de Erasmo. — Apesar de todo o seu malabarismo ardiloso, o cardeal não conseguiu alterar a decisão sobre o casamento real em favor do rei.

More parou de falar. Não tinha mais nada a dizer sobre o assunto.

— Então quem o rei vai escolher para ser o lorde chanceler? — Margaret persistiu corajosamente.

— Margaret — disse o pai, numa reprimenda gentil —, você sabe perfeitamente que não tenho uma resposta para lhe dar. Tudo o que sei é que fui chamado a me apresentar ao rei hoje à noite. Talvez eu tenha mais informações depois disso.

More nunca admitiria querer o posto.

— Mas posso lhes dizer que... — continuou meu pai a falar ao se levantar para sair —, ...eu ficaria muito feliz em ser posto num saco e ser jogado no Tâmisa, caso isso alterasse três fatos no cristianismo. Se todos os príncipes em vez de guerrear, vivessem em paz... Se todos os erros e heresias que acometem a Igreja desaparecessem e passássemos a ter uma religião perfeitamente uniforme... E se encontrássemos uma boa solução para a questão do casamento do rei.

Em seguida, fez uma mesura. Não me parecia que o que meu pai considerava uma boa solução para a questão do casamento do rei coincidisse com o que o próprio rei pensava sobre o caso, mas ninguém comentou nada sobre o que ele dissera. Mal ouvimos seus passos ao descer a escada. Meu pai, quando queria, movia-se tão silenciosamente quanto um gato na noite.

Depois, ajuntando os filhos para pô-los na cama como pintinhos, Margaret disse:

— Vai ser ele, não vai? — e havia esperança em sua voz.

Mas foi a maneira de John falar "Vai ser ele, não vai?", quando voltamos a ficar a sós no quarto, que me ficou na memória. A voz que ouvi era dura. E dissera:

— Os homens mais inteligentes podem ser os maiores tolos. More não se dá conta de ter se tornado um cortesão. Mas sei o que estou dizendo: agora, ele está tão interessado em exercer o poder que não poderá resistir à convocação para esse cargo. Ele vai acabar esquecendo que a única coisa que o rei realmente quer do próximo chanceler é fazer de Ana Bolena rainha. É até possível que ele venha a pensar que tem poderes suficientes para persuadir o rei a mudar de ideia.

Lembro-me de não ter levado muito a sério o tom com que John falou. Enquanto ele falava, eu estava beijando o cocuruto da cabeça de Tommy, pensando, sonolenta, que o cheiro daquela cabeça minúscula era o cheiro da felicidade, e sentindo dores fortes por todo o corpo sem me importar nem um pouco com elas.

Entretanto, prestei muita atenção às palavras que John disse a seguir, com muita convicção:

— Nada vai impedir esse rei de se casar com essa mulher. Basta olharmos com atenção o rosto dele para sabermos disso. Ele traz a sensualidade no sangue. Um homem sensato se afastaria da confusão que o rei Henrique vai provocar — John estava fitando o fogo, cujo brilho parecia dar a suas feições aquele aspecto melancólico e fantasmagórico, ou talvez fossem apenas pensamentos soturnos. — Temo que seu pai esteja prestes a voar perto demais do sol — acrescentou. Com a ponta da bota, cutucou as cinzas de uma acha de lenha já meio queimada. E a acha, num afluxo de chamas e cinzas, bateu na grade da lareira, enquanto John completava: — e se espatifar.

11

— Então escreva para ela, meu rapaz — murmurou o velho. Do outro lado da mesa, ele se debruçava sobre os restos de um almoço no qual mal tocara (e no qual Holbein fizera incursões mais devastadoras), e o rosto à luz das velas não só parecia mais vivo do que a maioria dos homens um terço mais moços que ele, como brilhava de tanto encanto persuasivo. — Você pode, por exemplo, lhe dizer de minha admiração pelo seu quadro.

Holbein não pôde resistir a uma olhadela de soslaio à pequena cópia do retrato da família More apoiada numa jarra pousada na mesa coberta por uma toalha. Passara o dia todo se despedindo silenciosamente daquele quadro. Mas então baixou os olhos, olhando de novo para sua caneca, e arrastou os pés que não podia ver por estarem debaixo da mesa. Obstinado, balançou a cabeça.

— O senhor me conhece — murmurou. — Não sou de escrever.

Era a primeira vez que se encontrava com Erasmo desde que voltara à Basileia. O velho estava perplexo com o que estava acontecendo com a cidade alegre e florescente de livres-pensadores que adotara como lar havia oito anos; assombrado diante do dano que os evangélicos furiosos causaram tanto ao ambiente físico como ao espírito da cidade com seus saques e demandas violentas de mudanças, envolvera seu corpo magro em peles e deixara a Basileia pela plácida Friburgo, não muito longe, rio abaixo, pouco depois que os revoltosos conseguiram que, em abril, as novas leis religiosas fossem aprovadas.

— Não houve ninguém que não tenha temido pela própria vida quando aquela ralé invadiu o mercado com armas e canhões — foi o que ele contou ao homem mais moço um pouco mais cedo naquela noite. Holbein sabia que nunca perdoaria a selvageria daquela turba que destruíra a catedral, arrebentara o enorme altar de alabastro com porretes e atirara imagens através dos vitrais. Não era de estranhar que as pessoas tivessem começado a chamar esses evangélicos de protestantes.

— Zombaram tanto das imagens dos santos, e até do crucifixo, que alguém poderia achar que algum milagre tinha ocorrido — acrescentou Erasmo raivosamente, com o desprezo que um homem sempre surpreso de sua mente estar ligada a um corpo de carne e osso sentiria por pessoas que, de tão rudes, eram capazes de se regozijar por sua força muscular e capacidade de intimidar com insultos, gritos de fúria e punhos cerrados. Ele ainda sentia nas narinas o cheiro das fogueiras de vaidades que ardiam na praça; e jamais aceitaria rezar numa igreja caiada.

A ausência do velho fora um dos motivos da tristeza de Holbein ao se encontrar na nova Basileia piedosa da *Reformationsordnung*. Havia muitos outros. Prosy fora assassinado numa briga de taberna. O velho Johannes Froben, o editor, morrera. Bonifacius Amerbach ausentara-se, embora ainda não tivesse partido formalmente; em geral, ainda podia ser encontrado em Friburgo. Os dois melhores patronos de Holbein, Jakob Meyer e Hans Oberreid, recusaram-se abertamente a se declarar adeptos da fé reformada e, consequentemente, perderam seus postos no Conselho. As universidades foram fechadas desde o início dos tumultos. Os tipógrafos estavam submetidos a uma censura rigorosa. O ânimo desaparecera do resto da turma que costumava se encontrar nas tabernas e tipografias onde discutiam sobre a situação do mundo diante de uma caneca de cerveja. Agora que tudo aquilo que tinham sonhado, e que fora motivo de discussões infindáveis noite adentro havia muito tempo, estava realmente ocorrendo, a Basileia já não lhes parecia o lar que tinha sido. As autoridades, nesses tempos de reforma, vigiavam a moralidade pública com um zelo incômodo. Não era exatamente por isso que o centro não pertencia mais ao mundo de Holbein; mas era, por enquanto, uma boa desculpa para ele tentar se iludir. E assim, sempre que Holbein virava a cabeça ao ver passar uma mulher de cabelos escuros, ou seu coração disparava diante do corpo de uma garota alta e desajeitada descendo a rua, ele resmungava para si, no momento em que, horrorizado, acabava descobrindo que ela não era a inglesa Meg, "seus fanáticos de uma figa", como se de algum modo as autoridades fossem culpadas da tristeza inquietante que o vinha consumindo por todos aqueles meses.

Olhou para o quadro que se destinava a Erasmo — uma pequena cópia do retrato da família More, um presente de Thomas More a seu velho amigo, no qual se via Meg inclinada para a frente apontando uma linha num livro para o velho Sir John. Ele a guardou na mala. E, sentindo-se a salvo na taberna, tirou-a dali diversas vezes aquele dia e a fitou com dor indefinida misturada a um orgulho pela execução da obra, e bebeu cerveja demais para esquecer a escuridão em seu íntimo. Num acesso de culpa pelo pai de família fracassado que se tornara, pintou Elsbeth e os filhos. Deveria ser um presente de amor. Mas resultou no que ele de fato sentia, um quadro do desalento; uma velha *hausfrau* gasta e crianças chorosas, todas olhando em vão para fora do quadro e para além do pai, que amava outra pessoa e se odiava por isso.

Todavia, Holbein passou meses resistindo aos bilhetes que recebia de Friburgo. Reconhecia os garranchos daquela letra imediatamente. E dizia a si mesmo que não queria sair apressado Reno abaixo só para se reunir com os exilados de Friburgo, todos sentados em círculo, se lastimando e falando da dureza dos tempos que estavam vivendo. Ele se sairia bem na Basileia, onde, por mais difíceis que aqueles dias fossem para os pintores, já que as igrejas eram simplesmente caiadas, ele ainda encontrava algum trabalho nas tipografias aqui e ali e sempre entrava algum dinheiro. Bem no íntimo, ele sabia que havia um motivo mais sério para impedi-lo de procurar seu primeiro patrono. Ele ainda não tinha chegado à conclusão do que poderia dizer ao filósofo de olhos de águia sobre sua temporada na Inglaterra sem se trair e ser visto como um tolo de coração mole. Fosse como fosse, ainda não queria entregar o quadro. Então, enfiou os bilhetes sob as peles meio curtidas que cobriam o chão do cômodo malcheiroso do andar de baixo, em St. Johannes Vorstadt. Depois que a pequena Catherine, correndo de um lado para o outro com uma energia aparentemente inesgotável, os encontrou e começou a rasgá-los, como se estivesse fazendo um jogo, e a espalhar os papéis. Ele os recolheu e, transformando-os em bolinhas, jogou-os na boca do vaso grande que parecia nunca ser tirado da prateleira de cima da cozinha. Dessa vez, foi Elsbeth. Ela não disse nada. Apenas pôs os três bilhetes que encontrara, depois de desamassá-los, numa pequena pilha ao lado dele durante o almoço, e fitou-o com seu habitual olhar cansado, fixo e acusador. Ele não aguentava a culpa. Por que ela tinha que fitá-lo sempre daquela maneira? Ele tinha comprado uma casa nova para a família com o dinheiro ganho em Londres, não tinha? Ela era dona de um vestido marrom novo comprado com o produto da venda do casaco de veludo dele, não era? Então? Ele enfiou os bilhetes no bolso, sem dizer mais nada, e saiu apressadamente, passou pelo depósito de livros de Froben e tomou o rumo da cidade, caminhando à beira do rio com passadas fortes sem ter tocado no cozido que ela preparara para o almoço. Então, com fome, parou para comer uma torta de carne numa casa de pasto. Rodeado pelos cheiros apaziguantes de cerveja e carne de porco, embalado pelo barulho confuso e contido dos outros homens malvestidos que estavam fugindo de suas esposas, acalmou-se. Tirou os bilhetes do bolso e os leu. Os bilhetes continham a amizade e a simplicidade que caracterizavam Erasmo, sem nenhum traço da imponência de alguém tão famoso como ele: desejando saber o que se passava em Londres, ansioso por notícias de More e sua família, e especialmente, todos os bilhetes diziam, querendo saber como Holbein estava se saindo. "Bonifacius e os outros perguntam por você" um dos bilhetes acrescentou. Holbein sentiu o coração ficar mais calmo.

Ele não era nem um pouco amigo de escrever. A falta de jeito com que punha seus pensamentos no papel o envergonhava. Não havia nada a fazer senão ir a Friburgo. Foi para casa, envolveu Elsbeth em um abraço desajeitado que tantas vezes servia de pedido de desculpas depois de ter se irritado com ela, reparou no meio-sorriso relutante no rosto da mulher que em geral passava por aquiescência, ainda que não significasse exatamente perdão, e fez com que ela lhe preparasse a mala. Depois, tomou o barco que o transportaria rio abaixo.

Então Holbein estava ali, empanturrado de comida e bebida, hospedado na casa confortável que os fundadores da cidade tinham posto à disposição do artista famoso, e Amerbach estivera presente ao almoço, e Holbein tinha então lhes mostrado a cópia do retrato de família que trouxera para Erasmo a pedido de More, e os outros dois tinham feito os maiores elogios à obra, e ele lhes contara rapidamente suas histórias de Londres, tomando o cuidado de se demorar na descrição detalhada do brilho da corte, de seu sucesso como artista requisitado, cheio de encomendas, e de todos os ângulos daquela cidade enorme, malcheirosa e animada, onde tudo correra muito bem. Enquanto falava de Londres, sentira a cidade tomar vida em sua mente, e a sensação de sonho ao lembrar que bastava um percurso de barco ou uma caminhada através do jardim para chegar a Meg tampouco tinha se dissipado diante da triste realidade. Os exilados não tinham sequer se lamentado demais. Tudo o que Erasmo dissera sobre os problemas, enquanto olhava pensativo para o rio durante o passeio que deram antes do almoço fora:

— Estrasburgo, Zurique, Berna, Constança, St. Gall e agora até mesmo a Basileia: todas seguem os fanáticos. Hoje em dia, é difícil encontrar um lugar onde possamos pensar por nós mesmos. Mas não estamos mal aqui.

Assim Holbein não tivera que decidir por ser leal ou não à cidade para a qual voltara; o que foi um alívio. E embora estivessem em meados de agosto e aquela fosse uma noite quente, Erasmo tinha lareira. E Holbein estava então suficientemente comovido para poder gozar do calor da fogueira e da amizade revigorada, e olhar afetuosamente para Erasmo, que se mantinha o tempo todo enrolado naquela sua veste de pele que ficava se abrindo — o velho sentia frio mesmo quando não estava frio; deviam ser aquelas pernas e braços macilentos, quase descarnados, foi o que Holbein pensou, com desprezo benevolente e alguma indulgência consciente da força do próprio corpanzil — e em seguida, completamente relaxado, esticara-se em seu banco muito antes de Amerbach ir embora. Pela primeira vez desde que partira da Inglaterra, Holbein se sentia realmente em casa.

— Conte-me mais, querido Olpeius — disse Erasmo, com os olhos brilhando, acomodando-se em seu lugar depois de se despedir do convidado. — Mais sobre More* — Erasmo gostava de fazer trocadilhos, lembrava-se Holbein vagamente; seu livro, por tantos anos o mais popular, *Moriae encomium*, significava *Elogio da loucura*. Mas o título do livro, cujo frontispício tinha sido escrito na casa de More e em cujo prefácio havia elogios rasgados do autor a seu anfitrião, podia ser lido como "Elogio a More", uma vez que Erasmo considerava o inglês não só seu melhor amigo como o intelectual mais sábio da Europa. Erasmo deu um risinho seco, convidando o hóspede a rir de seu gracejo, fixou os olhos no rosto ruborizado de Holbein e esperou.

Holbein estava então relaxado demais para que a possibilidade de Erasmo descobrir seu segredo o preocupasse. Pousou as mãos confortavelmente sobre a mesa e começou a falar — dos More, velhos amigos de Erasmo, com um entusiasmo que ele tentara esquecer ter sentido; sobre a beleza da casa e do jardim em Chelsea; do humor sensato de dame Alice; da mente vibrante de More e do prazer de se discutir qualquer assunto que fosse com ele; dos duetos de alaúde; e da estima que a corte dedicava ao advogado.

— Claro que os homens do Steelyard não gostaram de ver o comércio prejudicado por livros religiosos — ele também se lembrou, para ser justo —, e Kratzer e eu passamos mais tempo do que eu gostaria querendo saber por que ele fora tão duro com o pessoal que lia seus livros — e parou de falar para ver a reação de Erasmo antes de continuar se arriscando.

Erasmo assentiu com um gesto de cabeça, parecendo não ter se importado com o ligeiro tom de crítica na fala do amigo.

---

*No original, *More about More*, já que "mais" em inglês é *more*. *(N. da T.)*

— Isso. Mesmo o que ele escreve sobre religião hoje em dia também me intriga — disse ele, com sua voz fina e precisa, inclinando-se para a frente, interessado.

Erasmo parecia tão receptivo que Holbein se perguntou se deveria contar a história do prisioneiro na casa da guarda. Por fim, decidiu não contar. Franqueza era uma coisa; mexerico, outra. Não poderia afirmar o que havia de verdade nesse episódio, poderia apenas falar de sua solidariedade com os pobres camponeses de Rickmansworth: não poderia acreditar que um homem da integridade de More pudesse, a menos que tivesse um motivo válido para tal, manter um homem com o rosto deformado de pancadas numa casinhola; só não saberia dizer qual seria esse motivo. Consequentemente, mudou de assunto.

— Pois é, não sei — continuou, dando risada —, mas lhe digo mais. Apesar de Kratzer e eu termos passado muitas noites criticando a brutalidade com que More tratava os homens novos, agora que vi a bagunça que os nossos próprios homens estão fazendo no governo da Basileia, começo a me perguntar se More não teria alguma razão no final das contas!

Erasmo resfolegava de rir ao ouvir essas palavras, e Holbein rapidamente retirou-se para um território mais seguro.

— E More, além disso, é famoso pelo seu charme — disse ele, com uma risadinha mais à vontade. — Amam-no por isso. Chegam até a ensinar latim a crianças de escola para que possam traduzir frases como "More é um homem de erudição singular e de espírito angélico".

— Ah, meu amigo, espero poder vê-lo de novo antes de morrer — suspirou Erasmo, nostalgicamente. — E seus filhos. Como me lembro bem daquelas meninas de cabelos escuros...

— Agora, todas já crescidas e casadas — acrescentou Holbein, de repente saudoso. — Além disso, todas provavelmente com seus próprios filhos.

— Margaret e Cecily... a pequena Lizzie... — suspirou. — E ainda o pequeno Johnny. Como meu velho amigo More soube escolher as filhas que adotou; que boas esposas se tornaram. Além das belas heranças recebidas dos pais; e da boa educação propiciada por ele; tudo muito conveniente e bem organizado. Até mesmo a pequena... — e fez uma pausa, olhando de soslaio, com seus olhos de pássaro, para Holbein. — A pequena...

— Meg — disse Holbein num tom indiferente, incomodado com as batidas de seu coração traiçoeiro. — Meg Giggs.

— Isso mesmo — Erasmo cantarolou. — Meg Giggs. Uma moça adorável. E também inteligente. Chegou à casa bem tarde, agora me lembro... — e olhou, pensativo, para as faces ruborizadas de Holbein. — Chamo-as de pequenas, mas é claro que se trata apenas de força do hábito. Tolice a minha. Posso ver pelo retrato que você pintou que as moças estão mais altas e são muito mais graciosas do que qualquer um de nós! — e deu uma risadinha encorajadora, voltando-se para o pintor.

— Está na casa dos 20 anos — disse Holbein. Estrondosamente. Secretamente horrorizado, sentiu lágrimas apontando em seus olhos. Enxugou o rosto e assoou o nariz furiosamente. — Resfriado de verão — desculpou-se, indistintamente. — Ficou noiva pouco antes de minha partida. Já faz mais de um ano, portanto. Deve ter se casado.

— Com John Clement... — Erasmo tornou a provocar, levantando um pouco a sobrancelha com uma expressão zombeteira.

Holbein fez que sim, um tanto surpreso ao descobrir que Erasmo já sabia da história. Afinal, o filósofo tinha admiradores por toda a Europa que lhe escreviam.

— Somos amigos — Holbein acrescentou, continuando a limpar o rosto com seu grande lenço listado. — Meg e eu, quero dizer. Clement, bem, não compreendo... — e então parou, de repente, percebendo que sua voz bêbada estava prestes a deixar escapar seu segredo.

Erasmo assentiu com a cabeça, bondosamente. O meio sorriso no velho rosto delicado, cuja pele parecia papel amassado, sempre parecia sugerir que ele compreendia mais do que estava sendo dito. A sobrancelha se arqueou um pouquinho mais.

— Um bom marido para Meg, você não acha?

Holbein fez que sim, de cara fechada.

— Acho que sim — o pintor falou, com ar lúgubre. — Seja como for, ela disse que estava apaixonada por ele — e então parou. Não deveria estar falando sobre isso.

— Você mantém contato? — Erasmo continuou a conversa, gentilmente. — Com sua amiga Meg. Onde ela mora com o novo marido? O que está achando da vida de casada?

Holbein começou a ficar desconfiado de que essas perguntas teriam um alvo que ele desconhecia.

— Não — resmungou, olhando ao longe. — Não mantenho. Não saberia o que dizer.

Erasmo riu de novo, com um leve toque de zombaria.

— Caro Olpeius. Você precisa ultrapassar esse seu medo da palavra escrita. Você é um sujeito inteligente. E de que adianta viajar se você não deixa que a viagem amplie seu mundo e lhe traga novos amigos a serem cultivados à distância?

O inquérito continuou por mais alguns minutos. E, se Erasmo fosse Elsbeth, pensou Holbein, ele o chamaria de inquisidor. E continuou, envergonhado, a balançar a cabeça.

— Bem, é uma pena você se sentir assim — disse Erasmo afinal, levemente frustrado, e virando a jarra para servir mais uma dose ao amigo mais moço. — Convivi com John Clement quando ele era rapaz. Achei que você poderia me ajudar a renovar uma velha amizade. Entretanto... — concentrou-se em servir sem derramar. As mãos com manchas marrons tremiam agora, Holbein reparou. — Não tem importância. Quero que me faça um favor — disse Erasmo, de repente com ar sério. — Gostaria que você voltasse e pintasse meu retrato de novo — fez uma pausa, e tossiu. — Quando tiver tempo, quero dizer — acrescentou educadamente. — Vejo que é um homem ocupado.

O coração de Holbein disparou. Pintar o retrato de Erasmo outra vez? Ter sua obra vista por toda a Europa pelos muitos e importantes admiradores do grande homem? Receber um salário digno, ficar algumas semanas longe daquela rotina desagradável que o levava de uma tipografia a outra em busca de bicos que teria desprezado em Londres, em especial o último que lhe ofereceram, o de consertar o relógio da cidade? Sair da Basileia e se afastar da família? Começaria amanhã. Seria quase o suficiente para afastar de vez todos aqueles pesadelos em que cabeças morenas fugiam dele em jardins remotos. Ele assentiu com a cabeça, tentando não se mostrar ansioso demais.

— Voltarei nos próximos meses — disse, e logo pensou que poderia ter se mostrado pouco entusiasmado, e imediatamente acrescentou —, sem dúvida. Será uma honra. Voltarei assim que puder.

— Você deve estar cansado, e eu também vou me deitar em breve — acrescentou o velho, observando uma das três velas sobreviventes que se extinguia e dando um bocejo. — Mas se você quiser continuar sentado aqui mais um pouco e terminar sua bebida em minha companhia, tenho mais um favor a lhe pedir. Vou escrever um bilhete aos More para lhes agradecer o quadro. E você, em sua ida para casa amanhã, poderia me fazer o favor de providenciar o envio dessa mensagem?

Holbein fez que sim. O velho humanista respondeu com o mesmo gesto, levantou-se lépido de seu banco e levou uma das duas últimas velas para a escrivaninha alta que ficava no canto, onde suas tintas, papéis e penas estavam arrumadas à sua espera. Ele ainda se mantinha muito ereto ao ficar de pé e a mão parecia correr no papel. Holbein ficou observando a luz iluminar-lhe o rosto de baixo para cima, o que criava um círculo sombreado no lusco-fusco do cômodo e acentuava o vazio nas faces encovadas, olhos e têmporas do velho, e se encantou diante da velocidade com que Erasmo preenchia o papel com sua escrita sem sequer parar para pensar.

— Pronto — disse o velho, pressionando um pouco o papel na bandeja de areia e se virando para fixar em Holbein mais um dos seus olhares de águia encorajadores —, não foi lá tão difícil, não é mesmo? Fico encantado de saber que você vai voltar para pintar outro retrato meu. E há mais uma coisa a lhe dizer.

Holbein fez que sim, ansiosamente. Se ele não pudesse encontrar o amor no triste novo mundo protestante que ele tanto desejara ver, faria um grande esforço para conviver com gênios de novo. Tendo voltado havia mais de um ano, essa foi a única noite que ficara em sua lembrança como aquela em que se sentira vivo.

— Se lhe parecer, antes de sua próxima visita, que você ainda tem algum tempo para fazer uma visita àquela querida moça Meg Giggs... Clement... — e Erasmo tornou a fixar aquele olhar de pássaro no pintor —, eu gostaria de saber como ela está passando. Naturalmente — o velho continuou —, você estará encantado de estar em casa de novo, com a família e os amigos. Mas nunca se sabe, quando a pessoa se sente assim, um pouco, hum, entediada lá na Basileia.

Erasmo lançou mais um daqueles olhares brilhantes e atentos a Holbein. E esse olhar mostrou ao pintor, mais claramente que quaisquer palavras, que não só seu segredo fora revelado, como o desejo, que ele próprio ocultara até de si mesmo, de voltar a Londres e pedir, implorar, berrar ou agir com violência para fazer Meg mudar de ideia, tinha sido percebido.

— Agora que o pai de Meg foi designado lorde chanceler da Inglaterra — Erasmo enrolou exageradamente a língua, lembrando ao pintor que uma relação como aquela poderia ser muito valiosa —, os More estariam, mais do que nunca, em posição de ajudá-lo a progredir em sua carreira internacional. Ou, quem sabe? Talvez seja o contrário. Estamos vivendo tempos tumultuados tanto na Inglaterra como na Basileia. Pode ser que Meg e o marido possam em breve, e mais do que nunca, precisar de amigos verdadeiros. Seja como for, meu querido rapaz, eu o aconselho a deixar a porta aberta. Escreva. Junte um pequeno bilhete seu quando lhes mandar o meu. Não custa nada.

Holbein assentiu com a cabeça, parecendo mais relutante do que antes. Mas não podia continuar a dizer não nesse momento, não se quisesse aceitar a encomenda do retrato. E escrever a pedido de Erasmo ao menos lhe daria uma desculpa para se reaproximar de Meg. Não que ele soubesse aonde Erasmo queria chegar; mas isso não importava. O filósofo tinha lhe dado uma ordem, isso era claro, só que levemente disfarçada de pedido. Por isso ele tinha que se sair bem e obrigar-se a ser eloquente e persuasivo o bastante no papel para poder impressioná-la.

— Bem, não sou propriamente um escriba — disse, enfiando o pergaminho na mala. — Mas o senhor sabe disso, e talvez isso não importe. Talvez eu devesse ser. Tentar. — E realmente sem querer saber o porquê, sentiu o coração se aliviar.

Foi apenas quando já estava no barco, no dia seguinte, com o pergaminho enrolado e a salvo em sua mala, junto do pão, do queijo e da cerveja que Erasmo insistira em lhe fornecer para a viagem, e olhava as garças mergulharem o bico e pescarem peixes nos baixios, que a brisa fresca do rio afugentou a névoa da noite anterior de seu cérebro e o fez lembrar que, o tempo todo em que estivera em Londres, tivera a intenção de perguntar a Erasmo como e quando o humanista conhecera John Clement.

12

Eles mal se davam conta de que eu estava ali, num divã que ficava no canto da sala de estar, debaixo da janela, à luz que esmorecia, com meu bordado. John, sentado à sua escrivaninha, ouvia enfeitiçado o doutor Butts, por sua vez acomodado no banco, expor suas teorias sobre as causas da peste e o tratamento a ser prescrito com sua voz de taquara rachada. Que o doutor Butts não falasse de outro assunto senão de seu conhecimento do corpo humano, não me importava a mínima. Eu tinha esperança de aprender muito só de ouvir o maior médico da Inglaterra conversar sobre questões médicas com meu marido estudioso. Mas, para ser sincera, minha primeira experiência de ouvi-los conversar sobre assuntos científicos era decepcionante.

Talvez minha educação fosse baseada demais no ceticismo; na possibilidade de casar as descobertas de homens e livros eruditos com o bom-senso. Talvez a influência que as curandeiras das ruas exerceram sobre minhas ideias a respeito de medicina tivesse sido forte demais. O que me fascinava na medicina era o exame acurado da doença — o desafio intelectual que a avaliação dos sintomas representava — e a aplicação aprimorada, ainda que em doses mínimas, dos remédios de ervas medicinais que a tradição recomendava para acalmar e curar o paciente, desde *aqua vitae** para limpar feridas ou aliviar uma dor de dentes a loções feitas de ervas e gordura para tratar de feridas de catapora ou de sarampo. Claro que essas eram medidas

---

*Água da vida, ou seja, álcool destilado e quase puro. *(N. da T.)*

simples; não tão sofisticadas que pudessem ser usadas no tratamento dos reis e dos cortesões que o doutor Butts atendia. Mas algumas das teorias importantes estudadas nas escolas de medicina e que ocupavam os pensamentos de médicos sérios da estatura de Butts, das quais eu estava ouvindo falar pela primeira vez, se pareciam estranhamente com as superstições dos sujeitos mais esquisitos que apregoavam na rua lá fora. Elas continham astrologia, magia e até, às vezes, a um tratamento à base de chifre de unicórnio vendido por sósias de Davy Maluco. Eu não podia levá-las a sério.

Enfiei uma agulha no meio de uma flor de seda, me perguntando, assombrada, o que poderia estar me fazendo duvidar do saber do doutor Butts. Eu não tinha experiência alguma no assunto para saber se o pulso humano batia em dátilos nas criancinhas e em iambos nos mais velhos, o que ele tinha acabado de nos apresentar como a contribuição do estudioso Pietro d'Abano à ciência médica, ou se haveria, como ele dissera, nove variedades simples e 27 variedades complexas de ritmos musicais em nossos pulsos que constituiriam a *música humana* de nossos corpos, o que também poderia ser descrito em termos de comparação com animais, tais como, entre outros, formigas, bodes ou minhocas, descrição que mudava conforme envelhecíamos. E ainda assim, mesmo que eu não soubesse a causa da epidemia, eu não poderia dar crédito ao que o doutor Butts tinha dito sobre ela; ou seja, que as particularidades do horóscopo de uma pessoa, ou o equilíbrio dos quatro fluidos corporais em seu corpo, continham o segredo que, se revelado, diria se a pessoa ficaria ou não doente durante uma epidemia, quando outras ao redor estavam morrendo.

— Está escuro demais para continuar a costurar — murmurei. — Peço que me deem licença... — e escapuli. Talvez por estarem envolvidos demais em suas ideias, os dois mal repararam em minha saída.

— Boa-noite, minha cara — disse o doutor Butts, distraído, quando cheguei à porta, mas John ainda o estava fitando com aquele olhar de discípulo devotado e nem sequer se virou. (Ele também costumava me olhar dessa maneira muitas vezes, pensei, repentinamente crítica; mas será que ele sempre me parecia tão tolo quanto agora?)

Deixei o bordado em cima de uma mesa e subi a escada o mais silenciosamente que pude, ainda com a lembrança daquela conversa bem vívida em mim. Demorei bastante, enquanto me preparava para dormir, a retomar meus pensamentos e a compreender o que se passava. Sem dúvida, John tinha de acompanhar cada reviravolta ocorrida nas ideias de seu novo mestre. E também tinha razão em fazê-lo com todo o respeito. Além disso, era natural que John, órfão como eu, sempre tivesse procurado a orientação de homens mais velhos. Do mesmo modo, disse a mim mesma com determinação, o doutor Butts tinha razão em examinar todo tipo de remédio que procedesse da crendice popular à luz da nova maneira de pensar dos homens da universidade. Contudo, eu ainda achava que algumas das ideias do doutor Butts sobre o tratamento de doenças eram frívolas e tolas, na melhor das hipóteses; e na pior, cruéis e irrefletidas.

Quando John entrou no quarto escuro tropeçando, pouco mais de uma hora depois, e se meteu na cama ao meu lado, vi que eu não poderia olhá-lo nos olhos. Então fechei os meus e fingi dormir. Eu não queria mirar seu rosto e ver a tolice respeitosa que vislumbrara lá embaixo — uma expressão que, por um instante, despira suas feições da beleza que eu estava acostumada a encontrar nelas. Uma expressão que eu nunca vira no rosto dos homens que rodeavam meu pai, cujas mentes pareciam sempre afiadas como lâminas de espada, cujos olhos cintilavam de perguntas vívidas e céticas. Foi a primeira noite que passamos juntos sem fazer amor.

Margaret apenas riu quando lhe perguntei.

— Por Deus, não — disse ela intimamente, pondo as mãos na barriga, que já estava redonda com um novo bebê. — Para lhe falar a verdade, Meg, estou realmente aliviada por estar fora daquele clima de estufa que papai cria em torno de si. Toda aquela obsessão. Não sinto saudade nenhuma disso.

— E você não sente falta do modo de ser dos amigos do pai que vão até o âmago das ideias quando discutem? — insisti, um tanto desconcertada. — Você não acha que nos acomodamos num papel secundário ao nos casarmos com maridos que não estão interessados em agir assim?

Margaret deu um risinho quase malicioso. Ela deixara de se comportar como a mulher mais erudita da Inglaterra desde que saíra de Chelsea para a casa de Will, em Esher. Ela também parecia ter ganhado com isso. Cintilava de felicidade. E balançou a cabeça.

— Amo Will mesmo desajeitado como ele é! — disse ela, sem nenhuma dúvida na voz e sem se sentir ofendida com a pergunta. — Claro que também amo papai, mas ele é impossível — acrescentou, vendo que eu ainda não estava convencida de que ela tivesse razão. — Sempre aferrado a uma ideia... não comparece às refeições... passa metade da noite sentado no Novo Edifício escrevendo... e enche a casa de padres e de protegidos que acabam ficando anos a fio. Sei que ele quase enlouquece Alice de tanta frustração, embora ela o esconda. Ela nunca teve nem o marido nem a casa para si. Isso não é vida para uma esposa.

"Meg, se você realmente quer saber, meu desejo é que Will fizesse o que John fez e encontrasse um novo e simpático mestre para adorar. Talvez alguém no estrangeiro, a quem ele precisaria escrever em vez de viajar para visitar. Will passa tempo demais à toa, em volta do pai, só se babando por ele. E eu também gostaria que ele ficasse conosco em Eltham, para que eu não tivesse que ficar para cima e para baixo até Londres e Chelsea com as crianças.

"O que desejo mais do que qualquer coisa é plantar um novo jardim em Well Hall — disse ela, com os olhos brilhando só de pensar —, um lugar em que as crianças possam brincar alegremente. Meu sonho é que Will também fique em casa, e não rondando por aqui, todo excitado com as últimas ideias de papai."

Margaret sorriu docemente. Com vontade. Como eu gostaria de ter sua aptidão para a alegria.

Levaram o homem para a porta da igreja antes de me chamarem. Estávamos em dezembro, fazia aquele frio sem neve que faz a terra parecer de ferro e congela os passarinhos nas árvores nuas. Eu tremia mesmo debaixo da capa que jogara nos ombros enquanto dava dez passos e atravessava o caminho de pedra.

Havia duas delas: mulheres de ar respeitável, cobertas com mantas anônimas de lã cinza. Uma, a julgar pelo peso e pelo andar, talvez da minha idade; a outra, talvez mãe dela, mas, nesse momento, ambas foram transformadas pela dor em bruxas irmãs, sem idade, quem sabe espectros. Ainda estava escuro; era cedo demais para agrupamentos. Acho que elas deviam estar esperando havia algum tempo. Acho que Davy Maluco, encurvado ao lado delas, queria garantir que meu pai e John tivessem saído da casa antes de bater à minha porta. Dessa vez, ele não estava rindo. Apenas o vi sacudir o polegar para as duas mulheres e se afastar rapidamente.

— Ele disse que a senhora entende de ervas — gaguejou a mais moça. — A senhora pode fazer alguma coisa? — E a mulher apontou para um monte de farrapos do tamanho de um homem que estava em cima de uma tábua, perto da porta. Ela estava arfando, quase sem fôlego, escondendo as mãos no cobertor, e nos olhos inchados e machucados de tantas lágrimas via-se um brilho agoniado de esperança. A mulher mais velha não falou nada. Ofegava e segurava os quadris. Eu não sabia se tinha sido medo ou um grande esforço o que teria deixado seu rosto arroxeado, mesmo naquele frio, além de fazê-la perder a língua. Achei que as duas teriam carregado o homem sozinhas.

Ele estava praticamente morto, é claro. Eu já deveria saber pelas expressões delas. Pedi que o levassem para o cômodo ao lado das cocheiras onde via as pessoas simples que às vezes entravam ali em busca de tratamento. (Quase toda semana, havia alguém de olhar desesperado que soubera de minhas saídas para cuidar dos pobres durante a epidemia de febre e achava que eu saberia de algum tipo de cataplasma para aliviar seus males ou de um curativo para suas feridas.) Quando os criados foram embora, bufando, afastei o cobertor. O homem sob a manta tinha ferimentos que eu nunca vira e nem sequer imaginara que pudessem existir. Por um momento nauseante, não pude senão olhá-lo fixamente. O corpo abaixo da cabeça que pendia parecia ter sido esmagado; os braços tinham sido quebrados na altura do punho e do cotovelo; as pernas, quebradas pouco acima do joelho e do tornozelo; e o resto do corpo era uma confusão de destroços dentre os quais havia costelas partidas e viradas para trás e enormes manchas escuras em tons de azul e vermelho. Vi sangue saindo do ânus. E sangue saindo dos ouvidos. Ele não estava propriamente morto; eu ouvia gemidos fracos que saíam da boca machucada, sob um manjar de protuberâncias e sangue pisado onde apenas poderíamos adivinhar existissem olhos e nariz.

— Posso limpá-lo — sussurrei para as mulheres, silenciada por uma brutalidade cuja origem eu só poderia imaginar. Minha expressão fez com que a última cintilação de esperança se extinguisse dos olhos delas. — Posso ajudá-lo a se sentir melhor... dar-lhe óleo de papoula. Mas não deveríamos chamar o padre?

As mulheres se agitaram. Olharam em volta, olharam-se mutuamente. Como se estivessem num beco sem saída. Balançaram as cabeças. Aproximaram-se uma da outra, protegendo-se, depois se aproximaram dele. Ficaram paradas perto dele, protegendo-o de mim, como se eu tivesse me tornado parte do problema delas.

— Então vou limpá-lo — sussurrei, de encontro à respiração ofegante delas, tentando lhes dar algum alívio. E fui sozinha à cocheira mais próxima buscar um balde da água do cavalo. A cabeça baia do animal se virou para mim; vi a curiosidade delicada brilhando nos olhos doces e a respiração formando nuvens brancas, como a minha. Quando voltei com o balde, derramando um pouco d'água no chão, as mulheres estavam ao lado do homem, viradas de costas para mim, protegendo-o e lhe sussurrando algo. Afastaram-se assustadas quando me aproximei e se calaram. Mas ouvi a última palavra:

— Amém.

Eu estava com as mãos tremendo quando me aproximei daquele corpo agonizante. Não queria piorar a situação; eu estava realmente com medo de tocar naqueles machucados. Mas antes que pudesse tocar-lhe o rosto com a ponta de meu lenço, a boca e os olhos semicerrados dele se abriram. Uma palavra ou duas saíram dali — ou pelo menos um ou dois sons que talvez fossem palavras se a boca não estivesse tão destruída. As mulheres se voltaram para o ferido, assombradas; todas o fitamos; e ele estremeceu até ficar imóvel, com o sangue pegajoso saindo aos borbotões dos ouvidos e da boca. Os flocos brancos que tinham surgido no ar, saídos da sua boca, sumiram.

— Ele se foi — disse a mulher moça. Uma voz monótona e inesperadamente alta saiu de seus lábios, uma voz em que havia um anticlímax. Olhou ao redor, vagamente ameaçadora, desafiando-me a silenciá-la ou a contradizê-la. E quando fiz que sim, ela se aproximou dele de um jeito canhestro e estendeu a mão para lhe tocar a testa sangrenta. A palma da mão da moça estava quase tão machucada, ferida, e sanguinolenta quanto o rosto do homem morto. Tocou nos olhos inchados e semicerrados como se pudesse de algum modo fechá-los apropriadamente e dar àquele rosto a aparência digna de alguém que dorme. A mulher mais velha também chegou perto do corpo e se inclinou para beijar-lhe a testa.

— Meu Mark — disse ela, logo depois se endireitando. Nenhuma lágrima. Era provavelmente a mãe.

— As senhoras sabem — sussurrei, gelada diante dessa morte e da raiva contida que se misturava à dor dessas mulheres — o que aconteceu?

A mais jovem virou-se para me fitar com um olhar de pena, ou talvez de desprezo.

— A senhora não sabe? Não sabe mesmo? — Balancei a cabeça, negando, mas vi que ela desconfiava de minha resposta. — A senhora deve ir até onde moramos — a mulher mais moça continuou, tão alto e brutalmente quanto ousaria falar. — Temos muito a lhe mostrar. — E então me lançou um olhar ainda mais duro; algo mudara dentro dela. A mulher riu; mais um latido que riso. — A senhora realmente não sabe? Não sabe mesmo? — ela tornou a falar. — Ele encontrou a Filha do Carniceiro, não foi? — Quando não respondi, a não ser com ar de espanto, ela deu de ombros, virou as costas e murmurou: — Pergunte a seu pai. Ele sabe.

O tom da mulher me provocou; mas achei que ela talvez estivesse me culpando por não ter salvado a vida do irmão. Por isso, em vez de pôr a mão no ombro dela, pousei a mão no da mãe, que tremia.

— Poderíamos enterrá-lo aqui? — perguntei, e a mulher mais velha sacudiu a cabeça, incapaz de falar alguma coisa, sem dúvida tentando engolir a dor, por enquanto, mas inteiramente contra a ideia de um enterro na igreja de St. Stephen. — Eu poderia pagar. — De novo, uma sacudidela de cabeça. — Querem que eu mande levá-lo para sua casa ainda hoje? — Ela assentiu com a cabeça por um instante, e então tornou a sacudir a cabeça. Em seguida, pôs as mãos ásperas nos olhos secos e ficou quieta, pensando. Não quiseram a presença de um padre, lembrei-me. Nem extrema-unção, portanto, tampouco um enterro católico. A história deles ia aos poucos tomando corpo em minha cabeça. Deviam ser hereges. Ele devia ter sido torturado e depois jogado na rua. Devia ter sido torturado para que traísse sua família. Provavelmente elas não estariam a salvo em casa. A mãe não sabia para onde ir.

— Vamos levá-lo conosco — disse a mãe afinal, avaliando o fardo com uma sacudida de ombros determinada.

Não havia como argumentar com ela. A mulher sabia os riscos que estava correndo. Eu não podia fazer senão uma única coisa.

— Vocês precisam de ataduras nas mãos antes de tentar qualquer movimento — acrescentei com voz firme. — Não podem carregar nada com as mãos nesse estado.

E antes que elas pudessem protestar, eu já tinha me afastado, quase correndo ao atravessar o pátio, escorregando nas pedras do chão da cozinha, mal vendo a babá tranquilamente ninando o pequeno Tommy ao pé da lareira, tentando não imaginar meu pavor se alguém trouxesse meu filhinho naquele estado à minha porta. Corri para chegar à despensa e sacar de lá duas grandes fatias de queijo, agarrei dois pães pequenos que recheei com o queijo, procurei um pano em que pudesse enrolá-los e peguei uma garrafinha de cerveja e mais panos limpos para cuidar dos ferimentos delas. Ao chegar ao armário de remédios, vi minhas mãos tão cheias que eu quase não tinha mais espaço para levar o unguento que habitualmente usava para os ferimentos. Eu temia, apavorada, que as mulheres fossem embora.

Mas elas estavam à espera, olhando fixamente para o filho perdido, ou o irmão, ou o que quer que ele fosse delas, com os mesmos rostos fantasmagóricos, enrolando-o nos cobertores à guisa de mortalha, como se ele precisasse de calor para onde tinha partido. Deixaram que eu cuidasse de suas mãos: lavei-as, esfreguei-lhes unguento e depois as atei com tiras de pano até as feridas desaparecerem sob a brancura dos trapos limpos e quentes. Observaram atentamente enquanto eu amarrava o embrulho de comida e fazia uma alça para que o levassem a tiracolo. A mulher mais velha me olhou nos olhos.

— Ele disse que você era uma mulher de bom coração. Mesmo do jeito em que as coisas estão. Não foi, Nan?

A mais moça não respondeu, nem olhou para mim, apenas se aproximou da cabeça do homem e levantou a tábua que estava embaixo, experimentando a força nas mãos envoltas nas bandagens.

— Vamos, mãe — disse ela.

A mais velha pegou o embrulho de comida de minhas mãos, virou de costas para o corpo e para a filha e tomou a outra ponta da tábua. Não achei que ela teria forças para ir muito longe. Entretanto, a mãe meneou a cabeça para mim antes de conseguir levantar a prancha, e vi que foram andando penosamente até passar pela porta, encolhendo-se e batendo contra o portal.

— Deus a abençoe — a mãe resfolegou. Ou será que foi a minha imaginação?

Os cheiros vermelhos, dourados e deliciosos da cozinha ainda estavam no ar quando tornei a entrar, como se o episódio gelado do lado de fora nunca tivesse acontecido. Mas o que naquele momento me parecia irreal era a calma do calor. Tentando tirar da memória aquelas duas mulheres que tinham se afastado aos tropeços a fim de encontrar um lugar tranquilo onde pudessem enterrar seu homem, tirei Tommy dos braços da babá e o abracei bem apertado, tocando o nariz dele no meu, fitando o rostinho adormecido mudar enquanto ele sonhava e rezando todas as orações que eu sabia para mantê-lo protegido.

***

— Ah, Meg! — gritou John. — Ah, Meg! — E ele se afastou de meu corpo, e beijou meu nariz com reverência exatamente como eu tinha beijado o de Tommy na cozinha, e tomou-me o rosto nas mãos.

Eu tinha me esquecido daquele momento de indiferença que percebera nele. Eu sentira muita falta de John durante os dois dias que ele passara na companhia do doutor Butts; estava ansiosa para vê-lo e poder lhe dizer o que tinha acontecido.

— Essex — foi tudo o que ele respondeu ao entrar no pátio, enlameado e sozinho, quando lhe perguntei onde estivera. Ele me parecia mais quieto do que de costume, perdido em seus pensamentos. Não me contou nem ao menos quem eram os pacientes deles. E fiquei tão preocupada por não saber como levantar a questão do homem morto e sua família que resolvi não dar continuidade ao assunto.

Por um instante me senti perdida na beleza dos olhos de John, que tremulavam de prazer: seu tom azul-claro me atingia com um sorriso de contentamento. Mexi minhas mãos, que foram subindo desde as nádegas, passaram pelas costas, deleitaram-se com os músculos fortes e delgados dos braços e ombros, sensíveis ao toque de minha palma, até eu poder acariciar a linha elegante da sobrancelha, da maçã do rosto e do queixo.

Mas as sombras não me deixavam. Eu precisava perguntar. E me ergui um pouco, apoiada num dos cotovelos.

— John — comecei a falar.

— Hein? — ouvi como resposta, um ruído que trazia a esperança de um riso. Ele achou que eu iria lhe contar alguma graça de Tommy; depois, talvez, ele me contaria algo que o doutor Butts tivesse dito no Colégio e então riríamos juntos. — Diga — disse ele, me dando coragem.

— O que é a Filha do Carniceiro? — perguntei, quase com medo.

Na mesma hora, percebi que havia alguma diferença na atenção que ele me estendia. John também se ergueu usando o cotovelo como apoio, e embora o outro braço me rodeasse a cintura, abraçando-me, o olhar tornara-se mais aguçado.

— De onde lhe veio essa ideia? — respondeu-me com outra pergunta, o que fazia com frequência, e sua voz era leve, mas sem tom de zombaria.

— Ah, foi só uma frase que ouvi na rua.

Olhou-me mais severamente, e balançou a cabeça.

— Meg — ralhou, e me senti como se tivesse voltado à sala de aula —, nada de segredos.

Então lhe contei toda a história. Quando terminei, John se persignou.

— Eu gostaria que você não tivesse passado por isso — disse ele, com um travo exasperado na voz. — Quero mantê-la afastada de todos esses horrores. Aliás, eu mesmo quero ficar à distância do que estiver ocorrendo — ele tiritava.

— E então, o que é a Filha do Carniceiro? — insisti.

— Um aparelho feito a pedido de Leonard Skeffington, da Torre de Londres — ele fez outra pausa. — Para ser usado em interrogatórios.

Esperei. Ele não quis continuar. Seus olhos brilhavam com aquele assombro que eu vira somente na noite do relato de seu passado secreto; desde então, voltara a ser John Clement, e sempre ria das minhas tentativas de descobrir mais algum detalhe desse passado.

— Sabe, Meg, falar sobre isso é incrivelmente difícil para mim — disse ele, tenso. — Só de pensar em tortura me sinto mal.

— Mas eu preciso saber do que se trata; vi o corpo do homem — insisti. Eu soava estridente e aflita, achando minha própria voz desagradável, mas mesmo assim determinada a compreender o que se passava.

John suspirou com relutância, sem olhar para mim.

— Então, vejamos. É uma estrutura de ferro, com buracos para os braços e as pernas. Apertando-se os parafusos do aparelho quando há alguém preso nele, o ferro comprime os membros e o corpo dessa pessoa. Os ossos acabam se quebrando — ele passara a falar com frases abreviadas e num tom professoral; eu podia ouvir sua mente se afastando da realidade de peito e ossos sendo esmagados, e de sangue.

— Para hereges? — perguntei, também aos borbotões.

Nas últimas semanas, pessoas eram levadas de todos os lugares possíveis para a Torre, os porões literários estavam sendo destruídos, e todo livro de Simon Fish e William Tyndale que contivesse as novas heresias era apreendido e queimado. Ninguém acreditava que o rei fosse o principal incentivador das últimas punições. Corria outro boato a respeito de Henrique. As pessoas diziam que ele lera o último livro escrito por Tyndale, então proibido, que lhe fora presenteado por Ana Bolena, e começara a entender as ideias do padre desgarrado. Henrique talvez não tivesse tempo para se deter na crítica de Tyndale à Igreja de Roma, que, segundo este, deveria ser destruída, mas dizia-se que lhe agradava a ideia veiculada no livro de Tyndale de que o clero não deveria participar da política. Eu não sabia onde estava a verdade nisso tudo. Mas era enervante ouvir esses boatos. Além de ser enervante o encontro inesperado com prisioneiros. Um dia eu vira um deles, um homem montado a cavalo, de costas, com os textos com que fora pego presos ao gibão que vestia, como se ele próprio fosse um livro aberto de heresias, tentando em vão levantar as mãos para se proteger das bolas de esterco e frutas podres que os meninos de rua de Cheapside lhe atiravam quando o cavalo estava sendo levado para St. Paul's Cross. A rua abundava de cinzas e histórias de detenções.

— A maioria das vezes — ele respondeu, continuando a olhar para longe. — Está cansada? — John perguntou. — Vamos dormir? — E sem esperar resposta, apagou a vela com um sopro.

Entretanto, na tranquilidade da escuridão, ele me abraçou forte, puxando-me para bem perto de si. Pude ouvir as batidas do seu coração disparado.

Eu lhe acariciei o braço como se ele fosse um cavalo que precisasse ser amansado; então ele murmurou:

— Vou lhe pedir que me prometa uma coisa.

— Qualquer coisa — sussurrei, de novo afagada pelo cheiro e pela sensação de amor. — Naturalmente.

— Não saia por aí procurando problemas — disse sua voz. Então o ouvi falar mais rápido e intensamente. — Tenho pensado muito nisso nesses últimos dias porque eu também tenho procurado confusão. Você não sabe onde estive nesses dias, sabe? Pois é, então vou lhe dizer. O doutor Butts foi chamado para ver o cardeal Wolsey, em Essex, e quis que eu o acompanhasse. Butts tem muitos amigos entre os novos homens e afirma que Wolsey sempre foi mais moderado no modo de tratá-los do que seu pai provavelmente está se tornando. Achei que eu não poderia negar. Eu lhe devia esse favor. E, como você sabe, o pobre Wolsey está moribundo; não sei se ele sequer terá forças para vir a Londres e enfrentar um julgamento. Mas não demorei a perceber que minha ida foi um erro. Devo lealdade tanto a More quanto a Butts e não quero que seu pai me tome como inimigo. Durante todo o caminho, tanto de ida quanto de volta, pensei na loucura de correr o risco de ir até lá só para não fazer uma desfeita a Butts. Tenho me penitenciado por ter sido tão tolo. Agora, tenho de pensar em você e Tommy. Não sou mais um rapaz impetuoso. Quero apenas ficar longe de confusões e desfrutar de minha família. Você deveria fazer o mesmo. Deixar a feiura da vida do lado de fora. Vamos optar pela nossa felicidade aqui dentro. Por favor. Não atraia o perigo.

Murmurei o que poderia ser tomado como um sim e continuei a afagá-lo até sua respiração se transformar em sono. Por alguns momentos, a história de John me distraiu de minhas preocupações. Surpreendera-me sentir respeito pelo doutor Butts ao ouvir que ele visitara seu antigo patrono, embora o velho cardeal já tivesse caído em desgraça; e me emocionou o mecanismo da consciência de John. Mas eu não tinha certeza de que faria o que ele dissera caso mais alguém viesse bater à minha porta. Eu não sabia realmente se seria capaz de mandar embora alguém que precisasse de ajuda.

Não consegui dormir. Por algum motivo, o mais óbvio de tudo que eu ouvira durante esses últimos acontecimentos só me ocorreu depois que John estava se revirando debaixo dos cobertores. Era o que a mulher tinha dito: "Pergunte a seu pai. Ele sabe."

Meu pai e John Stokesley, o novo bispo de Londres, estavam à frente de uma nova campanha contra heresias. Ele passava os dias examinando incansavelmente os processos legais que Wolsey deixara para a Star Chamber e a Chancelaria julgar, e as noites reclamando ironicamente ou durante o jantar em Chelsea ou conosco em Londres sobre a bagunça em que encontrara a situação legal dos negócios de terras. Esse era o homem que víamos: o sedutor sorridente, o lorde chanceler que impressionava o rei com sua expedição no trabalho e o empenho em cumprir seus deveres. Mas ele também estava fazendo algo diferente agora que tinha todo o poder da Chancelaria em suas mãos (algo que poderia ou não impressionar o rei, dependendo de nossa crença ou descrença nos rumores de que o rei estava lendo Tyndale e gostando do que lia): More estava fazendo tudo que podia para acabar definitivamente com o comércio de livros proibidos.

Minha acomodação à vida doméstica era tanta que eu não conseguira juntar as informações que ouvira aqui e ali no meu dia a dia. Mas agora, horrorizada, eu começava a entender o que esses rumores significavam e a me lembrar, desgostosa, de minhas antigas preocupações com a fúria que meu pai despejava nos panfletos contra os inimigos de fé religiosa, da ânsia com que eu o via voltar para casa depois de um longo dia de trabalho e das noites que ele passava redigindo denúncias frenéticas contra as heresias, usando pseudônimos. Eu optara por acreditar que meu pai não estava senão executando o que seriam os desejos do rei, e que o ódio que havia em seus textos era uma medida estratégica da diplomacia da época. Teria sido ingenuidade minha? Meu pai tinha escrito o então novo Índex, no qual os autores citados eram condenados à prisão, ordenara que todos os que estivessem ocupando cargos de responsabilidade denunciassem qualquer pessoa suspeita e, mais, os agentes que andavam pelo porto e pelas espeluncas onde se bebia, vigiando e escutando, estavam sob o comando dele. Talvez o despedaçar de ossos dos novos homens fosse — devia ser — uma tradução da fúria dele. Fiquei ali quieta, sentindo a paz da escuridão acolhedora à minha volta sendo corroída pela bile escura que me invadia as entranhas. A mulher pusera a culpa em meu pai, e com razão. Saber se ele estava ou não mutilando pessoalmente os corpos dos homens não era mais tão importante. O mais relevante agora era saber que ele, ou um de seus subordinados, dera ordens para que o homem que eu vira morrer naquela manhã fosse torturado. Fosse lá de quem fosse a mão a apertar o parafuso, a responsabilidade ainda era dele. Wolsey partira. O rei estava vacilante. Era More, meu pai, quem dava as ordens.

Ouvi um gemido vindo do canto do quarto. Fui andando às apalpadelas na direção de Tommy, peguei-o no colo e me sentei com ele numa cadeira perto da lareira. Por um momento não pensei em mais nada senão na inocência das mãozinhas tateando meu peito e do pequeno corpo se contorcendo, concentrado, enquanto ele, com movimentos ritmados, sugava o leite de dentro de mim. Quando os pensamentos voltaram, pareciam mais calmos. As lembranças, misturadas à escuridão, eram como centelhas de luz bruxuleantes: meu pai sentado nessa mesma cadeira, rindo enquanto a criança faminta mamava o debrum do casaco dele; meu pai entrando no quarto na ponta dos pés, com um ramo de violetas na mão, no último dia de meu resguardo; meu pai nos abraçando, a mim e ao bebê; meu pai sentado ao lado da cama depois de ter parado para tomar um gole no cais de St. Botolph, rindo da boca da taberneira que ele jurava ser capaz de falar quase sem tomar fôlego. E, com as lembranças, veio a esperança. Esse homem, cuja gentileza eu passara a conhecer melhor desde que me casara, simplesmente não poderia experimentar uma fúria irracional. Em seu corpo não havia um só osso mal-intencionado. Ele não poderia ter dado ordens para que um homem fosse preso num abraço de metal que o comprimiria até os ossos se partirem a menos que houvesse um motivo convincente para tal. O que eu tinha a fazer era descobrir que motivo era esse.

O meu velho eu — a pessoa que não acreditava que confiança ou felicidade fossem possíveis — estaria lá embaixo nesse momento, na sala na qual tínhamos acolhido meu pai, bisbilhotando em silêncio os papéis que ele deixara sobre a mesa, em busca de provas. Considerei essa ideia por um segundo, mas a afastei antes de tornar a pôr Tommy no berço, satisfeito e sonolento, com gotas de leite transbordando da boquinha feliz. Voltei para a cama e me aninhei nos braços pesados de John, pronta para dormir uma vez que eu já decidira o que fazer. Mas não seria como ele queria que eu fizesse, optando pela ignorância. Minha nova felicidade não era algo a ser preservado à custa de covardia. Eu teria coragem de perguntar a verdade a meu pai e confiança suficiente para acreditar na resposta que ele me desse.

Levei Tommy a Chelsea na manhã seguinte; só nós dois.

Davy Maluco estava a minha espera na rua, sem se importar com a gelidez do vento. Afastou-se do muro onde estivera se apoiando, espiando os passantes, assim que me viu, com um grande sorriso idiota estampado no rosto maltratado, como se o dia anterior nunca tivesse existido. Davy era atarracado e de pernas arqueadas, desdentado, e seu gorduroso cabelo cor de rato começava a ficar grisalho. Ele morava com a mãe viúva e idosa num beco mal-afamado nas proximidades. Não havia motivo para ele ter se ligado aos herboristas preterindo comerciantes dedicados a qualquer outro negócio. Na realidade, eu nunca vira ninguém comprando as garrafas com poções de cor duvidosa nem os pós com cheiro de ovo podre que ele arrumava num canto de muro ou no peitoril de uma janela. Mas ele estava sempre por ali, e era impossível não gostar de ouvir seus mexericos e opiniões meio amalucadas, uma indiscrição atrás da outra sendo berrada para a gente que passava. Ele era sempre o primeiro a saber das fofocas das ruas. Os vendedores de ervas medicinais gostavam do velho falastrão. E, ainda que ele me assustasse um pouco, eu também.

No momento em que Davy se aproximou de mim, vi que o sorriso bobo tinha sumido.

— A senhora fez o que pôde — disse, dessa vez em voz baixa, sem se preocupar em gritar para que a rua inteira o ouvisse. E meneou a cabeça, sabiamente. — Eu lhes disse que a senhora agiria assim. Eu sabia que era uma boa mulher. — E me cumprimentou com um toque no gorro laranja, o que me fez ver que também havia bolhas e sangue nas mãos dele.

Eu não sabia o que dizer. Parte de mim queria sair correndo para a agitação das barcas e da margem do rio. Se eu tivesse que falar sobre as mulheres, seria com meu pai e com mais ninguém. Mas havia um outro lado meu que queria saber o que Davy sabia. Fiz um esforço para respirar com mais tranquilidade. Eu estava tentando encontrar as perguntas que poderiam ser feitas. Mas Davy se antecipou — de novo naquela voz baixa e calma, sem animosidade, mas também sem encenação.

— As coisas pioraram desde que o pessoal se livrou do velho "Wolfsee" — disse ele, perscrutando-me o rosto. Então, sem mais, acrescentou: — Dizem que seu pai tortura gente no jardim lá em Chelsea.

— Não — respondi apressadamente, sentindo o rosto empalidecer e procurando não me lembrar da casa da guarda. Eu não podia deixar que esse maluco me fizesse perder a calma. Eu tinha de perguntar a meu pai eu mesma antes de reexaminar minhas dúvidas insistentes.

Davy assentiu com a cabeça, calmamente, como se quisesse se assegurar de que não tinha nada a ver com minha lenga-lenga. Em seguida, aproximando-se a ponto de recender a ovo, urina e cerveja, sibilou:

— Estão dizendo que vai haver uma fogueira.

Fiquei boquiaberta. Como seria possível imaginar uma coisa dessas se tinha havido apenas uma meia dúzia de fogueiras num século? Olhei para ele espantada, dando de ombros, num gesto de desamparo, sentindo Tommy se mexer em meus braços.

— Não sei — respondi quase sem voz. E fugi daquela margem da rua.

Meu pai estava no salão principal. Era uma nova experiência — transferir o trabalho do tribunal de justiça da Inn Hall de Lincoln para casa, de modo a poder despachar os processos com mais presteza. Diziam que o rei se divertia ao ouvir dizer que meu pai herdara um acúmulo de mais de novecentos processos, ainda dos tempos de Wolsey, mas que já teria despachado mais da metade deles. Em cima da mesa grande, coberta com um pano verde felpudo, havia pilhas de livros e papéis. Nas quatro cadeiras enfileiradas ao longo do lado da mesa mais próximo da parede estavam sentados três advogados, com seus uniformes listados, ao lado de meu pai. Um deles lia uma declaração para ele. Era como se eu estivesse assistindo uma cena particular de um ambiente de profissionais atrás de um vidro. Meu pai sorriu quando o advogado de uniforme listado terminou e disse algo que não consegui escutar. Mas todos ali por perto riram.

— Eu lhes sirvo refeições na sala de estar de mestre Hans — disse dame Alice orgulhosamente ao me ver parada à porta, espiando a cena inusitada. — Tem sido um trabalhão, vou lhe contar. — Ela me levou para a saleta para que eu pudesse ver a mesa sob a qual um dia eu escondera os desenhos de mestre Hans e que agora estava posta com as travessas de carne, cestas de pão, canecas e garrafas que seriam utilizadas na refeição do meio-dia. — Eu só lhes digo que se sirvam quando terminarem o trabalho — disse ela, ninando o bebê com os gestos calmos de uma avó. — Um bando de famintos, esses advogados. Você não acredita na quantidade de carne que esse pessoal consegue comer num dia. — Depois de conseguir chamar minha atenção, ergueu os olhos aos céus se fazendo de exasperada, com uma careta que só mostrava o quanto ela estava amando cada minuto dessa sua nova vida.

Dame Alice me apressou para que eu saísse dali e fosse à saleta dela.

— Hoje nós vamos almoçar aqui — disse ela — e teremos uma boa refeição quente. Seu pai está recebendo um convidado. Ele acabou de chegar. É Sir James Bainham; lembra-se dele?

Eu me lembrava, vagamente. Um advogado do Middle Temple* que tinha uma filha da idade de Margaret e da minha; brincávamos juntas quando crianças, embora eu não me lembrasse de seu nome. Achei que ele já tivesse se aposentado; lembrava-me do cabelo grisalho e fino e do riso ansioso dele. Ele tinha andado por Chelsea uma vez, com John, no auge da peste, avaliando a gravidade do problema, procurando saber o que poderia fazer para ajudar. Um homem bom (embora eu também me lembrasse de ver não só meu pai se espantar ao receber a notícia, ano passado, de que Bainham se casara de novo, como de se espantar ainda mais ao saber que a

---

*Uma das quatro escolas (ou associações) de direito em Londres, localizada num antigo convento dos templários. *(N. da T.)*

noiva era viúva do herege Simon Fish, famoso por ter publicado um panfleto indignado afirmando que o Purgatório não existia e acusando os padres de encher os bolsos com o dinheiro que os ingênuos lhes davam para que rezassem pelas almas dos mortos). Mas saber da presença de Bainham ali fez meu coração se apertar. Embora eu estivesse cercada de toda aquela aparente normalidade do cotidiano da casa de meu pai, a premência de minha missão me afligia. Se tínhamos que passar a única hora livre de meu pai conversando educadamente com um convidado dele, como eu poderia lhe fazer as perguntas cujas respostas eu tanto queria ouvir?

Sir James estava parado ao lado da cadeira onde dame Alice costumava se sentar para trabalhar em sua tapeçaria — o tear estava armado, e a cesta aberta, e havia meadas de seda de cores vivas muito bem-arrumadas sobre sua mesa de trabalho. Nesse recanto feminino e aconchegante, ele me fez lembrar o mesmo espectro ansioso que minha memória guardava, com aquelas costas magras e curvas que o transformavam num obsequioso ponto de interrogação. Acima de tudo, os vincos em sua testa contribuíam para lhe dar um ar ainda mais constrangido. Eu juraria ter visto uma sombra de alívio em seu rosto quando ele nos viu entrar com um neném nos braços. Mas talvez tiques nervosos fizessem parte de sua natureza.

— É uma alegria — disse ele com uma mesura exangue — ter a oportunidade de vê-la, senhora Meg. Cada vez mais bela. E já abençoada com a graça de um filhinho encantador.

E ele se calou — era visível que o homem não queria conversar comigo, assim como eu tampouco queria conversar com ele — e abaixou a cabeça para se aproximar de Tommy. A criança sorriu satisfeita e esticou o bracinho gordo na tentativa de agarrar o nariz comprido e magro que se balançava perto de suas mãos. Tentando não demonstrar medo, Sir James recuou. O homem decididamente tinha tiques. As mãos estavam juntas, e os dedos, entrelaçados, quase como se ele soubesse o que fazer para que parassem de se mexer. Mas ele não sabia o que fazer para manter o rosto normal.

Eu estava exatamente me perguntando o que afligia o convidado quando ouvi os passos de meu pai atrás de mim. Virei-me e tive esperança de que, apesar do turbilhão de sensações que me assaltava, a presença dele iluminasse a sala como sempre acontecia. Mas eu também sabia que, enquanto eu me deleitava diante da visão do rosto de meu pai — de início estranhamente sombrio, mas logo iluminado por uma espécie de satisfação, assim que me viu —, Sir James estava ali atrás arrastando os pés e franzindo o rosto como se quisesse ocultar seus verdadeiros sentimentos.

— Meg! — meu pai exclamou, dando um passo resoluto à frente. — Que prazer inesperado! — e passou um braço afetuoso ao redor de mim e de Tommy.

Quando More se virou para Sir James, percebi algo de enviesado no olhar que esses dois velhos colegas trocaram.

— Não é sempre que recebo a visita de meu neto aqui por essas bandas, Sir James — meu pai continuou a falar. — Talvez o senhor e eu possamos deixar nossos assuntos para mais tarde, não será melhor?

Fiquei aliviada ao ver que meu pai parecia ter lido meus pensamentos e entendido que eu necessitava de privacidade. Sir James assentiu com a cabeça, rapidamente, e curvou-se de novo. Notei que o velho continuava meio constrangido, e achei que ele poderia até estar pensando em fugir dali para sempre.

— Dame Alice vai levá-lo à sala onde serviremos uma humilde refeição aos advogados — disse o pai, dando um sorriso que desapareceu antes de chegar aos olhos. — Espero que tudo esteja a contento.

Dame Alice, que sabia reconhecer uma ordem, levou o convidado sem jeito para a outra sala.

Meu pai tornou a me olhar. Vi rugas de cansaço em seu rosto, mas a expressão era tão terna que eu talvez tivesse me enganado ao tomar como indiferença o que me parecera ver em seu rosto enquanto ele e o pobre Sir James conversavam.

— Meg, almoce comigo — disse ele, aproximando-se e tomando Tommy de meus braços com a naturalidade com que nos tratávamos desde meu casamento. — Eu gostaria de ter uma boa conversa com você sem muita gente ao redor.

— Está bem — disse, agora tão nervosa quanto Sir James, sentindo os músculos do rosto se contraírem. Eu não sabia como deveria agir. — Pai, quero lhe perguntar... — hesitei em continuar.

More fez que sim, todo atenção e afeto, ninando o bebê. Eu ansiava para que ele encontrasse as palavras que afugentariam meus temores, e eu pudesse enfim devolver o mesmo olhar.

— Levaram um homem doente à minha casa para que eu o tratasse — falei, tentando aparentar a calma de um advogado, escolhendo as palavras com o maior cuidado. — Nós o levamos para dentro de casa, mas ele morreu. Acho que foi torturado. Quando perguntei o motivo, as pessoas que o levaram disseram que eu deveria perguntar ao senhor.

More apenas suspirou e deu um passo para trás, ainda balançando Tommy.

— Meg, Meg — disse ele, com um leve toque de reprovação em seu rosto. — É sinal de tempos sombrios quando uma filha se considera no direito de questionar as ações do próprio pai.

Senti-me gelar por dentro. Talvez fosse um mal-entendido. Seria possível ele estar admitindo alguma responsabilidade?

— Primeiro Will, depois você — continuou More, pesaroso. — Embora ele tenha, afinal, caído em si. Mas eu me perguntei naquela ocasião, e me pergunto, ainda com mais ênfase, agora: será que vocês, filhos, sabem exatamente com o que vocês estão se solidarizando?

— Pois bem, com o quê? — retruquei, bruscamente, quase surpresa da súbita raiva que impulsionou minha mente e boca antes que o coração reparasse. — E por que eu não deveria questionar o que vejo, quando, sempre acostumada a sentir orgulho da gentileza com que o senhor aplica a justiça, me deparo com um homem, quase um menino, sangrando e morrendo em minhas mãos, e me dizem que a culpa é sua?

Meu pai não respondeu à dureza de minha voz. A dele permaneceu sensata.

— Isso não é o mesmo que condenar um padeiro que roubou no peso, ou um par de baderneiros que foi apanhado fazendo arruaça numa taberna — disse ele, e me pareceu ter visto um traço de súplica em seu olhar. — Claro que você compreende isso, Meg. Uma coisa é ser gentil com um meliante que poderá um dia infringir uma ou outra regra se não lhe mostrarmos que estamos vigilantes. Mas outra muito diferente é ficar assistindo de braços cruzados e deixar que esse tipo de mal viole todas as regras e leis sob as quais vivemos. Não posso tratar hereges como brincadeiras e depois levá-los aos tribunais. Eles não são os pobres-coitados por quem você os toma. Eles são trevas. Querem extinguir a luz sob a qual sempre vivemos. Se não os destruirmos primeiro, eles destruirão a Igreja sob a qual vivemos há quinhentos anos. Não temos opção.

Fez uma pausa. Acho que meu pai queria que eu voltasse atrás e concordasse com ele, admitisse que fora uma menina boba. Mas eu não podia, por mais convincente que sua voz parecesse, por mais sincero que ele fosse. Para mim, era impossível fazer a distribuição do mal totalmente para inimigos como ele. Eu vira o sangue escorrer do corpo daquele rapaz.

— O senhor está preparando uma fogueira? — perguntei num tom monótono. Ainda me parecia impossível. Devia ser apenas um delírio de Davy. Naqueles velhos tempos inexplicavelmente cruéis, os lollardistas, membros de uma seita meio esquisita, foram queimados vivos por terem traduzido a Bíblia para o inglês. Mas isso sem dúvida fazia parte de um passado de selvageria, não fazia?

Ele suspirou e balançou a cabeça, e, por um instante de esperança, achei que ele ainda poderia responder que sim, fazia. Mas ele continuou a balançar a cabeça, no mesmo ritmo em que balançava os braços, e aos poucos compreendi que ele estava simplesmente dizendo que não.

— Não tive nada a ver com isso — disse meu pai.

— Então é verdade — retruquei, e meu rosto enrubesceu. Ele não fez caso de minha interrupção.

— Um padre — More continuou a falar com voz calma, ainda se balançando —, um homem chamado Thomas Hitton. Foi apanhado num campo perto de Gravesend por homens que o confundiram com um suspeito de ter roubado roupas que tinham sumido de cima de uma sebe. Nos bolsos dele, os homens encontraram cartas dirigidas a hereges que viviam no estrangeiro. Um deles era William Tyndale.

Tyndale era um espectro, uma espécie de diabo: o pior inimigo de meu pai. Um padre renegado que tinha se bandeado para o outro lado. Não havia imagens dele. O renegado vivia escondido no continente, invisível até dos espiões e arruaceiros ingleses. Mas as bíblias e orações que ele traduzia para o inglês continuavam a chegar, escondidas em barris e tonéis, em fardos e pacotes, que, por sua vez, eram descarregados em enseadas calmas ou ali mesmo no Steelyard, bem nas barbas de meu pai.

— O arcebispo de Canterbury interrogou Hitton — More continuou a falar, e a dureza que mestre Hans retratara no quadro que fizera do rosto dele estava bem entranhada na face que eu via diante de mim. — O homem foi entregue às autoridades civis no início da semana. Será executado em Maidstone, em 23 de fevereiro. A única justificativa de Hitton foi: "A missa nunca deveria ser rezada." Ele é padre, mas um padre abominável.

Meu pai estava sorrindo, mas com um sorriso que desapareceu antes de chegar aos olhos. Era visível que ele ainda se recusava a compartilhar de minha raiva.

— Eu não me envolvi pessoalmente nessa decisão — disse ele —, mas minha sentença teria sido a mesma. Qualquer um que acredite na possibilidade de que camponeses sem nenhum estudo tenham o direito de vociferar contra padres e afirmar impudentemente poder determinar o significado da palavra de Deus por sua própria conta está destruindo a Igreja na qual vivemos. Não só a Cristandade de hoje, mas a via sagrada que une todos os que estão vivos a todo cristão, de santo Agostinho em diante, que acredita no que nós acreditamos e adora como nós adoramos. Acabe com tudo isso, profane o corpo do Cristo na terra... destrua a beleza do latim, a língua comum que unifica todos os fiéis... e não lhe restará mais nada senão o palavrório disparatado e o balbucio dos lunáticos. *Anarchos*.

Foi tão persuasivo. Embora sem querer, me vi imaginando Davy andando de um lado para o outro nas imediações de St. Stephen, sacudindo o chifre de unicórnio e berrando suas pregações amalucadas de vendedor ambulante. Será que eu queria realmente abandonar a inteligência e a nossa fé pelo deus confuso de lunáticos como Davy? Virei-me para esconder aquele momento de fraqueza, sentindo que lágrimas indesejadas me chegavam aos olhos, e procurei me conter olhando janela afora. Mas eu não estava pronta para admitir a derrota. Assim que consegui controlar a voz, resmunguei:

— Achei que o senhor era um humanista. Não um torturador.

Meu comentário virulento afinal o enfureceu. Ele emparelhou-se quando atravessei a sala e, usando uma das mãos, me fez girar. Visto bem de perto, o rosto dele me pareceu em brasa. E sua boca despejou uma torrente de palavras:

— Deixe de tolices! Pense só por um momento no que estamos tratando! — berrou ele, tão inflamado quanto eu antes. — Hitton é o próprio mal, o diabo encarnado em mártir nojento! — O desprezo lhe contorcia os lábios. Gotas de suor brotavam em sua testa. Senti perdigotos em meu rosto. — O homem está de tal modo possuído do espírito da mentira que sua alma miserável vai diretamente da fogueira terrena para o fogo eterno! Ele merece a danação!

Por fim, se calou. Olhou-me como se estivesse apenas acabando de lembrar de onde estava. Respirou com cuidado pelas narinas esbranquiçadas para se acalmar. Secou a testa úmida. Estava voltando a parecer o homem bondoso que me criara, mas a imagem do estranho virulento à minha frente um momento atrás estava marcada a ferro e fogo em minha mente. Eu o peguei tentando decifrar minha expressão meio de pavor, meio de repulsa. Compreendendo o que via, deu um passo à frente para me consolar. Mas recuei de novo.

No silêncio que nos cercava, Tommy começou a choramingar. Ele devia ter acordado com a tensão que emanava dos braços de meu pai.

Nós dois falamos ao mesmo tempo.

— Não tive a intenção de gritar — disse ele.

— Me dê meu filhinho — eu disse.

Dei um passo à frente para atravessar o abismo que se abrira entre nós, arranquei Tommy dos braços de meu pai e me afastei de novo em direção à janela, com os olhos baixos para não ver a barba por fazer em seu queixo nem encontrar seu olhar. Ele não resistiu. Senti meu pai atrás de mim como se me rondasse, mas dizer alguma coisa seria exigir demais de mim.

— Tommy me é muito querido — disse ele, agora num tom hesitante, em meio ao choro. — Todos vocês são. — Mas continuei de costas. — Meg — suplicou. Ninei Tommy com mais empenho, fazendo caretas amorosas para ele, deixando meu pai de lado. Mas não podia deixar de ouvir a voz dele. — Afinal de contas, o que quer dizer um humanista para você? — eu o ouvi falar. — De que está me acusando? Tudo o que eu e os meus amigos de juventude quisemos foi reconciliar a Igreja, como a tínhamos encontrado, com o saber dos estudiosos, dos clássicos que estávamos então descobrindo. Nosso sonho era tirar as teias de aranha que abundavam nos cantos. Limpar o limo que se acumulara no decorrer dos séculos. Uma das maneiras para chegarmos a isso era impedindo que os frades continuassem a engordar com o trabalho dos outros, que padres que mal podiam ler a Bíblia e negociantes de relíquias falsas continuassem a agir. Sem dúvida era uma maneira. Houve abusos. Mas nossa meta foi apenas restituir a pureza à Igreja para praticar nossas devoções de forma mais inteligente. Não foi destruí-la.

Não quis ouvi-lo. Naquele momento, ele me parecia o homem calculado e moderado de sempre. Se eu o escutasse, corria o risco de ser persuadida. Mas nenhuma das palavras, em que a filha obediente gostaria de acreditar, fazia parte do mundo a que pertenciam as gotas de sangue vertidas do corpo do rapaz. Tampouco combinavam com a expressão que me surpreendia ver em seu rosto naquele momento, ou os gritos, ou o regozijo ao dizer as palavras: "Ele merece a danação!" Então comecei a embalar Tommy ritmicamente, para a frente e para trás, para não ter de pensar. Para confortá-lo, e a mim.

— Meg — disse ele, tentando recuperar nossa conversa. — Você e eu tivemos a sorte de fazer parte de um círculo único de homens de qualidade, homens que sabem explorar ideias não só com sutileza e inteligência, mas também com respeito e humildade. Homens que sabem o momento de parar. Não é uma liberdade que possa ser concedida a qualquer um. Não podemos deixar Deus nas mãos da turba.

Parei de ninar meu filho, embora continuasse de costas. Tommy não chorava mais, apenas se aninhava em mim. Afaguei-lhe a cabeça e murmurei algo, voltada para ele.

— Que criança linda — ouvi meu pai dizer. Lancei-lhe um olhar de soslaio. E o vi apertando as mãos com tanta força que as juntas estavam brancas. — Algum dia você pensou... — ele começou a falar, mas parou para reformular seus pensamentos. — Meg, você já pensou no perigo a que tudo isso poderia expô-lo? E esse risco, acima de tudo, não é suficiente para que você odeie os hereges?

Como eu não pretendia falar, e nem queria ficar de frente para ele, não me virei; mas me peguei falando, por cima do ombro:

— O que o senhor quer dizer com isso? — e a voz que ouvi sair de minha garganta era rouca e amedrontada.

— Você deve saber que o rei vem hesitando. Ele está tão furioso com o papa por causa da anulação de casamento que é bem capaz de ler todos os livros que aquela mulher lhe der. E se ele se bandear para os luteranos?

— Bem, e então? — falei, virando-me para encará-lo. Nesse momento, meu pai abaixou a voz, procurando que eu me aproximasse e seguro de ter afinal recuperado minha atenção.

— Que rei católico da Europa ficaria satisfeito com essa atitude? — foi o que More me respondeu, com um olhar mesmerizante. — Já custou muito para que os Tudor fossem aceitos no continente como legítimos governantes da Inglaterra. Coube a esse Henrique, em seus tempos áureos, calar a produção intensa de boatos cuja intenção era mostrá-los como uma família de usurpadores e impedir o crescimento infindável de uma onda de pretendentes, de invasões e de ameaças ao trono vinda do estrangeiro. Mas a capacidade mágica de Henrique se extinguiu agora que ele não consegue produzir um herdeiro; por toda corte europeia ouvem-se intrigantes murmurarem que Deus está contra ele. Se ele virasse luterano, a primeira providência de seus inimigos seria procurar um rei católico para substituí-lo. Todos nós voltaríamos a viver temerosos de que alguma frota estrangeira pudesse aportar em alguma praia remota do nosso território. E você teria ainda de viver sob uma ameaça maior: a de que algum embaixador, mais cedo ou mais tarde, viesse a suspeitar do segredo de John; se descobrirem que ele é um sobrevivente dos Plantageneta, Tommy também poderia ser vítima dessa batalha.

Meu pai parou de falar. Olhou para mim. Viu meu rosto imóvel. Insistiu numa resposta.

— Está entendendo?

— Não... — respondi tranquilamente, e ele se inclinou para a frente, com a esperança de reconciliação estampada em seu rosto. Eu a vi desaparecer aos poucos à medida que eu continuava, remoendo palavra por palavra fria, furiosa e firmemente. — Não... tente... jamais... me... convencer... de que... o senhor... está fazendo... isso... por mim.

Vi seu rosto se contorcer em angústia.

— Não foi isso que eu quis dizer — disse ele, como quem implora. — Meg...

Mas o que quer que ele tenha interpretado ao ler a expressão em meu rosto nesse momento foi suficiente para obrigá-lo a admitir a derrota antes mesmo que eu tivesse abraçado Tommy com mais força e dito, cochichando junto ao xale que o enrolava:

— Ele está com fome.

Ouvi os passos de More se arrastando em direção à porta.

— Vou deixá-los para que você lhe dê de mamar — disse ele. — Farei minha refeição com os advogados.

Eu estava de olhos vermelhos e com o rosto afogueado quando consegui sair da sala de estar, ninando Tommy, que caíra num sono profundo após mamar. Minha vontade era ir-me embora sem falar com ninguém, sair furtivamente e ficar sozinha com meus pensamentos. Quando vi John Wood andando rapidamente pelo corredor, escondi-me embaixo da escada por um momento até ouvir os passos diminuírem de intensidade acima de mim. Nos braços de John Wood pude ver as novas e imponentes túnicas de veludo que meu pai tinha mandado fazer para usar em seu novo posto, e que então se derramavam das mãos manchadas de marrom do criado como uma espuma escura. O peso das túnicas fazia as velhas costas magras se curvarem — mas os dedos acariciavam amorosamente os debruns de pele, e o rosto estava tão inundado de alegria diante da nova e esplendorosa vestimenta de meu pai que, por um breve momento, me senti dolorosamente feliz por ele.

Foi mais difícil do que eu pensava fugir sem ser vista de uma casa agora cheia de criados devido à nova posição de meu pai. Antes que eu tivesse a oportunidade de sair correndo de meu esconderijo sob a escada, outra porta se abriu, e uma torrente de advogados, metidos em suas túnicas listadas, dirigiu-se atabalhoadamente para o salão, a pouca distância dali, num grande vozerio. Retrocedi, abraçando meu filhinho adormecido de encontro ao peito, sentindo meu coração disparar de medo ante a possibilidade de tornar a me deparar com meu pai.

Não me deparei, mas de meu esconderijo sombrio debaixo dos degraus, ouvi a voz dele. Bem-educada como sempre.

— Estarei com os senhores dentro de dez minutos — ele estava dizendo, do outro lado, e logo ouvi a porta se fechar sem barulho e o som de um par de passos diminuir aos poucos no jardim varrido pelo vento.

Esperei mais um minuto até as portas se fecharem, o silêncio se restabelecer e o ritmo do coração diminuir até normalizar antes de me encher de coragem e rumar na ponta dos pés para a luz fria, e, então, para à porta.

Mas eu praticamente caí nos braços de dame Alice.

Alice ficara parada entre as portas fechadas da sala de estar e do salão depois de todos terem se dirigido aos cômodos que lhes tinham sido designados, e olhava pela janela; um momento raro de contemplação para alguém tão ocupada.

Eu a vi quando ela, ao ouvir meus passos, se virou com um sorriso de anfitriã no rosto — pronta a mostrar a algum novo advogado o lavabo, ou a privada, ou ainda a buscar uma taça de algo para alguém. Era tarde demais para fugir. Mas quando notei a expressão preocupada com que me abraçou, me acolhendo naqueles braços rechonchudos e amplos, e me conduziu para o assento sob a janela, minha vontade de fugir de repente passou. E nem sequer me importei quando tornei a sentir lágrimas silenciosas correndo rosto abaixo. De repente não havia nada que eu quisesse mais do que o carinho de um adulto bondoso.

— Psiu, vamos, o que é isso... — murmurou Alice, afagando-me a cabeça. — O que a perturbou tanto? Vamos, me dê a criança. E enxugue as lágrimas neste...

Solucei no lenço bordado.

— É a criança? — ela estava dizendo, olhando para mim, depois, para meu filho. Mas como ele dormia como um anjo, e gotículas de leite saíam de sua boca, prova de que estava bem alimentado, ela balançou a cabeça como se respondesse à própria pergunta e me olhou com olhos perscrutadores. — Você não é de chorar. O que aconteceu?

— Tentei falar com meu pai — funguei, me sentindo desamparada. — Mas deu tudo errado. Brigamos...

Ela estava assentindo com a cabeça, e fazendo carinho em minha mão. Achei ter visto um ar de compreensão em seu rosto.

— E vocês têm se dado tão bem — disse ela, compreensiva. Mas não me perguntou sobre a briga. Alice jamais falava mal de More na ausência dele, embora pudesse perfeitamente repreendê-lo cara a cara, na frente de qualquer um. Ela acreditava na lealdade.

Mas eu precisava tentar, mais uma vez, conversar sobre esse assunto com ela.

— Condenaram um homem a ser queimado vivo — disparei, e vi o rosto de Alice se crispar (embora, ao observá-la, eu percebesse que a informação que eu dera não era novidade para ela). — E meu pai disse que concordava com a punição. Ele nunca teria feito isso antes, não é mesmo? Há algo de novo acontecendo com ele, há algo de cruel vindo à tona. Não lhe parece?

De início, Alice balançou a cabeça, mas talvez fosse mais por estar aturdida do que por outro motivo. Uma pessoa tão centrada como dame Alice não se sentiria bem diante da ambiguidade.

— Bem — disse ela por fim, e essa pausa antes de ter respondido era uma mostra de que ela também estava ansiosa. — Eu mesma não compreendo o que está certo ou errado nisso. Não sou nenhum homem de Estado. Acho que as pessoas devem ser castigadas se cometeram algum delito. Mas esse castigo não me parece certo; acho que entendo por que você está tão perturbada. Ele recebeu o novo bispo aqui em casa outro dia, você sabe, Stokesley e eles não falaram de outra coisa do início ao fim do almoço. Hereges, hereges, perigo e mais perigo. E toda vez que Stokesley dizia "perigo", ele pegava a faca e apunhalava seu pedaço de torta de cotovia. Quando afinal se propôs a comê-la, a torta estava despedaçada em seu prato. Não posso dizer que o olhar dele me agradasse. Olhinhos maus. Faces encovadas. E também não gostava dos gritos com que ele se dirigia aos criados quando um deles derrubava alguma coisa. O homem é um opressor. Percebi que ele tinha prazer em ver as pessoas amedrontadas. E Ellen me disse depois que ele se vangloria do apelido que lhe deram nas tabernas, o de "Martelo dos Hereges". Mas você sabe como seu pai é com os amigos. Não admite que se diga nada contra o homem. Diante disso, o que posso fazer?

Alice levantou os ombros, num gesto de desamparo, e em seguida tornou a afagar minha mão.

— Você não é a única que está preocupada — continuou a falar, voltando a olhar pela janela. — William Dauncey também apareceu para vê-lo. Vi que ele também pretendia tentar convencer More a ter um pouco de bom-senso.

Levantei os olhos, espantada. Jamais pensei que Will Dauncey faria alguma crítica ao patrão. Era um sujeito muito pragmático; muito ciente do que significava a acolhida que recebera. Mas Alice não notou minha surpresa. Fiel a seu jeito de ser, ela procurava motivos para se alegrar.

— Entretanto — acrescentou, tentando se sentir tão à vontade quanto o habitual —, caso seu pai esteja agindo de forma errada, podemos ter certeza de que ele não vai demorar muito para cair em si. More não é homem de agir sem pensar em tudo e com muito cuidado. Você sabe bem disso. E é a ele que o rei dá ouvidos, quando é o caso. Não a Stokesley.

Depois que ela me ajudou a vestir a capa, enrolando-a no bebê com todo o cuidado, e me abraçou com mais ternura do que lhe era habitual, me acompanhou à porta, e em seguida, ao jardim e até à beira do rio, comecei a me sentir, se não tranquila, pelo menos não tão só.

Mas qualquer grau de serenidade que eu tivesse alcançado desapareceu, quando, esmagando a grama gelada sob os pés a caminho do embarcadouro, vi duas sombras de pé atrás da amoreira entretidas numa conversa.

Ventava muito; não consegui ouvir todas as palavras. Mas podia imaginar como os olhos azulados e pálidos de Will Dauncey estariam fixos em meu pai quando ouvi os primeiros cacos da conversa na voz fina do mais jovem, propositalmente desprovidos de exasperação:

— ...só estou dizendo que isso não é necessariamente a vontade do rei.

Foi apenas nesse momento que vi o rosto de meu pai por entre os ramos. Estava duro e zangado como antes, com os lábios franzidos, e ainda mais franzidos à medida que a voz de Will prosseguia:

— ...quer um chanceler que faça o seu trabalho... não um promotor cruzadas... — e mais — ...ele não está ligando para a teologia a menos que lhe diga respeito... — e ainda — ...ele gosta do senhor, claro, mas a preferência do rei não dura para sempre... — e — ...não se trata de luxúria, mas boa política; ele precisa de um herdeiro... a Inglaterra precisa de um príncipe... — e, por fim — ...que continue.

Os olhos de meu pai miravam o horizonte. O rosto dele não parecia receptivo a conselhos. Não era o rosto de um homem que acreditasse ser o seu dever mais importante o de servir a um rei que pensasse mais em arranjar um herdeiro do que em salvar a Igreja. Me pareceu o rosto de um fanático.

* * *

Observei os remos penetrarem na água e a espuma clara que se formava ao término de cada remada. Olhava fixamente os pedaços de madeira e restos de lixo que flutuavam passando por nós no escuro da tarde.

Meu coração estava mais gelado do que as ruas da cidade com a nevasca que se aproximava. Minha cabeça estava repleta das coisas frias, mordazes e raivosas que eu dissera; e a atitude calma que eu talvez tomasse agora para me assegurar de que eu sabia o que estava ocorrendo, e não podia mais me fazer de tola.

Quando Davy Maluco saiu das sombras, vindo em minha direção com olhos cheios de curiosidade, eu quis fugir. Mas fiquei ali. Eu o fitei. Fiz um sinal de cabeça para ele, lenta, respeitosamente, como ele estava me fazendo um sinal de cabeça. Cada um de nós sabia coisas que o outro queria saber, mesmo que nenhum de nós soubesse exatamente o que iria descobrir dali em diante.

— Amanhã, virei encontrá-lo — disse eu, por fim.

Eu conhecia o beco por onde ele escapulia rapidamente depois de ter me respondido que sim com a cabeça, com seu saco de poções chacoalhando nas costas. E então abri a porta de serviço da Velha Barca, deixei lá fora a escuridão com uma única pancada de carvalho e ferro, e tornei a entrar, aliviada, no ambiente agradavelmente iluminado de meu pátio interno onde havia um braseiro aceso. A égua cansada de John, Moll, estava recebendo um cobertor e um balde de água. Já tinham lhe tirado o arreio de couro e metal e logo a levariam de volta à cocheira. Quase corri para dentro.

John me encontrou na sala de estar, sozinha, olhando fixamente os olhos cruéis do retrato de meu pai. Ele estava com o bebê no colo, embalando-o para a frente e para trás enquanto andava.

— A babá o pôs na cama, mas ninguém o ouviu chorar — disse ele, amavelmente.

— Meu pai mandou um homem para a fogueira — falei.

Fez-se um silêncio.

— Isso, isso mesmo, meu amorzinho — murmurou John com voz calma, mas não para mim, para o filhinho. Fez um ninho de peles no chão e o deitou ali com todo o cuidado. O olhar de infinita felicidade que os dois trocaram me encheu de tristeza. Não havia lugar para felicidade nesse momento. Olhei para o outro lado.

— Ele não está com fome. Não pode estar. Eu lhe dei de mamar lá em cima — disse, aborrecida, com tantas preocupações na cabeça que aguentar alguém fazendo exigências a meu corpo seria insuportável. — John, você ouviu o que eu disse? Papai mandou um homem para a fogueira!

— Eu sei — disse ele, endireitando-se. Estava mantendo a voz calma. — Todo mundo está comentando. Ouvi a notícia do doutor Butts.

— Mas ele não pode fazer uma coisa dessas!

John se virou para mim, suavemente, mostrando certo interesse preocupado como se eu tivesse perdido alguém e ele estivesse me consolando. Mas tudo o que disse ao se sentar a meu lado foi:

— Psiu, Meg. Você vai acordar o bebê.

Cruzei os braços no peito.

— Meu pai, o humanista, vai condenar um homem a ser queimado na fogueira.

— Pois bem, Meg, More deve achar que isso é necessário — disse John, ainda com o mesmo tom de voz.

— O que você está querendo dizer com necessário? — perguntei, num grunhido.

— Ele é o lorde chanceler, Meg. Quem sou eu para obstruir o caminho dele?

— Meu pai talvez o ouvisse. Você poderia impedi-lo.

— Não sou um homem de Estado. Não quero fazer nem dizer nem pensar em nada que possa nos fazer correr riscos.

— O que faz de você um covarde.

— Talvez — disse ele, olhando para o filhinho no chão, não dando nenhum sinal de que o insulto o tivesse feito perder a calma. — Mas a única coisa que me importa é a nossa família. Se eu aprendi alguma coisa na vida, foi não expor ao perigo o que se ama.

— Acabei de ver Will Dauncey tentando falar com meu pai. Ele não estava com medo. Por que você está?

— Porque não sou criança como você e Will — ele respondeu, sem se alterar. — Porque sei que, quando se vive governado por um rei fraco, vive-se com medo. Porque seu pai é o conselheiro mais sábio de um rei jovem que conseguiu tornar a Inglaterra forte e segura para os Tudor e, como confio nele, sei que vai manter essa situação. Se Thomas More diz que há algo que possa abalar a segurança do país, não vou de jeito nenhum questionar a avaliação dele.

Ele riu, mas sem entusiasmo.

— Quando o velho rei Henrique ainda estava vivo, a cada um ou dois anos nosso país era invadido por exércitos equipados pelos escoceses, pelos borguinhões ou pelos franceses. Sempre com algum rapaz como figura de proa, dizendo aos berros que os Tudor eram usurpadores, afirmando ser o rei legítimo que voltara alegando ter direito ao trono. A maioria deles afirmava ser eu, por estranho que pareça. Mas não importa quem eles eram na realidade, porque é na magia da realeza que as pessoas acreditam. Se esses exércitos fossem suficientemente capazes, e esses homens tivessem convencido gente em número suficiente para acompanhá-los, qualquer um desses rapazes poderia ter a sorte de subir ao trono. Pense no que isso significaria, Meg, não apenas para mim, mas para qualquer um. Talvez isso a ajude a compreender melhor.

Fiquei em silêncio, embora minha raiva íntima ainda estivesse acesa. A sinceridade calma de John me fez lembrar uma de nossas antigas improvisações da história de Ricardo III. Tudo voltava a me inundar agora, a voz dele num tom monótono, murmurando:

— Esses assuntos são jogos de reis, como se todos fossem atores num palco, e a peça fosse quase toda encenada em cadafalsos. Os pobres homens não são senão espectadores, e os que são sábios não interferem no que acontece. Porque aqueles que às vezes sobem ao palco e participam da peça sem que saibam representar seus papéis só atrapalham a peça e se prejudicam.

— Você disse que "os que são sábios não interferem no que acontece..." — disse eu, como se estivesse me perguntando.

— Exatamente. — John assentiu com a cabeça, como se eu tivesse concordado com ele, e me apertou as mãos.

— Você quis dizer, "vamos fingir que não está acontecendo nada" — acrescentei, a meia-voz.

John estremeceu. Mas assentiu com a cabeça. E então, vendo o bebê soltar bolhas perto do fogo que crepitava, tentou me convencer de sua maneira de pensar me explicando como aprendera a entender sua realidade.

— Eu tinha um fogo aqui dentro — disse ele, fitando as chamas na lareira. — Era um menino inquieto com certeza absoluta de que todos os meus desejos se realizariam se eu fizesse o esforço suficiente para isso. Criado para se arriscar. Quando perdemos tudo o que tínhamos sido educados a almejar, e de repente nos tornamos apenas dois meninos mandados para o campo por ser a única maneira de sobreviver, aborreci-me mais do que imaginava ser possível. Envenenei-me de raiva. Uma pequena cobra presa numa caixa, pronta a dar o bote quando abrissem a tampa.

"Eduardo reagiu de outro modo. Ficou arrasado. Chorou. Ficou doente. Rezou. Agora entendo por quê. Era mais velho. Era provavelmente mais inteligente. Sabia que tivéramos sorte apenas pelo fato de estarmos vivos. Então se voltou para Deus. Mas eu não sabia disso naquela época. Eu simplesmente não compreendia por que meu irmão mais velho, o único parente que me restava, podia se submeter ao tio Ricardo. A ideia de que tinham nos passado a perna me deixava maluco, e eu, debaixo das cobertas, tramava a volta dele, ansiando me vingar. Lembro-me de que eu tinha 10 anos. Não teria como controlar nenhum bando de assassinos que eu conseguisse reunir para levar Eduardo de volta ao trono. Minha voz nem tinha mudado ainda. Seria loucura. E, além do mais, não havia razão para tentar sair pela janela à noite a fim de começar a empreitada se ele não estava interessado. Afinal de contas, o rei era ele, não eu. E Eduardo não me escutava. De tão frustrado, eu podia tê-lo matado. Quase matei. Continuaram me afastando dele, ameaçando lhe tirar a vida, em algum corredor desgraçado em algum castelo de algum lugar por aí. Ele nem sequer reagia.

"Os Guildford teriam acolhido nós dois. Mas eu não quis ir. Falei para o Morton procurar algum outro lugar para mim. Eu disse que não moraria com aquele covarde. Talvez ele estivesse com um pouco de medo do provocadorzinho briguento que eu era naquela época. Mas o mais provável era que ele apenas sentisse pena de mim. Assim, acabei ficando em Gipping com os Tyrrell. E o meu orgulho. Não me valeu um reino, é bem verdade. Apenas a perda de meu irmão.

"Fiquei completamente só depois que Eduardo partiu. E apavorado. Não tinha outro jeito. Não me permitiam nenhum contato com minha mãe ou irmãs. E eu não estava a fim de encontrar a única pessoa de minha família cujo contato não me era proibido. Mas eu não cedia, nem mesmo quando o arcebispo Morton quis que eu fosse à casa dos Guildford e fizesse as pazes com Eduardo. 'Não', disse eu então. 'Se eu tiver que ir a algum lugar, será o estrangeiro. Prefiro ir à corte de minha tia na Borgonha do que viver sob o mesmo teto que Eduardo.' E foi para lá que meu orgulho e minha ambição acabaram me levando. Perdi meu irmão; então também desisti de meu país.

"E não parei por aí. Antes de partir para a Borgonha, escrevi para minha mãe. Ela estava participando da vida na corte de novo, nessa época, toda animação e felicidade porque o acordo que ela e Morton selaram com Henrique fizera de sua filha rainha da Inglaterra. Eu lhe escrevi cartas terríveis. Eu a acusei de deixar de lado os filhos para servir à própria ambição; de abandonar a verdade, de trair a memória do marido, de se esquecer de Deus. Minha mãe era uma mulher difícil. Mas não merecia o que eu tinha lhe dito. Então nos encontramos. E ela me implorou. Mas eu não a perdoava. Bati portas e me enfureci. Não tivera a intenção de me zangar tanto. Imaginei que seria apenas um começo.

Uma negociação. Não foram apenas a minha falta de modos; foi o ponto a que tínhamos chegado: a raiva e a chantagem também eram os meios de ação minha mãe; os meios usados por todos em minha família. Mas nunca terminamos nossa briga, porque o rei Henrique descobriu que tínhamos nos encontrado. E as regras do jogo dele eram outras. Quando o velho rei se zangava, sua raiva era silenciosa e obstinada. Ele disse que ela havia rompido o pacto entre eles e que, portanto, iria castigá-la. Não a vi mais. Fui despachado para a Borgonha sem mais delongas. E ela foi mandada para o outro lado do rio, para o convento em Bermondsey. Espionavam suas cartas. Não havia como nos comunicarmos. E então ela morreu."

John olhava fixamente para o fogo. Vi lágrimas correrem por suas faces. Quase se esquecera de minha presença. E o ouvi falar para si:

— Então minhas brigas também fizeram com que eu perdesse minha mãe. E fizeram-na perder tudo.

Apertei-lhe a mão. De repente, John me olhou com seu olhar habitual — um brilho azul-elétrico. E riu, mas um riso mau, cheio de ódio a si mesmo, de dor.

— E você sabe de uma coisa? — continuou. — Tudo isso para nada. Toda a minha rebelião de menino solitário, toda a minha vontade de me virar contra minha família "por causa de uma ideia" acabou sendo uma piada que só me ridicularizava.

— O que você está querendo dizer? — sussurrei.

— Não deixaram minha mãe ir ao funeral da filha, mas eu vi Elizabeth antes de sua morte. Quando soube que seu filho tinha nascido morto, e que ela também estava passando mal, voltei correndo da Borgonha. Consegui uma permissão de viagem no nome de meu cavalariço, peguei as roupas dele e parti. Eu tive sorte, fiquei sabendo rapidamente da história. Ela era minha irmã e rainha da Inglaterra, e as pessoas falavam sobre ela na Borgonha. Minha tia sabia de tudo. Àquela altura, eu tinha 29 anos, era sensato o suficiente para ouvir o que meu coração dizia: "Esteja com sua irmã em seus últimos momentos." Mas ainda era reflexo da velha inquietação. Tinha saudade de minha terra. Queria estar onde o ar tinha cheiro de vida, e as pessoas nas ruas falavam inglês. Eu o fiz só porque podia. Ainda estava ansioso por me meter naquele turbilhão de perigos.

— De que está falando? — perguntei com a voz trêmula.

— Subornei um homem... e me fizeram entrar... ela estava nos aposentos oficiais, na Torre de Londres... muito pálida em seu leito, o cabelo ruivo quase grisalho, com rugas e ferimentos ao redor dos olhos, e o corpo tão inchado e maltratado que eu nunca a teria reconhecido como a garota que vira pela última vez no santuário, em Westminster, quase dois anos antes, embora, no momento em que me viu e sorriu, tenha de repente me dado a impressão de ser mais moça. O rosto era parecido com o de meu pai, belo, carnudo e sensual, com lábios pequenos e sorridentes como botões de rosa, e estava assim de novo. E então ela se recostou, meio sentada na cama, e disse: "Ricardo... nunca imaginei que você viesse... foi Deus que o trouxe", como se houvesse um raio de luz lhe transfigurando a expressão do rosto. Algo em sua mente fazia as mãos abanar e o rosto se contorcer. Chamou uma mulher pedindo-lhe que trouxesse uma caixa, a do material de escrita. E me disse: "Quero lhe mostrar uma coisa antes que eu morra." E acariciou-me o rosto. "Nunca pensei que o veria de novo. Não assim, em paz." Eu não tinha ideia de que a minha presença a seu lado daria tanta alegria a ela. E, quando trouxeram a caixa, Elizabeth mandou todos embora e me pediu que tirasse de dentro dela o pergaminho que ela desejava. Não tinha forças para fazê-lo sozinha. "Veja, Ricardo", disse, fraca, ansiosamente.

"Era um velho documento. Os olhos levaram algum tempo para se acostumar com a escrita quase apagada e mal iluminada pela luz fraca. Mas quando comecei a entender o que estava escrito na página, senti o sangue me subir à cabeça. Fiquei tão tonto que dei graças por não estar de pé. Não teria conseguido me equilibrar.

"Era uma carta que Elizabeth escrevera a mim tempos atrás, nos primeiros anos do reinado de Henrique, durante as rebeliões. Ela não sabia se, de um dia para o outro, um daqueles exércitos invasores poderia surgir comigo como chefe. Por mais que Henrique jurasse que o tio Ricardo tinha nos mandado matar, a Eduardo e a mim, nunca pôde estar muito segura de que ele estava dizendo a verdade. Não confiavam um no outro. Tampouco não tinha certeza se lhe agradava saber que eu estava vivo, porque, caso eu estivesse, e voltasse para reclamar meu direito ao trono, o que seria de seus filhos? Então ela me escreveu como se aquela carta fosse a sua própria defesa caso essa volta acontecesse, uma carta que nunca mostrou ao marido. Era o apelo com que pretendia rechaçar a ira de um irmão vingador que voltava. Um apelo ao meu bom-senso.

"A carta que escrevera se referia a algo que acontecera havia muitos anos, antes mesmo de termos nascido. A carta dizia que ela tinha visto a prova de que nosso pai contraíra um casamento secreto antes de ter se casado também secretamente com nossa mãe. E esse foi o motivo da acusação de tio Ricardo quando nos destituiu, a Eduardo e a mim; mas sempre me parecera invenção de tio Ricardo. Mas o que Elizabeth estava me dizendo era que tio Ricardo falara a verdade. Ela vira a prova: um acordo, firmado legalmente, que estabelecia seu casamento com Lady Eleanor Butler. Datado de 1462, anos antes de meus pais terem se casado. Redigido e assinado por Robert Stillingfleet e pelo casal de noivos. A prova escrita que o bispo jurou perante o Parlamento nunca existir. Mas naquela ocasião, não havia mais ninguém que pudesse contradizê-lo. Lady Eleanor morrera no convento onde a internaram anos antes; meu pai devia ter se cansado dela assim que a tivera, depois encontrara outra bela ruiva, viúva de guerra, não tão virtuosa, e provavelmente ficara com medo de que Lady Eleanor pudesse tentar forçá-lo a cumprir o que prometera em vão. E, de qualquer modo, Stillingfleet permitiu que queimassem o contrato."

John voltou-se para mim e para o tempo presente. Os olhos ainda estavam em choque.

— Eu não consegui parar de fitar aquele papel — sussurrou. E continuou: — Eu disse, "mas Elizabeth... isso significa... isso significa...", e estava gaguejando como um tolo... e ela disse "sim", mais calma do que eu, mas ela tivera anos para pensar no que significavam aquelas palavras, "significa que nosso pai não estava livre para se casar com nossa mãe quando o fez. Significa que ele era bígamo e que éramos filhos bastardos, exatamente como o tio Ricardo disse".

"'Como o encontrou?', perguntei a Elizabeth.

"'Stillingfleet trouxe-o para nossa mãe', ela respondeu, e riu, o riso de nossa família, um uivo de lobo desafiando o destino. 'Depois que nosso pai morreu. Ele pediu que ela rogasse a Deus por orientação; talvez tivesse em parte acreditado que o papel faria com que ela desistisse de reivindicar o trono para seus filhos. Não conhecia mamãe tão bem. É claro que ela o queimou. Eu a vi fazê-lo. Não tentei impedi-la. Como tampouco tentei impedir que Henrique tornasse a me legitimar depois de ter ganhado as guerras. Por que eu o faria? Estava cansada de ser uma jovem desamparada numa guerra. Eu queria ser a rainha da Inglaterra. Todos sabíamos que Henrique quase não tinha o direito de reivindicar o trono; ele precisava de sangue real para legitimar-se; nunca se casaria com uma bastarda.'

"'Por que está me dizendo isso?', disse eu.

"'Porque sei que você é o único que restou e, além disso, o único que tem saudade do passado. Eduardo está a salvo. Todos os outros morreram. Guardei-o para lhe dar, porque, se você não souber da verdade, talvez continue a pensar que teria direito ao trono. E sofreria. E temo que isso aconteça. Meus filhos não são como éramos, não são tão duros, nasceram em tempos mais amenos. Meu filho Artur seria um rei do qual nos orgulharíamos; rei de Camelot. Mas já morreu.' Ela não piscou, tinha o cerne rijo. 'E agora só me resta o pequeno Harry. De 9 anos. Tão cabeça dura quanto o pai, mas é só uma criança. Não quero que o magoe. Quero que o mantenha em lugar seguro. Você me promete, Ricardo? E rezará comigo pedindo a Deus que abençoe o reinado de Henrique?'

"Prometi que sim. E rezamos. E quando ela quis dormir, estava quase sem forças, eu a beijei e saí, levando a carta no bolso.

"Quando saí, mal sabia onde estava. Tudo o que havia me sustentado desde criança estava se extinguindo. Era como se eu estivesse caindo num abismo sem nenhuma tábua de salvação por perto. De repente, eu não era mais um futuro rei por direito, mas sim um homem como qualquer outro, embora, por tudo o que eu fizera, estivesse só no mundo.

"Eu queria ficar; Elizabeth era a última pessoa de minha família; mas não podia. Queria me aproximar de Eduardo e pedir perdão; mas não sabia onde começar a procurá-lo e tinha medo de tentar. Queria voltar à Borgonha, mas não poderia jamais contar a tia Margaret o que eu sabia. Não sabia o que fazer.

"Então fui parar uma taberna perto de Walbrook, onde fiquei a um canto, metido no meu casaco, me embriagando, e quando já era bem tarde e eu estava suficientemente bêbado e desesperado, tirei a carta do bolso e ali, sentado à mesa, queimei-a. Antes que eu soubesse onde estava, antes mesmo que a carta fosse inteiramente destruída, dois sicários de nariz quebrado que estavam sentados à mesa ao lado me jogaram no chão. Disseram que eu parecia suspeito. Estavam dizendo aos berros que eu tinha posto fogo num tratado dos lollardistas. Não conseguiam ler, mas estavam mexendo atabalhoadamente com os restos da carta em minha caneca, gritando: 'Um blasfemador, é o que ele é!' Até eu começar a rir diante do absurdo de tudo aquilo e dizer ao maior dos dois: 'Então chame o juiz, seu sicário ladrão.' A confusão deixou-nos sóbrios. Ficaram com minha bolsa mas me levaram, com o olho roxo e o nariz quebrado, para a casa do juiz. Este morava logo ao virar a esquina.

"Seu pai era então ainda muito jovem e estava começando a construir sua carreira de advogado. Lidar com bêbados de rua era o tipo de ocorrência em que ele atuava. Não o reconheci quando entrou na cocheira em que me puseram. A primeira vez que eu o vira, no palácio em que residia Morton, ele era apenas um menino. Um pajem. Mas o advogado me reconheceu imediatamente. E me soltou. E mandou embora os arruaceiros. Chegou até a me emprestar o dinheiro necessário para eu voltar à Borgonha. E conversou comigo. E me trouxe para cá, para essa saleta, e passamos metade da noite conversando diante da lareira. Estava curioso por me conhecer. Morton lhe recomendara a acompanhar o desenrolar de minha história e me ajudar no que fosse possível. E Erasmo (eu conheci Erasmo em Borgonha; ele estava na casa do amante de minha tia) me contara tudo a respeito dele: o jovem advogado e humanista de carreira ascendente. E ele é um homem com quem se pode conversar. Então abri o coração para esse estranho. É óbvio que eu não poderia lhe contar o segredo de minha irmã moribunda; você é a primeira pessoa a quem eu conto essa história, mas lhe contei muitas outras coisas sobre as quais eu tinha refletido enquanto me embriagava de cerveja. Contei que estava com saudade de casa. Que eu era inglês, e não borguinhão, e não podia viver a vida inteira numa terra estrangeira. Que tinha afinal me tornado mais pragmático e sabia que nem eu nem Eduardo chegaríamos ao trono. Que eu queria viver uma vida tranquila e refazer os laços com meu irmão. Que eu faria qualquer coisa para voltar para cá.

"Ele ouviu, e tornou a ouvir, e assentiu com a cabeça, e tornou a assentir. E me mandou de volta para a Borgonha, mas prometeu empenhar-se em me trazer de volta para a Inglaterra. O trato era o seguinte: eu deveria deixar meu destino em suas mãos e prometer não me imiscuir nos negócios de Estado. Não correr riscos, e não ter expectativas além de gozar de uma felicidade pessoal que eu provavelmente não alcançaria caso vivesse uma vida diferente.

"Eu havia passado mais de dez anos na universidade de Louvain àquela altura. A Borgonha, para a minha sorte, era um lugar de saber, mesmo na época em que tia Margaret se casou com o duque, tanto que minha família rude de soldados ingleses via a corte francesa como uma espécie de milagre, e chamavam-na de Camelot. Então tive a sorte de cair no mundo dos livros. Minha vida estava encaminhada. De estudos. Uma paixão a perseguir. Não precisava do meu passado. Meus amigos no mundo do saber não se importavam com a origem deles; o fato de receberem os novos nomes marcava o rompimento com o passado. Quem algum dia soube que no começo da vida de Erasmo ele se chamava Gerrit Gerritzoon? Quando More me ofereceu ajuda, de repente me dei conta de que isso era o bastante para mim, que realmente eu queria ser Johannes Clemens; John, o Clemente; um homem novo num mundo novo.

"Então fiquei feliz em deixar para trás o sonho de ser um Plantageneta. Assim que me dei conta de que o mito com o qual eu crescera, o de que os monarcas eram ungidos por Deus, não era senão um disfarce para todas as mentiras dos inescrupulosos — ou seja, um rei era bígamo, o outro, um usurpador bem-sucedido, uma rainha era bastarda — nada disso significava mais nada para mim. Todos esses reis e rainhas enganaram seu povo e Deus, tanto quanto os rapazes das ruas de Flandres que vagavam de uma corte a outra da Europa e se diziam Ricardo, duque de York. E por mais que odiasse a falta de escrúpulos de minha família, naquele momento, quando percebi que após a destruição de minha família eu continuara a me comportar de forma tão odiosa quanto ela, e quando percebi que o que eu mais queria no mundo era uma relação pessoal, eu estava disposto a tentar realizar o que ele tinha sugerido. Então, tornei-me 'o rapaz do More'.

"Funcionou. Ele conseguiu, ele e Erasmo, na Borgonha. Lutaram até o velho rei morrer. Mas conseguiram persuadir o novo rei Henrique de que eu acreditava na monarquia dos Tudor, não tinha interesse na política e não seria nunca uma ameaça. E me concederam então uma nova vida na Inglaterra. Eu destruíra o que sobrara de minha família; mas ganhei uma nova família. Eles próprios. Você.

"Então, Meg, veja — continuou John, pousando delicadamente um dedo sobre minha boca —, eu não poderia fazer nenhuma crítica consistente às ideias de seu pai. Ele é um homem astuto. Sabe como lidar com aliados improváveis e solucionar problemas impossíveis. É um político nato e um defensor da paz. E alguém como eu, que tenha vivido num turbilhão, não pode deixar de valorizá-lo. Não pretendo compreender as razões dele. Mas a existência de More é uma garantia de que podemos passar nossas vidas inteiras convivendo um com o outro, nos amando, e amando nosso filho e nosso trabalho. Deveríamos ser gratos. Deixemos os negócios de Estado para ele."

Tommy se mexeu no chão. Baixei os olhos para olhá-lo e depois os levantei para fitar meu pobre, magoado e amado marido. Em seus olhos, eu via o sofrimento que lhe perturbava o espírito e a esperança de que eu entendesse seu raciocínio. E então meu coração se encheu de um sentimento de proteção ante o desamparo de um e de outro. Acariciei o braço de John.

— Ah, meu pobre querido... é um milagre você ter sobrevivido a tanta coisa — murmurei carinhosamente —, e agora vejo o que meu pai significa para você. — E de fato gostei de saber por que John optara por confiar inteiramente em meu pai, mesmo que eu não quisesse prometer o mesmo. — Vou pegar Tommy — disse, e ficamos ali sentados alguns instantes diante do fogo, eu ninando Tommy, John me ninando, e quando olhei meu marido de relance, vi, em seu rosto magro, a expressão beatífica de uma paz perfeita. A história que John me contou era extraordinária demais para ser compreendida inteiramente no mesmo instante, mas eu sabia que minha gratidão por tudo o que me fora revelado não precisava ser exagerada. John se tornara tão humilde em suas demandas à vida que tudo o que ele queria era esse momento de união tranquila e amorosa.

— É assim que imagino nossa vida, sempre, Meg — disse ele, com voz suave e olhos cheios de amor. — Tranquilamente, dando a César e a Deus o que lhes é devido e sendo felizes.

Como minha própria vida me pareceu feliz! Fácil. Pequena. Com a cabeça a girar, assimilando os detalhes do passado de John, virei-me e lhe dei um beijo casto nos lábios, depois beijei o rosto de meu filhinho, seus cabelos pretos e sedosos, cheirando a leite.

— O doutor Butts está todo empenhado em salvar os homens da Bíblia, como você sabe — John continuou a falar, o sobrecenho vincado. — Ele anda rodeando os aposentos de Ana Bolena, levando recados para os contrabandistas de livros. Passo metade de meus dias fazendo o serviço dele. E me preocupo com ele. Não acho que o doutor Butts seja mau por agir assim. Vejo com meus próprios olhos o quanto ele é bom e inteligente, mas vejo também que não é um homem sensato. Butts parece não perceber que não adianta estar sempre procurando confusão. Poderia fazer muito mais como médico do que como mensageiro dos homens da Bíblia. Seria uma loucura Butts se deixar apanhar.

Murmurei alguma palavra gentil — "Compreendo" ou "Seria" — e embalei o bebê. Amoleci o corpo e cedi a seus braços, mas já estava começando a me preocupar com algumas coisas que ele me contara. John declarava publicamente sua fidelidade a More, mas ao mesmo tempo lhe omitia os novos caminhos que as ideias do doutor Butts andavam tomando (o que seria natural, caso John estivesse tão indignado quanto eu com a mania sanguinária de pureza religiosa que dominava meu pai, mas era estranho diante da confiança irrestrita em More professada por John). E quando voltei a refletir sobre a história, me lembrei de que essa não era a primeira vez que ele omitira de meu pai, seu protetor, a verdade toda. Era?

— John — comecei a falar com cuidado, sem saber ao certo se eu teria entendido bem a omissão passada. — Você nunca pensou em contar a meu pai ou a Erasmo que descobrira ser filho ilegítimo?

Sem lhe ver o rosto, eu o senti se debruçar e me beijar o cocuruto da cabeça.

— Para quê? — disse ele, com a calma de quem está falando sobre o tempo. — Àquela altura, nada disso importava. A história que Morton já havia começado a reescrever tornava essa informação irrelevante. Havia anos eu era John Clement.

Tocou meu ombro ligeiramente para que eu virasse um pouco a cabeça e o bebê em meus braços, e depois em meu nariz, com um dedo delicado. Estava inteiramente relaxado, com uma inocência fria no olhar.

— E praticamente não faria diferença — continuou. — Eu ainda precisava da proteção de More e de Erasmo porque ainda seria um perigo para mim se alguém descobrisse meu nome anterior. A realeza vive de aparências. Há pouca e preciosa realidade nela. Não importa a um grupo de pessoas em busca de um rei Plantageneta as palavras de minha irmã em seu leito de morte, sem nenhuma testemunha. O que interessa a essas pessoas é quem elas percebem que eu seja.

Levantei-me, abraçando meu filho, assentindo com a cabeça como se tivesse compreendido o que ele dissera. Para mim, era óbvio que meu pai deveria ter sido informado da verdade; e que ele se sentiria traído se a descobrisse. Mas se John não via dessa maneira, talvez não me coubesse dar explicações. Por enquanto, eu tinha muito mais com que me preocupar.

John também se levantou, e nos deu, aos dois, outro abraço.

— Além do mais, eu não poderia ter dito. Não era um segredo meu. Era de Elizabeth. E eu não poderia conspurcar sua memória — foi o que ele acrescentou, com simplicidade. Compreendi que ele acreditava totalmente no que estava dizendo.

Subimos a escada juntos, os três, uma confusão de braços, pernas, ternura e carinhos, um dentro do outro. Minha cabeça também estava confusa, com a nuvem de preocupações a respeito do pai e da fogueira, em parte substituídas por essa outra confidência. Era uma batalha interna entre a raiva contra More, que eu não podia partilhar com John e, ao mesmo tempo, uma proteção incômoda ao homem que tanto fizera para ajudar meu marido, mas, ao que me parecia, fora traído pela parcimônia de John com respeito à verdade.

Talvez fosse assim que John conseguia sobreviver às mudanças, pensei, pondo Tommy delicadamente no berço — aprendendo a guardar todas as verdades diferentes de sua vida em compartimentos separados.

Mas foi apenas depois que as velas se apagaram, e quando já estávamos, deitados no escuro, vendo o fogo se extinguir, que a confusão que ocupava meus pensamentos se transformou em palavras. De repente, tudo me pareceu simples. Achei o que eu queria perguntar.

Sentei-me ereta na cama, como se tivesse levado um choque, e vi John se espantar a meu lado.

— Por que você não me disse isso antes?

Ouvi um ruído tranquilizador vindo do embrulho de lençóis. Mas, deixando-o de lado, continuei.

— Passei dois anos procurando me acostumar com a ideia de que você tinha sido príncipe. De que você seria rei se por acaso sua vida tomasse outro rumo — disse. — Pode imaginar como me foi difícil acreditar nisso? E agora, de repente, você me diz que o que tinha me dito antes não era verdade...

John também se sentou e pôs os braços à minha volta na escuridão.

— Meg, ouça — sussurrou, e a voz estava cheia de amor, mas não me comovia mais.

De repente tudo de que soube naquele longo dia voltou à minha lembrança sombriamente, como a água gelada e escura de uma enchente do Tâmisa. Eram dois riachos poluídos e separados que se juntaram para me atingir e levaram embora a confiança que fora a base sobre a qual eu tinha construído minha vida de casada. Eu confiara em John; eu tinha confiado em meu pai. Mas errara duas vezes. Eu tremia.

— Meg, ouça — ele sussurrou de novo, e os abraços me apertaram mais num abraço de sombras, mas meus braços continuaram ao redor dos meus joelhos, lutando contra a maciez do corpo dele. — Agora você sabe de tudo...

— Você devia ter me contado tudo imediatamente — falei, rispidamente. — Antes.

E havia tristeza em sua voz quando me respondeu:

— Estou vendo isso agora. Vejo que pode ser chocante. Sinto muito. Mas quando você guarda segredos antigos para sempre, e sabe que nunca haverá ninguém a quem possa confiá-los, de certo modo você mesmo esquece que os tem. Quando tudo isso acontecia, eu não imaginava que poderia vir a ser tão íntimo de alguém a ponto de um dia querer revelá-los. Há muito tempo me acostumei com uma vida de solidão. E, você sabe, leva-se tempo para perder os hábitos da solidão, para chegar a se lembrar de trazer à luz os fragmentos do passado que foram enterrados. Para aprender a ter confiança. Mas agora eu já lhe contei coisas que nunca disse a ninguém. É um sinal de nossa intimidade. Não se ofenda. Perdoe-me. Por favor.

Abraçando os joelhos ainda mais, eu disse, sem perdão na voz:

— Você sempre diz que não devemos ter segredos. Diz isso todo dia, como uma prece. Mas você tem tantos que até fico tonta. E como posso ter certeza de que, agora, não há mais? Se esse foi um segredo esquecido por tanto tempo, o que mais você poderia de repente confessar amanhã, ou depois? Quem você poderia ser na semana que vem?

— Ah, Meg... — John sussurrou, acariciando-me os braços indiferentes —, não quero que você me veja como alguém em quem não deve confiar... a última coisa que quero é magoá-la... preste atenção nisso... não seja tão fria... diga que me perdoa.

Balancei a cabeça na escuridão. Eu precisava de tempo para pensar.

— Ainda não — murmurei. — Provavelmente estou apenas chocada. Deixe-me pensar mais um pouco.

— Diga que ainda me ama.

— Eu ainda o amo... — sussurrei, e minhas palavras foram aceitas como uma trégua, o melhor a se esperar naquela situação. E ele então me fez deitar nos travesseiros a seu lado e me beijou antes que a respiração se acalmasse e ele caísse no sono — ...seja lá quem você for — murmurei, completando a frase por saber que ele não a ouviria.

Minha imaginação disparava com as imagens trêmulas e confusas de John, todas exibindo traços que eu conhecia, mas encarnando personalidades que eu desconhecia, como se ele estivesse possuído por um espírito atrás do outro no decorrer de seu passado: meu marido beijando rainhas moribundas, brigando com estranhos grosseiros, coroando-se a si próprio e fazendo caretas sob o peso da coroa. E arrancando coroas da própria cabeça, e fugindo, enquanto assobiava. O que ele estaria sonhando agora, esse homem que um dia pensei conhecer, deitado ali a meu lado tão inocentemente?

Talvez eu simplesmente não soubesse lidar com tanta confusão. Inesperadamente, a lembrança do rosto quadrado e sensível de Hans Holbein me veio à mente. Agarrei-me a ela com o alívio de um homem que se agarra a um pedaço de madeira quando prestes a se afogar. Hans Holbein poderia ser rude, mas pelo menos não tinha medo da verdade. Teve a integridade de pintar meu pai como o via, com aqueles olhos cruéis de soslaio no quadro sobre a lareira na sala de estar. Essa profundidade de ideias era exatamente o que faltava a John. Saudosa, fiquei me perguntando se mestre Hans algum dia voltaria, se ele deixaria seu lar na Alemanha e viria para cá desenhar os alaúdes e as violas que ele esboçara para acrescer ao nosso quadro; tirar dame Alice de cima de seus joelhos cansados e pintá-la reclinada na cadeira de que ela tanto gostava. Parecia pouco provável, mas eu gostaria muito que ele viesse. Gostaria que ele estivesse aqui para conversar sobre todas as coisas que eu estava descobrindo. Ele era a pessoa mais franca que eu conhecera; e a única de minha geração capaz de honestamente tentar entender esse mundo que parecia estar virado de cabeça para baixo.

E essa imagem me levou a outra ideia: fiquei imaginando o que Davy Maluco me mostraria no dia seguinte.

13

Era só um quarto. Um quartinho infecto nos fundos de uma casinha infecta, perto da igreja de All Hallows. Mas um quarto cheio de Deus.

— Aposto que quer ver como faço meus remédios — Davy me disse, quase como um desafio, quando, ainda de capa e cesta, fui dar uma volta pelo local dos herboristas e parei no bagunçado mostruário de remédios de Davy. Ele ria para os passantes. — Aposto que a senhora nunca viu um chifre de unicórnio de verdade, não é, dona?

Os meninos da rua riam e se acotovelavam. Engoli em seco, ignorei-os e assenti com a cabeça, me perguntando se, afinal, ele não seria apenas um lunático, e Davy saiu trotando rumo à direita, olhando para trás para se assegurar de que eu o estava seguindo.

Ele continuava a resmungar. Peguei algumas palavras no ar enquanto corria atrás dele, mas nada parecia fazer sentido. Num certo momento, Davy virou-se com um riso amalucado e acenou para mim um frasco sujo que tirara do bolso.

— Elixir da verdade! — berrou alegremente. — Vamos tomá-lo!

Então se meteu num beco, acenando com um dedo ossudo para que eu prosseguisse e rapidamente se meteu em sua casa.

Fedia. Havia um colchão nos fundos, enrolado; e na frente do quarto vi uma velha desgrenhada que, sentada numa cadeira, costurava, meio desanimada. À janela, havia uma mesa com uma dúzia e tanto de frascos sujos, quase cheios de uma mistura cinzenta, amarelada, e bacias com os mesmos líquidos indeterminados meio cobertas de panos como numa brincadeira de crianças. Jogos de Davy, me pareciam. A velha levantou os olhos e os arregalou ao me ver. Mas disfarçou sua surpresa muito bem. Não largou a costura.

— Bom-dia, senhora — ela disse, bem-educada.

Davy se despiu da loucura, como faria com uma capa, quando entrou em casa.

— Vamos para o quarto, mãe — disse ele, calmamente. — A senhora pode mandar os outros entrarem mais tarde.

Atravessamos o pátio, onde havia dois gatos rosnando um para o outro, e entramos num quarto de porão meio submerso, nos fundos, cujas paredes estavam apinhadas de lenha, ferramentas, frascos, algumas prateleiras com coisas de comer e outras prateleiras, bem no fundo, com formas quadradas cobertas com panos. No meio do quarto havia três bancos compridos, de madeira.

— Sente-se — disse Davy. — Por favor. Posso lhe servir alguma coisa? Vinho? — E ele riu, dessa vez um riso são, talvez um pouco sarcástico. — Elixir da verdade?

— Vim aqui para saber a verdade — disse, séria, e senti esperança quando o vi se sentar em outro banco e assentir com a cabeça com a mesma simplicidade séria. — Acho que você sabe o motivo de minha vinda. Quero saber sobre as mulheres que você mandou que me procurassem. Sobre o homem que morreu. Sobre os homens da Bíblia. E quero saber por que meu pai os odeia. Acho que você pode me contar a respeito.

Ele fez que sim. Refletindo. Havia um brilho naqueles velhos olhos estranhos que eu não me lembrava de ter visto antes.

— Primeiro quero lhe fazer uma pergunta — disse Davy. — O que a senhora diz quando reza?

Fiz uma pausa. Observei-lhe os lábios, mas sem entender os sons que saíam dali. Que pergunta era aquela?

— Isso mesmo. Pense — disse ele. — Que palavras usa para rezar?

E a luz das velas da igreja me arrebatou; as palavras poderosas e cadenciadas de Deus. *Credo in unum Deum, Patrem omnipotentem, factorem coeli et terrae, visibilium omnium et invisibilium. Et in unum Dominum, Jesum Chris-*

tum, Filium Dei unigenitum. Et ex Patre natum ante omnia saecula. Deum de Deo, lumen de lumine, Deum verum de Deo vero. Genitum, non factum, consubstantialem Patri: per quem omnia facta sunt... Pater noster, quis es in coelis; sanctificetur nomen tuum: ad veniat regnum tuum: fiat voluntas tua, sicut in coelo, et in terra. Panem nostrum quotidianum da noelis hodie, et dimitte noleis debita nostra, sicut et nos dimittimus debitoribus nostris. Et ne nos induca in tentationem.

— A senhora está pensando em *paternosterquiesincoelis*, não está? — disse ele, observando minha expressão. — Está pensando em *nenosinducasintentationem.*

Então, sem dizer mais nada, Davy levantou-se e foi até os fundos do quarto. Achei que ele iria me mostrar os livros que pareciam estar escondidos em embrulhos feitos com gaze grossa. Mas ele os deixou de lado. Empurrou uma das achas de lenha que estavam embaixo, e de trás da madeira apareceram pacotes diferentes embrulhados em panos. Trouxe um para me mostrar, e o desembrulhou.

— Veja.

Era um livro em formato in octavo, pequeno o suficiente para caber num bolso ou numa bolsa. Havia um papel solto inserido na frente. Ele o puxou e o pôs bem perto de meu nariz.

— Este aqui também é o *Paternoster* — disse ele, rispidamente. — Não falo latim. Não conheço muita gente que fale. Isto é a palavra de Deus para qualquer um que não fale latim. É a palavra de Deus, dada a qualquer um que esteja impedido pelos padres de entrar no Céu. Você o compreende?

O texto estava escrito em letras góticas bem-feitas. Apenas uma página. Vi as primeiras palavras simples em inglês: "*Oure father wich arte in heuene halouwed be thy name...*",* e deixei a folha cair no colo. Eu estava com a sensação dolorosa de ter ido longe demais em minha busca pela verdade; era como se eu sentisse dor de estômago diante do perigo que parecia me atrair. Mas também sentia uma espécie de exaltação — o coração acelera-

---

* "Pai nosso que estais no céu, santificado seja o Vosso nome." Em inglês arcaico no original. *(N. do E.)*

do, as pernas leves. Se nunca tivesse compreendido as palavras da Igreja até ali, eu estaria transfigurada por aquela frase naquele papel.

— Mostre-me mais — eu lhe pedi.

Davy me lançou de novo o olhar brilhante de pássaro e abriu o livro para que eu lesse: "Eu sou a flor e o lírio dos vales. Como a macieira entre as árvores dos bosques, assim é o meu amado entre os moços. À sombra de quem eu tanto desejara me sentei (...) Meu amado me fala assim: Levanta-te, minha amada, minha bela, minha rola, e vem! O inverno passou, as chuvas cessaram e já se foram (...) Mostra-me o teu rosto e a tua voz ressoe aos meus ouvidos (...)"

— "Mostra-me o teu rosto e a tua voz ressoe aos meus ouvidos..." — repeti em voz alta, de novo surpresa de estar emocionada pela beleza inesperada das palavras faladas num inglês corrente.

Ele assentiu com a cabeça. Satisfeito.

— Você gostou. Achei que gostaria. Já faz muito tempo que eu a observo. Sei quem você é. Sei o quanto você sabe grego e latim, o quanto você gosta de um e de outro: no fundo, você é inocente.

"Fique um pouco mais e você verá os verdadeiros inocentes: pessoas que nunca entenderam a Bíblia porque o texto está em latim. Pessoas simples que frequentaram a Igreja a vida toda, mas não compreendiam uma palavra sequer do que os padres diziam, só ficavam ali paradas murmurando 'Amém' e 'Deus me livre do mal' e vendo a hóstia como uma oferenda mágica. Pessoas que acreditavam merecer o fogo do inferno caso não fizessem o que os padres quisessem. Pessoas que tiveram que pagar e pagar porque ouviam dos padres que só assim seriam salvas do fogo eterno. Uma moeda de ouro por uma missa aqui. Um marco por um casamento ali. Pessoas que sempre viveram apavoradas, uma vez que os padres, os únicos que compreendiam a palavra de Deus, estavam sempre ávidos por mais dinheiro do que elas tinham. Pessoas que agora me procuram em busca desses livros: livros que lhes permitem conhecer a verdade por sua própria conta. E, conhecendo-a, se transformam.

"Não sou um inocente. Meu velho pai era lollardista. Acreditava numa Bíblia que estivesse ao alcance de todos que soubessem inglês. Mas eu não o conheci. Morreu, na fogueira, antes de meu nascimento. De vez em quando condenavam pessoas à morte na fogueira, mesmo antes do tempo de seu pai. Mas pelo menos, por causa de meu pai, eu cresci tomando conhecimento da Palavra de Deus. Conhecendo algo, pelo menos. A Bíblia do rei Jaime. Ele a copiara, mas o manuscrito nunca foi encontrado. Minha mãe o escondeu. Sabíamos o texto de cor.

"A Igreja é uma bênção para as camadas mais altas da sociedade; para as demais, é um mistério sombrio. Um tormento. Fique, e você vai ver o que ouvir a Palavra de Deus pela primeira vez pode lhe propiciar. Verá como o conhecimento da verdade que há na Bíblia pode libertar as pessoas da tirania da Igreja."

O rosto dele estava rubro de intensidade.

— Mas, Davy — falei, gaguejando, espantada com a lógica e a força de sua argumentação —, meu pai está combatendo os homens da Bíblia porque, segundo ele, esses homens fazem mal ao mundo. Você está me dizendo que a Igreja é maligna? E que meu pai também é mau?

Davy deu uma risadinha desagradável ao me ouvir mencionar More, mas logo se recompôs.

— Veja. O que eu acredito é que ninguém nessa luta é realmente mau. Há apenas dois lados. No lado em que está seu pai, encontram-se as pessoas que acreditam na tradição, que consideram todos esses séculos de papas, de príncipes da Igreja, de benefícios e de subornos como parte do corpo de Cristo na Terra. Pessoas que acreditam que os Príncipes de Roma precisam de panteras, leopardos, elefantes, palácios e exércitos e nomear seus bastardos cardeais, e que acham certo que se pague por isso cobrando-se por anátemas e relíquias falsas a pessoas do povo. Pessoas que fazem vista grossa para o fato de que a madeira supostamente proveniente da verdadeira Cruz é suficiente para construir um navio de guerra. E por outro lado, há pessoas, como eu, que acreditam que ser cristão significa poder conversar com Deus sem ter que pagar a um padre pelo privilégio dessa aproximação. Pessoas que acreditam que precisamos crer com fé para que, dessa maneira, nossos pecados sejam perdoados. Que todos esses exorcismos que os padres praticam, e todas essas consagrações de vinho, pão, água, sal, óleo, incenso, vestes, mitras, cruzes, cajados de peregrinos, qualquer coisa, valem tanto quanto qualquer feitiçaria. Que um papa mundano não tem poder para declarar ninguém santo. Que uma igreja cheia de amuletos não é melhor que uma sinagoga de Satanás. Esse é o meu lado. Não sei por que alguém o chamaria de lado do mal. Se não compreendo as palavras, não há razão para eu dizer "Paternoster" em vez de "blá-blá-blá", há? E se não compreendo o que estão dizendo na igreja, e tudo o que me resta é um padre me ameaçando, me dizendo que serei condenado a menos que lhe dê meu dinheiro, não seria melhor eu partir para rezar num campo? Ou aqui?

Ouvimos uma batida à porta.

— Cubra-se — sibilou Davy, e puxei o capuz para a frente, cobrindo a touca. Fazia frio no porão. Um velhote miúdo entrou, com uma capa tão grosseira e simples que mais parecia um cobertor. Lançou-me um olhar atemorizado.

"Não se preocupe — Davy lhe disse. — Ela é nova aqui, mas eu a conheço."

O homem assentiu com a cabeça, sentando-se na ponta do banco mais afastado, mas continuou a me lançar olhares preocupados.

Depois, as pessoas foram chegando, duas ou três de cada vez, todas pobres, todas embrulhadas em lãs grossas e com as cabeças protegidas por malhas. A última a chegar foi a mais velha das duas mulheres que estiveram em minha casa. Pareceu espantada ao me ver mas, pouco depois, empinou o queixo desafiadoramente e fez um sinal com a cabeça.

— Bem-vinda, senhora — murmurou, e o velhote miúdo se tranquilizou e descruzou os braços.

Quase não se ouvia ninguém falar, apenas um murmúrio de algum cumprimento ou outro. Quando todos estavam reunidos, Davy fechou a porta e leu um texto do livrinho com aquela voz esganiçada de vendedor ambulante.

— Vinde com a mente pura e, como dizem as Escrituras, um só olho, e acolhei as palavras que falam de saúde e da vida eterna — disse ele —, por meio das quais, se nos arrependermos e nelas acreditarmos, renasceremos, renovados, e provaremos os frutos do sangue de Cristo. Esse sangue não clama por vingança, como o sangue de Abel. Ao contrário, esse sangue adquiriu vida, amor, proteção, graça, bênção e seja o que for que as Escrituras prometem àqueles que creem em Deus e a Ele obedecem.

Olhei de soslaio para a mulher que me trouxera o rapaz moribundo. Vi que lágrimas silenciosas corriam por suas faces acinzentadas. Eu sabia que ela estava de luto, mas algo em sua expressão enlevada sugeria que aquelas lágrimas seriam de alegria.

— E assim não desesperareis — Davy continuou —, mas vereis Deus como um pai bom e misericordioso; e o espírito dele habitará em vós, e vos fortalecerá, e, por fim, obtereis a segurança.

Nesse momento, o velhote miúdo deu um passo à frente, esquecido do medo de mim, o rosto iluminado de felicidade.

— Quando comecei a sentir o perfume da palavra de Deus — começou o velho a falar humildemente, fazendo com que o grupo, prendendo o fôlego, se virasse para vê-lo —, a alegria foi tanta em meu coração, ferido pela culpa de meus pecados e quase me levando ao desespero, que senti imediatamente um consolo e uma tranquilidade tão maravilhosos que meus velhos ossos deram pulos de alegria.

“Os homens da Igreja diriam que eu perdi a fé. Mas eu digo o seguinte: as Escrituras se tornaram mais apetitosas para mim que o mel ou o favo de mel, porque nelas aprendo que todos os meus tormentos, todos os jejuns que fiz, toda a redenção dos povos e os perdões sentidos e realizados sem confiarmos em Cristo, o único que pode salvar as pessoas de seus pecados, foram, todos esses, conforme aprendi, apenas uma torrente cega a nos afastar da verdade.”

Então, houve mais soluços de alívio silenciosos, mais rostos molhados, quando o velho se levantou para beijar o livro nas mãos de Davy.

Além de uma troca de gracejos ocorrida na rua enquanto eu comprava algo de algum vendedor ambulante, ou de um bate-papo com uma das criadas, em casa, eu nunca falara com pessoas como aquelas no meu dia a dia. Observando os rostos animados com a exaltação que sentiam naquele momento, me dei conta de que eu provavelmente jamais pensaria nelas como pessoas que sabiam falar umas com as outras além do papo de comércio habitual. A não ser quando eu estava cuidando de suas feridas e dores; momentos, agora me vinham à lembrança, em que eu sabia que, quando espetamos um pobre, ele sangra exatamente como o homem ao lado. Mas por certo eu não teria esperado emoções de tamanha profundidade, tanta paixão pela verdade. Senti-me humilhada por isso.

Eles sabiam quando parar. Assim que a última vela chegou a seu limite, embrulharam os livros, tornaram a escondê-los atrás das achas e saíram silenciosos como tinham entrado para o pátio; de lá, tomaram seus diferentes rumos.

— Você me leva em casa, Davy? — perguntei, sentada, quieta, ruminando minhas impressões.

— Eu não respondi às perguntas que me fez — disse ele, quando chegamos à rua. — O melhor que pude fazer foi lhe mostrar o que a senhora viu agora.

Fiz que sim.

— Foi uma boa resposta — disse, agora em paz com o novo e sensato Davy.

— Vá até lá em cima, vire à esquerda, depois à esquerda de novo até Walbrook. Melhor eu não acompanhá-la — Davy disse. E pôs a sacola no ombro. — Tenho um negócio a fazer. Um negócio com chifre de unicórnio. — E me deu uma piscadela, e, depois de um risinho amalucado, saiu dançando ruela suja abaixo, totalmente maluco de novo.

Mais tarde, naquele mesmo dia, ele bateu à porta. A criada me contou.

— O doido de olhos zuretas veio aqui — disse ela, com um risinho de desprezo. — O Sr. Chifre de Unicórnio. Tentou me vender seu remédio. E me tirou 1 penny para que eu lhe entregasse essa encomenda que veio do Steelyard.

Era uma carta. Com o cunho do Steelyard na cera (dizia-se que os alemães contrabandeavam todos os livros proibidos que entravam na Inglaterra). De Hans Holbein, vinda da Basileia. Quase perdi o fôlego quando descobri o nome do autor ao ver a assinatura e a letra desajeitada num francês desajeitado. Depois daquele momento rebelde de saudade de mestre Hans que tinha me ocorrido na noite anterior, e das estranhas revelações vividas na reunião bíblica de Davy, a carta me parecia um sinal de Deus. Quando, ofegante, pronunciei seu nome, lembrei-me do olhar intenso com que me fitou antes de se afastar e cruzar o gramado pela última vez; da honestidade hipnótica em seu olhar.

Mas a sensação não durou. Não havia nada de mais na carta de mestre Hans — apenas algumas frases canhestras; uma lembrança da crueza daquele homem que ficara em nossa casa por tantos meses, enchendo a boca de pão e de carne, tão rápido, que a comida mal tocava a língua antes de ser impelida ao amplo estômago, escondendo os arrotos com a mão após cada desmedido ato de gula.

"Querida senhora Meg" — mestre Hans escreveu:

> *Peço que me perdoe por eu não lhe escrever em inglês. Esqueci muitas palavras. Em francês é mais fácil. Mestre Erasmo me pede que eu a cumprimente pelo nascimento de seu pequeno filho e pergunta sobre sua saúde e a de seu marido. Mestre Erasmo gostou do quadro de sua família. Está escrevendo a seu pai lhe dizendo o mesmo. Estou tentando me estabelecer na Basileia novamente e conviver com minha família. A Basileia é agora uma cidade protestante! Em breve voltarei a pintar o retrato de mestre Erasmo em sua cidade natal. Por favor, me escreva logo — eu ficaria muito feliz de poder dar notícias suas ao mestre nessa ocasião.*

Assenti com a cabeça para mim mesma, sentindo a língua bater nos dentes de tanta impaciência. Lembrei-me de repente do desapontamento constante com o caos em que ele deixava quadros, e pensamentos, e impulsos espalhados desordenadamente em cima das mesas ou a forma como os impunha a pessoas de quem ele decidira gostar, assim como de uma onda de calor e vergonha por ter me esquivado de seu beijo. Balancei a cabeça resignada e guardei a carta no avental. Talvez eu ficasse com ele. Afinal, eu tinha gostado muito dele. Mas não havia motivo para me empenhar em guardar na lembrança a imagem de alguém que pudesse compreender o que era minha vida agora, ou me ajudar. Seria infantil fazer de Holbein um santo. Não sei se eu lhe responderia. Eu tinha de buscar a salvação eu mesma.

A salvação que encontrei veio dos segredos. De meus próprios segredos, não dos de outros. Novos segredos, guardados bem no fundo; minha defesa contra o que mais eu pudesse me deparar a respeito dos parentes mais próximos. Enquanto o inverno se transformava em primavera, o verão em inverno, eu ia aprendendo a dissimular, por mais difícil que fosse. O primeiro ato particular da minha rebelião silenciosa foi voltar ao conventículo de Davy Maluco a fim de rezar ao Deus perseguido dos homens da Bíblia.

Foi surpreendentemente fácil. John pareceu aliviado quando voltei a encontrá-lo à porta de casa, à tarde, perguntando-lhe sobre seu trabalho, sem tornar a mencionar as revelações que ele fizera. E meu pai me pareceu aliviado uma vez que não houve mais cenas como aquela na qual discutimos sobre a condenação de Hitton à fogueira, embora minha aquiescência tenha tido um preço. Eu evitava Chelsea, a não ser que fosse para uma reunião de família, e limitei minhas conversas insossas com meu pai a relatos sobre os progressos de Tommy, seus cabelos pretos e bochechas rosadas, seu comer, seu andar e, vez por outra, suas tentativas de falar. Meu pai também preferia manter distância; não havia mais abraços afetuosos, não havia mais beijos quando nos separávamos, só uma vigilância fria nos olhos. Era como se estivéssemos todos andando no gelo, desviando-nos prudentemente de fendas e rachaduras, procurando pisar num chão mais firme. Portanto, não havia ninguém a quem fazer perguntas difíceis.

Certas tardes, eu deixava Tommy com uma criada por uma hora e saía furtivamente. Sentava-me no fundo do quarto do porão de Davy e ouvia as leituras da Bíblia, as confissões e as lágrimas de alegria. Eu não precisava falar. Davy também mal falava comigo, embora eu soubesse pelo brilho de seus olhos que minha presença era uma vitória secreta para ele.

Se algum dia meu pai descobrisse, tomaria minha presença no porão de Davy como uma vingança contra ele (e talvez fosse, embora eu preferisse considerá-la um protesto contra sua crueldade). E John pensaria em mim como alguém imperdoavelmente inquieto. Senti-me culpada de estar me arriscando quando tinha um filho a zelar. Mas não conseguiria me refrear.

Uma parte minha queria genuinamente participar da veneração simples dos homens da Bíblia. Eu gostava de ouvir que nossas vidas se baseavam na fé, na esperança e no amor. Eu queria ser chamada a me arrepender de meus pecados e ouvir que a congregação — ou seja, nós, naquele pequeno porão, e não os homens importantes da Igreja — era na verdade, o corpo de Cristo na Terra. Eu saía dali me sentindo melhor, purificada; um ser humano amado por um Deus bom.

Mas eu também sabia, bem no íntimo, que mesmo que eu não continuasse a ir à missa — a sonoridade do latim e a solenidade do cantochão que eu tanto amara me pareciam, agora, manchados de crueldade —, eu jamais, na verdade, encontraria o meu próprio Deus aqui. Eu não podia confiar nos ataques de raiva de Lutero tanto quanto não confiava na fúria de meu pai. Uma parte de mim sabia que eu só queria obter inspiração daquelas reuniões no porão vendo a disposição que estimulava tantas vendedoras de peixe, vendedoras de feira, curtidores e tecelões a arriscar suas vidas por um vislumbre da verdade. Eu queria acreditar que o ato de rebelião apaixonado contra o que lhes pareciam ser as mesmas velhíssimas mentiras da Igreja fosse o mesmo da rebelião que eu estava arquitetando contra as mentiras que eu descobrira em minha vida; mas eu sabia, bem no fundo do coração, que eram diferentes.

Assim, parecia-me que Deus me empurrava para o segredo que viria a seguir; empurrão que começou com um toque tímido em minha roupa quando saí da casa de Davy. Ouvi a voz abafada da mulher, ainda antes de me virar para ver o que era, repetindo calmamente as palavras de Davy pronunciadas no porão como se fossem um código secreto que nos unia:

— Deus é como o amor ou o vento, Ele está além de nossa compreensão, é infinito o suficiente para aguentar ser venerado de infinitas e diversas maneiras, é misericordioso o suficiente para não se importar com o fato de que as pessoas possam rezar para ele na igreja ou debaixo de uma sebe, em latim ou em inglês ou em grego, chorando ou rindo.

Olhei nos olhos dela. Era a mãe do rapaz morto. Eu ainda não sabia seu nome.

Em seu rosto ainda se viam as rugas e as olheiras da grande perda, mas os olhos recuperaram um pouco da sagacidade que um dia tinham dado encanto àquelas feições.

— Há muito venho querendo lhe perguntar, senhora: por que vem aqui?

Ela inquiriu, numa voz comum, ainda que em tom confidencial, como se fôssemos velhas amigas.

— Sei quem a senhora é. Por que está se misturando conosco?

Algum traço da mágoa que senti diante do que parecia um ataque a minha honestidade devia ter aparecido em meu rosto.

— Ah, não estou querendo dizer o que a senhora está pensando que estou — disse ela, apressadamente. — Não estou dizendo que a senhora esteja espionando.

E a mulher simpaticamente me ofereceu um braço maltrapilho.

— Sei que é boa moça — confidenciou-me. — Deve ter lá seus motivos para estar aqui. Só que eu tenho filhos já crescidos — e a sombra que vi em seu rosto por um instante me fez lembrar que um desses filhos era Mark; mas logo em seguida sorriu com vontade, ela não estava ali para falar disso — e sei que todo tipo de ideia lhes enche a cabeça. A senhora não imagina o trabalho que alguns deles se dão para enfurecer os pais. E é por isso que venho prestando atenção à senhora e me perguntando se esse não será o seu caso. Se a senhora está aqui por causa do Nosso Pai, ou só por causa do *seu* pai, se é que me entende.

Ambas rimos (ela, de sua presença de espírito; eu, em parte chocada pela petulância dela e, em parte, relutantemente, pela verdade do que ela estava dizendo). Rindo, ela apontou um dedo ossudo para minha mão que, quando olhei para baixo, vi que estava voltando a cair. Eu nem tinha me dado conta de que fizera algum gesto.

— Está vendo, a senhora fez o sinal da cruz — disse a mulher. — Às vezes isso acontece; é o tipo de coisa que a vejo fazer aqui dentro. A senhora não é uma de nós, é?

Dei um risinho tímido. A mulher era esperta.

— Talvez você tenha razão. Eu não tinha pensado...

— Então faça um favor para si. Não se meta em confusões; proteja seu filho — continuou a falar, animadamente. — Vá cuidar de sua família.

Então me lançou um olhar vivo, interrogador.

— Veja bem, *tem* mais uma coisa que a senhora pode fazer por nós — disse ela. Fiz que sim. Eu gostava dela. Agora eu via que ela havia passado o tempo todo rodeando esse tema; mas achei que podia confiar nela. — Cuide de seus doentes — disse ela, prontamente, chegando ao ponto que queria. — A senhora tem mãos milagrosas. Eu lhe digo aonde ir. Posso levá-la lá. Seria realmente uma boa ajuda para nós.

E assim me tornei a enfermeira secreta dos hereges de Londres. Em vez de partir furtivamente para o porão de Davy, comecei a me dirigir furtivamente ao pátio de St. Paul onde encontrava minha nova amiga (seu nome era Kate, e ela era cautelosa o bastante para não me revelar muito mais que isso), e seguíamos para os cortiços e becos de Londres, para cuidar dos doentes em seus quartos úmidos com óleo de cravo e poções de ervas, e às vezes, no caso dos solitários, não lhes dar nada além de uma tigela de sopa revigorante e lhes contar uma anedota ou outra.

John não sabia quem eram meus pacientes naquele tempo. Mas agora que voltáramos a nos encontrar na sala de estar lado a lado, à noite, revezando-nos enquanto triturávamos nossas raízes ou especiarias com a mão e o almofariz, eu via como ele gostava de ver que eu encontrasse atividades com que preencher o dia.

Passáramos todos aqueles meses brincando de felicidade; ele me contando os detalhes de seu dia durante as refeições; acompanhando, atentos, o crescimento de Tommy. Mas, por enquanto, não estávamos vivendo como marido e mulher. Eu me acostumara a pôr a criança para dormir entre nós dois e me queixava de dores de cabeça e nas costas sempre que ele tentava me tocar. Mesmo que ele me parecesse ser o homem que sempre tinha sido, eu não confiava nele; não queria voltar a amá-lo com a mesma entrega de antes, amá-lo de um jeito que me deixaria vulnerável caso surgissem mais choques e segredos. Mas ele se mostrava resignado diante de minhas desculpas. E me abraçava como um pai abraça uma criança.

— Você é mais frágil do que parece, minha pequena Meg — ele sussurrava; e eu me sentia em parte tranquilizada ao ver que ele ainda se sentia culpado de ter me decepcionado, e se empenhava em me reconquistar gradualmente, tratando-me com gentileza.

Agora, à medida que pesávamos, medíamos e comparávamos os sintomas de meus pacientes pobres com os seus, ricos, consultando seus livros à cata de ideias ou nos perguntando se o óleo de escorpião poderia ajudar na cura de dores de cabeça, esse entusiasmo compartilhado tornava a aprofundar nossa relação, tirando-a da impiedosa banalidade do inverno.

Tornei a acompanhá-los quando o doutor Butts aparecia e me surpreendi ao perceber que eu quase simpatizava com o velho senhor, apesar de toda aquela conversa esnobe de remédios caros para os ricos e de pressentir que ele não era exatamente o grande médico que gostaria de ser. Foram as histórias que John contava sobre a proteção de Butts aos simpatizantes dos luteranos e as visitas que este fazia a Wolsey que me conquistaram o coração. Ele era corajoso, à sua maneira. E também comecei a apreciar sua bondade. E a gostar quando o doutor Butts se aproximava para cheirar minhas misturas, dando conselhos bem-intencionados e às vezes úteis. John parecia se sentir aliviado quando eu delicadamente o agradecia.

Eu fazia o melhor possível para emular o dom de encontrar satisfação na vida que caracterizava Margaret. Ela me fizera ver que não valia a pena me preocupar com o fato de John não ser o primeiro em genialidade. Eu estava tentando encontrar tanto essa satisfação como meios de reconstruir a confiança em John. Mesmo que o resultado ainda me parecesse incompleto, eu me dizia sem cessar, enquanto acrescentava uma pitada de algo ao remédio que eu preparava, que todos os meus sonhos tinham se concretizado. Eu tinha o marido que quisera ter, a casa de que gostava e Tommy, que iluminava minha vida como eu nunca imaginara possível. Claro que eu poderia aprender a viver situações em que a realidade diferia do sonho. Claro que poderíamos encontrar um meio-termo.

Embora no íntimo me sentisse impaciente ao ver que John e o doutor Butts não estavam elaborando nenhuma grande teoria científica, além de se ocupar da correspondência com o erudito italiano, o que, aliás, foi ideia minha, eu tentava abafar a impaciência. Que satisfação Margaret encontraria nisso? Foi o que me perguntei; e fiquei satisfeita quando me dei conta de que poderia ajudá-los, a eles e a mim, se eu sugerisse outras ideias que pudessem incrementar sua correspondência com Vesalius. Os olhos claros do doutor Butts se iluminaram de excitação, e ele começou a alisar a barba com a mão na noite em que comentei casualmente:

— Por que não lhe pedir que examine o que Galeno realmente sabe de anatomia?

E John riu com prazer e espanto como se eu tivesse descoberto um segredo importante (embora, na realidade, fosse trivial dizer-se que as teorias galênicas que chegaram a nós baseavam-se, todas, em experiências com porcos, não com pessoas), quando continuei:

— Talvez seja menos do que imaginamos.

— Você é uma iconoclasta, Meg — disse John, e, com um riso generoso, acrescentou —, mas tem razão. Por que nós mesmos não pensamos nisso?

Assim que comecei a me sentir de novo mais à vontade em meu casamento, percebi que apreciava a mudança ocorrida no comportamento de John, mais à vontade, espirituoso, quando ele lidava com seu novo mentor. Uma noite eu os surpreendi rindo muito de um caso sobre um empregado do Colégio de Médicos, Eddy, que, quando fora admitido, lhes contara uma longa história sobre a esposa — que ele dissera ter morrido em Worcester dois anos antes — e as orações pungentes que ele rezara junto a seu túmulo, mas que fora pego na mentira quando a esposa supostamente morta apareceu para procurá-lo depois que ele tivera permissão para se casar de novo. Havia algo de tocante no modo como ambos se viraram para mim assim que me viram; como cada um completava as frases do outro e os dois se divertiam com as respectivas anedotas.

— E então ele disse: "Bem, se ela está viva, sorte a minha, porque ela é uma boa mulher" — Butts contou, com o riso solto.

— E Butts disse a Eddy: "Veja bem, você não é um homem tão bom assim se vai se casar com outra mulher. Não disse que ela estava morta?" — John retomou. — Mas Eddy não perdeu a deixa. Sem piscar, disse apenas, com a cara mais lavada: "Bem, foi o que me disseram lá em Worcester." O que deixara Butts zangado, e dissera: "Então você admite ter mentido quando nos contou que você mesmo esteve no túmulo dela?"

— E você sabe o que o homem disse então? — Butts explodiu na risada, e ambos riram alto ao se lembrar: — "Claro que estive, mas eu estava perturbado demais para olhar lá dentro."

Outras noites, permanecíamos em casa sozinhos. E John, como se não pudesse parar, gentilmente preenchia aquelas noites com as histórias que ele e o doutor Butts ouviam, diariamente, nos embates, golpes e contragolpes do tribunal. Os homens fiéis à rainha eram amigos de meu pai — o duque de Norfolk, o embaixador imperial Chapuys, o bispo Fisher, o bispo Stokesley — todos, sem exceção, católicos fervorosos, mas com o poder em declínio. A tropa cada vez maior de inimigos de More incluía quase todos os que rodeavam Ana Bolena, cuja beleza e poder aumentavam a cada dia, embora a questão do divórcio do rei ainda estivesse pendente. John riu discretamente ao contar que Ana Bolena lhe dissera ter comentado com uma das damas espanholas da rainha Catarina que não se importava a mínima com a rainha e que preferiria vê-la enforcada a reconhecê-la como senhora. A pessoa mais importante do círculo crescente de partidários de Lady Bolena era um estranho à corte: Thomas Cromwell, um homem que viera de baixo, filho de um ferreiro de Putney e que, antes de se tornar empregado do cardeal Wolsey, fora mercenário na Itália, negociante de lãs na Inglaterra e se casara com uma herdeira. Cromwell sobrevivera à prisão e à morte de Wolsey e de algum modo conseguira se tornar membro influente do conselho do rei, embora não tivesse ainda nenhum título formal que mostrasse o poder de que dispunha. Suas simpatias se voltavam para os homens da Bíblia, como as de Ana Bolena; era o tipo de homem que não pensaria duas vezes em ajudar a levar adiante a realização do casamento do rei (e de assim fazer progredir sua carreira).

— Ele tem olhos pequenos, de gavião feroz — disse John, ansioso. — Mas é um homem sutil. Manipulador. Um político à altura de seu pai. E que tem interesse no posto do seu pai.

Por fim, num fresco entardecer de abril em que ouvíamos o canto dos pássaros no ar, comecei a me sentir distante demais de meu marido devido a meus segredos e insatisfações — que eu tinha sido a trapaceira, enquanto ele, apesar de todos os segredos em seu passado, não me propiciava senão um amor inocente. John e eu passeamos sob as macieiras em flor, e ele colheu um buquê de primaveras para espalhar em nossa cama. Quando me apertou contra si, murmurei:

— Estou cansada — mas não estava mais com vontade de evitá-lo; tínhamos nos afastado por muito tempo, pensei, quando afinal correspondi ao abraço dele. Era hora de fazer as pazes. Em seguida, ele murmurou:

— Obrigado — e quando se levantou, na manhã seguinte, passou mais tempo do que o habitual ao meu lado, ajeitando as colchas ao meu redor e me beijando a cabeça com ar preocupado. — Fique em casa, meu amor — sussurrou. — Você anda tão cansada esses dias. E está tão magra. Descanse. Recupere suas forças.

Quase fiz isso. Mas algum instinto — alguma desconfiança em relação àquele ar preocupado — me disse que eu não deveria ficar em casa. Uma batida surda do coração me disse que eu deixaria de ver algo se ficasse ali. Então, assim que ele se foi e Tommy passeava pela cozinha com a babá, vesti-me e saí para a rua. E lá encontrei Davy, que estava me esperando a fim de me mostrar o mal à solta pelas ruas de Londres.

14

A rua estava vazia, como se aquele dia fosse feriado. Não se via nenhum herborista — a não ser Davy, sentado à porta da igreja com seus frascos.

— Então a senhora veio — disse ele, ao me ver ali, como se tivéssemos marcado um encontro. — Vamos.

Fomos caminhando. Havia uma animação no ar, e Cheapside estava apinhada de pessoas, todas andando na mesma direção. A multidão era maior perto de St. Paul, quando rumamos para o norte, direção da igreja de St. Bartholomew e do hospital. Eu não queria quebrar o encanto: o sol, o aroma primaveril.

— Aonde vamos? — perguntei afinal. Ele não respondeu. De todo modo era uma pergunta tola. Eu via perfeitamente que nos dirigíamos para Smithfield.

A multidão ficou mais compacta. Tínhamos de usar os cotovelos para abrir caminho entre os burgueses e os mensageiros. Via-se uma forca no local da execução. Havia muitos cavaleiros de um lado para o outro, fazendo barulho com suas esporas, e os bancos para a pequena nobreza estavam cheios. Ficamos em meio à gente do povo. Eu já devia saber, pensei apaticamente, vendo o tonel de piche, as correntes e as achas de lenha.

— Quem? — perguntei.

Davy me olhou com curiosidade.

— Bainham — disse ele, como se eu já soubesse. — Sir James Bainham. Amigo de sua família.

Baixei os olhos. Lembrava-me de ter visto Sir James no ano passado, de pé e tão pouco à vontade à espera de meu pai na saleta, tentando encontrar algo de bom para dizer a respeito de meu filhinho. Lembro-me do sorriso duro de meu pai. Por um milésimo de segundo tive medo, pensando que talvez fosse um engano; mas eu sabia que, de fato, não era. Agora estava tudo perfeitamente claro. Não havia nada que eu pudesse dizer para aliviar a dor. Olhando para meus pés, sendo empurrada e chutada por pernas de gente que lutava para ter uma visão melhor, assenti. Naturalmente.

Bainham chegou sem um confessor, apenas com um séquito de soldados que seguravam uma corrente que lhe circundava a cintura. Estava com o torso nu, e havia cicatrizes brancas e marcas vermelhas por todas as suas costas. O rosto estava virado para baixo e, por isso, não pude ver sua expressão. Mas via que a pele estava cinzenta. A carreta parou repentina e ruidosamente. Os sargentos da guarda tiveram de empurrar e gritar para que a multidão se afastasse.

— Que vergonha! — berrou uma voz de mulher; e houve um ruído surdo de apupos e assobios quando os homens o levaram até a forca.

— O doutor Simons ficou apavorado de vir com ele — ouvi um homem gordo, na minha frente, dizer, cuspir e continuar: — Não conseguiu convertê-lo. E, além disso, não ia se arriscar a levar uma pedrada na cabeça. Um bando de açougueiros covardes e sanguinários.

A multidão estava revoltada. Diziam que as pessoas se transformavam numa turba violenta ao ver um homem popular sendo morto.

Sir James abraçou o poste de madeira. Estava em pé no barril de piche. Viu os homens empilharem a lenha. Não havia espírito de luta nele. Estava imperturbável. Pronto para morrer. Estávamos próximos, e pude ver a boca de Bainham começar a abrir. O vento da primavera levou algumas de suas palavras para longe, mas não as primeiras. Houve um silêncio mortal quando ele levantou a voz e, com um berro, declarou:

— Cheguei aqui acusado de heresia e condenado como herege. Sir Thomas More foi meu acusador e juiz.

Minha cabeça latejava e queimava de vergonha. O homem ia falar abertamente antes de morrer.

— É legítimo... que todo homem e mulher possa ler o Livro de Deus em sua língua materna... — a voz, entrando e saindo de meus ouvidos, ia se tornando então mais desafiadora. Ouviam-se vivas aqui e ali. — Bispo de Roma... Anticristo... — vivas mais entusiasmados —, nada de Purgatório, nossas almas vão direto ao Céu e descansam junto a Jesus Cristo para sempre. — Aplausos. Vaias.

Levantei os olhos e vi com um brilho de pavor que ele parecia estar olhando diretamente para mim. Ele balançou a cabeça. Nossos olhares se encontraram. O dele era calmo. Tentei respirar pouco na tentativa de me controlar. Não queria desmaiar feito uma mocinha num baile quando ele estava morrendo com tanto estoicismo.

Outra voz na multidão, agressiva, provocando briga; alguém estava berrando a verdade oficial num sotaque londrino que partia do lado de Sir James.

— Você está mentindo, herege! Está negando o sagrado sacramento do altar! — Eu não sabia de quem era aquela voz, mas ela foi respondida com zombarias estrondosas.

Davy resmungou:

— Mestre Pave, o funcionário da prefeitura. Está louco de medo. Não acredita no que ele próprio está dizendo.

— Não estou negando nenhum sacramento — gritou Sir James, com uma última tirada floreada de advogado. — Apenas combato sua idolatria. O que o faz pensar que Cristo, Deus e o homem, poderia habitar num pedaço de pão? — E levantou mais a voz. — O pão não é Cristo. Não se mastiga o corpo de Cristo com os dentes. O pão é simplesmente pão.

Risos. Barulho. Batidas de pé aprobatórias. Vivas.

— Ponham fogo nele de uma vez — ouviu-se a voz de Pave em resposta. E a chama foi percorrendo um caminho tortuoso no rastilho da pólvora.

Nesse momento, Bainham olhou para baixo. Estava então mais cinzento que nunca, com uma cor doentia e mortal que parecia antecipar o momento em que o fogo começaria a cozinhá-lo. Levantou olhos e mãos para o céu e disse a Pave:

— Deus lhe perdoe e lhe seja mais misericordioso do que o senhor a mim. — E então olhou de novo para mim por entre a multidão, ou assim me pareceu. — O Senhor perdoe Sir Thomas More! E rezem por mim, todas as pessoas de bem — disse ele, e o fogo se acendeu como uma flor brilhante ao seu redor.

A multidão tomou minha direção, pressionando-me, murmurando, e perdi as chamas de vista. Senti o braço forte de Davy de encontro às minhas costas, e me tomando o braço.

— Vamos sair daqui — disse ele, com um grito que afinal saiu abafado pela multidão à nossa volta, e começou a me empurrar, cambaleante e nauseada, contra a maré humana.

Meu rosto estava molhado.

— Continue a andar — disse ele, puxando o capuz para cobrir minha touca. — E mantenha a cabeça coberta. Há gente que a conhece.

Quando voltamos para Cheapside, Davy disse, calmamente:

— A senhora de fato não sabia? — e, me olhando dentro dos olhos, viu a verdade. — Deus a abençoe — disse ele, sem se persignar. — Posso lhe contar? — perguntou, e, tomando meu silêncio como convite, começou a falar.

More mandara prender Bainham em seu escritório de advogado no Middle Temple, logo depois do casamento dele com a viúva de Fish. Acusaram-no de negar a transubstanciação e de declarar que um turco, um judeu ou um sarraceno que confiasse em Deus e obedecesse às leis divinas era um bom cristão. Ele fora então levado à casa de meu pai — quando eu o teria encontrado, à espera. Meu pai tentou persuadi-lo a abjurar o que dissera. Sem conseguir obrigar Bainham a apontar outros hereges no Middle Temple, meu pai mandou que atassem o advogado à amoreira do jardim, o açoitassem e, em seguida, o levassem à Torre de Londres para ser torturado. More assistiu a essas sessões de tortura. Embora tivessem aleijado Bainham, não conseguiram fazê-lo falar.

Por fim, entregaram-no à esposa. Quando ela negou que Bainham guardava exemplares do Novo Testamento de Tyndale em casa, mandaram-na para a prisão Fleet. Ele não podia suportar a ideia de vê-la presa por causa dele. Assim, a fim de obter a liberdade da mulher, negou a fé que adotara, consentiu na vergonha de continuar sobrevivendo, e deixou que o levassem à presença do bispo de Londres, ao qual pediu perdão por ter tomado o caminho da heresia.

— Como já sabe, ele costumava nos procurar — disse Davy, andando, observando meu rosto com olhares de soslaio. — Às vezes. Como ocorreu com a senhora. Eu me perguntava se a senhora não o teria encontrado algum dia. Mas, por fim, parou de nos procurar. E então, há alguns meses, voltou mais uma vez. Sem a mulher. De cabeça baixa e ardendo de vergonha por sua covardia perante Deus. Chorou e pediu-nos que o perdoássemos pelo que tinha feito e acrescentou que levava nos ombros o fardo pesado da Cruz.

Davy balançou a cabeça.

— Não vi com meus próprios olhos, mas dizem que ele voltou à igreja uma semana depois. À de Santo Agostinho. Levantou-se junto a seu banco, acenou com sua Bíblia de Tyndale e confessou à congregação aterrorizada que havia renegado Deus para salvar a própria vida. Erguer uma Bíblia em inglês era em si uma sentença de morte. Mas ele deixou bem claro que não poderia ser salvo apenas chorando um pouco mais e implorando para ser perdoado pela covardia que o fizera fingir ter retornado à Igreja. Disse que agora, se não voltasse realmente à verdade, a Palavra de Deus amaldiçoaria seu corpo e sua alma no dia do Juízo Final. E, em seguida, foi para casa e escreveu uma carta ao bispo de Londres contando-lhe o que fizera. Não poderiam ter feito nada senão condená-lo à morte na fogueira depois disso.

Senti os olhos dele em mim. Mantive os meus voltados para a frente e tentei aparentar calma. Estava tentando tudo o que pudesse. Tentando não pensar na carne de Sir James sendo consumida pelo fogo. Tentando não me lembrar de Sir James caminhando por Chelsea com John, procurando encontrar meios de ajudar os doentes da peste, ou de seu ar vago, perdido, na saleta, ao me elogiar pela aparência de Tommy. Tentando até com mais empenho não me lembrar do rosto ou da voz de meu pai. Com outra parte de minha mente horrorizada, que mal parecia estar funcionando a não ser para me fazer caminhar e ouvir, mas que ao mesmo tempo passava rapidamente de uma pergunta a outra, comecei a sentir uma ponta de desconfiança a respeito do que Davy Maluco quisera de Sir James, de mim, e de quaisquer outros que buscavam a verdade e que ele arrastara a seu porão e mostrara a palavra de Deus. Teria agradado a Davy o fato de Sir James ter escolhido essa morte? Estaria ele incitando seu rebanho ao martírio — ou pelo menos estimulando aqueles que, por ocuparem posições mais altas, pudessem causar mais escândalo? Será que ele, ao seu jeito, queria sangue, tanto quanto More?

— E depois? — perguntei.

E depois, o bispo Stokesley e More interrogaram Bainham, Davy me disse, e Bainham prosseguiu em direção ao seu lento suicídio. Ele disse que, por não existirem santos mortos, não havia por que rezar para eles. Disse também que o conhecimento das Escrituras fora negado às pessoas por oitocentos anos porque a Igreja lhes roubara a Bíblia. Continuou seu discurso de desafio. Disse às pessoas que, naquele momento, havia duas Igrejas — a Igreja do Cristo militante, que não poderia estar errada, e a Igreja de More e de Stokesley, a Igreja do Anticristo, que só poderia estar errada.

Quando cheguei em casa, corri para dentro, subi rapidamente para meu quarto, peguei Tommy, que dormia no berço, e o levei para minha cama, onde nos cobrimos, com as cobertas. Tentei então fazer com que a maciez rosada do rosto e dos braços de meu filhinho acalmassem os tremores que me sacudiam.

Quando nada disso funcionou e continuei com o estômago revolvido, o sangue pulsando nas têmporas e os braços e as pernas bambos, levantei-me, enquanto ouvia o sino tocando as Vésperas, e enrolei Tommy numa coberta antes de tomar a direção da igreja de St. Stephen do outro lado da rua. Sentia-me mais só do que nunca, e me arrepiava pensar que eu jamais teria alguém com quem pudesse conversar sobre tudo isso. Ter sido testemunha de todo esse horror me afastava para sempre de pessoas como dame Alice e Margaret. Deprimia-me achar que John estivesse tentando me impedir de sair de propósito para que eu não descobrisse sobre a cremação do momento; mas quer essa suspeita fosse ou não justificada, eu sabia de antemão que ele não gostaria de ouvir o relato do que eu vira. Eu poderia ir até o conventículo de Davy Maluco buscar consolo, mas agora que eu começara a temer que Davy estivesse se aproximando de mim por estar interessado em obter apoio público para sua crença, sem se importar a mínima com as consequências, essa ideia também me aterrorizava. Estávamos sós, apenas eu e o bebê adormecido em meus braços. Não havia mais ninguém em quem confiar. A não ser Deus. O meu próprio Deus; o verdadeiro Deus, que não podia ter culpa da brutalidade dos homens uns contra os outros. De repente, a minha única vontade era abraçar esse Deus inocente, ao qual eu havia negado fé e amor por muito tempo.

Tommy, apesar de ter se remexido em meu colo, não acordou ao entrarmos na escuridão cálida da igreja, entre outros fiéis, num ambiente em que o ar estava pesado de tanto incenso. As ilustrações da Bíblia brilhavam à luz das velas. Ouvia-se um murmúrio vindo das pessoas ao fundo da igreja, e palavras em latim sendo murmuradas pelos homens de batina, que, à frente, estavam de costas para nós. Estava se realizando o ritual de fé que o próprio Santo Agostinho reconheceria, um fio que nos ligava, a mim e a meu filho, a todos os irmãos fiéis de nossa história passada, desde a Paixão do próprio Cristo. Não me preocupava nem um pouco o fato de haver pessoas rezando, a seu jeito, com suas próprias palavras, em salas ou campos ou ruas perto de mim. Que falem com Deus como souberem e quiserem. Para mim, porém, a casa de Deus era ali. E quando comecei a murmurar as palavras familiares:

"*Credo in unum Deum, Patrem omnipotentem, factorem coeli et terrae, visibilium omnium, et invisibilium*", percebi que havia esperança em meu coração — uma esperança abstrata, que a meu ver não tinha relação com a vida existente fora desse edifício, mas que, ainda assim, era esperança —, a esperança de que pudesse haver alegria no mundo outra vez.

"*Deum de Deo, lumen de lumine, Deum verum de Deo vero. Genitum, non factum, consubstantialem Patri: per quem omnia facta sunt*", sussurrei. E quando a campainha sagrada soou, e cada par de olhos fitou com alegria a hóstia que o padre havia elevado acima de sua cabeça — e que era a manifestação de Deus na Terra —, não me importava achar que talvez metade dos fiéis estivesse apenas pensando em afastar de sua vida, por aquele dia que fosse, uma cegueira ou a morte súbita. O que eu amava eram as exclamações de felicidade, os beijos e os mendigos correndo para a rua, cheios de animação, batendo a porta. Era de tudo isso que eu sempre soube — da doçura e da solenidade de Deus contidas nas palavras que sempre amei. Como o restante dos fiéis, senti-me plena de uma reverência cega por aquelas palavras antigas, familiares e assombrosas que não me eram inteiramente compreensíveis. Eu não tinha que compreendê-las. Tinha apenas de acreditar.

Essa reverência, essa esperança contra toda esperança, permaneceram comigo quando me permiti voltar a nossa casa. Tommy estava começando a esfregar os olhos com as mãozinhas avermelhadas de tão geladas, como se fosse acordar em breve.

A babá tomou Tommy de meus braços com um sorriso cúmplice.

— Você agora vem comigo, rapazinho — murmurou para o rostinho adormecido, sorrindo de si para si. Havia outro pequeno sorriso no rosto do criado que os acompanhou à cozinha.

John estava em pé ao lado da janela de nosso quarto, tendo se refrescado depois de um dia fora, e estava à espera. Parei à entrada e olhei fixamente para ele. Eu não sabia que ele voltaria tão cedo. A cama estava coalhada de flores primaveris. Junto ao fogo, a água do banho fervia. Perfumada de lavanda e salpicada de pétalas que flutuavam. Na cama, havia lençóis de linho bordados. No rosto de John, um sorriso esperançoso.

— A surpresa é minha — disse ele, com aquela voz íntima que parecia sugerir que tomaríamos banho juntos, faríamos amor de novo e adormeceríamos nos braços um do outro, com as pernas entrelaçadas, em uma limpeza e perfeição primaveril de rendas brancas.

A nuvem de reverência que me cercava quando voltei à casa evaporou-se com o calor frenético da raiva.

Era insuportável, quando as ruas estavam cheias de fumaça, cinzas, e cheiro de carne humana — uma cremação, um acontecimento que John não poderia desconhecer. Assim como era insuportável ver o esgar esperto no rosto da babá, e saber que os criados trabalharam sorrateiramente horas e horas, carregando baldes d'água e tentando ocultar que o patrão estava prestes a chegar e possuir sua mulher obediente, e saber que eles agora riam na cozinha imaginando-o espalhado sobre mim na cama, se sacudindo para cima e para baixo, enquanto logo ali mais abaixo, na rua, as pessoas estavam arrastando o corpo queimado de James Bainham, levando-o embora e varrendo gravetos queimados que o vento trazia das proximidades da igreja de St. Bartholomew.

— Não pedi isso — falei, entorpecida. — Que desperdício. Não quero tomar banho. Estou cansada demais. — E tornei a me encaminhar para a porta. Quando já tinha saído do quarto e estava no topo da escada, eu disse: — Assisti à fogueira.

John empalideceu. A boca formou as palavras: "Você foi?", mas não se ouviu som nenhum. Fiquei então ali, no topo da escada, vendo-o me observar; vendo o pensamento dele assimilar a notícia que eu lhe dera. O silêncio continuou por tanto tempo que me pareceu eterno.

De repente, senti o ar escurecer entre nós e ele me segurou como se eu fosse uma criança, apertando-me contra o peito, despejando beijos ansiosos na cabeça que eu insistia teimosamente em manter baixa.

— Ah, pobrezinha! Ah, pobrezinha! — murmurou ele, algumas vezes, como se eu não precisasse senão do consolo dele para que tudo estivesse bem comigo; como se meu problema fosse um joelho arranhado. Havia algo hipnótico na atitude dele. Ele sussurrou, agoniada e desamparadamente: — Sinto muito. Deve ter sido horrível. Eu não queria que você soubesse. E também não queria que você sofresse. — E só então encontrei forças para me afastar dele.

— Ocultar de mim a verdade é que me faz sofrer — disse, com frieza, soltando-me do abraço, recuando, olhando-o no olho. Não queria sua compaixão. Por fim, ele ouviu o que de fato eu tinha em mente: uma acusação. Tive a sensação de que ele sabia o tempo todo como eu me sentia. Ele baixou os olhos. — Eu precisava saber — continuei a falar —, você deveria ter contado.

John continuou parado à minha frente, abrindo muito os braços, num gesto perplexo.

— Como eu poderia? — ele disse como se implorasse, me olhando no rosto, mas sem me fitar nos olhos. — Você me parecia tão frágil... e estava apenas começando a recuperar o seu eu antigo... nós estávamos apenas recomeçando... — E então parou, tomou fôlego, tentou de novo; mas agora tinha um ar desamparado. — O que eu poderia dizer? Por que dar motivos para você se atormentar?

— Porque não há motivo para se viver na mentira — retruquei. — Porque um conhecido nosso seria acorrentado a um poste e queimado vivo. Porque, antes de acenderem o fogo, esse homem disse que estava morrendo por causa de meu pai.

Ele me olhou assombrado. E se persignou. Deixou cair as mãos, inutilmente, de cada lado do corpo. Fez-se mais um momento de silêncio.

— Ele caminhou por Chelsea ao seu lado — disse, cruelmente, para que ele se chocasse e reagisse, ciente de minha voz cada vez mais alta, mas sem me importar mais com o que os criados pudessem ouvir. — Não se lembra? Ele acreditava nas mesmas coisas em que o doutor Butts acredita. Foi esse o crime dele. Foi por isso que meu pai mandou matá-lo. E você sabe disso. Então, como é possível você fingir que nada aconteceu? Como é possível chegar em casa e mandar preparar um banho?

John então me fez calar, levando-me rapidamente para o quarto, e fechando a porta.

— Ouça-me — disse ele, de repente, com firmeza. — Ouça-me, ao menos. Já conversamos sobre isso antes, e você sabe como me sinto. Não acho que devamos deixar todos os horrores do mundo entrar em nossa vida privada. Hoje, não sei o que dizer, nem mesmo o que pensar, sobre essa morte na fogueira. Ou sobre More, se for o caso. Mas não preciso fazê-lo. Sou um médico. Sou um homem que ama sua mulher e filho e quer cuidar deles para sempre. É disso que preciso saber. Foi por isso que voltei; porque quero lhe mostrar meu amor, porque quero estar com você e deixar toda a crueldade do mundo lá fora. Nada mais me importa se tivermos um ao outro. Se pudermos nos fazer felizes.

Ele olhava como se acreditasse que eu pudesse concordar — lançando-me olhares pedintes, quase como pequenos dardos, em meus olhos. Não deixei que John acabasse de falar.

— Não podemos — disse. — Não podemos, se não houver verdade. — E então saí do quarto, desci a escada e voltei ao jardim para ver o sol se pôr.

Não havia mais como continuar discutindo. Eu poderia dizer "Não está vendo?" até perder a voz; mas acontece que ele nunca chegaria a ver. O problema não me parecia mais ser o fato de que o passado de John fosse um emaranhado de identidades abandonadas e que eu nunca pudesse realmente distingui-las, ou de que ele tivesse mais segredos a serem revelados. O problema era que todas essas pessoas com o rosto de John pudessem ser tolas o suficiente para imaginar a possibilidade de limpar-se da morte de uma pessoa queimada viva com um banho de lavanda.

Ainda assim, achei que ele poderia ir atrás de mim. Mas não foi. A água do banho estava fria quando voltei ao andar de cima. Na ponta dos pés. Havia uma bandeja com creme de frutas e vinho, intocados, do lado de fora do quarto, e nenhum sinal de John. Ele fora dormir em outro quarto.

* * *

Arrastei minha caixa de remédios de debaixo da cama, à luz crepuscular. Havia duas coisas que eu precisava fazer.

Primeiro, tirei o frasco de óleo de poejo e preparei uma dose suficiente para provocar meu sangramento mensal. Tomei de um gole a mistura amarga e oleosa e fechei bem a boca. Eu não queria que o ato de amor da noite anterior tivesse consequências. Não queria sentir um filho dele crescendo em meu ventre. Eu tinha me enganado ao pensar que poderíamos encontrar um ponto de equilíbrio mútuo e contentamento.

Em seguida, enfiando a mão na minha gaveta de lembranças de mestre Hans, tirei a carta do pintor de tantos meses atrás.

Eu voltara a pensar nele naquele momento de pé na igreja escura. Uma lembrança agradável e verde de um verão. Não me lembrava só de mestre Hans no jardim, abraçando-me com suas mãos fortes. Mas das mãos dele, que, naquele jardim, libertaram um prisioneiro com o golpe de uma espátula. Foi uma luz na escuridão, a lembrança daquelas mãos libertando o homem. Nunca me ocorrera soltar o prisioneiro até ele o fazer; mas, depois, vi que eu poderia tê-lo feito.

Queria pensar no brilho daquela espátula; não em meu marido andando de um lado para o outro no quarto com suas ervas e sua abdicação moral. Talvez não se devesse culpar John por um passado que transformaria qualquer um em covarde; mas ele não teria mais meu respeito.

Em mestre Hans, pelo menos, eu conheci um homem corajoso. Já era mais do que hora de responder àquela carta.

15

— Lembra-se — começou a falar Hans Holbein, com os olhos na superfície da tela a sua frente — do que você escreveu naquele seu livro que Prosy e eu ilustramos?

Erasmo esperou, pacientemente posando para o retrato, meio de perfil em relação ao pintor, olhando para a esquerda, em direção à luz pálida da janela, sem se mexer, enquanto Holbein procurava palavras para expressar seu pensamento.

— "...rindo dos humanistas que se exaltavam dando uns aos outros nomes de grandes homens da antiguidade?" — continuou Holbein.

Erasmo deu um resmungo encorajador. Ele estava até mais magro do que no ano anterior, pensou Holbein, e sofrendo mais com as dores e incômodos que o obrigavam a se agitar em seu assento, tentando ser obediente e ficar quieto enquanto também tentava se mexer para conseguir diminuir o desconforto. Holbein agradecia a consideração que o velho demonstrava pelas exigências de sua arte, e ficara particularmente emocionado com sua imobilidade paciente nesse dia. Afinal, era um milagre que o velho humanista ainda estivesse ali. (Tudo o que ele dissera sobre sua magreza e palidez fora acompanhado de um riso: "Algum médico maluco me prescreveu duas pílulas para purgar a bile, e acabei seguindo o conselho do sujeito como um tolo. A única coisa a ser feita é mandar os médicos para o inferno, encomendarmos nossa alma ao Cristo, e então ficaremos logo bons." Mas ele não ficou. Estava fenecendo.)

— Sempre concordei com você a esse respeito — disse Holbein. — Uns idiotas convencidos. Danados de burros.

Erasmo assentiu com a cabeça, mas então parou de se mexer. Era evidente que o pintor falaria. Mas era hora de deixar o jovem inflamado se expressar com suas próprias palavras.

Holbein culpava os fanáticos pela deterioração que via nas condições físicas do velho humanista. Agora, Holbein detestava todos os fanáticos, os protestantes tanto ou mais que os de outro tipo, e via que os fanáticos eram motivo de preocupação de Erasmo. Por causa deles, Erasmo não se alimentava adequadamente. Ficar nervoso com a estupidez deles prejudicara seu sono. Era óbvio que Erasmo passara todo o último inverno no concílio em Marburg, que tentara dirimir as diferenças entre os reformadores alemães de Lutero e as diversas e briguentas facções suíças de estados que estabeleceram suas próprias versões da verdade religiosa e logo se declararam horrorizados com as formas de professar a religião que todos os outros escolheram. E agora, nesse verão, ele passara o tempo todo se preocupando enquanto protestantes e católicos, reunidos na Dieta imperial, em Augsburgo, tentavam impedir a cisão do cristianismo diante dos próprios olhos. Nada disso funcionou, evidentemente; como seria possível alguém impedir que tais idiotas tomassem posições extremas? Era um desperdício de boa comida e ócio deixar que os extremistas também negassem às pessoas qualquer simples prazer. Mas seria impossível para Erasmo, o último intelectual moderado, ver a situação dessa maneira. Nesse momento, o intelectual queria que seu retrato fosse pintado de novo para poder mandá-lo a todas as pessoas a quem ele escrevera, com veemência, por toda a Europa, e assim lhes lembrar de que sua própria existência simbolizava moderação e esperança na unidade. Intimamente, Holbein achava ser tarde demais para lembrar a quem quer que fosse essa posição de Erasmo. Mas ele admirava o esforço permanente do velho, cuja primeira encomenda dera o impulso inicial na vida do pintor e a quem ele venerava como herói desde então. E estava mais feliz do que imaginava por estar de volta a Friburgo, registrando para a posteridade aquelas faces encovadas, olhos penetrantes e braços magros envoltos num abrigo de pele, e ouvindo os temores e segredos do velho erudito depois que escurecia.

— Mas — disparou Holbein — há um nome com o qual eu gostaria de ser chamado se fosse rebatizado.

O pintor estava agora olhando timidamente para os próprios pés, e ruborizara. Estava pedindo um favor, com todo o tato que lhe era possível, mas de certo modo temeroso de estar metendo os pés pelas mãos. Sempre soubera que a diplomacia não era o seu forte.

Erasmo piscou os olhos, encorajando-o.

— O nome que um dia você usou para chamar Albrecht Dürer, quando recomendou o trabalho dele. Apeles. Gostaria que as pessoas me chamassem de Apeles, o Apeles dos dias de hoje.

Sentiu-se muito aliviado quando viu Erasmo dar o menor sorriso que pôde sem mudar a posição da cabeça, e responder com um murmúrio:

— Nunca imaginei que você fosse tão ambicioso, meu jovem Hans — num tom bondoso.

Holbein percebeu uma verdadeira afeição naquela voz. Seu coração se regozijou. Não precisava ter se preocupado tanto. Não seria ridicularizado ao fazer aquela pergunta. A essa altura já deveria saber que Erasmo o apreciava e tinha confiança nele. O velho não lhe teria dito todas aquelas coisas na noite anterior se não acalentasse esses sentimentos.

Holbein ainda não conseguia acreditar no que Erasmo lhe dissera depois do jantar, sentados ali até tarde, como sempre, até a luz da última vela se extinguir. Estava um pouco bêbado, talvez, como qualquer um estaria depois dos sacolejos, batidas e enfado de uma longa viagem de barco, mas Erasmo estava mais sóbrio do que nunca, com seu cálice intocado ao lado e o prato de comida afastado para o lado. O homem parecia viver de ar. Assim, não se poderia atribuir o que ele dissera a ter ficado até tarde da noite num culto realizado no templo de Baco. Devia ser verdade, ainda que fosse impossível.

Uma conversa entre amigos que se reencontram dera lugar a um relato ansioso das várias tentativas feitas por Erasmo para trazer os maníacos religiosos de volta à razão. Só quando Holbein tirou de sua mala a carta de Meg Clement vinda de Londres o rosto do velho mudou completamente. Holbein estava ciente o tempo todo de que Erasmo gostaria de saber se sua ordem fora cumprida e se Holbein restabelecera contato com a família Clement. Mas havia naquele rosto uma premência real, uma que Holbein não poderia imaginar que o outro homem pudesse sentir.

— Excelente. Mostre-me — disse ele, estendendo a mão para recebê-la.

— Não há muito a se ver — balbuciou Holbein, entregando-lhe a carta, sentindo os dedos acariciarem as páginas que Meg tocara cuidadosamente quando saíram da custódia dele, temeroso de que as frases luminosamente simples dela desapontassem alguém cujas expectativas eram claramente tão altas.

— Não importa — disse Erasmo, em poucas palavras, alisando o documento amassado, e muito manuseado, na superfície da mesa sob a luz da vela e devorando cada palavra em francês. Sugou o ar entre os dentes enquanto lia: — Clement foi eleito membro do Colégio de Médicos... — murmurou, aprovando com um sinal de cabeça. — A criança se chama Thomas... e estão morando na Velha Barca —, e, nesse ponto, olhou intensa e brevemente para a chama, pensando em algo que a imaginação de Holbein desconhecia. — Passei muito tempo naquela casa, há tempos — acrescentou, irrefletidamente.

Ele virou a página.

— O que é isso? — murmurou, apontando com um indicador fino as linhas que Holbein sabia de cor depois de passar horas de olhos fixos nelas, todo dia, nas semanas posteriores à chegada da carta. — Veja, este trecho aqui, onde ela diz: "Isso é o que eu sempre quis, ou achei que era. Mas a vida em Londres é mais complicada hoje do que era na minha infância, principalmente agora que meu pai está nesse cargo. Parece paradoxal, mas às vezes eu gostaria que todos nós estivéssemos de volta ao jardim de Chelsea, querendo saber como ficaria seu quadro. Naquele tempo tudo parecia mais simples do que agora." Então ela sente a ameaça dos dias de hoje. Ela sente isso — e Erasmo continuou parado, olhando fixamente para a vela, mais uma vez, e assentindo com a cabeça muitas vezes mais, meditando, de tal modo que Holbein mal ousava se mexer para encher seu cálice vazio ou coçar a perna no lugar em que uma pulga o atormentava.

Por fim, o velho se sacudiu de seu torpor. Deu seu risinho malicioso, e acrescentou:

— Você deve estar me considerando um anfitrião negligente! — e encheu o cálice de Holbein. E se defrontou com o olhar do jovem pintor. — Obrigado — disse Erasmo, simplesmente, enquanto Holbein bebia até a última gota, com o alívio de quem sente a tensão diminuir, se perguntando por que Erasmo parecia até mais sensível às palavras de Meg do que ele quando, por certo, o velho mal se lembrava dela depois de tantos anos passados. Tornando a encher o cálice do pintor, Erasmo disse: — Estou contente de você ter escrito. Achei que isso não ocorreria. E me preocupo com eles. Temo que possam em breve precisar de ajuda. Há muito tempo planejo descobrir um jeito discreto de manter contato com eles se for necessário...

E então foi depois disso, tarde da noite, que a outra história começou a vir à tona. A história de que Holbein não acreditava poder se lembrar com clareza, aquela na qual se dizia que John Clement — aquele professor de grego e médico, de olhos distantes, espantosamente azul-claros, e aquele jeito irritantemente tranquilo e distinto que sempre fizera Hans Holbein se sentir cheio de dedos e malvestido — era alguém inteiramente diferente: uma pessoa de origem real, um príncipe inglês de sangue azul criado em Louvain, sob nome falso, pela duquesa de Borgonha, e que por fim se estabelecera anonimamente na Inglaterra quando o rei atual subira ao trono. Por mais tonto que estivesse naquela manhã, Holbein sabia que não tinha imaginado tudo: ele podia jurar que se lembrava de Erasmo se inclinando para a frente, de olhos vivos, e praticamente sibilando no ouvido de Holbein: "Ricardo, duque de York; este foi ele, um dia." Isso mesmo, agora tudo estava voltando. O trato descrito por Erasmo fora conseguido pelos bons ofícios de dois jovens que faziam parte do Novo Saber. Um dos rapazes era Thomas More, o antigo pajem do arcebispo de Canterbury, que estava se tornando, rápida e legitimamente, um advogado proeminente e alto funcionário em Londres.

— O outro — continuou Erasmo, piscando alegremente — era um jovem órfão, ex-padre, que nunca tivera inclinação para os detalhes e as orações infindáveis das ordens religiosas; e que, em vez disso, foi trabalhar com o conselheiro da duquesa de Borgonha, o bispo de Cambrai. Eu mesmo, às suas ordens. — E Erasmo então encenou uma modesta reverência.

Os dois rapazes, que tinham sido escolhidos por seus patrões devido ao talento como diplomatas e à discrição com que agiam, receberam a tarefa de proteger discretamente o homem hoje conhecido como John Clement pelo resto da vida. Erasmo estudara em Louvain, um dia, e por isso já conhecia o jovem inglês (naquela época, em Louvain, todos sabiam que Clement era de família nobre, e metade da universidade suspeitava que ele fosse filho bastardo do bispo de Cambrai e da própria duquesa). Erasmo era membro da mesma seita religiosa de que faziam parte o bispo e a duquesa, a Devotio Moderna. Então, rapidamente, ele fez amigos importantes, que ocupavam altos postos. Enquanto John Clement ainda estudava grego e astronomia nos Países Baixos, ele foi mandado pelo bispo de Cambrai a Londres pela primeira vez, no longínquo ano de 1499, a fim de conhecer seu congênere inglês e tratar de seus negócios secretos.

— Um dia, fomos andando de Greenwich ao palácio real em Eltham. More levou-me para ser apresentado ao rei Henrique, que era então um simples príncipe, um irmão mais moço, um menino ruivo de 8 anos e — recordou-se Erasmo — More já tinha encontrado os príncipes reais muitas vezes, eu sabia — o velho continuou, com aquele sorriso docemente triste —, e também era jovem, mas já possuía a capacidade de se mostrar à altura da situação que veio a fazer dele um grande homem. Ele não chegara de mãos vazias. Trouxera alguns versos que seriam lidos para o príncipe. Quando os tirou do bolso e começou a declamá-los, senti-me inteiramente despreparado. Mas esse fato também me ensinou algo: ele subiria em sua carreira; e era ambicioso.

"Foi assim que nos conhecemos — disse Erasmo, pensativo, fazendo uma pausa e de novo fitando a vela, vendo coisas que não estavam mais ali. — Tudo o mais veio depois: tornamo-nos amigos, o novo saber que tanto apreciávamos tomou o mundo, e tivemos a sorte de ter alguma participação na maneira de aprender a pensar das pessoas. Mas meus laços com Thomas More remontam a tempos mais antigos. Mesmo o que está acontecendo agora no domínio da religião não interrompeu nossa amizade, embora eu considere que algumas das posições adotadas hoje por More sejam, digamos, um tanto difíceis..."

Holbein inclinou-se para a frente. Já há muito tempo ele gostaria de fazer esta pergunta:

— Como se deu essa mudança de More? — disse o pintor com ar curioso. — Quais eram as crenças dele antigamente?

Erasmo fez uma pausa para organizar os pensamentos, estendeu as mãos manchadas de marrom a sua frente e fitou-as como se estivesse surpreso ao vê-las.

— Bem — disse ele, por fim —, quando encontrei More pela primeira vez, ele me pareceu um dos nossos. Um humanista. Ninguém poderia ser mais inteligente em sua forma de ridicularizar a inútil ginástica mental a que os velhos padres escolásticos se dedicavam, questões que chamo de Quididades* e Formalidades... aquelas infindáveis discussões sobre a possibilidade de Cristo ter vindo à Terra como mulher, ou mula, e mais, sobre a possibilidade de uma mula ser crucificada. Naqueles dias, ninguém era mais eloquente ao falar da necessidade de se eliminar essas questões e se usar de clareza e bom-senso para renovar a Igreja. Por isso, eu nunca esperaria a fúria de alguns dos recentes ataques de More a Lutero — e Erasmo deu um suspiro, mais de tristeza do que de raiva —, a grosseria crassa deles...

*Essência ou natureza de alguma coisa, segundo a escola escolástica. *(N. da T.)*

"E assim, às vezes acho que de novo me enganei quando o chamei de homem do mundo moderno. De certo modo, More sempre foi um antiquado. Lembro-me de vê-lo passar pelo estágio, a meu ver estranho, de querer ser monge, época em que se enclausurou com alguns místicos chorosos; jamais consegui compreender o atrativo de uma atitude dessas. Ele acabou superando essa fase, ainda bem. Mas ainda acredita profundamente na autoridade. More é desses advogados da velha escola; vê as leis de Deus e as leis do mundo como se fossem dois lados da mesma moeda, ambos inalteráveis. Além disso, não tolera contestações a nenhum dos dois. Então talvez não seja tão surpreendente vê-lo reagir com tanto horror diante das preferências de Martinho Lutero, dizendo que a relação pessoal do homem com Deus é só o que importa, e que podemos dispensar a mediação da Igreja. More ouve algo mais ameaçador em ideias como essa do que a maioria de nós. Ouve o estalar do fogo do inferno. Vê as trevas se aproximarem. O horror que ele sente e suas reações excessivas nos confundem porque o vemos como um humanista inquisidor. Mas eu diria que a forma mais caridosa de considerar seu comportamento agora é compreender que ele nunca foi moderno. Seu modo de pensar é inteiramente medieval."

Holbein assentiu com a cabeça, saboreando a palavra "caridosa", e percebendo o desapontamento na voz do velho. Erasmo se refez.

— Seja como for — disse abruptamente —, o importante é saber que essas disputas religiosas, e a minha idade avançada, afinal de contas, nenhum de nós está ficando mais moço, dificultaram uma viagem pela Europa que me permitiria visitar a família More e levar meus cumprimentos a John Clement sem ser indiscreto. Não gosto de criticar meu velho amigo Thomas More, mas não posso me sentir à vontade com as cartas que tenho recebido dele recentemente. Agora More vê as questões de outra perspectiva. Mas não me cabe escrever diretamente a John Clement. Quem sabe alguém leria essas cartas? Entretanto, quero saber se ele está bem. Ele estará metido numa enrascada se o rei e More se desentenderem por causa de religião. E ainda é meu dever assegurar que esse rapaz esteja a salvo. Por isso, meu jovem Hans, lhe sou muito grato — disse, sorrindo, e com as linhas do rosto transformadas em cavernas e grutas pela luz da vela —, mais grato do que você possa imaginar.

Os dois não tornaram a falar do assunto na manhã seguinte. A cabeça de Holbein latejava, como era comum nessa hora do dia. Erasmo estava calmo, doce, e um pouco distante ao se sentar, enrolado em sua veste, mexendo-se e revirando-se à procura da pose adequada. Hans Holbein se perguntou, meio desconfiado, se por acaso teria imaginado aquela história fantástica. Atrapalhou-se com o caimento de uma bainha da roupa. Demorou-se mais do que costumava para fazer a mistura de cores. Fragmentos da noite passada — frases, olhares, o orgulho de ter recebido a aprovação de Erasmo, além de ferroadas dolorosas de ciúme ou incredulidade, ao pensar em Meg casada com um homem que poderia ter sido rei — não paravam de assaltar sua cabeça. Mas o pintor os afastou e procurou se concentrar no que estava acontecendo nesse dia. Tinha de aproveitar seu tempo de convivência com Erasmo. Tinha de se livrar de todos os pensamentos estranhos amontoados em sua cabeça.

Não era ali o lugar de pensar no que lhe ocorrera ao ler o que uma Meg ansiosa escrevera sobre o jardim de Chelsea, e quase o levara a fazer as malas, rumar diretamente para o barco que o transportaria pelo Reno, e depois seguir viagem para Londres. Não era o lugar de pensar no trabalho servil que se fazia nas tipografias da Basileia ou no que Elsbeth dissera ao descobrir o quanto do dinheiro que recebera da Câmara do Conselho ele gastara na taberna, ou quanto ele pagara pelo chalé ao lado da casa em que moravam, que comprara por considerá-lo um investimento para a família.

Era mais fácil pensar em como poderia se tornar o pintor mais famoso e respeitado de seu tempo. Por mais baixo que tivesse decaído depois daqueles três anos gloriosos em Londres, agora, nesses aposentos confortáveis de Friburgo, Holbein ganhara a amizade de um dos homens mais importantes da Europa. Era hora de parar de tentar fazer tranquilamente um trabalho decente e, ao executá-lo, ser pisoteado o tempo todo pelos presbíteros, por sua esposa e pelo mundo. Era hora de pedir algo para si.

Então, Holbein fizera o seu pedido. Mas agora ele não sabia o que fazer para prosseguir. E então continuou a pintar, assoviando entre dentes, cada vez mais sem jeito por estar sentindo essa ambição insaciável. Erasmo voltara a mergulhar nos sonhos. Os olhos do velho estavam longe.

— Quer descansar um pouco? — Holbein perguntou nervosamente. Não queria cansar o amigo. Erasmo assentiu com a cabeça, agradecido, e começou a mexer braços e pernas, que a imobilidade deixara dormentes. Levantou-se e fitou Holbein. O pintor viu com alívio que o humanista estava sorrindo.

— Você nunca pensou em voltar à Inglaterra? — disse Erasmo, fixando aquele olhar cinzento e luminoso em Holbein. — Você estava progredindo tanto lá. Se o que quer é fama, lá é o lugar apropriado para conquistá-la, não é?

Holbein sacudiu a cabeça, timidamente.

— Tive de voltar para casa. A família. E a validade de minha licença estava expirando — ele fez uma pausa. Nada disso era verdade. Quer dizer, era verdade, mas não seria motivo suficiente para impedi-lo de ficar em Londres, caso não se perturbasse por causa de Meg. E agora ela estava lhe escrevendo. A moça sentia saudade dos passeios no parque de Chelsea que fizeram juntos. Não havia realmente nenhum motivo para ele ficar em casa. Erasmo tinha razão.

— As coisas mudaram — disse Erasmo abruptamente. — Você já voltou faz três anos. Não seria difícil. Há de conseguir alguém que lhe conceda uma nova licença.

O velho estava então começando a se interessar pela ideia, percebeu Holbein. Os olhos dele estavam iluminados por possibilidades que Holbein queria muito que ele explicitasse. Não havia nada que Holbein quisesse mais do que ser persuadido de que uma viagem de volta à Inglaterra valeria a pena para todo mundo. Mas ele precisava ser persuadido por outra pessoa.

— Afinal de contas, você tem amigos em posições importantes por lá — continuou Erasmo. — Os More, naturalmente. E agora, o novo círculo que frequenta a corte. É óbvio que o novo homem forte, Thomas Cromwell, não é de modo algum amigo dos More. Mas é, sem dúvida, um homem astuto. Ele está colaborando com o parlamento reformista que vem se reunindo. E é possível que Cromwell possa conduzir a Inglaterra a um tipo de reforma religiosa pacífica, sem sangue derramado, e não à carnificina violenta que temos visto por aqui. E você estaria numa posição que lhe possibilitaria receber encomendas. Os amigos de Ana Bolena, por exemplo. Correspondo-me com seu pai, o conde de Wiltshire, um homem inteligente. Você já pintou metade do círculo que rodeia Ana Bolena. Seria fácil encontrar trabalho.

Erasmo deu um risinho encorajador ao homem mais jovem. Holbein assentia com a cabeça, bebendo as palavras que tanto queria ouvir, completamente encantado por elas — e pela imagem mental fugidia que não conseguia tirar da cabeça, na qual ele estendia os braços, sob a sombra da amoreira, enquanto Meg corria pelo jardim para abraçá-lo — que não parou para se perguntar por que Erasmo estaria tão empenhado em empurrá-lo para aquela viagem. Claro que o velho erudito percebia que os sentimentos de Holbein por Meg não eram sentimentos a serem estimulados caso a pessoa estivesse realmente defendendo os interesses do marido de Meg. Ou será que o velho estava tão afastado dos anseios do corpo que não tinha a menor ideia do turbilhão em que Holbein se envolvera na Inglaterra? Será que Erasmo simplesmente não sabia o que era se apaixonar?

— Você só precisa de um endosso bem claro — acrescentou Erasmo, com um brilho malicioso nos olhos cinzentos. E se aproximou de Holbein com as pernas trêmulas. — Posso ver seu trabalho? — perguntou, descuidadamente, rodeando o cavalete.

Antes que Holbein o impedisse, o velho olhou fixamente o quadro. Fez um aceno de cabeça e pegou um lápis de ponta de prata.

— Algo assim — acrescentou, dando um risinho, e se inclinando para então escrever na parte inferior da tela.

Holbein quase lhe arrancou o lápis da mão. Ninguém jamais ousara fazer uma coisa dessas à sua obra. Mas se conteve. Afinal de contas, era Erasmo, que desfigurava o próprio retrato. Assim sendo, horrorizado e ressentido pela própria indecisão, Holbein se refreou e espiou por cima do ombro de Erasmo para ver o que estava sendo feito ao quadro.

Na parte de baixo da pintura, havia quatro linhas em latim. Holbein prendeu o fôlego enquanto decifrava a escrita muito difícil de compreender: "*Pallas Apellaeam nuper mirata tabellam...*" Seus olhos se arregalaram. Erasmo tinha escrito o seguinte: "Palas, admirando recentemente este quadro, como se fora de Apeles, diz que a biblioteca deve conservá-lo para sempre. Holbein, como Dédalo, mostra sua arte às Musas, assim como o grande Erasmo exibe a riqueza de um intelecto sublime."

O pintor continuava sem fôlego. Ele me chamou Apeles, pensou. *Ele me chamou Apeles.* E fez um esforço para libertar o ar de seus pulmões.

— Você vai mesmo escrever isso? — Holbein perguntou, mal ousando acreditar na sua sorte. — No quadro? A meu respeito?

— Você vai comprovar que tenho razão? — perguntou Erasmo, e piscou alegremente para Holbein. — Voltará a Londres?

16

Os acontecimentos se precipitaram depois da execução de Bainham. À medida que abril chegava ao fim, os inimigos de meu pai se fechavam para sua própria matança.

Também estávamos numa guerra silenciosa em casa, naquele mês tumultuado. Quando eu agora olhava o rosto de John, não via mais a beleza que um dia me atraíra para os braços dele como acontece com a maré em relação à lua. Eu me encolhia horrorizada ao me lembrar disso — de ter amado a doçura, a suavidade, a tristeza dele. Com isso, meu estômago embrulhava quase tanto como com o horror que eu sentia com a queda de meu pai pelas atividades malévolas. Tudo o que eu via nas feições de John eram olhos vítreos, uma estupidez pecaminosa; uma covardia e uma passividade que simplesmente resultavam em aquiescência ao pecado de meu pai. Por isso, eu me recusava a olhar.

Parei de fazer as refeições ao lado dele, evitando o almoço e o jantar e tomando a refeição da manhã na cama, servida numa bandeja, com a desculpa de que não me sentia bem (não era totalmente mentira; eu sentia fortes dores de estômago à medida que o óleo de poejo fazia efeito e o sangue intempestivo, que poderia em outras circunstâncias ter formado uma criança, começava a me ensopar). Toda manhã, eu saía furtivamente, com Tommy cambaleando de sono a meu lado, evitando qualquer quarto onde ouvisse passos que pudessem ser de John, e me dirigia à igreja para reverenciar o meu Deus. Mais tarde, após deixar Tommy com a babá e os brinquedos, na cozinha ou no jardim, eu saía sozinha de novo, me esgueirando, com minha cesta pendurada no braço, para encontrar Kate, com seu rosto pálido e acinzentado, mas consolador. Em seguida, partíamos para nossas andanças do dia por entre quartos e cortiços de seus irmãos da Bíblia. Talvez fosse estranho para qualquer pessoa, com exceção de Kate, a única pessoa que sabia disso, mas era a mais honesta concessão que eu poderia assumir naquele momento, enquanto a cabeça ainda rodava, horrorizada, diante de tudo o que eu agora sabia. Talvez eu viesse a encontrar um caminho mais claro, no futuro; talvez pudesse confiar em alguém de minha família. Só que Margaret estava longe, em Esher, e não havia nenhuma outra pessoa que pudesse me ajudar. A orientação virá, murmurei. Deus será meu guia. Enquanto isso, o melhor a fazer era viver essa mistura de adoração em latim e trabalho pastoral em prol dos inimigos da Igreja.

Fazer essas visitas aos irmãos significava saber de todos os boatos que circulavam em Londres. O baixinho George, um velhinho metido no capuz feito de cobertor que, na primeira reunião na casa de Davy que eu assistira, dissera que as Escrituras se tornaram mais doces que um favo de mel para ele, era uma verdadeira mina de informações. George morava num sótão — acima dos cômodos de sua filha casada, situados na extremidade de Cheapside onde se erguia a catedral — e passava quase todos os dias perambulando pelo pátio da catedral de St. Paul, ouvindo o disse me disse das ruas. Isso quando não estava em Greenwich, onde tinha a oportunidade de ouvir os furiosos debates teológicos que os sermões pronunciados na capela real estavam se tornando. Não acho que George soubesse meu nome além do "senhora Meg" com que me tratava, mesmo agora, mas havia muito ele deixara de me temer. Quando não estava rezando, o que George mais gostava era de bater um longo papo sobre os acontecimentos mais recentes. Agradava-me ver, agora que o visitávamos regularmente para trocar o curativo na úlcera da perna que o incomodava, que ele parecia não temer nada. Eu estava sempre surpreendendo um lampejo de malícia e esperança naqueles olhos remelentos que eu nunca imaginara encontrar no rosto de um homem da Bíblia.

Foi através de George que soube que meu pai estava perdendo a batalha contra Thomas Cromwell — o funcionário real rival de Thomas More e que, ao contrário deste, pretendia fazer de tudo, mesmo que isso significasse abandonar a Igreja de Roma, para casar o rei com Ana Bolena.

A história que George nos segredou, devorando alegremente o nosso pão com mel, numa manhã gloriosa de maio, era a seguinte: um homem interrogado por meu pai sob a acusação de heresia — um dos homens de Cromwell — fugira para o estrangeiro e estava denunciando More como torturador. Meu pai percebeu que não podia trabalhar mais com Cromwell. A rivalidade entre os dois era evidente demais. Meu pai tentou se demitir. O rei não aceitou. Thomas More era famoso demais para demonstrar falta de confiança no poder real em público. Mas Cromwell estava a fim de surpreendê-lo. Cromwell era inteligente demais para enfrentar More num ataque direto; em vez disso, ele instigava o rei a fechar os tribunais eclesiásticos onde os amigos de meu pai, os bispos que apoiavam a rainha Catarina, ministravam a justiça da Igreja Católica. Se o rei Henrique fechasse os tribunais e se investisse de todos os poderes legais do mundo, seu próprio divórcio estaria assegurado. Quanto a meu pai, o importante era saber que o fato de não haver mais tribunais eclesiásticos faria com que não houvesse mais mortes na fogueira. Os bispos não poderiam expedir mandados de prisão sob a alegação de heresia, e toda a carreira de More como chanceler e perseguidor de hereges estaria minada.

— Assim Cromwell atinge o sangrento More em cheio — foi como George se expressou, lambendo os dedos alegremente até a última gota de mel —, e estaremos a salvo para sempre.

A esperança tornava os irmãos tão ousados quanto abutres famintos, e o medo surtia efeito semelhante em seus oponentes. Em Greenwich, no domingo seguinte, na frente do rei, um padre falou abertamente a favor de um novo casamento real. Isso enfureceu o pregador seguinte, Henry Elstow, de tal maneira que este perdeu as estribeiras no púlpito, fazendo com que George e sua filha, além de todos os outros amontoados ali dentro, respirassem com dificuldade e espichassem os pescoços para ver como o rei reagiria à afronta. "O senhor deseja que a sucessão real se faça por meio de um adultério", berrou Elstow. "E, ao fazê-lo, o senhor está entregando o rei à perdição eterna!"

— Dava até para se ouvir um mosquito voar — lembrou George, prazerosamente. E continuou: — O rei não moveu um músculo sequer. Mas o conde de Essex, sentado ao lado de Sua Majestade, levantou-se e berrou de volta: "Seu frade sem-vergonha! Engula essa língua se não quiser que o fechem num saco e o joguem no Tâmisa!" Elstow nem sequer pestanejou. "Guarde suas ameaças para outros cortesãos", respondeu. "Elas não nos amedrontam. Nós, frades, sabemos muito bem que podemos chegar ao Céu tanto por mar quanto por terra." Mostrou fibra, aquele dia.

— Nunca ouvi uma coisa dessas... — murmurou Kate, enrolando o curativo da véspera e jogando-o na cesta. — São realmente muito irritados, não é mesmo?

Numa manhã de maio, Davy nos acordou com um grito estridente.

— Até o rei os odeia! Até o rei acha que eles são mais romanos que ingleses! — ele berrava, e os vendedores ao redor dele berravam no mesmo tom, acompanhando-o.

Corri até minha janela. A cabeça de John apareceu, saída da janela ao lado, despenteada e sonolenta prestes a gritar algo cortante para que o pessoal indisciplinado das ruas diminuísse a algazarra. Então se deu conta do que Davy estaria dizendo.

— De que é que você está falando, Davy? — John berrou lá para baixo.

— Da ordem do rei, doutor John — ouviu-se a voz esganiçada e insolente de Davy. — Ele disse aos bispos que desistissem de seus tribunais independentes. Adeus, príncipes da Igreja. E nada de gente morrendo na fogueira. Já era mais que hora!

John coçou a cabeça e fez que sim umas duas ou três vezes.

— Sei — disse ele, sorrindo para aparentar calma. — Pois é, não faça isso com seu capuz senão ele vai parar no esgoto.

Mas não havia sorriso nenhum em seu rosto quando ele entrou em meu quarto sem pedir licença, simplesmente apavorado e sem palavras. Eu também me sentia assim. Foi o suficiente para que déssemos uma trégua. Vestimo-nos atabalhoadamente e disparamos escada abaixo. Saímos de casa juntos, meio tontos, e andamos por Cheapside a caminho da catedral de St. Paul. Não vimos nenhum padre por ali, mas havia muita gente entrando nas tabernas ao longo de Cheapside e de Ludgate Hill, rindo e brincando e dando gritos de tanta alegria e bebida.

— Sabe o que Ana Bolena mandou bordar em seus lençóis? — ouvi uma vendedora do mercado dizer, com voz estridente e alegre: — "Vai acontecer, vocês queiram ou não." É uma danada de uma interesseira essa mulherzinha.

Davy me viu passar quando saímos de nossa casa e tocou no gorro num gesto irônico. Levava uma cerveja na mão.

John não foi ao doutor Butts. Eu não saí com Kate. Ficamos em casa. Sentamo-nos no jardim, absortos em nossa ansiedade, separadamente, no que se passava por companheirismo. Observamos Tommy brincar sob a macieira e pensamos dentro dos nossos caminhos paralelos. Ao meio-dia, depois de termos assistido nosso filho comer, nós dois mal conseguindo ingerir alguma coisa, chegou um recado de meu pai dizendo que ele viria nos ver mais tarde, no caminho de volta a Chelsea.

Enquanto John, que fora para sua sala de estar, fingia ler, eu passava um tempo na cozinha, sentindo-me estranha, supervisionando os preparativos para o jantar. Uma comida leve de verão. A ave do dia anterior e um presunto. Verdura fresca. Omelete feita com manteiga. Creme branco com amêndoas. Coalhada. Fui à rua e comprei uma rosca para Tommy de alguém no meio daquela confusão de gente. Ele gostava da massa dura em forma de argola e das pequenas sementes polvilhadas na crosta. E se divertia no que devia lhe parecer, de fato, o feriado que era.

Era a primeira vez que eu veria meu pai desde o suplício de Bainham na fogueira. Eu esperava encontrar um rosto devastado: olheiras, rugas, pele cinzenta, castigada. Eu tinha passado horas daquele dia sentindo pontadas de pena por considerá-lo numa situação impossível aquele dia; eu o imaginara chegando arrasado à casa, ansiando humildemente por um conselho; e tinha me imaginado pedindo-lhe encarecidamente, com lágrimas nos olhos, que renunciasse; e o vira concordar comigo em voz baixa e me abraçar com o afeto de um verdadeiro pai. Surpreendeu-me o calor que essas imagens mentais levaram a meu coração.

Mas, quando meu pai apareceu, o sorriso dele parecia largo e afetuoso, capaz de abarcar tudo a seu redor, como sempre. E seus gestos se mostravam igualmente confiantes. Sua aparente segurança nos iluminou quando seu criado lhe tirou a capa e John serviu as bebidas — água para meu pai, vinho para nós — e nos conduziu ao jardim. Eu não conseguia ver o que havia no coração dele. Senti-me intimamente aliviada quando, assim que ficamos a sós, o sorriso paterno desapareceu. Havia um restolho de barba no queixo de More, e a mandíbula morena projetava-se para a frente.

— É um apuro terrível — disse John, solidário, pondo um braço nas costas de meu pai enquanto eu, atrás, observava soturnamente.

Meu pai assentiu. E não disse nada. Continuou a andar, com a mão de John pousada nele, olhando firme para a frente.

— O nosso Salvador diz que os filhos das trevas são de certo modo mais sagazes que os filhos da luz — disse ele, com uma voz tranquila e desprovida de emoção. — E é o que me parece ocorrer nesse momento.

"A corte está cheia de traidores — acrescentou More com óbvia amargura. — E a Assembleia está cheia de néscios. Nunca vi tantos bispos tão negligentes com seus deveres. Aceitei esse posto pensando que poderia fazer avançar o cristianismo. Mas agora... — Ele fez uma pausa, dando a impressão de estar desanimado. — Mas agora."

E então parou de falar. More se recompôs e se virou, rumando para nossa casa, medindo os passos de modo a que a mão de John, que ele parecera não ter notado, continuasse levemente pousada em seu ombro. Mas ele não nos olhou nem de soslaio. Achei que meu pai estava lutando para que a voz não titubeasse.

— Sinto que estou envelhecendo.

Não estava nos pedindo nenhuma resposta, por isso nada dissemos. Comemos em silêncio. Senti os olhos de cada criado curiosamente voltados para More.

— Delicioso — disse mecanicamente, elogiando a ave e o presunto. Mas não tocou na carne que estava em seu prato.

John esperou até que tivéssemos fechado a porta da sala aos olhos e ouvidos, antes de dizer, com uma expressão facial tomada de uma compaixão quase insuportável:

— O senhor sabe que o apoiaremos em qualquer decisão que tome.

Meus lábios se contraíram. Eu não concordava. A única medida que eu queria que meu pai tomasse, mesmo que sua derrota de hoje significasse ele não poder mais mandar hereges para a fogueira, era sua renúncia.

— Há tanta coisa a ser feita! — disse meu pai. De novo, via-se um brilho em seus olhos; um brilho que eu detestava. Era visível que ele ignoraria a derrota e se manteria no posto.

— O senhor devia renunciar — disse eu em meio ao silêncio, me surpreendendo quase tanto quanto os dois. Viraram os rostos para mim, com olhos arregalados. — O senhor já fez o suficiente, pai. Sua consciência deve estar lhe dizendo isso.

John se pôs rapidamente à minha frente, disparando-me um olhar de sobreaviso. Mas meu pai deu a volta por trás de John e me fitou.

— Meg — disse ele, com uma ponta de reprovação, e o sorriso que não lhe chegou aos olhos mas tocou-lhe os lábios —, o que você sabe de política?

Teimosa, deixando de lado o coração disparado, respondi:

— Nada. Só sei das mortes na fogueira.

John arfou.

— Meg não tem estado bem — disse ele, pressurosamente, a More.

— É. Ver James Bainham morrer me fez muito mal — respondi bruscamente, de repente me sentindo tremer com o sentimento que eu não conseguira sufocar. Senti o rosto ruborizar. Dei um passo à frente para enfrentá-los.

Agora, estavam cautelosos. Viam-me com novos olhos, como a agressora, a iniciadora. O medo deles me assustou. Mas também gostei disso.

Foi interessante ver o que fizeram em seguida. John ainda estava ali, mas era como se tivesse recuado para a sombra, enquanto meu pai dava um passo à frente. O queixo dele se projetava. Pôs as mãos nas cadeiras, imitando meu gesto. Não era um gesto natural dele; talvez fossem os anos de convívio, mas eu podia jurar que, embora fosse estranho, o homem que estava agora na minha frente se parecia comigo. Ele estava, sem dúvida, tão pronto quanto eu a brigar.

— Ele tinha que morrer! — meu pai berrou. — Estava espalhando porcarias que levariam outras pessoas a ser condenadas ao fogo do inferno.

— Não levariam! — gritei em resposta. — A crença dele era problema dele! É o senhor que está se arriscando ao fogo do inferno ao se tomar por Deus!

Por fim, fitamo-nos um ao outro. Os olhos de More estavam ligeiramente injetados. Nenhum dos dois se mexeu. Não havia para onde.

— Eles o vaiaram quando Bainham disse que fora condenado à fogueira por sua causa — disse eu. — Os londrinos. O seu povo. Estão começando a odiá-lo.

Eu estava ciente de John ali na sombra, fazendo gestos calmos e inúteis com as mãos, mas essa era uma briga de apenas dois.

— E não preciso entender muito de política para saber que até o rei vai acabar odiando o senhor. Se é que já não o odeia — acrescentei rapidamente. Meu coração continuava disparado. A língua, queimava. — O senhor está tentando impedi-lo de fazer o que ele quer. O senhor não é mais o servo favorito do rei. Foi o senhor que sempre disse que o ódio do rei significa a morte. — Misturada à minha raiva, eu ouvia uma nota suplicante em minha voz. — Não quero que o senhor morra. Renuncie enquanto é tempo.

— O rei não quer que eu saia — disse ele, com hostilidade no tom monótono. — Eu tentei.

Ouvi algo em sua voz que me pareceu cansaço. Mas então o vi se aprumar e retomar seu fardo.

— E aceito que seja assim — acrescentou, resoluto. — Porque acredito que essa é a vontade de Deus; que eu fique. Não apenas para combater a heresia. Mas por causa do outro motivo. Por causa de John.

Foi a gota d'água. O meu momento de fraqueza tinha passado. Explodi.

— O senhor acha que tudo depende de você, não é mesmo? — disse, sarcasticamente. — O senhor acha que pode salvar todo mundo. Acha que o senhor e Morton já salvaram a Inglaterra do usurpador Plantageneta e estabeleceram uma nova dinastia de honestos que seria agradável a Deus. E agora o senhor não apenas acha que pode salvar a Inglaterra outra vez, impedindo que o rei se volte para o que o senhor chama de heresia; acha até que pode impedir que John seja forçado a assumir um trono que ele não quer. O senhor acha que todos os segredos do Estado estão em suas mãos, não é mesmo? Mas o senhor está errado.

Eu podia perceber que as mãos de John pareciam dar patadas inúteis no ar, e o ouvi murmurar:

— Meg — como se quisesse que eu parasse de falar. Mas não me dignei a olhá-lo.

Minha atenção estava toda voltada para meu pai. Ele me fitava.

— Você nunca lhe contou, não foi, John? — disse. Estava quase rindo do prazer que eu sentia ao mostrar a ignorância de meu pai. Minha voz parecia um açoite a flagelar os dois. — Você nunca lhe contou que você próprio se sabia ilegítimo. Ele nunca percebeu ter passado todos esses anos contribuindo para manter uma ilusão. E você é tão... — e eu silvei ao pronunciar a palavra seguinte — *estúpido* — com cada milímetro de uma fúria enclausurada em meu corpo — que nunca sequer percebeu o quanto isso importava.

— Meg — sussurrou John, chegando mais à frente e tentando me envolver num abraço que pudesse me impedir de continuar a falar. Mas soltei os braços do abraço precavido dele e continuei a falar intensamente para meu pai.

— Sim, pai. Ele é filho ilegítimo. Sempre foi bastardo. E sabe disso há anos. Ele me contou. Nunca teve direito a trono nenhum, nem ele, nem seus irmãos e irmãs. O pai dele era mesmo bígamo; Ricardo Plantageneta não era usurpador. Toda a sua estratégia foi construída com base num erro. E isso quer dizer que o seu arcebispo Morton casou Henry Tudor com uma Plantageneta bastarda, não com uma princesa. E este rei está tão cheio de sangue bastardo quanto John. O senhor sempre se orgulhou de todos os segredos que mantinha sob controle; mas nunca soube realmente tanto quanto pensava que sabia. O senhor não salvou ninguém de nada. O tempo todo o senhor estava lidando com dois plantéis de bastardos e ficava se perguntando por que Deus continuava a amaldiçoar a terra que um deles governa. O senhor não é Deus, nem funcionário dele. É apenas um homem. Com toda a fragilidade humana comum aos outros homens. E o senhor falhou.

Parei de falar. Parei para soltar uma expiração de triunfo. E me dei conta de que John desistira de tentar silenciar a minha torrente de palavras e, em vez disso, enterrara a cabeça em meu ombro. Dei-me conta do calor em meu rosto. Dei-me conta da magnitude do segredo que eu revelara. Senti uma nova onda, ainda mais afogueada, passar por meu rosto, garganta e ombros, e me perguntei se seria o início de uma sensação de vergonha.

Meu pai me fitava, estarrecido.

Fez-se um longo silêncio.

Então ele pigarreou e disse, muito calmamente:

— É verdade, John?

John levantou um rosto abalado do ombro que o acolhia. Lágrimas lhe corriam pelo rosto. Estava sendo desmascarado como impostor sem ter se dado conta de que o era. Tentou formar palavras; nenhuma saiu.

Meu pai esperou mais, observando-o, deixando que ele se acostumasse à verdade.

— Compreendo — disse ele, surpreendentemente gentil. Pôs a mão no ombro de John, afagou-o; foi um gesto de consolo. — Meu caro John.

More se virou para mim, o rosto inescrutável.

— Obrigado — disse tranquilamente —, você me libertou. Se não tenho deveres para com o rei nem para com a família, eu posso, finalmente, seguir meu coração. — E então partiu, na penumbra da rua, deixando-me sozinha na sala com o marido cujo segredo eu revelara.

Dois dias depois, ouvi de dame Alice o que acontecera em Chelsea. Foi uma noite sem descanso para meu pai. Na manhã seguinte, durante o café da manhã, ele disse enigmaticamente que se alguém visse as coisas de que ele deveria se encarregar se deteriorando por sua culpa e chegando à completa ruína sob sua responsabilidade, então só lhe restaria deixar essas coisas de lado, afastar-se e servir a Deus.

— Depois, só o vi quando ele voltou da cidade, à tarde — disse ela, sacudindo a cabeça, assombrada, com sua voz alegre inusitadamente abafada. — Eu estava saindo da igreja quando ele entrou. More estivera com o rei e renunciara a seu posto, mas não sabia como nos dar a notícia. Ele passara tanto tempo vivendo como homem público, desempenhando papéis importantes, que nunca chegou a aprender a ser franco com a família, não é verdade? Assim sendo, More não falou comigo francamente, apenas contou uma de suas piadas. Com o barrete na mão, fez uma reverência e me disse: "Peço encarecidamente que Sua Senhoria se aproxime, uma vez que meu Senhor se foi." Compreendi imediatamente, claro — e ela deu um risinho relutante ao contar a segunda parte da história. — Já o conheço o suficiente para saber que ele começa por uma brincadeira quando está com problemas. Eu teria adivinhado mesmo que Henry Pattinson não estivesse ali, não tivesse compreendido tudo e não estivesse dançando na nave lateral, cacarejando: "O chanceler More não é mais chanceler", como o bobo que ele é.

John e eu fomos convocados a Chelsea, com o restante da família, dois dias depois. O rei, viemos a saber, respondera à devolução do selo real por More com um pequeno discurso formal concedendo a meu pai o direito de passar o resto da vida a serviço de Deus, cuidando da própria alma. Foi o que More dissera ser seu desejo. Mas Henrique deixou clara sua insatisfação. Meu pai não recebeu nenhuma recompensa pelos anos de serviços prestados. Ele saiu do palácio real de York Place de mãos abanando. Nós tínhamos sido chamados a Chelsea por um motivo de ordem prática, ajudar a reorganizar as finanças da família.

John passou duas noites longe de minha cama, rezando na igreja de St. Stephen durante o dia, sem comer, esquivando-se de mim com olhos sofridos e silenciosos de bicho, sem dizer nada.

Passei aquelas longas horas mordida de remorso e horrorizada comigo mesma. Eu revelara o segredo de meu marido e destroçara sua vida para quê? Por uma vingança barata contra outra pessoa. Nesse momento, obriguei-me a parar e a me examinar, e não gostei do que vi. Seria eu menos cruel que meu pai? Menos indiferente que John? Eu achava que não. Eu era vingativa e intolerante; um verdadeiro monstro.

— Eu faria qualquer coisa para retirar o que disse — falei, chorando, arranhando a porta do quarto dele. — Qualquer coisa. Me desculpe. Me desculpe. Não queria magoá-lo. Eu o amo.

Nenhuma das minhas desculpas, súplicas e atos de contrição comoveu John.

— Está tudo bem — ele continuava a dizer, embora permanecesse do outro lado da porta. — Eu mesmo é que devia ter percebido o quanto era importante contar a More. Eu devia ter pensado nisso. Mais cedo ou mais tarde, isso se revelaria. Não se atormente.

Ele era bom; tão melhor que eu, mesmo em meio ao desespero. Mas ele não queria dizer que estava tudo bem. Sua voz estava abalada. Eu sabia que ele estava inconsolável.

Não houve nenhuma resposta ao bilhete nervoso que dirigi a meu pai, no qual não encontrei nada de melhor para dizer senão: *Pai, desculpe-me, o senhor tem razão, eu não compreendi direito, sou uma tola, por favor, perdoe-me.*

Nenhum dos outros sabia da briga em minha casa. A primeira pessoa que vi ao sairmos do barco na chegada a Chelsea, depois de um trajeto silencioso de uma hora pelo rio, foi Will Roper, marido de Margaret, aquele homem louro, de olhos vermelhos, cabelos em desalinho e rugas de tensão no rosto jovem e bonito. Tomou-nos os braços, o meu e o de John, e andou conosco ao sair do embarcadouro — um ajuste entre a firmeza que ele estava aprendendo a exibir como membro do Parlamento e seus velhos modos de criança grande. Não me importei. Sua presença preenchia o espaço vazio e constrangido que havia entre mim e John.

— Ele vai falar conosco durante o almoço. Sejam compreensivos — sussurrou Will. Todos estavam cochichando intrigas, descobrimos quando chegamos lá, e todos só falavam sobre "ele", sem se preocupar em chamá-lo pelo nome. — Ele está sendo tão forte. Mas está magoado. Chegou até a falar em se tornar mártir; disse que ficaria tão feliz se conseguisse que sua mulher e filhos o encorajassem a morrer por uma boa causa que correria alegremente na direção da morte. — Will balançou a cabeça, uma cabeça sensata de velho assentada em ombros jovens. — Eu entendo por que ele se sente assim, é claro — disse ele, hesitante.

Estavam todos à mesa (com exceção de Elizabeth, que estava longe, em Shropshire, com os filhos; mas William Dauncey, que estivera no Parlamento, estava sentado a uma ponta da mesa com seu rosto tão tolo e sem queixo e seus olhos tão brilhantes e atentos quanto eu poderia esperar). Todos estavam com os olhos vermelhos e mostravam expressões preocupadas nos rostos pálidos. Nem mesmo Cecily sorria; ela apenas apertava firme a mão de Giles Heron. E o jovem John — então já casado com a bonita Anne, mas ainda morando na casa da família, já que o momento era muito difícil para que nosso pai se dedicasse a cavar uma carreira para o filho —, quando achava que não havia ninguém olhando, levava a mão à testa, massageando-a como se quisesse eliminar alguma dor. Emocionei-me por um breve momento, ao ver que Anne, a seu lado, notou-lhe o gesto e enfiou a mão nas saias de onde tirou um pequeno saco de tecido para ele; era a verbena, erva com que eu a ensinara a tratá-lo. Mas não havia sinais de alegria entre nós. Então John e eu não destoávamos do grupo; não era necessário explicar nossos penosos silêncios.

Meu coração se confrangeu quando vi meu pai à cabeceira, sentado entre Margaret e dame Alice — esforçando-se para se mostrar encantador e atencioso como sempre fora. Eu passara tanto tempo zangada com ele que me esquecera de sua força admirável, das reservas de dignidade e graça a que ele recorria naturalmente, nesses tempos sombrios, quando estava em público. Ele balançava suavemente a cabeça em direção a Margaret, pedindo-lhe que contasse histórias de seus filhos, passando travessas a dame Alice antes que os pajens tivessem tempo de apanhá-las. Foi apenas quando ele levantou o rosto que vi o cansaço em sua expressão e o vazio em seu olhar. Pelo menos, pensei, agarrando-me a qualquer consolo possível, ele não se esquivara de mim como eu, bem no íntimo, temera. Pelo contrário, meu pai se levantou e veio em nossa direção.

— Bem-vindos — disse ele, sorrindo, graciosa e afetuosamente, levando-nos a nossos lugares. — Meus filhos queridos. Obrigado por terem vindo. — Então me ajudou a me acomodar na cadeira e murmurou: — Obrigado pelo bilhete. Não precisava escrevê-lo. Você me ajudou a tomar uma decisão que eu provavelmente já deveria ter tomado. Às vezes só nos basta um pequeno empurrão para sabermos qual o melhor caminho a seguir. Agradeço pela sua honestidade.

Senti o braço de More descansar em minhas costas enquanto ele se voltava para John e o ajudava a meter as pernas compridas sob a mesa. Entreouvi outro murmúrio ao ouvido de John e, quando olhei de novo, vi que as poucas palavras ditas em voz baixa bastaram para fazê-lo perceber que sua culpa também fora absolvida. More voltou tranquilamente a seu lugar. Quando, pouco depois, uma mão se estendeu debaixo da mesa e tomou a minha, eu a apertei, e, pela primeira vez desde muito tempo, percebi os olhos de John nos meus, e vi neles, esperançosa, um brilho que poderia significar perdão.

A comida era simples, mais ainda do que o habitual. Não havia vinho, apenas cerveja e água, e não víamos mais do que quatro travessas em nossa mesa. O pai pigarreou para atrair nossa atenção — o que foi fácil, uma vez que todos lhe lançavam olhares de soslaio o tempo todo e a mesa estava quase totalmente silenciosa. Assim, depois de dar graças a Deus, disse, com sua simplicidade habitual:

— Acho que todos já sabem que cheguei à conclusão de que minha renda não será mais a que era. Reuni todos os filhos hoje — considero-os todos meus filhos — para que reflitam e me digam como poderemos continuar a viver e nos manter unidos.

Eu não tinha pensado em dinheiro, até então, mas era a realidade; todos recebíamos mesadas de nosso pai, e os dois Will passavam metade da semana em Chelsea. Nenhum de nós soube o que responder. Olhei para Margaret e a vi olhando de soslaio para Will Dauncey, que olhava para Will Roper, que olhava para John. Dame Alice, que, conforme reparei, usava um vestido escuro e simples sem nada da sua opulência habitual, estava brincando nervosamente com um naco de pão. Nosso pai olhou para nossos rostos desamparados à sua volta com tanta ternura que cheguei a me perguntar se ele não estaria secretamente aliviado por suas condições de vida terem mudado.

— Então, deixem-me compartilhar meus pensamentos com vocês — continuou. — Vocês não precisam se preocupar; não teremos que sair por aí colhendo palha para o fogo. Temos apenas que agir com mais cuidado. Os que quiserem, talvez possam contribuir para os gastos da casa. E todos conseguiremos economizar se aprendermos pouco a pouco a comer com mais parcimônia — de soslaio, vi Will Dauncey empurrar o prato de carne próximo ao seu cotovelo. — Pretendo levar uma vida mais tranquila — o pai continuou a falar calmamente, mudando de assunto. — Às vezes, sinto dores no peito; há anos meus médicos me dizem que devo diminuir as atividades.

Will Dauncey aproveitou a deixa para se mostrar cortês e bem-educado:

— Senhor, posso lhe perguntar quais são os seus planos? — disse ele, sorrindo e fazendo uma saudação com a cabeça.

— Eu vou... — meu pai fez uma pausa, como se estivesse refletindo — rezar mais, e escrever mais... Levar a cruz numa procissão na paróquia de Chelsea... e, espero, estar mais com todos vocês.

E ele sorriu e respondeu à saudação de cabeça de William Dauncey, reunindo todo o afeto luminoso de que era capaz.

Margaret esgueirou-se da mesa cedo. Poucos minutos depois, eu a acompanhei, dirigindo-me a seu quarto, sabendo que ela ficaria tão aliviada de falar quanto eu. Bati à porta e entrei sorrateiramente sem esperar resposta.

— Quem é? — perguntou Margaret, mais bruscamente do que eu esperara ouvir. Ela estava perto da lareira, ajoelhada no chão, esfregando um pano numa tigela manchada de cor-de-rosa. — Ah, é você, Meg! — disse ela, pondo-se rapidamente entre mim e a tigela.

Olhei para o outro lado.

— Desculpe — disse eu, sem jeito, imaginando que fosse um trapo usado para absorver o sangue menstrual e me perguntando por que ela não tinha mandado uma criada lavá-lo em vez de fazê-lo sozinha. — Eu deveria ter esperado para entrar.

— Está bem; não tem importância você ter visto o que viu — disse ela, acalmando-se. — Era sempre eu que lavava isso para o pai quando morávamos aqui. Eu me sinto tão inútil que simplesmente achei importante fazer algo para ajudar. Mas não fale disso a ninguém. Ele ficaria tão constrangido!

Olhei de novo. Os trapos molhados saindo da tigela eram ásperos o suficiente para arranhar a pele: eram o cilício de nosso pai. Ver aquilo me deu vontade de chorar. E me peguei desejando ser aquela Margaret gentil, querendo ter vontade de prestar espontaneamente esse modesto serviço doméstico que ajudaria meu pai a rezar, em vez de fuçar em seu gabinete quando ele não estava e me afastar com horror de seu açoite e seus escritos furiosos.

— Ah, minha querida — disse, e nos abraçamos, e havia lágrimas em nossos rostos quando nos afastamos, mas nenhuma de nós saberia dizer quem as vertera. — Você acha mesmo que ele está preocupado com dinheiro? — perguntei, enquanto, sentadas no chão, observávamos as chamas.

— Não sei — respondeu Margaret. — Não acho que ele se preocupe. Will disse que os bispos lhe escreveram hoje oferecendo muito dinheiro, 4 mil libras, para pagar sua defesa contra o clero no Parlamento. Mas ele apenas riu e recusou a oferta. E disse a Will que preferiria jogar o dinheiro no Tâmisa. Ele disse que queria dar graças a Deus, não aos bispos, e que fizera seu trabalho por amor a Deus, e não aos bispos. Sabe o que acho, Meg? — ela continuou. — Acho que ele está aliviado. Acho que ele quer viver o mais simplesmente possível, pois não tem mais nada a fazer que o interesse. Meu pai sempre quis se devotar a Deus. E, agora que está livre do mundo, talvez ele possa.

Havia algo tão esperançoso no olhar com que ela me fitou que assenti com a cabeça, concordando. Nós duas adoraríamos que essa ideia fosse verdade.

Mas quando ouvi os passos de John na escada e o acompanhei aos aposentos que nos foram designados (ele não tinha feito objeção a partilharmos o quarto, mas eu não tinha certeza se ele afinal gostaria de dividi-lo comigo; eu, muda, estava abjetamente agradecida ao fato de estarmos ambos ali dentro), eu já não tinha tanta certeza de que a vida de nosso pai iria se tornar tão simples. Fiquei parada ao lado de John à janela, vendo a luz vacilante da vela que meu pai levava ao seguir em direção ao Novo Edifício, onde passaria sua longa noite de preces e reflexão.

— O que você acha que ele fará ali esta noite? — perguntei, precavida, e me senti querida quando a mão quente e seca de John pegou a minha no escuro. Fiquei grata ao ver que ele não estava tripudiando de mim, como eu talvez fizesse com ele se nossas posições estivessem trocadas nessa noite quieta e triste de maio; dizendo-me que eu tinha de sentir culpa e que recebi o que merecia. — O que você acha que ele está pensando?

— O mesmo que antes — disse John, atento para não deixar que a entonação de sua voz sugerisse alguma culpa. — Nada mudou. Eu lhe perguntei. Vai começar outro livro com argumentos contra Tyndale. É a paixão dele, Meg; o que mais importa na vida para ele. Vai continuar sua caça aos hereges.

No silêncio que caiu sobre nós naquele momento, na escuridão sem estrelas nem lua daquela noite de verão, percebi que meus pensamentos retrocediam à outra confidência que Margaret me fizera. Entre a preocupação e a vergonha, ela me confessara querer saber se as dezenas de amigos de More que frequentavam a corte ainda manteriam relações com a nossa família.

— Acho que vamos sentir solidão — sussurrou Margaret. — Acho que todas essas pessoas vão simplesmente parar de nos procurar, mesmo as que devem tudo ao nosso pai. Por exemplo... você se lembra de mestre Hans, o pintor? — assenti, espantada. — Pois bem, minha criada me contou que ele está de volta a Londres. Ela o viu flanando por Smithfield ontem. Mas ele está hospedado no Steelyard. Posso estar enganada, mas acho que nem você nem eu veremos mestre Hans de novo tão cedo.

PARTE IV

Depois dos embaixadores

17

Hans Holbein viu o rabo de um rato bater contra os lençóis enquanto um gordo corpinho cinza se esquivava da luz da vela. Os cômodos eram pequenos e humildes: tábuas nuas no assoalho, uma mesa e um banco toscos, duas cadeiras ao pé da lareira no primeiro quarto e um catre com colchão de palha no segundo quarto ao lado de uma velha cômoda carunchosa. Mas era o que havia em Maiden Lane. É por isso que deixavam os estrangeiros morar nas imediações da corporação dos Cordovaneiros.* Não havia muito do que se queixar. A casa fora recomendada por Davy, o de olhos vivos, gerente do mercado clandestino de livros religiosos e seu amigo londrino mais confiável no Steelyard. Aquele lugar era seguro e ficava perto do Steelyard, mesmo que só se pudesse contar com meia hora de boa luz ao dia para desenhar.

— Não tem penico — disse ele com voz firme. O velho assentiu com a cabeça, tristemente. — Não tem tapete — outro esgar da boca sem dentes à guisa de desculpas. — Nem nada para se comer.

— Eles quebraram, sabe? — o velho entoou. A voz dele era um queixume irritante. O nariz escorria, mas ele não se dava ao trabalho de enxugá-lo. — Não vale a pena comprar novos, o senhor me entende, não quando o fim do mundo está próximo.

Holbein riu e pôs o embrulho no chão.

---

*No original, Cordwainer's Hall: na época, sede da corporação dos cordovaneiros, ou seja, sapateiros que trabalhavam com cordovão (couro de cabra curtido). *(N. da T.)*

— Bem, acontece que vou precisar mijar e comer até o Juízo Final chegar — disse ele. — Não é mesmo? — acrescentou, intimamente satisfeito ao perceber que estava muito mais desenvolto no inglês.

O velho fez que sim com relutância, embora tenha se animado quando Holbein pôs as moedas quentes, já contadas, na velha mão nodosa e mantendo a dianteira ao dizer:

— Então, tome isso e compre o que for preciso, e mande o garoto fazer uma limpeza, toda manhã, e preparar minha comida quando eu estiver em casa, e digo que não sei exatamente a frequência de minha presença, e que vou alugar sua casa por um ano.

O andar do velho se afastando apressadamente antes que Holbein mudasse de ideia fez o pintor pensar no rato.

Holbein pensou: como é espantosa a rapidez com que algumas moedas deram cabo de toda aquela enrolação sobre o Juízo Final. Quatorze suicídios em Londres em 14 dias. Os dois peixes gigantes pescados no Tâmisa. A igreja de Todos os Santos, em Bread Street, fechada, e seus dois padres, presos depois de terem se atacado no altar e se ferido a ponto de sujar de sangue a manta do altar. Foram muitas histórias infelizes em menos de uma hora; e muitos meneios de cabeça lúgubres; e um bocado de piscadelas maldosas com o comentário, acompanhado de um muxoxo:

— Vêm tempos difíceis por aí. Ah, sim. Nada disso me surpreende. Faz mil e quinhentos anos, na próxima primavera, desde a Crucificação, e Deus está irado, quer nos castigar a todos pelos nossos pecados. Castigar intensamente. Não é de espantar o rumo que as coisas estão tomando aqui embaixo.

Seria pior ouvir aquilo o tempo todo a ter de viver sem um penico, um prato e uma caneca. Holbein só podia esperar que, do momento em que se instalasse no quarto e o dinheiro estivesse entrando pontualmente, o velho parasse com aquele discurso apocalíptico e se animasse. Já lhe bastavam seus próprios problemas sem que o fim do mundo estivesse próximo.

Mas o velho não se acalmou. Holbein ouvia-o de seu quarto, resmungando com o rapazinho arisco, de ar assustado, que fazia o serviço da casa. Todo dia havia uma nova história contada entredentes com um misto de terror e prazer. O grande globo vermelho dos irmãos fora suspenso em Charterhouse.* Toda noite havia cometas no céu. A cabeça do cavalo pegando fogo. A espada flamejante. A cruz azul acima da lua. Se fossem ortodoxos, teriam se persignado entre sussurros. Mas, nessa casa, as pessoas não se persignavam, pois consideravam o gesto superstição. Holbein via nessa atitude uma ironia. Para ele, esse grupo de luteranos reservados era tão supersticioso e fanático quanto o dos católicos antiquados que amavam a pobre rainha Catarina e viviam de um lado para o outro falando o tempo todo da Santa Donzela de Kent e do que ela dissera ao rei para fazê-lo desistir da ideia de se casar com a prostituta. "Não permanecerás no trono mais de um mês se fizeres tal coisa", ela teria dito. "Não serás rei aos olhos de Deus nem por esse mês, nem por uma hora sequer. E terás a morte de um canalha."

Ele ouvira essa história na taberna toda noite durante alguns meses depois de chegar ali na primavera passada e se instalar para começar a pintar os retratos dos homens do Steelyard. O caso acontecera no outono, quando o rei fora com Ana Bolena à França a fim de encontrar o rei francês e convencê-lo a interceder junto ao papa pela anulação de seu casamento. No caminho, o rei Henrique e Ana pararam em Canterbury e passearam pelo jardim. Então foi fácil para a Santa Donzela (ou "Freira Louca", como o proprietário da casa de Holbein a chamava, lembrando-se, dessa vez, indignado, de limpar o catarro) dirigir-se furtivamente ao jardim, tendo saído da capela onde costumava entrar em transe e ser tratada com reverência por seus lacaios religiosos, que, a seu redor, anotavam cada palavra dita por ela, e começar a gritar ameaças para o rei.

— Talvez seja apenas minha cabeça dura de alemão, mas eu a admiro — disse Holbein ao velho uma noite, tentando fazê-lo ver as coisas de outro ângulo, tentando ser razoável. — Elizabeth Barton. A freira. Claro que não acredito que seja uma santa. Mas Barton era apenas uma cozinheira antes de começar a ter visões, e agora olhe para ela. Todos nós falamos dela

*Cartuxa, ou convento, que, no século XVI, serviu, entre outras finalidades, como prisão, sepultura, refúgio de perseguidos pelos reformistas e local de retiro espiritual para Thomas More. *(N. da T.)*

o tempo todo. É famosa de norte a sul do país e nunca levantou um dedo. O bispo Fisher chora quando a ouve porque acredita estar ouvindo a voz de Deus. Não é uma retribuição tão desprezível por apenas algumas profecias.

Mas o velho parecia apenas enojado. Ele não se importaria com um novo casamento do rei se, como consequência, o governo diminuísse a perseguição à heresia, e ele pudesse continuar a frequentar as reuniões secretas na casa de Davy sem temer ser preso e condenado à morte.

— Ela é doida de pedra, aquela Barton — disse o velho, com desprezo. — E má. Ela é a Imagem do Apocalipse. É gente como ela que deveria ser jogada na fogueira — e o garoto com cara de coelho assustado que estava num canto movimentou os pés e mexeu a panela com um ar mais amedrontado do que nunca.

Holbein não demorou muito a ver que as pessoas estavam tão apavoradas em Londres quanto na Basileia. A única diferença era que ali elas não sabiam ainda o rumo que os acontecimentos tomariam. Mas todas viviam com medo, acovardadas, desconfiadas, os olhos piscando nervosamente diante do desconhecido, vendo, com horror, a besta apocalíptica se aproximar.

O pintor, então, pensava muito sobre o medo, sentado em seu quarto à noite, ouvindo as correrias e os murmúrios sobre Merlim, vacas baias e o que mais houvesse, e tentando se concentrar no material que precisava preparar para o trabalho do dia seguinte, à luz da única vela que o velho pusera em seu quarto. Pensava sobre o medo não somente quando ouvia os mexericos apocalípticos das ruas. Havia medo por toda parte. Ele via medo até nos rostos dos comerciantes da Hansa* que ele pintara do outro lado dos muros altos do Steelyard. Não se via medo no rosto impassível de Georg Gisze no retrato que Holbein tinha acabado de pintar, mas Holbein sabia que o temor estava ali. Esse ar impassível disfarçava a participação de Gisze no comércio clandestino de livros proibidos e ocultava o fato de que ele sabia dos problemas em que se encontraria caso os homens do rei o pegassem.

*Associação mercantil que existia em várias cidades do Norte da Europa, na Idade Média. *(N. da T.)*

Era um alívio conhecer pessoas que não tinham medo. Mas eram poucas. Além de Kratzer, Holbein só se deparara com duas naquele ano. Thomas Bolena, então conde de Wiltshire — pai de Ana Bolena —, um dos correspondentes humanistas de Erasmo, a quem Holbein entregara um livro enviado pelo velho pensador e cuja expressão alegre lhe fizera lembrar a de uma criança certa do presente que vai receber. E Thomas Cromwell, o próximo homem forte do rei, inimigo de Thomas More, um trator político cujos olhos estreitos não pareciam ser deste mundo. Cromwell não tinha medo de nada. Ele seria primeiro-ministro do rei mesmo que o cargo lhe custasse a morte de metade da Inglaterra e a de More. Fora dele que Cromwell falara, antes de tudo, com sua dureza de homem experiente, quando Wiltshire recomendara a Holbein que fosse à casa de Cromwell oferecer-lhe seus cumprimentos, pois este seria o primeiro passo a dar caso ele quisesse receber encomendas:

— Sim, Holbein. Lembro-me bem. Foi você que pintou o retrato de More, não foi? — Cromwell perguntara, com aqueles olhos da cor do Tâmisa, faíscas tingidas de lama, fazendo Holbein pensar que seu nome pudesse estar numa daquelas listas de pessoas a serem investigadas. Holbein mantivera-se de cabeça erguida e com os olhos alertas, e respondera:

— Fui — a voz o mais firme possível.

— E você esteve com ele desde que voltou? — perguntara Cromwell.

— Não — disse Holbein.

E então sorriu tranquilamente quando Cromwell lhe fez um leve afago no ombro, e disse:

— Muito sensato. Não é pessoa com quem se deva conviver hoje em dia.

Como se ele concordasse e não sentisse nenhum remorso pela covardia de não ter ido visitar seu maior benfeitor num momento em que este passava por dificuldades. Holbein não se considerava um homem fácil de assustar. Mas sentira uma pequena pontada de medo.

Os horrores que o velho senhorio lhe contava diariamente começavam a irritá-lo. Ele ria das bobagens contadas pelo velho tolo o mais cordialmente possível, assim como ria dos convites do sujeito para que, com os outros candidatos a fanáticos, fossem rezar no quintal de Davy. O que não lhe agradava era não conseguir deixar de, vez por outra, olhar para o céu à procura de cometas.

— Você devia ter aceito minha hospedagem — disse-lhe Kratzer perante uma caneca de cerveja em sua sala acolhedora, na qual o retrato que Holbein fizera dele, olhando seriamente para a direita, onde estavam seus instrumentos astronômicos, ocupava um lugar de honra sobre a lareira. Eles estavam comemorando o término da maior obra até então encomendada a Holbein: dois quadros monumentais para o comprido salão de banquetes revestido de madeira do Steelyard. O lema dos comerciantes, "O ouro é pai da ilusão e filho da tristeza; os que não o têm se entristecem; os que o têm se inquietam", fora ilustrado por Holbein com dois quadros enormes, um mostrando o Triunfo da Riqueza, o outro, o Triunfo da Pobreza. Enquanto ele pintava, Kratzer tinha entrado e saído, cheio de ideias, esfuziante de energia, dando sugestões, tagarelando, trazendo comida e cerveja; seu melhor amigo.

— Não sei o que você está fazendo naquela toca infecta — continuou o astrônomo. — A família de seu senhorio não está errada em tudo o que diz: os céus estão mesmo cheios de avisos. Às vezes, quando olho as estrelas, também acho que o fim do mundo está próximo. Mas a questão não é essa. Lá o que você tem são ratos, pelo amor de Deus! Pulgas. Percevejos. Cerveja choca. E pão dormido.

Holbein apenas balançou a cabeça.

— Há sempre duas maneiras de vermos seja o que for — disse ele, sentenciosamente (a essa hora da noite, ele já tinha tomado muita cerveja). — Por um lado, vamos ser francos, não é lá um grande lugar para se morar. Por outro...

— O quê? — o homem mais velho perguntou, com os traços brutos animados pelo sarcasmo. — Que outro lado?

— Bem — disse Holbein inclinando-se para servir mais cerveja a Kratzer —, digamos que há coisas por ali que me interessam.

Ele não podia dizer o que o interessava. Não podia dizer a ninguém. Sua obsessão era uma espécie de doença — íntima e vergonhosa demais para ser compartilhada com alguém.

Era no que pensava, virando e revirando-se a noite toda, incapaz de descansar naqueles cômodos acanhados; no que ele pensava quando se levantava do colchão de palha empoeirado e deixava o cobertor grosseiro, coçando-se e esfregando os olhos; no que pensava quando se aliviava no quintal e jogava um pouco de água no rosto e esfregava as mãos manchadas de tinta; no que pensava todo minuto de todo dia até achar que a cabeça ia estourar. As caminhadas matinais pelos becos e ruas tranquilas, como se ao escolher o caminho menos óbvio ele pudesse de algum modo evitar perceber o que estava fazendo, esgueirando-se a cada esquina para sair da frente das pessoas e evitar os olhares delas. Aquele era seu trajeto diário em direção à vala que servia de mictório, a cinquenta passos da igreja de St. Stephen em Walbrook, onde ele teria que chegar a tempo de vê-la atravessar a rua, vinda de casa, e logo entrar pela porta da igreja, de olhos baixos. Ela, Meg. A senhora Meg Clement. (Deixar que sua mente invocasse seu nome de casada sempre o perturbava; mas ele o invocou pois queria dar realidade à imagem.) E a longa espera, fingindo se aliviar, ou perambulando para dar uma olhada no que estavam vendendo na rua, e assobiando, para se manter aquecido até que ela saísse, absolvida, numa nuvem de incenso, com o menininho moreno a seu lado. Sendo que o segundo vislumbre que tinha dela era tão aflitivamente breve quanto o primeiro. E, depois, dava a segunda corrida, agora a caminho de casa, para retomar sua vida.

Sentia-se sujo ao fazer tudo isso. Ficava horrorizado com essa pessoa na qual se tornava, esgueirando-se pelos cantos da cidade como seu senhorio no casebre, como se tivesse se transformado no rufião que estuprava menininhas nos becos, ou furtava, ou dava navalhadas nos velhos para lhes roubar a bolsa. Mas também se sentia tão entusiasmado por esses dois momentos todas as manhãs que não havia possibilidade de abrir mão deles. Esses vislumbres que tinha dela eram clarões na escuridão. Levava-os consigo o dia todo; os ossos da face dela, agora mais fina e cansada que antes; os primeiros fios de prata em seu cabelo preto que saía da touca; o jeito descuidado com que aqueles quadris magros e soltos se mexiam quando ela percorria seu caminho. Ver o menininho se arrastando ao lado dela o fazia sofrer; assim como o entristeciam os olhares suaves que às vezes ela dirigia à criança enquanto lhe apertava a mão. Tentava não pensar nisso. Mas essas imagens também queimavam em seu cérebro. Suas visões dessa Meg fantasmagórica, como se vista através de lentes de aumento, eram a finalidade e a luz de sua vida.

Holbein sabia merecer as observações amargas que Erasmo vinha fazendo a respeito dele em cartas a Kratzer. Sabia ser um ingrato por não prestar seus respeitos ao homem que o acolhera e dera impulso a sua carreira. Ele deveria visitar More. Reconhecia-se um covarde (embora, muitas vezes, encontrasse desculpas para suas falhas; ele, Holbein, era um homem pobre em cujo futuro precisava pensar, com uma reputação a construir, clientes a procurar, bocas a alimentar; não poderia se dar ao luxo de ser visto fazendo uma visita a um homem prestes a cometer suicídio político, como era o caso de More, ao se recusar a servir ao rei; as opções que More havia feito não eram culpa dele). Às vezes Holbein convencia-se de que Erasmo não ficaria tão desapontado com ele ao perceber que o seu discípulo pintor cumpria, ao menos em parte, a promessa de zelar por Meg e sua família; mas, em geral, Holbein ainda estava bastante equilibrado para saber que o motivo para não falar disso pessoalmente com Erasmo era o fato de não haver nada no que ele estava fazendo nesse momento que pudesse agradar ao velho amigo. Agia simplesmente para si, para ninguém mais. O amor em que tinha se enredado era uma espécie de doença, de loucura.

O que pretendera fazer em Londres não era ficar nesse limbo esperando que Deus lhe mostrasse o caminho a seguir. A ideia de vê-la de novo o animava muito. Tivera a intenção de atender ao pedido de Erasmo e primeiro visitar a casa de More e, depois, Meg, mas, quando chegou ao Steelyard, e Davy, o homem dos livros, lhe dera a notícia de que More renunciara a seu posto (observando-o atentamente, como todos faziam nesses dias, como se a sua reação pudesse revelar algum segredo), ele viu que precisava de mais tempo para avaliar a situação. Estava em terreno desconhecido. Parecera-lhe mais prudente procurar alojamento perto do Steelyard. Não queria pôr em risco suas amizades com os ocupantes de altos postos que buscavam importância ainda maior por fazer alarde da confiança que tinha em More. Haveria tempo suficiente para negociar um encontro com seu velho benfeitor, assim que tivesse se restabelecido em Londres. Entretanto, parecera-lhe uma boa oportunidade, quem sabe a mão de Deus, quando o velho lhe disse:

— Você se hospedou com Thomas More antes, não foi? Morou na casa dele? A filha dele curou esse rapaz aqui da peste.

Holbein nunca ouvira o rapaz dizer nenhuma palavra antes, mas de repente uma história surgiu ali, contada em voz baixa: o pai que morrera da doença do suor em Deptford; os outros da família morrendo da peste no campo; e ele, sozinho, e esperando que Deus o levasse, levado pela senhora de cabelo escuro para a casa da guarda, deixando-o com um cobertor e uma garrafa com remédio, dando-lhe um abraço e parecendo estar aflita e frustrada. O remédio curou o menino. Tomou-o quando passou a se sentir muito quente, a cabeça começou a doer, ele afastou o cobertor e achou que estava tudo acabado. Mas, no dia seguinte, acordou, coberto de suor mas vivo, e voltou aos tropeços para Londres e para seu avô. E foi assim que começou a acompanhar o velho nas reuniões de oração: para agradecer a Deus por tê-lo poupado. Ela era uma boa mulher. Tímida, mas bondosa. Parecia dura, como se não quisesse conhecer pessoas; mas tinha um coração escondido ali embaixo. Estava agora em Londres com sua própria família. O rapaz às vezes ia vê-la do lado de fora da igreja, perto da nova casa em que ela morava, e rezava por ela.

— Posso lhe mostrar onde ela mora — disse ele, com repentina confiança; em seguida, engoliu movimentando o pomo de adão e olhou para os pés, ruborizando-se.

— Amanhã de manhã — disse Holbein, dando ao rapaz uma moeda de ouro, o que o deixou ainda mais vermelho.

Fora simples assim. Então, após vê-la da primeira vez, perdera a calma para sempre. Não podia simplesmente se aproximar e falar com ela. (E se ela quisesse que ele fosse visitar seu pai? E se quisesse saber desde quando ele estava aqui? E se soubesse de suas falhas?) Mas ele tampouco podia fugir. E a armadilha estava armada. Mas ele continuava a ter a esperança tênue de que acordaria uma manhã sem se sentir assim. Encontraria forças para não ir atrás dela. Toda noite, ao se deitar, convencia-se de que não iria segui-la na manhã seguinte. Toda noite ele se deitava ciente de sua mentira. A verdade: não poderia acordar cedo o bastante para começar a saborear os minutos que o levariam ao momento em que partiria. Não podia nem sequer mudar de moradia agora. Havia uma cumplicidade no relacionamento dele com o velho e o rapaz. Eles sabiam aonde ele ia, sozinho, toda manhã. Quando o rapaz deixava o pão e a cerveja na mesa, de manhã, ele sabia quem era a pessoa cujo rosto Holbein vira. Ele não dizia nada, mas Holbein gostava de imaginar que eram companheiros em seu amor silencioso e invisível por Meg. E que isso bastava para que fosse tolerável partilhar a moradia com um bode velho de mau hálito que lhe dizia, toda noite, com a mesma voz queixosa, que Henrique deveria ser deposto do trono, ou que os padres governariam três dias e três noites, ou que o leão branco mataria o rei, ou que o papa estava prestes a chegar a Londres. Quase bastava. Não havia mais ninguém a quem ele pudesse contar. Estava preso, congelado no tempo como uma mosca no âmbar.

Nessa época, Kratzer às vezes lhe dirigia um olhar calmo que parecia dizer: "Você não me engana; sei que está acontecendo alguma coisa, embora ninguém tenha me dito nada." Mas não foi adiante. Kratzer era um homem sensível, apesar de seu jeito franco de falar; ele não se intrometia.

Holbein começou os dois retratos, cuja encomenda Kratzer cavara para ele, no dia seguinte ao término das festividades da coroação da rainha Ana.

Almoçavam juntos pouco antes do início da Semana Santa quando Kratzer lhe sugeriu os quadros. Mas ele tivera muito trabalho entre aquele Domingo de Páscoa — 12 de abril de 1533 (quando, a poucos dias da submissão dos bispos, que aceitaram declarar o primeiro casamento de Henrique inválido, e de Cromwell conseguir a promulgação da lei que encerrava uma era do cristianismo, negando à rainha Catarina o direito de apelar a Roma contra a decisão tomada, Ana fora declarada rainha, do púlpito da capela do rei, em Greenwich) — e o fim de semana de Pentecostes, em maio, quando a nova rainha fora levada a Londres para ser coroada, para ter tempo de pensar nas novas encomendas. Ele dera sua contribuição à festa de coroação, que duraria quatro dias, e teria fogos de artifícios, para agradar à multidão, escassa e carrancuda de londrinos que tinham ido assisti-la.

Os comerciantes da Liga Hanseática, que, com relutância, tinham se comprometido a pagar a decoração da esquina da Gracechurch Street nesse fim de semana de Pentecostes, entregaram o trabalho da coroação nas mãos dele.

Holbein ficou orgulhoso do cenário que tinha imaginado. Fez o monte Parnaso, com uma fonte do Helicon em mármore branco e quatro riachos que se encontravam numa taça, acima da fonte, de onde o vinho do Reno fluía continuamente (e chegava às bocas dos passantes, ou às canecas daqueles que tiveram a boa ideia de levá-las) até o anoitecer. No topo do monte, ele pôs um belo e louro Apolo e uma bela Calíope aos pés deste, além de uma musa em cada um dos quatro lados do monte, cada uma delas tocando um instrumento e louvando a nova rainha. Kratzer, que já estava em Londres havia muito tempo e, portanto, conhecia quase todo mundo na cidade, encontrara um poeta desempregado para compor os poemas, epigramas e anedotas que fossem necessários; e também encontrara um escriba em dificuldades, que reproduziu os melhores trechos em letras douradas para que os que soubessem ler pudessem apreciá-los.

Antes que a cidade ficasse vazia dos moradores relutantes, que na realidade não tinham nada a comemorar, e logo de manhã cedo, Kratzer levou-o para conhecer seus modelos importantes e apresentá-los uns aos outros. Kratzer levava uma mala às costas, cheia de coisas — acessórios a serem usados no quadro — e um largo sorriso no rosto. Os dois franceses que apareceriam no quadro eram mais moços que Holbein, tinham 20 e tantos anos, estavam vestidos com os veludos, as cambraias e as sedas mais finas, que se destacavam da pele de pêssego de seus rostos, os mais nobres. Falavam o francês mais puro e portavam os títulos mais extensos e mais antigos. Holbein talvez se sentisse intimidado pela beleza fácil e as qualidades aristocráticas dos dois — nesse aposento imponente, e que lhe era desconhecido, do palácio de Bridewell, repleto de belos móveis, *objets d'art* e copos de vinho finamente lavrados sobre uma mesa — não fora Kratzer e sua absoluta confiança na força niveladora do saber. Kratzer fez uma reverência profunda, vestindo-se com um pouco mais de elegância que o habitual, mas fervilhava de palavras e ideias como se os franceses fossem velhos amigos. Ele falava francês com a mesma fluência e a mesma execrável pronúncia com que falava inglês. Não se importava; o que tinha a dizer era mais importante para ele do que a pronúncia com que o dizia. E Holbein percebeu, quando os franceses respondiam, que embora não o conhecessem bem, mostravam seu respeito tratando-o também como a um velho amigo. Poderia ter nascido de um pai carpinteiro em Munique, mas tornara-se um homem erudito e respeitado; já havia 15 anos servia ao rei como astrônomo; estudara em Colônia e fora professor em Oxford; era amigo de Erasmo, de Pieter Gillis, de Thomas More e da maioria dos homens eruditos da Europa.

— Nós quatro estamos unidos pelo nosso amor ao saber — foi como o jovem embaixador do rei da França em Londres, Jean De Dinteville, *seigneur* de Polisy, *bailli* de Troyes e *maître d'hôtel* da corte francesa, se expressou com elegância. — É uma honra conhecê-los. — E Holbein sentiu as costas se distenderem um pouco, e quase se esqueceu de fazer a reverência no momento em que se virou para pousar a mala no chão, começar seus preparativos e examinar o cenário do quadro.

— Tenho algumas ideias — sussurrou-lhe Kratzer, puxando-o de lado. — Não deixe de me perguntar quais são. Trouxe algumas coisas que podem ajudar.

Holbein assentiu com a cabeça calmamente e pôs o caderno e o lápis de ponta de prata na mesa atrás dele, perto de alguns dos objetos que trouxera. As mãos não estavam mais suando. O nervosismo desaparecera.

Ao lado de De Dinteville, encontrava-se Georges de Selve. Aos 25 anos, bispo de Lavaur, De Selve fora enviado de Paris para ajudar o embaixador a lidar com os acessos de raiva que acometiam o rei Henrique VIII quando este ouvia dizer que o rei da França não poderia ajudar, ou melhor, não ajudaria, a convencer o papa a aceitar o casamento do rei inglês. ("Ah, esses acessos", dizia De Dinteville com voz pesarosa, balançando a cabeça elegante. "São bem enervantes. Não se passou uma semana sequer, desde que cheguei aqui, em fevereiro, sem que eu adoecesse.") O que eles queriam era um registro o mais impressionante possível de sua missão. Do tamanho de um homem alto, e em formato quadrado. Tinham condições para oferecer um pagamento extravagante. Holbein mandara preparar dez peças de carvalho do Báltico, que já tinham sido unidas uma a outra para que a obra estivesse à altura da grandiosidade da encomenda. O enorme quadrado, de 2 metros de altura por 2 de largura, já estava apoiado em seu cavalete e fora mandado por Kratzer para a residência do embaixador com antecedência.

Holbein deixou os três homens conversarem e tomarem seu vinho à vontade enquanto os observava e se perguntava como deveria compor o quadro para que os franceses aparecessem em sua melhor forma. O bispo tinha faces rosadas acima da barba, usava uma touca preta e uma veste arroxeada e brilhante cor de amoras; o embaixador, olhos líquidos, peles, mangas escarlate e mãos finas sob os punhos de renda. Tinham as costas eretas de anos de comando e inquisição destemida. Nos olhos, via-se o brilho da inteligência. Eram homens de saber e requinte, versados em todas as artes liberais modernas. O pintor não via nada além desse equilíbrio; mas, enquanto andava, fazia esboços e os fitava, percebia o medo que havia neles.

Os três estavam conversando sobre a coroação. Os dois franceses tinham participado do cortejo real. Representar a França na comemoração era em parte o motivo da presença do jovem bispo em Londres. Se a criança que a nova rainha levava no ventre fosse menino — assegurando a continuidade da dinastia real —, esse acontecimento seria lembrado pelas gerações futuras. A França, intermediária nas negociações do rei Henrique com o papa, até então malsucedidas, precisava estar muito bem representada. Holbein ouvia a conversa meio desatento. Era fácil ignorar as palavras francesas depois de tanto tempo só ouvindo inglês e alemão. Ele tentava se concentrar para poder enxergar sua composição: o embaixador, à esquerda; o bispo, à direita; os rostos virados para o pintor; os apetrechos da nobreza e do saber espalhados ao redor deles numa disposição que ele ainda não conseguia visualizar — não sabia exatamente o que Kratzer trouxera; e algum tipo de *memento mori* sorrindo no centro da cena. Mas o arranjo lhe pareceu trivial; como algo que se pode ver em qualquer *ex-libris* antigo. Precisava de algo mais.

— Ele não estava lá, você viu? — Holbein ouviu e levantou a cabeça. Em seguida, tornou a abaixá-la, cauteloso, e continuou a traçar linhas no papel. — Disseram antes que ele não iria, mas não acreditei que ele tivesse coragem de menosprezar a nova rainha.

Estavam falando de More. Holbein quase prendeu a respiração.

— Ele disse ao bispo Tunstall que não poderia providenciar um traje novo — disse o bispo francês, e Holbein viu, de rabo de olho, que o rapaz parecia espantado; nunca ocorreria a De Selve se esquivar de algo dando como motivo a pobreza. — Tunstall e dois amigos lhe mandaram dinheiro para providenciar roupas. Sabiam como era importante ele ser visto por lá. More recebeu as 20 libras que lhe deram.

Kratzer sabia o poder do dinheiro sobre o homem; Kratzer negociava com corantes azuis de Toulouse e vinho da Gasconha (o vinho que estavam tomando nesse momento talvez tivesse sido fornecido por ele); e também tinha interesse na prospecção de minérios na Cornualha. Mas Kratzer balançou a cabeça num gesto de compreensão, dizendo, com seu forte sotaque ao falar francês:

— More é um homem rico. Ele ficou afastado de propósito. Têm contado outra história. Talvez vocês a tenham ouvido.

Os outros balançaram a cabeça e, depois, se aproximaram.

— Ouvi de Will Roper outro dia — disse Kratzer, ruborizado pelo prazer de saber de um segredo. — Eu o encontrei na rua. More escreveu a Tunstall. Ele lembrou ao bispo que o imperador Tibério tivera que enfrentar o dilema de ter que condenar uma virgem à morte por um crime pelo qual as virgens não podiam ser castigadas. E continuou, lembrando que os conselheiros de Tibério sugeriram ao imperador que, primeiro, deflorasse a mulher e, depois, a matasse. E terminou a carta aconselhando Tunstall a tomar cuidado com sua virgindade. Escreveu: "Não sei se serei devorado. Mas mesmo que o seja, saberei que não fui deflorado."

Os três riram, depois suspiraram e balançaram as cabeças.

— Um homem magnífico e honrado — disse o bispo De Selve.

Por que Kratzer não me contou nada disso?, perguntou-se Holbein. Ele sabe o quanto amo More e sua família. Sabe que admiro sua honestidade. Então sentiu uma ligeira sombra de dúvida. Kratzer não sabia disso. Kratzer sabia que Holbein não tinha ido visitá-los. Lera para Holbein trechos de cartas de Erasmo que o criticavam por não ter procurado More. Estaria Kratzer achando que Holbein deveria ter ido? Será que o próprio Kratzer encontraria More com mais frequência do que ele imaginava? Será que Kratzer o considerava um covarde, mas era gentil demais para lhe dizer tal coisa? Holbein aproximou-se mais, segurando o caderno como se este fosse um escudo de invisibilidade.

— Os tempos estão perigosos — Holbein ouviu de um dos franceses. — Se estão perseguindo eruditos eminentes como More por não concordarem com as crenças impostas pelas autoridades, mesmo aqui, numa terra que sempre foi considerada a mais moderada das terras, então é o fim de nossa era.

Ele viu Kratzer assentir com a cabeça.

— Os fanáticos estão vencendo a luta — disse ele, soturnamente. — As duas espécies de fanáticos...

O embaixador terminou a frase para ele:

— E os que perdem são os homens instruídos.

Todos balançaram as cabeças.

Holbein tornou a olhar fixamente para seu desenho e depois levantou os olhos para o trio. Agora, estava rubro de vergonha; envergonhado por causa da súbita certeza de que, por não visitar More assim que chegara a Londres, tinha se comprometido. Revelara-se um homem mesquinho.

Via-se agora como alguém incapaz de grandes gestos e desprovido de generosidade de espírito. Um dos medrosos. Saber disso lhe revolvia o estômago, envenenando-o. Decepcionara o homem que mais o ajudara, o homem de queixo severo, olhos luminosos, voz suave e fascínio por ideias e palavras, o único inglês com quem uma conversa era realmente um prazer e uma aventura. Talvez fosse a percepção de que todos os homens eruditos nessa sala achavam que o futuro incerto de More era característico dos infortúnios da época que estava cristalizando a ansiedade que ele suprimira por tanto tempo. Ou talvez fosse apenas a visão do bispo recolhendo, com uma das mãos, as saias de veludo cor de amora, com a expressão de arrependimento ainda em seu rosto ao se imaginar testemunhando a morte do saber, que dera a Holbein o vislumbre da ideia que pretendia executar.

— De todas as datas que as pessoas mencionam quando falam do fim do mundo se aproximando, de todas as datas mencionadas por meus colegas ao examinar a escuridão dos céus... — dizia Kratzer — vocês sabem qual eu diria ser a mais significativa?

Amora, pensou Holbein, excitado, embora sem saber exatamente por quê, mal ouvindo o francês de Kratzer. Morus. O crânio que Meg um dia escondera debaixo de uma mesa em Chelsea, em cima de todos os desenhos perigosos dele, estava ali, pousado na mesa atrás dele. Ainda não tinha certeza, mas estava começando a sentir aquela torrente de euforia que precedia uma grande ideia. Adejando em algum lugar que sua mente ainda não alcançava, ele pressentia uma forma, a forma do conhecimento e do medo; a forma de tudo o que estava escondido nas estrelas. Era possível que esta viesse a se tornar uma grande obra.

— Não é nenhuma dessas datas falsas de que falam nas ruas. É bem mais simples que isso. Este ano, caiu na Sexta-feira Santa — Kratzer continuou a falar, olhando ao redor com aquele olhar amplo, fundo, sério, ainda que malicioso, que ele exibia sempre que lhe ocorria uma ideia: inquieto, ansioso para expor essa ideia e ver o que os outros pensavam dela. — Mil e quinhentos anos depois da morte de Cristo; com todas as igrejas de luto. E também o último ano da Igreja Universal; a véspera do dia em que Ana foi proclamada rainha e a Inglaterra rompeu com Roma. Em que tipo de Deus eu próprio acredito não tem importância nesse momento; o que importa é que esse foi o dia em que deixaram a escuridão entrar. E só o bom Deus sabe o que resultará disso.

— Kratzer — Holbein chamou, com insistência, antes que os franceses pudessem responder, interrompendo a conversa, depois corando por ter sido grosseiro, e sussurrando: — Desculpem-me interrompê-los — antes de continuar no mesmo tom preocupado, e ligeiramente mais alto: — Kratzer. Posso tirar as coisas de sua mala?

Kratzer fez um gesto positivo sem prestar muita atenção. Estava mergulhado em seus lamentos. Ele se perguntava o que os céus diriam sobre o confuso estado de coisas que dominava a terra hoje em dia.

Holbein esvaziou a mala do astrólogo sobre a mesa, tomado por um pensamento que começava a discernir, sem se importar se os objetos fizessem barulho. O astrolábio de Kratzer e o relógio de sol decagonal e branco, que ele pintara quando fizera o retrato de Kratzer. Sim. Alguns globos — terrestres e celestes — e outros instrumentos astronômicos que ele não reconhecia. Sim. Livros. Sim. E um alaúde numa cadeira que ele poderia tomar emprestado. Tudo de que ele precisava para mostrar o *quadrivium* do alto saber: astronomia, geometria, aritmética e música, as quatro artes orientadas pela harmonia e precisão da matemática. Tudo de que ele precisava para celebrar a cultura e o saber.

Juntou-os todos. Olhou para eles. Num gesto abrupto, abriu sua mala, na qual o velho tapete turco embrulhava tintas, frascos, jarras e caixas. Desenrolou-o, afastou o que o sobrecarregava, e tintas, frascos, jarras e caixas caíram por todos os lados. Estendeu-o na mesa, apreciando o vermelho vivo e brilhante dos desenhos sob seus dedos. Começou a montar uma exposição sobre o tapete, sob o rosto delicado e atormentado do Cristo crucificado pregado à parede. Pôs os instrumentos para medir os céus sobre o tapete turco, no tampo da mesa; e os instrumentos da vida mundana — o alaúde, o globo terrestre (ele o pintaria virado para a França, evidentemente), o livro de aritmética de Kratzer e o hinário luterano, na prateleira de baixo. Holbein estava começando a ver o conjunto se completar: um quadro que exibiria as coisas do céu e da terra, não só pela pintura desses objetos mas através de recursos mais sutis; recursos que Kratzer o ajudaria a planejar; recursos que impressionariam as maiores cabeças da Europa.

As mãos do pintor tremiam. Se esse quadro se realizasse — se ele conseguisse mostrar ali tudo o que fervilhava em sua cabeça nesse momento —, talvez não fosse apenas o caminho para a fama e fortuna. Talvez fosse o caminho para que ele fizesse as pazes com os More. Possivelmente, seria o caminho para que ele obtivesse o direito de ver Meg de novo. Holbein olhou para cima, respirando cada vez mais rápido, os olhos calculando o tamanho do alaúde, e quase dando um passo para pegá-lo e acrescentá-lo a seu quadro vivo. Esquecera-se das outras pessoas. Quase se surpreendeu ao ver três pares de olhos espantados o fitando.

Kratzer acompanhou Holbein à casa deste. Lá, subiu cautelosamente a escada tosca atrás do pintor, até chegar a seus cômodos. Andando à frente, levando a mala, Holbein o seguia em silêncio e com ar preocupado.

— Olhe — e Holbein impingiu o desenho ao olhar de Kratzer assim que o outro homem se acomodou na cadeira à luz da janela. — Esta é a minha ideia. Quero que você me ajude a melhorá-la.

— Você não vai nem sequer me oferecer uma bebida? — disse Kratzer, meio sorrindo, sem levar muito a sério o entusiasmo do rapaz mais jovem e sem olhar para o desenho. — Para que minha cabeça possa começar a funcionar?

Holbein sufocou uma resposta impaciente. E respirou fundo. Kratzer ainda estava encantado por tê-lo ajudado e ter lhe propiciado a alegria de passar uma tarde conversando com homens inteligentes. Ele não se dava conta de que o verdadeiro trabalho ainda não tinha começado.

— Tudo bem — disse Holbein, respirando fundo e reunindo toda a paciência possível. Foi à porta e berrou para o rapaz lá embaixo: — Traga-nos tortas e cerveja — em seguida, voltou, ficou parado atrás do ombro de Kratzer e baixou os olhos para ver o esboço: os dois franceses, De

Dinteville à esquerda, De Selve à direita, e a mesa com os instrumentos entre os dois. A luz já estava indo embora, mesmo nesse anoitecer de junho, o que tornava o desenho acinzentado e pouco nítido. Ele acendeu uma vela. — Olhe bem, Nicholas, antes que fique escuro demais — Holbein pediu. — Daqui a pouco, vão nos trazer comida.

E, para sua intensa felicidade, o astrônomo afinal percebeu a premência na voz do pintor e, assentindo com a cabeça com mais seriedade, baixou os olhos para examinar melhor o desenho.

No momento em que o rapaz subiu os degraus aos trambolhões e chegou ao cômodo trazendo a comida, os dois estavam absortos em seu trabalho. Estavam inclinados juntos, debruçados sobre a mesa tosca, examinando o esboço feito a lápis e, em voz alta, tagarelavam em alemão. Eles o ignoraram. Além de ignorar a comida. Ele se retirou furtivamente, balançando a cabeça. Era verdade o que diziam sobre os estrangeiros. Um pessoal nervoso, imprevisível. Nem lhe deram gorjeta pelo serviço.

— Se você pretende fazer um quadro ambientado na Sexta-feira Santa, vai precisar tomar emprestados alguns objetos da Quaresma da capela de Bridewell — dizia Kratzer, falando rápido. — Estamos em junho. Não vão se importar de emprestá-los. Poderíamos usar o véu da Quaresma, por exemplo. Pendurá-lo atrás da mesa. Provavelmente, bastaria isso.

Holbein assentiu com a cabeça, distraído de sua finalidade principal por essa ideia prática.

— Poderíamos ambientá-lo no período do fim das Trevas — disse ele, entendendo a ideia de Kratzer. A escuridão, as Trevas: os ofícios que começam na Sexta-feira Santa e continuam na quarta e na quinta-feira da Semana Santa, nos quais o padre vai apagando gradualmente as velas da igreja. Na Sexta-feira Santa, o mais sombrio desses dias, o padre destapa, aos poucos, o crucifixo, até então escondido pelo véu roxo da Quaresma, à medida que as velas se apagam, antes do início da adoração da cruz. Descalço, com as mãos e os joelhos no chão, ele beija os pés presos na cruz, sendo depois acompanhado pelos leigos. Uma vez terminada a adoração, o Rastejar até a Cruz, como o ritual era chamado em Londres, seria feita a representação do sepultamento de Jesus Cristo: depois de se lavar a cruz em água e vinho, ela era posta num arremedo de sepulcro, em alguma caixa ou algum recanto da igreja, até o alvorecer da Páscoa, quando o sepulcro era aberto, e o milagre desse dia, constatado. Mostrar a cortina como ela estaria no fim do período das Trevas, puxada para trás só o suficiente para revelar a cruz envolta nas sombras, sugeriria a qualquer pessoa diante do quadro a ideia que havia inspirado a obra.

Ele quase riu de alegria. Mas voltou à carga.

— Mas quero outra coisa de você — disse ele, aparentando severidade. Olhou ao redor, viu a cerveja, mostrou-se surpreendido, bebeu o quanto pôde e parou para respirar. — Algo que só você pode me oferecer — acrescentou. — Quero que você acerte seus instrumentos astrológicos para que eles possam mostrar a hora e o dia de que estamos falando. A hora mais sombria: a quarta hora da tarde, quando Cristo morre na cruz — Kratzer fez que sim, como se dissesse que não haveria dificuldade nisso. E Holbein continuou: — E quero também que você me diga o que devo fazer para mostrar, no quadro, todas as influências celestiais, como estávamos dizendo, mais de mil anos depois, que esse ano sofreu, naquele dia, naquela hora.

Kratzer levantou os olhos de sua caneca exibindo um engraçado bigode de espuma sobre o lábio superior. Holbein não pensou em rir. O rosto do astrônomo mantinha-se inexpressivo. Naquele momento, ele só estava pensando em como fazer o que o pintor lhe pedia.

— O quê? Fazer um horóscopo daquela data, este ano, é isso que você quer dizer? — perguntou Kratzer, examinando a ideia.

Humanistas não deveriam confiar em horóscopos; mas Thomas More e, antes dele, Pico della Mirandola, foram tão veementes ao denunciá-los como fruto da loucura e da superstição que muitos outros acabaram perversamente se lembrando da importância dessas previsões. Kratzer, como a maioria das pessoas, gostava de pensar em termos de astrologia. Holbein lembrava-se das horas que ele e Kratzer passaram, havia muito tempo, desenhando aquele teto astronômico e móvel para o rei; um teto cheio de referências astrológicas. Então não se surpreendeu quando o rosto de Kratzer se abriu num sorriso. O astrônomo pegou o desenho.

— Lápis — ordenou.

Sobre o desenho, traçou, levemente, a forma que todo astrólogo usa ao fazer um mapa: o quadrado astrológico, um quadrado com outro quadrado menor e inclinado dentro e um terceiro quadrado de novo na vertical, da metade do tamanho do primeiro. O resultado eram 12 espaços para as 12 casas astrológicas através das quais os planetas se movimentavam: os 12 domicílios de onde as influências planetárias, malignas e benignas, exerciam seu poder.

— Você precisará acrescentar outro pedaço de madeira desse lado — murmurou Kratzer, trazendo a margem esquerda do quadrado de fora um pouco mais para dentro. Vamos deixar esse crucifixo fora do quadrado do horóscopo, se você não se importa — Holbein assentiu com a cabeça. Considerou válido o argumento do astrônomo. Não seria prudente pôr o Cristo numa carta astrológica. As linhas toscas do desenho feito por Kratzer mostravam a primeira casa, começando com o ascendente, a linha do horizonte na hora da carta, surgindo da adaga de De Dinteville.

— Veja — disse Kratzer. Ele estava rabiscando signos nas linhas que traçara. — Esse era o lugar em que os planetas mais importantes estavam. Fiz de memória; farei com mais precisão depois. Mas isso é algo em que venho pensando; é minha intenção quando digo que há muitos avisos nos céus.

Holbein examinou mais de perto. Não conseguia decifrar os signos.

— Só vou lhe falar do que é importante. O início de Libra; no ascendente — disse Kratzer, apontando para o esboço de escalas —, no segundo grau. O primeiro grau é um guerreiro; costumam desenhá-lo como um homem com uma lança em cada mão. Mas o segundo grau é o que chamam de clérigo, e o representam com um incensório, porque dizem que Cristo nasceu quando o segundo grau de Libra estava nascendo. Portanto, um tempo em que a religião e a luta estavam na mente dos homens.

"Depois, Júpiter. Júpiter e o planeta que associamos ao Cristo: o planeta mais poderoso e mais benévolo. E sabe onde ele está? — Seu dedo apontou para a parte de baixo do quadrado do horóscopo. — Aqui, na terceira casa, e a três graus do lugar mais baixo e mais escuro; uma posição que não poderia ser menos auspiciosa.

"Afinal, Saturno — disse Kratzer. — O planeta da miséria e da malignidade. Aqui — e o dedo subiu —, a nove graus de Câncer. Lá em cima. Perto do meio do céu. No zênite, exatamente na hora em que o planeta de Cristo está no ponto mais baixo possível — Kratzer levantou os olhos, a cabeça ossuda levemente inclinada para a esquerda, à espera de elogios. — O conjunto de influências mais sombrio que se possa imaginar — acrescentou, o cérebro fervilhando de ideias. — Mas ainda há muitas outras coisas — disse Kratzer, debruçando-se para tirar mais alguma coisa da mala de Holbein. E começou a desenhar uma figura de seis lados. Um hexágono."

No momento em que o rapaz entrou para levar os pratos e trazer mais cerveja, havia uma meia dúzia de desenhos sobre a mesa, apoiados em canecas: hexágonos, esboços de crânios e muitos rabiscos de duas linhas em forma de fatia e com o número 27 desenhado entre elas. Dessa vez, Holbein, em parte consciente dos pés rodeando a mesa, afastou-se da conversa por tempo suficiente para meter a mão na bolsa e de lá tirar uma moeda, que deu furtivamente ao rapaz. Foi o suficiente para fazer o rapaz, agradecido, voltar uma terceira vez, uma hora depois, para levar as canecas. Ao voltar, encontrou os dois homens dormindo em suas cadeiras, inteiramente vestidos, e roncando, e a mesa e o chão tão coalhados de desenhos que o quarto parecia ter sido varrido por uma nevasca no meio do verão. O rapaz balançou a cabeça, apagou a vela que ainda queimava, posta em cima da mesa e se afastou na ponta dos pés levando as canecas na mão.

Kratzer e Holbein acordaram, resmungando, ao som dos pássaros madrugadores de início do verão. Kratzer, tendo caído para trás na cadeira em que adormecera, bocejou e cobriu os olhos com as mãos. Holbein fungou, se mexeu, deu dois passos trôpegos em direção ao colchão, onde caiu, todo vestido, para tentar retomar o sono.

Mas era tarde demais. Dez minutos depois, os dois se entreolhavam, com olhos turvos, e as mãos cansadas apalpavam os lugares doridos.

— A manhã já chegou — disse Kratzer, com a voz rouca. — Não há como negar. Vamos procurar algo para comer.

Em seguida, se levantaram. Viram os desenhos. E o rosto de Holbein se iluminou ao se lembrar do que estavam fazendo antes de terem desmaiado de cansaço.

— Valeu a pena ficarmos acordados até tarde — disse. — Temos aqui um bom trabalho.

Assobiavam tão alto enquanto desciam a escada, atabalhoadamente, com as folhas de papel nas mãos, que acordaram o rapaz que dormia seu sono leve perto das cinzas do fogão, na cozinha. Teriam outro belo dia.

O quadro prosseguia. Não havia tempo de se pensar em nada mais. Kratzer precisou voltar tantas vezes à residência de Holbein, que o pintor pôs mais um colchão no quarto. De madrugada, os dois se levantavam, se lavavam na água do barril que ficava no quintal e saíam para comprar pão e cerveja antes de sair, passando pelos comerciantes que armavam suas bancas, e comendo no caminho, até chegar a Bridewell à luz clara da manhã. Holbein simplesmente não tinha mais tempo para ficar à toa nas proximidades da igreja de St. Stephen, à espera de Meg. Ela saía para rezar tarde demais; ele não poderia tomar o caminho errado quando havia tanto trabalho pela frente. Holbein nem mesmo se lembrava do que costumava fazer nas manhãs que antecederam o início desse trabalho; ele estava cheio de luz; ocupado e feliz demais para se lembrar de comer, a não ser quando dores fortes o assaltavam, e, enquanto ele e Kratzer voltavam para a rua naquelas tardes quentes, de repente se sentia divinamente faminto de pão e queijo e sedento de cerveja. Os embaixadores estavam encantados com o tema e com as ideias engenhosas de seu artista e seu astrólogo. Logo providenciaram para que um véu da Quaresma fosse trazido da capela e pendurado atrás deles. E, apesar de seu zelo de católicos, eles até concordaram em deixar o hinário de Kratzer no quadro, e recorreram à versão em alemão de Lutero do *Veni Sancte Spiritus*, para reforçar a ideia de que a diferença religiosa era o tema da época.

Os embaixadores também ficaram fascinados com os exemplos que Kratzer lhes dera, acompanhados dos muitos copos de vinho com que o pintor e seus modelos relaxaram, esticando pernas e braços entre as sessões de pose, da força espiritual dos hexágonos e das figuras de seis pontas que Holbein espalhara pela obra. Os hexágonos eram os preferidos dos astrólogos (como representação dos planetas em conjunções harmoniosas uns com os outros) e dos alquimistas (para quem significavam a união harmoniosa do Sol, o ouro, o Leão e a realeza de um lado, e a Lua, a prata, o Caranguejo — símbolo do signo de Câncer — e a feminilidade, do outro; um casamento ilustrado em livros pelas figuras de um rei e de uma rainha segurando hastes de flores que, com a ajuda de um passarinho em cujo bico se vê uma terceira flor, formam uma estrela de seis pontas, com uma estrela de seis pontas, maior, dominando o quadro). Os hexagramas e as estrelas acompanhavam o espírito do piso de mármore da abadia de Westminster, e ele os pintava agora como se fossem o chão sob os pés dos embaixadores. O hexágono no centro daquele piso — o lugar em que o rei, ao ser coroado na abadia, receberia o Espírito Santo — simbolizava os seis dias em que Deus criou o Universo e tudo o que nele havia. Os hexágonos de Holbein representavam o cerne do ato criativo. Eram a sua versão do Espírito Santo; o seu modo de mostrar a tênue esperança de que toda a humanidade poderia ser de novo abençoada por uma compreensão comum de Deus.

Os embaixadores riram discretamente dos muitos modos como a imaginação de Holbein e Kratzer mostrou o número 27 e o ângulo de 27 graus — um registro da altitude do Sol na hora em que Cristo morreu na tarde da Sexta-feira Santa — no quadro. A única exigência deles foi de que Holbein comprasse mais um pedaço de madeira para ser adicionado ao quadro — queriam um lugar de honra para a imagem sagrada do crucifixo na borda, mais à esquerda, afastado do jogo do horóscopo. Ele próprio o afixou, orgulhoso de ver a forma que o quadro tomava, com o pensamento cantando mais alto que os pássaros à janela, e que os garotos lá fora, na rua, vendendo os primeiros morangos.

Foi apenas depois de já se terem passado algumas semanas de trabalho, quando as tábuas já tinham sido cobertas de cores e o vermelho da túnica do bispo estava quase seco, que lhes surgiu outra ideia. Mais tarde, Holbein não sabia dizer exatamente de quem fora o lampejo. Talvez De Dinteville tivesse sido chamado à presença do rei, ou tivesse ido ao médico, como às vezes acontecia, mas os outros três tinham ficado conversando. Todos colaboravam. Essa era uma das alegrias que trabalhar neste grupo propiciava — todos os intelectos se estimulavam entre si, a inteligência de um afiava a do outro, exatamente como ocorria, ele se lembrou, com Thomas More ou Erasmo. Portanto, a ideia talvez fosse tanto sua como de qualquer dos outros. Por certo fora ele que pensara na forma que se deveria dar a essa concepção.

— E o *memento mori*? — um dos franceses dissera, esticando braços e pernas depois que Holbein os obrigara a ficar imóveis por um tempo que lhe parecia claramente longo demais. — O que o senhor vai usar?

O olho de Holbein voltou-se para sua mesa de trabalho, apinhada de frascos, papéis, vasos e restos de pano. O crânio era a forma clássica de representar a decomposição do homem; de mostrar a futilidade da erudição e do poder quando confrontados com a inevitabilidade da morte. Qualquer um que se enlevasse ao ver um retrato deveria ter em mente que não deveria se esquecer do fim futuro nem do temor a Deus. "Eu fui um dia o que você foi, e você será um dia o que sou", era a mensagem do memento fúnebre. "Rezai por mim." Por que não um crânio?

Acontece que, de repente, ele não tinha certeza. De repente, a voz longínqua de Meg ressoava em sua cabeça, pedindo-lhe com insistência que distraísse o pai dela com um *memento mori* menos óbvio; de repente ele se lembrou do quadro de More, com a corda que acabara servindo de *memento mori* pendurada atrás daquela cortina verde. Quando este novo quadro ficasse pronto, ele gostaria de mostrá-lo a More e a Meg como uma maneira de se explicar; como uma maneira de pedir desculpas por não ter ido antes. E agora, haveria algo que ele pudesse pensar em apresentar que pudesse impressioná-los? Um crânio seria óbvio demais? Os embaixadores ririam pelas suas costas da vulgaridade da sua imaginação, se ele o sugerisse?

Holbein hesitou.

Foi o bispo quem falou em seguida. Ele lembrara-se disso.

— Imagino que um artista dono de uma imaginação tão fértil quanto a sua gostaria de se orgulhar de um *memento mori* que tivesse algo de espantoso e incomum — disse ele, cortês. Era um convite a que ele pensasse mais. Holbein compreendeu a concessão.

— Por todos os segredos envolvidos... por mais que conversemos sobre religião e coisas do espírito... este é um quadro muito mundano — disse Holbein, sentindo-se pouco à vontade por achar que estava beirando assuntos considerados tabu e, portanto, escolhendo as palavras com cuidado. — Seus personagens — ele fez uma leve reverência — são homens nobres da mais alta estirpe... quem quer que veja o quadro ficaria impressionado tanto com a extensão do saber como com a importância de sua posição eminente...

O pintor não sabia bem aonde iria chegar.

— O senhor não sabe exatamente o que deve fazer para nos fazer lembrar de que, embora nobres, vestidos com nossas túnicas de veludo, morreremos, não é isso? — disse De Selve, e o rosto jovem se abriu num sorriso compreensivo. — Mas, mestre Hans, o senhor não deve se deixar impressionar demasiado pela posição que ocupamos na vida. Não posso falar pelo meu colega, mas imagino que ele pense como eu; pessoalmente, nunca me esqueço de que um dia encontrarei o meu Construtor. A vida terrena, afinal, são apenas homens numa caverna, que veem a realidade como sombras projetadas nas paredes. Quero que seu papel seja o do filósofo que sai da caverna e vê a realidade maior.

O bispo riu do espanto de Holbein.

— Veja, mestre Hans. Até o momento, seu quadro mostra dois homens olhando para sombras douradas na parede de uma caverna e considerando-as realidade. Olhe para nós! — e ele deu passadas imponentes, com as vestes lhe roçando os tornozelos, foi até onde Holbein estava, do outro lado do cavalete, e apontou o veludo, o ouro brilhando na adaga de De Dinteville e as joias, sinais de prestígio, penduradas em seu punho, barrete e pescoço.

Um tanto espantado com a ousadia do bispo, Holbein também riu. E disse, aliviado:

— É verdade. A aparência dos senhores não poderia ser mais imponente.

— Assim — prosseguiu o bispo De Selve. — Um bom *memento mori* seria aquele que nos excluiria e nos encobriria o mais completamente possível, que nos empurrasse para o fundo da cena. O que nos faria lembrar que Deus está à espera, por trás de todas as nossas frivolidades terrenas. E seu retrato, ao nos mostrar como homens olhando para a parede da caverna, é tão assombroso, tão fiel à realidade, tão vibrante de espírito e inteligência, que, para nos eclipsar, o senhor terá que encontrar realmente algo extraordinário.

Em seguida, voltou a seu lugar e acrescentou, com naturalidade:

— Eu me pergunto de que modo o senhor nos surpreenderá. Posso lhe garantir que não vamos nos ofender, seja qual for o produto de sua imaginação. Estou ansioso por descobrir novas facetas do poder de suas ideias.

E agora era Kratzer que se inclinava para a frente, com uma intensidade que Holbein conhecia, pois lhe lembrava dos próprios momentos em que quase entrava em pânico por querer apreender uma ideia.

— Sei — disse Kratzer, agarrando o crânio. — Acho que sei. Temos que voltar aos 27 graus. Veja — Kratzer continuou. Ele não sabia desenhar, mas era assombroso quando se tratava de ângulos. Pegou o caderno de Holbein e, com linhas simples, desenhou o quadro à sua frente: dois embaixadores e a mesa coalhada de instrumentos de pintura entre eles. Em seguida, com a mão então mais pesada, traçou uma linha horizontal dividindo o esboço. — Essa é a minha linha inferior — disse ele, acrescentando: — E essa é a minha linha superior. Pegou então um instrumento e traçou uma segunda linha a partir desse eixo horizontal, como a fatia de uma maçã, para cima e para a esquerda, cortando a imagem. Sua linha chegou ao canto superior, mais à esquerda, exatamente no lugar em que o crucifixo meio escondido de Holbein espiava detrás do véu da quaresma, pintado de verde. — Eu sabia que funcionaria — disse Kratzer, satisfeito. — Essa é minha intenção. Fique do lado direito do quadro e olhe para cima acompanhando essa linha, e você verá o crucifixo: a esperança em Deus, na eternidade, na salvação, mesmo que esteja à sombra e em dúvida. O seu *memento mori* deve ser um reflexo dessa ideia. Algo que você veja olhando para baixo a partir do mesmo ponto, um reflexo do mesmo ângulo. O oposto da esperança na salvação. Algo... aqui... — e ele traçou uma linha descendente, como uma segunda fatia da maçã, que chegava a algum ponto abaixo dos pés das duas figuras centrais.

— Para ser franco — disse Holbein, agora compreendendo cada vez melhor o que era necessário e vislumbrando a ideia que lhe permitiria chegar aonde queria. — Não posso imaginar nada mais simples, nem melhor, para atingir essa meta do que um crânio.

Mas não um crânio comum, pintado à maneira tradicional. Holbein estava quase certo de que sabia do que precisava. Passara tanto tempo tentando conseguir efeitos especiais, na época em que fizera biscates como desenhista em sua terra, que aprendera todos os macetes. Em silêncio, agradeceu a Deus e a seu pai por aquela longa aprendizagem da arte do possível.

Tinham interrompido a pintura enquanto esperavam a chegada do criado que tinha ido comprar um bom pedaço de vidro fino e transparente. O bispo poderia ter voltado a seus livros e a sua correspondência, mas estava tão intrigado pela febre que assaltara Holbein e os outros que não quis se retirar.

O criado voltou com o vidro. Holbein misturou tintas em sua paleta para pintar o seu velho crânio já conhecido. Marrons, cinzas e tons sombrios. As mãos coçavam de ansiedade. No vidro, traçou algumas linhas — as órbitas vazias, o nariz quebrado e o queixo. Quase xingava de tanta impaciência, ofegante, enquanto esperava a pintura secar. Kratzer e o bispo, sem querer romper o fio do pensamento de Holbein, viraram-se, aproximando-se da janela, observando o mundo passar, ou se voltaram para ele, acompanhando-o em seu momento de inspiração.

— Vocês têm uma vela? — Holbein perguntou. Foi à janela, mas não para se juntar aos outros. Em vez disso, passou por eles e foi em direção às cortinas, agarrando-as e fechando-as.

Na semiescuridão, acompanhado dos outros dois homens, aproximou-se do grande quadro apoiado no cavalete. Uma vez em seu lugar, mediu o ângulo de 27 graus para cima, partindo do lado direito da imagem até o Cristo crucificado, acima. Nesse quadro real, o ponto de partida localizava-se muito abaixo da metade inferior do quadro; Holbein o localizou em algum lugar perto do joelho envolto em veludo do bispo. Depois, ele mediu os 27 graus para baixo, desde o ponto de partida daquele lado direito, e pintou — à mão livre, traçando a mais fina linha imaginável (afinal, não era à toa que ele era conhecido como Apeles) — uma linha reta perfeita que descia até o canto inferior esquerdo do quadro.

Então, acendeu a vela.

— Segure isto — disse ele a Kratzer, abruptamente. Kratzer segurou a vela. Holbein manteve o quadro do crânio feito no vidro, num certo ângulo, quase encostado ao quadro grande. — Ponha a vela mais perto do vidro — disse ele. Kratzer obedeceu, e, quando a vela se mexeu, viu-se uma longa sombra acima da linha de 27 graus, no alto do quadro. O bispo se aproximou.

— Olhem — disse Holbein. Eles ficaram sem fôlego.

Ali estava: o *memento mori* mais enigmático possível. A forma distorcida de um crânio, projetada a 27 graus da linha horizontal. Uma forma misteriosa, tremulante, ligeiramente ameaçadora, com algo de noturno nela mesmo antes de ser possível perceber do que se tratava. E então, quando seus olhos e cérebro finalmente a compreendessem, quando mudassem para o estranho ângulo enviesado na margem do quadro em que precisavam se colocar para que o crânio tivesse de tomar sua forma real, quando os personagens de carne e osso do quadro, os embaixadores, tivessem se tornado gotas de tinta e pompa bidimensionais e insignificantes que seus olhos teriam dificuldade de distinguir, então o *memento mori* se transformaria num quebra-cabeça bizarro e provocante; uma prova visível de que se estava na presença de mistérios sagrados enquanto se olhava esse quadro, quer seu olhar fosse levado para cima, para a presença ensombreada e sofrida de uma vida eterna possível, quer fosse levado para baixo para a certeza ensombreada e distorcida da morte.

— Vou pintar isso no quadro, o que acham? — disse ele; uma pergunta, mas ele já sabia da resposta.

— Sim — respondeu Kratzer simplesmente.

— Excelente — disse o bispo.

— Vamos, segure a vela para que eu possa dar uma olhada a partir da direita — disse Kratzer com impaciência. Trocaram de lugar. Kratzer andou um pouco, com a mão cobrindo um olho, olhando de soslaio para a esquerda, e abaixando a cabeça até se pôr no único lugar em que o crânio não se distorcia e se tornava a única figura realmente visível em toda a tela.

Então, ele assentiu com a cabeça, e sorriu.

— Sim — disse. — *Oui*, *oui*, *oui*! Realmente funciona. Será o quadro mais extraordinário que você já pintou. Você é um gênio, meu amigo!

Por um momento glorioso, Holbein teve certeza. Todo detalhe inteligente em que Kratzer e ele tinham pensado fazia parte da mesma mensagem sombria: ele estava mostrando um mundo do passado, um dia, unido pela harmonia que havia na religião, mas que agora estava sendo destruído pelo feio nacionalismo e a hostilidade das facções. Estava usando coisas de sua vida mundana para contar uma história solene sobre as divisões que destroçavam o universo de Deus. Ele vira uma espécie de verdade profunda, e a revelara.

Foi apenas muito mais tarde da noite — depois de uma parada comemorativa na cervejaria, acompanhado de Kratzer — que Holbein voltou a subir Ludgate Hill a caminho de casa. Por ora, estava sozinho. Kratzer tinha arrotado com sono ao saírem da cervejaria e dissera que já era tempo de dormir em sua própria cama; estava fedorento, e uma mudança urgente de lençóis se fazia necessária.

— Agora você não precisa mais de mim para conversar — disse, com voz arrastada —, já resolvemos todos os problemas desse quadro. — E foi ziguezagueando beco afora até o rio.

Holbein estava ouvindo os bêbados e os rouxinóis cantando enquanto os pés se plantavam, um na frente do outro, na sujeira da rua. O coração do pintor também cantava. Ninguém comentara sobre o simbolismo que havia no quadro, o mais simples de todos os jogos: cada uma das fortes diagonais ao redor das quais ele construíra seu quadro levavam à saia cor de amora da túnica de De Selve. Sua primeira ideia seria a de fazer da cor de amora o verdadeiro significado do quadro — Morus, para os que falavam latim, como a amoreira que More cultivava em seu jardim e, simbolicamente, fazia parte de seu brasão: o próprio nome dele, More. A lição que ele queria aprender ao realizar essa pintura era uma lição que também deveria ser inesquecível para qualquer um que a visse: que todo olhar seria atraído pela cor que seria sempre uma recordação de More; que *memento mori* também significava apenas "lembre-se de More". Isso seria o suficiente para ele antes de ter empreendido, nas últimas semanas, aquela viagem intelectual de descobrimento, acompanhado de Kratzer e dos franceses. Mas agora, com todas aquelas camadas de significado e de sabedoria que os quatro homens inteligentes conseguiram reunir, seu quadro seria um triunfo ainda maior. Sorriu, diminuiu o passo margeando a catedral e encheu os pulmões com o ar quente, fedido e alegre da noite. Era hora de começar a fazer mais exercício, pensou contente; não era bom ficar sem ar depois de uma mera colina.

Ele mal percebeu a figura alta, magra, embuçada que se desgrudou de um muro perto de sua casa quando ele virou a esquina e entrou na Maiden Lane. Sempre havia gente vadia pelas ruas em noites de verão, tomando ar, matutando seus pensamentos, não havia? Mal ouviu o leve ruído de passos atrás das passadas dele.

Ao menos por alguns minutos. E então começou a se preocupar. A rua estava deserta. Não tinha a menor vontade de ter de lutar pela vida, além do mais sem nenhuma esperança de ter ajuda, caso viesse a sofrer um ataque a pé. Virou-se rapidamente, pronto para atacar.

Mas o rosto de olhos arregalados que o fitava debaixo do capuz da capa o fez estacar. Era um rosto de estirpe; um rosto de sonhos, embora, nesse momento, completamente estranho. Um rosto de mulher — pelo menos era o que poderia dizer no resquício de luz do crepúsculo.

Ficou paralisado. O coração batia ainda mais forte. Não sabia que tinha aberto a boca até se ouvir falando. Gaguejando, melhor dizendo: o ar de repente raspando-lhe os pulmões e o lembrando que não respirava já há alguns agoniados segundos.

E a palavra que os lábios formaram, independentemente de qualquer coisa que ele reconhecesse como fruto de sua vontade, foi:

— Meg...?

Mas antes que pudesse avançar e agarrá-la pelos ombros, a estranha com o rosto de Meg saíra em disparada, afastando-se dos arredores de St. Paul, tomando a direita e desaparecendo na penumbra do anoitecer. A cabeça de Hans Holbein rodopiava. Não seria ela, seria? Seria? Ou seria apenas a miragem de um bêbado — o cérebro lhe pregando peças? Nunca o saberia. Estava um pouco tocado, sozinho sob as estrelas, vagando por Maiden Lane, e tudo o que tinha nas mãos eram sombras.

18

Quando o vi de novo do lado de fora de minha casa na manhã seguinte, como se nunca tivesse ido embora, senti uma torrente de alegria inundar meu corpo. Era como se eu estivesse encharcada de sol.

E então quase ri ao vê-lo, esperando que eu fosse à igreja e se felicitando por ter encontrado um esconderijo sutil. Optar por ficar à espera nas proximidades da vala de urinar como se estivesse prestes a se aliviar era uma atitude típica de mestre Hans. Acho que ele acreditava realmente que essa manobra o deixaria invisível a uma senhora; não poderia imaginar que eu pudesse enxergá-lo às voltas com uma necessidade tão física. A primeira vez que o vira perambulando por ali, havia quase um ano, roubando olhares meus sob seus cílios dourados, tive vontade de rir sem ruído protegendo-me atrás de meu saltério. Mas meu riso talvez fora principalmente de alívio: o alívio de ver que ele surgira, que ele estava ali, indeciso, hesitante, tão aflito por causa da desgraça que ocorrera em nossa família, e que ele, apesar de não ter ousado se aproximar e cumprimentar cara a cara, pelo menos queria retomar uma amizade que antecedia àquele momento de sombra em nossas vidas, e isso era suficiente para deixá-lo esperando, nervosamente, numa esquina da rua horas a fio. Vê-lo naquela situação cômica me foi extremamente confortador. Custei a admiti-lo na ocasião, mas, aos poucos, à medida que os dias avançavam e ele continuava aparecendo ali, eu me surpreendia me vestindo com esmero para minhas idas matinais à igreja, com mais esmero do que antes; e me preocupando não só em parecer elegante, mas também mais melancólica, mais triste, mais magra, mais pálida e mais trágica do que antes; e suspirando delicadamente quando eu, absorta, passava por ele. Não que meus sentimentos fossem fingidos, a situação estava por certo suficientemente grave para suspiros e ares tristonhos. Mas, por motivos que me eram em parte desconhecidos, era muito tranquilizador saber que alguém percebia meus sentimentos.

Por isso, eu não podia acreditar, quando, de repente, ele não apareceu numa manhã de primavera. E o mesmo ocorreu na manhã seguinte, e na seguinte. Ele simplesmente não voltou. Eu o procurava e procurava, apavorada com o vazio que sentia dentro de mim ao pensar que ele se fora para sempre. Mas, por mais que eu me empenhasse em procurá-lo, ele não estava lá.

Talvez eu não devesse me surpreender, mas Davy o conhecia. Davy sempre sabia de tudo. Davy caminhou a meu lado na rua um dia, depois da igreja, enquanto eu olhava furtivamente ao redor fingindo não pensar em nada em meu percurso de volta para casa.

— Seu admirador não anda mais por aqui, não é? — disse Davy.

E entortou a cabeça para um lado. Olhou-me com olhos inquisidores. Dei de ombros como se não soubesse do que ele estava falando, mas mantive o rosto suave e acolhedor. Eu não falava muito com Davy nesses dias — parara de comprar remédios e não ia à rua mais do que o necessário, por isso, não eram muitas as oportunidades de encontros casuais; por causa da desventura que afligira nossa família, eu queria me afastar da assembleia dele para evitar eventualidades desagradáveis; e, fosse como fosse, Davy tampouco fazia muita questão de preservar nossa amizade. Talvez cinicamente, percebi que a causa era meu pai não ocupar mais o antigo cargo. Achava também que não teriam mais interesse em me converter à heresia; eu deixara de ser um prêmio pelo qual valia a pena lutar. Por exemplo, ele nunca dera nenhum sinal de que sabia, quando nos via, Kate e eu, na rua, carregando nossas cestas, que nos encaminhávamos para cuidar do rebanho dele. Eu ainda tratava de doentes luteranos, de vez em quando, ainda que saísse muito menos do que antes. Não havia mais tantos deles com tamanho medo das autoridades que optassem por viver uma vida subterrânea, entre sua gente. E eu não queria atrair mais perigos para minha família; já tínhamos dificuldades suficientes. Mas ao mesmo tempo eu não queria perder o companheirismo tranquilo entre mim e minha amiga enfermeira, o brilho maternal que às vezes me surpreendia nos olhos cinzentos de Kate. Assim, eu procurava pessoas que moravam longe do porão de Davy e precisavam de tratamento; e levava Kate comigo quando saía para cuidar das feridas dos pobres nos arredores de St. Stephen e dar sopa aos idosos. Entretanto, nas minhas então novas condições, um sorriso de gratidão era bem-vindo; pessoas com poucos amigos, como era o nosso caso, nesse momento, não podiam mais tratar vendedores ambulantes com desdém e arrogância, mesmo que estes estivessem sendo impertinentes.

— Quero dizer, mestre Hans — Davy continuou a falar, dirigindo-me outro meneio de cabeça enquanto observava meu rosto impassível ao ouvi-lo mencionar esse nome. — Holbein — Davy parecia um pássaro urbano, um pardal ou um corvo, pensei; todo pipilos, penas sujas, olhares astutos e ataques repentinos de uma inteligência concentrada. — Morando lá por Maiden Lane — e fez um gesto na direção da catedral de St. Paul. — Mas não é de estranhar que ele não encontre tempo nesses dias. Dizem que ele está trabalhando lá pelas bandas da Fleet Street. Pintando o embaixador francês. Começa cedo.

O embaixador da França estava hospedado no palácio de Bridewell, eu sabia; além da Fleet, e até mais a oeste que Maiden Lane.

— Ah... — eu disse, e me senti corar de alívio. Davy sorriu sorrateiramente olhando para os pés.

— É bom falar com a senhora, seja como for, senhora Meg — disse ele, e se afastou, quase trotando, sem olhar para trás. Mais tarde, pensei muito sobre tudo isso, mas eu não conseguia entender por que, caso Davy estivesse agindo como *agent provocateur* a serviço de algum inimigo de meu pai, o que seria possível, ele teria algum interesse em me dar aquela informação específica que poderia me ser útil. A única explicação que parecia remotamente plausível era aquele ter sido um gesto de bondade. Era como se ele estivesse com pena de mim. Ou estaria eu sendo ingênua?

Naquele momento, tudo estava muito confuso. Talvez fossem apenas as armadilhas que a primavera armava para mim. Talvez o medo que sentíamos pelo pai e por todos nós se refletisse em tudo à nossa volta. Talvez fosse o fato de não termos quase ninguém com quem conversar, uma vez que os velhos amigos se mantinham a uma distância cautelosa, e os criados eram tão matreiros e desconfiados que iam embora antes que conseguíssemos contratar substitutos. Ou talvez fosse John, sempre fora de casa, e o nosso amor, que perdera sua antiga inocência, e continuava atento, precavido e desconfiado. As semanas de guerra primaveris passaram e voltáramos a ser simpáticos um com o outro — embora agora fosse eu que, cheia de remorso, procurasse me aproximar dele para me retratar de minha traição. Eu não sabia o que fazer para eliminar a tristeza e o desamparo na expressão de John. Sempre que me desculpava, ele apenas sorria gentilmente e dizia "Não tem importância", "Não se preocupe, Meg", ou então, "Isso ocorreria mais cedo ou mais tarde", com uma bondade generosa que apenas nesse momento eu percebia o quanto eu amava, mas sem nada do afeto caloroso que nesse momento eu percebia o quanto me fazia falta. Então tentei modos mais sutis de recuperar sua confiança. Ajudei-o na preparação de remédios. Bordei lençóis e espalhei lavanda em suas gavetas. E ele me agradeceu cada gesto com sorrisos melancólicos, distantes e castos e breves beijos em minha cabeça ou rosto. Mas embora ele voltasse a dormir em minha cama desde que retornamos de Chelsea, ele, exausto, dormia quase na beira da cama, o mais afastado possível de mim, e me dando as costas. Eu não via seu coração. Qualquer conversa cotidiana que tivéssemos à mesa, durante as refeições que eu supervisionava com um cuidado mais ansioso do que antes, era ocasional e claudicante. E ele saía de casa diariamente para encontrar o doutor Butts mais cedo do que antes, e não o trazia nunca a nossa casa à noite. Como eu podia desconfiar tanto dele? Era o que eu me perguntava, agora que o medo de que ele guardasse mais segredos dolorosos fora aplacado, agora que me parecia não haver nada melhor do que me refugiar das preocupações com o mundo na minha amorosa vida familiar, enquanto eu tentava recuperar o bem-estar que um dia havíamos compartilhado. Muitas vezes, lutar para sair dessa nuvem de contrição, penitência e desânimo me parecia vão. Eu tinha muito pouca chance de me sair bem, e culpa demais, para que a luta me fosse suportável.

Tirei toda esperança que pude de uma troca de sussurros entre ele e Butts que entreouvi quando, segurando as rédeas de seus cavalos, os dois se despediam sob minha janela certa noite.

— Mande lembranças a sua bela esposa, meu caro rapaz — ouvi o médico dizer, ousado, enquanto eu me aproximava o quanto podia da janela, esperando ouvir, sem ser vista, o que John diria. — Espero que ela esteja bem — Butts devia querer saber por que não era mais convidado a entrar em nossa casa. Devia estar ansioso por obter mais informações. Talvez o velho estivesse até se sentindo um tanto culpado, com medo de ser inconveniente. Pensar nisso me confrangeu.

— Tão bem quanto possível — John estava dizendo, tranquila e francamente. — Estamos passando por tempos difíceis, sem dúvida — depois, riu, gentilmente, mais para si mesmo que para Butts, mas com simpatia genuína. — Estou aprendendo que o casamento se parece um pouco com a medicina, doutor Butts — John continuou. — Se você abre seu coração para alguém, seja esse alguém um médico ou uma esposa, é inevitável se expor à dor. Choques. Decepções. Por sorte, eu vejo que o tratamento é muito parecido nos dois casos. Se você tem fé em seu remédio e prossegue da melhor e mais honesta maneira possível, buscando uma cura a longo prazo, acaba encontrando o caminho certo.

Ambos riram, e Butts estendeu o braço para dar uma pancadinha no ombro de John antes de tomar o caminho de casa. Isso significava, fiquei me perguntando, com o coração disparado, que John sabia que me perdoaria assim que curasse sua ferida; que ele sentia a própria ferida cicatrizar; que era apenas uma questão de tempo?

— Vamos chamá-lo para cear conosco outra vez — John gritou para seu colega, agora já montado e quase sumindo na penumbra. — Em breve.

Enquanto isso, Tommy era meu consolo: agora com quase 4 anos, com pele de pêssego e aquele narizinho elegante que um dia viria a ser o imponente nariz adunco do pai, com as mãos elegantes também de John, balbuciando e correndo vigorosamente pelo jardim. Mas se teríamos mais filhos, ou até mesmo se John encontraria sua antiga alegria em mim, eu não saberia dizer. Por menor que fosse a dose de poejo que eu tomara em minha tentativa raivosa de purgar meu ventre do filho dele, o remédio desencadeara seu processo violento de sangramento e dor. Tudo o que eu podia fazer era esperar que minha doença, como tantas outras coisas em minha vida, sarasse. Então talvez não fosse de admirar que tudo me parecesse tão confuso. Motivos peculiares tinham sido responsáveis pela grande confusão em que minha mente sobrecarregada se tornara.

E talvez fosse por isso que senti tanta falta de ver mestre Hans, nervoso, me olhando de soslaio; por isso que, me arriscando, fui até Maiden Lane uma noite. Talvez eu estivesse com saudade da simplicidade calorosa, da paixão alegre pela vida que ele deixava transparecer. Não fui apenas uma vez, se é que devo ser honesta. Fui muitas vezes. Uma atrás da outra, enquanto a primavera se transformava em verão. Sussurrando, eu dizia à criada que iria esticar um pouco as pernas, caso o patrão perguntasse aonde eu fora, e me afastava à meia-luz cálida do anoitecer para cuidar de meu assunto particular e, mais de uma hora depois, voltava o mais silenciosamente possível.

Foram mais umas duas ou três saídas antes de ver as costas do pintor nas sombras e identificar a casa onde ele se instalara. Depois disso, passava por lá como que por acaso sempre que podia dar uma escapada. Às vezes, eu via aquelas costas fortes, decididas; na maioria das vezes, não. Eu tinha tempo de sobra. Havia algo a fazer; algo que me fazia sentir viva.

Mas eu teria dado qualquer coisa para não me deparar com ele na rua. Qualquer coisa. Depois, eu correra para casa com o coração aos pulos, como se fosse explodir e um nó de vergonha na garganta que parecia querer sair pela boca. Eu ficara acordada, dando voltas no jardim escuro, até a cidade ficar inteiramente silenciosa, a não ser pelo ruído dos passos vacilantes de algum bêbado, tentando sufocar a constante náusea que a lembrança da vergonha me provocava. As mãos dele em mim. A voz, um pouco arrastada, bêbada, murmurando: "Meg...?"

Entretanto, uma boa notícia em meio a essa confusão. Ele estivera aqui hoje de manhã. Da janela de meu quarto, uns dez minutos antes que o sino chamasse para as Matinas, eu o vi parado perto da porta da igreja. Ele estava disposto a tudo. Não tinha a menor intenção de me perder. E, através da janela, quando o vi olhando para cima, era ele exatamente como sempre fora: grande, ruivo, hábil, determinado e tão visivelmente incomodado e ansioso sobre o que teria ou não visto na noite anterior que meu coração, voltado para ele, se apertou. Um coração que guinava como o de um lunático.

— Tommy, você vai se divertir muito mais brincando no pomar do que indo à igreja numa manhã tão linda como a de hoje — disse, tirando meu filhinho moreno da cama, pegando-o pelos braços e o balançando de encontro a mim, amando sentir a força daquele corpo.

— Mas eu gosto de ir à igreja com você, mamãe — balbuciou ele, zangado, com sua voz aguda. — *Pater noster, qui es in caelis*, eu sei todo...

Dei-lhe um beijo na testa, coloquei-o no chão e pus a mão dele na da criada.

— Eu sei que você está se saindo muito bem. Mas hoje você e Jennet vão molhar as macieiras — disse rapidamente, sem arrependimento. — Você vai gostar de ter feito isso quando chegar o outono e nós comermos torta de maçã.

E, enquanto eles desciam a escada, dei uma rápida olhada em meu rosto culpado, refletido no espelho preso à parede: a palidez e a tensão daqueles dias recentes tinham desaparecido; em lugar deles, vi um rubor que eu temia pudesse ser excitação. Olhos cintilantes. Lábios rosados. Eu estava melhor do que nos últimos meses.

Salpiquei água de rosas nos punhos antes de pegar meu saltério. Distraidamente; juro que o fizera sem nenhuma intenção. Então, esgueirei-me rapidamente escada abaixo e fui para a igreja com a sensação de que meus pés voavam. Eu não sabia explicar nem a mim mesma por que eu de repente me sentia flutuar.

Fingi não vê-lo enquanto me dirigia à igreja. Sob o sol brilhante, sob a brancura e a beleza de minha touca de renda, fitei meus pés, aparentando um êxtase espiritual. Não era só fingimento; eu precisava me recompor. Precisava de um momento a sós com Deus.

E assim, em algum instante daquele momento de reflexão, acolhida por velas, sombras, incenso, santidade e paz, decidi enfrentar a situação. Ao sair, na claridade que me fazia piscar, e vendo que já havia muita gente na rua e ninguém prestava atenção a mim, levantei os olhos para o homem que estava à minha espera, um pouco adiante, e vi aquele rosto rubro que contrastava com o cabelo louro e sujo.

— Mestre Hans! — exclamei, um pouco bruscamente, um pouco dramaticamente, mas com olhos acolhedores que afastavam qualquer rudeza. — O senhor voltou a Londres! Que surpresa!

Ele estava estupefato.

Por um longo momento ele deu a impressão de ter se transformado em pedra. Apenas o rosto grande, forte, achatado — como o de uma criança, uma espécie de versão adulta do rosto de Tommy, de repente percebi, surpresa, e com uma pontada de uma afeição maternal — era franco demais para esconder as emoções que percorriam seu coração. Vi medo e vergonha naquele rosto, a luta contra alguma coisa, fazendo com que os olhos se arregalassem, o pescoço se retesasse e os dentes mordessem o lábio inferior.

Não me importei. Descobri que todo medo que acompanhava as trevas em que vivíamos por estarmos privados das graças do rei significava aprender mais sobre as maquinações que os outros sempre precisaram armar; quem eles deveriam ou não visitar se quisessem que suas carreiras prosperassem; como se manter à tona; como evitar que a desgraça dos outros os atingisse. Eu nunca tivera de pensar nisso antes dos problemas que nos atingiram: tivéramos uma vida muito organizada. Agora, vendo mestre Hans, senti-me solidária com seu dilema.

Mas foi o que havia de especial em seu coração que venceu a luta. Quando ele, por fim, se dominou e correu para me cumprimentar, os braços se estenderam como se fossem me abraçar e uma alegria pura e inocente tomou conta de suas feições.

— Senhora Meg! — disse, com a felicidade empurrando seus ombros largos para a frente. Ele parou de repente junto a mim, elevando-se a meu lado, e pude sentir o cheiro de tinta que ele sempre exalava. Entretanto, não ousou me abraçar. — Eu vim... — e ele se calou, de novo se ruborizando, e arrastou os pés. — Aqui estou...

Houve tempos, lembrei-me como se sonhasse, em que a franqueza pouco educada dele me parecera rude e, muitas vezes, ingenuamente engraçada. Mas sentindo-me esse tempo todo constrangida com os segredos de minha família — meu marido, meu pai e minhas irmãs — e os evitando com palavras gentis, pisando em ovos e, além disso, ciente de que muitos conhecidos nossos atravessavam silenciosamente a rua e desviavam o olhar quando passávamos, eu me regozijava ao ver as emoções honestas que o rosto inteligente desse homem me mostrava.

— Estou brincando, mestre Hans — disse, gentilmente. O embaraço dele me fazia dominar a situação. Minha confiança era tanta que ousei pôr uma mão tranquilizadora em seu braço. Gostei da sensação dos músculos dele sob minha mão e do espanto com que ele fugiu ao meu toque. — Eu o vi na rua. Eu sabia que o senhor estava aqui.

Outra onda de rubor. A boca se abriu, ofegante. Será que ele estava se dando conta pela primeira vez de que eu o vigiava na rua havia meses? Minha confiança crescia, eu me sentia quase brincalhona enquanto o observava.

— Ontem de noite, a senhora quer dizer? — ele falou abruptamente, e então foi a minha vez de sentir um calor intenso me percorrer rosto e corpo. Eu tinha me esquecido da noite anterior. Ou, se não tinha propriamente me esquecido, não esperaria que ele me confrontasse com o que ocorrera. — Em Maiden Lane? Era a senhora?

— Eu... ontem à noite? — disse eu debilmente, tentando ganhar tempo. — Em Maiden Lane?

Minha intenção era negar. Fingir que nada acontecera me pareceu, nesse momento, quase natural. Mas os olhos fixos em mim eram olhos de quem sabia. E ocultar inteiramente a verdade era algo que não cabia no espírito desse nosso encontro.

— Meu Deus! Foi o senhor que me fez parar? — perguntei, esboçando um leve sorriso. — E eu pensava que era um ladrão. Fiquei tão apavorada que fugi correndo sem nem olhar... — Mas meu tom não soou convincente. Ambos nos lembramos de que tínhamos nos fitado um ao outro. — Eu estava voltando da missa em St. Paul — acrescentei, hesitante, tentando me aproximar da verdade. Mas também soou fraco. Então, deixei escapar uma torrente de palavras envergonhadas: — E ouvi alguém dizer que o senhor estava morando lá, então fui dar uma olhada...

Fiquei mortificada ao ver o quanto ele ficara encantado com o que eu lhe revelara.

— A senhora veio ver onde eu morava? — disse Holbein, completamente incapaz de falar baixo, em voz tão alta que um homem que passava levando um vidro de azeite se virou para nos ver melhor. — Foi isso mesmo?

— Bem, eu só queria saber por que o senhor não viera nos visitar se já estava morando ali há um ano — respondi, exasperada o bastante para me sentir mais confiante se partisse para o ataque.

Ele assentiu com a cabeça, depois a balançou, e coçou a ponta de uma enorme bota contra a outra.

— É... — disse o pintor, inteiramente envergonhado. — Sei. Posso explicar... mas a senhora deve pensar... pois é, Erasmo queria que eu fosse imediatamente... mas eu queria me instalar, primeiro... me colocar nos eixos... e que a senhora pudesse ter admiração por mim.

O inglês de Holbein tinha melhorado. Ele chegava a ter um leve sotaque londrino. E, a meu ver, também adquirira uma pequena dose de hipocrisia inglesa: não iria mencionar a derrocada de meu pai. Senti meu coração amolecer diante de seu visível desejo de passar ao largo daquele assunto doloroso e me perguntei se isso afetara seus planos de nos visitar depois de ter chegado à Inglaterra.

— Mas eu vim agora — disse ele, radiante como um cachorrinho, e com o rosto iluminado. De repente, lembrou-se de que algo, não sabia bem o quê, lhe dera coragem de voltar à rua onde eu morava. — Eu vim e trouxe algo para lhe mostrar. Algo que eu fiz. Um quadro de que me orgulho. Acho que a senhora vai gostar. Espero que goste. E que seu pai goste — ele fez uma pausa. — E seu marido também, claro — acrescentou, com má vontade. Tomou fôlego, e se aprumou. — Quero convidá-los, a todos, para ir à minha casa vê-lo.

Neste ponto eu já estava tomada de ternura.

— Teremos o maior prazer — disse afetuosamente, sabendo que meu sorriso iria encantá-lo. — De fato. — Ele resplandecia, e os olhos, fixos nos meus, sorriam. Em seguida, ele se recompôs, como se a nossa conversa tivesse sido um sonho agradável que o surpreendera e, agora, ele estivesse voltando à realidade. Olhou ao redor, olhou para o sol, afastou-se de mim e fez uma leve reverência como se estivesse prestes a partir.

— Mas, mestre Hans — disse eu, entendendo o significado daqueles movimentos e não querendo interromper aquela conversa que nos levava de volta, com sua força nostálgica, à despreocupação dos velhos tempos. — O senhor não quer entrar e tomar algo comigo? Temos tanto a conversar depois de todo esse tempo. Quero tanto saber o que o senhor está fazendo... — e deixei minha voz se extinguir, saudosa. (Será que eu sempre soubera do jeito sedutor com que eu o tratava e que agora me vinha tão naturalmente? Era o que eu me perguntava nesse momento, me refreando.)

— Preciso ir embora — disse ele, com uma pressa e um embaraço que o faziam de repente parecer grosseiro. Lançou um olhar incomodado à minha porta da frente. Quase me aborreci, até me dar conta de que ele talvez não quisesse ver a realidade de minha vida de casada atrás daquela porta. Um pensamento que me causou um nó na garganta. — Vou trabalhar — Holbein acrescentou, marcando as sílabas. — Já tomei muito de seu tempo.

Ele agora estava andando para trás, arrastando os pés, apertando os olhos contra o sol.

— Foi muito bom vê-la, senhora Meg — disse ele, meio sem jeito. — Domingo ao meio-dia?

E, antes que eu pudesse responder, deu meia-volta e foi embora, plantando sobre pedras da rua uma perna musculosa depois da outra, numa velocidade que logo se transformaria em corrida.

Preparei a visita dominical cuidadosamente. Eu disse a John que queria ir à missa com meu pai na catedral de St. Paul. Deixei meu marido e Tommy em casa. Disse a meu pai que John não nos acompanharia à igreja por ter um trabalho a fazer. Só mencionei a meu pai o convite para irmos visitar mestre Hans em Maiden Lane assim que recebemos a absolvição e saímos da igreja. Eu não queria enganar John; mas achei que mestre Hans ficaria mais à vontade só com a presença de nós dois.

— Nosso velho amigo Hans Holbein! — disse meu pai, com a sua nova calma, embora também aparentasse satisfação. — Que boa surpresa!

Ele devia saber que mestre Hans pintara, quando os retratos se tornaram moda, desde o retrato de Thomas Elyot, nosso amigo, até os de quase todos os nossos inimigos do círculo de Ana Bolena, mas meu pai não fez nenhum outro comentário, apenas continuou andando e assobiando sob o intenso sol de julho. Estava tão pálido sob aquela luz forte que me lembrei das preocupações de Alice com as dores no peito e as noites maldormidas dele. Mas não ousei lhe fazer perguntas diretamente; eu sabia que ele detestava se mostrar frágil.

Mestre Hans não estava propriamente à vontade. Ele nos esperava na esquina da rua. O rosto se iluminou quando nos viu, embora me rodeasse sem me olhar nos olhos até fazer uma mesura exagerada diante de meu pai (mas, pensei, será que no fundo ele percebia que meu pai parecia ter se encolhido, diminuído de tamanho e emagrecido no rosto com os anos, e que o cabelo preto e forte parecia mais grisalho?). Mestre

Hans fez apenas uma pausa de um minuto para sorver o brilho do sorriso de More — sorriso que continuava vigoroso, dourado e encantador como sempre — antes de nos conduzir à porta de entrada. Ele vivia nos aposentos do primeiro andar, no alto de uma escada lúgubre. No térreo, não havia barulho nenhum e nem cheiro de comida.

— Eles saíram — disse Holbein, pressurosamente, enquanto nos conduzia escada acima —, o velho e o rapaz que trabalha para mim. Mas deixaram algo de comer em meus aposentos.

Havia uma mesa com pratos de madeira repletos de pão, queijo e carne, e um grande jarro de cerveja e o brilho do estanho recém-polido, e um punhado de flores silvestres miúdas de talos compridos num outro vaso grande. Alguém nessa casa de homens fizera um esforço para agradar. Havia comida demais para nós três. Por mais que mestre Hans fosse voraz, eu estava tão nervosa que meu apetite desaparecera, e meu pai, que sempre fora abstêmio, mal comia.

Então me dei conta de que eu era a única pessoa ali que estava olhando para a comida e me preocupando com os detalhes da reunião social. Mestre Hans estava preocupado com o quadro.

— Isso é o que eu quero lhes mostrar — disse, com urgência, sem se preocupar com gentilezas e gracejos, tomando o braço de meu pai pelo cotovelo enquanto entrávamos no quarto, conduzindo-o direto para a parede lateral, onde, a essa hora do dia, a luz do sol declinava através da janela aberta. O quadro tomava a parede quase toda: um quadrado imenso feito de grandes tábuas de madeira, maior que a moldura da porta, mais alto que um homem, apoiado num banco.

Meu pai olhou para o quadro que brilhava contra aquela parede encardida. E viu dois rapazes com vestes nobres, de pé, um de cada lado de uma mesa.

Houve um longo intervalo. Também o examinei. Tecnicamente, o quadro estava ainda mais bem-acabado que os mais antigos que eu vira. Mas havia algo novo nele que não me agradava inteiramente: havia menos da antiga simplicidade, rica e franca, que se via nos quadros de mestre

Hans; em vez dela, parecia haver uma inteligência mais sutil que nos soprava histórias, escondidas sob a superfície, que eu poderia imaginar quais fossem, mas não compreendia muito bem. Achei que havia elementos demais no quadro: no centro, um amontoado de detalhes; e abaixo, uma comprida e misteriosa mancha que subia em diagonal para a direita.

Mas vi que meu pai tinha gostado. Ele tinha entrado no espírito do jogo. Estava decifrando as histórias secretas que havia ali. Deslocou-se para o lado direito do quadro. De onde estava, desceu os olhos estreitados até a mancha enviesada, movimentando-se até encontrar o lugar ideal de onde poderia vê-la. E de repente deu um grunhido de satisfação. Tinha decifrado o enigma visual.

— Vi — disse para si, e depois para mim —, é um crânio, se você olhar daqui — e fez uma pausa —, e se você olhar daqui não vai ver muito do que há no resto do quadro: os franceses se tornam sombras na parede; como na caverna de Platão.

Todos nós paramos, e me veio uma lembrança melancólica de Erasmo contando-nos com prazer sua história favorita, sobre os homens que, vivendo na caverna, acreditavam que as sombras na parede eram a realidade, enquanto apenas o filósofo que saiu da caverna vira a realidade maior.

Depois, afastando-se para olhar de novo os instrumentos astronômicos na mesa, meu pai virou-se para mestre Hans, e disse:

— Trata de ângulos, não é mesmo? É o quadro de um astrônomo.

Então, deu um passo atrás e olhou mais para o alto da pintura, parou para olhar de soslaio a parte inferior e começou a olhar para cima, no mesmo ângulo, os olhos acompanhando a diagonal ascendente do retrato, desde a mão de um dos personagens, subindo pelo braço envolto no cetim vermelho do outro até... E agora, o que havia atrás da cortina verde da Quaresma na extremidade da diagonal ascendente? Meu pai se deslocou um pouco para a esquerda, eu o acompanhei, deixando-me, sem querer, entrar no jogo.

Um crucifixo. Nas sombras. Quase invisível. Quase todo coberto pelo véu. Como se fosse Sexta-feira Santa e o padre tivesse apenas começado a abrir a cortina.

More parou mais uma vez e olhou para mestre Hans com admiração crescente.

— Você se tornou astrônomo, mestre Hans — disse ele, e com uma voz tão tranquila, como se cinco anos não tivessem se passado desde a última vez que estivera num cômodo com o alemão, e como se não estivéssemos todos num cômodo nem mal tivéssemos trocado palavras entre nós que servissem de explicação. — Além de — e lançou um olhar perscrutador a mestre Hans — teólogo; e talvez mesmo astrólogo, não foi isso?

Mestre Hans assentiu com a cabeça. Meu pai, rapidamente, dirigiu o olhar para o meio do quadro. Ele via o ângulo em que um esquadro mantinha aberto o livro de aritmética que mostrava uma conta de dividir sob a palavra alemã *dividirt*; e o ângulo muito semelhante em que um lado do hinário, escrito em alemão, também se mantinha aberto na mesa por estar apoiado num feixe de quatro flautas.

— O mesmo ângulo — disse ele, como se perguntasse. Mestre Hans assentiu, concentrado, encantado, vendo a mente rápida de More arquitetar as respostas. — O mesmo ângulo das grandes linhas que levam do crânio ao crucifixo; o seu *memento mori*?

Mestre Hans assentiu de novo, quase explodindo de contentamento. Quase sibilavam um para o outro, perdidos no confronto de mentes.

— Que ângulo é este?

— Vinte e sete graus.

— E devemos pensar no luto: a Quaresma, a Sexta-feira Santa, Cristo atrás das cortinas...

Meu pai cruzou um braço sobre a barriga, apoiando o cotovelo do outro braço com uma das mãos enquanto a outra segurava o queixo. Refletia profundamente.

Mestre Hans não conseguiu esperar:

— Vinte e sete graus era a altura do Sol nessa Sexta-feira Santa, no horário da morte de Cristo — falou. — O crânio é uma lembrança das sombras criadas pelo Sol: não é um *memento mori* normal — e ele compartilhou um sorrisinho de quem partilha um segredo secreto comigo ao dizer *memento mori.*

Meu pai sorriu. Um sorriso novo. Uma espécie de alegria contagiosa que acompanhava a do próprio mestre Hans.

— Esta Sexta-feira Santa. O fim de semana da Páscoa em que Lady Ana foi proclamada... — ele não conseguiu terminar a frase com a palavra "rainha", mas percebeu o sentido oculto do quadro; mestre Hans estava sofrendo tanto quanto ele pela destruição da Igreja comum a nós e a escuridão que estava envolvendo lentamente a nossa vida. Holbein pintara o momento da ascensão de Ana Bolena como sendo o término da civilização que conhecíamos.

— Exatamente! — dizia mestre Hans, sem conseguir se refrear por mais tempo, e, como um gazeteiro perdoado, ou um amigo, deu um passo à frente e bateu com sua pata de urso no ombro de meu pai. — Eu sabia que o senhor entenderia.

Como eu poderia ter achado o quarto sujo? O ar estava cheio de pombas quando nos sentamos para comer; a cerveja estava dourada como mel. E de repente podíamos falar como não falávamos havia meses. O quadro resplandecia diante de nós e meu pai e eu continuamos a procurar os elementos dos jogos que mestre Hans montara — um fluxo inesgotável de inventividade. Havia grandes temas, parte da ideia maior de que a vida civilizada estava sendo destruída pelas lutas religiosas. O chão de mármore se parecia com o piso da abadia de Westminster onde os reis eram ungidos, um casamento da terra com o Céu; e havia hexágonos mágicos em cima e embaixo do quadro, um artifício matemático que representava o sobrenatural, e, como mestre Hans nos mostrou quando demoramos a entender, a composição também continha um quadrado astrológico oculto com as sombrias configurações planetárias daquele dia em que a sorte de meu pai fora selada. Havia outros detalhes que de vez em quando me espantavam, deixando-me tão encantada com mestre Hans que, numa dessas vezes, me engasguei com o pão e o queijo, utilizando a cerveja para disfarçar o que eu sentia. Havia algo enternecedor nas pequenas bajulações com que ele tratara os franceses que lhe fizeram a encomenda; Polisy fora destacada como um lugar importante da França, no mesmo globo, por exemplo. E eu amava os erros que sua pronúncia alemã ocasionava a palavras em francês escritas no globo terrestre: "Pretanha" para Bretanha, e "Baris" em vez de Paris.

— O senhor prometeu voltar para fazer as alterações finais em nosso retrato, mestre Hans — disse More, acomodando-se satisfeito em sua cadeira, afastando o quadro de madeira. — O senhor se lembra? Mas isso foi há muito tempo, e mal me atrevo a lhe fazer essa pergunta. O senhor se tornou um homem ocupado. Talvez não tenha tido tempo...

Todos nós sabíamos que não havia mais nada a ser feito no quadro da família. Não havia nenhuma necessidade dos alaúdes e cadeiras que o pai pedira um dia. Mas não era disso que More queria falar. O que ele realmente queria era propor futuros encontros; uma nova amizade. E mestre Hans rebrilhou de prazer diante disso. Ele adorava meu pai, era visível. Ele e meu pai se divertiam um com o outro; estimulavam ideias um no outro; juntos, eram mais vivos. E eu o amava por trazer a meu pai — já menos encolhido, menos grisalho, menos afastado do mundo — essa vontade renovada de lutar pela felicidade.

Mas o rosto de mestre Hans se entristeceu com a lembrança da situação real que estávamos vivendo naquele momento.

— Eu gostaria — ele respondeu, mas com cautela —, muito.

Não propôs nenhuma data. Nem meu pai perguntou. Mas percebi que ele se recolhera de novo, ferido.

Então, surpreendendo até a mim mesma, tomei a dianteira e disse:

— O senhor e eu podemos marcar uma data entre nós. Não precisamos incomodar o pai com detalhes. Podemos nos escrever. O senhor provavelmente tem muitas encomendas, mas talvez mais perto do final do verão...

Ele ainda parecia perturbado: esperançoso, mas também ligeiramente alarmado. E então me ocorreu que ele não gostaria de ser visto indo a Chelsea, onde todo mundo via tudo e as paredes tinham ouvidos. Eu deveria usar mais a cabeça.

— Talvez pudéssemos todos ir à casa dos Roper? Margaret agora mora em Eltham, perto do palácio — acrescentei, subitamente inspirada. — É lindo. Chama-se Well Hall. Ela está fazendo um belo jardim à moda de Kent. O senhor vai adorar.

Eu estava certa. Ele ficara apavorado. Mas queria estar conosco. O rosto se iluminou. Estava encantado, e eu percebi os ombros de meu pai se distenderem.

— Sim, Eltham. Vamos nos escrever — prometeu mestre Hans. E em seguida ele se inclinou quase como se fosse me dar um tapa vigoroso no ombro. — Daqui a 15 dias. Vai ser muito bom.

Foi apenas depois de termos saído: meu pai se virara e seguia em direção ao rio, e eu, furtivamente, tomei o rumo de casa, metida em meu capuz. Foi então que enxerguei em minha cabeça o outro *memento mori* que mestre Hans pusera no quadro: tão simples e elegante que custei a acreditar não tê-lo visto antes. Além disso, era, de todos, o que representava a maior homenagem a meu pai. Aquelas fortes diagonais que partiam do ponto à altura do olho situado no canto direito do quadro, desciam para o crânio e subiam até o crucifixo, e se encontravam no canto mais à direita do quadro: na veste roxa do bispo francês. Todos esses maus presságios ligados à discórdia religiosa e à desarmonia política convergiam ao mesmo ponto. Um paramento cor de amora com desenhos de amoras. Morus: o trocadilho predileto de meu pai com o próprio nome. Holbein não se esquecera de nós, mesmo que estivesse empenhado em construir um futuro no outro campo, com pessoas que tinham o amanhã a seu alcance. O que o quadro estava dizendo, e repetindo, era: "Lembrem-se de More."

Ele não via o pai primordialmente como o torturador de protestantes que por um breve tempo ele se tornara, o homem que eu odiara. A visão de mestre Hans era mais ampla e generosa. O quadro estava pranteando o mundo de tolerância intelectual que estava desaparecendo e ao qual meu pai um dia pertencera. Mestre Hans, apesar da longa ausência e de todo o silêncio, ainda era nosso amigo de verdade.

* * *

Eu me sentia tão satisfeita de ver o rumo que os acontecimentos tinham tomado que não tive dificuldade de falar com John sobre o encontro e o quadro. Recatadamente, com o tato de sempre, ele quis saber, inicialmente, como se dera meu contato com mestre Hans.

— Fico contente de ver que esse encontro deixou seu pai feliz — disse ele, quando contei minha história emocionante e vi que havia um grande prazer em seus olhos azuis diante de minha alegria sincera. John adorava meu pai. E ele gostava quando percebia que eu suplantara toda a ambivalência em relação ao homem que me educara e estava convivendo bem com ele, o suficiente para poder perdoar, ou ignorar, o fato de que eu não o incluíra em meu plano secreto para reunir os dois homens. Eu não teria sido tão generosa, refleti, com um aperto no coração. Menosprezei essa generosidade tranquila que havia nele por muito tempo, desde que eu passara a me incomodar com o que eu considerava ser sua falta de energia e ambição, sua relutância em questionar aquilo que eu considerava errado na vida. Mas agora tudo de repente parecia se tornar mais simples. Nós apenas precisávamos de um pouco de alegria para encher nossas vidas de sol. O momento de tranquilidade que vivemos naquele dia talvez fosse fugaz, mas pareceu uma mudança para melhor. John me puxou para perto dele aquela noite, na cama, passando as mãos pelos meus cabelos escuros, acariciando meus seios e falando baixinho da saudade que sentira de mim. Respondi com um beijo e senti meu corpo estremecer. Quando, horas depois, nos afastamos um do outro, vi como se fosse a luz das estrelas refletida em seus olhos; quando ele me beijou e murmurou, "meu amor", eu respondi, "eu te amo", e foi o suficiente para que todos os silêncios ansiosos, os arrepios e as hesitações do ano decorrido sumissem como se jamais tivessem existido. Parecia, pelo menos, o caminho para um recomeço. Era como se ele pudesse realmente confiar em mim, por pior que fosse a traição perante o pai. Dormi bem naquela noite pela primeira vez em muito tempo.

Quando partimos para jantar em Chelsea na noite seguinte, eu já tinha escrito a Margaret e a mestre Hans sobre a data da nossa ida a Well Hall. De repente, eu me sentia cheia de alegria, com energia suficiente para correr com Tommy pelo piso de pedras em nosso corredor até ambos cairmos gritando e rindo. A melhor época seria setembro, foi o que pensei; quando o tempo começa a mudar; quando esse verão de expectativas estivesse perto de terminar. Uma ida a Eltham poderia ajudar a distrair o pai da hora que ele mais temia: o dia em que o infante real que a nova rainha estava esperando nasceria, e, com o primeiro grito de um novo príncipe herdeiro da dinastia dos Tudor, o rei teria ganhado o jogo alucinado no qual apostara o futuro do cristianismo. E a última esperança do pai de que o casamento falso, e tudo mais que o acompanhara, pudesse ser desfeito afinal desmoronaria.

Temos que aprender a viver com esse futuro, me flagrei pensando. Se esperarmos o pior, não ficaremos desapontados. Podemos então esperar o pior. Talvez até o pai possa.

Dame Alice nos chamou para o jantar, preparado à moda antiga, com os criados à mesa mais baixa, e nós acima deles, no salão da casa de Chelsea. Eu tinha me acostumado tanto às refeições mais íntimas na sala de estar, sem ninguém nos olhando, que me incomodava aquela refeição comunitária. Eu aprendera a gostar da privacidade. Mas era bom ser acolhida por Alice e ver aqueles olhos faiscantes e aquele rosto alegre e destemido.

Ainda não víramos meu pai. Apenas John e Anne, Cecily e Giles, mostrando certos sinais de tensão comuns a todos nós naqueles dias: unhas roídas; sorrisos forçados. Pobre John: sem esperança de construir uma carreira política própria, ainda morava ali, como uma criança, embora já estivesse com seus 20 anos e tivesse uma esposa. Mas fazia o possível para se ocupar. Meu pai inventava trabalho para ele fazer. O trabalho consistia em traduzir textos escritos no continente que reafirmavam a unidade da Igreja Católica e declaravam a importância do sacramento da Eucaristia na vida dos fiéis. Os Rastell iriam publicá-lo. Ninguém se atrevia a dizer que eles precisariam editar minuciosamente a tradução de John, por certo imperfeita; ele parecia tenso, embora ninguém o criticasse. Agora que meu humor melhorara, eu estava mais consciente da aparente indiferença e da alegria forçada do resto da família enquanto esperávamos por meu pai.

— Ele ainda está escrevendo — disse dame Alice num tom meio zombeteiro voltando-se para os mais jovens, tentando diminuir a ansiedade ao redor. — É toda essa agitação em torno do livro. Ele vem preparando sua argumentação há semanas. Mas o homem tem de comer. Vou mandar chamá-lo.

Ele apareceu antes que ela o fizesse. E, mesmo ocupado escrevendo uma das suas muitas cartas detalhadas aos homens de Cromwell, explicando por que sua última diatribe contra as heresias, publicada na Páscoa, não fora um ataque velado à nova orientação da política governamental, mais tolerante em relação às heresias, a expressão de seu rosto não o demonstrava. O sorriso que dera ao chegar alegrara todos à mesa e lhes levantara o ânimo, como sempre.

— Bem-vindos — disse ele simplesmente. — Vamos comer?

Mas havia algo estranho nele. Encontrar mestre Hans não o encantara tanto quanto a mim. Uma vez à mesa, ele abriu a Bíblia e escolheu um texto para nos ler como de costume. O livro se abriu, aparentemente sozinho, nos Salmos. Ele baixou os olhos. Parou.

— Então, que seja — disse, e abaixou a cabeça para ler. E algo em seus olhos me causou um arrepio na nuca. — "*Posuisti tenebras et facta est nox in ipsa pertransibunt omnes bestiae silvae. Catuli leonum rugientes ut rapiant et quaerant a Deo escam sibi*" — More leu, quase num sussurro, de modo que o silêncio a seu redor aumentou e todos se inclinaram para a frente para ouvir melhor. ("Estendes as trevas e chega a noite e vagueiam todas as feras da floresta; rugem os leõezinhos em busca de presa e pedem a Deus seu alimento.")

Dame Alice, que em geral tinha dificuldade em acompanhar a leitura em latim, não teve problemas com esses versos. Tive a impressão de que ela já os ouvira muitas vezes. Talvez fosse essa a leitura dele quando acordava de seus pesadelos gritando e procurava ajuda. Ou talvez fosse esse o teor de seus pesadelos. Havia um mal-estar na expressão de Alice quando ela se inclinou e começou a fazer uma de suas habituais investidas cômicas:

— Vamos, meu esposo! Chega de tristeza! Assim você vai talhar o creme!

De longe, vi os outros se imobilizarem, com sorrisos suaves no rosto. Ninguém queria dizer nada que fosse inconveniente; ninguém queria errar. Podíamos ver que alguma coisa não ia bem. Sob a mesa, senti John apertar minha mão.

Foi então que ouvi uma batida na porta da frente. Primeiro uma, depois uma sucessão; tão fortes e insistentes que pareciam golpes dados por mão de ferro. Tão barulhentas que quase abafavam as batidas de meu coração disparado. Vi os olhos redondos de Anne Cresacre se arregalarem até a deixarem como uma coruja aterrorizada, e me perguntei se as batidas em meu peito não me provocavam a mesma expressão palerma.

Um dos criados correu para atender à porta. Ouvimos passos rápidos atrás da tapeçaria; o ruído de trancas e ferrolhos; e mais passos fortes de homens que vinham atrás do rapaz.

Os recém-chegados, que atravessaram a entrada com passos enérgicos, eram estranhos; homens metidos em capas.

— Sir Thomas — um dos homens falou, com voz retumbante, chegando mais à frente, mexendo na bolsa à procura de um documento.

Meu pai, funcionário público genuíno, de algum modo conseguiu exibir um sorriso educado de boas-vindas. Nós, os outros, permanecemos encolhidos, paralisados em nossas cadeiras.

O homem atravessou o restante da sala e subiu ao estrado, estendendo um documento selado.

— Da parte de Sua Majestade — disse ele, ainda num tom alto e solene. Meu pai pegou o documento sem abri-lo e lançou um olhar inquisidor a seu interlocutor no qual brilhava um desafio mudo. — O documento diz que exige-se sua presença perante os comissários reais

— disse o homem, e, uma vez que More não respondeu, acrescentou, com a gravidade de quem lê uma sentença de morte: — Imediatamente.

Foi o livro, pensei, com uma resignação que me fazia mal ao coração; o último desafio de More à ordem política; a gota d'água da sua guerra solitária. Cromwell não o perdoaria. Era o começo do fim.

Bem devagar, meu pai inclinou a cabeça. Ainda havia um sorriso pairando em seu rosto. Embora o medo me paralisasse, não pude deixar de pensar no ódio que eu tinha daquele sorrisinho perpétuo, que mascarava todos os seus pensamentos do momento e nos afastava dele. Bem devagar, levantou-se.

Dame Alice também se levantou, voltando à vida ao se afastar um pouco da nossa cena hirta de terror. Não havia nada que se parecesse com um sorriso em seu rosto; havia ali apenas determinação.

— Esperem — disse ela, com uma calma resoluta, dirigindo-se ao homem e ao outro que estava parado atrás dele, abaixo do estrado, entre os criados. — Sentem-se, ambos. Vou preparar algo para meu marido levar. Mandarei que lhes sirvam algo de comer e beber enquanto esperam.

O homem que se dirigira a meu pai — o líder, sem dúvida — fez uma pausa. Meu pai fez um sinal de cabeça para ele. O homem fez o mesmo sinal para dame Alice.

— Comeremos na cozinha — disse ele, fazendo um gesto para que o criado que o levara ao salão lhe mostrasse o caminho.

Um silêncio mortal caiu sobre o salão enquanto os ouvíamos se afastar. Eram apenas olhos se movimentando, olhos que iam dos pratos a rápidas olhadelas para a pessoa a nosso lado ou para o pai, ainda de pé, com aquele sorriso ausente pairando nos lábios, ou para dame Alice, que olhava ferozmente ao redor como se quisesse que todos permanecessem calmos diante da catástrofe; que apenas respirassem, controladamente, inspirando e expirando, para que os momentos que transcorriam fugazes na direção de um futuro que nenhum de nós suportaria fossem impedidos de entrar.

A não ser pelo ruído de soluços, que eu ouvia por trás das batidas de coração e dos ruídos da respiração: pequenos queixumes, manifestações de histeria; e em seguida, uma lamentosa nota aguda. Olhei à minha volta à procura da fonte dos sons, mas o que vi foram apenas rostos inexpressivos me fitando.

Muito tempo se passou antes que eu percebesse que os ruídos saíam de meu peito, independentemente de minha vontade. Que era simplesmente o meu rosto que estava coberto de lágrimas. E que a fonte desse pranto eram meus olhos espantados. Que todos estavam me fitando assombrados porque eu era a única pessoa ali que mostrava sinais de tristeza.

— Meg — disse meu pai, e todos os olhares se voltaram para ele. O sorriso desaparecera. Havia uma suavidade em seu rosto que eu não compreendia. Mas também havia um quê de dureza. — Minha querida. Pare de chorar.

Olhei para ele, esforcei-me para dominar a rebelião que sacudia meu corpo, solucei e fiquei quieta. Senti John largar minha mão, procurar um pano e se virar para enxugar as lágrimas em meu rosto com muita delicadeza.

— Meg. Todos vocês — disse meu pai, e o silêncio pareceu pesar mais. Ele se empertigou. — Vocês não devem ceder ao medo. São tempos difíceis para nossa família. Nunca se sabe quando cada um de nós vai precisar de cada grama de coragem que ainda possuir.

Então, fez uma pausa. Estava lutando consigo mesmo, vendo como era difícil dizer o que viria a seguir.

— Mas não é agora — continuou More, ainda espantosamente calmo, mas com um enorme esforço visível em suas feições bem marcadas. — O que aconteceu não foi real. Foi apenas um ensaio. Esses homens não vieram a mando do rei. Eu os arranjei com John Rastell. São atores.

Em meio ao barulho e à azáfama na mesa dos criados, dame Alice virou-se enfurecida para o marido. Em seguida, todos falaram ao mesmo tempo. Todos menos eu, quer dizer. Nesse momento, foi a minha vez de ficar paralisada com a surpresa.

— O senhor quer dizer que não foi preso? — ouvi John rugir, ofegante.

— O senhor contratou atores? — Cecily ganiu.

— O senhor a assustou — ouvi alguém falar perto de mim. Era a voz do meu John, mas num tom monocórdio cuja fúria assassina me era inteiramente desconhecida. — Sem motivo.

Então, senti que uma corrente de ar escura passava a meu lado e, espantada demais para poder tomar fôlego, percebi que era John voando de encontro a meu pai, com um olhar alucinado e ameaçador que eu nunca vira até então, preparando um soco e sibilando:

— Vou arrancar esse sorriso de sua cara! — E John lhe aplicou um golpe direto no queixo. Ouviu-se um baque surdo. Meu pai estava estirado no estrado, agarrando o rosto, cuspindo sangue. Um dente foi parar perto de seus pés. John deu um passo atrás, segurando o punho com a outra mão, olhando com ar de surpresa diante do sangue nos nós de seus dedos abertos.

Fez-se silêncio. Meu pai se recuperou primeiro. Ainda com a mão no rosto, mas sem nenhuma raiva aparente, disse a John por entre os lábios inchados:

— Vejo que você ainda guarda um pouco do selvagem aí dentro, afinal de contas.

John continuou ali parado, sem responder, olhando as próprias mãos.

— Bem, você mereceu! — Dame Alice guinchou, de repente recobrando a voz, e as palavras enraivecidas nos ajudaram a tomar fôlego e mexer braços e pernas até então paralisados. — Você nos tirou do sério! Não ouse me dizer que essa é apenas outra brincadeira sua!

— Psiu, mulher — disse ele, meio para tranquilizar, meio para advertir, fazendo um esforço visível para abaixar a mão que amparava o queixo machucado e se virando lentamente para ela, enlaçando a cintura rígida da mulher e lhe dando um beijo na bochecha corada na frente de todo mundo. Fascinada e horrorizada, fitei a marca ensanguentada do beijo no rosto dela e a boca inchada e meio aberta dele que começava a ficar azulada de um lado.

Os machucados não lhe tomavam mais a atenção, mas achei que ele parecia quase aliviado pela explosão de raiva vinda de todos os lados. Para ele, nossa raiva era uma emoção mais fácil de lidar do que o sofrimento que ameaçara nos esmagar um pouco antes. Ele estava representando naquele momento diante de uma corte construída por ele, levando-nos todos, na maré de nossos sentimentos, aonde, a seu ver, nossa compreensão deveria nos levar.

— Não era brincadeira. Como eu disse, era um ensaio. Alguns de vocês preferem não ver o quanto nossa situação aqui é precária — continuou, e incluiu dame Alice no olhar severo com que rodeou o salão. — Não há nada de engraçado no que poderá acontecer conosco. Estamos de fato atravessando o bosque escuro de Deus. Os sons que ouvimos ao nosso redor são de fato os leões rugindo à procura de carne. Nosso sofrimento pode começar a qualquer momento. Precisamos estar prontos para enfrentar nosso destino com dignidade.

More estava pálido e contido. Não havia brincadeira em seu tom. E, quando os olhos dele se voltaram para mim e para John, que ainda estava de pé, com ar espantado, era como se nos acusassem.

— Não quero ver lágrimas caso isso aconteça. Não quero brigas. Quero dignidade. Quero que busquemos consolo na compreensão que Deus nos propiciará.

Então, ele se enterneceu, e deslizando o corpo para o outro lado de John, aproximou-se de mim.

— Não me tire a dignidade, Meg — disse ele, mais delicadamente. — Promete?

Assenti com a cabeça, sem palavras, tão emocionada que estava incapaz de falar.

— Amém — disse ele. — Obrigado.

Então fez uma pequena reverência, e atravessou a sala, passando pelos criados.

— Obrigado a todos por partilhar do jantar comigo — disse ele, à porta, num estranho momento de retorno à cortesia cotidiana. — Agora tenho trabalho a fazer. Se me dão licença...

Ninguém sabia o que dizer depois que ele partiu. Através da janela, podíamos ver a vela tremulando e seguindo o caminho na direção do Novo Edifício. Na mesa, nossa comida continuava intocada. Mas nenhum de nós tinha apetite para carne.

— Bem! — disse dame Alice. Nem mesmo Alice sabia o que dizer. Olhou à volta para os criados de olhos arregalados. — Terminem de comer — Alice lhes disse bondosamente; depois, virou-se para nós. — Filhos, podem me acompanhar à sala de estar?

Foi um alívio estarmos longe dos olhos de todos e da conversa excitada e confusa que irrompeu no salão assim que nos afastamos da mesa. No corredor, John passou um braço em minhas costas e me apertou, me consolando.

— Bem, pelo menos nos desmoralizamos juntos! — sussurrou.

Embora ele falasse com uma ponta de humor, eu ainda via sinais de tensão em seu olhar e seus músculos enquanto ele caminhava. Aquele fora o primeiro indício de um instinto de luta há muito contido, que nunca considerei existir num homem tão gentil.

— Você teve toda razão de chorar. Mas agora vamos nos acalmar.

Funguei, em parte consolada, e tentei sorrir enquanto trotava um pouco mais depressa, tentando manter o passo junto às passadas de sete léguas de John.

— Obrigada por ter me dado apoio... eu nunca tinha sido tratada assim por ninguém até hoje... sua mão está doendo? — perguntei, sentindo uma ternura orgulhosa por meu defensor. Mas a mão não lhe importava. Ainda estava se sentindo animado pela força de sua reação combativa.

— Ainda não. Talvez mais tarde — disse ele, com os dentes à mostra, como um pirata sorridente.

— Bem, isso foi mesmo o fim! — ouvi dame Alice dizer, ao chegarmos à paz da sala de estar, onde o fogo estava aceso e todos começavam a se ajeitar nas cadeiras e almofadas, conversando uns com os outros num clima que se situava entre a excitação e o medo. — Nunca pensei que ele poderia ser tão cruel! Declaro que, afinal, o homem está perdendo o juízo!

— Não tenho tanta certeza disso — disse John, dando um passo para ficar ao lado dela, perto do fogo, e animado por ter recuperado sua energia. E havia tanta autoridade e calma em sua voz, que todas as outras vozes na sala se calaram enquanto nos voltávamos, à espera de uma explicação. — Acho que sei por que ele fez isso. Mas primeiro — ele olhou simpaticamente para dame Alice, espumando de raiva em sua cadeira —, a senhora sabe sobre o que eram os sonhos dele?

Alice pareceu aliviada ao ouvir a pergunta. Ela vinha nos dizendo que meu pai andava dormindo mal havia semanas; mas nenhum de nós mostrara interesse em saber mais sobre isso até esse momento.

— É horrível — disse ela com franqueza, e notei que ela estava com olheiras. — Não sei o que fazer. Ele grita em pleno sono. E acorda com olhos arregalados e a cama empapada de suor. Às vezes me diz algumas coisas antes de acordar por completo. Coisas horríveis. Sobre torturadores. Às vezes foi torturado. Às vezes estão se aproximando dele com facas para eviscerá-lo. Às vezes é ele que está olhando enquanto lhe arrancam o coração do corpo e o sacodem na sua frente. Mas, assim que a luz do dia surge, ele não fala mais nada. Simplesmente finge que nada aconteceu.

"A culpada disso é Elizabeth Barton" — Alice continuou. — "A freira. A Donzela de Kent. Vocês sabem: a milagreira. Ele ficou assim desde que foi vê-la. Passou um dia inteiro sozinho com ela. E, depois, não contou sobre o que falaram. Disse apenas que ela lhe contara que o Diabo, quando aparecia, voejava ao redor dela como um pássaro. Mas foi aí que tudo começou. Ela esteve aqui duas vezes desde então, tentando se aproximar dele. Eu a mandei embora, claro. Não me passaria pela cabeça vê-la em minha casa, açulando-o com a sua conversa. Mas ele continua tendo esses sonhos."

Cecily e eu trocamos olhares horrorizados. Como londrinas, víamos a Donzela de Kent com ceticismo: a nosso ver, ela era uma arruaceira, uma agitadora e provavelmente uma impostora. Eu não tinha ideia do que poderia ter impelido meu pai a conhecê-la. Na via do misticismo católico, ela estava muito longe do que eu o imaginaria inclinado a trilhar — e muito próxima do que tínhamos sido educados a desprezar por considerar superstição. Desviei os olhos de Cecily, por não querer revelar meu estado de espírito para ela, mas percebi que ela furtivamente se persignou.

Dame Alice queria que John continuasse.

— Então por que você acha que ele fez aquilo? Aquilo... esta noite... com os atores? — Alice o instigou, e era visível que a fúria dela contra meu pai tinha arrefecido enquanto ela descrevia os pesadelos dele, embora ainda houvesse um brilho belicoso em seus olhos. — Você disse que sabia o motivo.

— Porque ele queria nos mostrar que tem medo, mas não encontrava as palavras para nos dizer isso — disse John com simplicidade. — No fundo, ele é um homem antiquado. Ele foi criado numa época em que as pessoas viviam uma vida pública o tempo todo, e todas tinham um papel a representar, e o faziam à perfeição. A única hora em que se viam as pessoas se lamentar e bater no peito e mostrar seus sentimentos era no palco. As pantomimas, os festejos dos dias santos, as fantasias e a desordem eram a única boa desculpa para um pouco de dissipação e baderna, a única oportunidade que as pessoas tinham de fazer loucuras. Então o que eu penso é o seguinte: agora que perdeu sua posição de homem público, e se viu sozinho com os próprios pensamentos, e foi colhido por todos esses horrores sobre os quais não sabe o que dizer, ele foi buscar refúgio no único lugar em que pode falar de seus sentimentos. Mandou trazer os mímicos.

Todos fitavam John atônitos, com exceção de Alice. Assentindo com a cabeça, ela nos dava sinal de ter entendido o que ele dissera. Ela e John eram da época das pantomimas.

— Você está dizendo — disse Alice, e seu rosto se suavizou — que More estava encenando uma espécie de mistério no qual podemos ver o que se passa em seu coração?

Nunca a tínhamos ouvido falar de forma tão poética.

— Isso mesmo — disse John, com uma convicção que nenhum de nós contestaria. Era óbvio que ele tinha razão. — Eu não devia tê-lo atacado. Achei que ele estava sendo cruel. Mas ele devia estar apenas desesperado.

Vi lágrimas se acumulando nos olhos de Cecily, e a simpatia surgindo em um ou outro rosto.

— Foi uma lembrança inteligente — murmurou Giles Heron, e sua voz bem modulada de político vibrava de respeito por John. — Eu nunca chegaria sozinho a essa conclusão.

— Ah, meu pobre pai — sussurrou Anne.

— Posso deixar algum remédio para ele? — disse John, numa intervenção prática, voltando-se para Alice. — Para que ele possa dormir?

Ela balançou a cabeça, e acrescentou:

— Ele nunca tomou nada disso. Perdi a conta das vezes que sugeri essa solução. Mas ele apenas me respondia falando da vontade de Deus. Ele é teimoso.

Ela se persignou.

— Bem, digo amém a isso também — disse John, resignado. Ele sabia que a situação era a que ela descrevera. — Mas ele poderia ser mais razoável se conseguisse ao menos descansar um pouco.

John deixou que eu tratasse de suas juntas quando chegamos à casa. Deitou-se na cama com o braço desajeitadamente estendido enquanto eu limpava o ferimento e fazia o curativo.

— O que aconteceu para você passar tão rápido do ataque à compreensão? — perguntei, com ternura, admiração e gratidão.

Mas, quando ergui a mão para acariciar seu rosto, vi que ele estava dormindo.

O bilhete de mestre Hans chegou no dia seguinte. Ele iria a Well Hall na última semana de setembro.

Devolvi o bilhete à mesa. Eu depositara muitas esperanças num novo retrato e na renovação de nossa amizade com mestre Hans. Mas, depois do tumulto da noite anterior, eu não acreditava mais (mesmo com um resto de esperança) que a viagem poderia significar um recomeço para meu pai. Ele não tinha intenção de se aposentar discretamente, reatando quaisquer velhas amizades ainda disponíveis nesse momento em que ele era apenas um cidadão recolhido à vida privada ou fazendo o que quisesse quando renunciara a seu cargo: rezar e servir a Deus. Ele não sabia o que era viver uma vida privada. John demonstrara isso. More tomara a perda da chancelaria como uma libertação das restrições que o cumprimento às ordens do rei implicava, mas não como uma deixa para que ele saísse da cena pública. E eu acordei com a certeza sombria de que, por mais assustado que meu pai estivesse, ele continuaria a lutar pela Igreja Católica. Ele seguiria sua cruzada até o fim.

Meu ânimo relacionava-se ao momento perturbador que eu tinha vivido em nossa volta de barco para casa, abraçada a John, que estava ali sentado, mais alto e mais orgulhoso do que o habitual, e a quem eu lançava olhares furtivos de admiração. Não sei se foi o calor da noite, ou o bater de asas dos pássaros e morcegos, que, adejando pelas águas à beira do rio, me faziam lembrar a visita do Diabo a Elizabeth Barton, ou se seria apenas a minha cabeça zonza de vinho e das emoções daquela noite. Mas, quando as pálpebras de John começaram a fechar, olhei para trás, para o céu noturno acima da casa de Chelsea — e, por um momento, longo e assombroso, eu poderia jurar ter visto a cauda de um cometa que saía de uma esfera vermelho-sangue que esvoejava sobre a casa. Ninguém o viu. O barqueiro resmungava e parecia atento ao som dos remos batendo na água. Quando cutuquei John, enrolado em sua capa, ao meu lado, ele demorou um pouco a me responder. Quando murmurei “Olhe!” no ouvido dele, e apontei para o céu, fazendo John se virar para acompanhar meu dedo, o que eu pensei ter visto já tinha desaparecido. Tudo o que restava era a lua cheia, branca e inocente, um fiapo de nuvem, e as sombras.

19

As folhas se avermelhavam, e as estradas se enlameavam quando Hans Holbein partiu, um tanto desorientado, de Londres, montado num cavalo desconhecido que alguém do Steelyard tinha lhe emprestado, com suas malas se sacudindo, atravessadas no pescoço forte do animal. Estava tomando o rumo de Well Hall mais cedo do que havia planejado de início, embora o outono já estivesse a caminho, e o ar, quase frio.

Ele passara o verão inteiro pensando nisso. Tinha parado de ficar andando por Bucklersbury à cata de Meg — um homem deve mostrar algum comedimento —, mas nada o impedia de, toda noite, sonhar em chegar triunfalmente a Well Hall no dia 21 de setembro e vê-la correr a seu encontro com um rosto radiante.

O orgulho é que o impedira de procurar Meg mais cedo, fora dos seus sonhos. Mas era um orgulho firme o bastante para que ele refreasse cada pensamento mundano que surgisse em sua mente rebelde, cada fiapo de fantasia que o levava a querer antecipar, fosse lá como fosse, o encontro tranquilo e seguro no campo. Pare, ele se dizia severamente, cada vez que se pegava sonhando acordado. O final de setembro não demora tanto. Depois, veremos. O importante era o quadro ficar perfeito.

Mas no final ele não pôde ser tão paciente. Foi a entrevista que teve com Thomas Cromwell, na manhã de 7 de setembro, em Londres, que o fez tomar a decisão de que deveria, afinal de contas, apressar os acontecimentos.

Holbein fora chamado à presença de Cromwell, alguns dias antes, pois este queria tratar dos detalhes de um possível retrato. Desperto naquela madrugada dourada do fim do verão, o pintor atravessou as ruas calmas com tanta ansiedade diante da perspectiva de uma encomenda de tamanha importância que mal percebeu os fatos e rumores a seu redor. Apenas quando foi levado aos aposentos de Cromwell e começou a fazer a reverência afável que ensaiara mentalmente desde que deixara seus cômodos é que percebeu que tinha andado, por quase uma hora, em meio a um frenético tocar de sinos de todos os campanários de Londres e Westminster.

Holbein achou que os olhos miúdos no grande rosto impassível pareciam se divertir em observá-lo. O homem à mesa parou de escrever e pôs de lado a pena. Mas não se levantou, nem respondeu à reverência de Holbein, apenas sacudiu um dedo na direção da janela atrás da qual os sinos tocavam loucamente.

— Então. Deus seja louvado — disse Cromwell secamente, e deu um sorriso torto e astucioso.

Holbein endireitou-se, atrapalhando-se por sua reverência ter sido ignorada, e olhou cuidadosamente para o outro para saber como agir.

— Deus sorriu ao rei e à rainha, mestre Hans — disse Cromwell, com paciência exagerada, e Holbein compreendeu, constrangido, que era a sua ignorância que divertia o político. — O senhor está ouvindo os sinos?

— O senhor está dizendo que um príncipe nasceu? — disse Holbein, e imediatamente fez sua boca exibir o mais amplo dos sorrisos. Cromwell estava deixando-o tão nervoso nesse dia quanto na última vez que se encontraram. Holbein o considerava o tipo de homem que sempre imporia sua superioridade e força frente a outro homem. Conhecera muitos desses valentões nas tabernas de seu tempo e, por experiências próprias, preferia manter distância. Não gostava de quedas de braço inúteis. Ainda assim, essa notícia agradaria a Cromwell. E ele associaria Holbein àquele momento auspicioso para sempre; então Holbein poderia se regozijar.

— Não exatamente — disse Cromwell, até mais secamente, e agora Holbein via que no sorriso do homem havia algo de lupino. Algo que estava muito longe de uma expressão de alegria. — Hoje, estamos comemorando o nascimento... *da princesa*. Princesa Elizabeth.

— Deus seja louvado! Uma longa vida à princesa Elizabeth! — soltou Holbein sem pensar e fez outra reverência. Por dentro, estava amaldiçoando a má sorte. Estar ali exatamente na hora em que uma filha nascia — o que significava que o rei, apesar de deixar toda a Europa em polvorosa com seu rompimento com a Igreja de Roma, não conseguira um herdeiro que lhe assegurasse a dinastia dos Tudor, e que Cromwell, o homem de Estado que mais se esforçara para guiar o rei por essa trilha arriscada, devia estar ansioso para saber se a sua política fracassaria — não era nada bom para começar a relação profissional com o homem.

Cromwell tornou a arreganhar os dentes.

— Bem, ao trabalho — disse ele, mais sem cerimônia do que nunca, dirigindo a conversa para assuntos práticos: a preferência quanto ao tamanho do quadro e a data em que estaria disponível para posar. — No primeiro dia de outubro — o político especificou, laconicamente. Não propôs alternativas. Era óbvio que não via motivo para que o pintor não largasse tudo mais para pintá-lo.

Holbein engoliu em seco, assentiu com a cabeça e olhou para os papéis que estavam na mesa de Cromwell. A decisão significava que ele voltaria mais cedo da semana pacífica com os More.

— Estarei aqui — disse ele, com mais entusiasmo do que sentia. Não havia mais nada a ser discutido. Cromwell procurou um papel, escreveu em três linhas um *laissez-passer* para ele, pôs areia na tinta e entregou-o ao pintor. Holbein fez uma reverência, murmurando um obrigado, e saiu.

Só quando já estava do lado de fora, ouvindo os sinos de novo enquanto dobrava o papel, guardando-o em sua bolsa, foi que notou outras palavras escritas no verso. Cromwell, que devia estar escrevendo quando Holbein entrou, virou a página para que este não a visse. Depois, tendo se esquecido, usara o outro lado do papel. Havia apenas uma frase. "Sem demora: verificar a amizade de mestre More com a Donzela de Kent."

Seria a perseguição de More a próxima atitude de Cromwell para dar vazão à sua raiva, uma vez que o nascimento da princesa abalaria a ascensão de sua carreira política? Holbein se perguntava. Ele não sabia a resposta, embora os arrepios que sentia o fizessem temer que More estivesse cada vez mais próximo do perigo. Mas, de repente, ele soube o que deveria fazer. Foi para casa e escreveu um bilhete apressado perguntando a Margaret Roper se poderia partir e começar a pintar imediatamente o retrato, uma vez que precisaria voltar a Londres numa data anterior à prevista. Não era seu desejo: Meg ainda levaria alguns dias para chegar a Well Hall. Mas ao menos ele teria tempo de estar com os Roper e tempo para fazer do quadro uma homenagem a More. E já planejava a maneira de fazê-lo. Ele já pedira emprestado o cavalo, estudado a rota, comprado os materiais necessários — entre os quais, novas peças de madeira — e arrumado a mala quando a resposta de Margaret Roper dando-lhe as boas-vindas chegou. Não havia nada mais a fazer senão partir.

Margaret Roper era uma mulher miúda, morena, com um rosto doce, que, apesar de estar agora mais cheia de corpo desde o nascimento do terceiro filho que carregava em seus braços (uma menina, a segunda, chamada Alice por causa da madrasta dos filhos de More), era basicamente uma magricela, pálida, de nariz comprido, ar recatado e diligente. Os olhos pensativos (com rugas de ansiedade que ele não vira da última vez) e o nariz comprido não eram muito diferentes dos de Meg, mas ela não tinha nada da inteligência e da elegância fascinantes da filha adotiva de seu pai. Nenhum brilho nos olhos. Nenhuma ferida oculta no coração, exceto as que tinham sido infligidas pelas desgraças que a família vinha sofrendo. Uma jovem boa e simpática, e por certo uma boa esposa, mas não alguém que Holbein chamaria de atraente.

Mas Margaret estava encantada em vê-lo. Saiu da casa correndo — uma edificação sólida e nova de tijolos vermelhos que Holbein, à primeira vista, poderia descrever como confortável, desprovida de goteiras e repleta de tapeçarias, de almofadas e dos cheiros tentadores da boa comida — e foi para o jardim luxuriante recebê-lo. Ela levava a criança no colo. Vira-o da janela do quarto das crianças, de onde o aguardava.

— Como é bom vê-lo, mestre Hans! — exclamou ela com sua voz macia, compreensiva, apertando os olhos contra o sol da tarde enquanto ele, exausto do exercício de cavalgar, a que não estava acostumado, tentava passar a perna por cima do lombo do cavalo sem mostrar grande esforço e com elegância. — Estávamos tão ansiosos pela sua vinda. É como se voltássemos, ainda que brevemente, aos velhos tempos.

Escorregou até chegar ao chão, trazendo com ele uma das malas, que caiu com estrondo, espantando-o.

Ela riu, bondosamente.

— Há anos não nos vemos, não é? Faz muito tempo, mas o senhor continua o mesmo. Um pouquinho mais esbelto e próspero, naturalmente. E cansado da viagem. Vou pedir a alguém que cuide de seu cavalo, leve suas coisas para dentro de casa, e traga alguma bebida e comida sem demora. O senhor precisa comer.

Pressurosa, ela o fez entrar pela porta aberta; dentro, o ambiente era escuro e acolhedor. Ao sentir um cheiro de carne assando, a boca de Holbein encheu-se de água. Margaret tinha o dom da hospitalidade: como Holbein já se sentia envolto em afeto, ele sabia que não era importante, apesar de todas as novas impressões que exigiam sua atenção, responder a tudo o que a voz suave dela dizia; eram apenas palavras de boas-vindas, como "Cerveja ou vinho?", ou "A pequena Alice dorme muito bem... só que Tommy e Jane a adoram e querem acordá-la para pegá-la no colo", e ainda "O senhor gosta de pombo?"

Ele trabalharia em um belo estúdio com uma grandiosa janela por onde a luz de fim de verão entraria, margeado em um dos lados pela saborosa paisagem de uma videira, projetando sombras na porta de entrada. Seus aposentos ficavam logo atrás: limpos, confortáveis, simples. Deixou escapulir um grande suspiro de felicidade. Esta visita seria um prazer.

— De início, o senhor vai achar tudo muito parado — disse Margaret, como se pedisse desculpas, enquanto lhe mostrava os quartos e um criado trazia sua bagagem. — Só eu, e Will, quando não está na cidade. Papai e dame — ela deu um sorriso acompanhado de covinhas ao chamar a madrasta pelo apelido afetuoso — chegarão dentro de uma semana e ficaram encantados ao saber que o senhor chegou antes do esperado. E Cecily e Meg disseram que também tentarão chegar mais cedo, embora não possam responder por seus maridos. Mas meu irmão John está ocupado na cidade, com Anne. E não sabemos ao certo sobre os Dauncey, embora Elizabeth tenha dito que eles virão assim que puderem. Não nos encontramos recentemente... — Ela fez uma pausa, com um ar tristonho.

Holbein podia imaginar por quê. Lembrava-se de William Dauncey em Chelsea sem muita simpatia: um rapaz de rosto muito pálido e modos pretensiosos, obcecado com a melhoria de sua vida pessoal, sem vontade de trocar ideias com um humilde pintor cuja amizade não alavancaria a carreira, e que, portanto, não era alguém com quem valesse a pena falar. Holbein não imaginava uma pessoa como Dauncey arriscando um envolvimen to com um sogro que caíra em desgraça, como acontecera a More — mesmo que este tivesse auxiliado a carreira parlamentar do genro. Ele ouvira dizer que Dauncey fora o único parlamentar do "grupo de Chelsea", como Cromwell os chamava zombeteiramente, a não se contrapor ao Ato de Restrição às Apelações, a lei de Cromwell que, naquela primavera, rompia a unidade da Igreja Católica e impedia que a rainha Catarina apelasse a Roma contra o decreto do divórcio dela. O pintor se indignou ao pensar na deslealdade de Dauncey. Era fácil ver por que sua bela esposa, como Holbein se lembrava, quase se apaixonara por John Clement.

— Porque eles moram fora de Londres — Margaret retomou o assunto, desculpando-os rapidamente. — Sei como é difícil levar a vida quando se mora longe, os filhos estão com você, e não há um motivo sério para se ir à cidade... Tento fazer um esforço. Às vezes, vou vê-los. Mas eles quase nunca vêm aqui, e Meg disse que não os vê desde que ela se casou, a não ser William, que vez por outra vai jantar em Chelsea quando o Parlamento se reúne. Mas — ela suspirou — não é de espantar. Elizabeth tem três filhos adoráveis: outro Tommy, como o meu, e outra Jane, e agora também o pequeno Henry. Acho que o senhor ainda não viu nenhum deles, viu? Ainda os esperávamos quando o senhor partiu. Bem, vai ficar espantado. Todos nós ficamos. São muitos. Não é de surpreender que ela não goste de viajar com a família toda.

Ela parou de falar e pôs o sorriso com as covinhas de novo no rosto.

— Veja só, eu, falando sem parar, cansando o senhor com essa conversa tola sobre família — disse ela, se desculpando. — O que eu quero dizer é que, quando eles vierem, será um prazer para todos nós: a nossa primeira reunião de verdade depois de anos.

— Vou gostar muito — disse Holbein afetuosamente, começando a relaxar naquela atmosfera cálida criada por ela, gostando cada vez mais de Margaret.

Mas o rosto da moça de repente ficou sombrio. Ela olhava, preocupada, a montanha de bagagem que o criado empilhava. A caixa de tintas de Holbein, prontas para serem preparadas. O conjunto de ferramentas, composto de martelos, serras e pregos. Sua mala de roupas. Sua bolsa de caçador, com o caderno de desenho, os lápis de ponta de prata e os crayons. Seu tapete turco. Ele trouxera quase tudo o que possuía, exceto o crânio. Na realidade, ele alarmara tanto o velho ao fazer as malas para partir que tivera que pagar um mês de aluguel adiantado para garantir sua volta aos cômodos de Maiden Lane. E depois havia as tábuas: peças grandes, do mesmo madeireiro que lhe vendera o pinho para os embaixadores, apoiadas, com cuidado, na parede caiada e limpa. Como ele conseguira trazer tanta bagagem no dorso de um só cavalo?

— O senhor sabe que o quadro ainda está em Chelsea, não sabe, mestre Hans? — disse Margaret parecendo culpada por ter lhe omitido algo tão importante. — Nosso pai vai trazê-lo. Fiquei tão animada ao vê-lo que quase me esqueci de que o senhor está aqui a trabalho. Tenho medo de que o senhor possa achar que está perdendo tempo comigo, embora eu tenha muitos jardins para lhe mostrar, e o campo à nossa volta seja encantador. Só que o senhor não vai poder trabalhar muito em sua pintura até ele chegar trazendo o quadro.

Holbein riu um grande riso, gostoso e tranquilizador, que expressava muito mais do que apenas o desejo de apagar aquela aflição do rosto dela. Ele estava cheio de ideias sobre o quadro que estava prestes a pintar, àquela luz do sol que atravessava a janela do belo quarto que ela tão generosamente lhe reservara. Seria uma vitória: uma destemida e incomparável descrição visual da verdade. Estava cansado de se esquivar, sempre assustado, como mais um medroso. Estava louco para começar.

— Não se preocupe comigo, senhora Margaret — disse ele, o mais gentilmente que pôde, como se ela fosse uma menina com quem estivesse entabulando amizade. — Veja — e apontou para as tábuas encostadas à parede. — Andei pensando e tive uma ideia. Sou hoje um pintor melhor do que era. Aprendi novas técnicas nesse meu longo percurso. Descobri novas maneiras de fazer um quadro mais fiel à realidade. Seria inútil simplesmente fazer algumas modificações num velho quadro e não aproveitar todo esse conhecimento. Por isso, eu trouxe tudo de que preciso para criar um quadro do zero. Implicará trabalhar muito mais, enquanto estou aqui, do que eu tencionava, pois seria mais fácil apenas corrigir o fundo do quadro de seu pai enquanto converso e aproveito a companhia de vocês por algumas semanas, mas todos ficaremos mais felizes se eu fizer dessa nova maneira, porque teremos um quadro muito melhor do que o anterior. Mas tenho muito a fazer, planejar e preparar. Então, estarei bastante ocupado até eles chegarem.

Seus lábios fizeram um "oh!", de espanto. Não foi exatamente a reação de intensa alegria que ele havia esperado. Será que ela não estava mais acostumada a esperar que as pessoas fizessem gentileza a sua família agora desconsiderada? Ou estaria preocupada com dinheiro?

— Olhe, eu morei com sua família durante meses — Holbein se apressou em dizer. — Vocês todos foram muito mais generosos comigo do que eu jamais esperei que alguém pudesse ser. Essa é a única maneira que tenho de pagar minha dívida. E — ele quase perdeu o fôlego; não tinha pensado nisso: seria uma oferta muito disparatada para um homem que ainda tinha que cavar seu caminho no mundo? —, não vai lhes custar nada. Vocês terão dois quadros pelo preço de um; talvez um para cá e outro para Chelsea. É meu agradecimento a vocês. É um presente.

Ele ainda não sabia que pergunta ele respondera com o pequeno discurso. Mas quando viu a doçura inundando o rosto de Meg, deixando-o rosado, surpreso e feliz, percebeu que seu gesto de generosidade valera a pena. Se ele tivesse coragem de seguir suas convicções e fizesse o que achava correto fazer pelas pessoas queridas antes que o destino que ele suspeitava esperar por elas as apanhasse, ele teria ido até o fim.

Ele teve tempo de refletir melhor sobre seu plano enquanto serrava as tábuas e as juntava; enquanto as aplainava, polindo-as com areia, e as preparava; enquanto brincava com os filhos dos Roper e ouvia as vozes finas e felizes deles ao longe, quando brincavam no jardim; enquanto tirava da bolsa a pequena cópia do quadro original para trabalhar a partir dela; enquanto caminhava com Margaret e seus filhos, que saltavam, sob o dossel de folhas douradas das árvores que ladeavam o longo caminho que levava ao celeiro, e, enquanto iam e voltavam, ela apontava as flores e ervas que tinha plantado; enquanto ele arquitetava o quadro que iria pintar.

A ideia era tão grandiosa que parecia haver uma tempestade em volta dele, abafando o resto do mundo, despejando raios e ressoando em seus ouvidos enquanto ele fazia esboços, andava, comia e falava. Seu quadro seria uma rejeição ao medo. Ele iria se inspirar em cada grama de saber que possuía e mostrar tudo, tanto aberta como veladamente, como ele aprendera ao pintar os embaixadores: a verdade, toda a verdade, nada mais que a verdade. Seria o retrato de uma família que ele amava e para a qual tivera a coragem de voltar, mas nele haveria muito, mas muito mais que o cenário simples que ele tinha pintado antes. Seria uma expressão da angústia que lhe invadia a alma diante do mundo enlouquecido. Mostraria sua dor por ver toda a harmonia humanista pela qual Erasmo lutara — a vida de discussões e tolerância serena que ele, Holbein, um dia considerara tão instigante e possível — sendo destruída, tanto pelos fanáticos protestantes, cujos excessos fizeram-no perder o respeito por eles em sua terra natal, como pelos políticos, que agora se mostravam dispostos a fazer qualquer coisa, a acreditar em qualquer coisa que os ajudasse a progredir às custas da luxúria de um rei.

Embora More tivesse participado daquela batalha política enquanto era lorde chanceler — e tivesse sido deposto pela paixão com que defendera a velha fé —, ele ainda tinha princípios. Ele tivera a graça de, no fim, afastar-se da política com a honra intacta. Bastava olhar para ele para ver que ainda fazia parte do mundo de Erasmo: um homem de espírito, um pensador, um advogado humano e eficiente cuja reputação de homem justo e bom levara décadas para ser construída e não fora indelevelmente manchada por seus excessos recentes como católico. Era por isso que muitos nas ruas de Londres ainda falavam afetuosamente dele. Holbein não conseguia imaginar More se comportando da maneira áspera e desagradável de Cromwell, dono de uma vileza natural, cujo impulso de renunciar ao poder devido a princípios seria o mesmo com que ele voluntariamente se ofereceria como alimento a lobos. Holbein sabia que More tinha a qualidade inata de ser uma pessoa bem-educada; alguém que tocava alaúde com a esposa e observava os movimentos dos astros pelos céus. Apesar de todas as opiniões sobre as mortes na fogueira em cumprimento a ordens de More, não podíamos deixar de concluir que os homens que instigaram o segundo casamento do rei — e agora viam seus desígnios contrariados por Deus ao mandar à rainha uma filha e relegar a dinastia à história — tampouco tinham sido abençoados pelo bom Deus.

Holbein estava determinado a incluir todo fragmento de desilusão e raiva que já tivesse sentido. Ele mostraria que tanto as atitudes agressivas desse rei Tudor quanto as trapaças violentas da dinastia anterior, a Plantageneta, foram em vão. Mostraria o humanismo sendo destruído pela loucura, e o destino de More e o da Inglaterra entrelaçados e marcados pela desolação à medida que os fanáticos dominavam. Mostraria a magia da cabeça de More sendo ignorada e menosprezada. Mostraria a capacidade de destruição do medo. Mostraria cada traço e cada cacoete da família que o acolhera em sua casa e fizera dele um dos seus. E prestaria a sua última homenagem, uma que todos aqueles a quem amava — More, seus filhos... e, naturalmente, Meg — poderiam compreender.

Meg, que ele veria dentro de alguns dias. Meg, cuja impossibilidade de gerar três filhos — como, ele agora sabia, todas as irmãs dela tinham gerado — poderia, talvez, significar que seu casamento carecia de amor (uma ideia tão inebriante que ele mal conseguiria aceitá-la). Meg, cujo respeito era o que ele mais almejava na vida. Meg, que morava ao fundo de todo pensamento seu havia anos. Se fosse para ser realmente honesto, ele diria que esse quadro era uma carta de amor a ela, como tudo o mais. Mas ele não se permitiria refletir muito sobre isso. Por enquanto, ele se sentia feliz de se deixar levar pela ideia de que pousaria a pintura aos pés dela mais tarde. Ele não podia meter os pés pelas mãos.

Sentia-se todo-poderoso, irrefreável, no sétimo céu. Mesmo que não o incomodasse o fato de não ter a vasta erudição de Kratzer para ajudá-lo a guarnecer esse quadro das alusões sutis à vida do pensamento que caracterizaram o retrato dos embaixadores. Estava pleno de uma sublime confiança de que tinha, de um modo ou de outro, encontrado o caminho — tão confiante, na verdade, que, quando o acaso lhe trouxe apenas os pequenos bocados de saber de que necessitava, mal se surpreendeu.

Almoço com Will Roper, que chegara à casa, vindo do Parlamento, para um domingo de descanso, e que agora parecia mais velho, escondendo a lourice da juventude com uma barba longa e desgrenhada. Quando Holbein lhe perguntou como Londres estava recebendo a notícia do nascimento da princesa, o brilho de um ressentimento católico ("eu bem que avisei") em seus olhos de parlamentar fizeram-no parecer um menino travesso de novo, por um instante. Mas ele logo suspirou e tornou a se mostrar o barbudo grisalho que queria parecer.

— Chegou tarde demais para nosso pai — disse ele solenemente. — Ele já se aproximou demais do sol em seu voo.

A tristeza inusitada nos olhos de Roper fez Holbein pensar em como era fácil conviver com os filhos de More. Os que amavam o pai com a mesma simplicidade total com que amavam os próprios filhos e — diferentes da impetuosa, crítica e exigente Meg — nunca, jamais, duvidavam da correção das ações do pai.

— Ícaro — disse Holbein a Will Roper, um pouco hesitante, e separou tal pensamento para posterior consideração.

No jardim, Margaret Roper lhe disse:

— Eu gostaria que meu pai pudesse ficar em paz conosco, longe do olhar público — disse ela, melancolicamente, olhando para as primeiras folhas de inverno, que caíam. E então, letrada como era, encontrou uma citação clássica que expressava seu estado de espírito e a recitou a Holbein, em voz baixa: — "Se me fora dado mudar o destino conforme minha vontade, eu conduziria meu barco com um zéfiro gentil, de modo a não forçar demasiado o mastro que os ventos fortes quebrariam. Uma brisa calma encresparia suavemente o mar nos costados da minha nau balouçante" — e sua voz foi sumindo.

— É lindo — disse Holbein, mais uma vez assombrado com a erudição dessas jovens. — De onde é?

— Do *Édipo*, de Sêneca — disse ela, não exatamente acrescentando "é claro", mas o olhando com uma certa surpresa. Como se todo mundo soubesse.

Sentiu um formigamento na espinha. Seu instinto lhe disse que havia algo ali.

— Gostei — disse ele. — Você leria um pouco de Sêneca para mim, depois do jantar?

E assim ela lhe contou, ao pé do fogo, sobre Sêneca, um estadista erudito da época clássica, que, depois de cair em desgraça e ser obrigado por Nero a se demitir, dedicara-se a escrever. Mas os pensamentos perspicazes de Sêneca não agradaram ao frívolo imperador. Depois de escrever as *Epistolae Morales*, que defendiam uma resignação estoica diante dos vícios da vida pública, Sêneca fora forçado a se suicidar.

Junto à mesma lareira, num momento posterior da mesma conversa noturna, naquela noite ou noutra — as noites começavam a se misturar na cabeça preocupada de Holbein —, ele a ouviu contar a história de outro filósofo morto a mando de um rei: Boécio, funcionário do rei Teodorico da Itália. Boécio escreveu *Do consolo pela filosofia* depois de ser preso por subversão e feitiçaria. Ele discutiu o bem e o mal, a fama e a fortuna, o sofrimento e a injustiça, e concluiu que a felicidade consiste apenas na serena contemplação de Deus. Mas foi executado. Holbein anotou os nomes.

Ele não parava de contemplar as pequenas mãos de Margaret enquanto ela falava. O rosto continuava o mais sereno possível, e ela interrompia a conversa de vez em quando para cuidar de um dos filhos adormecidos que ou tomava nos braços ou ninava num berço a seu lado enquanto olhava as chamas. Era uma pessoa de valor. Queria ser feliz. Não se deixaria abater facilmente, nem a si nem a seus filhos. Mas suas mãos tinham um tempo diferente. Eram mãos ocupadas, agitadas, nervosas. As unhas estavam roídas. Eram as mãos de uma filha que queria saber se seu pai teria o mesmo destino que os filósofos da antiguidade que se opuseram a seus reis. Elas remexiam nas coisas à sua volta: o cabelo de um filho, uma franja numa almofada, um carrapicho do jardim. E, quando terminou de contar a história de Boécio, agarrava o livro que trouxera para lhe mostrar com tanta força que os nós dos dedos estavam brancos.

Quando começou a recobrir de tinta a grande tela de madeira na qual pintaria o quadro — ele conhecia tão bem a tela anterior que poderia fazer o trabalho básico agora, enquanto a família chegava, recorrendo a sua memória e aos desenhos —, Holbein manteve a silhueta das figuras do grupo familiar aproximadamente a mesma do quadro anterior. Manteve o mesmo contorno dos corpos e rostos ao redor de More, que ainda estaria olhando gentilmente para Margaret Roper, mais abaixo, sentada. O que modificou primeiro foram as mãos. O novo quadro seria um estudo das mãos. Uma longa linha em diagonal de mãos que apontavam e cutucavam, espicaçavam e dedilhavam, numa grande pincelada descendente que ia do canto esquerdo superior ao canto direito inferior. Mãos ocupadas, agitadas, nervosas. Mãos que traíam medo.

As mãos nervosas de Margaret Roper, no centro do quadro, apontavam as palavras no livro que segurava: palavras que mostrariam o desejo de More de se dedicar ao estudo e à oração nesse momento em que ele caíra em desgraça ao perder seu posto. Escolheu as palavras melancólicas que ela citara do *Édipo*, de Sêneca. E, na folha vizinha, ele pôs as frases que ela encontrara no Ícaro, e lhe mostrara, sobre a futilidade da ambição como outra observação triste sobre o destino de More: "Loucamente, ele parte para as estrelas e, contando com seus novos braços, tenta ultrapassar os pássaros de verdade. Assim, o menino confia demais em suas falsas asas."

Em seguida, Holbein atrasou o relógio, voltando-o à hora do primeiro retrato da família. Literalmente. Havia um relógio no quadro antigo, mas agora o pintor lhe dava mais proeminência colocando-o no centro e em cima do espaço da tela e deixando a porta do mostrador aberta, como se alguém acabasse de lhe dar corda ou acertá-lo, o que daria a impressão de que a hora estava sendo mudada pelo próprio Holbein. O único ponteiro pintado no mostrador apontava para pouco antes do meio-dia, o que para ele significaria pouco antes da data atual. Para mostrar o que ele queria que fosse visto como um recuo no tempo, ele pintou o peso mais baixo do relógio exatamente acima do número cinquenta, o aniversário que More tinha comemorado na ocasião do retrato original. Ele queria que a família compreendesse que esse era um olhar retroativo e enviesado, como a família tinha sido ao "meio-dia" ou alguns anos antes do "agora", como um ponto de partida para registrar os reveses que lhes tinham ocorrido desde então.

Foi bastante simples pintar alguns sinais da queda das graças reais de que More fora vítima desde a época do primeiro quadro. Holbein desenhou a rosa dos Tudor, pendurada no colar de dignitário do ex-chanceler, e inverteu metade dos elos em "S" do colar, causando uma sensação ligeiramente perturbadora que não poderia ocorrer na realidade. Ao redor, o pintor espalhou outros detalhes impossíveis e estranhos que transmitiam um mundo em que a natureza estaria de pernas para o ar: um vaso com uma alça de cabeça para baixo; um macaco agarrado às saias de dame Alice.

Outras brincadeiras afetuosas fervilharam na cabeça do pintor. Holbein desenhou o jovem John (que, para não dizer coisa pior, não era o mais inteligente da prole de More) em pé, fitando intensamente, mas com olhar um tanto vago, um livro, como se não conseguisse compreender bem as palavras ali escritas. Então, rindo consigo próprio, ele pôs um dos erros de ortografia característicos do rapaz no nome sobre a cabeça da figura pintada, lido como "Joannes Morus Thomae Filuis". Quando ele reviu Cecily, a primeira dos outros filhos de More a chegar a Well Hall, acompanhada de seus três filhos, incluindo um Tommy de cabelos pretos da mesma idade do Tommy de Margaret, e se lembrou de como ela e Margaret Roper já tinham sido íntimas, e viu como os filhos delas pareciam se dar bem — iam sozinhos para a cama, com muitos gritos e brincadeiras barulhentas, num cômodo cheio de colchões de palha onde todos os primos com menos de 5 anos iriam dormir e brincar —, lhe veio à cabeça um ditado francês que, a seu ver, até os elegantes embaixadores teriam apreciado. "*Être dans la manche de quelqu'un*", Holbein riu para si. A frase significava "ser amigos íntimos", mas as palavras seriam traduzidas literalmente como "estar na manga de alguém". Por isso, misturou o rico tecido das roupas das duas irmãs, sentadas lado a lado, no quadro, para que cada mãe exibisse mangas que combinassem com o tecido do corpete desapertado da outra. Achou que elas gostariam de ser lembradas como amigas.

— Está se tornando quase impossível arrastá-lo para fora daí, mestre Hans — Cecily riu ao lhe trazer uma caneca e um prato com pão e queijo. O rosto moreno e pontudo de Cecily se parecia com o da irmã mais velha, e nele se viam as mesmas covinhas quando a moça ria. — O senhor está trancado aqui há três dias sem tomar ar. Nosso pai estará aqui amanhã, e o senhor vai ter que sair de seu refúgio. Mas agora o senhor não gostaria de comer conosco?

— Mais tarde — respondeu Holbein, fitando, distraído, sua obra. Logo percebeu que devia ter sido rude, e, meio culpado, afastou os olhos do quadro e olhou nos olhos dela. — Mais tarde, sem dúvida — acrescentou mais gentilmente.

Mas ele não as acompanhou mais tarde. Embriagava-se com a ousadia das verdades que dizia. E de repente lhe ocorrera pintar uma ideia que lhe parecia a mais importante e a mais perigosa: tornar o quadro uma metáfora dos infortúnios que as casas York e Tudor atraíram para si, que, por sua vez, provocara o infortúnio de More. Seu quadro mostraria que, depois de toda a carnificina dos anos dos Plantageneta, a nação não estava numa situação melhor. Apesar de todos os esforços de Henrique para que seu sucessor fosse homem, sua voracidade também fizera sua linhagem se extinguir. Agora, apenas a frustração reinava. Antes de More chegar, Holbein desejava firmemente ter algo dessa história já pintada para lhe mostrar. E, para isso, ele poderia utilizar membros da família.

No quadro antigo já se vira o Bobo, Henry Pattinson, no centro, entre More e Margaret, olhando de frente para o observador como se o desafiasse a ver que ele, com sua figura atarracada e ruiva, se assemelhava ao rei. Mas dessa vez Holbein o vestira realmente como Henrique Tudor. Reforçou a semelhança com o verdadeiro rei, dando-lhe uma postura elegante e a atitude arrogante de um rei, pôs as rosas vermelhas e brancas dos Tudor no chapéu do Bobo e uma espada à sua cinta (outra oportunidade de mostrar mãos mexendo nervosamente no punho).

Se ele pusesse Henry Pattinson como personificação da dinastia dos Tudor, ele precisaria de outra pessoa para personificar os Plantageneta. E só um rosto daria conta do recado.

O que tinha sido uma porta, no canto superior, à direita, do primeiro quadro, que levava a outro cômodo onde seria possível vislumbrar um secretário debruçado sobre uma mesa distante, foi, agora, transformado por ele em algo mais enigmático a fim de atrair o olhar da imaginação do observador e intrigá-lo: uma ilusão de ótica que poderia ser vista quer como uma porta aberta quer como o batente de uma porta. Então, deliberadamente, começou a desenhar um novo rosto e um novo corpo dentro do espaço misterioso — a única pessoa que não estava no primeiro quadro.

A mão rápida de Holbein deu vida a uma figura de três quartos do tamanho natural, em pé, melancolicamente parada nessa porta imaginária, inclinando-se para a frente para observar o grupo familiar ao qual não pertencia. Vestiu o homem com roupas escuras e antiquadas; depois, deu-lhe uma espada e um escudo para as empreitadas sangrentas do reino e, por fim, pintou um pergaminho selado simbolizando segredos. Deu-lhe a expressão ansiosa, tensa, que víamos no famoso retrato que sempre acompanhava a história de More sobre o corcunda assassino da família Plantageneta, Ricardo III. Deu-lhe também uma palidez doentia que contrastava com as faces vivazes de seus outros personagens. Mas o que fez a mão de Holbein tremer enquanto desenhava o rosto foi que ele estava dando a esse Plantageneta fantasmagórico os cabelos pretos, o nariz aquilino e os olhos azuis de John Clement. Lembrando-se das revelações tardias de Erasmo, naquele dia em Friburgo, sobre a verdadeira identidade de Clement; ele estava inserindo na sua fantasia burlesca do rei Tudor de raça pura a imagem de um homem que alguns membros desta família sabiam ser um descendente da família Plantageneta que nunca poderia ser rei.

Sabia que isso era uma jogada. Uma bravata. Uma fanfarronice. Sabia que More e Meg talvez ficassem horrorizados de ver esse segredo revelado numa pintura. Mas a crença inquebrantável que se apossara dele e fazia com que seu pincel se movimentasse pela madeira quase independentemente de sua vontade era que essa revelação provaria aos More que ele, Holbein, era um deles. Um homem de vigor intelectual equivalente ao deles. Um dos eleitos. Uma pessoa íntegra, tão próxima de Erasmo que este lhe confiaria qualquer segredo. E alguém a quem Meg poderia revelar seus problemas mais íntimos.

Suando, quase dançando enquanto ia da mesa de pintura para o retângulo de madeira, determinado a concretizar a ideia antes que a luz sumisse inteiramente, escreveu no quadro as palavras "Johanes Heresius" — John, o Herdeiro — acima da cabeça da figura. Seria o suficiente para que sua ideia ficasse clara? A mão trêmula continuou a trabalhar. Na mesa ao lado da porta que dava para o outro mundo, que era a casa de

Johanes Heresius, pintou um vaso de flores. Não eram flores de verdade. Flores misteriosas: peônias roxo-azuladas, outra pista por lembrarem a palavra francesa "péon", médico dos deuses na mitologia, e terem a cor do sangue dos reis. Além disso, sua mão — trêmula da inspiração que o enlouquecia — levou-o de novo aos dedos nervosos de Margaret Roper. Esfregou a pintura dos dedos e tornou a pintá-los de modo que o dedo indicador da mão direita apontasse para a palavra "Oedipus". Ele sabia mais sobre a história de Édipo depois daquelas noites junto à lareira — o homem que se tornara rei de Tebas ao assassinar involuntariamente o próprio pai, tendo com isso desencadeado uma onda de tragédias, também fora um usurpador assassino exatamente como Holbein considerava os reis Plantageneta e Tudor. Usou os dedos torcidos de Cecily para mostrar que tinha duas dinastias em mente, fazendo-a contar "um-dois" com os dedos da mão esquerda encostados à palma da direita. Imaginando uma diagonal ascendente a partir das mãos, ele voltou a Sir Thomas. Primeiro, pintou mais roupas de baixo toscas que se completariam com as mangas de veludo vermelho, para acentuar o contraste entre elas, versão visual de outra expressão francesa que divertiu os embaixadores. A expressão que lhe veio à cabeça agora se relacionava às circunstâncias da magra aposentadoria de More. "*Il fait le richard*" poderia significar "ele está posando de rico" — um comentário apropriado, uma vez que o veludo vermelho e a lã suja contrastavam. Mas também poderia apenas significar — para quem era autor de uma história do usurpador Plantageneta — "ele representa Ricardo". Para enfatizar o segundo significado, Holbein mudou a configuração dos braços de More como estes apareciam no primeiro quadro, e acrescentou três dedos que, saindo do punho de pele negra da roupa do político, significariam "Ricardo III".

Agora ele mal via. A luz extinguira-se e ele perscrutava o quadro obscurecido pelas sombras. Virando-se para acender uma vela, o pintor reparou em sua exaustão. Tinha fome e sede. As pernas doíam por ter passado horas de pé, e os braços também doíam pelas inúmeras vezes em que teve de levantar o pincel sem fazer uma pausa sequer para tomar fôlego. Não se lembrava de ter passado tanto tempo trabalhando. Procurou a bandeja de madeira com o pão e o queijo que Cecily deixara, mas lembrou que já comera tudo horas antes. Sobrara apenas um pouco de cerveja. Tomou-a toda, depois voltou a fitar o quadro obsessivamente, com admiração e amor, levantando e abaixando a luz trêmula da vela para examinar cada detalhe exaustivamente realizado naquele dia de criatividade frenética. Gostou do que viu. Adorou. Ainda estava inacabado. Havia grandes manchas vazias na tela. Mas ele as preencheria. E o que fizera era suficiente para mostrá-lo a More.

Saindo furtivamente para o poço da escada, ouviu os sons sonolentos da conversa entre irmãs vindos da lareira na sala de estar de Margaret. Mas sabia que não teria energia para se juntar às mulheres essa noite. Só queria entrar sorrateiramente na cozinha para se servir de grandes nacos do pão fresco e do queijo salgado de Margaret, tomar uma caneca grande de algo agradavelmente alcoólico e depois se jogar na cama vestido, e pegar no sono.

Thomas More ficou parado diante da tela por muito tempo. Não era a mesma atitude de quando vira o outro quadro. Não ficou indo de um canto a outro do quadro em busca de segredos e pistas. Apenas o fitou.

Holbein adejava ao lado dele, mal respirando, lançando olhares de soslaio ao homem mais velho sempre que ousava fazê-lo, aprendendo mais com aquele rosto imóvel para perceber que pelo menos os olhos de More estavam batendo ao passar por todos os cantos do quadro, percorrendo a diagonal formada pelas mãos; lendo os textos; observando atentamente o Henrique VIII de bochechas vermelhas e o fantasmagórico Ricardo III com a cara de John Clement.

Cada segundo de silêncio que os cercava deixava Holbein mais indisposto. As mãos estavam pegajosas. No estômago, ácidos negros se revolviam. Queria gemer e esconder a cabeça nos braços e batê-la contra a parede para que o latejar do sangue nas têmporas sumisse. Como pudera ir para a cama tão satisfeito consigo? Como pudera tomar as liberdades que tomara? Por que não vira que o que estava fazendo não era nada bom? Por que fora tão tolo?

Quando More finalmente voltou o rosto para ele, ainda sem nada demonstrar, Holbein se viu pronto a murmurar desculpas, prestes a sair correndo da sala, da casa, da vida dele.

Assim, ele quase não entendeu quando More sussurrou:

— Então você compreende.

E ele foi tomado de surpresa pelos braços que o envolveram num grande e meio constrangido abraço.

Alguns minutos depois, More recuou. Olhou para baixo. Pôs a mão no nariz forte e apertou os cantos dos olhos. Via-se que a mão estava molhada. Mas Holbein não podia acreditar que ele estivesse chorando até More dizer, com a voz um pouco trêmula:

— O vinho dos anjos... Você sabia que é assim que os monges da Cartuxa chamam as lágrimas?

Holbein balançou a cabeça, tentando não demonstrar seu espanto, tentando não pensar em nada além de manter os olhos afetuosamente pousados em seu herói para ajudá-lo a serenar.

— Passei um ano com eles quando era moço — More continuou a falar, a voz aos poucos retomando o vigor. — Achei que queria me tornar um deles. Às vezes acho que fiz a escolha errada ao decidir o contrário. Mas Erasmo disse na ocasião que eu era louco. Ele não iria aguentar todas aquelas visões e aparições. Ou as lágrimas — More riu melancolicamente. — Ou comer peixe no almoço, por falar nisso. Ele dizia: "Por que você acha que é bom para Deus que a gente ande por aí com cheiro de lontra?"

Holbein podia imaginar Erasmo franzindo o nariz fino de nojo enquanto fazia essa observação. E desatou a rir: um riso de satisfação ao perceber que em vez de ser escorraçado daquela casa estava sendo abraçado como um amigo íntimo; um imenso alívio.

— Sinto saudade dele — disse More, retribuindo o sorriso do amigo, mas ainda parecendo perdido. — Ele é o último dos velhos amigos daqueles tempos. Não recebo mais notícias dele. E manter segredos pode trazer muita solidão.

More fez uma pausa, recuperando-se. E, radiante, voltou-se para Holbein, com sua expressão sociável. Em seguida, acrescentou:

— Mestre Hans, agora tenho que interromper nossa conversa — falando mais firmemente. (Embora não tão firmemente que impedisse mestre Hans, ainda embalado por sua maré de amor e felicidade, de notar a magreza e a quantidade de fios grisalhos na cabeça do homem. Como não vi isso antes? — ele se perguntou. — More está ficando velho.) — Preciso me lavar — More apontou para suas botas de montaria sujas de lama — e não quero retê-lo mais. O senhor tem um quadro por acabar!

Mas More parou à porta para concluir.

— Fico contente por Erasmo ter lhe dito — disse ele, olhando Holbein no olho.

Holbein ficou surpreso, quando voltou ao trabalho, ao ver que suas mãos tremiam tanto que não conseguia segurar o pincel.

Ele precisava se acalmar. Conseguiu trabalhar tranquilamente na figura de Sir John More, que morrera alguns invernos atrás. Trabalho duro, mas simples, exatamente do que ele precisava nesse momento: nada mais intelectualmente exigente do que copiar e colorir com apuro.

Mas se sentiu quase aliviado quando as crianças se aproximaram e o interromperam: uma algazarra risonha de Tommies e Janes de cabelos negros e seus irmãozinhos balbuciantes.

De início, não ouviu nada. Apenas teve a impressão de que era observado. E, quando se virou, eles estavam lá, de olhos brilhantes e maliciosos, espiando-o da entrada do quarto. Eles recuaram, aparentemente alarmados, por um minuto, mas ele percebeu que não estavam mesmo com medo dele. Sabiam que era inofensivo.

Em poucos minutos, todos abarrotavam o quarto, escondendo-se embaixo da mesa, de pé, no banquinho, tocando o quadro, puxando as cortinas, metendo as cabeças nas bolsas, pondo o dedo nas tintas, sujando um ao outro com os pigmentos tão caros, e rolando de rir, mostrando-lhe as barrigas para que lhes fizesse cócegas.

— Ei! — ele gritava, fazendo graça, sacudindo um pano para lhes chamar a atenção. — Não façam isso! Seus danadinhos! — Mas a atitude dele só os fazia gritar, cada vez mais serelepes.

No fundo, não se importava. Deixou-os invadir o quarto. Olhando-os bater os pés descalços de um lado para o outro, ocorreu-lhe que haveria mais crianças do que ele contara enquanto tomava o café naquela manhã. Ele não ouvira nenhum barulho, mas outros adultos deviam ter chegado, acompanhados delas, enquanto ele conversava com More.

Olhou mais de perto a criança que, sentada em cima de seu pé, agarrava seu tornozelo, sem dúvida esperando que Holbein começasse a andar para acompanhá-lo numa volta pela sala. Era um menininho. Tinha os cabelos negros, no formato de uma tigela emborcada, os olhos negros e o rosto comprido e anguloso que todos os primos tinham. Mas, ao contrário dos outros — que tinham os narizes compridos e retos, com pontas ligeiramente viradas para baixo, que toda a família parecia ter herdado de More —, o nariz dessa criança era decididamente aquilino.

Holbein poderia jurar tê-lo visto em algum lugar. Deu tratos à bola, tentando se lembrar de todo conjunto de feições que seus olhos perscrutadores de pintor pudessem ter registrado. Então começou a compreender. Seria ele o menininho sério que ele vira atravessar a rua com Meg a caminho da igreja, em Londres, tantas vezes no ano anterior? O filho de John Clement? Tommy?

Sentiu as mãos tremerem de novo. Seria possível não ter visto Meg chegar?

Impaciente, Holbein estendeu os braços, pegou o menino, que se contorcia e guinchava, e o suspendeu até a altura de seus olhos.

— Seu nome é Tommy? — Holbein perguntou. A criança riu e assentiu com a cabeça. — Achei que era! — disse o pintor, orgulhoso. — E você chegou hoje de manhã? — Outro sorriso radiante, afirmando que sim. — Com sua mãe? — As perninhas chutavam o ar de alegria.

— É! — o menino balbuciou, encantado. — Com minha mamãezinha!

Holbein o colocou no chão.

— Pois bem, quero cumprimentá-la — disse com firmeza. — Agora mesmo. Então vamos lá, Tommy, leve-me até ela. E quanto a vocês: fora daqui!

O pintor os enxotou, fechou a porta depois que todos saíram e, atrás do bando de crianças barulhentas e alegres, dirigiu-se à sala de estar com o coração ansioso batendo forte.

Ouvia-se um burburinho de vozes femininas na sala de estar. Eram mulheres numa conversa íntima, com as quatro cabeças formando um semicírculo e as costas viradas para a porta.

Margaret Roper foi a primeira a se virar ao ouvir o barulho das crianças.

— Psiu, crianças — pediu gentilmente. — Vocês estão animadas demais.

Então viu Holbein, à porta, esquivando-se nervosamente.

— Mestre Hans! — disse ela, e as três outras toucas também se voltaram. Ele a ouviu dizer: — Entre, entre — como se a voz viesse de muito longe; ele já estava fitando avidamente os rostos sob as toucas. Viu Cecily e dame Alice; ele fez duas meias reverências, cumprimentando-as, antes de se voltar, numa ansiedade quase dolorosa, para o último rosto.

O homem piscava. Talvez fossem as batidas fortes do coração que o impedissem de pensar e ver claramente, mas estava difícil focalizar as feições de Meg nesse rosto que parecia flutuar diante dele.

Ele precisou de mais alguns segundos para saber por quê. Não era Meg, de jeito nenhum, embora a criança que parecia um John Clement em miniatura estivesse agarrada às saias dela. Era Elizabeth.

Agora tudo estava se encaixando. Holbein sempre soubera que Elizabeth fora apaixonada por Clement. Mas ele não se dera conta até esse momento de que Clement poderia ser o pai do filho dela.

Deu passadas furiosas de um lado para o outro no jardim, quase explodindo de pena de Meg, louco de raiva do impostor com quem, em sua inacreditável ingenuidade, ela tinha se casado, e dominado por uma excitação inominável e vergonhosa ao pensar na remota possibilidade de que a descoberta dele pudesse vir à tona. Como ela deve ter se sentido humilhada quando descobriu a verdade, pensou, batendo os pés com força no caminho do jardim. Como deve ter odiado seu marido. Como deve ter se ressentido de Elizabeth. Uma mulher honesta como Meg nunca sonharia em tocar num homem que a tivesse humilhado tão abertamente. Não é de espantar que ela sempre exibisse aquele ar triste, que vinha do fundo da alma, quando saía de casa para ir à igreja rezar. Não é de espantar que seu casamento tenha sido estéril desde o nascimento do primeiro filho.

A cabeça ainda fervilhava de indignação quando ele tornou a entrar furtivamente na casa, com cuidado para não chamar a atenção dos outros, chegando pé ante pé ao cômodo dele como se, por não fazer barulho, pudesse evitar que mais segredos de família fossem desenterrados.

Agora, ele não podia mais pintar Meg e Elizabeth como as pintara antes. O que ele descobrira tornara-as parte de seu quadro sobre futilidade deslavada. Era tudo a mesma história; maquinações do mesmo destino implacável. Quase sem saber o que as mãos estavam fazendo, viu-se mudando a posição das duas figuras no lado esquerdo da tela, de modo a deixar Meg em pé sozinha bem no canto do quadro, segurando um livro de páginas em branco; e uma falsa e determinada Elizabeth abria caminho, tirando uma luva num gesto sugestivo e lançando ao fantasmagórico John do outro lado da sala um olhar ousado.

Funcionou. Foi o elemento extra de que o quadro precisava. Essas duas formas em pé, um retrato de desacordo e desarmonia, faziam agora um contraste perfeito com as duas irmãs felizes, satisfeitas, sentadas do lado oposto, usando mangas trocadas. Para reforçar a desarmonia entre Meg e Elizabeth, ele desenhou uma viola em cima da prateleira atrás delas com a ponta do arco virada ao contrário. Então ele pôs um prato perto do instrumento, entre as silhuetas das duas cabeças. Outro jogo de palavras em francês, "*pas dans la même assiette*", significando, "em desavença", mas, literalmente, significando "não no mesmo prato".

De que outra maneira contar a história? Acrescentou livros. Pôs *Do consolo pela filosofia*, de Boécio, na prateleira, perto de Meg. E, afinal, com ironia, pintou o título do livro *Epistulae Morales* de Sêneca na lombada do livro debaixo do braço capcioso de Elizabeth Dauncey.

Parou e coçou a cabeça, pensando no que fazer a seguir. Sentiu-se desanimado quando percebeu que provavelmente tinha terminado. Cansado, derramou água e óleo para começar o lento trabalho de limpar os instrumentos. Não queria comer, nem beber, nem pensar mais. Não queria nem mais dormir. Queria apenas que Meg chegasse.

A última cavalgada do dia chegou ao sol poente. O jovem John, sua esposa Anne e seus três filhos à frente; Meg e o pequeno Tommy fechando a retaguarda.

Holbein os esperava no jardim, de pé sob a amoreira que Margaret Roper plantara em homenagem ao pai, observando pacientemente as sombras se alongarem.

Os outros membros da família saíram da casa para cumprimentar os recém-chegados quando ouviram o barulho de cascos, relinchos e o rangido do couro das selas no pátio. Mas Holbein esforçou-se para chegar perto de Meg primeiro, e assim foi no peito do pintor que os braços cansados dela, cobertos de mangas simples de lã marrom, se apoiaram quando ela deslizou graciosamente do cavalo para o chão. Se não houvesse nenhuma recompensa por estar ali a não ser o tímido sorriso que ela lhe dirigia nesse momento, enquanto ele estava ali parado diante dela, esquecendo-se de tirar as mãos da cintura da moça devido à pura alegria de vê-la de novo, isso já seria o suficiente para ele. Então ela riu e deu um passo atrás, livrando-se dele com habilidade.

— Estou contente de vê-lo — murmurou ela, antes de se virar para o filho sonolento, com o nariz aquilino de John Clement, que cabeceava em cima de seu pônei, ao lado dela. — Vamos, Tommy — e estendeu os braços para ajudá-lo a descer.

Havia uma nova timidez entre ele e Meg, Holbein achava, trotando atrás de mãe e filho ao entrarem na casa. Mas havia um novo brilho no olhar dela para ele — como se ele pudesse oferecer uma esperança de salvação que ela talvez não sonhasse mais em encontrar — que o enchia de uma esperança que ele não ousava definir.

Holbein não teria coragem de tentar separar Meg de sua família até que todos os cumprimentos, abraços, palavras de boas-vindas e providências para se instalar na casa terminassem. Ele se afastou um pouco da família, deslumbrado diante da visão de Meg, com o coração palpitando forte dentro do peito a ponto de deixá-lo quase sem fôlego, tentando disfarçar a insensata expressão de adoração em seu rosto.

Por fim, Meg se afastou do último abraço e se aproximou de onde ele estava, à sombra. O rosto estava radiante de felicidade.

— Como antigamente, não é mesmo? — disse ela. E então, com um olhar mais perscrutador, acrescentou: — Mestre Hans, o senhor está muito quieto aí no canto.

Ele não sabia o que dizer. Ainda estava sem fôlego. Mas mal parecia se importar, tamanha era a alegria pela presença dela.

— Ah — disse ele sem jeito, olhando as mãos da moça por não ousar olhá-la nos olhos. — Estou trabalhando. A senhora sabe como é. Talvez esteja cansado — mas se sentia como se pudesse ficar acordado para sempre.

— Margaret me disse que o senhor começou do zero, é mesmo? Estou ansiosa para ver a obra — disse ela, ainda de olhos presos no rosto dele.

Talvez, pensou ele, cheio de irrefreada esperança, pudesse levá-la agora para ver o quadro. Ficar a sós com ela. Mas logo afastou essa ideia. Ela não gostaria. Estava reencontrando a família.

— Já trabalhei bastante — disse ele, hesitante. — E estava pensando... em tirar um dia livre amanhã. Fazer uma pausa. Agora que a senhora está aqui...

Ou seria esse um convite muito precipitado? Viu que ela desviara o olhar. Temendo que ela estivesse descontente com ele, olhou seu rosto de relance. Mas tudo o que viu foi um leve rubor que deixava seu rosto ainda mais belo, e um leve movimento repetitivo do queixo. Mal pôde acreditar que ela estava simplesmente respondendo sim.

— O pomar está repleto de maçãs — disse ela sem pressa. — Will disse. E Cecily mencionou que o senhor não saiu do quarto desde que chegou aqui. Deve estar precisando de um pouco de ar fresco, não está? Podemos ir logo cedo. E voltar antes do almoço. Pegaremos cestos com Margaret. Vou lhe pedir isso agora.

Ela sorriu, encontrando os olhos dele por um instante, e correu para falar com as irmãs. Holbein foi se deitar cheio de expectativas. No dia seguinte, passaria horas e horas com ela, sentado num tronco no pomar, admirando os inocentes fiapos de mato seco na saia de Meg e o sol dourado em seus cabelos. Enquanto caía no sono, imaginava o zumbido das vespas e a promessa inebriante das maçãs caídas.

Acordei feliz como uma camponesa. Vi a luz inocente da madrugada pela janela e ouvi alguém assobiando lá fora. Quando espiei para fora da janela, mestre Hans estava sentado sob a amoreira. Levava as cestas com ele. Já devia ter visto o pão, o queijo e as garrafas de cerveja que pedira a Margaret que providenciasse para o nosso piquenique. Poderíamos passar o dia todo fora se quiséssemos.

— Estou indo! — gritei, e vi a alegria inundando seu rosto voltado para cima, e, correndo aos saltos, desci a escada para encontrá-lo. Era tudo tão simples, tão claro, com mestre Hans. Tudo o que eu queria era estar a sós com meu amigo, conversar sobre quaisquer assuntos que nos viessem à cabeça.

O dia parecia sem fim. Estava quente como se fosse agosto. Nenhuma brisa, só aquele zumbido sonolento e o canto dos pássaros.

Enquanto as sombras ainda se alongavam, e eles ainda estavam tímidos, caminharam pela relva orvalhada, colhendo as frutas caídas. A maioria estava já apodrecendo, com machucados e vermes. Hans Holbein começou a pegar os ramos com as mãos fortes e a sacudi-los para que as maçãs maduras caíssem. Meg o observava. Ele resmungava pelo esforço que fazia, enquanto as frutas caíam a seu redor.

— Está chovendo maçãs! — gritou Meg, mais encantadoramente infantil e mágica do que ele já vira. E então gritou, indignada: — Ai! — quando uma fruta caiu nela. Ele parou, rindo, sem fôlego, absurdamente feliz ao vê-la esfregando a cabeça.

A moça se agachou, tirou as botas, suspendeu as saias e se arrastou até outra árvore. Apoiou os pés descalços no galho mais baixo e o sacudiu. Foi a vez de Holbein proteger a cabeça enquanto choviam maçãs em cima dele.

— Agora você sabe o que é isso — ele a ouviu dizer, zombeteira, enquanto ele corria para apanhá-las.

E poderiam continuar o dia inteiro, mas encheram os cestos em uma hora, antes que o sol alcançasse o zênite. Ele lançou a ela um olhar cheio de dúvidas. Será que ela iria propor que voltassem agora? Mas ela apenas sorriu:

— Vamos comer? — ela disse.

Ele contou a ela que os protestantes tomaram conta da Basileia enquanto ela cortava fatias de queijo e lhe passava uma garrafa de cerveja, sorrindo para ele no ar perfumado.

— Acabaram se mostrando um bando de fanáticos — disse ele, mastigando. — E esperávamos tanto deles! — Deu uma risada da ingenuidade passada e se calou, satisfeito.

Holbein a pegou observando-o por entre os cílios enquanto ele engolia vorazmente sua maciça terceira porção de pão com queijo.

— O senhor faz tudo parecer fácil, mestre Hans — disse ela, e ele, imaginando que ela poderia estar rindo dele, pousou a refeição na relva. Fora sôfrego demais? — Não se acanhe — disse ela com delicadeza, se enroscando, abraçando os próprios joelhos, os dedos nus aparecendo debaixo das saias. — Estou falando a verdade. O senhor deixa as pessoas felizes. Veja o pai. Ele se torna bastante... — olhou para baixo, procurando a palavra certa, e remexeu os dedos dos pés na relva — brincalhão quando o senhor está por perto. Parece mais jovem. Não é a mesma pessoa quando está conosco, o senhor sabe. Acho que vocês dois têm cabeças parecidas.

O pintor sentia o rosto em fogo. Por dentro, sentia uma onda de orgulho que o acanhava.

— Ah, felicidade... — murmurou Holbein. Ela parecia tão bonita e feliz, ao som dos pássaros, com aquele halo de cerefólio atrás de si. Ele abraçou os próprios joelhos, mal percebendo o pão na relva enquanto ele se arrastava aproximando-se dela. — Gosto de seu filhinho — disse ele, sem jeito, procurando obter, da maneira mais discreta que sabia, informações sobre a vida dela como esposa de John Clement. — Tommy. Vejo que você sabe o que é felicidade.

— Hum — disse ela, e olhou para baixo, como se estivesse lutando com pensamentos difíceis. — O senhor estaria certo, tempos atrás. Filhos são, definitivamente, a melhor coisa que pode acontecer na vida de alguém — em seguida, riu uma espécie de riso forçado. — Agora, o casamento é mais difícil do que eu pensava. Desde que você acredite no "e foram felizes para sempre".

Ele mal sabia o que fazer para respirar, muito menos o que dizer. Então, simplesmente continuou a olhar para ela, sentindo uma luz cor de mel envolvê-los.

— Mas todos nos damos bem — acrescentou, como se estivesse arrependida do que dissera. Depois, deu a impressão de não querer dizer mais nada. Como se quisesse mudar de assunto, soltou os joelhos do abraço e deitou-se de costas na relva pisoteada, olhando para o céu azul. — Tão quente — disse ela, devagar. — Que belo dia! — E suspirou como se quisesse cochilar ao sol, esticou as belas pernas compridas, cruzou os braços embaixo da cabeça e fechou os olhos. Hans Holbein mal podia conter a vontade de se jogar no chão ao lado dela e a encher, não de uma chuva de maçãs, mas de beijos. Mas ele se conhecia muito bem a essa altura para saber que não deveria confiar em seus instintos mais baixos. Assim, sentou-se, assombrado pela beleza simples dela e, quando teve certeza de que ela tinha dormido, levantou-se e deixou-a dormindo entre as árvores. E se afastou pé ante pé, chegando à cerca viva para esvaziar a bexiga.

Acordei e vi que ele ainda estava sentado ali me olhando com o olhar mais doce que se poderia imaginar em seu rosto grande. Ele se deteve assim que percebeu meus olhos abertos. Pelas sombras, vi que estava ficando tarde. Ele arrumara os restos de nosso piquenique enquanto eu dormia. E, quando me sentei e comecei a procurar as botas, vi que ele colhera uma braçada de flores do campo e a colocara a meu lado.

— São lindas... — disse, encantada, tão emocionada que quase me levantei e o abracei. — Obrigada. Desculpe-me por ter dormido. Mas às vezes... às vezes é tão bom estar à vontade com uma pessoa com quem não é preciso falar. Sinto falta disso. Não conheço muitas pessoas assim, em lugar nenhum.

À medida que as palavras saíam de minha boca, eu percebia que algo nelas me soava familiar. Fiquei imaginando, enquanto caminhávamos de volta para casa cercados de um silêncio lânguido, onde eu as teria ouvido.

Holbein viu Thomas More primeiro. Ele estava de pé sob a amoreira vendo o sol se pôr. Estava bronzeado e tranquilo como um camponês.

— Lindo anoitecer — disse ele calorosamente, virando-se para ver cara a cara os apanhadores de maçãs que voltavam, e olhando dentro das cestas. — Embora estejam dizendo que vamos ter uma tempestade esta noite. Vocês fizeram uma bela colheita.

Holbein viu o olhar atento que Meg fixou no pai, tão diferente dos olhares carrancudos, preocupados, de que ele se lembrava ter visto no jardim, na casa de Chelsea, quando nenhum deles podia ainda compreender as mudanças que estavam só começando no mundo. More sorriu para ela.

— Eu gostaria de saber, Meg. Será que mestre Hans já lhe mostrou a nova versão de seu quadro? — perguntou More, e de repente Holbein se deu conta de que o outro homem talvez não estivesse simplesmente apreciando a luz do crepúsculo, mas, sim, esperando por eles. — Acho que ele gostaria muito que você o visse antes de qualquer outra pessoa — More continuou. E, com a mão guiando a cintura de sua pupila de olhar surpreso, ele a impeliu a entrar na casa e então no quarto do pintor, com Holbein seguindo-os, espantado por não ter sequer se lembrado de mencionar o quadro naquele longo dia feliz, e sentiu um certo mal-estar cujo motivo ele não saberia explicar, nem para si mesmo.

More não começou a dar explicações até ter entrado no quarto e fechado a porta atrás dos três. Estava escuro. Os olhos de Holbein ainda estavam tontos da luz do sol. Ele parecia uma criada, tentando nervosamente acender as velas, ansioso para mostrar a Meg o quadro em seu auge. Vinda de trás dele, ouviu-se a voz do advogado dizendo:

— Claro, não temos luz suficiente para que a arte de mestre Hans possa ser devidamente apreciada. Mas você vai entender dentro em pouco por que eu tanto queria que você visse o quadro antes de qualquer outra pessoas.

Holbein acendeu duas velas que foram postas em duas paredes e na mesa de trabalho, e entregou castiçais de estanho a seus dois convidados. O rosto de Meg parecia inocente e assombrado como o de uma criança naquele círculo de luz dourada, pensou o pintor. Ela fitou o quadro por alguns minutos sem conseguir ver as mudanças. Então ele a viu se dar conta. As sobrancelhas da moça arquearam. Ela levou a vela mais para cima para examinar o novo elemento mais óbvio: o retrato de John Clement. Então fixou os olhos nas rosas vermelhas e brancas dos Tudor no gorro do Bobo. E começou a dar passos para a frente e para trás, para a esquerda e para a direita, tentando ver mais com a pequena poça de luz que segurava como uma arma contra a escuridão crescente.

Era como se um século tivesse passado até ela se voltar para seu pai adotivo com uma indagação no rosto.

— Erasmo lhe contou — disse More suavemente, e os olhos de Meg brilharam hesitantes, voltados para Holbein, como se pela primeira vez passasse por sua cabeça que ele pudesse se constituir num perigo. — Tudo bem que ele saiba, Meg — More a tranquilizou. A voz dele parecia quase tão relaxada quanto nos velhos tempos. — Mestre

Hans é nosso amigo. Podemos confiar nele. Eu só não queria que você fosse pega desprevenida e se assustasse.

Ela o fitou, ainda temerosa e com os olhos arregalados.

— Não há dúvida de que poderia ser perigoso se pessoas fora da família o vissem — More continuou. — Mas é evidente que ninguém vai ver. É um assunto particular. Só nosso. Vai ficar aqui em Well Hall.

Holbein assentiu com a cabeça, desapontado, mas aceitando, com alguma relutância, a sensatez de More.

Meg também assentiu com a cabeça, mas Holbein via que ela ainda não estava inteiramente convencida.

— Mas o que o senhor acha que os outros dirão ao ver? — perguntou ao pai, e Holbein ficou chocado ao perceber que o passado de John Clement era um segredo que nem o restante da família More conhecia.

— Uma simples coincidência de traços — respondeu More, prontamente; Holbein via que ele já tinha pensado em usar esse argumento. — Se alguém perguntar, diremos apenas que o rosto de John por acaso se parece com o retrato do Plantageneta que, como todos sabemos, Holbein tomou emprestado. Por que não? Ele fez o mesmo com Henry Pattinson — e More riu.

Meg, por sua vez, sorriu, afinal relaxada, e Holbein deu um suspiro de alívio até aquele momento contido.

— Afinal de contas, por que nos preocuparmos? — disse ela, mais descontraída. — Provavelmente, nem indagarão sobre isso. É espantoso como as pessoas não notam as coisas mais extraordinárias, mesmo que estejam debaixo de seus narizes. Há anos venho observando isso.

Os homens assentiram com a cabeça, sabendo do que ela estava falando, como se fossem cúmplices de uma conspiração à meia-luz vacilante do quarto. Então Meg se virou inteiramente para o pintor pela primeira vez, como se estivesse se dando conta de que ainda não elogiara o quadro que se empenhara tanto em pedir a Holbein que pintasse.

— O seu olhar penetra em nossas almas, mestre Hans — disse ela, com pose; então, mais afetuosamente, pôs a mão no braço dele, acrescentando: — O senhor é um homem surpreendente.

Holbein se sentia grato por estar à luz de velas, pois sabia que isso atenuaria o rubor de prazer que invadira seu rosto. Ficou sem fala. O melhor que conseguiu fazer foi balançar a cabeça para a frente como se fizesse uma mesura.

— Eles estão se sentando à mesa da ceia — disse ele, com a voz estrangulada, tentando se mostrar calmo. — Não deveríamos acompanhá-los?

Mas ela balançou a cabeça alegremente, como se estivesse de fato empenhada em mostrar confiança nele.

— Ah, esperem só mais um momento — disse ela, e sua mão apertou o braço dele, num gesto de persuasão. — Deixe-me tentar saber um pouco mais sobre o que o senhor fez.

E ela deu um passo à frente, ainda segurando a vela, afastando-se dos reis dessa vez e voltou-se para o canto oposto, onde sabia que iria encontrar o próprio retrato.

O pintor a examinava; a silhueta de uma touca imóvel atrás da chama da vela.

— Ah! — disse ela, e logo se calou. Em seguida, com uma voz menos despreocupada: — O senhor também fez uma mudança aqui, mestre Hans. Colocou Elizabeth no meu lugar. Estou agora à margem do que acontece. E o senhor me fez tão triste...

More riu.

— Todo mundo olha primeiro para o próprio retrato, Meg — disse ele, expansivo. — Ninguém vai prestar atenção a isso. Mestre Hans tem razão. Nossa tarefa aqui já terminou. Está na hora de comermos.

Meg, obediente, saiu do quarto com eles, ainda segurando a vela. Mas, mesmo na penumbra, Holbein via que a expressão levemente aturdida que o rosto dela mostrara estava ali de novo, como se uma nova ansiedade substituísse a antiga.

* * *

A linha vulnerável e inquisitiva na testa franzida de Meg permaneceu durante todo o jantar simples em família. Pelo menos dessa vez, Holbein não fazia jus à comida a sua frente. Beliscava a carne e o pão no prato. Estava ocupado demais em observar.

— Meg — Elizabeth chamou do outro lado da sala, com as extremidades da boquinha bonita viradas para cima.

Ela se aproximou da irmã como se adejasse, passou um braço elegante ao redor da sua cintura e beijou-a com graça. Não se via ali uma reunião, pensou Holbein, cada vez com uma compreensão mais aguçada; era um comportamento para apreciação pública.

— Faz tanto tempo — disse Elizabeth, com a encantadora habilidade de esposa de político.

Os dedos macios, cor de creme, brincavam com a joia que fechava a gargantilha de pérolas fora do centro da curva do pescoço — como mandava a nova moda instituída por Ana Bolena —, com a intenção, diziam, de esconder o quisto escuro que a nova rainha tinha no pescoço. Como se, pensou Holbein com má vontade, ela quisesse chamar a atenção de Meg para elas. Elizabeth, com um peitilho de brocado amarelo que acentuava as curvas delicadas que a maternidade lhe dera, estava vestida mais primorosamente que qualquer outra pessoa na sala daquela casa de campo.

— Como você está bonita! — continuou Elizabeth, medindo a irmã de alto a baixo. — Mais esbelta do que nunca. Como uma mocinha.

Holbein estremeceu ao perceber o despeito que havia naquele comentário. Claro que Elizabeth estava zombando de Meg, com aquele olhar falsamente pesaroso para o arredondado dos seios, da barriga e dos quadris que a gravidez dos três filhos saudáveis lhe deixara. Aquelas palavras não seriam uma forma maldosa de lembrar a Meg que ela só tinha tido um filho? Ele sentiu uma admiração doída pela elegância de Meg quando ela apenas sorriu cautelosamente, sem reagir à farpa contida no comentário, e disse, o mais inofensiva que pôde:

— Você ainda é a beldade da família, Elizabeth.

Deu-se então uma conversa inconsistente entre as duas mulheres, conduzida por Elizabeth, que pontilhava seus comentários animados (sobre a calma da vida no campo, sua aptidão para tocar viola e bordar tapeçarias e as estripulias de seus três filhos) com olhares de soslaio para a irmã. Holbein notou que Elizabeth não mencionara o marido, nem a carreira política que ele parecia tentar salvar do naufrágio e que tinha derrubado os outros More, e construído novas pontes para os Bolena, os Cromwell e os Cranmer, que estavam agora em ascensão na corte. Mas ela se inclinou para a frente e falou, tão baixo que ninguém a não ser o curioso Holbein ouviu:

— Mesmo assim, não estou tão recolhida a ponto de não saber que John está se saindo muito bem trabalhando com o doutor Butts. O médico do rei! É uma grande honra para sua família, Meg. Estamos orgulhosos de vocês. Principalmente por saber como deve ser difícil para um homem na posição de John progredir em meio a tanta intriga — e ela levantou uma sobrancelha delicadamente inquisitiva. — Claro, nunca se deve dar ouvido aos boatos... mas ouvi dizer que o doutor Butts seria um dos novos homens... e que ele levou mensagens dos homens da universidade acusados de heresia à... — Sua voz, já muito baixa, chegou a um sussurro ao pronunciar as duas palavras seguintes: — rainha Ana. — Elizabeth fez uma pausa significativa. — Muitas vezes pensei como deve ser complicado para John trabalhar tão perto dele e, no entanto, trilhar seu próprio caminho.

Todo o corpo de Elizabeth, com as sobrancelhas à frente, transformara-se num ponto de interrogação, curvo e astucioso, convidando Meg a fazer suas confidências.

— Ah — disse Meg, com olhos vazios, rejeitando o convite como se não o tivesse percebido —, John nunca esteve muito interessado nisso. Nunca o ouvi falar de política em casa. A única coisa que o interessa é a prática da medicina. — Os olhos então se iluminaram com um súbito interesse. Holbein debruçou-se um pouco mais para ouvir melhor. — O maior interesse de John é saber se os médicos ainda devem basear seu trabalho em Galeno.

Você sabe: uma prática heroica. Muitas sangrias — Holbein percebeu que Elizabeth tinha se retraído com uma leve expressão de nojo. Isso não era exatamente o que a mais bela da família estava querendo ouvir. — Ele e o doutor Butts se contrapõem a Galeno — dizia Meg: — John diz que há uma certa impostura em Galeno, um homem que adquiriu seu saber dissecando porcos e que não conhecia o funcionamento do corpo humano. Ele e o doutor têm examinado cópias de desenhos italianos do corpo humano; lá se faz dissecação pública de corpos humanos, e a anatomia é estudada em teatros, permitem até que os artistas assistam. Não é como na Inglaterra. E os dois estão lendo trechos de um tratado que um colega deles está escrevendo: Vesalius de Pádua. A obra ainda não está terminada, mas quando for publicada vai mudar nossa maneira de compreender a medicina. Acho que esse é o único tipo de "novo homem" que interessa a John.

Elizabeth assentiu com a cabeça, mas ela parecia estar longe dali. Holbein estava muito orgulhoso da facilidade com que Meg frustrara a curiosidade potencialmente daninha da irmã. Se é que o que ela estava fazendo era de fato diplomacia; sua expressão era ainda tão inocente que ele não saberia dizer se ela estava ou não genuinamente interessada nas teorias médicas com que seu marido se ocupava.

— O senhor deve conhecer algo a respeito, mestre Hans — disse Meg, virando-se para Holbein como se soubesse que ele estivera ouvindo toda a conversa. — O senhor já viu os desenhos de Leonardo ou de Buonarotti?

E a alegria de Holbein ao receber o olhar dela em seu rosto foi tão intensa que ele mal se deu conta de que Elizabeth, com uma expressão de alívio, tinha se virado para encetar uma conversa com John More.

Já se viam bocejos e pálpebras pesadas ao redor da mesa. Alguns pediram licença e foram dormir. Quando More e dame Alice saíram, o fulgor afastou-se da sala com eles. As sombras começavam a tomar conta do ambiente. O vento batia forte nas janelas. Os Roper sopravam as velas na extremidade vazia da mesa para pressionar os desgarrados: Elizabeth, fazendo comparações sobre o comportamento dos filhos com Cecily; e Meg, conversando com Holbein sobre as descobertas italianas, a anatomia humana e os problemas morais em dissecar cadáveres para aprender sobre o funcionamento de músculos, veias e corações. Mas a pequena ruga de preocupação, involuntária, permanecia na testa da moça.

De repente, a paz do cansaço foi interrompida. Ouviram-se risinhos abafados à porta. Holbein soube logo do que se tratava. Quando levantou os olhos, viu os olhos brilhantes e as cabeças morenas espiando na escuridão. As crianças, com suas camisolas de lã, tinham se esgueirado de seu dormitório e vindo espionar os adultos. Então, vendo que tinham sido apanhadas, entraram: uma invasão de vozes agudas, barulhenta e alegre, que chegava à mesa, roubando pedaços de pão e atacando o prato de maçãs, escapando gostosamente das mãos dos adultos que procuravam agarrá-las, escondendo-se atrás das cadeiras e debaixo das mesas.

Foi um tumulto. Injustamente ou não, todos os pais identificaram no mesmo instante o filho mais velho como chefe da bagunça. Cada um correu para agarrar qualquer criança que conseguisse dominar.

— Tommy! — gritou Margaret Roper.

— Tommy! — gritou Cecily Heron.

— Tommy! — gritou Meg Clement.

Depois da luta, Will Roper, que estava com dois ou três pequenos Roper debaixo do braço, curvado pelo peso da prole, tomou o rumo do dormitório. Holbein o ouviu dizer:

— Vocês me envergonham! — com voz risonha enquanto subia a escada, dois degraus de cada vez. Em seguida, foi a vez de John e Anne More, arrastando os filhos pelos bracinhos finos. Cecily e Margaret pegaram os desgarrados e os tocaram da sala para o mesmo quarto, num tom ora ameaçador, ora divertido.

O que deixou a sala quase vazia. Holbein viu Elizabeth (delicadamente) e Meg (com mais energia) à cata dos dois últimos rebeldes. Claro que foi Meg que os agarrou. Pegando cada um pela gola, ela os puxou para si. A briga tinha acabado; os dois viram que o jogo tinha terminado. Pareciam fantoches nas mãos dela; duas figuras idênticas de rostos rosados arrependidos e olhos baixos; dois narizes aquilinos idênticos.

— Tommy — ela ralhou, olhando zangada para o menino ligeiramente maior que o outro. Então se deteve, pareceu espantada e desviou os olhos dele para fitar o Tommy menor. — Tommy... — disse ela, com uma suspeita alucinada brotando em seus olhos.

— Me desculpa — respondeu o filho de Meg, retorcendo-se de vergonha.

Fez-se um silêncio mortal. Elizabeth, em pé, perto da lareira, também estava olhando, cada vez mais horrorizada, o Tommy menor. Meg voltava a cabeça de uma criança para a outra. Vistos assim, lado a lado, eles eram tal e qual.

Os meninos não entendiam o porquê do silêncio. Começaram a chorar, sentindo-se culpados.

— Não fui eu — choramingou o de Meg.

O outro falou com voz fina, lançando olhares suplicantes para a mãe paralisada ao pé da lareira:

— Foi tudo ideia do Tommy Roper.

— Psiu — disse Meg calmamente, abaixando-se para beijar e silenciar Tommy, incapaz de não lançar ao sósia do filho um olhar de reconhecimento.

Então ela olhou para o rosto estarrecido de Holbein. E o que leu ali parecia responder à pergunta feita por aquela ruga que permanecera em sua testa franzida a tarde toda, desde que ela vira o quadro.

Ela assentiu com a cabeça na direção do pintor — um gesto frio, determinado.

— O senhor poderia levá-los para cima? — Não era um pedido, era uma ordem.

Ao sair atrás das perninhas velozes dos meninos, quase tão ansioso quanto eles para fugir do ambiente de animosidade às suas costas, Holbein ouviu a voz dela — peremptória, acusadora, firme — romper o silêncio.

— Nossos filhos parecem irmãos — disse a voz. — O meu marido é o pai do seu filho, não é? — E então a porta se fechou, deixando-o do lado de fora, na escuridão.

***

Ela foi vê-lo logo depois, no quarto dele. Holbein estava de pé, à janela, no escuro, observando pela vidraça o vento varrer as vinhas e espalhar as nuvens pelo céu como o forcado espalha o feno, ocultando as estrelas com a tempestade que se aproximava, quando ouviu o ruído do fecho da porta. Não se virou. Ele sabia quem era.

— A única coisa que ela disse foi "não tenho nada a lhe dizer" — Meg falou num tom monótono.

Ele não ousou retrucar. Meg levava um castiçal na mão. Ela atravessou o quarto e foi até o quadro, chegando ao canto onde estava a figura de Elizabeth, empurrando-a, olhando para John Clement com aquele olhar lascivo, enquanto descalçava a luva. Meg pousou o castiçal na mesa e tornou a fitar, atentamente, a cena da pintura. De onde estava, atrás, Holbein via a cabeça da moça assentindo, silenciosamente, como se todas as suas desconfianças, afinal, se confirmassem.

— O senhor sabia — disse Meg, ainda de costas para ele. — Viu os dois e percebeu. Foi por isso que o senhor mudou seu quadro, não foi? — ela se virou. Ocorreu-lhe um pensamento mais sombrio. Os olhos assombrados dela perscrutaram o rosto de Holbein. — Ou talvez Elizabeth tenha lhe contado — disse Meg, num tom acusador. — Vocês eram amigos.

Holbein sentia-se esmagado pela culpa. Sempre soubera que seria um quadro perigoso, mas esse não era o segredo que pretendia revelar.

— Vi os meninos quando cheguei aqui. Apenas conjecturei — disse ele, desamparado. — Achei que a senhora já sabia.

E de repente não havia mais lugar para palavras em seu coração, só a urgência do seu desejo de abraçá-la e fazê-la girar e beijá-la na boca.

Entrelaçados, com o corpo dele apertado à volta do dela, e a perna forçando febrilmente o caminho por entre as saias, contra as folhas escuras e mutantes das videiras e a mancha das nuvens e das estrelas, ele se viu transportado no tempo para aquele primeiro beijo de muito tempo atrás, debaixo da amoreira. Só que dessa vez ela não se afastou. Dessa vez ele a sentiu retribuir; sentiu as mãos dela em suas costas, agarrando-o, puxando-o para mais perto; sentiu os seios dela se mexendo de encontro a seu peito; sentiu a respiração dela se acelerar.

Com os olhos abertos, fixos no rosto dele, cientes. O coração de Holbein parecia explodir. Ainda apertando-a contra si com um braço, ele estendeu o outro apenas o suficiente para pegar o castiçal e começou a levá-la lentamente para seu colchão, no quartinho dos fundos, ainda beijando-a avidamente, quase explodindo de desejo, murmurando palavras de amor incoerentes enquanto procurava abrir a porta com um cotovelo e pousava, de costas, no chão.

Depois — só depois, quando ele ainda estava suspirando, saciado, mais feliz do que jamais imaginara um dia poder ser, com uma de suas grandes mãos de mestre-artífice pousada possessivamente no seio da moça pálida com o pequeno mamilo rosado de menina — é que ele sussurrou estonteadamente:

— Eu te amo.

Era o que sempre quis lhe dizer. Sempre, desde que sua memória lhe permitia lembrar. Fora por esse motivo que ele deixara a esposa uma segunda vez, e por isso que ele vivera como um monge por pouco mais de um ano. Era um sonho que se tornava realidade. Protegida pela escuridão, com os ruídos da tempestade levemente audíveis através da janela, ele se sentia desfalecer por ter dado vazão a esse sentimento.

Ela sussurrou algo como resposta, fuçando o pescoço dele. Holbein não conseguiu ouvir as palavras dela, mas queria acreditar que fossem "eu também te amo". Apenas alguns minutos depois é que ele acordou, assombrado, de repente inquieto, pensando que o que ela sussurrara poderia ter sido "eu o odeio". Mas era tarde demais para perguntar. Os olhos de Meg estavam fechados.

20

Saí do quarto de mestre Hans na ponta dos pés, antes de clarear. Delicadamente, soltei-me do braço forte que me prendia ao colchão, como se um movimento rápido demais pudesse machucá-lo, beijei o rosto dele e vesti meu corpo amarfanhado o melhor que pude no escuro do quarto. Não me espantei quando meus olhos se abriram e vi onde me encontrava, só a minha calma me surpreendeu. Minha mente estava se afastando daquilo que eu agora suspeitava ser a realidade de meu passado — John indo a Chelsea não para me cortejar, mas para levar adiante seu caso secreto com Elizabeth. Eu, a segunda opção, quase filha, a moça que não costumava arranjar par no baile, e ainda estava ali, pronta para o casamento, única maneira prática de John cimentar os laços com a família do homem que mais o ajudara na vida. Eu enlouqueceria se me deixasse ficar pensando nessa traição final. Eu queria ficar no mundo inocente, iluminado, que eu tinha descoberto no pomar. Depois de todos aqueles anos de uma luta incessante contra as imperfeições da vida cotidiana, a ideia de que eu poderia afinal criar meu próprio idílio, só por fazer amor com Hans Holbein, era suficiente para me deixar eufórica. Pela primeira vez em minha vida, até onde minha memória alcançava, sentia-me livre; bela, perigosa e livre.

Nas horas cinzentas que antecediam a madrugada, subi a escada, com as narinas ainda repletas do cheiro dele e os músculos aquecidos com os abraços em minha lembrança, evitando as tábuas que rangiam. Eu precisava me livrar da sensação egoísta e prazerosa com que meu corpo e minha mente se entretinham; sacudir de minha memória o fogo da noite. Eu queria estar de volta a meu quarto, lavada e fresca, antes que Tommy acordasse e se aproximasse de mim. Eu não podia continuar comparando a surpresa calma que se tornara a relação amorosa com John com a paixão ardorosa e molhada que eu sentira naqueles novos braços robustos. Eu precisava de tempo para pensar.

Então vi uma claridade pela fresta de uma porta. Uma vela ardia na capela. Meu pai já devia estar rezando.

Subi em disparada os últimos degraus, sentindo-me de repente apavorada ao perceber que estava com a touca nas mãos, os cabelos soltos caindo costas abaixo e o peitilho desatado. Ninguém podia saber.

Foi apenas quando me vi a salvo do outro lado da porta, ouvindo o trinco fechar, que voltei a respirar. Apoiei-me à parede. Pernas e braços tremiam tanto que eu mal conseguia me mexer. Sentia dores no pescoço e nos seios. Mas o coração borbulhava de riso.

Thomas More abriu a porta e entrou na saleta de Hans Holbein logo depois que o sol nasceu. E encontrou o pintor, amarfanhado e de olhos inchados, no banco sob a janela onde estava sentado, fitando o quadro. Ainda não havia luz suficiente para poder pintar. O céu estava triste e nublado depois da tempestade da noite. Holbein levantou-se imediatamente assim que viu More. Curvou-se, cumprimentando-o, então olhou para os pés e derrubou a xícara vazia a seu lado.

O pintor apanhou-a do chão, blasfemando baixinho, e a colocou na mesa ao lado dos pincéis limpos.

— Nasci desajeitado — disse, com ar envergonhado. — Era o que meu pai sempre dizia.

— Perdoe-me a interrupção — disse More gentilmente. — Se for possível, eu gostaria de dar mais uma olhada em sua obra-prima. Acordei pensando nisso.

Holbein, já cheio de culpa difusa, quase parou de respirar quando More se aproximou do canto esquerdo do quadro para examinar os retratos de Elizabeth e Meg.

Mas o único comentário que ele fez foi dizer, um tanto tristonhamente, quando se afastou da obra um longo momento depois:

— Este quadro nos conta mais histórias cada vez que o vejo. Seu talento para a verdade é realmente invejável.

Holbein baixou a cabeça, sem saber o que dizer.

Sir Thomas parecia mais velho nessa manhã, reparou Holbein, e, apesar de todas as preocupações que o atormentavam, não parava de observar linhas e texturas. A luminosidade daquela pele morena diminuiu de intensidade, refinando a força das bem-proporcionadas feições de More, como se um rico quadro a óleo estivesse se transformando num desenho de linhas finas diante de seus olhos. Talvez fosse a luz cinzenta e fria. Ou, talvez, fosse o humor instável de Hans Holbein. Ele acordara e estendera o braço em busca de Meg, mas descobrira que ela não estava mais ali. Então não sabia se era o homem mais feliz do mundo ou o mais infeliz. Ainda sentia o cheiro da pele dela e os seios sob seus lábios, mas será que algum dia ficaria a sós com ela? Precisava urgentemente encontrá-la e ver como ela reagiria ao vê-lo. Não poderia simplesmente entrar onde a família estava reunida e calmamente tomar o café da manhã ao lado dela diante de todos. Mas sua barriga roncava de fome. Mas, enquanto se agitava de um lado para o outro em seus aposentos, sem saber o que fazer, olhou para o quadro e se viu pensando de novo — apesar da maravilha de tudo o que acontecera na noite anterior — que talvez tivesse cometido o pecado do orgulho ao pôr no quadro tudo o que pensava saber sobre os More. Ele vira uma parcela tão grande da verdade; mas, como ele estava agora começando a perceber, compreendera tão pouco do que vira. Talvez tivesse cometido o maior erro de sua vida ao causar todo esse torvelinho.

— O senhor já esteve apaixonado, mestre Hans? — More perguntou, inesperadamente, de novo olhando para o quadro. Holbein arregalou os olhos e engoliu em seco, mas o mais velho não esperou a resposta, simplesmente continuou, quase falando só para si. — Não sei por que, mas acordei esta manhã pensando no meu primeiro amor.

Holbein não podia acreditar no que estava ouvindo. More era um homem de grande discrição, que nunca falaria de seus sentimentos íntimos em público. Isso não poderia estar acontecendo.

— Eu tinha 16 anos... acabara de sair da universidade... começando em New Hall como advogado... cheio de esperança, confiante... quando a vi. A mais bela moça que eu poderia imaginar, em pé, diante de mim, num baile, com o mais belo sorriso do mundo no rosto. Viera de Norfolk para a casa de um tio. Era como se um raio me tivesse atingido. Eu ardia da cabeça aos pés. Eu teria me casado com ela naquele momento se me fosse possível.

More fez uma pausa, como se estivesse escolhendo as palavras.

— Não passou disso, evidentemente — continuou. — Um beijo roubado, ou dois. Alguns encontros e cartas. O tio me despachou assim que percebeu. Ele a levara a Londres para ficar noiva de outro. Um candidato melhor que eu: um vizinho dela em Norfolk e que acabara de concluir seus estudos. Disseram veementemente a meu pai que eu não poderia continuar a vê-la. Meu coração me pareceu se despedaçar por um tempo, mas eu sobrevivi. Nunca tornei a vê-la, embora, naturalmente — ele fez um sinal com a cabeça para o retrato de Elizabeth Dauncey no quadro de Holbein, como se estivesse explicando o motivo de estar contando aquela história agora —, muito depois, eu tenha dado seu nome à minha bela segunda filha.

More afastou o olhar do quadro e olhou Hans Holbein nos olhos.

— Eu era um jovem tolo, é claro. Perdi as estribeiras. Tentei me tornar monge. Mas eles também me casaram, um ano depois, e, afinal, descobri que podia, perfeitamente, amar minha esposa. E minha segunda esposa também, por falar nisso. Naquela época eu não tinha ideia da felicidade duradoura que a família pode nos trazer — ele riu, um riso suave, mas que, para Holbein, ainda dominado por aquele olhar tão intenso como o de uma ave de rapina hipnotizando um coelho, talvez contivesse alguma ameaça. — Não podemos esperar nada dessas emoções turbulentas, não é mesmo? Mas nessa época eu ainda era muito criança para saber o que os adultos vão descobrir mais cedo ou mais tarde: que a pessoa só vai encontrar a verdadeira satisfação se fizer aquilo que é decente.

Uma súbita rajada de chuva bateu contra a janela. Por sorte, Holbein pôde desviar os olhos envergonhados do quadro e fixá-los nos jorros d'água que caíam nas folhas das videiras. Estava tentando aplacar o calor de seu rosto em brasa. Também tentou, sem sucesso, afastar as lembranças ardentes de línguas, músculos, seios e corpo de Meg debaixo do dele naqueles lençóis amarrotados que ele sabia, cheio de culpa, estarem exatamente atrás das costas de More, visíveis pela porta do quarto que se esquecera de fechar. Se não soubesse que More não poderia ter descoberto a respeito da noite passada, ele acharia que fora descoberto e estava sendo sutilmente avisado disso. Mas ele não sabe, disse para si. Não pode saber. Mas Holbein teria achado mais fácil aparentar inocência se não soubesse que More era no mínimo tão capaz quanto ele próprio de intuir os segredos dos outros.

— É bom poder me abrir com o senhor, mestre Hans — disse More, virando-se, como Holbein, para observar as trilhas formadas pela chuva lá fora. — É bom saber que não há segredos entre nós — então, gentilmente, perguntou: — O senhor já tomou seu desjejum?

Holbein fez que sim com a cabeça. Não conseguia falar. Por mais fome que tivesse, ele não iria de jeito nenhum entrar na sala onde a família tomava o chá matinal com o homem fazendo esses comentários brincalhões, meio acusatórios, meio incriminadores. Seu estômago, mais do que nunca, se revolvia. Dessa vez, pelo menos, Holbein precisava de paz e solidão até mais que de pão e queijo.

Da porta onde estava parado, More fez seu último comentário enigmático:

— A família de Meg é de Norfolk. Foi por isso, em parte, que eu a adotei. Ela me é muito cara.

Assim que ficou só, Holbein voltou a se sentar no banco perto da janela. Encostou uma face vermelha na vidraça e olhou fixamente, sem ver, as gotas de chuva que voltaram a cair, levando embora o calor e fazendo o frio penetrar em seu corpo.

* * *

Ela surgiu inesperadamente da folhagem do jardim e bateu na vidraça embaçada, tirando-o de seu devaneio. Estava sem agasalho. O cabelo estava grudado na cabeça. E as roupas molhadas, agarradas ao corpo. Mas o rosto parecia iluminado de riso ao chamá-lo lá fora.

Holbein correu para o jardim, parando apenas para pegar sua capa antes de chegar à porta.

Não cabia em si de felicidade. Puxou-a para debaixo de uma árvore, deleitando-se com a maciez do corpo dela, cobrindo-a de beijos aliviados que logo se tornaram insistentes, ansiosos.

— Você vai acabar tão molhado quanto eu — sussurrou Meg, puxando a capa que ainda pendia do braço dele, e rindo, provocadora.

Ele tinha se esquecido da capa. E então foi sua vez de rir, encantado. Pegou a capa e, de brincadeira, cobriu com ela suas cabeças. Na escuridão debaixo do tecido áspero, esfregou suavemente o nariz no dela.

— Meg — sussurrou, com um sorriso enlevado que ia de um lado a outro do rosto, e fitou a perfeição daquele rosto que ele sempre amara como se o visse pela primeira vez. — Não posso acreditar no que está acontecendo.

Ela não retrucou, apenas fitou-o de volta, sem pestanejar, até ele tocar suas pálpebras com lábios delicados e então levar a boca, de novo, aos lábios da moça e beijá-la de verdade.

Quando começou a tremer, foi ela que, encostando-se toda num lado do corpo dele, como se a carne de um e de outro se misturasse, o levou por um caminho para um bosque de árvores mais velhas, atrás do celeiro abandonado. Ela estendeu a capa no chão relativamente seco aos pés deles e o puxou para baixo, para perto dela, e, agarrada a ele como se estivessem se afogando, puxou-o para cima de seu corpo. Ele a fitou e abriu a boca como se fosse falar. Estava dilacerado entre desejos; queria lhe dizer tanta coisa. Mas ela murmurou, nesse momento, ansiosa:

— Agora não. Não diga nada agora — e lhe fechou a boca com um beijo.

Assim que retomou o fôlego, ele levantou a cabeça, apoiando-a em um cotovelo e lançou-lhe um olhar sonhador. Havia uma folha no cabelo dela. Ele a retirou. A chuva parou. As folhas flutuavam enquanto caíam. O mundo estava em paz.

— Eu poderia ficar aqui com você o dia todo, assim — o pintor começou a falar, incapaz de pensar em qualquer coisa além do abraço dos dois. Queria continuar: "Eu te amo", mas ela o impediu.

— Tommy deve estar me procurando. Não há tempo — disse ela, tristonha. O rosto se recuperou, e ela acrescentou — ...e John estará aqui antes do anoitecer.

O pensamento pareceu ajudá-la a se preparar para agir. Movimentando-se, saiu de debaixo dele, sentou-se, arrumou-se, alisando as saias que agora cobriam as pernas, e ajeitou o corpete, empenhada em recuperar a compostura.

— Voltarei para encontrá-lo aqui, depois de falar com Tommy — Meg prometeu. — Depois do almoço. Vamos conversar mais, prometo.

— Mas... — Holbein suspirou, e sentiu a boca se franzir, como um bebezão prestes a cair no choro. Estava começando a entender. — Clement está chegando... — murmurou, percebendo o pavor se aproximar. Ele não poderia conviver naquela casa com aquele homem. Nem Meg, agora que ela era dele.

— Eu sei. Mas ainda não posso pensar nisso. Não sei o que fazer — disse ela, num tom entre brusco e desesperado. — Não vamos nos preocupar agora. Ainda temos algumas horas pela frente.

— E depois? — Holbein não pôde deixar de perguntar, impulsivamente, odiando-se por fazê-la pôr o dedo na ferida.

— Não sei. Não sei — ela balançou a cabeça e desejou que ele pudesse ler o que havia atrás de sua expressão confusa. — Seja lá o que for, vamos nos encontrar de vez em quando — acrescentou, e ele captou um tom de súplica na voz de Meg. — Em Londres. Eu poderia ir à sua casa. Você seria meu segredo. Não é o que eu quero, e você sabe disso. Mas é a melhor ideia que consigo ter por enquanto.

O que primeiro ocorreu a Holbein, instintivamente, assim que se pôs de pé e ajudou-a a se levantar, foi recusar o pedido dela; em vez disso, ele lhe pediria que fugisse com ele, acabasse com aquele casamento vazio, deixasse o marido, a Inglaterra, encontrasse uma nova vida em outro lugar, qualquer lugar. Qualquer coisa. Ele desvendara os segredos da família More, mas, de modo algum queria se tornar um deles. Mas o protesto dele seria em vão. Não tinha senão sonhos a oferecer. Ela simplesmente diria não. E, por enquanto, a imagem de um futuro alternativo que ela estava sugerindo já começava a se insinuar sedutoramente na cabeça dele: uma Meg descalça e despenteada levantando-se da cama, em seus cômodos de Maiden Lane, e se dirigindo à janela para ver o que havia no cavalete dele, e, então, aproximando-se dele, beijando-o e lhe fazendo elogios ao ouvido. Seria um futuro de breves momentos de felicidade no escuro. Mas até isso seria melhor do que a escuridão total de uma vida sem ela.

Voltaram para a casa, precavidamente, sem se tocar. Holbein tentou tirar algum consolo ao perceber que ela diminuíra o ritmo de seus passos à medida que a casa se aproximava. Ele também não queria entrar ali.

— Você se lembra de sua primeira família? — perguntou ele, tentando adiar a separação; esperando ouvir uma confidência que lhe permitiria ter uma nova intimidade a ser, quem sabe, saboreada quando ele estivesse novamente sozinho. — Os pais de Norfolk?

Ela se interrompeu, e olhou ao redor, com olhos curiosos.

— Na realidade, não — disse ela, cautelosamente. — Lembro-me apenas de meu pai, um pouco. Nada da minha mãe. Ela morreu quando nasci. Por que você está perguntando isso?

Então Holbein se pegou contando da ida de More a seu quarto naquela manhã, prolongando a história para mantê-la um pouco mais a seu lado.

— More disse querer ver o quadro mais uma vez. Mas ele mal o olhou antes de começar a conversar sobre o amor. Ele então disse que, uma vez, tinha se apaixonado por uma moça de Norfolk que estava noiva de outra pessoa. Ele insistiu tanto em dizer o quanto o amor é perigoso que desconfiei de suspeitas sobre nós.

Ele riu, esperando que ela o tranquilizasse dizendo que estava tudo bem. Mas Meg lhe pareceu muito quieta.

— Ele não poderia ter adivinhado, não é mesmo? — disse Holbein, pouco à vontade.

Mas ela estava tendo uma ideia que, de tão íntima, não poderia ser partilhada com ele. A resposta que deu foi evasiva demais para que ele pudesse compreendê-la inteiramente.

— Nessa família — disse ela com um estranho sorriso —, o mais difícil é exatamente saber quantos outros segredos ainda podem vir à tona.

Holbein sentiu um rápido aperto da mão dela na sua.

— Obrigada — disse ela, inexplicavelmente. E então se foi, afastando-se dele, voando caminho afora, deixando-o ali parado, acompanhando-a com os olhos atentos e a boca aberta de espanto.

— Pai? — sussurrei na atmosfera pesada da capela. Estava tão escuro que, de início, tudo o que vi foi a Virgem de túnica azul à minha frente. Mas ele estava ajoelhado. Então, ele voltou-se e me viu. Eu nunca ousara interrompê-lo enquanto ele estivesse imerso em suas preces intensas e solitárias; ele poderia se zangar. Mas, assim que me viu, meu pai começou logo a se mexer para se levantar, como se estivesse esperando ser interrompido.

Eu não podia esperar. Antes que suas costas ficassem eretas, as palavras saíram de minha boca: as únicas palavras que dariam sentido a tudo.

— O senhor é meu pai verdadeiro?

As lágrimas mal me deixavam ver. Eu também pressentia lágrimas correndo no rosto dele. Depois de um tempo imenso em que mal nos tocamos. de repente nos vimos pendurados um nos braços do outro diante da Virgem Maria, num abraço confuso, oscilante, cheio de lágrimas e radiante.

Minhas ideias corriam tanto quanto os pés tinham corrido. A peça completava perfeitamente o quebra-cabeça que meu pai sempre me parecera ser. Ela preenchia o espaço entre a ironia distante com que ele preferia ser visto ao lidar com sua família e com o mundo e os castigos terríveis que ele se infligia, e infligia aos outros, em nome de Deus. Ele tivera o seu próprio segredo esse tempo todo. Entregara-se a um amor a que não pudera honrar. Engravidara uma moça de Norfolk e quisera casar-se com ela, mas afastaram-na dele. E ele nunca se perdoou; nunca mais teve coragem de acreditar no amor.

— Você é exatamente o retrato dela — sussurrou More. — Tão dolorosamente parecida que... às vezes eu mal conseguia chegar perto de você. Não posso nem sequer lhe dizer o quanto eu a amei.

Qualquer outra descoberta daquele dia turbulento apagou-se de minha mente diante da súbita e ofuscante certeza de que eu também sempre fora amada.

Dentre os milhares de perguntas que me ocorriam, eu não sabia qual fazer primeiro.

Eu podia mais ou menos imaginar o caminho difícil que ele precisou percorrer para me levar de volta a Londres, ocasião em que eu estava com 9 anos e o meu primeiro pai já tinha morrido. Ele soube que minha mãe morrera no parto. E, desde então, pagara para obter informações de Norfolk. Ele fizera uma petição ao rei, rogando-lhe que comprasse minha adoção, assim que meu pai morreu, e pagou uma quantia extorsiva exigida para ter o direito de educar uma órfã rica que poderia, um dia, ajudá-lo a pagar essa dívida casando-se com um dos filhos dele.

Sempre achei que eu não poderia me casar com alguém da família More porque Deus dera a meu pai três filhas e apenas um filho, bem mais moço. Agora eu via que eu não poderia nunca entrar para essa família e me casar com qualquer um dos filhos, mesmo que More tivesse uma dúzia deles, pois todos seriam meus meios-irmãos. Antes de mais nada, para eu me casar, More teria que encontrar alguém de fora para ser meu marido. Lembro-me de que ele contratou John como nosso tutor semanas antes de minha chegada na casa; mas esse assunto era doloroso demais nesse momento para que eu continuasse.

Por conseguinte, perguntei:

— Como era minha mãe? Quando eu era menina, sempre a via como uma mulher que vivia ajoelhada numa igreja, mas isso porque havia uma imagem dela na capela de Norfolk, de mãos postas, numa prece devota eterna.

Ele riu.

— Como você. Curiosa. Impulsiva. Meio solitária. Sempre com perguntas difíceis.

Ri, em meio às lágrimas, tão feliz com a luz de seus olhos azuis em meu rosto e o calor de seu abraço que agora eu percebia que sempre tinha esperado por esse momento. Todo outro abraço em que eu me envolvera — até o apaixonado que Hans Holbein me dera, e que me parecera tão perfeito há poucos momentos atrás — sumiam na lembrança distante.

— Por que o senhor não me disse antes? — sussurrei.

Ele esperou alguns segundos para responder, como se estivesse reunindo pensamentos. Mas quando o fez, havia uma imensa ternura em seu rosto.

— Eu achava que as coisas do mundo eram mais importantes do que me parecem agora... — disse ele, com alguma hesitação, como se estivesse tateando até chegar a uma verdade difícil. — Aparências. Comportamento em público. Superfícies. Mas mestre Hans nos mostrou algo nos últimos dois dias, ou pouco antes, sobre o valor da honestidade. O que sei agora é que quero que minha família seja feliz de verdade, e faça o que é certo perante Deus.

More fez outra pausa, e dessa vez percebi que ele estava esperando que eu falasse. Ele recuou meio passo, uma distância apenas suficiente para permitir que colocasse as mãos em meus ombros, e tornou a me olhar nos olhos.

De repente compreendi outra coisa. Ao revelar que eu tinha descoberto esse segredo, eu também tinha revelado a intimidade entre mim e Holbein. Ninguém senão ele poderia ter me contado sobre o passado de meu pai. Ele era mais inteligente do que eu podia imaginar. Confessando seu pecado de tantos anos, ele também revelara o meu.

Ele estava assentindo com a cabeça, generosamente, ao ver em meus olhos assombrados que eu começava a compreender.

— Não foi difícil adivinhar — disse ele delicadamente, mas a voz estava séria quando acrescentou: — Não faça isso, Meg. Por favor. Eu tive a sorte de trazê-la de volta e, com isso, uma segunda chance de felicidade. Você talvez não tenha tanta sorte. Mestre Hans é um bom homem, mas não é seu marido. Não deixe o pecado destruir sua vida como quase destruiu a minha.

— Mas — disse eu, sentindo a alegria se esvair por causa da injustiça que havia no pedido dele —, isso é diferente. Não fui eu que quebrei meu juramento primeiro. Foi John.

Achei que ele ficaria chocado. Mas não ficou. Simplesmente continuou sorrindo, ainda com a mão em meu ombro, a uma certa distância, ainda me olhando como se memorizasse cada pedacinho de mim.

— O senhor viu o filho de Elizabeth, não viu? — acrescentei, tentando forçá-lo a ver meu sofrimento em carne viva e a raiva de ter sido traída em minha voz. Mas a expressão de More não mudou. Nada do que eu dissesse sobre isso poderia surpreendê-lo, foi o que vi. Mal me surpreendeu perceber que ele já sabia sobre John e Elizabeth.

Meu pai assentiu com a cabeça, como se compreendesse meus sentimentos. Mas o que ele disse, abraçando meu ombro com um só braço e me puxando para perto dele de novo, foi:

— É irrelevante. Só agora, ao ver meus filhos cometendo esses erros, percebo o quanto são insignificantes.

— Não é insignificante para mim! — gritei, abandonando qualquer tentativa de conversa equilibrada, sentindo as mãos tremerem na dele e quase uivando de dor com a crueldade de minha descoberta. — Meu marido é o pai do filho de minha irmã! Como é possível o senhor chamar isso de irrelevante!

Mas ele apenas sorriu o sorriso de velho sábio e depôs um dedo em meus lábios.

— Psiu — disse ele, quase distraído. — Você está cometendo uma injustiça. Vou lhe contar o que realmente aconteceu. Nós dois já temos segredos suficientes em nossas vidas, não é mesmo?

Ele esperou até ver meu sinal de assentimento, depois procurou em suas roupas até achar um lenço, que me estendeu para que eu enxugasse os olhos. Virou o rosto para a janela, de modo que as feições pálidas, envelhecidas, se recobriram tanto de uma luz tênue como de bondade, enquanto ele se recordava.

— Eu casei mal Elizabeth. Foi o meu erro. Escolhi para ela um homem a quem ela não amava de fato. Afastei-a da corte assim que me dei conta da confusão em que ela estava se metendo. John nem sabia quem era ela até ser tarde demais.

Eu via a cena descrita por ele, tão palpável que me senti presenciando os acontecimentos. Um baile de máscaras; John e uma bela mulher, casada, flertando; um farfalhar de roupas contra a tapeçaria na parede; pétalas de rosa no cabelo dele. John, passando um tempo na corte enquanto esperava uma posição no Colégio de Médicos; pedindo permissão ao pai, todo dia, para me visitar em Chelsea ("Ele ficou meses me atormentando, Meg; não havia dúvida sobre quem ocupava os pensamentos dele", disse meu pai, com voz tristonha); e então, uma noite, quis se divertir à moda futriqueira, licenciosa e secreta da corte. Depois, horrorizado quando a mulher com quem tão pressurosamente fizera amor dera risinhos e sussurrara para ele: "Mas você não precisa tirar a máscara para que eu saiba quem você é", e então revelou ser filha de More, mas a errada. Minha irmã Elizabeth.

— Em primeiro lugar, ela não teria feito isso se eu tivesse lhe arranjado o marido certo — disse More um tanto tristemente —, e ele nunca teria feito o que fez se soubesse que ela era sua irmã. Para John, ela era simplesmente uma mulher de máscara. Parte das travessuras da corte de um rei jovem. Não significou nada.

— Como o senhor descobriu? — sussurrei.

— Ele não sabia o que fazer. Levou-a para passear no jardim de rosas e implorou a ela que não contasse nada. Disse-lhe que voltara para a

Inglaterra com esperança de se casar (embora não tenha dito com quem) e pedia piedade. Contou-me que ela se mostrara muito digna. Ela lhe disse que o episódio ficaria sendo um segredo deles. Afinal de contas, ela já era casada. Ele a entregou ao marido e fugiu para seu quarto.

O rosto de meu pai começou a se enrugar, formando um riso autodepreciativo.

— Então a última coisa que ele esperava era me ver no dia seguinte batendo à porta, zangado, e exigindo explicações. Ouvi uma história completamente diferente. Elizabeth estava histérica de manhã. Ela me procurou e me disse que percebera que Dauncey não era a pessoa adequada para ela. Disse também que queria que seu casamento fosse anulado para que ela pudesse se casar com Clement. E me disse que eram amantes; e disse que ela faria com que ele a amasse para sempre. Fiquei estarrecido. Depois de todos os anos que eu passara me assegurando de que ele era o homem certo para você, aquela era a última coisa que eu esperava ouvir. A minha vontade era açoitar Clement.

"Mas John ficou até mais desnorteado que eu. Estava apavorado com a possibilidade de eu afastá-lo de você por causa disso — More continuou. — E eu estava inclinado a isso."

Eu estava voltando a respirar direito.

— Mas não o afastou — disse eu.

— Não — ele respondeu, dando-me uma piscadela, de soslaio. — Se aprendi alguma coisa sobre pecado na vida, aprendi também o suficiente sobre o arrependimento para saber quando alguém quer realmente corrigir o erro que cometeu. O homem se consumia de amor por você. Ele preferia morrer a ter que desistir de você.

"Então, procurei aparar as arestas. Disse a Elizabeth que ela devia viver a vida que escolhera com o marido que ela escolhera perante Deus. 'Não devemos esperar chegar ao Céu ao nosso bel-prazer ou em colchões de plumas', eu disse. E mandei-a para casa em Chelsea. Eu pensava mandá-la passar um tempo na casa dos pais de Dauncey, no campo, antes que John viesse a Chelsea buscar você. Seria a maneira mais delicada. Mas John antecipou-se a mim aparecendo para encontrá-la. Ele me surpreendeu, para falar a verdade. Achei que seus anos de juventude tinham-no deixado tão vazio que ele faria obedientemente o que eu lhe pedisse agora. Eu estava errado. Quando se tratou de ganhar você, vi que ele ainda tinha a chama do antigo fogo."

Eu estava tão emocionada como se um turbilhão revolvesse minha alma.

— Ele veio procurá-la e ganhou sua mão — meu pai estava dizendo agora, de um lugar que me parecia muito longínquo. — Ele é um homem honesto. Ele a ama.

Essas palavras me fizeram achar que um raio de sol tardio atravessava as sombras do outono. Mas quando olhei para meu pai, seu rosto ainda refletia os riachos de água que escorriam vidraça abaixo.

— Não pense — acrescentou ele sombriamente — que Elizabeth não sofreu. Ela teve de sentir uma criança crescer dentro dela enquanto via o pai de seu futuro filho apaixonado por você. Ela teve de fazer concessões que você desconhece inteiramente para continuar levando sua vida. E ela vai carregar o pecado dela, e o castigo, até o dia da morte. Foi Elizabeth quem perdeu por amar John, e não você. Armar uma briga por esse motivo agora seria um grande equívoco.

Com menos relutância do que eu teria esperado, peguei-me assentindo com a cabeça. As lembranças me voltavam aos bocados: Elizabeth, de rosto pálido, saindo correndo do grande salão de Chelsea quando eu lhe dissera que John Clement tinha partido; Elizabeth se atirando escada abaixo e roubando o óleo de poejo para tentar se livrar da criança que carregava em seu ventre; Elizabeth ouvindo, tristonha, as histórias de mestre Hans sobre amor maternal. Apesar da rivalidade e da desconfiança em nossa relação, o sentimento que essas lembranças faziam brotar em meu coração era a piedade.

O turbilhão dentro de mim estava começando a amainar; no lugar dele, havia em mim uma nova espécie de paz, uma quietude que eu nunca sentira.

Olhei de relance, mais uma vez, o perfil de meu pai, esperando que ele estivesse sentindo a mesma calma simples. Quase me surpreendi ao vê-lo ainda preocupado e olhando para o cão, como se estivesse escolhendo as palavras.

— Eles fizeram o melhor que podiam para reparar o pecado deles — disse ele, devagar. — Agora você também precisa ser honesta em relação ao seu.

Balancei a cabeça. Eu não queria nem sequer pensar nisso. Agora estava voltando: a sensação do corpo de Holbein no meu; toda a bela e intricada confusão de meu futuro. Mas ele me ignorou e continuou, com determinação:

— Ouça bem. Você acha que é a genialidade de Holbein que a atrai. Acha que isso é mais excitante do que a opção de John pela tranquilidade. E, em parte, entendo por quê. Houve tantos segredos entre nós que você se deixou levar pela paixão de Holbein pela verdade. E concordo que é extremamente atraente ver a mente de Holbein trabalhar, tomando caminhos que nem ele próprio sabe explicar quais são. Eu também acho.

"Mas você se engana ao ficar tão impressionada por isso a ponto de considerar abandonar tudo o que construiu na vida por esse sentimento novo. Você não pode viver com a genialidade assim como não pode reter o gelo ou o fogo. A genialidade é extremamente cruel. Veja o que ocorreu aqui, nesses poucos dias. Mestre Hans não pensou duas vezes antes de pôr um segredo em seu quadro que certamente a faria sofrer. É o fogo que há dentro dele. Esse seu dom aquece as pessoas e as torna mais vivas, mas também pode queimar quem se aproxima demais. Não duvido de que ele a ame, mas, para a família que ele deixou na Basileia, de que valeu amá-lo? Se você for embora com ele, talvez possa ser feliz por algum tempo. Mas seria uma felicidade mais fugaz do que você poderia imaginar agora. Você ficaria desonrada. Viveria envergonhada. E ele a magoaria, por fim, e talvez chegasse a destruí-la: porque a paixão de Hans Holbein é sua pintura.

"Com John é diferente. John já viveu seu lado selvagem, mas ele o suprimiu para se tornar adequado a você. Mesmo que esse lado às vezes ressurja. Você já o viu. Já o sentiu — e, triste, tocou o queixo atingido pelo soco de John. — Mas o importante é que a paixão de John é você, sempre foi. Perdê-la poderia destruí-lo.

"Há tanto valor na atitude de John ao se reinventar por sua causa quanto há na genialidade. Você talvez encontre a verdadeira felicidade com ele se aprender a fazer o mesmo sacrifício por ele. Reconstruir sua vida juntos lhes proporcionaria beleza e nobreza. E, se você tiver coragem de tomar essa decisão, o benefício da transformação e da recompensa viria tanto para você como para ele."

Não era apenas o reflexo da chuva no rosto dele; More estava chorando.

— Dizer que você será sempre mais importante para John do que jamais seria para Holbein é apenas parte da verdade — disse ele com suavidade, olhando para mim. Acho que ele não tinha notado as próprias lágrimas. — O que é igualmente importante é que você também será mais você mesma, se permanecer nesse casamento. John sempre irá compartilhar, satisfeito, de seu prazer, de sua prática médica e de seus filhos, sua família. Ele não vai engoli-la. Vai deixá-la respirar. Você não estará escolhendo o segundo melhor.

Eu ainda sentia o calor de Hans Holbein em meu corpo; os arranhões, a barba, a saliva; mas a lembrança estava começando a se assemelhar a um sonho febril.

Meu pai passou o outro braço à minha volta e ali ficamos, perfeitamente parados, ouvindo um a respiração do outro.

— Não seria tão difícil para você quanto foi para Elizabeth — ele sussurrou, parecendo não perceber que eu não precisava mais ser convencida. — O que você precisa agora é perdoar John. Perdoar-se. Aprender a amar alguém que aprendeu a não brigar como você briga.

— Sei — sussurrei em resposta. — Vou fazer isso — e percebi que as lágrimas corriam mais rápido e que ele dava um grande e profundo suspiro. Ele levou a mão ao rosto, por cima de meu ombro, e enxugou-as. — O vinho dos anjos — murmurou, com o sorriso mais frágil; uma frase de minha infância que me fez sorrir. — Estou sendo tolo. Mas era hora de sermos honestos, ou nos perdermos para sempre. Obrigado.

Muito tempo pareceu transcorrer até que eu dissesse, calmamente, entre os sons da chuva caindo:

— O senhor não pode abrir mão das outras coisas, papai? A sua campanha, os seus escritos? A sua luta? Não pode simplesmente ficar conosco e ser feliz?

Mas quando More levantou os olhos úmidos e me olhou, vi que minhas esperanças tinham sido exageradas. Ele nunca abriria mão disso. Não havia muito a fazer senão aceitá-lo.

— Talvez nós dois não tenhamos muito mais tempo — disse ele, delicadamente, enxugando meu rosto molhado. — Vamos tentar ser felizes com o que temos.

Holbein esperou a manhã inteira em seu cômodo, mexendo em detalhes em sua pintura, numa espera agoniada. Assustava-se cada vez que ouvia uma batida na janela, mas nunca encontrava o rosto de Meg quando corria em direção à luz. A única coisa que via eram os ramos das videiras quebrados pela fúria da tempestade da noite anterior.

Ele nunca perdera o apetite antes, mas, agora, não podia ver comida na frente. Entretanto, ao meio-dia, saiu de seus cômodos e partiu para se defrontar com a família reunida para o almoço. Valeria a pena simplesmente vê-la, mesmo que tivesse de vislumbrar a pérfida Elizabeth e enfrentar as observações dolorosamente enigmáticas de Sir Thomas. Mas Elizabeth não estava lá. More não estava lá. E Meg não estava lá.

— O senhor não está comendo nada, mestre Hans — disse Margaret Roper, com voz preocupada. — O senhor sempre fez jus à comida que vinha à mesa. Não gosta de tripas? Posso lhe oferecer alguma outra coisa?

Retirou-se para seu quarto como um animal ferido e ficou olhando fixo, através da janela, para a tarde fria. Quando as crianças chegaram ao quarto para visitá-lo, mais calmas que no dia anterior, mas tão ansiosas por cócegas e corridas "de cavalinho" pelo quarto, e por sujar os dedos em suas tintas, o pintor tentou se animar o suficiente para entrar na brincadeira. Chegou até a deixar Tommy montar em suas costas para uma exaustiva corrida de cavalinho. Mas elas sabiam que havia algo errado. Aos poucos, os risinhos maníacos foram se calando e elas começaram a se entreolhar desconfiadas. Holbein percebeu que ficaram aliviadas ao ouvir o ruído dos cascos de um cavalo entrando no pátio.

— É o papai! — gritou o Tommy com quem ele estava brincando de cavalinho, de repente animado, e ouviram-se todas as crianças gritando e saindo do quarto em debandada. Holbein os acompanhou até a porta que dava para o pátio. O perfil de águia de um cansado John Clement, moreno, surgia diante dele enquanto um corpo atlético apeava-se de um cavalo. E então, finalmente, lá estava Meg.

Mas não havia nada da esposa relutante e respeitosa que ele esperava ver, de olhos baixos e ombros ansiosamente curvados. Ela vinha pela porta que ia dar no pátio de braço dado com o pai, parecendo radiante e feliz como Holbein nunca imaginara poder vê-la.

— John! — Meg gritou e, soltando-se de More, correu e se atirou nos braços do marido. Por um momento, Clement pareceu surpreso com o entusiasmo dela, mas logo a abraçou e beijou-a na testa, e uma expressão quase de adoração foi o suficiente para apagar o cansaço do belo rosto dele.

Holbein sabia distinguir o amor quando o via. Mas não aguentava ver mais nada daquela cena. Afastou-se rapidamente deles, e foi para o jardim, quase correndo pelo caminho que tinha trilhado com Meg, num outro momento da vida, até chegar ao bosque de árvores mais velhas, pingando. Só depois de cair no chão, sob as árvores, é que viu o brilho pálido de uma pérola miúda que deveria ter sido arrancada da touca da moça naquela manhã, e seu peito dele começara a arfar. Abraçou a cabeça, encolheu-se, e deu vazão a sua dor.

Não sabia há quanto tempo estava ali quando uma mãozinha delicada bateu em seu ombro. Por um segundo ousou ter esperança, mas quando levantou os olhos viu que era apenas o rosto encantador, pontudo e melancólico de Elizabeth olhando espantada para ele. O rosto errado. Ele gemeu de novo e cobriu a cara lambuzada com as mãos.

— O senhor está sentindo alguma dor, mestre Hans? — perguntou a moça, com inesperada simpatia. — Há alguma coisa que eu possa fazer?

Holbein tentou se dominar. Não tinha a menor ideia do que estava acontecendo. Mas era um homem que confiava em seus instintos, e o que estavam lhe dizendo era que ele parecia um derrotado.

— Não... não... — resmungou, lutando para não ofegar. — Um pouco de cólica... nada que possa preocupar ninguém.

Elizabeth pôs a mão delicada na testa quente dele.

— Saí para dar uma volta — disse ela, sussurrando. — Eu o ouvi lá de longe.

— Não é nada — ele tornou a resmungar, louco para ficar sozinho.

Mas não havia nada que pudesse fazer para parar com aquilo. Os soluços continuavam a sacudi-lo.

Depois de uma longa pausa, ela se inclinou e beijou a testa de Holbein.

— Bem, sinto pela sua dor, seja lá por que motivo for — disse a moça. — Mas o senhor saberá sobreviver, mestre Hans. Sei que o senhor vai saber. Como eu também soube. O senhor me ajudou a ver o que é isso algum tempo atrás. Vou rezar pelo senhor.

Ele levantou os olhos, saindo de si por um segundo diante dessa promessa; e viu que os belos olhos escuros que fitavam os dele não desconheciam a tristeza.

— E eu pela senhora — murmurou Holbein enquanto os passos se distanciavam.

More observou Meg e John Clement saindo juntos da saleta de pintura. Ele parecia uma estátua nas sombras que se avolumavam no poço da escada.

— Será que algum dia você vai me perdoar? — John Clement perguntou à mulher, tomando-a nos braços com ternura.

— Será que um dia *você* vai *me* perdoar? — ela sussurrou, retrucando, chegando bem perto dele.

O antigo lorde chanceler da Inglaterra esperou mais uns segundos antes de menear a cabeça e sair pé ante pé dali. O casal que se beijava não o viu se afastar.

Margaret Roper parecia espantada quando espiou pela porta da sala de estar.

— Não encontro mestre Hans em nenhum lugar, e é quase hora do jantar — disse ela. — Não imagino aonde ele possa ter ido.

— Ele foi embora — disse meu pai, sentado em seu lugar, e se virando para a janela. Os olhos estavam vermelhos como se tivesse chorado mas ele parecia muito alegre. — Teve de voltar a Londres.

— Mas ele deixou todas as suas coisas no quarto! — ela exclamou em voz alta, assombrada. — E nem sequer nos mostrou seu quadro!

— Ele estava com pressa — More respondeu laconicamente, voltando-se para a janela.

Ele queria acompanhar com os olhos a pequena figura curvada em cima do cavalo, num trote lento, até ela desaparecer, do outro lado da colina. Estava se despedindo: não apenas de Hans Holbein, um homem em quem confiara e a quem respeitara e não veria mais nesta vida, mas a todo o mundo intelectual que partilhara com aquela geração de homens geniais que rapidamente se extinguia.

Apertou o nariz com dois dedos e eliminou rapidamente o líquido que encontrou ali. Ele não tinha mais necessidade do vinho dos anjos agora. Fizera o melhor por sua filha.

Hans Holbein fez o cavalo estacar no topo da colina e olhou para trás, para a clareira onde Well Hall fora construída. O animal trotava em direção ao sol poente, e o céu por detrás dele, sobre a casa, já estava escuro e salpicado de estrelas pálidas.

Ele sentia muito frio, e dentro de si havia uma calma silenciosa, diferente dos tumultos que tantas vezes o acometiam. Não imaginava como jamais haveria de se aquecer de novo. Era como se fosse a morte de seu coração.

Pelo menos era mais fácil viajar a cavalo sem nenhuma daquelas bolsas e embrulhos pesados com que ele saíra de Londres. Sua única bagagem agora era a grande bolsa de moedas que descobrira em seu quarto uma hora antes, dentro da qual havia um bilhete de Thomas More. "Meu caro Hans Holbein", ele lera, "foi extremamente generoso de sua parte procurar nos dar o quadro de presente. Por favor, aceite esta pequena soma como pagamento. E mande lembranças minhas a Erasmo. O senhor sabe da consideração que tenho por ele."

Ainda que fosse um gesto afetuoso, Holbein o reconhecera imediatamente como uma carta de exoneração. Ele tropeçara no quadro e o fitara por entre os olhos inchados. Estava terminado. Resultara no que ele pretendera. Então, fora à cocheira e, ignorando o olhar surpreso do cavalariço, pediu que o cavalo fosse selado, montou-o e partiu.

Nesse momento, lançou um último olhar para trás, perguntando-se, por um breve instante, quando perceberiam sua ausência.

Então apontou o focinho do cavalo para a frente, na direção da luz que sumia e de Londres, e o esporeou.

Enquanto cavalgava distraidamente e chegava ao suave vale de Essex, Hans Holbein já estava começando a pensar no formato dos olhos apertados e na cara vermelha e quadrada de Thomas Cromwell. Estava refletindo sobre o melhor lugar para colocá-lo no cenário que estava prestes a criar.

Então Holbein nunca chegou a ver a esfera vermelho-sangue nas profundezas do céu atrás dele, acima dos telhados que ele estava deixando para trás, nem a longa cauda brilhando agourentamente contra as estrelas.

NOTA DA AUTORA

Esta história se baseia em mais fatos reais do que se pode imaginar.

O primeiro papel público de Thomas More foi como pajem na casa do braço direito do rei Henrique VII, o arcebispo John Morton, que gostava de declarar a seus convidados que aquele menino espirituoso e calmo um dia se tornaria um grande homem.

Depois de iniciar sua carreira como advogado em Londres, o jovem More se tornou amigo do humanista holandês Erasmo de Roterdã e passou a fazer parte do grupo de humanistas que incluía o deão John Colet. Este grupo ajudou Colet a montar uma escola no claustro da catedral de St. Paul — que ainda existe, em Barnes e Hammersmith — além de desenvolver um currículo apropriado para crianças inteligentes da Renascença. Mais tarde, More organizou uma escola para os próprios filhos, que se tornaram famosos por toda a Europa por seu conhecimento.

A brilhante carreira política de More terminou quando ele renunciou a seu posto de lorde chanceler de Henrique VIII, em 1532. Ele também é lembrado por seus dois livros. O primeiro, *Utopia*, é uma descrição alegre e ambígua da terra perfeita que não pode existir. Nele, More explica que, durante uma missão diplomática, este lugar foi descrito por um marinheiro mitômano para ele e para seu assistente, "meu menino John Clement". O segundo livro de More é uma biografia duvidosa e envolvente de Ricardo III, o último rei Plantageneta, que morreu durante a batalha com Henrique Tudor quando More tinha 5 anos. O livro acabou se tornando a fonte de Shakespeare para a peça sobre Ricardo III, que apresenta o rei Plantageneta como um usurpador astuto e corcunda que teria matado os próprios sobrinhos, conhecidos como os Príncipes na Torre de Londres, para assumir o trono. Atualmente, o livro de More é considerado uma falsa "versão do vencedor", mas permanece a base para a imagem que a maior parte das pessoas faz de Ricardo III.

O horror de More pelos hereges no final de sua carreira é bem documentado tanto por seus textos que denunciam Martinho Lutero e seus seguidores protestantes quanto pelos textos de seus amigos e inimigos contemporâneos.

Sua filha adotiva Meg Giggs se interessava por medicina e era conhecida entre os More por ter curado o pai de febre terçã depois de ler os textos médicos de Galeno. Ela se casou com seu antigo tutor, John Clement, dez anos depois de ele ter deixado a casa dos More para lecionar grego em Oxford e estudar medicina na Itália. Os Clement iniciaram sua vida de casados na antiga residência dos More, em Londres, a Velha Barca, em Bucklersbury Street, na qual More (e John Clement, por um breve período) foi preso em 1534, antes de ser executado, um ano depois.

Mais tarde, a família Clement, junto a seus principais amigos, os Rastell, deixaram a cada vez mais protestante Inglaterra para a segurança Católica de Louvain, nos Países Baixos, onde passaram seus últimos dias.

Margaret, a filha mais velha de More, se casou com William Roper, que idolatrava More, e, após a morte do sogro, escreveu uma biografia venerando seus feitos. Cecily More se casou com outro filho adotivo da família, Giles Heron, que foi executado não muito depois da morte de More. A única filha a escapar completamente ilesa da morte do patriarca da família foi Elizabeth, cuja carreira do marido, William Dauncey, prosseguiu normalmente.

O pintor alemão Hans Holbein chegou à Inglaterra, em 1526, para fazer fortuna como retratista. Ele passou vários meses com os More em sua nova residência em Chelsea, quando pintou o retrato da família. Ao voltar para a Alemanha protestante, em 1528, todas as igrejas estavam sendo pintadas de branco, e ele não conseguiu encontrar trabalho para sustentar sua família. Retornou à Inglaterra em 1532. Um segundo retrato dos More, que permaneceu por gerações na família Roper e agora está no priorado de Nostell, em Yorkshire, é normalmente atribuído a Holbein, embora esteja assinado por "Rowlandas Lockey".

Hans Holbein permaneceu na Inglaterra até sua morte dez anos depois do final deste livro. Neste período, ele se tornou o pintor do rei e retratou uma série importante de cortesãos. Morreu, provavelmente vitimado pela peste, em 1542, e foi enterrado em uma das igrejas de Bishopsgate, na região leste de Londres.

A febre do suor apareceu na Inglaterra pela primeira vez em 1485, logo após a vitória de Henrique Tudor sobre Ricardo III e sua ascensão ao trono. Acreditava-se que a doença era um sinal de Deus de que a dinastia Tudor não era legítima. A epidemia atacou seis vezes a Inglaterra durante o reinado dos Tudor antes de desaparecer completamente.

Ninguém sabe o que aconteceu aos Príncipes na Torre de Londres.

BIBLIOGRAFIA

Minha principal fonte para este livro foi o site de Jack Leslau, www.holbeinartworks.org, que explica sua teoria a respeito da identidade de John Clement a partir da observação das pinturas de Holbein.

Outras obras:

SOBRE HANS HOLBEIN:

NORTH, John. *The Ambassadors' Secret: Holbein and the World of the Renaissance*. Londres: Phoenix House/Orion Books, 2002.

ROBERTS, Jane. *Holbein and the Court of Henry VIII*. Edimburgo: National Galleries of Scotland, 1997.

WILSON, Derek. *Holbein: Portrait of an Unknown Man*. Londres: Phoenix House, 1997.

SOBRE THOMAS MORE:

ACKROYD, Peter. *The Life of Thomas More*. Londres: Chatto & Windus, 1998.

SILVA, Álvaro de. *Thomas More*. Londres: Catholic Truth Society, 2003.

SOBRE OUTROS PERSONAGENS DO SÉCULO XVI:

MACCULLOCH, Diarmaid. *Thomas Cranmer*. Yale University Press, 1996.

MOYNAHAN, Brian. *William Tyndale: If God Spare My Life*. Londres: Little, Brown, 2002.

REED, A.W. "John Clement and his Books". *In*: *The Library*, 4th series, vol. 6, pp. 329-339. Oxford: Oxford University Press, 1926.

WEIGHTMAN, Christine. *Margaret of York, Duchess of Burgundy*. Gloucester: Alan Sutton/St. Martin's Press, 1989.

WILSON, Derek. *The Uncrowned Kings of England: The Black Legend of the Dudleys*. Londres: Constable & Robinson, 2005.

Sobre a Londres do século XVI:

Ackroyd, Peter. *London: A Biography*. Londres: Vintage, 2001.

Picard, Liza. *Elizabeth's London: Everyday Life in Elizabethan London.* Londres: W&N, 2003.

Porter, Roy. *London: A Social History*. Londres: Hamish Hamilton, 1994.

Sobre Medicina:

French, Roger. *Medicine before Science: The Business of Medicine from Middle Ages to the Enlightenment*. Cambridge: Cambridge University Press, 2003.

Lindeman, Mary. *Medicine and Society in Early Modern Europe*. Cambridge: Cambridge University Press, 1999.

Porter, Roy. *Blood and Guts: A Short History of Medicine*. Londres: Penguin, 2003.

Siraisi, Nancy G. *Medieval & Early Renaissance Medicine: An Introduction to Knowledge and Practice*. Chicago: Chicago University Press, 1990.

Sobre Ricardo III e os Plantageneta:

Beckett, Sister Wendy. *Sir Thomas More: The History of King Richard III* (prefácio). Londres: Hesperus Classics, 2005.

Hodges, Geoffrey. *Ludford Bridge & Mortimer's Cross*. Almeley: Logaston Press, 1999.

Jone, Michael K. *Bosworth 1485: Psychology of a Battle*. Stroud: Tempus, 2003.

Seward, Desmond. *Richard III: England's Black Legend*. Londres: Country Life Books, 1982.

_______. *The War of the Roses: and the Lives of Five Men and Women in the Fifteenth Century*. Londres: Constable & Robinson, 1995.

Tey, Josephine. *The Daughter of Time*. Nova York: Touchstone, 1995.

The Richard III Society. *The Ricardian*. Exemplares diversos do jornal.

Este livro foi composto na tipologia
Adobe Caslon Pro, em corpo 11,5/16, e impresso em
papel offwhite 80g/m² no Sistema Cameron da
Divisão Gráfica da Distribuidora Record.